国家社科基金重大招标项目"19世纪西方文学思潮研究"阶段性成果

比较文学与文化丛书

经典重估与西方文学研究方法创新

Classical Reassessment and Innovation of Western Literature Research Methods

蒋承勇　著

中国社会科学出版社

图书在版编目（CIP）数据

经典重估与西方文学研究方法创新／蒋承勇著．—北京：中国社会科学出版社，2020.12

（比较文学与文化丛书）

ISBN 978-7-5203-7295-4

Ⅰ.①经… Ⅱ.①蒋… Ⅲ.①外国文学—文学研究—研究方法 Ⅳ.①I106-3

中国版本图书馆 CIP 数据核字（2020）第 179610 号

出 版 人	赵剑英
责任编辑	杨 康
责任校对	季 静
责任印制	戴 宽

出　　版	中国社会科学出版社
社　　址	北京鼓楼西大街甲 158 号
邮　　编	100720
网　　址	http://www.csspw.cn
发 行 部	010-84083685
门 市 部	010-84029450
经　　销	新华书店及其他书店
印　　刷	北京君升印刷有限公司
装　　订	廊坊市广阳区广增装订厂
版　　次	2020 年 12 月第 1 版
印　　次	2020 年 12 月第 1 次印刷
开　　本	710×1000　1/16
印　　张	35
插　　页	2
字　　数	488 千字
定　　价	198.00 元

凡购买中国社会科学出版社图书，如有质量问题请与本社营销中心联系调换
电话：010-84083683
版权所有　侵权必究

目　录

绪论　经典重估与理论呼唤 ·································· (1)

上　编
作家作品研究与方法创新

第一章　"诗性"的经典 ······································ (17)
　第一节　人的起源与人性隐喻 ····························· (17)
　第二节　个体本位、群体本位及博爱主义 ················ (21)
　第三节　远去的野性与永久的魅力 ······················· (24)
　第四节　"人性解放"的限度 ······························ (33)
　第五节　人性欲求对宗教生活的质疑 ···················· (41)
　第六节　博大与精深　平和与宁静 ······················· (46)
　第七节　"黑夜诗人"对生命的执着 ······················ (49)
　第八节　生命的血色与人性的光辉 ······················· (54)
　第九节　仅仅是"妇女解放"问题吗？ ··················· (59)
　第十节　希望在"等待"之中 ····························· (66)

第二章　阿里斯托芬喜剧的风格 ··························· (72)
　第一节　主题的现实性 ···································· (72)
　第二节　政治讽刺的尖锐性 ······························· (75)

第三节　情节的荒诞性 …………………………………… (77)

第三章　"拜伦式英雄"与"超人"原型 …………………… (79)
　　第一节　心理秉性与文化人格的非道德倾向 …………… (79)
　　第二节　"拜伦式英雄"与"超人"原型 ………………… (84)
　　第三节　"一个彻底的浪漫主义者" ……………………… (93)

第四章　狄更斯小说经典性的别一种重读 ………………… (96)
　　第一节　阅读趣味、故事性与娱乐性 …………………… (96)
　　第二节　儿童心理、童话式叙述与通俗性 ……………… (100)
　　第三节　"别一种重读"的启示 …………………………… (106)

第五章　《简·爱》经典化过程考论 ………………………… (110)
　　第一节　多元融合：哥特式小说、成长小说和浪漫小说 …… (110)
　　第二节　阅读评论：经典地位的提升 …………………… (115)
　　第三节　媒介传播：经典性的拓展与延伸 ……………… (119)

第六章　马克·吐温之中国百年传播考论 ………………… (125)
　　第一节　选择性接受与中国式译介 ……………………… (126)
　　第二节　历史文化语境与中国式呈像 …………………… (131)

第七章　安徒生童话之中国百年传播考论 ………………… (139)
　　第一节　"儿童本位"的热与冷 …………………………… (140)
　　第二节　"现实性""批判性"对"童心"的遮蔽 ………… (145)
　　第三节　"童心"的回归与"安徒生印记" ……………… (148)

第八章　《儿子与情人》的现代主义倾向 ………………… (153)
　　第一节　心灵最神秘内容的展示 ………………………… (154)
　　第二节　情节的淡化和暗示性 …………………………… (157)

第三节　象征的神秘性 …………………………………… (159)
　　第四节　语言的意象化 …………………………………… (163)

第九章　劳伦斯《虹》的多重复合式叙述结构 ……………… (167)
　　第一节　外部现实与内在历程的"对位"关系 …………… (167)
　　第二节　复合式叙述的意义旨归 ………………………… (170)

第十章　劳伦斯《爱恋中的女人》的深度对话 ……………… (179)
　　第一节　从作者叙述分析到戏剧呈现 …………………… (179)
　　第二节　深度对话的基本框架 …………………………… (182)
　　第三节　人物的深度对话 ………………………………… (186)

中　编
文学思潮研究与方法创新

第十一章　19世纪西方文学思潮研究的历史境遇 ………… (193)
　　第一节　选择性接受与研究的非均衡性 ………………… (193)
　　第二节　19世纪文学思潮研究在西方 …………………… (196)
　　第三节　代表性研究成果举隅 …………………………… (198)

第十二章　浪漫主义之中国百年传播考论 …………………… (204)
　　第一节　"浪漫"的华夏之旅:时代风潮中的沉浮 ……… (205)
　　第二节　浪漫派与启蒙运动及法国大革命:传承
　　　　　　抑或反叛? ……………………………………… (211)
　　第三节　"自由"内涵之多义性辨析 ……………………… (215)

第十三章　"主义"的纠结与纠缠 ……………………………… (225)
　　第一节　作为"创作倾向"的现实主义 …………………… (225)

第二节　现实主义与自然主义 …………………………………… (230)

第十四章　19世纪现实主义"写实"传统及其当代价值 ……… (237)
　　第一节　"变数"的"写实" ……………………………………… (240)
　　第二节　"复数"的"主义" ……………………………………… (248)
　　第三节　"写实"传统与马克思、恩格斯文艺思想之关系 …… (253)
　　第四节　现实主义及其"写实"传统的当代价值 ……………… (264)

第十五章　现实主义中国70年传播考论 ………………………… (273)
　　第一节　从"功利性"到"工具"与"口号" …………………… (273)
　　第二节　现实主义被"独尊"了吗？ …………………………… (282)
　　第三节　拓展现实主义传播的空间 …………………………… (287)

第十六章　唯美主义思潮之理论与创作关系考论 ……………… (295)
　　第一节　"艺术高于生活"与"逆反自然" …………………… (296)
　　第二节　"艺术自律"与"为艺术而艺术" …………………… (302)
　　第三节　"形式"的自觉与"感觉"的描写 …………………… (309)
　　第四节　"艺术拯救世俗人生"与"感性解放" ……………… (315)
　　结　语 ……………………………………………………………… (321)

第十七章　文化渊源与文学价值：西方颓废派文学再认识 …… (323)
　　第一节　颓废派与宗教领域的"世俗化" …………………… (325)
　　第二节　颓废派与知识领域的"内在化" …………………… (329)
　　第三节　颓废派与社会领域的"工业化" …………………… (333)

第十八章　象征主义之中国百年传播考论 ……………………… (339)
　　第一节　象征主义传播的发生 ………………………………… (339)
　　第二节　象征主义传播的调整 ………………………………… (343)
　　第三节　象征主义传播的滞缓与扩展 ………………………… (347)

第四节　象征主义传播的复兴 …………………………………（349）
　　第五节　象征主义传播的未来展望 ……………………………（353）

第十九章　本质主义诗学的瓦解与现代文学本体论的重构 ……（356）
　　第一节　"屏"对"镜"的扬弃 …………………………………（357）
　　第二节　"屏"对"灯"的矫正 …………………………………（364）
　　第三节　"显现"："体验"的直呈 ……………………………（369）
　　第四节　"显现"："再现"与"表现"的融合 ………………（375）
　　第五节　"显现"：西方现代文学本体论的重构 ……………（382）

第二十章　人文交流"深度"说 …………………………………（390）
　　第一节　接受的选择性与传播的非均衡性 …………………（391）
　　第二节　认知误区与问题举隅 ………………………………（394）
　　第三节　深化传播与研究的价值及意义 ……………………（402）
　　结　语 …………………………………………………………（405）

第二十一章　五四以降外来文化接受之俄苏"情结" …………（407）
　　第一节　文化亲和力与文学的接受与传播 …………………（408）
　　第二节　俄苏现实主义的中国式变体 ………………………（416）
　　结　语 …………………………………………………………（422）

下　编
理论研究与方法创新

**第二十二章　走向融合与融通：跨文化比较与外国
　　　　　　　文学研究方法更新** …………………………………（427）
　　第一节　两个"二级学科"之内涵比较 ……………………（428）
　　第二节　方法论意义的深度思考 ……………………………（432）

第三节　融合、融通与文学世界主义 …………………………（436）
　　　结　语 …………………………………………………………（439）

第二十三章　现当代西方文论中国接受之再反思 …………………（441）
　　　第一节　"理论热"与理论失范 ……………………………（441）
　　　第二节　"理论热"与理论匮乏 ……………………………（450）
　　　第三节　"主观预设"与理论引领 …………………………（452）
　　　第四节　"回归文学"与"场外征用" ………………………（457）

第二十四章　"世界文学"不是文学的"世界主义" ………………（462）
　　　第一节　何谓"世界文学的时代"？ ………………………（463）
　　　第二节　何谓"世界的文学"？ ……………………………（466）
　　　第三节　"世界文学"是遥不可及的"乌托邦"？ …………（470）
　　　第四节　"网络化—全球化"意味着文化"一体化"？ ……（474）
　　　第五节　"比较文学"抗拒"世界主义"？ …………………（478）

第二十五章　感性与理性　娱乐与良知
　　　　　　　——文学"能量"说 ………………………………（482）
　　　第一节　文学在传播负能量？ ………………………………（482）
　　　第二节　"游戏""娱乐"是"负能量"？ …………………（485）
　　　第三节　"寓教于乐"是正能量？ …………………………（488）

第二十六章　文艺复兴运动的潜文化意义 …………………………（492）
　　　第一节　人性的二元对立 ……………………………………（492）
　　　第二节　两种文化的对立与互补 ……………………………（496）
　　　第三节　人本与神本的冲突 …………………………………（499）
　　　第四节　冲撞中的互补 ………………………………………（500）

第二十七章　18世纪以降英国小说演变之跨学科考察 ……（504）
  第一节　市民阶层的兴起与"市民大众的史诗" …………（505）
  第二节　传播媒介变革与"小说的世纪" ………………（508）
  第三节　科学理念渗透与"真实性"审美品格之嬗变 ……（514）

第二十八章　批评家与作家的"恩怨"及其启示 ……………（523）
  第一节　别林斯基与果戈理 ………………………………（523）
  第二节　别林斯基与陀思妥耶夫斯基 ……………………（528）

参考文献 ……………………………………………………………（536）

后　记 ………………………………………………………………（549）

绪　论

经典重估与理论呼唤

一　经典何以要"重估"？

"经典重估""经典重读""回归经典"，是近年来我国学界的强烈呼声，也是国际学界的呼声。文学经典不是一成不变的，而是随着时代的变迁、文化的变更、审美趣味的变化而不断调整、流动的，所以，每个时代都有重估经典的必要，每个时代都有自己的经典系统，这几乎是一个常识。对于专业工作者来说，必须在认识到这一点的基础上，探究引发经典流动和调整的深层原因，以期准确把握经典与时代及社会之关系，以便重新评判经典。当今存在关于"重估"、"回归"与"重读"经典的持续不断的呼声，其原因显然与历史上任何时候都不尽相同，因为处在前所未有的瞬息万变的全球化、信息化时代，文学经典正遭遇着极具挑战性的环境条件。

首先，稍远一点看，自20世纪90年代以降，经济的全球化和文化的信息化、大众化，把文学逼入了"边缘"状态，使之失去了曾有的轰动与辉煌，美国著名的文学评论家J. 希利斯·米勒则宣告了文学时代的"终结"，"文学研究的时代已经过去"[1]。米勒的预

---

[1] ［美］J. 希利斯·米勒，国荣：《全球化时代文学研究还会继续存在吗?》，《文学评论》2001年第1期。

言虽然在今天看来有些危言耸听或者言过其实,但起码也警示人们去关注文学衰退与沉落的趋势与事实。文学的这种命运使文学经典的地位和价值有所下降,其中释放的应该不是人类文明发展的正能量。因此从文学研究、文化传承、文化创新建设的角度看,需要我们回到经典,重估经典的价值,用经典来滋养今人之心灵。

其次,移动互联网改变了人类的生存方式,特别明显地改变了人们的阅读方式。短平快的网络阅读尤其是移动网络阅读,使碎片化的浅阅读模式挤掉了整一性的深度阅读模式,"屏读"取代了"纸读"——虽然"纸读"并未消失,"屏读"也未必完全没有经典的阅读——但经典阅读的淡出和边缘化是客观存在的事实,并时不时地引发"有识之士"对网络阅读的批评甚至抵制。经典何以能挣脱不可抗拒的移动网络施加的边缘化"宿命"?

最后,从文学教育和文学研究的现状看,经典阅读的有效性在下降。在文学教育中,学生乃至教师不读经典或者极少读经典,已不是个别和近期出现的现象。就如韦勒克和沃伦早就指出的那样,"由于对文学批评的一些根本问题缺乏明确的认识,多数学者在遇到要对文学作品做实际分析和评价时,便会陷入一种令人吃惊的一筹莫展的境地"[①]。当然,这不能说仅仅是中国高校教师和研究者的问题,因为韦勒克和沃伦的批评所指的不是中国的文学界,但就我国而言,问题的严重性在于这种现象至今依然呈恶性循环之势。这不正是文学研究和文学教育的实践所昭示的又一种"经典缺失"吗?

如何提高文学经典阅读与(学术)阐释的有效性?其间需要怎样的理念与方法?如何处理文学经典研究与追踪理论新潮的关系?显然,对大众阅读、国民教育、文学教学和文学研究来说,"重估经典"在我们这个时代都显得十分重要。

---

① [美]韦勒克、沃伦:《文学理论》,刘象愚等译,江苏教育出版社2005年版,第155—156页。

二 "理论热"后"理论"何为?

上述提及的韦勒克和沃伦对经典阅读有效性的批评,大约发生在20世纪上半期,因此,从时间上看,与本章所说的我国近阶段发出"经典重估"之呼声的时间相差了60余年,两者似乎有点互不相干。不过,其批评的指称对象是基本一致的。韦勒克所说的"由于对文学批评的一些根本问题缺乏明确的认识",部分的是指当时美国等欧美文学研究者对层出不穷、五花八门的文学理论十分热衷,而对文学文本也就是文学经典本身的阅读十分冷漠,甚至根本不去细读经典文本,因此,文学评论与文学研究脱离文本,批评家对文本研读的能力低下,理论与文学及文本之间出现"脱节"现象。

与之相仿,20世纪八九十年代,我国文学研究领域大量接纳西方现当代文论,从而出现了两度"理论热",其间也出现了文学研究中理论与文学及文本"脱节"的现象。对此,批评者众。特别是近几年来,批评更为强烈,而且更自觉、更有理性和力度,体现了对"理论"及其应用问题的深度反思,这种"深度"特别集中地体现在我国学者张江通过"强制阐释论""理论中心论"等一系列论文与著作对西方现代文论所作的全面、系统的分析与评判。他指出,"强制阐释"抹杀了文学理论及其批评的本体特征,导引文论偏离了文学[1],其结果是文学研究远离了作家、作品和读者,滑向了"理论中心"。"理论中心"的基本标志是,"放弃文学本来的对象;理论生成理论;理论对实践进行强制阐释,实践服从理论;理论成为文学存在的全部根据"[2]。受这种西方"理论"的影响,我国文学研究领域也存在着理论与文学及文本"脱节"的弊端。张江的一系列论述以及所提出的新观点,对我国文学理论建设与文学研究有拨乱

---

[1] 张江:《强制阐释论》,《文学评论》2014年第6期。
[2] 张江:《作者能不能死——当代西方文论考辨》,中国社会科学出版社2017年版,第136页。

反正的作用。

不过，要纠正理论与文学及文本"脱节"的弊病，并非通过号召文学批评与研究者回到文本多啃读经典作品就大功告成的，因为有效的文本解读与阐释是需要适当、适度而又丰富的理论为指导的；"理论热"即便是消退了，我们的文学研究界也不可能顷刻间自发地生成天然适合于自我需要的文学理论。因此，如果我国文学界在"理论热"过后真的进入了"后理论"阶段，[①] 那么，这个阶段不是理论的空白，而是理论创新与创造的时代。在"经典重估"的呼吁中，就包含着对理论指导的急切期盼。

需要警觉的是，当我们对"理论热"以及西方文学理论的不足之处给出了富有价值与意义的批评的同时，是否在有意无意、自觉不自觉中让一些研究者萌生了抵制理论的潜在欲望和心理冲动呢？或者说，某些批评者是否已经表现出对理论的不屑、抛弃并提出肤浅而毫无学理依据的所谓"批评"呢？若此，就不免有讳疾忌医之嫌了。

西方现代文论确实存在"强制阐释"及"理论中心"之弊，"走上了一条理论为主、理论至上的道路"[②]，如果我们把这种"理论"直接而生硬地用于文学批评与研究，就有可能闹出非驴非马、文不对题的笑话。但是，文学的文本解读与文学批评不同于纯粹的理论研究。理论研究是一种认识性活动，其目的是将经验归纳中所涉猎的非系统的知识，按照对象物的内部关系和联系予以合逻辑的概括、抽象，使之成为系统的有机整体，并将其提升为一种普遍性真理。与之不同，文学批评与文学评论是一种实践性活动，其目的是将普遍性真理（即理论）用于客观对象物（即文本及各种文学现象），并在对象物中进行合规律的阐发，其方法不是演绎、归纳和思

---

① 余虹：《理论过剩与现代思想的命运》，《文艺研究》2005 年第 11 期。
② 张江：《作者能不能死——当代西方文论考辨》，中国社会科学出版社 2017 年版，第 136 页。

辨，而是分析和阐释。我们在借鉴西方文论展开文学评论时，不能简单地把这种理论研究的演绎推理、理论思辨的方法直接套用到文学批评与评论中来，从而混淆理论研究与文学批评和文学鉴赏之间的差别（遗憾的是我们不少人这么做了却又反过来埋怨理论本身）。由此而论，在文学文本的解读与阐释过程中，运用和渗透某种理论与观念，体现阐释主体和评论主体对研究所持的某种审美的和人文的价值判断，是合情合理、合乎文学研究与评论之规律与规范的，与"强制阐释""理论中心"之弊是不可同日而语的。

我们要理性而清醒地看到现代西方文论的确存在的先天不足，并且要看到它在融入我国文学与文化传统中还有水土不服，但是，我们不能由此便忽视许多外来理论运用者在研究实践中存在的理论素养不足、文本解读能力低下的客观现象，进而忽略经典阅读、文学批评与研究中必不可少的理论运用以及我们责无旁贷的理论原创与建设的历史责任。特别需要指出，我们反对文学研究从"理论"到"理论"的"场外阐释"，而要从文本出发，着力纠正前述的"脱节"现象，这并不意味着文学批评、经典解读不需要理论的指导与引领。

说到"经典重估"，我们大概首先会想到为什么"重估"、重估的"标准"是什么。"重估"意味着对既有的经典体系进行重新评价，进而对这个体系做出当下的调整。那么评价的标准是什么呢？"标准"就是在既往对经典进行评判的人文、审美等价值标准基础上又融入了新的价值内涵的理论系统，其中包含了"新"与"旧"两部分内容。若完全以传统的"旧"价值评价标准去解读经典，那么就不存在什么"重估"了；反之，完全用"新"标准——暂且不说是不是存在这种纯粹的新标准——就意味着对传统经典体系的彻底颠覆与否定，这是不应该的也是不可能的。要很好地融合"新"与"旧"的价值标准对经典进行有效的评价与解读，就要求评论者与解读者拥有比较完善的文本解读与评判研究的能力与水平，也就是要具备比较成熟而丰厚的文学理论素养，这是作为文学专业工作者所不可或缺的前提条件，否则就会出现前述引用的韦勒克和沃伦所说的：许多研究者在解读作品时"对文学批评的一些根本问题缺乏明确的认识"，从而陷入"一筹莫展"或者就"理论"而研究"理论"的窘境。至于一般的读者，也必须在具备了基本的文学鉴赏素养后才能实现对文学经典基本有效的业余性阅读与欣赏。

  显而易见，要完成准确而有深度的对经典文本的解读与研究，并不是解读者和研究者主观上努力追求并在实践中做到"从文本出发""反复阅读"就能奏效的。文学批评与文学研究是一个从理论到实践再到理论的辩证升华过程，没有先期的理论获得、积淀与储藏是万万难以实现专业化有效阅读与阐释的，也就谈不上文学批评和文学研究以及对经典的"重估"。现代西方文论以及我国学界在"理论热"中出现的理论与文学及文本"脱节"的现象，一方面是因为这种"理论"本身存在"强制阐释"的弊端，本身是非文学的，另一方面也是因为"理论"运用者自己生硬地套用"理论"，强制地、外加地去"套读"文学文本。这后一种情况在我国学界比较普遍地存在，这是研究者理论与能力匮乏的表现，需要研究者加强理论学习，提高对理论的领悟、理解与应用的能力，而不是由此否定与抛弃理论本身。

  从这个意义上说，在"重估经典"适逢"理论热"消退后的"后理论"阶段，要求文学研究者冷静地对待理论——包括我们给予了诸多关论的有先天缺陷的西方现代文学理论，不能忽略我们的文学理论建设与文学研究创新对理论的需要；我们既需要对本民族理论传统的继承，又永远需要他民族之理论的"源头活水"，尤其是：我们不能忽视"理论引领"对"经典重估"和专业化文学研究的必要性和重要性。

三　理论经典与理论创新

  在"理论热"中我国研究者崇拜的主要是20世纪以来的西方文学理论，而对此前的西方传统文学理论相当"冷漠"。这种"冷热不均"的现象本身就值得反思。今天，当我们强调理论建设需要重视本民族的理论传统的继承，也要汲取他民族理论之"源头活水"时，意味着对中外文学理论优秀传统都必须予以高度重视，这才是"理论热"后对理论思考和建设应该抱有的冷静、理性的态度，才能在理论重构中实现理论创新，形成真正具有"中国气派"的文学理论体系。因此，对20世纪以前的西方文学理论的重新审视和在此基础上的包容与接纳，是理论创新的题中应有之义。其实，我们倡导的"经典重估"，不应该仅仅理解为对经典文学作品的重估，同时应该包括对重大文学史现象和文学理论经典的重估，因为理论和创作是文学实践的两个方面并共同构成了文学史上的重大文学史现象。历史上的文学理论既基于文学创作实践，也指导和服务于文学创作，因此要准确"重估"经典，离开彼时的重大文学史现象和文学理论经典的参照是不可想象的。从这个角度看，"理论热"时期表现出来的对西方传统理论和现当代理论的一冷一热，这本身也是一种价值判断和取向上的谬误，是在某种程度上的对异民族理论的"偏食"——一方面过于重视并吸纳现代西方文学理论而忽略了西方传统文学理论，把后者视为"过时"；另一方面，由于对西方传统文学理论的理解长期停留在20世纪80年代以前的水平，对其接纳也停留于一知半解、残缺不全的水平上，这是又一种意义上的"偏食"。比如说，对西方19世纪现实主义和自然主义的文学理论的理解，大多数学者会认为对它们已经有了足够的理解、研究和借鉴，因此，关于西方现实主义和自然主义文学理论，我们无须再多予以关注和研究。事实果真如此吗？

在当代中国的文学理论与文学史表述中，自然主义始终是与现实主义"捆绑"在一起的。人们或者说它是"现实主义的极端化"，或者说它是"现实主义的发展"，或者说它是"现实主义的堕落"，等等，不一而足。无独有偶，如果对自然主义文学的理论文献稍加检索，人们很容易便可发现当时左拉们也是将自然主义与现实主义这两个术语"捆绑"在一起来使用的。通常的情形是，自然主义与现实主义两个术语作为同位语"并置"使用，例如，在爱德蒙·德·龚古尔写于1879年的《〈臧加诺兄弟〉序》中，便有"决定现实主义、自然主义和文学上如实研究的胜利的伟大战役，并不在……"①这样的表述；在另外的情形中，人们则干脆直接用现实主义指称自然主义。

　　上面已经谈到，自然主义文学运动是举着反对浪漫主义的旗帜占领文坛的。基于当时文坛的情势与格局，左拉等人在理论领域反对浪漫主义、确立自然主义的斗争，除了从文学外部大力借助当代哲学及科学的最新成果为自己的合理性进行论证外，还在文学内部从传统文学那里掘取资源为自己辩护。而2000多年以来基本始终占主导地位的西方传统文学理论，便是由亚里士多德"摹仿说"（后来又常常被人们唤为"再现说"）奠基的"写实论"，对此西方文学史家常以"摹仿现实主义"名之。②这正是左拉等自然主义作家将自然主义和现实主义两个术语"捆绑"在一起使用的缘由。这种混用，虽然造成了"自然主义"与"现实主义"两个概念的混乱（估计左拉在当时肯定会为这种"混乱"而感到高兴），但在特定的历史情境中，这并非不可理解和不可接受的。就此而言，当初左拉们与当今国内学界对现实主义与自然主义的两种"捆绑"，显然有共通之处——都是拿现实主义来界定自然主义；两者之间存在一种历史的联系也未可知——前者的"捆绑"或许为后者的"捆绑"提供了启发与口实？但这两种"捆绑"显然又有巨大不同：非但历史语境不同，而且价值判断尤其不同。在这两种不同的"捆绑"用法中，自然主义与现实主义两个术语的内涵与外延迥然有别。

　　左拉等人是将自然主义与"摹仿现实主义""捆绑"在一起的，而我们则是将自然主义与高尔基命名的"批判现实主义"或恩格斯

---

　　① [法]爱德蒙·德·龚古尔：《〈臧加诺兄弟〉序》，见朱雯等编选《文学中的自然主义》，上海文艺出版社1992年版，第299页。
　　② [英]利里安·R. 弗斯特、彼特·N. 斯克爱英：《自然主义》，任庆平译，昆仑出版社1989年版，第5页。

所界定的那种"现实主义""捆绑"在一起的。左拉那里的现实主义是"摹仿现实主义"。作为西方文学传统的代名词,"摹仿现实主义"指称的是2000多年来西方文坛上占主导地位的那种笼而统之的"写实"精神,因而是一个在西方文学史上具有普遍意义的"常数"。作为一个"常数"概念,左拉所说的"现实主义",其内涵和外延都非常广,甚至大致等同于"传统西方文学"的概念。正因为如此,在某些西方批评家那里才有了"无边的现实主义"这样的说法。而在国内学人的笔下,"现实主义"非但指称一个具体的文学思潮(声称确立于1830年但迄今一直没有给出截止时间的文学主潮),而且是指一种具体的创作方法(由恩格斯所命名的、以唯物主义为哲学基础的、进步乃至是"至上"的、显然不同于一般"摹仿现实主义"的创作方法)。不同于左拉等自然主义作家之基于文学运动的策略选择,中国文学界对自然主义与现实主义两个术语的"捆绑",其出发点有着明显的社会—政治意识形态背景。国人的表述在文学和诗学层面上都对自然主义和现实主义做出了明确的区分,并循着意识形态价值判断的思维逻辑重新人为地设定了现实主义和自然主义的内涵与外延。

在主要由左拉提供的自然主义文学理论文献中,其将自然主义扩大化、常态化的论述有时候甚至真的到了"无边"的程度:

> 自然主义会把我们重新带到我们民族戏剧的本原上去。人们在高乃依的悲剧和莫里哀的喜剧中,恰恰可以发现我所需要的对人物心理与行为的连续分析。[1]
>
> 甚至在18世纪的时候,在狄德罗和梅西埃那里,自然主义戏剧的基础就已经确凿无疑地被建立起来了。[2]

---

[1] Emile Zola, "Naturalism in the Theatre", in George J. Becker (ed.), *Documents of Modern Literary Realism*, Princeton, New Jersey: Princeton University Press, 1963, p. 225.

[2] Ibid., pp. 210–211.

在我看来，当人类写下第一行文字，自然主义就已经开始存在了……自然主义的根系一直伸展到远古时代，而其血脉则一直流淌在既往的一连串时代之中。①

这从侧面再次表明，左拉用作为"常数"的现实主义来指称自然主义只是出于一种"运动"的策略，并非表明自然主义真的等同于作为"常数"的现实主义。否则，我们就只好也将他所提到的古典主义与启蒙主义都当成自然主义了。正如人们常常因为自然主义对浪漫主义的攻击，而忽略其对浪漫主义的继承与发展，人们也常常甚至更常常因为自然主义对"摹仿现实主义"的攀附，而混淆其与"摹仿现实主义"的本质区别。其实，新文学在选择以"运动"的方式为自己争取合法文坛地位的时候，不管"攻击"还是"攀附"，这都只不过是行动的策略，而根本目的只是获得自身新质的确立。事实上，在反对古典主义的斗争中，浪漫主义也曾反身向西方的文学传统寻求支援，我们是否也可以由此得出浪漫主义等同于"摹仿现实主义"的结论呢？显然不能，因为浪漫主义已经在对古典主义的革命反叛中确立了自己的"新质"。虽然为了给自身存在的合法性提供确凿的辩护曾将自然主义的外延拓展得非常宽阔，但在要害关键处，左拉与龚古尔兄弟等人都不忘强调："自然主义形式的成功，其实并不在于模仿前人的文学手法，而在于将本世纪的科学方法运用在一切题材中。"② "本世纪的文学推进力非自然主义莫属。当下，这股力量正日益强大，犹如汹涌的大潮席卷一切，没有任何力量能够阻挡。小说和戏剧更是首当其冲，几被连根拔起。"③ 这种

---

① Emile Zola, "Naturalism in the Theatre", in George J. Becker (ed.), *Documents of Modern Literary Realism*, Princeton, New Jersey: Princeton University Press, 1963, pp. 198–199.

② ［法］左拉：《论小说》，见朱雯等编选《文学中的自然主义》，上海文艺出版社1992年版，第251页。

③ Emile Zola, "Naturalism in the Theatre", in George J. Becker (ed.), *Documents of Modern Literary Realism*, Princeton, New Jersey: Princeton University Press, 1963, p. 219.

表述无疑是在告诉人们，自然主义是一种有了自己"新质"的、不同于"常数""摹仿现实主义"的现代文学形态。

"写实"乃西方文学的悠久传统，但这一传统并非一块晶莹剔透的模板。如果对以荷马史诗为端点的古希腊叙事传统与以《圣经》为端点的希伯来叙事传统稍加考察比较，当可发现：所谓"写实"的西方文学传统，原来在其形成之初便有着不同的叙事形态。不管是在理论观念层面还是在具体的创作实践当中，西方文学中的所谓"写实"，并非一成不变，而是恒处于不断生成的动态历史过程之中。具体来说，在不同时代，人们对"写实"之"实"的内涵有着不同的理解，而且对"写实"之"写"的如何措置也总有着迥异的诉求。就前者而言，所谓的"实"是指什么？——是亚里士多德之"实存"意义上的生活现实？还是柏拉图之"理式"意义上的本质真实？抑或是苏格拉底之"自然"意义上的精神现实？这在古代希腊就是一个争讼不一的问题。《诗学》之后，亚里士多德"实存"意义上的"现实说"虽然逐渐成为长时间占主导地位的观点，但究竟是怎样的"实存"又到底是谁家的"现实"却依然还是难以定论；——是客观的、对象性的现实？还是主、客体融会的、现象学意义上的现实？抑或是主观的、心理学意义上的现实？在用那种体现着写实传统的"摹仿现实主义"为新兴的自然主义张目的时候，左拉显然是意识到了如上的那一堆问题，所以，在将自然主义的本原追溯到远古的"第一行文字"的同时，左拉又说："在当下，我承认荷马是一位自然主义的诗人，但毫无疑问，我们这些自然主义者已远不是他那种意义上的自然主义者。毕竟，当今的时代与荷马所处的时代相隔实在是过于遥远了。拒绝承认这一点，意味着一下子抹掉历史，意味着对人类精神持续的发展进化视而不见，只能导致绝对论。"[1]

---

[1] Emile Zola, "Naturalism in the Theatre", in George J. Becker (ed.), *Documents of Modern Literary Realism*, Princeton, New Jersey: Princeton University Press, 1963, p.198.

为自然主义文学运动提供理论支持的实证主义美学家泰纳认为，艺术家"要以他特有的方法认识现实。一个真正的创作者感到必须照他理解的那样去描绘事物"①。由此，他反对那种直接照搬生活的、摄影式的"再现"，反对将艺术与对生活的"反映"相提并论。他一再声称刻板的"摹仿"绝不是艺术的目的，因为浇铸虽可以制作出精确的形体，但永远不是雕塑；无论如何惊心动魄的刑事案件的庭审记录都不可能是真正的戏剧。泰纳的这种论断，后来在左拉那里形成了一个公式：艺术乃是通过艺术家的气质显现出来的现实。"对当今的自然主义者而言，一部作品永远只是透过某种气质所表现出的自然的一角。"②而且左拉认为，要阻断形而上学观念对世界的遮蔽，便只有"悬置"所有既定观念体系，转过头来纵身跃进自然的怀抱，即"把人重新放回到自然中去"，"如实地感受自然，如实地表现自然"③。由此出发，自然主义作家普遍强调"体验"的直接性与强烈性，主张经由"体验"这个载体让生活本身"进入"文本，而不是接受观念的统摄以文本"再现"生活，达成了对传统"摹仿/再现"式"现实主义"的革命性改造。即便不去考究在文学—文化领域各种纷繁的语言学、叙事学理论的不断翻新，仅仅凭靠对具体文学文本征象的揣摩，人们也很容易发现西方现代叙事模式转换的大致轮廓。例如，就"叙事"的题材对象而言，从既往偏重宏大的社会—历史生活转向偏重琐细的个体—心理状态；就叙事的结构形态而言，从既往倚重线性历史时间转向侧重瞬时心理空间；就叙事的目的取向而言，从既往旨在传播真理揭示本质转向希冀呈现现象探求真相；就作者展开叙事的视角而言，从既往主要诉诸

---

① [俄]诺维科夫：《泰纳的"植物学美学"》，见朱雯等编选《文学中的自然主义》，上海文艺出版社1992年版，第68页。

② Emile Zola, "Naturalism in the Theatre", in George J. Becker (ed.), *Documents of Modern Literary Realism*, Princeton, New Jersey: Princeton University Press, 1963, p. 198.

③ [法]左拉：《论小说》，见柳鸣九选编《法国自然主义作品选》，天津人民出版社1987年版，第778页。

"类主体"的全知全能转向主要诉诸"个体主体"的有限观感；就作者叙事过程中的立场姿态而言，从既往"确信""确定"的主观介入转向"或然""或许"的客观中立……

种种事实表明，如果依然用过去那种要么"再现"、要么"表现"这样的二元对立思维模式去"重估经典"、去面对已然变化了的西方现代文学，依然用既往那种僵化、静止的"写实"理念来阐释已然变化了的西方现代叙事文本，那么，我们势必很难真正"重估"西方传统文学经典，也难以理解自己所面对的新的文学对象，从而陷入左拉所说的那种"绝对论"。不仅如此，除了对19世纪现实主义与自然主义理论与创作的理解与接纳上需要破除这种正"依然"的顽固与偏执之外，在对待浪漫主义、唯美主义、象征主义、颓废主义等20世纪以前其他重大文学史现象和理论经典方面，也照样需要这种"破除"。反之，如果依然坚持这种"顽固"与"偏执"，那么我们的"重估经典"是以偏概全的，"重构"和"创新"文学理论也可能成为漂亮的空话甚至美丽的谎言。

所以，对20世纪以前西方传统文学的重大文学史现象以及理论经典的"重估"，是我们所说的"经典重估"题中应有之义，在此基础上吸纳其合理成分，对全面理解西方文论、重构并创新我们自己的文学理论，形成具有"中国气派"的文学理论学科体系来说，是不可或缺的也是意义深远的。

上 编

作家作品研究与方法创新

第 一 章

"诗性"的经典

　　哲学家海德格尔在《人诗意地栖居》一文中，引用了诗人荷尔德林的诗歌《人，诗意地栖居》中的诗句，并予以哲学的阐释，由此，"诗意地栖居"就成了西方人对艺术化的生活的一种描述与向往，也成了对文学之人性意蕴的一种诗性解读。

　　正是在这种意义上，文学是对人性的一种诗性的表达，以擅长追问人的自我生命之价值与意义的西方文学，则更是一种"诗化的人学"。因此，阅读西方文学经典，意味着有可能让我们自己的心灵以审美的方式获得一种自由与解放，让我们在反躬自省的过程中体悟人性的美与善，在人文与审美的熏陶中提升灵魂的境界。

第一节　人的起源与人性隐喻

　　在古希腊神话中的阿波罗神殿上有一句箴言："认识你自己！"它正好体现了西方文化精神的本质特征：强调个体的价值，把人作为衡量一切事物的标准，不断探寻人的生命的意义与价值。受西方文化传统的影响，西方文学的深层始终回荡着对人的自我灵魂的拷问之声，其间常常交混着人与兽、灵与肉、善与恶等二元对立的经久厮斗。古希腊罗马文学与希伯来基督教文学（简称"两希"传统）是西方文学的两大源头，它们各自对人性的理解与表达有着文化内质上的对立与互补。

在神的大家庭中，普罗米修斯是主要成员之一，围绕他展开的主要是创造人类并造福于人类的故事。传说中他用泥土和水按神的模样造出了人，并把狮子、狐狸、猫头鹰、猴子、牛、狗等动物的秉性都封闭在人的胸膛里，于是，人也就有了生命。所以，人有时就像狮子一般勇猛，有时像狐狸一样狡猾，有时又像狗一样忠诚。[①]

不过，刚被造出来的人，没有呼吸也没有灵性，属于草木一样的自然之物。后来，智慧女神雅典娜给这些处于行尸走肉般"半生命"状态的人吹入了灵魂和呼吸，从此人就有了高贵的灵魂。

对于生命之奇妙和生命形成之奥秘，原始初民当然无法以科学方法进行确证，而只能凭直觉感悟式的猜测、比拟类推式的想象去解释，于是就有了神话里关于人类起源的美丽故事。普罗米修斯造人的神话以象征隐喻的方式告诉人们，人的生命是从动物而来的，因而具有动物的秉性。但是人又有高贵的灵魂和精神世界，因此人高于动物，却又与动物相关联，动物和人的某些秉性是互通的。这也许会让我们想起达尔文的进化论，但我们不必去追问神话中有关人的解释的科学合理性，而只需从中体悟其人文的意味，因为，这是古希腊人对人性的一种稚拙而浪漫的艺术化理解。

古希腊神话中类似的关于人与动物相关联的观念，是西方文学与文化中理解人性的源头之一。

柏拉图在《法律》中说："人是一种温顺的有教养的动物；不过，仍然需要良好的教育和优良的素质；这样，在所有动物之中，人就可以变得最高尚、最有教养。"[②]

[①] ［德］斯威布：《希腊的神话与传说》，楚图南译，人民文学出版社 1978 年版，第 1—11 页。

[②] ［美］莫特玛·阿德勒等编：《西方思想宝库：三千年西方思想的第一部指南》，周汉林等译，中国广播电视出版社 1991 年版，第 6 页。

亚里士多德在《动物组成》和《政治学》中说："人趋于完善之后，就是动物中最好的……如果人没有美德，人就成了动物中最邪恶、最残暴、色欲与食欲也最大的动物。"①

赫胥黎在《人与低级动物之关系》中也说："知道人在本质上和结构上同禽兽是一致的，我们对人的高尚品格的尊重不会因之而减弱。"②

在西方文化史上，把人与动物联系在一起论述的例子比比皆是。

此外还值得注意的是，普罗米修斯造出的"半生物"的人，不过是人的肉体而已，他们的灵魂是雅典娜后来赋予的，说明灵魂和肉体是可以互相分离的。有了灵魂，人的生命才真正存在，反之，灵魂离开肉体，人的生命也就结束了，而灵魂依然存在。这是远古希腊人对人的生命现象的一种朴素的理解与解释。可以想象，这种对生命的灵肉分离的理解，包含着人对肉体生命之短暂的痛苦与无奈，对灵魂永恒之苦苦追求，因而灵与肉的矛盾最初体现的实际上是人关于生与死的矛盾与痛苦。这种灵与肉二元对立的观念，为原始宗教观念的形成奠定了思想基础："灵肉分裂使古希腊原始宗教演变为文明时代的宗教，并导致把世界划分为尘世与彼岸的分裂，终于发展成为一整套神学体系的伟大宗教，如基督教之类。"③

在古希腊，从毕达哥拉斯到苏格拉底、柏拉图，都把灵魂问题作为一个哲学研究的重要论题，并由此演化出一套深刻而细致的关于人的本质的演说。他们都强调，人之为人在于他有灵魂；通过灵魂的净化人才能得救、认识真理和达到神圣的境界；肉体和尘世使人纷扰堕落，所以它应该受灵魂支配，而决不可让灵魂受肉体的摆

---

① ［美］莫特玛·阿德勒等编：《西方思想宝库：三千年西方思想的第一部指南》，周汉林等译，中国广播电视出版社1991年版，第7页。

② 同上书，第19页。

③ 杨适：《中西人论的冲突：文化比较的一种新探求》，中国人民大学出版社1991年版，第105页。

布；自觉到这一点的才能算作人，与动物真正有别的人，人间正义才有可能达到。① 这些思想也成了后来古希腊文化与希伯来文化交融的内在契合点和思想基础。从此，西方文学和文化在人的本质问题的纷争中，也就永远离不开灵与肉的观念："上帝（圣父）、耶稣（圣子）、圣灵（道）同人的灵魂相联系，它拯救人类主要指的就是拯救人的灵魂。"② 这种重灵魂内省的传统与古希腊的科学理性精神传统并立，成为西方文化相反相成、互补交融的传统。

在西方文学的另一个传统——希伯来文学中，关于人的起源的解说同样富有诗意与浪漫。

《旧约》是这样描述人的起源的：上帝创造了天地万物之后，在第6天又按照自己的形体用地上的泥土造了一个男人，取名亚当，此后又在亚当身上取下一根肋骨，造了一个女人当他的妻子，名叫夏娃。后来在蛇的引诱下，亚当与夏娃违背上帝的旨意，偷吃了智慧树之果，被耶和华逐出了伊甸园。

《旧约》作为神话形式的文学经典，是经过几代人创作而成的，其中，偷食智慧果的故事是整个作品中关于人的故事的开端，也是《圣经》关于人与上帝、人与自我关系这一基本主题之开端，更是人的善与恶的不解之"结"的开端。"原罪"是基督教的基本观念，从人类始祖亚当与夏娃被逐出伊甸园开始，凡肉身者皆生而有罪；人的降世亦即恶的降世，恶与人俱在。"原罪"成为人类无法摆脱的永恒的"宿命"，也是西方文学与文化中人的"罪恶"意识以及善与恶二元对立的源头之一。

然而，人类始祖之原罪在于违背上帝旨意偷食智慧之果。从文学的象征意义上看，亚当与夏娃偷食禁果，是人类由自然人走向文化人的隐喻。智慧之树是文明之树的象征，智慧之果即知识之果、

---

① 蓝江：《记忆与影像——从古希腊到阿甘本的生命—影像哲学》，《浙江工商大学学报》2016年第1期。

② 杨适：《中西人论的冲突：文化比较的一种新探求》，中国人民大学出版社1991年版，第105页。

文化之果。就人类而言，对智慧之果的欲求乃是对知识的欲求、对文化与文明的欲求；亚当与夏娃吃了智慧之果后知羞耻明善恶，标志着人的自我意识和理性意识的觉醒，标志着人与自然的分离——自然人走向了文化人，从而标志着"人"的诞生。这说明，智慧起于人的理性，文化源于人走出与自然浑然无别的原始状态。人与自然分离是人类的一大进步。[①]

总之，无论是在古希腊还是在希伯来文学经典中，"人的起源"的神话都隐含了人性理解的原始形态，是原始初民对人性及其善恶本质的稚拙而浪漫的诗意理解与表达；作为一种原型或"母题"，后来西方文学中反复出现的人性与兽性、灵魂与肉体、善与恶、上升与沉落的二元对立主题，都与之有渊源关系。比如，浮士德内心"魔"与"上帝"的纠结，聂赫留朵夫身上"动物的人"与"理性的人"的冲突等，都透出了远古时代人的自我追问之声。这就为我们阐释西方文学经典指证了一条贯穿始终的人文线索，也为我们深度解读经典文本标示了一个关键的切入口。

第二节　个体本位、群体本位及博爱主义

关于"个人主义""个性解放""人本主义"之类的言说，在中国大学的《外国文学》课程教学中耳熟能详。但是，当我们从"两希"文化传统的角度作深度辨析的时候，又可以发现什么耐人寻味的人文差异呢？

瑞典学者安·邦纳认为，"全部希腊文明的出发点和对象是人。它从人的需要出发，它注意的是人的利益和进步。为了求得人的利益和进步，它同时既探索世界也探索人，通过一方探索另一方。在

[①] 关于上帝创造人之寓意的解说，参见蒋承勇《偷食禁果故事及其文化人类学解读》，《文艺研究》2002年第4期。

希腊文明的观念中,人和世界都是对另一方的反映,都是摆在彼此对立面的、相互照应的镜子"①。古希腊民族对人的重视,与该民族人的自然观、宇宙观有密切关系。古希腊人一同自然分离后,就产生了强烈的个体意识。希腊文化的一个重要特点是重"天人之别","他们认为,人同自然的划分是知识和智慧的起点,是人自觉其为人的起点"②。由于强调人与自然分离,因而,古希腊人又特别重视个人与整体的分离,因为,"个人同整体分离开来也是一种'天人之别'"③。古希腊哲学家普罗泰戈拉的主要倾向是重个人,重个人的感觉意识,重经验。他的名言"人是万物的尺度",就是古希腊人那强烈自我意识的表露。由于重人与自然的分离、重个体与整体(社会)的分离,古希腊人就有一种强烈的独立精神和自由意识。在古希腊人看来,"人之为人的最本质的东西就在人有自由,能够独立自主,不受外物和他人的支配和奴役"④。他们骄傲地把自己称作"自由人"。总之,重视个体的人的价值的实现,强调人在自己的对立物——自然与社会——面前的主观能动性,崇尚人的智慧和在智慧引导下的自由,肯定人的原始欲望的合理性,是古希腊文化的本质特征。在这种文化土壤中产生的古希腊文学,就呈现出张扬个性、放纵原欲、肯定人的世俗生活和个体生命价值的特征,具有根深蒂固的世俗人本意识,这便是西方古典人本主义的原始形态。

荷马史诗又被称为"英雄史诗",这一方面是因为史诗产生于古希腊历史上的"英雄时代",另一方面是因为史诗塑造了英雄群像。英雄们为荣誉而战的行为,固然有维护部落群体利益的一面,但这种行为的初始动因是个人荣誉,因为荣誉与尊严维系着个体生命的

---

① 转引自[苏]鲍·季·格里戈里扬《关于人的本质的哲学》,生活·读书·新知三联书店1984年版,第28—29页。
② 杨适:《中西人论的冲突:文化比较的一种新探求》,中国人民大学出版社1991年版,第101页。
③ 同上书,第121页。
④ 同上书,第99页。

价值与意义。为了个人荣誉和尊严而舍生忘死，敢于冒险的行为特征和价值取向，是古希腊两大史诗中绝大多数神和英雄所共同的。个人的财产、权力、爱情的拥有都是个人荣誉的体现。英雄们对个人荣誉的企求，既表现了古希腊人对个体生命价值的执着追求，对现世人生意义的充分肯定，同时也体现了对个人欲望的任性与放纵。① 正是在这种意义上，荷马史诗通过英雄与荣誉的描写，以象征隐喻的方式表现了希腊式人本意识，其核心内容是：肯定个体的现世价值、个体本位、放纵原欲、张扬自我。荷马史诗是"英雄时代"的英雄主义的颂歌，也是人类童年时期文学关于"人"的颂歌。这种人文传统深深影响了后来的西方文学与文化。

在希伯来文学与文化传统中，"人"的颂歌表达了对人性内涵的另一种理解。

《旧约·出埃及记》中的摩西是希伯来民族英雄。在历史上，犹太民族饱受磨难、屡遭挫折。作为这个民族的英雄，摩西身上有阿喀琉斯等古希腊英雄们所不具备的品质：自我牺牲精神，对民族、集体的责任观念和民族忧患意识。

不容置疑，摩西是一个挑起了民族重负的英雄。当他还过着作为埃及公主养子的贵族生活时，其内心深处却装着自己的民族，总不忘自己是一个犹太人。他还曾因阻止埃及人殴打犹太人而失手杀死了对方，因此过着流亡生活。在孤寂的流亡生活中，他认识到自己一生的真正使命，是带领那些近乎忘记自己的祖先、对民族失去信心而又遭到埃及人百般凌辱的犹太人摆脱奴役，重建自己民族的国家。为此，在同胞们一度麻木不仁，对他的计划不予理解与接受时，他忍辱负重，百折不挠，想方设法唤起他们的觉醒。离开埃及以后，犹太人再一次在沙漠中艰难地生活着，他们常常感到绝望，但摩西总是以乐土在望来鼓励他们。摩西教给他们许多有用的技能以求得在恶劣环境下的生存，使他们在经历了长途跋涉，受尽千辛

---

① 蒋承勇：《远去的野性与永久的魅力》，《浙江社会科学》2017年第6期。

万苦之后，终于看到了自由与独立的希望。在这个过程中，他一心维护民族的团结，避免内讧，直到120岁时悄然离开人世。摩西身上所蕴含的是一种群体本位意识与古希腊英雄的个体本位意识恰好相反，是个性在群体利益面前的抑制，而非个性的一味自由乃至欲望的放纵。这种群体本位的观念在销蚀了狭隘的民族意识以及民族偏见后，在《新约》中又发展为一种拯救人类脱离苦难，爱整个人类的世界主义和博爱主义。

个体本位、个人主义与群体本位、博爱主义，体现了"两希"文学对人性理解与表述的双向互补，也构成了西方文学与文化的基本价值核心。简单地把"个人主义""个体本位"理解为西方文学人文传统的核心，是失之偏颇的。

第三节 远去的野性与永久的魅力

人是生而自由的吗？

卢梭说：人是生而自由的，但又无往而不在枷锁之中。今天的文明人是如此，远古时代的原始人更是如此。由于生产力水平的低下，远古时代的人类处处受到自然的制约，当人处于自在状态时并无感觉；一旦进入自为状态，也就是说人类从必然王国开始向自由王国进发时，他们就发现自己实际上处于无所不在的罗网之中。这种使他们无法解释的支配着自己的神秘力量，是一个比任何神祇都更令人敬畏的神，她的名字叫"命运女神"。这种无法解释的神秘力量当然有来自人之力量无法企及的自然力量和社会力量，还有来自人本身的难以名状的制约力。

在文明程度低下的远古时代，人本身的蒙昧与野性，也是给人类带来痛苦与灾难的一种神秘力量，这也是西方文学史中人与命运之争的重要主题。古希腊悲剧的典范《俄狄浦斯王》把这一主题表现得淋漓尽致，故而史称其为"命运悲剧"。主人公俄狄浦斯一出生，神就预言说，他长大后将会犯弑父娶母之罪。长大后的俄狄浦斯知道了这个神谕，就用各种办法力图回避与反抗命运的安排，但无论他怎么努力，还是无法逃脱命运的罗网，最终犯下了弑父娶母的大罪。从剧情的发展与结局看，"命运"一开始就给主人公设定了人生的结局，并让他一步一步地走向那个既定的悲剧结局。

那么，"命运"到底是什么？

对此，有许多不同的解说，其中很典型的是心理学家弗洛伊德的观点。他认为，俄狄浦斯有一种弑父娶母情结。这种理论认为，男孩子天然地有一种仇父恋母的潜意识，这使他总是有一种难以名状的杀死父亲并取而代之的潜在欲望。因此，俄狄浦斯由于受这种潜意识欲望的驱使，就鬼使神差、不知不觉中走向了弑父娶母的结局。弗洛伊德就称这种潜意识欲望为"俄狄浦斯情结"。因此，在弗洛伊德看来，正是这种"弑父娶母"的潜在欲望导致了俄狄浦斯的悲剧。这个观点在学术界曾经十分流行，并被广泛引用。我认为这样的解释是牵强的，把"俄狄浦斯情结"普泛化为男孩皆有的心理现象则更不科学。

俄狄浦斯为了逃避弑父娶母的命运而离家出走，却偏偏进入了杀父娶母之命运的圈套。他一心想追查杀害国王的凶手，拯救黎民百姓于灾难之中，但严酷的事实告诉他：坚决追查凶犯的人正是凶犯自己，拯救忒拜城的恩人同时又是给忒拜城制造灾难的祸主。俄狄浦斯的悲剧告诉我们：一个追求正义的人，可能成为一个制造罪恶的人；高尚与卑鄙、正义与邪恶、天使与魔鬼往往互为因果。这里给我们揭示的是人性的复杂性。从这个角度看，俄狄浦斯的故事是西方文学史上最初写出人的复杂性、揭示复杂的人性之无穷艺术魅力的作品。俄狄浦斯猜中了妖怪斯芬克斯之谜，而这个谜的真正难解之处是——人本身就是斯芬克斯之谜。人要认识自己是十分困难的。也许正是因为古希腊哲人已感悟到了认识自己之困难，所以，在太阳神阿波罗神殿上刻上了"认识你自己"的箴言。在西方文学中，描写人之复杂性不仅成了一个传统，也是文学无穷之艺术魅力的源泉。莎士比亚的悲剧所呈现的人的复杂性，尤其是《麦克白》中对麦克白由纯洁走向罪恶的描写，与《俄狄浦斯王》何等相似！

不过，其间也有明显的分野。莎士比亚描写的是处在近代文明时期的人，他们的文化道德意识远比古希腊神话中的人物要强，后者还未深度地为文明所浸染，因而没有莎士比亚笔下人物那种强烈而明晰的善恶观念。如麦克白是在明知是恶的情况下偏要为之的自觉从恶（尽管内心始终充满痛苦），而俄狄浦斯是在明知是恶而不肯为知的情况下犯下不明之罪的。前者在行动的整个过程中有激烈的内心善恶之矛盾斗争与痛苦，后者却一直怀着正义之心果断行事，在真相大白时才猛然醒悟，这位正直而高尚的人也才痛苦地叫出："哎呀，一切都应验了！"因此，俄狄浦斯走向"犯罪"是神秘的"命运"所致，这"命运"可以理解为来自外在的自然与社会的神秘力量，也可以理解为文明初期人自身的原始野性。由此而论，俄狄浦斯的"弑父娶母"是有着象征意蕴的。

在原始时代，杀父娶母的现象原本无所谓非道德，只有到了文明时期才被认为是大逆不道的乱伦之为。而在人类文明的初期，杀父娶母行为尽管在伦理道德上被禁止，但在刚刚走向文明的古人身上，这种原始时期延续下来的野蛮习性并没有也不可能很快消失，相反还会在人的意识和潜意识中存在。俄狄浦斯作为文明初期的人，无疑存在着原始的野性。在伦理意识上，他无意于弑父娶母，他力图摆脱这一陋习，成为一个文明的人，但神定的"命运"使他最终走向弑父娶母的结局，这"命运"就是他那潜在的野性冲动，他努力地要挣脱它，却不知不觉中受着它的摆布。人的肉体存在也是一种自然，发自人的内在自然的野性冲动对人的制约，也像外界自然一样有其强制的和无法抗拒的威力。刚刚步入文明初期的人对此感到无法理解，正如俄狄浦斯对"命运"的圈套无法理解和无可奈何一样。对这个故事，我们无法用科学的、理性的逻辑去推敲、去演示俄狄浦斯弑父娶母结局产生的可能性与真实性，而只能从神话隐喻的角度去阐释这象征性故事背后潜在的普遍性喻义。俄狄浦斯在为摆脱原始的、自然的属性而导致毁灭的悲剧，是人类为走向文明所付出的艰苦努力和沉重代价的一种艺术写照，体现的是文明对于野性、文明对自然的抗争，是走向文明的人对原始野性的抛弃，文明拥有某种正义性，俄狄浦斯向文明迈进的悲剧也拥有了悲壮与崇高的审美特性。在这种意义上，俄狄浦斯的悲剧从人类文化史和文明史的角度告诉了人们：走向文明是艰难而痛苦的，因为从自然状态过来的人的蒙昧与野蛮还会在长久时期内制约着人，这同样是不以人的意志为转移的。

不仅仅俄狄浦斯弑父娶母的故事有部落乱伦生活的印记，与之相仿的欧里庇德斯的悲剧《美狄亚》，描写了女主人公美狄亚爱的忠贞、爱的忘我精神。美狄亚为了"爱情"，帮助情人伊阿宋打败自己的父亲，为他盗取金羊毛，还为他设计杀死了自己国家军队的首领——自己的兄弟，以后又是出于爱情的嫉妒，还杀死了科林索斯国的公主与国王，甚至杀死了两个亲生儿子。从文明人的道德观念看，美狄亚为爱复仇的行为无疑有其正义性、合道德性，这种正义性和道德性来自文明社会一夫一妻制的家庭婚姻道德，但美狄亚为了爱情不惜背叛国家、背叛父亲、杀死兄弟和儿子的这些行为，又是违背文明时期家庭伦理道德的。她的这种极端的行为仅仅以"爱的深沉""爱的专一""爱的强烈"等貌似文明与合理的词来解释是难以自圆其说的，因而无法使人信服。我们不能不看到她作为人类文明初始阶段的女性，依然有原始初民的狂野与暴烈，文化、道德对其制约之力显得十分软弱。原始野性的力量作为人自身的自然本性，是有其惯性冲力的。美狄亚的悲剧固然有男女不平等、女人是男人的奴隶、一夫多妻制等不合理的家庭婚姻制度和观念等社会原因，同时也有文明与野性之矛盾冲突造成的原因。

其实，从总体上看，古希腊的神话、悲剧和史诗都产生于人类文明的童年时期，而且其中都表现人类童年时期的生活，记录着原始初民的稚拙、天真以及野性与蒙昧，即便是代表古希腊文学最高成就的荷马史诗之《伊利昂纪》《奥德修纪》也不例外。它们又被称为"英雄史诗",这一方面是因为史诗产生于古希腊历史上的"英雄时代",另一方面是因为史诗塑造了英雄群像。然而,恰恰是在这些"英雄"身上,隐含了原始人的另一种野性。

史诗描写的充满血腥又气贯长虹的战场,险象环生又引人入胜的冒险,都为英雄形象的诞生提供了舞台。战争场面让英雄一展雄姿,也体现了那个时代人们对英雄主义理想的追寻与歌颂。《伊利昂纪》主要描写特洛亚战争最后阶段的殊死决战。作者以恢宏的彩笔,气势磅礴地描绘了古战场的人喊马嘶和群雄争斗,再现了远古战场的刀光剑影和血雨腥风;那一幕幕惊天动地、气贯长虹的战争场面,衬托出英雄们矫健的雄姿和强悍的身影。他们把血腥的战场当作展现其英雄品格、实现人生价值的重要途径,以大规模的杀伤对方来显示自己超人的武艺、胆魄与智慧。战场既是英雄们的用武之地,也是他们理想寄托的场所。传奇性冒险也展示着古代英雄的风采。《奥德修纪》中奥德修斯等英雄的海上遭遇,以神话隐喻方式表现出了古代人和自然威力的斗争。海神波塞冬是海洋威力的象征;巨人、仙女、风神、海怪、水妖等,都是各种自然力量的拟人化形象。同这些自然威力相比,人的力量是渺小的,但是,奥德修斯等英雄们与自然做斗争的冒险经历,说明了人能够靠勇敢、毅力和智慧战胜它们,其间展示了远古英雄的另一种品格。荷马史诗通过战场和冒险塑造的这些鲜活而粗犷的英雄形象,其特殊艺术魅力是后世文学所难以企及的。

在此,我们难免要问:英雄们不惜献出生命去参战和冒险,追求的是什么?

那是一个崇尚英雄的时代,也是一个追求个人荣誉与尊严的时代。在英雄们看来,个人荣誉比生命更重要。战功、财产、权力、爱情的获得都意味着个人荣誉与尊严的拥有。希腊联军的主将阿喀琉斯就是典型代表。他勇敢善战、威震四方,但是,当个人荣誉和尊严受到侵犯时,会不顾一切去维护个人荣誉。年轻时,神谕说他有两种命运:走上战场,他会功勋卓著成为大英雄,但又将早早地战死沙场；安居家中过平常人生活，他将默默无闻却寿比南山。阿喀琉斯坚定地选择了前者，走上战场并成了战功赫赫的英雄。在他头脑中，与其默默无闻而长寿，不如轰轰烈烈，以短暂的生命去换取高贵的荣誉。在战场上，当主帅阿伽门农扬言要抢走他心爱的女奴时，他一怒之下退出战场，致使希腊联军损兵折将，溃不成军。"阿喀琉斯的愤怒"，表现了他对个人荣誉和尊严的维护。

另外，史诗描写的经久而残酷的特洛亚战争，其战祸起于金苹果和美女海伦之争。金苹果象征财富与荣誉，美女海伦象征爱情或原始情欲。对神和英雄来说，金苹果和美女的得失都关乎个人荣誉。神与人同形同性，神的喜怒哀乐与人息息相通，所以，神和英雄一样迷恋个人荣誉，天上的女神们要争夺金苹果，人间的英雄要为美女海伦而战。这说明英雄主义和荣誉崇拜是那个时代的普遍现象。

然而，我们在阅读中看到了英雄们为"荣誉"而生、为"荣誉"而战的那种英勇与无畏的同时，也看到了冷兵器时代古战场之异常惨烈。发生在特洛亚的长达10年之久的战争，成就了一系列的英雄以及他们的"荣誉"，实际上却给战争双方带来了旷日持久的血雨腥风。希腊联军的主帅阿伽门农之所以获得了普天下最大的荣光，是因为"他攻克了如此伟大的城池，杀死了许许多多的人"。史诗借助战争与战场的描写，竭尽赞美之能事去表现英雄们那神一般的勇武，其间也无可掩饰地展露了英雄们的狂野、冷血甚至暴戾。且不说英雄们的"荣誉"必须以大量的攻城略地、洗劫财物，尤其是大量的杀伤对方为前提，掠夺与杀戮是他们的一种近乎天然的营生或者职业，单就他们走向战场，在"狂怒"中表现出来的杀戮的血腥与冷酷，英雄们那高大光辉的形象背后，暗暗地升腾起原始人的野性魔影。

希腊联军的胜负转折，皆起因于主将阿喀琉斯的"愤怒"，而"愤怒"则是英雄们在临战时发威的普遍状态，不"愤怒"似乎无以体现其勇武。史诗中，"英雄们经常被荷马描写为战神阿瑞斯，特别是在战斗中的怒火方面"①。战神阿瑞斯可以说是"战争永无餍足"的代名词,而他的"愤怒"则是战争与死亡开始的标志。"战争是一种疯狂,战神阿瑞斯是一个疯子",这已然是史诗中习以为常的谚语。一个"愤怒"中的英雄就像战神阿瑞斯,这不仅仅是荷马对大英雄阿喀琉斯的赞美,而且几乎是对所有英雄的褒奖。请看,赫克托尔"狂暴震怒,一如勇士阿瑞斯,又如山上蔓延的毁灭之火"。那么,最大的英雄阿喀琉斯一旦"愤怒"起来,那敌对的一方无疑要遭遇灭顶之灾,赫克托尔也就必死无疑。不仅如此,史诗每逢写到英雄的这种"愤怒"而又"勇武"的时候,荷马随之又延伸地描写"发狂"了的武器:"长枪也在手中发狂",它"渴望人类的血肉,以满足自己的胃口",它"插在地里,还未曾享用白花花的人肉",或者"急切地想要饱食人类的血肉"。

总之,一如战神阿瑞斯,英雄们的发狂与"愤怒",既是勇武的又是令人恐怖的。"愤怒"的那一刻,英雄的生命处于巅峰与极致状态,接踵而来的便是对敌方将士冷酷无情乃至麻木不仁的杀戮。他们像狮子和狼,像泛滥的洪水,像肆虐的山火。他们杀死对手,"就像麦地里的收割者,就像风吹散海面的泡沫,一只巨大的海豚吞噬小鱼儿,倒下的人被他的战车的车轮碾碎……"杀死了的对手"被长枪刺穿了眼球,头颅被砍下,成为获胜者炫耀的玩物"。有的被刺死的对手"身体绕着长枪扭动,好像被绳子拴住的公牛……双眼被敲出来,鲜血淋漓地落在他脚前的尘土中;他在哀告求饶时被刺中,肝脏滑了出来,膝上沾满了自己的血;长枪刺入口中,击碎他的白骨,鲜血溢满眼眶,从口鼻喷洒;头脑受创,鲜血和脑浆从伤口涌出"。一个战死的"英雄",他的尸体可能被战车碾过,四肢和头颅可能被砍掉,或者被其他的将士围住随意刺戮施以凌辱。而凌辱尸体是习以为常的事情,阿喀琉斯就曾经把赫克托尔的尸体绑在战车

---

① Jasper Griffin, *Homer on Life and Death*, Oxford: Oxford University Press, 1980, p. 32.

后拖着绕城跑三圈。在荷马史诗中，勇武、愤怒、暴戾、冷血，是如此天衣无缝地融合在了一起，正是它们成就了"英雄"及其"荣誉"。

黯淡了刀光剑影，远去了鼓角争鸣。历史的长河涤荡了战争的血污，古战场已灰飞烟灭，而那些昔日的英雄形象却依旧鲜活于读者的脑海，成为众口交赞、魅力无穷的审美对象。史诗中英雄们勇敢善战、视死如归的无畏气概，古战场雄关漫道、回肠荡气的惨烈场面，一方面展示着人性的美与善，另一方面，人与人之间你死我活的血腥争斗，无论史诗的作者如何以不带倾向性的双重赞美语言去描写，都无法驱走战场上焚尸的恶臭以及漂满尸体的河水涌过来的血腥味。阿喀琉斯的勇敢同他愤怒时的杀人如麻甚至虐待敌方战将尸体的冷血行为相伴；奥德修斯的智慧同他返乡后毫不留情的复仇杀戮相依。今天，我们可以赞美他们的英勇与智慧，但无法对他们身上的野性与残暴也予以赞美，这是文明人对人性善恶之评判的起码标准。

不过，艺术鉴赏的审美标准有别于人文评判的道德标准。在远古时代，原始初民这种野性甚至兽性是一种自然属性，一定意义上无所谓善与恶，正如部落战争的双方通常无所谓正义与邪恶，而且这种描写恰恰体现了人类童年时期文学的真实性。因为，古希腊的史诗和悲剧的题材都来自那野性尚存的原始时代，写的也正是因野性而充满生命活力的远古英雄，展现的是远古时代人性之粗犷与稚拙，因此，虽然我们可以认为远古英雄在某些方面文明程度的低下，但是原始野性却使他们拥有了文明人所没有的那份自由与狂放，其间蕴含了独特而永久的艺术魅力。这恰恰是艺术美感产生的情感与人文的缘由。

一个人从清纯的童年、少年走向成年，这是一个从稚嫩走向成熟的过程。其间，或者接受学校教育，或者经历社会磨难的历练——一如高尔基的《童年》《少年》和《我的大学》所描写的——或者通常是兼而有之。接受学校教育也好，经受社会磨砺亦罢，都是文明对童心的熏染过程，是人的理性、精神和灵魂成长与提升的过程，犹如一棵盆栽的小树，被修理得精致而优雅。一个人必须经由精神和心灵的成长、成熟而成其为真正的社会的人、文明的人，从而才拥有了文明人的"自由"；但与此同时，自然天性又在被文明的规范与制约中过滤着人的与生俱来的"自由"欲望——那种随性而为、无拘无束和天真烂漫。然而人的情感的诗性特点在于：在童心渐行渐远的成长途中，总是不断地回眸过往，留恋童真的岁月，在蓦然回首的欣然一笑中又每每因童心的远去和模糊而黯然神伤。恰逢这种时候，情感的心弦哪怕是纤柔的震颤，奏出的都是富有诗意的乐音，美感便由此而生。童年时代稚拙的涂鸦，童年时嬉戏过的小河，童年记忆里偏远而贫瘠的乡村……都是成年的我们无法重复的心灵蕴藏，这种蕴藏每每以非功利的审美方式激活我们沉睡着的情感的湖泊，拨响记忆的心弦，让我们或心潮澎湃，或热泪盈眶，或怡然自得，或黯然神伤……成年给了我们成熟与理性，也远离了自然天性中曾有的"自由"与纯真，精神与情感反而显得孤独与贫瘠。唯其如此，过往的即便是辛酸的童年生活，日后依旧有那么的美好而富有诗意，而且是挥之不去的永久记忆。童年无所不在，它是梦中的常客，它是感知世界的参照，它是行为动机的起点，它是美好情感产生的源泉……

人类的文明史发展历程告诉我们，人走向现代化的过程就像人从童年走向成年的过程，是不断创造文明与人性不断提升和张扬的过程，也是"自由"的失落与获得的双向运动。人的文化属性决定了人永远要沿着文明的桥梁超度到更文明与自由的境界，所以人永远要追随文明。但人的自然本性又决定了他接受文明，就得经受文明之"炼狱"对他的磨炼，蜕其原始的野性而向理性与灵性境界提升。走向文明的过程，首先是接受文化与文明之洗礼的过程，是人的永久心灵之苦、人性的扭曲以及对别一种精神自由的追寻。

在艺术发生学的研究中，"游戏说"是人类艺术发展史上一种重要的学说。"游戏说"认为，艺术的发生与游戏密切相关，它把艺术与游戏通过"自由"这一本质性范畴联系起来。确实,艺术之发生,是人类文明的重要标志,也是人类追求和获得自由的重要标志与途径。弗洛伊德在他的《诙谐与无意识》一书中论述了艺术与快乐原则的联系。他认为,"人的心灵永远追随快乐原则,现实原则却要限制它,而艺术的功能就是帮助人们找到返回快乐源泉的道路,这种源泉由于我们屈服于现实原则而变得可望而不可即。换句话说,艺术的功能就是要重新获得那失去了的童年时代的笑声"[①]。

华兹华斯说:儿童是成人的老师。作为人类童年时期的文学,古希腊的神话、史诗和悲剧正是在稚拙、野性甚至蒙昧的人性描写中,留给了后世乃至今天的人所无法重复、难以企及的自由与狂放。读者在惊讶于远古时代身心裸露的人的喜怒哀乐的同时,也唤醒了沉睡于心底的童心,产生了心灵的震颤和异样的情感共鸣,这是人类童年时期的文学艺术具有永久美感与魅力的重要原因。

原始的野性不见得合乎善,但可能恰恰有美感。

第四节 "人性解放"的限度

人性的解放,可以促进人类文明的进步,这几乎是无可置疑的历史发展的正确方向,于是,"人性解放"也往往成了历史进程中的"正能量"和历史评价的褒义词。然而,历史亦已证明,人性是复杂的,因而并不是所有的"人性解放"都是积极和进步的,或者说,人性的解放有时也有负面效应。在文学领域里,审美的评价有自己的标准,愈是经典的作家往往对现实生活有自己独特的视角和价值评判,其创作之超乎凡响的"经典性"往往来自其独具慧眼地发现了"人性解放"背后的"负能量",并用审美的方式表达此种背景下人的躁动

---

① Sigmund Freud, *Wit and Unconscious*, New York: The Modern Library, 1938, p. 721.

不安的心灵。威廉·莎士比亚就是这样一位伟大的文学家。

欧洲的文艺复兴堪称"人的发现""人的觉醒"的时代;"人的发现""人性的解放"可谓文艺复兴运动最重要的历史意义。瑞士著名的文化史学家雅各布·布克哈特在其代表性著作《意大利文艺复兴时期的文化》中,把第四章命名为"人的发现",并在开头就说,"文艺复兴于发现外部世界之外,由于它首先认识和揭示了丰满的完整的人性而取得了一项尤为伟大的成就"①。所以,"醒来的狂欢",是对人性解放后欧洲文艺复兴时期人的生存状态的一种概括。对此,当时的文学作品有大量的描写与记录。

在核心和主导的意义上,文艺复兴"人的发现"首先是感性的"人"的发现,"人性解放"首先也是从感性的层面上开始的。感性生命主要体现为男女之事,感性中最根本的是"性",所以,中世纪基督教乃至所有成熟的文明社会的宗教,都首先从抑制"性"开始,把女人视作"魔鬼"。《圣经·创世记》中亚当与夏娃偷吃禁果而犯罪,隐喻的是性犯罪,而且成了人类的"原罪","蛇"就是"性"的隐喻。因此,中世纪基督教文化对人的感性欲望的抑制,首先是男女性爱。同样因为这一点,文艺复兴人文主义对基督教文化的反叛,首先也是从反叛性爱问题上的禁欲主义开始的,对"人的发现""人性的解放"也首先揭示"性"及其生发出来的情欲与爱。

在这个问题上,最能说明问题的还是文艺复兴时期的艺术。"显然我们不能说波提切利、拉斐尔等人对女人人体的描绘完全出于感官的愉悦,出于肉体感性的需要,但对人体之美的赞颂则是十分明显的。在他们看来,赞美肉体就是赞美生命,赞美上帝创世之奇功。在这里没有任何邪秽的不健康的东西,因为人体之美(哪怕是女性裸体)给人的不是邪念的满足,而是生命的充实。"② 这种肉体之爱

---

① [瑞士] 雅各布·布克哈特:《意大利文艺复兴时期的文化》,何新译,商务印书馆1981年版,第302页。

② 启良:《西方文化概论》,花城出版社2000年版,第368页。

和"生命的充实"的观念，显然与基督教教义相左。但是，当人们把人的肉体乃至"性"本身看成上帝的造化、上帝赐予人的美与快乐时，一种重新解说教义，似乎并不背叛上帝和宗教的新"人"的观念就产生了。这就是早期人文主义者对肉体、性、爱情的一种神性理论依托，也是他们敢于那么大胆而真诚（犹如对上帝的虔诚）地表露对性爱的渴慕的根本原因。

被称为"第一个近代人"的意大利诗人彼得拉克曾公开宣称，"我不想变成上帝，或者居住在永恒之中，或者把天地抱在怀里。属于人的那种光荣对我就够了。这是我祈求的一切，我自己是凡人，我要求凡人的幸福"[1]。他在现实生活中确实追求着"凡人的幸福"。他出入于贵族、国王的宫廷，而后又久居教皇宫廷，成为教皇宠信，过着"人"的生活。彼得拉克的这种生活态度和人生准则，都基于他对"人"的现代性理解，这表现在两性关系上，就是"我同时爱她的肉体和灵魂"。他23岁时在阿维尼教堂与美貌的劳拉邂逅，便对她一见钟情。他永远保留着对她的渴慕之情，这种发自灵魂深处的爱成了他诗歌创作的动力和源泉。他的代表作《歌集》就是表达他对劳拉之爱恋的抒情诗集。正是这部诗集，彼得拉克"给人类留下了最富启发性的人类爱情和忧伤、狂喜和悲戚的表达方式"[2]。自然欲望与真挚情感浑然一体，对性爱的追求升华为一种美的追求。

而在意大利早期人文主义作家卜伽丘（又译为"薄伽丘"）看来，男女之间的两性吸引、两性之爱是天然合理的，没有任何力量可以抗拒，因为它是上帝的造化，而不是什么"罪恶"的东西。他在《十日谈》第四天故事的开头曾说："谁要是想阻挡人类天性，那可得好好儿拿点本领出来呢，如果你非要跟它作对不可，那只怕

---

[1] 北京大学西语系资料组编：《从文艺复兴到十九世纪资产阶级文学家艺术家有关人道主义人性论言论选辑》，商务印书馆1971年版，第11页。

[2] 《简明不列颠百科全书》（第1卷），中国大百科全书出版社1985年版，第712页。

不但枉费心机，到头来还要弄得头破血流呢。"① 第四天开头穿插讲的"绿鹅"的故事，则是对这一道理的形象而有力的说明：两性吸引、两性相爱，这纯属本能，属"天律"，硬要视其为恶，人为地去严加制裁，就悖逆了天律。教会的禁欲主义就是这样走向悖逆自然人性之境地的。《十日谈》描写了许多关于教会藏污纳垢、荒淫堕落、修女不洁、教士不善的荒唐故事，这自然是反教会、反禁欲主义的有力篇章。不过，这些描写中，作者否定与抨击的并非教士、修女们荒唐行为的人性动因，甚至不是这些当事人的荒唐行为所要达到的目的本身，而是他们言行不一的伪善以及导致这种伪善的宗教教义。由教会延及家庭，《十日谈》更多地描写了家庭中夫妻双方互相欺骗，另求新欢的故事。初看时难免让人觉得有些庸俗，但这些故事在人性依据上有其合理性。作者力图说明的是：男女性爱不仅发于自然天性，而且是人间生活的幸福之源；尤其是夫妇之间，男欢女爱不是什么必须抑制的邪恶，而是互相给予快乐之途，相反，把它视为"恶"时才生出了许多是非。

卜伽丘的《十日谈》通过这些生活故事，解说人性解放与幸福快乐之间的关系，力图告诉人们，"幸福在人间，天国是梦幻"，用感性欲望意上的"人"去反抗教会反禁欲主义，这是小说进步意义之关键所在。当然，他笔下那些为"快乐"而互相欺骗的故事，除了流于庸俗之外，还有非道德化和纵欲主义的倾向；他把性爱的实现视为人生幸福与快乐的主渠道，体现了对人性理解的狭隘性，也忽略了人性放纵的危害性。

从道德风尚和社会有序稳定的角度看，自然人性的解放既焕发了人的生命力和社会的活力，又导致了社会的矛盾和人的心灵的迷惘。其实，文艺复兴不管在西方文明史上具有多大的进步性，都无法掩饰其激情背后的淫邪，自由背后的无序与混乱；"人性解放"一

---

① [意]卜伽丘：《十日谈》（上册），方平、王科一译，上海译文出版社1988年版，第354页。

方面高扬了人的尊严,另一方面却激化了欲望的无度及至人欲横流。卜伽丘小说流露的非道德化倾向,其实隐含了这种"狂欢"背后的混乱,无非他对此还是过多地给予了赞赏而缺乏深度的反思而已。如果说这正好说明了卜伽丘在杰出中难免的平庸,那么,相形之下,莎士比亚则具备了杰出而又不同凡响的成就。

莎士比亚代表了文艺复兴人文主义文学的最高峰。"只有荷马和但丁可以与他相提并论,但前两人描写的世界比较狭隘,而莎士比亚则天才地囊括了整个世界的自然与人。一言以蔽之,他是一个全人类诗人。"[①] 如果说,文艺复兴确实如布克哈特所说的是一个"人的发现"的时代的话,那么,只有到了莎士比亚的创作中,这个"人"才被发现得最全面、最丰富、最深刻,人文主义的内涵也才发展到了最完整的阶段。阿伦·布洛克说:"从来没有比他(莎士比亚)的剧本更加全面地表现了人的状态了。"[②] 之所以能够如此,其中一个重要原因是,莎士比亚作为一个人文主义者,他一方面肯定了早期人文主义的"人性的解放",但对人性的理解并不仅仅限于感性层面,而且还看到了一味"解放"的感性欲望的粗俗与野蛮及其对人的危害,看到了自由放纵的"人"的道德低迷与恶欲冲动。由此,莎士比亚在呼唤与歌颂"人的觉醒"的同时,更是对"人性解放"的现实流露了深深的忧虑,对人文主义思想本身作了深刻的反思,因而,他有一般的人文主义者所不具备的那种包容性与超越性。

莎士比亚早期创作也表现了人们"醒来的狂欢"。他早期诗歌与喜剧描写了浪漫美丽的人间"伊甸园"。那里,青年男女之间充满了发自自然性爱的激情,这个世界也因此洋溢着生命与青春的气息。抒情诗描写的男女之爱既热情奔放又不乏理智。长诗《维纳斯与阿都尼斯》中爱神维纳斯追求美貌猎手阿都尼斯,显示了女性之爱的

---

① Willian J. Long, *English Literature*, London: Nabu Press, 1991, p. 154.
② [英]阿伦·布洛克:《西方人文主义传统》,董乐山译,生活·读书·新知三联书店1997年版,第60页。

不可抗拒，但又不流于粗俗。另一长诗《鲁克丽丝受辱记》描写了热烈的爱，也歌颂了妇女的忠贞，热情与节制得到了统一。莎士比亚的十四行诗往往把爱情与友谊之花开放于人与人之间的和谐关系的土壤中，尽显其美丽高洁。爱情与友谊相伴，本身说明了自然爱欲在崇高品行支撑下成为美丽的情感，其中闪现了理智和仁慈的光辉。

早期的喜剧延续、拓展了抒情诗的主题，让爱的小夜曲变成了爱的交响曲。在喜剧中，爱情战胜偏见，爱情融化仇恨，爱情给人智慧，爱情给人勇气，但所有这些爱情，都以善良、无私、坚毅、忍耐、真诚、宽容等高尚的品质与情操为前提，因此，这种爱情是生发于世俗情感的，但又有超世俗的倾向，自然爱欲经理智与仁慈过滤后升华为美的情感。在莎士比亚的喜剧中，放纵的爱欲从来都是不被肯定的。如果说，卜伽丘等早期人文主义作家以"人欲天然合理"反禁欲主义，莎士比亚也以"爱情是天经地义的"来反禁欲主义，但莎士比亚同时又说："仁慈是人间的上帝。"[①] 在他看来，离开了仁慈与理智，自然之爱必然走向爱欲的放纵，爱情之美也就消失了。可见，同样作为人文主义作家，莎士比亚的创作一开始就拥有一种上帝式的宽广，基督式的深沉。在这些作品中，基督教文化的节制忍耐，在剔除了教会禁欲主义的极端成分之后，显示出了人性的温馨。

代表莎士比亚创作之最高成就的是悲剧。与早期的诗歌、戏剧和历史剧不同，也和他晚期的传奇剧有别，悲剧描绘的是人的恶欲对人性之善良仁慈的践踏，"爱的伊甸园"蜕变成了"颠倒混乱的时代"。在强烈的恶欲冲击下，克劳狄斯、李尔王、麦克白、伊阿古等让人们看到了"人性解放"的令人忧虑的另一面。克劳狄斯杀兄而霸其妻，专横于朝廷，炙手可热；李尔王居功自傲，丧失理智，终

[①] ［英］莎士比亚：《莎士比亚全集》（第 9 卷），朱生豪译，人民文学出版社 1984 年版，第 76 页。

于被利欲熏心的女儿女婿们逐出宫门，沦为两足动物；麦克白用血腥的谋杀取得了王权，又以血腥的谋杀去巩固它，野心冲垮了理智的堤坝，吞噬了英雄的天良。这里，"残暴"和"仁慈"争夺王位时，分明是那猖狂的"残暴"轻而易举地把它赢到了手中。正如哈姆莱特所说："这污浊的人世，罪恶的镀金的手可以把公道推开不顾，暴徒的赃物往往成为枉法的贿赂。"① 在这恶欲放纵的时代，"罪恶的匆匆"使世界变成了"荒芜不治的花园，长满了恶毒的莠草"②。早期人文主义者"人性解放"的理想，被残酷的现实击得粉碎。哈姆莱特的矛盾、犹豫和忧郁，正是莎士比亚对解放了的"人"与"人性"的忧虑与迷惘。

莎士比亚在悲剧中描写了人欲横流的现实，描写了一幕幕仁慈与宽厚遭践踏的惨剧后，总是在道义上留给人们些许安慰和缕缕希望，因为他依然相信：虽然"残暴"可以践踏"仁慈"，但"仁慈"最终仍将是胜利者，上帝依然站在善与正义一边，这世界还有末日审判的那一天。正如他早期喜剧与历史剧中人文主义理想的闪光点总落在基督式的仁慈、宽厚、博爱上一样，在悲剧中，仁慈、宽厚、博爱则成了映照灵魂善恶的是非明镜。哈姆莱特在现实中看到的是让"罪恶的匆匆"吞噬了理智的人，而原本的人，或者他的理想中的人，则是另一种情形：

人是一件了不起的杰作！多么高贵的理性！多么伟大的力量！多么优美的仪表！多么文雅的举动！在行为上多么像一个天神！宇宙的精华，
万物的灵长！③

---

① ［英］莎士比亚：《莎士比亚全集》（第9卷），朱生豪译，人民文学出版社1984年版，第85页。
② 同上书，第15页。
③ 同上书，第49页。

上述描写的既可以说是哈姆莱特原来想象中的"人",也是他"重振乾坤"后希望出现的"人",也是莎士比亚自己关于"人"的一种理想,但那无疑不是卜伽丘等早期人文主义作家心目中的"人"。推敲这段文字,我们还不难发现:人之所以是"一件了不起的杰作",是因为他是上帝创造的;正因为他是上帝的造物,而且如《圣经》所说是上帝照自己的模样造出的,所以才有"高贵的理性""伟大的力量""优美的仪表""高雅的举动",才像"一个天使""一个天神"!上帝创造了自然之后,又创造了人,并把自然世界的一切都交给人去管理,而且在所有的造物中,只有人是按上帝的模样造出来的,人当然就成了"宇宙的精华、万物的灵长"。尤其是由于人有"高贵的理性",它能看护灵魂,使其不受贪欲的侵蚀,从而沦为冲动的恶欲的奴隶。这"理性"无疑有上帝之神性的附着,意味着"节制"与明辨善恶。而现实中的人,理性的堤坝被私欲的洪水冲垮,从而走向了堕落。由此可见,莎士比亚要追寻的显然不是高呼"人欲天然合理",然后"想干什么就干什么"的"人",而是理性的、仁慈宽厚的"人"。哈姆莱特就是这种"人"的一个实例。尽管他犹豫甚至软弱,但在道德和具有"神性"这一点上,完全是一个理想的"人"。此外还有霍拉旭,《李尔王》中的考狄莉娅和爱德伽,以及人性复归后的李尔和《奥赛罗》中的苔丝德蒙娜,等等。他们均是原欲与理性、情感与理智相融合的理想的"人"。

在莎士比亚的心目中,这种理想的"人"所生活的世界本应有"美好的框架",有一顶"壮丽的帐幕",有一幢"金黄色的火球点缀着的庄严的屋宇"。这是莎士比亚构建的"伊甸园"。这一理想无法实现,是因为人自身的堕落和情欲的放纵,这个世界也就变成了"不毛的荒岬",变成了"一堆污浊的瘴气的集合"。这样的描写具有较高的历史真实性,其间表达的是莎士比亚对人性(尤其是感性欲望)过于"解放"的深刻洞察与深深的忧虑。正如文学批评家卢卡契所说,"莎士比亚既看到了人文主义的胜利,同时也看到这个正在前进中的世界将是个金钱统治的世界,压迫和剥削群众的世界,大力放纵个人主义，充满贪婪的一个世界。……正由于莎士比亚对这种巨大的历史转换时期出现的社会道德的特点具有敏锐的观察力，就使他能创造出具有极大历史真实性和忠实性的历史戏剧"①。

可见，莎士比亚不是一个简单的"人性解放"的倡导者，他对人性和社会的观察与理解要比此前的人文主义作家深刻得多。在他的"人文主义"视野中，"人性解放"是有限度的，自然、原欲、感性意义上的"人"，需要人智、道德、宗教意义上的理性的规约。这是莎士比亚对"人性解放"理解的深刻性，也因此，他的戏剧也达到了自己特有的"人的发现"与人性描写的全面性，他的"人文主义"的内涵也具有不同一般的包容性：既接纳了古希腊罗马文学与文化的世俗人本传统，也接纳了希伯来基督教文学与文化的宗教人本传统；基督教文化中的博爱、仁慈、宽容、忏悔精神在充分尊重个体、个人、情感、欲望的自然人性的基础上重放光华。

莎士比亚在他那个时代就对"人性解放"的有限性向人们提出了忠告，这是他作品的深刻性与经典性的一种表现。

第五节 人性欲求对宗教生活的质疑

雨果是19世纪法国最杰出的浪漫主义作家之一。《巴黎圣母院》是雨果的代表作之一，也是欧洲浪漫主义小说的代表性作品。小说的故事浪漫离奇而又凄婉动人，其间深邃的主题更是耐人寻味。

小说的情节是围绕着吉卜赛女郎爱斯梅拉尔达命运的起伏跌宕而展开的，因此，通常的解读认为，爱斯梅拉尔达是小说的真正主人公，小说通过她的悲剧揭露了中世纪欧洲社会的黑暗，抨击了教会的邪恶势力。在这个意义上，副主教克洛德则是宗教恶势力的代

---

① 中国社会科学院外国文学研究所、外国文学研究资料丛刊编辑委员会：《莎士比亚评论汇编》（下册），中国社会科学出版社1979年版，第484页。

表，是制造爱斯梅拉尔达悲剧的罪魁祸首。他身披教服，内心阴暗险恶；他从事神圣的职业，干的却是残酷无情的勾当；他指使伽西莫多拦路抢劫，企图强行占有女郎；他谋杀弗比斯，又把罪责强加于爱斯梅拉尔达；他煽起宗教狂热，借宗教和封建王权的力量，置女郎于死地。小说通过克洛德罪恶行径的描写，暴露了教会势力的残暴、虚伪；他坠死于钟楼的结局，是道义上对他的惩罚。读者对爱斯梅拉尔达则给予了深深的同情。

然而，从小说情节演变的深层我们可以看到，爱斯梅拉尔达不幸的遭遇、悲剧的结局，都是由克洛德的行为所致。小说中女郎经历了五次遇险与得救：途中被劫，弗比斯救了她；因谋杀情夫罪被绞死，伽西莫多救了她；在圣母院钟楼上，克洛德想占有女郎，伽西莫多闻讯赶来救了她；法庭不顾宗教避难权逮捕女郎，乞丐们出来保护，使女郎有机会离开圣母院；离开圣母院后，官兵赶到，女修士搭救她，但她还是被官兵抓捕，最后被绞死。女郎的这些遭遇都与克洛德的幕后操纵有关，所以，深入情节的内部可见，推动小说情节发展的原动力是克洛德，爱斯梅拉尔达只是作为传递这种推动力的媒介。由于爱斯梅拉尔达的情感联系着周围其他一系列人物，因此，克洛德对爱斯梅拉尔达的作用力，又导致了其他人物与克洛德的一种潜在的矛盾冲突关系，于是我们可以发现，小说的真正主人公是克洛德，小说的深层主题也是通过这个人物表现出来的。

雨果在他的长篇小说《海上劳工》的序言中提到"宗教、社会和自然，这是人类的三大斗争"，《巴黎圣母院》正是为了控诉宗教的"宿命"而作的，这个主题则是通过克洛德这个核心人物的描写来实现的；作品的深刻之处，恰恰也通过宗教教义和宗教生活牺牲品的克洛德的描写，从人性深处对宗教教义与宗教生活的合理性提出了质疑。

青少年时期，克洛德是一个纯正、善良的人。少年的克洛德聪明可爱，然而，似乎"命运"早已决定，他从小就被父母送上了当牧师的道路。在他19岁的时候，父母双亡，抚养幼小的弟弟成了他不容推辞的义务。这种兄弟俩相依为命的生活，使克洛德感受到人世间发自心灵的骨肉之情。以后，他又出于爱和怜悯，收养了怪物般的弃儿伽西莫多。爱兄弟、收养伽西莫多，都是他人性中爱的情感的一种真实、自然的表现，也体现了基督教的博爱精神。基督的博爱和天然的人性之爱在克洛德身上是高度统一的。

然而，长期的宗教生活，使成人之后的克洛德在情感—心理上发生了变异。本来，作为一个成年人，克洛德还应有正常的男女性爱，这是合乎人的自然天性的。可是，宗教教义不允许一个献身上帝的牧师有此要求。基督教教义认为，爱情是一种最可怕的异己力量，是一个凶神；女人是魔鬼给男人设下的陷阱中最可怕的一种诱惑。克洛德当然不能不恪守教规，为此，他在日常生活中抛弃尘世欲念，回避女性，即使是国王的女儿到圣母院来也拒不接近。这倒不是因为他的虚伪，而是他在教义支配下的自我克制。这种长时期对情感的克制，使他情爱层面的心理能量得不到正常的疏导，导致了整个心理结构的不平衡，乃至情感—心理结构的变异。久而久之，克洛德的情感—心理结构越来越不平衡，越来越被扭曲。正如鲁迅先生所说："因为不得已而过着独身生活者，则无论男女，精神上常不免发生变化，有着执拗猜疑阴险的性质者居多。欧洲中世纪的教士、日本维新前的御殿女中（女内侍）、中国历代的宦官，他们那冷酷险狠，都超出常人许多倍。别的独身者也一样，生活既不合自然，心状也就大变，觉得世事都无味，人物都可憎，看见有些天真欢乐的人，便生恨恶。"[①] 克洛德正近乎于此，越是在教会的阶梯上步步高升，他身上所具有的人的优秀素质越来越少，性格变得越来越自私、狠毒，36岁当上副主教的他，人性被扭曲了，心灵变得畸形了。

然而，更为"命运"捉弄的是，这时，天使般的爱斯梅拉尔达偏偏在出现在他的生活中，爱欲的唤起和受挫使他的性格在极度扭

---

① 鲁迅：《寡妇主义》，《鲁迅全集》（第1卷），人民文学出版社1998年版，第264页。

曲后走向了邪恶。第一次看到爱斯梅拉尔达跳舞后，他的心就像遭到雷击似的震撼不已，长期被压抑的情感欲望猛烈地冲击着他。当然，信奉上帝的克洛德不愿将自己的灵魂交给魔鬼，不会自觉自愿地走向陷阱，而是像以前多次做过的那样，本能地企图借助上帝的力量抑制这种情感于欲望的冲动。然而，有悖于人性的宗教樊篱终究无法阻挡像火山一样喷发的人的自然情感与欲望，克洛德在忍受了许多难以想象的心灵的痛苦折磨之后，终于向情感与欲望屈服了。他决定，为了爱斯梅拉尔达，他愿意抛弃过去认为神圣的一切，抛弃副主教的职位，从上帝的圣坛逃向人间的世俗生活。克洛德曾向爱斯梅拉尔达真切地表白：

啊，我爱你！假若你是从地狱来的，我要同你一起回去，我所做的一切都是为了这个……啊，只要你愿意，我们能够多么幸福呀！我们可以逃走，我可以帮助你逃走，我们可以到某个地方去，我们可以在大地上找到一个阳光更好、树木更多、天色更蓝的处所。我们要彼此相爱，我们要互相充实彼此的灵魂，我们之间有着如饥似渴的爱情，让我们双方不断地来斟满我们那杯爱情之酒吧！①

上述这番表白告诉人们，克洛德像正常的人一样对爱情生活有热切向往。作为一个人，克洛德有权利爱爱斯梅拉尔达，就像畸形丑陋的伽西莫多有权利爱爱斯梅拉尔达一样，至于这种爱是否被对方接受，那是另一回事。问题的关键在于，克洛德的情感是发自那颗畸形的心灵，因而，他在欲望无法实现又难以自制时，心灵就无法承受这种灵与肉的冲突所致的极度痛苦，这颗本来已变异的心进一步被扭曲，爱欲变成了对被爱者的极度的仇恨和疯狂的迫害。他

---

① ［法］雨果：《巴黎圣母院》，陈敬容译，人民文学出版社 2003 年版，第 422 页。

的哲学是：要么得到她，要么把她交出去。他对爱斯梅拉尔达说："命运把你我放在一起，我要主宰你的生死，你呢，你要主宰我的灵魂。"可见，爱欲在此时的克洛德心灵里孕育出来的不是爱情的美丽花朵，而是邪恶的毒果。

我们还可以用弗洛伊德精神分析学来解释克洛德的心理变化。弗洛伊德认为，人的本能是一种生物能量和内驱力，它是要释放出来的。人的本能最基本的是生存本能和死亡本能（攻击本能）。死亡本能可以向内也可以向外，向内的极端表现是自杀，向外的极端表现是谋杀。克洛德在宗教教义的桎梏下，人性被扭曲，实际上也就是人的生存本能得不到释放，死亡本能的能量就格外膨胀，它以仇恨、报复、毁灭的极端形态表现了出来。由此我们可以看到宗教生活和宗教教义对人性的压抑。

由此可见，克洛德既是中世纪教会恶势力的化身，也是教会宗教生活的牺牲品。小说通过教会恶势力化身的克洛德的描写，揭露了中世纪教会伪善的一面；通过宗教生活牺牲品的克洛德的描写，深刻地揭露了被教会控制下的中世纪宗教文化、教育对人性的束缚，揭示了教会生活的非人道的一面，从而表现了对宗教生活合理性的怀疑，对教会和宗教教义的批判。雨果从人性原则出发观照中世纪的宗教生活，揭示了中世纪宗教环境里人的某种无奈和灵魂的压抑，尤其是在宗教教义制约下神职人员的悲剧式"宿命"，从而表现了对人性自由与解放的呼唤，也体现了博大精深的雨果式人道主义精神之悲天悯人的特征。正因为如此，雨果的心灵深处对克洛德其实也表达了深深的同情与无奈。理解这一点，就经典的有效解读而言，对引导学生深度体悟文学经典的精深内蕴，正确把握宗教与人性之复杂关系，具有很高的人文教育价值。

第六节　博大与精深　平和与宁静

"世界上最广阔的是大海，比大海更广阔的是天空，比天空更广阔的是人的心灵。"这是法国浪漫主义文学大师雨果的名言。作为西方文学史上一位典型的人道主义作家，雨果的这一段名言，正是他人道主义情怀的真实写照——有辽阔大海的博大而精深，有无垠天空的平和与宁静。

人道主义（Humanism）是一个历史的概念。它源于文艺复兴时期的人文主义，其核心内容是以"人"为本，反对以"神"为本的人本主义思想。到了18、19世纪，人文主义融入了"自由、平等、博爱"的思想，我国一般将其译为"人道主义"，它是一种强调以人为本，肯定人的价值，维护人的尊严，提倡人的自由、平等、博爱的思想观念或思想体系。

雨果小说的人道主义主要体现在哪里呢？他在其长篇小说《海上劳工》的序言中说："宗教、社会和自然，这是人类的三大斗争。"此言道出了雨果小说在人道主义思想表达上的"三重观照"：人与宗教的关系、人与社会的关系、人与自然的关系。在他看来，在这三重关系中人所遭遇的困顿与迷惘，是人类无以躲避的"宿命"，恰恰也是在这种困顿与迷惘中，见出了人性之真善美与假丑恶。

长篇小说《巴黎圣母院》是雨果用人道主义原则对"宗教"的一种观照。小说的故事浪漫离奇而又凄婉动人，在教会势力和世俗封建势力的合力作用下，在神圣的巴黎圣母院内外，发生了一幕幕人间悲剧，其间深邃的含义耐人寻味。副主教克洛德首先是教会恶势力的代表，是制造爱斯梅拉尔达悲剧的罪魁祸首。他身披教服而内心阴暗险恶；他从事神圣的职业却干着罪恶的勾当；他指使伽西莫多劫持女郎，谋图霸占；他谋杀弗比斯，又把罪责强加于爱斯梅拉尔达；他煽起宗教狂热，力图置女郎于死地。小说通过克洛德罪恶行径的描写，暴露了教会恶势力的残暴、虚伪；他坠死于钟楼的结局，便是人道与正义对他的惩罚。

但是，作品的深刻之处，还在于描写了作为宗教生活"牺牲品"的克洛德形象。青少年时期的克洛德是一个纯正、善良的人。他有通常人真实、自然的情感和基督式的博爱精神。后来，他越是在教会的阶梯上步步高升，身上所具有的人的优秀品质越来越少，性格变得越来越自私、狠毒，36岁当上副主教的他，人性被扭曲，心灵变得畸形。当天使般的爱斯梅拉尔达偏偏在这时出现在他的生活中，他的爱欲被激发却又严重受挫，这使他的心灵在极度扭曲后生出了邪恶，爱的欲求转变成对被爱者的仇恨和迫害。他对爱斯梅拉尔达说："命运把你我放在一起，我要主宰你的生死，你呢，你要主宰我的灵魂。"显然，爱欲在此时的他的心灵里孕育出来的不是美丽的爱情花朵，而是一颗仇恨毒果。他的哲学是：要么得到爱斯梅拉尔达，要么置她于死地。果不其然。尽管他百般劝说、威逼爱斯梅拉尔达，她都无动于衷，宁死不肯就范。于是，他最终把女郎送上了绞架。他的恶欲冲动，上演了一曲毁人而自毁的人间悲剧。

然而，雨果在小说中表现出来的对克洛德的态度是矛盾的，因为，克洛德一方面是中世纪宗教恶势力的代表，另一方面也是宗教教条的牺牲品。小说尤为深刻之处在于通过对宗教生活牺牲品的克洛德的描写，表现了中世纪宗教环境里人的某种无奈，尤其是宗教教义制约下神职人员的悲剧性"宿命"，从而对宗教生活是否合乎人道原则的问题提出了质疑，表达了对个性自由与人性解放的呼唤。

《悲惨世界》是雨果人道主义原则对"社会"的观照。小说题目的原意是"受苦的人们"。作者在它的序中写道："只要世纪的三个问题——贫穷使男子潦倒，饥饿使妇女堕落，黑暗使儿童羸弱——还得不到解决，只要在某些地区还可能发生社会的毒害，换句话说同时也是从更广的意义上说，只要这世界上还有愚昧和困苦，那么和这本书同一性质的作品都不会是无用的。"这段话对《悲惨世界》起到了点题的作用。小说主要写一个圣人（卞福汝）的故事，一个男子（冉阿让）的故事，一个女子（芳汀）的故事，一个娃娃（珂赛特）的故事。

卞福汝主教代表了雨果人道主义的博大的爱，后三个人物都是善良诚实的"受苦的人们"，他们分别代表了贫穷造成的潦倒的男子、饥饿带来的堕落的妇女、黑暗压迫下羸弱的儿童，是不人道的社会把他们抛进了苦难的深渊。冉阿让只不过是为饥饿难耐的小外甥偷了一个面包，就付出了坐19年牢的惨痛代价。被释放以后，社会依然把他当作"危险的人"，让他的生活难以为继，他不得不再度偷窃。而在圣人卞福汝主教的感化下，他转变成了好人，但是那个名叫沙威的警察却仍然把他当作"坏人"，无休止地迫害他。芳汀和女儿珂赛特也遭受着妇女和儿童们的不同的苦难。他们的不幸遭遇说明，不人道的社会造成了善良人的贫困与堕落；社会的法律和道德的实施是因人而异的，因此是不公平、非正义的；所以这个社会是穷苦人的"悲惨世界"，是违背人道原则的。与此类似的雨果小说还有《九三年》《笑面人》等，其侧重点是从政治、革命、暴力等角度表现人道主义思想。

《海上劳工》是雨果的人道主义原则对自然的一次观照。人类文明史上，神秘的大自然造福于人类，也降灾难于人类。《海上劳工》描写人与大自然的搏斗，是关于人的一曲颂歌。正如雨果自己说的，这部小说的主题是"旨在歌颂劳动、意志、忠诚以及一切使人变得伟大的东西"。小说歌颂了人的意志和高尚品质，展现了人在自然面前的伟大，同时，小说也描写了战胜了人的自然爱欲后灵魂的圣洁与伟大。小说的另一情节线索写主人公吉里亚特暗恋黛露西特，按照两个人的约定，等他找回了沉入大海的轮机时，就可以娶她为妻。然而当他在大海上经历九死一生与大自然搏斗的磨难，终于找回轮机时，黛露西特已另有所爱。面对巨大的情感痛苦，吉里亚特非同凡响的选择是：牺牲自己，让黛露西特与她的情人结婚，自己则做他们的证婚人。他的选择说明，人内在的情欲的"自然"，也是可以战胜的，但需要一种圣洁而博大的爱，这其实并不一定比战胜外在自然来得容易。

雨果总是用人道主义原则观察、审视世界。他认为，人有神与兽的两重性，在"文明的鼎盛时期"，人类自己也会"人为地把人间变成地狱并使人类与生俱来的幸运遭受不可避免的灾祸"。要改变这一切，任何的法律制裁，一切的暴力手段，只会助长仇恨并滋长邪恶，而只有像《悲惨世界》中的冉阿让、米里哀大主教，《九三年》中的郭文等人那样的仁慈、博爱，才能化解仇恨，使人类走向神圣，走向伟大。雨果以这种基督式的广博之爱去同情弱者，呵护灵魂，抵制邪恶，并把这种博大的思想与崇高的情感贯注于他的作品中，向世人呈献了动人心魄的文学作品。唯其如此，雨果及其创作让我们感受到了他那大海与天空一样的博大与深沉的伟大人道主义者胸怀，以及那激情而又平和的平凡人的心灵世界。

第七节 "黑夜诗人"对生命的执着

诺瓦里斯是德国早期浪漫主义文学的代表之一，也是典型的所谓"病态""颓废"的诗人，海涅称他为"死亡诗人"或"黑夜诗人"。他的创作体现了德国早期浪漫派文学的典型特征，因此也被称为"消极浪漫派"。

如何看待德国浪漫主义的"消极"？

"狂飙突进运动"是德国浪漫主义的先声。这个运动中的青年作家就开始了对法国启蒙哲学的排斥和批评，这集中表现在对理性主义的否定上。他们把启蒙哲学"冷冰冰"的理性主义看成法国的文化霸权，认为启蒙哲学从宗教的蒙昧主义中解放出了人的理性的自我，却又通过对理性的过分强调而蒙蔽了感性的自我，遮蔽了人的心灵与情感的多姿多彩和矛盾冲突。确实，启蒙思想家在张扬了人的理性思维与感知能力的同时，忽略了人的感性与直觉的体悟能力；

在肯定了理性自我的同一性与稳定性的同时，忽略了感性自我的差异性与多变性。

德国浪漫派所张扬的恰恰是启蒙思想家所忽略的感性自我与人的心灵世界，他们更关注人的感性世界的丰富性和多样性。因此，德国早期浪漫派，从诺瓦里斯到蒂克、施莱格尔、霍夫曼、沙米索、维尔纳到克莱斯特，几乎都是内心敏感、善于体悟人的情绪与心理状态，热衷于描写离奇怪诞充满神秘色彩事物的作家。他们对人的感性自我的关注远远胜过对理性自我的张扬。他们热衷于表现的怪诞、梦幻、疯狂、神秘、恐怖等，恰恰是人的理性触角所难以指涉的感性内容。对此，简单用政治与历史标准去评判是有失偏颇的，还应该从人文传承和艺术自身发展的角度作深入的解读，而诺瓦里斯无疑是这种解读的突破口。

确实，诺瓦里斯较多地描写了"死亡""黑夜"以及神秘的事物，抵触现代文明。如果仅仅从政治、历史观点看，诺瓦里斯的思想似乎确有"消极""颓废"的倾向，而这恰恰又是德国早期浪漫派普遍的思想倾向，其产生的缘由是对现代科学、理性主义以及资本主义新秩序的不满。针对18世纪末19世纪初西方社会科学主义、理性主义过于膨胀，针对人们凭借科学而对自我力量的盲目乐观，德国浪漫派普遍表示不满与反叛。诺瓦里斯的言论显然也表达了这种不满倾向。比如，他对理性主义的启蒙哲学在批判传统文化与文明中表现出来的片面性是持批评态度的。他说，"人们把现代思维的产物称为哲学，并用它包括一切反对旧秩序的事物"[1]。这里，他显然对启蒙哲学的理性主义扩张表示反对。"启蒙运动和科学主义在摧毁教会统治与蒙昧主义的同时，传统文化价值观念的失落无疑使人的精神产生空虚感与无依托感。"[2] 这类似于后来尼采所说的"上帝

---

[1] [丹麦]勃兰克斯：《十九世纪文学主流》（第二分册），刘半九译，人民文学出版社1997年版，第198页。

[2] M. H. Abrams, *A Glossary of Literary Terms*, Fortworth: Harcourt Brace Jovanovich College Publishers, 1993, pp. 122–129.

死了"时人们的信仰失落感。在此，诺瓦里斯的思想代表了精神与信仰追寻者的焦虑与恐慌。他说："现代无信仰的历史是令人触目惊心的，是了解近代一切怪现象的钥匙。"① 我们不能不说，启蒙运动的理性主义和近代科学主义在推动西方社会走向进步的同时，又因其客观存在着在理性与科学指向上的片面性，因而带有负面性，这正是从卢梭到德国的"狂飙突进"青年和浪漫主义者所要"反叛"的。

他向往中世纪基督教时代的欧洲，固然在历史观上有复古式回望，但针对18世纪末19世纪初那战争与动乱的时代，中世纪曾有的统一与宁静以及精神信仰给人的心灵安抚，无疑使人有一种稳定感、安全感和精神上的归属感，而这正是法国大革命后的西方社会所缺乏的，也是科学与理性所无法给予的。诺瓦里斯不是从政治的维度，而是从精神文化的维度，尤其是从宗教与文学、宗教与诗歌的维度，把宗教作为精神和心灵启迪的资源，从而赋予中世纪以内心体悟、感性自我显现的启迪意义和人文传承正面意义。在他这里，浪漫主义的"自由"观念，经由宗教信仰与人的内心体验的渠道得到了体现，也为文学表现人的心灵与情感提供了新方法、新途径。所以，"诺瓦里斯不是保守的僧侣阶级的代言人，对他来说，教会的本质应是'真正的自由'"②。人的精神、灵魂和感性世界如何从科技理性与功利主义的"物化"压抑状态中挣脱出来，精神与灵魂如何得以宁静和栖息，这恰恰是功利主义与工具理性盛行的那个时代给文学与哲学所给出的重要命题。诺瓦里斯的理论中隐含着对灵魂与精神的"人"的追求，也代表了当时一部分文化人对人的"自我"与本性的另一种理解与关注。

事实上，诺瓦里斯虽然推崇中世纪，但他并不是一个有高度自

---

① ［丹麦］勃兰克斯：《十九世纪文学主流》（第二分册），刘半九译，人民文学出版社1997年版，第198—199页。

② 范大灿：《德国文学史》（第三卷），译林出版社2008年版，第32页。

制力和清心寡欲的基督徒，而是一个执着于世俗生活、执着于个体生命之现实意义的人，一个"内心燃烧着最炽烈的感情"的人，"最深沉、最放纵的感情就是他的原则"①。他真正所要体认的并不是神秘的信仰世界本身，而是现实中人的炽热而真实的感性世界；他要通过对这感性世界的真实领悟，从而感受生命的存在、自我的存在以及生命的意义，也就是探索另一种意义上的"人"的内涵。由此，我们也许找到了认识"死亡诗人"诺瓦里斯的人文切入口。

《夜的颂歌》被称为是德国文学中"最美的散文诗"，是浪漫主义文学中具有代表性作品之一，也是让诺瓦里斯获得所谓"死亡诗人"之"桂冠"的作品。《夜的颂歌》是作者为悼念早逝的恋人苏菲而写的。诺瓦里斯爱上苏菲时，她只有13岁，而在15岁时，她因患肺痨死去。苏菲的去世，使诺瓦里斯痛不欲生。在《夜的颂歌》中，他把由爱而生的痛苦转变为对死亡的渴望与夜的歌颂。那么，他笔下写的是一种什么样的"夜"与"死亡"呢？先来看作品的第一章里的描写：

> 我转而沉入神圣的、不可言传的、神秘的夜……我感到光亮是多么可怜而幼稚啊！白昼的告别是多么可喜可庆啊……夜在我们身上打开的千百万只眼睛，我们觉得比那些灿烂的群星更其神圣……赞美世界的女王，赞美神圣世界的崇高的宣告者，赞美极乐之爱的守护神吧！她把你送给了我，温柔的情人，夜的可爱的太阳。现在我醒了，因为我是你的，也是我的：你向我宣告夜活了，你使我变成了人。用精神的炽焰焚化我的肉体吧，我好更轻快，更亲切地和你结合在一起，永远过着新婚之夜。②

---

① ［丹麦］勃兰克斯：《十九世纪文学主流》（第二分册），刘半九译，人民文学出版社1997年版，第180页。

② 同上书，第189页。

诺瓦里斯描写的"夜",不是通常万籁俱静、一片漆黑、令人恐怖的夜,而是一个潜伏和充盈着生命欲望的冲动,"不需要光"却又比白昼更透亮的欢乐的夜。在这样的"夜"里,万物隐退,白昼里沉睡的"自我"醒了,仿佛是"夜"赋予"我"以肉体之身。在此,"自我"的感觉是如此超常的清晰,于是,这"夜"就像"在我们身上打开的千百万只眼睛,我们觉得比那些灿烂的群星更其神圣",我们借此"就能看透一个热恋的心灵的底层",随之,心灵里产生了难以言说的"逸乐"。在如此的境界中"永远过着新婚之夜",这是在白昼中难以感受到的爱的体验、自我的体验、生命的体验。所以,诺瓦里斯描写"黑夜",歌颂"黑夜",并不是在歌颂经验意义上夜的死寂、黑暗与恐怖,而是从超验的意义上,借助夜之静寂,突出心灵对生之欢悦的体悟,并通过这种体悟去感受生命和自我的存在。所以,这实际上是通过超验的体悟,表达一种对生命的寻觅与执着。

由此我们再联系诺瓦里斯对"死亡"的歌颂,又可以看到他描写的"死亡"背后隐逸的强烈的生之欲望。也是在他的《夜的颂歌》中写道:

  我漫游进死亡,那天,每一种痛苦都会成为激动的喜悦。一瞬间,我自由了,沉醉在爱的源头。无限的生命;在我心中有力地生长……啊,耗尽我吧,我的爱侣,我要最猛烈地去沉睡和爱。我想到了死亡更新万物的潮水,我的血液,变成柔软的香脂和苍天,因为生活于白昼之时,我充满体会和勇气,当黑夜降临,我死于神灵之火。①

一如借黑夜去突出自我对生命的感悟,这里,诺瓦里斯也是借

---

① [丹麦]勃兰克斯:《十九世纪文学主流》(第二分册),刘半九译,人民文学出版社1997年版,第188页。

"死亡"对生命的威胁、"死亡"对人的心灵引起的恐惧与震颤,去更强烈而真切地感悟生命的存在,感悟"我"步入"死亡"后产生的"无限的生命"。在"死亡"中"猛烈地沉睡与爱",表达的正是在生的状态中难以感受的强烈的生命冲动和爱的体验。因为有生命,所以有死亡;把死亡视为一种另外形式的生命的存在,那么生命也就成了永恒;于是,歌颂死亡,也就是歌颂生命。诺瓦里斯通过对"死亡"与"爱"的诗性描写,力图表达的是对生命有限性的超越。

总之,在"黑夜"中洞悉光明,在"死亡"中感悟生命,在极度的痛苦中体悟深沉的爱,这就是所谓"死亡诗人"和"黑夜诗人"诺瓦里斯的诗所致力于追求的境界。在此,我们分明可以看到诺瓦里斯对人的个体生命的执着,也分明可以看到德国浪漫派"消极""病态"背后的另一种积极执着与健康向上,另一种对"人"的发现与诠释。

第八节 生命的血色与人性的光辉

我曾经十分赞赏德国社会科学家马克斯·韦伯的宗教经济伦理观。他在著名的《新教伦理与资本主义精神》一书中认为,清教徒的职业观以及对禁欲主义行为的肯定,倡导了节制与勤勉,从而促进了资本主义的发展,因而清教伦理是一种善。这是不无道理的。但是,如今仔细想来,问题没有那么简单。固然,清教禁欲主义有其造善的一面,但也有制恶的一面;可以说,任何宗教都有其两面性。在此,我从美国19世纪浪漫主义小说家纳撒尼尔·霍桑的代表作《红字》延伸开来,谈点新的想法。

霍桑于1804年出生在美国东部的新英格兰,那是当年英国第一批移民的定居所。这里的人大部分是清教徒,霍桑也不例外。他认为人性本恶,而且恶无所不在。这种清教徒观念深深影响了他小说的人物描写、主题表达及其浓郁的神秘浪漫色彩的呈现。

《红字》的英文名是 *The Scarlet Letter*，直译为"深红色的字母"。在小说里，这个"红字"就是英文 adultery 的缩写"A"，意思是"通奸"，通奸者是男女主人公海丝特和教长丁梅斯代尔。

曾几何时，我国有人把《红字》看成"奸淫小说"，然而，霍桑通过小说的描写则力图告诉人们：海丝特不是罪人，而是一个值得同情、富有美德的女人。她原先是一个天真纯朴的农村姑娘，不幸的是，以她之年轻美貌，却嫁给了又老又丑、心地伪善的罗格·齐灵窝斯，而且，他们在性格、志趣上没有什么相投之处。这样的婚姻对海丝特来说是一个悲剧。对此，罗格自己也确认无疑。在从欧洲移居美洲的途中，罗格失踪多年杳无音信。海丝特就和年轻的教长丁梅斯代尔相爱并有了女儿名叫珠儿。事发后她被作为通奸犯而投入监狱，但始终不愿意供出那男的是谁。出狱后，表示"通奸"的那个耻辱的"A"字一直挂在她胸前。她离群索居，长年过着孤独的生活。作者认为，社会、教会对她的惩罚是不人道、不公正的。而海丝特尽管备受磨难，却仍然不丧失对人、对社会、对生活的信念和热爱，表现的是一种克己为人的超人美德，这更反衬出她的遭遇的不合理、教会制度的不公正。海丝特形象起到了镜子的作用，照出了加尔文教统治下社会的黑暗，她身上寄托了作者关于人性的美好理想。

对教长丁梅斯代尔，也曾经有人给予了颇多的有关"虚伪"的指责。其实，如果他与海丝特的关系只是一种引诱与上当、行骗与被骗的关系，如果他的心灵痛苦仅仅是一种欲盖弥彰的虚伪、卑鄙和龌龊，那么，教会倒是正义在手的公正裁判者。小说致力于表达的是，在人性的天平上，丁梅斯代尔是无罪的，在宗教的法庭上，他是有罪的，而这两者恰恰构成了他内心世界尖锐的矛盾冲突。丁梅斯代尔正是被这种"罪感"折磨致死的，他是小说的主题最有表现力的人物，也是小说心理描写最具张力的人物。

丁梅斯代尔毕业于牛津大学，学识渊博，善于辞令，有很高的宗教热情，每次布道演说都十分动人，在当地教民中享有很高的威望。但是，他却违背上帝的意志同海丝特相爱。虽然作为一个人，他的真诚的爱生发于自然情感，是合乎人性的，但作为一个教长，他的行为亵渎了上帝，是有罪的。他也深知自己是一个罪人，不应该逍遥法外，并且让海丝特一个人接受惩罚。所以，他内心一直有一种因"罪感"而生的痛苦，灵魂始终深陷于神性与人性、洁白与罪恶的矛盾冲突之中。他虽然没当众受罚，但长期的精神折磨，实际上忍受着灵魂的酷刑。为了自我惩罚——也许是为了减轻内心的痛苦，他暗暗地在胸脯上刺了"A"字。

霍桑是一个以擅长心理描写著称的小说家，而且他习惯于揭示反常状态下人物的心理，借以挖掘人性深处的"恶"。就此而论，霍桑在对丁梅斯代尔矛盾痛苦心理的描写上，是大显了身手。比如，在小说的开头有这样一个场面：在审讯海丝特的法庭上，主持审讯的州长让丁梅斯代尔劝说这个犯罪的女人，让她悔悟并供出同犯的名字，以拯救她的灵魂。这是作者发掘灵魂的神来之笔。丁梅斯代尔说：

> 海丝特·白兰……你已可见那压在我身上的责任……那么我命令你供认出你共同的罪人和共同的承受者！不要因为对那个人还怀有不正当的怜悯和柔情，就保持沉默；相信我的话，海丝特，因为虽然他将从崇高的地位上跌下来，将同你一起站在耻辱的刑台上，然而那总比一生隐藏着一颗罪恶的心要好一些。你的沉默，除了引诱他——不，简直是强迫他——在罪恶上面又加上虚伪以外，对他还有什么好处呢？上天既然给了你一种公开的耻辱，你就该借此公开地战胜你内心的罪恶和表面的哀愁。现在呈现在你唇边的那杯辛辣而有益的苦酒，也许那个人自己没有勇气拿来喝下去，但是请你注意，你是怎样在阻挡他接受这杯苦酒呢？

丁梅斯代尔教长这段话，与其说是对海丝特的规劝，不如说是他灵魂的自我独白，反映着他内心深处两种力量的激烈搏斗：一种是人性的力量，要他忍受着、同情着，要他分担海丝特的痛苦与耻辱；另一种力量是上帝的力量，那使他害怕、使他犹豫、使他屈服。他意识到自己的罪恶，意识到自己酿成的苦酒是不应当让海丝特一人来喝的，但是自己又没有喝下这苦酒的勇气；他劝海丝特给他喝这杯苦酒的勇气，说出这个同犯的名字，不让他在痛苦之中又加上虚伪，但实际上，他恰恰无力撕下这虚伪的面纱；他劝海丝特不要担心那个人会从崇高的地位上跌下来，实际上他恰恰对这种跌落感到深深的恐惧。这就是他当时的心理状态，一颗矛盾痛苦的灵魂在一番"劝说"词中袒露无遗。这里，霍桑并没有像陀思妥耶夫斯基或托尔斯泰那样的直接心理描述，而是通过一段话，间接而真实地展示一个深处罪与罚的矛盾中的痛苦心灵。

同样出色的描写是，在第十一、十二章中，小说描写丁梅斯代尔由于长期彻夜不眠，头脑中经常出现一些幻觉：一会儿是一群恶魔向他在狞笑，一会儿又是一群圣洁的天使在眼前飞翔；时而出现父母亲的幻影，时而又是海丝特和珠儿向他飘来；接着他又像一个梦游者，深夜来到当年海丝特当众受侮辱的刑台上，他大声叫喊，以发泄内心的痛苦，但又立即恐惧起来，以为全城人都听到了。这些都表现出他如坠地狱般的恐惧。受长期精神痛苦的噬咬，这个年轻的生命已经难以为继。最后，他毅然和海丝特一起，登上示众台，当着众人之面撕开胸衣袒露红字，承认了自己的罪过，然后倒地而死。

此刻，从宗教的角度看，丁梅斯代尔在道德上已获得了新生，因为他已经公开承认了自己的罪过，并表达了深深的忏悔；而从人道的角度看，这恰恰是小说对悖逆人性的教义以及那一系列惩罚"罪人"的宗教习俗提出了质疑。如果说，小说对海丝特因其品德的高尚而给予了赞美的话，那么，对丁梅斯代尔则是给予了深深的同情。不过，霍桑毕竟是一个习惯于从人性"恶"的角度窥视人的灵魂的清教徒，他不可能不在人物的描写中渗入宗教伦理的是非评判。事实上，丁梅斯代尔的悲剧结局，以及他长期所受的灵魂深处难以排解的痛苦折磨，恰恰表达了霍桑对这个人物在宗教意义上的"罪与罚"的一种矛盾态度。

霍桑除了通过对"罪感"心理的发掘去塑造人物和表现主题之外，还运用象征隐喻手法，这又使小说平添了几分让人回味的神秘和浪漫。在霍桑看来，客观事物往往包含着某种隐秘的象征意义，所以，他喜欢用象征的手法来揭示事物内部的隐秘。作品中的红字A，原本是耻辱的标记，但作者却赋予它深刻的象征意义：它象征人间真挚热烈的爱情，象征人性之光。丁梅斯代尔和海丝特的女儿珠儿，她天真无邪，出生后第一眼看到的不是母亲的笑脸，而是她胸前那大红的"A"字。以后，她总是把这个红字作为珍爱之物；有时母亲在家不戴着这个字，她就不乐意，而戴上之后她就高兴地说："现在你是我的母亲了。"这些描写带有浪漫主义的夸张成分，但作者是在强调A字所蕴含的隐秘意义，在强调天真的珠儿和A字之间内在的联系：她们都是爱的产物。这似乎是"无罪"的辩护词。

作者经常把红字和"黑暗"放在一起描写。比如，海丝特从监狱出来时，作者写她胸前的红字在监狱的黑暗中闪光，"A"字不仅象征纯洁爱情，而且是人性与生命的血色之光。

更为耐人寻味的是小说的结尾：海丝特和丁梅斯代尔的坟墓有空间的相隔，但合用一块墓碑，上面的碑文只有一句话：

　　一片黑地上，刻着血红的A字。

这个富有寓意的结尾，饱含了霍桑对男女主人公深深的惋惜与同情，也让读者看到了那黑色土地上泛出的生命的血色与人性的光辉。至于那土地的沉重的"黑色"，也象征性地表达了清教禁欲主义的另一面——恶、对生命的禁锢。这对当下的我们认识古今中外的宗教都不无启迪意义，尤其是在宗教走向极端或者宗教和迷信相混淆的时候，更需要我们多一点理性的辨析。

第九节　仅仅是"妇女解放"问题吗？

19世纪挪威戏剧家易卜生是西方"社会问题剧"的创立者，也被称为"西方现代戏剧之父"。他的剧本《玩偶之家》是"社会问题剧"的代表作之一。以往评论界称该剧是妇女觉醒与解放的宣言书，易卜生则是描写妇女解放、为妇女争取自由的戏剧的先驱。这在我国学界几乎也是无可争议的。

应该说，这样的文本解读并没有偏离原作本身所演绎的基本内容，因为该剧确实通过男女主人公娜拉与海尔茂的矛盾冲突的描写，撕下了男权社会中温情脉脉的家庭关系的面纱，暴露了建立在男权统治基础上的夫妻关系的虚伪，提出了妇女解放的问题。剧本的描写中，表面上娜拉和海尔茂的家庭和谐美满，小两口日子过得十分温馨。海尔茂看上去似乎很爱娜拉，平日里对她满口的甜言蜜语。他说夫妻应当分挑重担，并且，他常常盼望有一件危险的事威胁娜拉，好让他拼着命，牺牲一切去救娜拉。但他发现了娜拉曾假签名借债后，不但没有挺身而出，反而怒骂娜拉是"道德败坏"的"下贱女人"，因此不准娜拉有教育子女的权利。可见，他关心的只是自己的名誉和地位，他爱妻子不过是口是心非的玩意儿。相反，娜拉在父亲病重因而无法拿到他的签名的情况下，不得已冒充父亲的签名借钱为丈夫治病；当伪造签名的事将败露时，她曾决定牺牲自己，甚至以自杀来保全丈夫的名誉。这些都表现出她的真诚与善良。

在"爱"的问题上，他们两人观念也截然不同，一个虚伪，一个真诚。海尔茂看起来爱娜拉，但骨子里只是把她当作好看的"纸娃娃"，是一个玩偶，没有自由的意志，一切要由他来支配。在他看来，妻子对丈夫只有责任，而没有任何权利，因此，在家庭生活中，娜拉是自己的私有财产和附属品；男女是不能享受平等权利的，女人可以为男人做出牺牲，而男人则不行。他曾直接对娜拉说："人不能为他爱的人牺牲自己的名誉。"相反，娜拉对丈夫的感情是真诚纯洁的。为了给丈夫治病而假签名借钱，突出反映了她对丈夫的体贴；当伪造签证的事将要败露时，她曾决定牺牲自己，甚至以自杀来保全丈夫的名誉。这些方面都表现出她的爱的真诚。娜拉和海尔茂的冲突展示了各自不同的思想境界和性格特征。如果说海尔茂代表了当时欧洲普遍的男权主义思想，那么，娜拉则代表了女性对独立人格与尊严的追求。随着剧情冲突的展开，温馨家庭的面纱被掀开了。当娜拉明白了自己在家庭中不过是个玩偶之后，就毅然出走了。

娜拉的出走，向男权主义提出了公开挑战，向社会提出了男女平等、妇女解放的问题。因此，该剧上演后，在当时引起了社会的巨大反响。所以，以往评论界说《玩偶之家》是妇女解放的宣言书，易卜生也被誉为描写妇女解放、为妇女争取自由的戏剧的先驱，是不无道理的。正因如此，这个经典剧本对当时和后来一个时期西方社会的妇女解放运动起到了激发和推动的作用，并且其影响是世界性的。

五四时期，《玩偶之家》传入我国之后受到了广泛的欢迎。先驱者们对易卜生都表现出了空前的热情，纷纷推介他的戏剧作品。《新青年》曾经很特殊地出过"易卜生专号"，《新潮》《小说月报》等刊物也相继推介易卜生作品，一时间文化艺术界出现了"易卜生热"。阿英在《易卜生的作品在中国》中说，"由于这些介绍和翻译，更主要的配合了'五四'社会改革的需要，易卜生在当时的中国社会里，就起了巨大的波澜，新的人没有一个不狂热地喜欢他，也几乎没有一种报刊不谈论他"[1]。尤其是《玩偶之家》，它几乎可以说

---

[1] 范伯群、朱栋霖：《中外文学比较史（1898—1949）》（上），江苏教育出版社 2007 年版，第 190 页。

是中国女性解放的"教科书",娜拉成了广大青年男女争取自由婚姻、个性解放的偶像。受此剧本启发,不少作家也创作了同类题材的文学作品。胡适模仿《玩偶之家》创作了表现男女平等、婚姻自由主题的《终身大事》。他还说,易卜生"把家庭社会的实在情形都写了出来,叫人看了动心,叫人看了觉得我们的家庭社会原来是如此黑暗腐败,叫人看了觉得社会家庭真正不得不维新革命"[1]。鲁迅则以该剧主人公为题发表了《娜拉走后怎样》的演讲,更深一层地探讨中国式的"妇女解放"的社会基础问题,也因此他还以此为题材创作了短篇小说《伤逝》,提出了"娜拉现象"背后的社会问题。但是总的来说,《玩偶之家》作为"社会问题剧",在我国主要被理解为表现了家庭婚姻、男女平等、妇女解放问题的经典戏剧,在中国的文化与文学语境中,该剧无疑具有很强的反封建意义,而且,该剧所表达的妇女解放、男女平等的观念,几乎成为一种"母题",深深融入了我国的文化价值系统。正如阿英在《易卜生的作品在中国》一文中所指出的,"易卜生的戏剧,在当时的妇女解放运动中,是起了决定性作用的"[2]。

然而,易卜生自己对该剧的创作却别有一番心机。在该剧发表20年后的一次演讲中他说:"谢谢大家为我的健康举杯,但我的确不敢领受为妇女运动而自觉努力的盛誉。我甚至不明白什么是'妇女运动'。我只关心人类本身的事……我不过是一个诗人,却不是人们通常认为的社会思想家……就像许多其他问题,妇女的社会问题应当给予解决,但那不是我创作的原始动机。我的创作的目的是描写人类。"[3] 在此,易卜生起码表达了两层意思:第一,《玩偶之家》的创作动机不是妇女解放、男女平等;第二,该剧讨论的根本问题

---

[1] 胡适:《易卜生主义》,《新青年》1918年第4卷第6期。
[2] 范伯群、朱栋霖:《中外文学比较史(1898—1949)》(上),江苏教育出版社2007年版,第192页。
[3] Ibsen, Henrik, *Letters and Speeches*, Evert Sprinchorn, ed., New York: Hill and Wang, 1964, p. 232.

是人类而不是男女平等之类的一般"社会问题"。虽然，研究一个作家及其作品时不能被作家自己的"一家之言"牵着鼻子走，但也不能不做参考，更为关键的是，要借此通过文本解读去证明其可靠性。

从《玩偶之家》深层意蕴看，该剧表达的是"人"的觉醒和人性解放的问题；换言之，娜拉不仅代表妇女，更代表生存于西方传统文化中的整体的"人"。男女平等、妇女解放，诉求的是男女人格尊严上的平等，指涉的主要是社会道德和制度问题，而"人"的觉醒和人性解放，不仅是社会道德和制度问题，更是其赖以存在的文化根基问题。

剧本的开场是圣诞节前夕，海尔茂马上要升任银行经理了，他家里气氛格外热烈。从象征意义角度看，圣诞节意味着耶稣受难与复活；从剧情发展的角度看，主人公的精神与灵魂将迎来"受难"与"复活"——娜拉在痛感"玩偶"地位后的觉醒与反叛，这是剧本结局的深沉隐喻。剧中，海尔茂极力规劝准备离家出走的娜拉，而她说："这些话现在我都不信了。现在我只信，首先我是一个人，跟你一样的一个人——至少我要学做一个人！"娜拉说的"我是一个人"，当然包含了"女人也是人"的意思，同时也是指人类的意义上的"人"。从后一层意义上说，娜拉提出的不仅是男女平等、妇女解放的问题，而且是指西方传统文化中人的自由与解放的问题。因为，剧本中海尔茂极力维护的不仅仅是传统的家庭婚姻的道德规范，而且是那个社会赖以存在的传统文化体系，娜拉则是它的叛逆者。

在娜拉提出要出走时，海尔茂就搬出宗教和法律来逼迫娜拉就范，在他眼里，这一切都是天经地义的。海尔茂认为，宗教能拯救人的灵魂，犯有过失的人就应当认罪，要"甘心受罪"，也就是说，娜拉就应该认罪并受罚。娜拉则提出反驳说："不瞒你说，我真的不知道宗教是什么，'尽管'牧师告诉过我宗教是这个，宗教是那个。'实际上'牧师对我们说的那套话，我什么都不知道。""等我离开这儿一个人过日子的时候，我也要把宗教问题仔细想一想。我要仔细想想牧师告诉我的话究竟对不对，对我合用不合用。"这是她对宗教合理性的大胆质疑,其间隐含了尼采式关于传统文化死亡——"上帝死了"的意味。海尔茂认为,现实社会的法律是神圣的、合理的,他还用法律来威胁娜拉。娜拉则公开对这种法律提出抗议,认为它是"笨法律"。她说:"国家的法律跟我心里想的不一样,可是我不信那些法律是正确的。父亲病得快死了,法律却不许他为女儿给他省去烦恼。丈夫病得快要死了,法律不许他妻子想法子救他的性命!我不相信世界上有这种不讲理的法律。"

显然,上述讨论的问题已经远远超越了婚姻与家庭问题,而是这个社会赖以存在的文化对于人之合理性的问题,是人的自由与权利的问题。所以,娜拉反叛的不仅仅是家庭道德、婚姻规范和"男权主义",而且是西方社会的传统文化价值体系;她追求的不仅仅是女性的人身自由,而且是整体意义上的"人"的精神自由、人性的解放。在这种意义上,娜拉的觉醒不只是妇女的觉醒,更是"人"的觉醒,海尔茂所代表的不仅仅是所谓的"男权社会"和"男权主义",而是传统的文化体系,并且他本人也是一个不自觉地受制于这种文化的非自由的人。因此,该剧讨论的问题也由一般家庭婚姻的"社会问题",上升为更具超前性、革命性的人性解放和"人"的觉醒的西方文化之普遍性问题。易卜生自己曾言,从早期开始,他创作的就是"关于人类和人类命运的作品",他认为基督教传统文化世界就像一艘行将沉没的船,拯救的唯一方法是文化自新,他的创作所揭示的就是西方传统文化所面临的这种危机。这是易卜生戏剧之"现代性"特征在文化哲学内涵上的表现。

在此,我们来看看这个剧本的结尾,请注意以下这段对话中多次出现的"奇迹"两个字:

海尔茂：娜拉，难道我永远只是个陌生人？

娜拉：（拿起手提包）托伐，那就要等奇迹中的奇迹发生了。

海尔茂：什么叫奇迹中的奇迹？

娜拉：那就是说，咱们俩都得改变到——噢，托伐，我现在不信世界上有奇迹了。

海尔茂：可是我信。你说下去！咱们俩都得改变到什么样子？——

娜拉：改变到咱们在一块儿过日子真正像夫妻。再见。（她从门厅走出去。）

海尔茂：（倒在靠门的一张椅子里，双手蒙着脸）娜拉！娜拉！（四面望望，站起身来）屋子空了。她走了。（心里闪出一个新希望）啊！奇迹中的奇迹——

【楼下砰的一响传来关大门的声音】。①

海尔茂希望娜拉回心转意回归家庭。但是，就娜拉来说，对应剧本开场的圣诞节灵魂复活的隐喻，那么，"复活"了的娜拉是不可能回归的，除非发生"奇迹中的奇迹"，但是现在的她根本不相信什么"奇迹"。所以，结尾最后那"砰的一响"的关门声，意味着海尔茂期待的"奇迹"不过是一种幻想。剧本结尾的潜在文本是一种象征隐喻，它表达了人对传统文化信仰的动摇以及人的个性意识的觉醒与"复活"，而不仅仅是娜拉的女性意识的觉醒。这就是《玩偶之家》乃至易卜生的所有戏剧所表现的对传统话语体系的解构意义，以及对人与人关系重构的期待。此处那"砰"的一响的关门声，似乎回荡着另一个声音："上帝死了"，预告了一种新的现代文化和现代人的诞生。娜拉出走所告别的不仅仅是传统婚姻道德束缚下的

---

① ［挪威］易卜生：《易卜生戏剧四种》，潘家洵译，人民文学出版社1978年版，第130页。

旧家庭，更是那个疾病缠身的传统文化社会，娜拉的觉醒表达了易卜生对西方传统文化的反叛，揭示的是"人"的觉醒与解放的问题。这是易卜生"社会问题剧"之"问题"的文化哲学内涵和现代意蕴所在，也是"易卜生主义"的精髓之所在。"世界上最有力量的人是最孤独的人。"这是易卜生《人民公敌》中主人公的名言，其实这何尝又不是作者本人内心的真实写照？剧作家的易卜生在文化哲学上的超越性、超前性，达到了哲学家尼采的反传统境界，在同时代人中，他们必然陷于精神和文化上的孤独之境。

因此，对《玩偶之家》的理解，仅仅停留在"社会问题剧"的社会批判、"妇女解放"的意义上，就无法真正理解"易卜生主义"的本质内涵，也无法深度理解其中关于"人"的问题的现代意义。正是在这一点上，我国五四时期思想文化界对《玩偶之家》以及易卜生的整体接受是存在浅层化或误读的，由此而生的"妇女解放""男女平等"的追求显得空泛和不着边际，既脱离社会环境，又远离了文化本体性批判与反思。当年戏剧理论家余上沅在"易卜生热"过后的反思时说，当时的作家们只浮于人生问题的表层，"不知道探讨人性的深邃，表现生活的原力"[①]，因此，实际效果正如鲁迅所说，娜拉出走之后不是堕落就是回来。即使是鲁迅《娜拉走后怎样》以及短篇小说《伤逝》表达的关于妇女解放的社会经济、政治问题的深度反思。他提醒那些倡导和追求娜拉式出走的"妇女解放""婚姻自由"的作家和妇女们，人必须生活着"爱"才有所附丽；人必须有衣食住行才能谈得上"爱"；妇女真正的解放必须有经济上的独立，才有现实的基础，否则永远只能是"傀儡"。这些道理对"易卜生热"时期狂热而盲目追求婚姻自由的青年男女来说，无疑是一剂清醒剂。然而，清醒了之后又怎么办？鲁迅也说了，娜拉出走之后不是堕落就是回来，因为别无选择。中国的"娜拉们"也许只

---

① 范伯群、朱栋霖：《中外文学比较史（1898—1949）》（上），江苏教育出版社2007年版，第194页。

有如此，西方的"娜拉们"其结果尚不得而知。但所有这一切的理解与讨论，都只是体留在《玩偶之家》文本的表层含义，而没有与易卜生主义的深度本质意蕴相契合。对此，今天的我们要么认为那是时代的局限或者文化的误读所致，但我们必须明白，我们原来普遍理解与接受的并不是"易卜生主义"的全部，更不是其本质内涵，其偏差和不足是明显存在的。

不过，尽管如此，对于五四时期乃至以后一个时期的中国来说，妇女解放的问题毕竟是一个不可回避的社会问题，从比较文学之影响研究的角度看，易卜生《玩偶之家》从批判男权主义、倡导男女平等、妇女解放的层面讨论社会问题，深深影响了中国五四时期及后来一个时期的妇女解放运动，同时也影响了表现妇女解放主题的小说、戏剧等文学创作，这依然构成了中国现代文学与文化史上的"易卜生现象"。因此，《玩偶之家》和易卜生主义在现代中国所产生的积极意义与作用是不可否认、不可磨灭的。

只是，时至今日，站在深化西方文学与文化研究，尤其是站在"经典重估"、探讨"易卜生主义"之深层的与本质的内涵的角度看，我们不能满足于以前对《玩偶之家》以及易卜生创作的理解，而要揭示其创作更富于现代意义的内涵。正是在这种意义上，娜拉出走后那"砰"的一下关门声，至今依旧意味深长、耐人寻味，它敦促我们进一步体悟、理解和深度探讨该剧文本背后的深层意蕴和当代文化意义。也是在这种意义上，今天我们"重估"过往的所有文学经典，都是有必要也是有意义的。

第十节 希望在"等待"之中

贝克特是法国著名的剧作家，也是荒诞派戏剧的重要代表。

贝克特的创作以荒诞的手法，描绘了充满鄙俗浑噩与空虚荒芜的西方现代社会的生活图画，使荒诞戏剧化，使戏剧荒诞化。1969

年贝克特获得了诺贝尔文学奖。

两幕剧《等待戈多》是贝克特的代表作，也是公认的荒诞派戏剧。

第一幕，两个身份不明的老流浪汉爱斯特拉冈（又名戈戈）和弗拉季米尔（又名狄狄），在黄昏小路旁的枯树下，等待戈多的到来。他们为消磨时间，语无伦次，东拉西扯地试着讲故事、找话题，做着各种无聊的动作，错把波卓和幸运儿主仆俩当作戈多。直到天快黑时，来了一个小孩，告诉他们说，戈多今天不来，明天准来。

第二幕，次日黄昏，两人如昨天一样仍在等待戈多的到来。所不同的是，枯树长出了四五片叶子，波卓成了瞎子，幸运儿成了哑巴。天黑时，那孩子又捎来口信说，戈多今天不来，明天准来。两人陷于绝望，想死没有死成，想走却又站着不动。

我们如何理解这部荒诞派戏剧的杰作呢？

贝克特以戏剧化的荒诞手法，揭示了世界的荒谬，写出了荒诞的生存环境中人生的痛苦与不幸。剧中展示的人类生存活动的背景是凄凉而恐怖的，人在世界中处于孤独无援、恐惧幻灭、痛苦绝望的境地。两个老流浪汉，穿着破烂衣服，浑身发臭，生活在焦虑、痛苦与无聊之中。他们吃的除了胡萝卜就是红萝卜、白萝卜，甚至品味不出萝卜的滋味，吃了一半还想剩下一点到下次再吃。当波卓扔下一根骨头，戈戈"一个箭步蹿上去，捡起骨头，马上啃起来"，以后回想起来还念念不忘。戈戈暴怒地说："我……这一辈子到处在泥地里爬！……瞧这个垃圾堆！我这辈子从来没离开过它！"

在社会中，他们是"猴儿""猪""窝囊废""丑八怪""阴沟里的耗子"。他们不堪忍受可恶又空虚的生活，人生如"谈了一晚上空话"，"做了一场噩梦"。他们早就不能自由思想了，甚至连笑也害怕违法。奴仆"幸运儿"其实并不幸运，他的命运十分悲惨。他服侍主人60年了，如今年迈体弱，头发花白，身上长满脓疮，被主人波卓用绳子拴住脖子牵到市场去卖。"他身上的精华全都被吸干以后,像一块香蕉皮似的把他扔掉了。"他的灵魂已经死去,连狗都不如,"狗都比他更有志气","从来没看见过他拒绝过一根骨头"。他被主人唤作"猪",不断遭受鞭打。他甚至悔恨当初没有"从巴黎塔顶上跳下来"。通过这些描写,贝克特深刻而真实地揭示了西方荒诞社会的面貌,描绘出一幅可怕的荒原图景,以荒诞的形式揭示苦难的人生,刻画出了承受世俗痛苦、苟延残喘中的现代人形象。

剧中的荒原意象,象征着人失去与外部世界联系后空洞、阴暗、凄惨的感觉,生活中只有黄昏而没有阳光,人被造物主抛弃在荒原上,失去了生存的立足点。贝克特借"幸运儿"之口愤怒地喊道:"生活在痛苦中,生活在烈火中,这烈火这火焰如果继续燃烧,毫无疑问将使苍穹着火,也就是说将把地狱炸上天去。"《等待戈多》所展现的人类,个性毁灭,人格丧失,求生不得,欲死不能,处身于苦难荒谬的世界中。作品的深刻之处是揭示了人在一个荒谬的宇宙中的尴尬处境,揭示了社会荒诞、人生荒诞的本质。这是现代西方社会中人对自我存在的一种形而上的特殊感悟。

"戈多"有什么寓意?

《等待戈多》的核心和主题是等待希望,是一出表现人类永恒地在无望中寻找希望的现代悲剧。作为一个代名词,"戈多"始终是一个朦胧虚无的幻影,一个梦魇中的海市蜃楼。戈多虽然没有露面,却是决定人物命运的首要人物,成为贯穿全剧的中心线索。戈多似乎会来,却又老是不来。

戈多是谁?他象征什么?这一直成为该剧评论的焦点。有人说戈多是从英语"God"借用而来,暗示神、上帝、造物主;有的认为象征"死亡的结局";也有的认为剧中波卓就是戈多;等等,不一而足。当有人问贝克特"戈多是什么"时,他则回答说:"我要是知道,早就在戏里说出来了。"无论戈多是谁,从作品中我们可以明显看出,他的到来,将会给剧中人带来幸福,戈多是不幸的人对未来生活的呼唤和向往。从这个意义上讲,戈多是指人的"希望"。戈戈和狄狄生活在如此恶劣的环境中：想活，连骨头也吃不到；想死，连上吊的绳子也没有。但他们还是执着地在痛苦中希望着、憧憬着。无论戈多会不会来，也不管希望会不会如期而至，它使绝望中的人多了一层精神的寄托。对于戈戈、狄狄来说，希望是黄昏后的清晨，是谋生求存的精神支柱，是改变苦难人生的精神寄托。在对希望的幻想中，在对戈多的孜孜盼望中，体现了贝克特存在主义和人道主义拯救人类的美好善良的愿望。

如果说，戈戈和狄狄在荒诞的世界中滑稽可笑、百无聊赖地活着、希望着，具有一种幽默滑稽成分的话，那么，他们在无望中的苦苦等待，体现了对希望追求的执着与坚韧。他们既不知道戈多是谁，也不知道戈多什么时候来，只是一味地苦苦等待。狄狄说："咱们不再孤独啦，等待着夜，等待戈多，等待着，等待着。"天黑了，戈多不来，说明天准来，第二天又没来。第二幕中，一夜之间，枯树长出了四五片叶子，戈戈、狄狄穿着更破烂，生存状况更糟糕，波卓成了瞎子，幸运儿成了哑巴。剧中两天等待的情景，是漫长人生岁月的象征。然而，戈多"迟迟不来，苦死了等的人"。《等待戈多》中对希望的等待体现了贝克特不愿将痛苦的人类推入绝望的深渊，于无望中给人留下一道希望之光，这里体现了存在主义、人道主义思想。同时，戈戈和狄狄在无望的希望中等待，在痛苦与无聊中生存，充分表现出了人生的荒诞和人生的悲哀。这也确实是西方现代社会中人对荒诞处境的一种真切体悟。

《等待戈多》在艺术上具有反传统特点，这集中体现在荒诞性上，具体从三方面理解。

首先，戏剧的情节内容是荒诞的；既没有开端、高潮，也没有结局。戈戈、狄狄从何而来，为何要等待戈多？我们都一概不知。整个情节以人物无聊的小动作，语无伦次的唠叨，含糊不清、支离破碎地讲述小故事和人物的杂耍来代替。脱下靴子，往里看看，伸手摸摸又穿上，抖抖帽子，在头顶上敲敲，往帽里吹吹气又戴上，充满滑稽与无聊。戈戈、狄狄在一起等待戈多一整天，第二天见面时又互不相识。一夜之隔,枯树长出了叶子,波卓变成了瞎子,幸运儿成了哑巴。幸运儿替主人成天套在脖子上的那只沉甸甸的箱子,里面装的原来是沙土。

全剧只展示了两个傍晚,但次日却不是个定数,据狄狄说:"也许有五十年了。"事实上,他们必定熬过了许许多多的日日夜夜。在长期无望的等待中,两人已"腻烦得要死",也深切感到等待的可怕,现状的寒心。然而他们已经习惯了,"只要等待",永远等下去,"直到他来为止"!戈多托小孩捎来口信,说明天要来,却又总也不来。失望的戈戈和狄狄想上吊,却没上吊成,老说要走,但始终没付诸行动。杂乱而荒诞不经的内容情节,隐喻了生活的荒诞和人生的荒诞。

其次,《等待戈多》的舞台景象是荒诞的。舞台的背景布置于简单、重复之中充满了荒诞性。空荡荡的舞台,荒郊野外,乡间小路旁,只有一棵光秃秃的枯树;日薄西山,临近黄昏,笼罩在一片阴暗肃杀的"苍白"的光影下,象征着世界的荒芜残酷和人的生存环境的恶劣凶险。第二幕中,时间地点、布景道具都没变,只是枯树长出了几片绿叶,衬托出荒原的悲凉。两个流浪汉在孤零零的枯树下等待戈多,如同被抛弃在荒漠的人生舞台上,充满荒诞和悲剧色彩。贝克特称这种荒诞的舞台景象为"直喻",赋予舞台道具以思想内蕴。舞台的荒诞就是社会、人生荒诞的概括。

最后,戏剧语言的荒诞。人物对话、独白颠三倒四,胡言乱语,充满了荒诞性,使剧情显得滑稽而混乱。剧一开场,戈戈、狄狄各自喃喃地述说自己的痛苦,牛头不对马嘴,唠叨重复,文不对题。被主人唤作"猪"的幸运儿,突然激愤地演讲起来,不带标点符号的连篇累牍、毫无意义的废话,使人不知所云。混乱而荒诞的语言,喻示人物没有自由意志,没有思想人格。有时人物的语言类似意识流的内心独白和梦幻语言,前言不搭后语,跳跃无序,絮语不止;有时人物语言也偶尔显示了哲理,流露出人物对荒谬世界与痛苦人生的真实心理感受。

《等待戈多》通过人物怪诞语言的逼真而夸张的运用，构成了一套独特的舞台情感信息传达系统，体现出荒诞派戏剧鲜明突出的荒诞特征。

高尔基说，文学是人学。

雨果说，为什么要思考艺术？可能的回答是：思考艺术即反思人类自身！因为，艺术是人类生存的诗意栖居之地，是我们生命的家园。

对今天的我们来说，重读西方文学经典，尤其需要开掘其间的人性意蕴。文学的教育，就是在这种"人性体悟"与"诗性解读"中让学生更多地接受审美与人文的熏陶。其实，这也是西方文学研究者所需要深度思考的方法论问题。

第 二 章

阿里斯托芬喜剧的风格

具有独特风格的艺术品,是能超越时代而存在的。

被恩格斯称为"喜剧之父"的古希腊喜剧家阿里斯托芬(约前446—前385)的喜剧,是在人类社会发展水平还很低的历史条件下产生的。尽管它距我们今天是那么遥远,但至今"仍然能够给我们以艺术享受,而且就某些方面说还是一种规范和高不可及的范本"[①]。它对后世的喜剧甚至小说都有重大影响,而它本身所具有的那种"不可企及的东西",又正好是区别自己与后世作品不同而显示出独特风格的因素。本章试图从三个方面来探讨这种因素。

第一节 主题的现实性

古典时期的雅典城邦属于奴隶主民主制社会。这时,民主气息特别浓,每个公民都享有广泛的民主权利;各种政治集团都可以在当时的公民大会上针对社会上的重大问题各表己见。有时互相发生争执。在这样的社会条件下出现的雅典戏剧,也往往以表现社会重大问题、表达政治见解为己任,它们的主题具有鲜明的针对性,而

[①] 《马克思恩格斯选集》(第2卷),人民出版社1995年版,第29页。

阿里斯托芬的喜剧又尤为突出。因为，在阿里斯托芬创作的年代，雅典的奴隶主民主制开始衰落，社会矛盾激化，这就对通过戏剧演出来解答社会问题、政治问题提出了更高的要求。又由于喜剧不像悲剧那样要求有高雅庄严的风格，它在当时被称为"粗俗之作"，题材、人物大多直接取于现实生活，所以就更善于表现现实性、针对性很强的主题。事实上，当时的喜剧舞台几乎成了社会论坛。阿里斯托芬喜剧中特有的"对驳"的场景很可以说明这个问题。在"对驳"的场景中，戏剧冲突双方的人物分列于舞台两边，互相展开激烈的争论，而争论的内容往往是现实中亟待解决的重大问题。这种演出，其现实性之强就可想而知了。

阿里斯托芬喜剧具有现实性，还和他的艺术观有关。阿里斯托芬一开始从事喜剧创作，就确定自己是诗人兼政论家，他在作品中也经常谈到这一点。例如《阿卡奈人》中就有这样一段话："他（指作者自己）会不断地在喜剧中发扬真理，支持正义。他说他要给你们许多教训，把你们引上幸福之路；他并不怕拍马屁、送贿赂、行诈骗、耍无赖，他并不天花乱坠害你们眼花缭乱，他是用最好的教训来教育你。"可见，他所抱的是现实主义的创作态度。阿里斯托芬也确实经常运用喜剧对观众进行这种"教训"。

喜剧《阿卡奈人》上演于公元前425年。当雅典城邦内部围绕着同斯巴达人的战争问题展开了主和派与主战派之间的争论。根据当时的情况，停战是合理的，但由于受主战派的煽动，不少人产生了一种好战心理，所以，要实现和平，最紧要的是扫除人们的好战心理。阿里斯托芬是主和派，因而，扫除好战心理就成了《阿卡奈人》的基本主题。

喜剧一开始写一个主张与斯巴达人讲和的农民狄开俄波利斯，私自派人同斯巴达人签订了和平条约。在庆祝和平时，正碰上一群主战的阿卡奈人（剧中歌队），他们骂狄开俄波利斯是叛徒，且要惩罚他，戏剧的冲突就由此展开。狄开俄波利斯是一个机智的人，他用摆事实讲道理的方法来劝服对方，其实，这种劝说恰恰是在对观众进行"教训",以扫除他们的主战心理。他说:"我衷心地痛恨斯巴达人","谁叫他们把我的葡萄园毁了呢?"但是,"我们这样受罪,为什么全怪斯巴达人呢?"因为战争并非由斯巴达人单方造成的。接着,他又指出了战争的危害,用比拟的手法把战争写成一个粗鲁的不速之客:"我决不欢迎'战争'到我家来!决不跟他同躺一张床,合喝酒令歌,他是酒鬼恶煞;你喜气盈门,有福可享,他偏来乱闯,造下千灾百难,翻倒这个,打破那个,扒来倒去;你白费口舌,三番五次邀请他:'坐下来,喝点酒,接过这友谊的杯子。'他只是变本加厉,放火烧毁了我们的葡萄庄,穷凶极恶,硬是从我们的葡萄园里倒掉了酒浆。"这段生动形象的文字,把战争的危害一一地摆了出来,告诉人们:一切灾难都是由战争带来的,只要停战,就能安居乐业,过幸福生活。

为了进一步指出战争的危害、和平的幸福,诗人又安排狄开俄波利斯签订了和平条约之后开设自由市场的情节,描绘出一派宁静、欢乐和平景象。在戏的结尾,正当雅典主战派头子拉马科斯匆匆忙忙、慌慌张张上战场时,狄开俄波利斯却身处和平之境,高高兴兴地去赴宴;正当拉马科斯被打得焦头烂额,狼狈地从战场上败回时,狄开俄波利斯却喝得醉醺醺地从宴会归来。这里,作者通过战乱生活跟和平生活的鲜明对比,突出了战争的无益、和平的幸福快乐,从而激起观众对和平的向往和对战争的厌恶,起到了扫除好战心理的作用。

阿里斯托芬后来创作的《云》《骑士》《马蜂》等,也是这样针对现实重大问题对观众进行"教训"的。在我们今天看来,这样的处理近乎直接向观众说教,缺乏艺术性,但是,在当时的历史条件下是允许的也是必要的,也正因为这样,我们才说阿里斯托芬喜剧的主题具有现实性。

第二节　政治讽刺的尖锐性

阿里斯托芬的喜剧开了世界文学史上政治讽刺剧的先河，后来的文学家曾学习过他的这种政治讽刺手法，但阿里斯托芬的讽刺始终是别具一格的。

古希腊旧喜剧又称阿提刻喜剧，因为它主要是在阿提刻农村产生的。这种喜剧起源于为祭祀酒神而合唱的歌谣，其特点是坦率、快乐、无所顾忌。每逢农村葡萄和谷物收获的季节，农民们排着队围绕村子和田野，唱起这种歌谣，以庆祝丰收、歌颂神力。后来，农民们不仅将这种歌谣用来欢庆、取乐，而且还作为一种反压迫反侮辱的武器，因此，它又逐渐带上了很强的讽刺性。伊·托尔斯泰曾说过："亚里士多德指出的那种节日'狂欢队伍'，不仅是节日的游行队伍，而且是农村的政治示威游行，在酒神的庇护下，游行队伍勇敢地、高声地揭发阶级敌人。"这种揭发，就是用讽刺、嘲骂的方法进行的。可见，阿提刻喜剧在它的萌芽时期就具备了尖锐讽刺的特点。到了阿里斯托芬时期，这一特点显得更为突出。

我们前面已经讲到，在阿里斯托芬的创作年代，古希腊奴隶主民主制已经走向衰落，社会矛盾开始激化。但是，这时期公民政治上的民主自由并未完全被剥夺，只是相对地被削弱了，人们仍然可以较为自由地发表自己的政治主张，可以直接地批评甚至攻击不被自己拥护的统治者。阿里斯托芬在政治上站在当时的寡头党一边，从自耕农的立场出发反对急进民主党，因而，他常常用喜剧来发表自己的政见。为了达到有效地打击政敌的目的，在喜剧中，他往往选取当时的"有名人物，作为题材，致其嘲弄"[1]，加以讽刺。因

---

[1] ［美］桑戴克：《世界文化史》，冯雄译，商务印书馆1936年版，第167页。

为,"一本正经的教训,即使最尖锐,往往不及讽刺有力量"①。

阿里斯托芬一走上喜剧创作的道路,就具有一种大胆、无畏的精神,敢于对某些政界的头面人物进行强烈的讽刺。它的早期作品《巴比伦人》就是这样。该剧是在雅典城邦举行酒神大令时上演的,参加观看的有许多盟邦的使节。由于阿里斯托芬在《巴比伦人》一剧中当着外宾的面尖锐地讽刺了克勒翁(他是当时雅典城邦的最高统治者),使其在外宾面前失了面子,克勒翁就提起诉讼,控告阿里斯托芬在盟邦人面前毁坏了雅典城邦的威信。但后来阿里斯托芬摆脱了这一控告。此后,阿里斯托芬仍然没改变他的这种尖锐的讽刺风格。《阿卡奈人》中的拉马科斯,就是当时雅典城邦的军事首领,作者让这样一个现实中的重要人物在舞台上表演自己战败后的狼狈不堪,以讽刺揭露他的无能。在公元前424年上演的《骑士》中,作者用"皮匠帕佛拉工"这一形象影射克勒翁,讽刺他欺世盗名的政客的卑劣行为。他后期的作品《马蜂》,也对克勒翁进行了尖锐讽刺,其中有这样一段是以狗来讽刺他的:

> 这条狗的目光像烈火似的燃烧着,仿佛淫乱的理娜射出的视线,周围有成百个阿谀逢迎的坏蛋,温柔地舔着它的脑袋,这条狗的声音仿佛那带来了破坏和毁灭的山洪咆哮;它像海豹、像发出臭味的野兽一样,两腿肮脏得要命,从后面看活像拉弥亚的骆驼。

观众谁都知道这条狗指的是作为最高统治者的克勒翁。试想,把这样的比喻用在一个尚活着的最高统治者身上,这种讽刺是何等泼辣!正如杜勃罗留波夫所说:"阿里斯托芬,他绝不是我们现代喜剧家所能匹敌的,他没有错刺在克勒翁的眉毛上,而是一直刺在他的眼睛里,那些受苦的公民们很喜欢他的奔放大胆

---

① [法]莫里哀:《达尔丢夫序言》,转引自《艺术世界》1983年第3期。

的讽刺。"①

我们认为，将讽刺的矛头直指现实中的统治人物，锋芒所向，准确、辛辣、尖刻，这就显示了阿里斯托芬喜剧政治讽刺尖锐性的特点。

第三节　情节的荒诞性

喜剧的美学特征是"笑"，它是"笑"的艺术，"没有笑就无所谓喜剧"②。在生活当中，"笑"这种现象是很普遍的，而要使之成为文学作品中具有审美价值的"笑"，文学家就要借助一定的艺术表现手法和技巧来完成，诸如刻画人物的喜剧性性格、制造情节上偶然的巧合，运用戏谑、打诨以及滑稽动作等，都是喜剧家通常习用的手法。作为喜剧家的阿里斯托芬，也运用上述的种种手法进行喜剧创作，但是，值得我们注意的是，他并不仅限于通常的喜剧表现手法，他的独到的也是最得心应手的手法是：用极度的夸张、离奇的想象虚构出荒诞的情节，从而构成具有审美价值的"笑"，产生很强的喜剧效果。

在《阿卡奈人》一剧中，阿提刻农人狄开俄波利斯竟然派阿菲狄忒斯私自同斯巴达人签订了和平条约；这些条约又不是白纸黑字的契约，而是分别用三个皮袋装着的三种不同的酒。其中一袋代表五年和平期限，一袋代表十年和平期限，一袋代表三十年和平期限。狄开俄波利斯先尝了代表五年期限的一袋酒后说"我不喜欢，因为它有松香和海军军备的味儿"，意即表面上双方在和谈但实际上在造军舰备战（那时的军舰外表用松香油漆）。他尝了代表十年的那袋酒

---

① ［俄］杜勃罗留波夫：《杜勃罗留波夫选集》（第一卷），辛未艾译，上海文艺出版社1957年版，第49页。

② 施昌东：《"美"的探索》，上海文艺出版社1980年版，第419页。

后：有"派遣使者往各城邦的味儿",意即各城邦使节往来谋划战争的事,和平好景不长。当他喝了代表三十年期限的那一袋酒后马上叫道:"啊,酒神有灵!这一代有神膏和仙酒的味……我要接受这一袋。"这样的情节是够荒诞的,观众不能不为之捧腹大笑,他们在这种轻松愉快的笑中,可以感受到作者渴望和平的热切之心,激起对和平生活的向往和憧憬。

阿里斯托芬有的作品整个剧情就是一个荒诞的大笑话。比如《云》就是这样。这个作品意在批判提倡个人主义和怀疑主义的富家教育思想——诡辩派学说,其代表人物是哲学家苏格拉底。剧中写阿提刻农人斯瑞西阿斯叫儿子到苏格拉底的"思想所"去学习诡辩术,以便用无理的理由来抵赖债务。儿子学成之后,父亲欢天喜地地将他接回家中,而且还举行了庆祝宴会,就在这酒宴上,父子俩为了饮酒颂诗一事发生了口角,结果,儿子打了老子,儿子还用刚学来的诡辩术硬说自己打得有理。老子争执不过儿子,一气之下就把苏格拉底的"思想所"一把火烧掉了。为抵赖债务叫儿子学诡辩术,自己恰恰尝了恶果,这本身是一个充满喜剧性的大笑话。

由于戏剧情节本身引发了各种各样的"笑",产生了很浓的喜剧色彩,所以阿里斯托芬的喜剧离开一般的巧合、说笑话、滑稽动作等,仍然不失为喜剧,而且这种由荒诞的情节本身所引发的"笑",不会失之肤浅,而可以表现深刻的思想内容。

作者是时代的产儿,他的作品的独特风格,也首先是时代赋予的。阿里斯托芬的喜剧作为人类文明黎明时期的艺术,将永远独树一帜,开放于世界艺术的大花园。

第 三 章

"拜伦式英雄"与"超人"原型

从社会政治的角度上看,启蒙运动引发了法国大革命,法国大革命塑造了拿破仑。从文化变革的意义上看,启蒙运动孕育了浪漫主义运动,浪漫主义运动以拜伦的出现标志着它的高峰。拿破仑凝结了欧洲资产阶级革命的理想,拜伦把启蒙运动以来对旧文化的批判推向了高潮。这两个人物似乎是没什么可比性的,然而,当拜伦死的时候,法国的许多报纸上讲:"本世纪(指 19 世纪,引者注)的两大伟人拿破仑和拜伦几乎同时弃世了。"[①] 当时的英国历史学家卡莱尔也总是"把拜伦和拿破仑相提并论"[②]。其实,从文化变革的角度看,拜伦确实堪称精神文化领域里横扫一切的拿破仑,他展示了一种关于"人"的新观念,他描绘了现代"超人"的原型。

第一节 心理秉性与文化人格的非道德倾向

罗素在评价拜伦与卢梭时指出了两者的深刻区别:"卢梭赞

---

① [英]罗素:《西方哲学史》(下卷),何兆武等译,商务印书馆 1997 年版,第 300 页。
② 同上。

赏美德，只要是纯朴的美德，而拜伦赞赏罪恶，只要是霹雳雷火般的罪恶。"[1] "赞赏罪恶"，这不仅是拜伦与卢梭的区别，也可以说是拜伦与自启蒙运动到他那个时代所有文化人的区别。

乔治·戈登·拜伦（1788—1824），贵族出身，独特的经历构建了他独特的文化—心理结构，我们似乎有必要特别把握拜伦的以下三种心理秉性。

A. 家族气质与激情、放纵、狂暴的心理秉性。

拜伦的祖父约翰·拜伦是海军上将，人称"天不怕地不怕的拜伦"，经历过无数艰难险阻。

拜伦的叔叔性格古怪，"被人唤作'魔鬼勋爵'"，这个家族的气质在他身上"以最恶劣的形式表现了出来"[2]。他生活放荡又喜欢争斗，曾被判杀人罪，当地的人怕见他就像怕见麻风病人一样。"他的武器从不离身，每个口袋里都装着一支枪。"[3]

拜伦的父亲曾作为近卫军军官服役美洲，他英俊潇洒，年轻时被人们称为"疯狂的拜伦老兄"。"他曾经勾引卡马森侯爵的妻子和他私奔到美洲，在她的丈夫和她离婚后同她结婚，花光了她的全部钱财，并肆意虐待她，使得她婚后没几年就抱恨死去。以后，拜伦上尉带着女儿奥古斯达返回英国，从纯粹改善处境出发，又同一位富有的苏格兰女继承人盖特的凯瑟琳·戈登小姐结婚，从而使她成了迄今还享有世界声誉的诗人的母亲。刚一举行婚礼，拜伦上尉就开始挥霍他第二个妻子的财产。在一年的时间里，他便把二万四千镑财产花得只剩下三千镑。"[4] 拜伦三岁时，他父亲离家出走，后死

---

[1] [英] 罗素：《西方哲学史》（下卷），何兆武等译，商务印书馆1997年版，第303页。

[2] [丹麦] 勃兰兑斯：《十九世纪文学主流》（第四分册），徐式谷等译，人民文学出版社1997年版，第315页。

[3] [法] 安德烈·莫洛亚：《拜伦情史》，沈大力、董纯译，中国文联出版社2001年版，第11、12页。

[4] [丹麦] 勃兰兑斯：《十九世纪文学主流》（第四分册），徐式谷等译，人民文学出版社1997年版，第314页。

于他乡，届时已身无分文。

拜伦的母亲是"热情的和神经质的"[①]，她的家族史上，"企图自杀或下毒谋害他人者不乏其人"[②]。她的祖先"第一代是溺水死的，第二代是被害死的，第三、四代因杀人被绞死。凯瑟琳的血液里带有疯狂暴虐的因素。丈夫出走后，这种因素被激发了，她时而把跛足拜伦视同掌上明珠，时而又抄起菜盘向拜伦头上掷去"[③]。

由此可见，"难以控制的激情是拜伦双亲身上全都具有的特点，只是在表现方式和强弱程度上有所不同而已"[④]。这种家族气质，无论是从先天遗传的角度，还是从后天影响的角度，都使拜伦本人也具有了激情、狂放、任性的心理秉性。"诗人的血管里流有狂暴的血液"[⑤]。

B. 先天的跛足与自卑、自尊、仇恨、反抗的心理秉性。

据说是因为拜伦出生时发生的医疗事故，使拜伦带有先天的跛足。拜伦与他的父辈们一样，相貌英俊，但他偏偏是个瘸子。人们常常这么议论：这孩子多么漂亮啊！可惜是个瘸子！同学们常常对他的跛足冷嘲热讽，连她任性的母亲也常常骂他"小瘸鬼"。从心理学的角度看，人的某种生理缺陷被长期强化后，会造成后天心理的缺陷。原本自尊心极强、性情狂暴的拜伦，常常会因他人的议论讽刺而遭受极大的心理痛苦，并激起强烈的反抗与仇恨心理，但他心底里则又极度自卑、压抑与忧郁，这无疑又会强化他狂暴的性格。自卑、反抗、报复、仇恨，常常使他有自杀与杀人的愿望。"从七岁起，他就在衣袋内揣上了儿童手枪。"[⑥] 以后，和他的叔父"魔鬼拜

[①] Willian J. Long, *English Literature*, London：Nabu Press, 1991, p. 466.
[②] ［丹麦］勃兰兑斯：《十九世纪文学主流》（第四分册），徐式谷等译，人民文学出版社1997年版，第315页。
[③] 徐葆耕：《西方文学：心灵的历史》，清华大学出版社1989年版，第243页。
[④] ［丹麦］勃兰兑斯：《十九世纪文学主流》（第四分册），徐式谷等译，人民文学出版社1997年版，第315页。
[⑤] 同上书，第316页。
[⑥] 沈大力：《拜伦情史》，［法］安德烈·莫洛亚，中国文联出版社2001年版，第12页。

伦"相仿,他常常身带手枪——尽管那是玩具枪,却在潜意识中体验犯罪的快感。

可见,跛足的缺陷促使他形成了强烈的自尊—自卑、反抗、仇恨、狂暴、忧郁等心理秉性。

C. 爱情生活的不加拘束与"自然人"心理秉性。

拜伦自称有一百多个情人,"天下女人一张嘴,从南吻到北",这似乎是一种调侃式的自嘲。但事实上,拜伦一生的确与众多淑媛靓女有柔情蜜意的浪漫。"从诗人少年时代初恋的玛丽·恰沃斯到最后表示愿意陪他一同去支持希腊民族独立斗争的黛莱莎·基齐奥里,中间有缠人的卡洛丽娜·朗勃,放浪的奥克斯弗尔夫人;腼腆的金发少妇弗朗切丝,跟他有一夜之欢的克莱尔·克莱赫蒙;威尼斯商人之妻玛丽亚和有天后朱诺般身段的玛嘉丽塔。"① 其实,他的情人还应该包括他的同父异母姐姐奥古丝塔。从世俗的眼光看,拜伦与众多的女性有说不清道不明的瓜葛,他无疑是一个风流的"唐璜"、多情的"恶魔"。不过,他对自己的放纵,一方面有一种罪感,一方面又将它看成自然而然的事,而且,"拜伦每爱上一个女人,就荒唐地希望遇到一颗美丽的心灵"②,似乎他的行为是合情合理的。尤其是他与同父异母姐姐奥古丝塔的爱,更让人不可思议。这显然是违反了人类古老戒律的乱伦行为,然而,在深感罪恶的同时,"拜伦又从中感受到强烈刺激的乐趣"③。至死,他仍然觉得奥古丝塔是他交往过的女人中最心爱的一个。难怪,他写给奥古丝塔的诗被莫洛亚称为他的作品中"最美丽的篇章":

我不出声,

---

① 沈大力、董纯:《〈拜伦情史〉译者序》,[法]安德烈·莫洛亚:《拜伦情史》,中国文联出版社2001年版。

② [法]安德烈·莫洛亚:《拜伦情史》,沈大力、董纯译,中国文联出版社2001年版,第131页。

③ 同上书,第56页。

也不书写,
我不低唤你的名字。
这爱情里有罪孽,
这名字里有痛苦。
我脸颊上
那滴滚烫的泪水,
让我恍见沉埋心底的
思想的深……①

我们似乎可以看到,尽管有天大的罪恶——他与奥古丝塔之爱的罪恶就已经是惊人的大事——拜伦仍要去追觅与罪感和痛苦相伴的那份幸福与甜蜜,而且他几乎把这一切的追求看成自然而然的。

由此可见,拜伦在情爱生活上,颇有古希腊人的遗风——追逐情欲而不视之为"恶"。在这个意义上,拜伦将自己"放逐"回"自然",从而拥有了远离文明的"自然人"心理秉性。

拜伦的以上三大心理秉性,是互相关联、互相制约的,它们共同作用从而决定着他在文化人格取向上走向了非道德化倾向。

激情、放纵与"自然人"心理秉性,使他采取了无拘无束,甚至情场游戏式的情感生活方式,形成自然式的情爱与古老的道德文明之间的对抗。由此,拜伦自己在深深的罪感中吮吸着甜蜜的同时,被投以"情魔"与"唐璜"的骂名。

自尊、反抗、狂暴等心理秉性使他追慕拿破仑式的英雄,憎恶一切压制人性的外在权威和社会制度。他孤高自傲,又同情柔弱者,支持弱小民族争取自由独立,反抗暴君,又崇尚个人主义和无政府主义。

反抗与"自然人"心理秉性使他性格率真,进而蔑视虚伪的道

---

① [法]安德烈·莫洛亚:《拜伦情史》,沈大力、董纯译,中国文联出版社2001年版,第70页。

德，尤其与英国贵族上流社会的道德标准格格不入，所以他成了贵族阶级的叛逆，成了这个阶级的眼中钉。

仇恨、狂暴、孤傲的心理秉性使他在反抗强权、企求人类之爱的同时，又在孤独无助时产生极端的恨，陷入极度的悲观与绝望。

总之，特殊的心理秉性影响着拜伦文化人格的构成，他以"自然人"的率真，去狂暴地撞击有坚硬外壳的现代文明，以至没有任何一个浪漫主义诗人为了人性的解放对现代文明做出如此全面、深广、彻底的否定。他单枪匹马，冒着枪林弹雨，怀揣一颗率真的心，向"文明社会"发起了猛烈攻击。当那些"文明"的面具被他刺得千疮百孔、丑态百出时，他就成了"文明"的"恶魔"。因此，拜伦在文化人格上的非道德倾向，实则是反文明倾向。拜伦在追求人性的自由与解放，他在寻求一种全新的"人"，那就是"拜伦式的英雄"。应该说他自己就是此种"英雄"！

第二节 "拜伦式英雄"与"超人"原型

文学史上著名的"拜伦式英雄"，其孤傲、反抗、愤世嫉俗的性格特征是为人熟知的。当我们把拜伦及其"拜伦式英雄"放到西方文化史，特别是人文观念演变史的长河中去看时，笔者总觉得他们并不是一般意义上的个人反抗的英雄，而代表着一种极富反传统意义的价值理想与新"人"的观念，并且总让人联想到尼采及"超人"。

一 "成为你自己"——"自我"内涵的扩延

谈到浪漫主义是"自然主义"，拜伦似乎并非最典型的，但他的创作中同样有对大自然的精彩描写，其间流露出诗人的崇拜之情，甚至可以说，拜伦及"拜伦式英雄"们极少爱人类并赞美人类。拜伦赞美最多的是自然，极端时会赞美他那心爱的宠物狗。不过，与其他浪漫主义诗人不同,拜伦在描写大自然时常常伴随着主人公的孤独,自然成为孤独中的人的交流对象,自然成了主人公的伙伴,抑或是孤独者的避难所。由于孤独者每每是一个激情澎湃的反抗者,大自然狂烈与宏伟的壮景兴许更能宣泄他胸中的郁愤与孤独感,所以,拜伦最喜欢描写的自然景象是滔滔的大海或巍巍的山峦。因此,在拜伦这里,自然的广渺衬出了人物的孤世独立,自然的宏伟乃至狂野衬出了人物不可遏制的强烈激情与生命意志。

"拜伦式英雄"往往在与世决裂后,漂泊于自然山水之间。恰尔德·哈洛尔德就不愿屈服于那个"吵吵嚷嚷,拥挤而杂沓的人群",而宁愿在大海与山川之间游荡:

> 独个儿徘徊在悬岩和瀑布旁边,
> 这并不孤独;而只是跟妩媚的大自然谈心,
> ……
> 没有人来爱我们,也无人值得爱恋,
> 作为一个不倦怠的人世的过客。[①]

哈洛尔德说能与"大自然谈心",因而"这并不孤独",其实不然。由于"没有人来爱","也无人值得爱恋",他又不肯曲意逢迎,那只能忍受孤独,与自然为伴。他自知是一个"最不适合与人群为伍的人",因为他做不到"随声附和……决不肯让他的思想屈服于他自己所反对的一切而随波逐流"[②]。好在,使他感到自豪的是,他没有"奉承过那恶臭的气息",未曾向它的偶像屈膝下拜,没有装着一副笑脸去应酬周旋,也未曾对庸众的喧嚣随声附和。

"成为你自己!你现在所做的一切,所想的一切,所追求的一

[①] [英]拜伦:《恰尔德·哈洛尔德游记》,杨熙龄译,上海文艺出版社1959年版,第53页。

[②] [丹麦]勃兰兑斯:《十九世纪文学主流》(第四分册),徐式谷等译,人民文学出版社1997年版,第362页。

切，都不是你自己。""你应当成为你之为你者。""成为你之为你者！""成为你自己：这一呼吁只被少数人听信，并且只是对于这少数人中的极少数人才是多余的。"① 这是尼采在他不同时期的作品中，一再发出的同一呼吁。这也是尼采对真实的"自我"与个人主义的呼吁。"成为你自己"，就是要找回真实的"自我"。寻找"自我"，张扬个性，这是浪漫主义文学的共同人文追求。然而，不同的是，尼采要寻找的"自我"，不是通常浪漫主义者所寻找的普遍人性意义上的"自我"，而是"极少数"强力意志者——超人式的"自我"。"在尼采那里，真实的'自我'有两层含义。在较低的层次上，它是指隐藏在潜意识之中的个人的生命本能，种种无意识的欲望、情绪、情感和体验。在较高层次上便是精神性的'自我'，它是个人自我创造的产物。"② 通常浪漫主义所寻找的"自我"大致上就是尼采所说的"较低层次"的"自我"，他们主要追求对感性的回归。因而本书此前也将其归于感性层面的人性内容。"较高层次"上的"自我"是精神性的，是生命意志对自我的一种创造与超越。在这个意义上，"自我"不是一种先验的先在，而会在行动中赋予生命的新的意义。于是，"成为你自己"就要居高临下于自我的生命，做自我生命的主人，不惜将生命孤注一掷，进而在其中创造新的意义。因而，"成为你自己"要甘于承受孤独与痛苦，用生命本身的力量战胜痛苦，用生命的蓬勃战胜人生的悲剧。实际上，尼采"较高层次"的"自我"是超人式强力意志的体现。所以，尼采认为，"成为你自己"，只是极少数人才有可能的。

"拜伦式英雄"是近乎这"极少数人"的，他们当然有尼采所说的较低层次的"自我"——这与其他浪漫主义诗人描述的"自我"类同；然而他们还有"较高层次"上的"自我"，这表现在"拜伦式英雄"的"哲学化灵魂"中。孤独中的"拜伦式

---

① 周国平：《尼采——在世纪的转折点上》，上海人民出版社1986年版，第143页。
② 同上书，第141页。

英雄"并不希望以自我放逐式的漂泊去企求获救,也不希望通过政治的与社会的有形反抗改变孤寂的境遇,而是要通过承受孤独和痛苦去体悟生命的意义。所以,他们在遭逢命运多舛时诅咒人类,倍感人的悲哀与世界的悲哀,表现出"悲观情绪",但依然傲然独立,不向生活妥协。《曼弗雷德》中的曼弗雷德,明知死神即将降临,却不愿意通过接受忏悔使灵魂超脱进入天国,也不愿意将灵魂卖给魔鬼而获生。"曼弗雷德像他'活着的那样'独自死了:不肯借神力到天国去,也不肯随魔鬼到地狱去。""反叛着宇宙间任何东西的'自我'——执拗的意志力量,是这个性格的魅力所在。"① 这与同样追求自我的浮士德有了天壤之别,这差别的本质在于:曼弗雷德最终的行动选择,依然是为了"自我"的确证,而不是别的目标,他在主动地选择自我中创造了"自我",赋予了"自我"新的意义,他的悲剧式的反叛体现了"超人式"的强力意志。因为"在尼采看来,真正的强者不求自我保存,而求强力,为强力而不惜将生命孤注一掷"②。

可见,同样是崇尚"自然",在自然中寻找自我,拜伦与其他浪漫主义诗人赋予"自然"与"自我"的人文意义是不同的。

二 "生成之无罪"——善恶观的颠覆

歌德笔下的浮士德是一个充满自然原欲的人,而且,正是来自这无穷生命欲望的内在张力——常常表现为"恶"的驱动,使他不断地去追求生命的意义,成为一个"满足于永不满足"的人,从而显示出他的不断扩张的"自我"。然而浮士德的矛盾在于:无穷的生命欲求必须受制于外在的社会道德律令,这种道德律令要求他在善与恶的天平上保持平衡,这最终导致"自我"的分裂——灵魂向天堂飞升与向地狱沉落。浮士德就永远处于无穷的自然欲求与不可违

---

① 王化学:《〈曼弗雷德〉与"世界悲哀"》,《外国文学评论》1989 年第 3 期。
② 周国平:《尼采——在世纪的转折点上》,上海人民出版社 1986 年版,第 89 页。

抗的道德律令所造成的困惑之中。

拜伦笔下的"拜伦式英雄"的自然原欲在"超人式"的强力意志牵引下，一个劲地往社会道德律令的相反方向飞奔，致使善恶的天秤倾斜，他们也因此被公众指责为无道德的"恶魔"，一个个如《海盗》中的康拉德：

> 他遗留下一个名字，
> 给后来千秋万世，
> 只有一种美德，
> 却有一千种罪恶。

然而，即使如此，这些"海盗式"的"英雄"们虽不无罪感，却一方面自我承受起罪责，承受起公众的道德指责，另一方面又我行我素，至死不悔，真可谓：明知行有罪，偏要复行之。这里，曼弗雷德依然是极好的例证。

饱学多识的领主曼弗雷德孤世独立且内心痛苦不堪，就因为年轻时犯了乱伦罪：他与自己的妹妹爱丝塔蒂相爱，致使后者死亡，成了乱伦的牺牲品。罪感与痛苦同爱丝塔蒂的影子始终伴随着他。他自知罪孽深重，但依然渴求这罪恶的爱。他清楚地意识到："我们不该那样爱而却彼此相爱着。"他的痛苦主要不是来自罪感与悔恨，而是来自罪恶造成了他永远失去了所爱的人。既然他有深深的罪感，那他就应该为此忏悔，并且不再有这种罪恶的情感。然而事实是：他虽有罪感，却依然渴望这种爱，他活着的唯一愿望是能见着她，他不顾一切寻求的仍然是对她的爱！因而在他的深层意识中，他并无真正的、自觉的罪感，如果说有，那只不过是公众道德压给他的，他也并不愿意接受。曼弗雷德的骨子里头是一个非道德主义者。这与拜伦相似，也许他写此剧正好是为了表明他的非道德观点，表明他对自己的同父异母姐姐奥古丝塔的爱！

如何理解曼弗雷德及拜伦的此种执拗乃至"厚颜无耻"？合适的解释是尼采的"生成之无罪"。

尼采对西方以基督教为核心的传统道德进行了彻底的否定。他的这种否定，"最主要的论据来自自然，这就是'生成之无罪'的观念。自然和生命本身是非道德的，万物都属于永恒生存着的自然之'全'，无善恶可言。'万物以永恒之泉水受洗而圣化，超于善恶之外；善恶只不过是掠影，是荫翳，是流云。'"① 由此而论，与生俱来的人的原始欲望，在自然生成的意义上是无所谓善恶的。而且，在尼采看来，生命原是一股快乐之泉，自然原欲的冲动本不可遏制，而传统的基督教道德则与生命为敌，把人类的这种生命的快乐看成罪恶，使人类始终背着犯罪的恐惧，导致了生命力的衰弱进而走向颓废。于是，他以"生成之无罪"否定了传统道德的根据，也就否定了道德对生命的意义。当然，尼采并不主张放纵情欲，而且他知道，"道德生活是人的生活不可缺少的坐标体系，人不能不对自己的行为作出道德评价和道德批评，这样人才能对自己怀有一种信心，这种信心是人作为人而不是像动物那样生活所必需的"②。所以，他否定旧道德，其目的是使人们摆脱罪感，把人从扼制生命的道德桎梏中解放出来，"赤裸昂然于太阳之前"③，富有活力而且快乐地生活着。他说："我们必须摆脱道德，以便能够道德地生活。""只有生成之无罪才给我们以最大的勇气和最大的自由。"④ 而"要道德地生活"，则必须从自然与生命出发制订一种新道德，"我们必须扬弃道德，以便贯彻我的道德意志，在我们毁坏了道德之后，我们愿意道德性的继承人"⑤。可见，尼采的非道德主义，并非无道德，而是要

---

① 周国平：《尼采——在世纪的转折点上》，上海人民出版社1986年版，第209页。

② 同上书，第215页。

③ 同上。

④ 同上书，第216页。

⑤ 同上。

在否定旧道德之后创立一种以自然与生命为核心的新道德。"尼采用自然和生命取代道德，然后又把自然和生命为新的道德原则，向基督教道德发动了猛烈攻击。"① 我们暂且不说尼采的新道德是否就是"道德"的，但他毕竟为后人重新审视生活和自我提供了新视野，而且其动机是道德的、和善的。

可以肯定，尼采的"生成之无罪"及其新的道德原则，就是在今天，我们也依然无法为曼弗雷德、康拉德等"拜伦式英雄"以及拜伦本人的乱伦行为开脱并洗清罪恶。然而，这并不是笔者费如此多的笔墨说这番道理的目的。拜伦作品中的乱伦之爱虽有好几处，但这也不过是拜伦作品中情爱描写的极端化的例子。就形而上的生活道德逻辑来看，这种爱绝对是违反人类伦理道德的恶与犯罪。然而，从形而下的文化、哲学和人文意蕴的意义上看，拜伦屡屡描写乱伦的罪恶故事，其意义是不能不细加寻思的。由这种极端例子推延到"拜伦式英雄"不无放纵的对情与欲的追逐，再推延到他们生活态度与方式的天马行空、我行我素，从不与世俗陋习和伪善道德妥协，这其中无不表现出人性的自然本真状态，无不表现出他们对传统道德文明的否定，因而也就无不带有尼采及其"超人"的非道德倾向。由此可见，这些"恶魔式"的"拜伦式英雄"对西方传统的道德是有颠覆性意义的。

三 "伟大的蔑视者是伟大的敬慕者"——爱与憎的交混

"超人"哲学一开始就是一种个人主义哲学，它强调个体生命的创造与超越，就是要让"自我"充分显示甚至扩张，同时又超越他人，显示个性。然而，因为每个个体的生命意志强弱程度是不一样的，即使人人都能超越自己，但事实上也不可能人人都成为太阳。因此，"超人"总是"极少数人"，他们难免总要与"众人"

---

① 周国平：《尼采——在世纪的转折点上》，上海人民出版社 1986 年版，第 217 页。

相对，成为高高在上的主人。所以，尼采式的"超人"观念和个人主义，虽有发展人的个性的一面，但又常常被误解为排斥社会、蔑视群众。

我们不敢说尼采的理论客观上没有这种负面成分，但尼采的本意并非如此。在理论与文化逻辑上，尼采作为一位文化哲人，出于让人的生命从旧道德文明的束缚中解放出来提出了"超人"理论，并以"超人"为新人的人格理想鼓舞人们去争取文化意义上的人的自由与解放。他的"超人"理论的比照对象，自然也就是沉浸于旧道德染缸的"众人"。如果他在抨击旧道德时难免流露出对"众人"的批评甚至蔑视，那不能因此就认为他反人类乃至仇视人类。如果尼采对"众人"有"蔑视"，那也是出于对人类的爱与关怀，因而这是一种"伟大的蔑视，爱的蔑视，对最蔑视者其实最爱"[①]。正如鲁迅所说的"哀其不幸，怒其不争"。尼采曾说："我爱人类，而当我克制住这种欲望时，就最是如此。"[②] 尼采是怀着对大写意义上的"人"的高度的爱与崇敬，渴望与追寻着更完美、强健的"人"的形象，因而对人的生存现状不满——正如鲁迅对现实国民性的不满——他不得不说："人啊，你们目前这样也算是人么？"在这"伟大的蔑视"背后难道不是暗含了对人的"伟大的敬慕"吗？这同样可以用于解释他描绘的"超人"的离群索居与傲视一切。

当然，我们不能简单地以此去解释拜伦及"拜伦式英雄"的"恶魔"式的愤世嫉俗，但两者也绝非无相似之处："拜伦式英雄"，为了维护自己作为"人"的人格，宁死也不肯屈服于他们鄙夷的社会，特别是英国那恶臭熏天的上流社会。他们珍爱自己作为"人"的人格，这正体现了对"人"的一种爱心。

拜伦在悲观绝望时常常厌恶人世，在孤独激愤凄凉中"为颂扬

---

① 周国平：《尼采——在世纪的转折点上》，上海人民出版社1986年版，第242页。

② 同上书，第243页。

自己的爱犬而不惜咒骂全人类，同时立下遗嘱（后来取消了），希望自己死后和他唯一的朋友这条狗埋葬在一起"①。其实这只能证明他彼时彼境的凄戚至极。他对下层工人和被压迫民族的人民寄予无限同情，为了他们的解放不惜牺牲自己的一切。他笔下的强盗们虽然有时杀人成性，不无邪恶，但骨子里总是激荡着火一样的爱与深深的同情心。例如，《异教徒》中的主人公威尼斯人骄傲任性，目空一切，报复心之重到了残忍的地步，但他又光明磊落，以至宁愿自己去忍受最野蛮的酷刑，也不愿去杀死一个正在熟睡的仇敌。在《莱拉》《柯林斯的围攻》中，我们可以看到主人公对希腊人民的深深的爱与同情以及对人间苦难的同情。

"拜伦式英雄"往往对心爱的女人表现出猛烈而不顾一切的爱。《海盗》中的康拉德杀戮成性，仇恨人类，他对梅朵拉的爱却真诚、深挚而美丽。此类的爱几乎发生在每一个"拜伦式英雄"身上。其实，在这孤独的世上，这种爱外化出的是他们作为"人"之爱的情愫，代表了他们追求人性美的理想。正如勃兰兑斯所说，拜伦在作品中表现出的自我，"代表了普遍的人性；它的忧愁和希望正是全人类的忧愁和希望"②。

拜伦作品中"海盗"与"恶魔"式人物的故事，之所以读来动人心魄，主要也是因为这些人物身上剧烈的爱恨情感。因此，表面上这些人物是如此愤世、厌世甚至仇恨人类，这其实是因为他们太爱人类了，爱之至极就会对丑的普遍存在痛心疾首，诅咒便由此而生，但骨子里是爱之太深了。爱之弥深，恨之弥深。无论是尼采和"超人"，抑或拜伦与"拜伦式英雄"，这种以"恨"表现的爱是对人类本体的、深度的爱。

---

① ［丹麦］勃兰兑斯：《十九世纪文学主流》（第四分册），徐式谷等译，人民文学出版社1997年版，第324—325页。

② 同上书，第371页。

第三节 "一个彻底的浪漫主义者"

"立意在反抗，指归在行动。"鲁迅的话点出了拜伦作为一位民族解放运动斗士的精神特征。他是19世纪乃至此后为自由与解放而斗争的人们的一面旗帜。拜伦去世后，欧洲大陆出现了"拜伦热"，诗人们把能像拜伦一样为反压迫、争自由而献身视为最高的荣誉。这在欧洲文学史上是罕有的。拜伦用自己的行动及诗歌作品与被压迫者在感情上紧密地联结在了一起。从社会政治革命和民族运动的层面上看，拜伦的意义是被人们充分认识的，尤其在我国。

在英国浪漫主义文学史上，拜伦对大自然的描绘也许不如华兹华斯和济慈那样精细优雅，在诗歌艺术上也没有太多的独创性的贡献。然而，浪漫主义的诗歌推崇"强烈感情的自然流露"，就感情的强烈性而言，似乎只有拜伦的创作才是名副其实的，而此前的诗人都只不过是一条条涓涓的细流、弯弯的小河，到了拜伦这里则汇成了奔腾的大江或波浪滔天的大海。对此，勃兰兑斯作过激情的描绘：

> 在拜伦的诗歌里，河水汹涌翻腾，浪花如千堆白雪，轰隆隆的咆哮声奏出了一首直冲云霄的乐曲；在那奔腾的怒涛当中，形成一个又一个湍急的漩涡，它们撕碎着自身以及阻挡着它们去路的一切，最后，它们的侵蚀甚至把坚硬如铁的岩石也从底里掏空。[1]

毫无疑问，拜伦代表英国乃至欧洲浪漫主义文学史上的高峰。正如

---

[1] ［丹麦］勃兰兑斯：《十九世纪文学主流》（第四分册），徐式谷等译，人民文学出版社1997年版，第456页。

罗素所说,"最著名的浪漫主义者大概要算拜伦"①。

从西方文化史的角度看,拜伦是一条奔腾的大河,一座高耸入云的山峦。他激情回荡的诗作,犹如阵阵狂飙,卷起汪洋大海中的滔天波浪。"融合成一个彻底浪漫主义者的各种要素,他无一不备,如造反、抗拒、蔑视常规、轻率、高尚的行为等。"② 他实可谓欧洲精神文化界叱咤风云、驰骋疆场的拿破仑。他引发着我们恒久的人文沉思与冥想:

——拜伦描绘的"自我"以其强烈的超越精神与生命意志,括新了欧洲近代自文艺复兴运动以来文化人所追寻的人的"自我"的内涵,这是一个从西方传统文化土壤中成长起来而又傲然屹立于传统文化之上的更为高大强健的"自我"。他没有哈姆莱特的犹豫软弱,也不似浮士德那样想扩张又前顾后盼困惑重重,而像尼采笔下的"超人"负重向前。

——拜伦通过一系列"拜伦式英雄"的形象把追求个性自由与解放的个人主义思潮推向了新阶段。那些离群索居的个人奋斗者在维护人格独立与尊严的抗争中丰盈了"自我",张扬了个性,证明了个体生命的价值与意义,标示了个人对于社会的神圣性。然而他们的过失甚至罪恶以及由此而生的痛苦乃至绝望,也向人们标示了个性自由的相对性,放纵的自由乃是"自我"的地狱!

——拜伦及"拜伦式英雄"身上表现出的非道德倾向,意味着拜伦对西方传统文明之价值体系的整体性怀疑与反叛——因为道德是文化与文明的核心,实际上,拜伦的反叛也超出了道德领域而波及整个文化与文明。拜伦固然不可能像尼采那样自觉地在否定旧道德时又试图去重建新道德——实际上尼采也未必重建得出来,但他笔下的人物似乎都崇尚古希腊的酒神精神,希望停留在古希腊那没

---

① [英]罗素:《西方的智慧——从社会政治背景对西方哲学所作的历史考察》,温锡增译,商务印书馆1999年版,第233页。
② 同上。

有罪感的世界。他通过这一系列人物展示了带有古希腊原欲内涵的人的价值观,这些人物也就被旧道德传统中的公众逼入了孤独之境。这种在道德与文化上的强烈的反叛,才是拜伦被斥为"恶魔"的根由,而这恰恰是拜伦具有的最深刻的文化意义。

——拜伦与"拜伦式英雄"是远离公众的,有时是极端个人主义的,但他们是爱人类的,这种爱既有普罗米修斯式的急切,也有耶稣基督式的深切。

至此,我们可以说,拜伦在文化意义上是可以与社会政治意义上的拿破仑相媲美的;拿破仑带来了欧洲的新时代,拜伦则描绘了文化上的新"人"形象。这个新"人"形象被尼采进一步培育,进而走向了现代。难怪哲学家罗素在他的《西方哲学史》中讲述拜伦时多次提及尼采,他指出:"尼采对拜伦始终是非常同情的。有时候拜伦也偶尔比较接近尼采的观点。伟大人物在尼采看来像神一样;在拜伦看来,通常是和他自己战斗的泰坦。不过有时候他也描绘出一个和'查拉图士特拉'不无相似的贤人——'海盗'。"①

我认为,就两位伟人的精神联系而论,罗素讲的"偶尔""有时候"应该改为"常常"才是。我们可以这么说:拜伦是尼采的精神先导,"拜伦式英雄"是"超人"的原型!

---

① [英]罗素:《西方哲学史》(下卷),何兆武等译,商务印书馆1997年版,第299页。

第 四 章

狄更斯小说经典性的别一种重读

经典之为经典的缘由和资质各有差异，不同作品之经典性的生成之路大相径庭，而不同经典在当下的存在状态和境遇也各不相同。考察不同作品之经典性的生成差异，也是研究作家创作之成败得失的独特视角。狄更斯是一位享有盛誉的经典作家，然而，成名之初的他近乎今天的网络写手和通俗作家——借助新的传播媒介在娱乐读者中名声大噪，而后成了现实主义文学的经典作家。从经典生成的角度看，透析狄更斯小说之娱乐性与通俗性及其与经典性的关系，也是对这位经典作家的一种再发现，抑或是别一种重读。

第一节 阅读趣味、故事性与娱乐性

想象力丰富而奇特的狄更斯，他的小说留给人们的一个深刻印象是扣人心弦的故事，而他小说的极强的故事性、趣味性和娱乐性便是他能征服众多读者的重要原因。

19世纪的上半叶，随着报纸和出版等传播媒介的新发展，英国小说走向了繁荣，特别是长篇小说，数量之多是空前的，读小说成了民众的主要娱乐方式。当时的小说评论家R. C. 特瑞说："我们的民族好像是小说爱好者，无论是当今首相还是普通平民家的女孩都在读小说。"[1] "从城市到乡下……不同职业的男女老少，都喜欢读小说。"[2] 大众读者的阅读趣味虽不一致，但基本上是以娱乐消遣为目的。这种娱乐性的大众文化阅读浪潮和阅读期待孕育了小说的市场，而市场和读者趣味也反过来引导了作家的创作，尤其当一位写作者渴望成名，寄希望于通过创作来维持生计，往往就会向这种大众文化心理与审美阅读需求妥协。

早期的狄更斯是以创作迎合大众口味的连载小说"写手"出现于文坛的，连载小说要具有可读性，要用生动曲折的故事把读者日复一日地吸引住。所以，"一想到正在等候的排字工人，他（狄更斯）会有一种急迫感，也许从来没有过在此种条件下写作的小说家"[3]。这种写作状态颇似我们今天的某些网络文学写手。据《狄更斯评传》的作者安·莫洛亚说，狄更斯在创作《匹克威克外传》之初，"不知道如何写下去，更不知如何结尾。他没有拟订任何提纲，他对于自己的人物成竹在胸，他把他们推入社会，并跟随着他们"[4]。随着狄更斯名声日盛，拥有的读者越来越多，他的创作也就越发为读者所左右，千方百计地想使自己的小说不让那些翘首以待的读者们失望。"由于广大读者日益增多，就需要将作品简单到人人能读的程度才能满足这样一大批读者。……读者太广泛的作者也许很想为最差的读者创作。尤其是狄更斯，他爱名誉，又需要物质上获得成功。"[5] 狄更斯常常将读者当"上帝"，竭尽"仆人"之责。

---

[1] R. C. Terry, *Victorian Popular Fiction*, *1860—1880*, London: Macmillan Press, 1983, p. 2.

[2] Anthony Trollope, *An Autobiography*, Oxford: Oxford University Press, 1980, p. 219.

[3] Boris Ford, *The Pelican Guide to English Literature: From Dickens to Hardy*, London: Penguin Books, 1958, p. 217.

[4] [法] 安·莫洛亚：《狄更斯评传》，王人力译，上海译文出版社1986年版，第20、22页。

[5] 同上书，第78页。

为了让读者能继续看他的连载小说，莫洛亚说"他随时可以变更小说的线索，以迎合读者的趣味"。还"常常根据读者的意见、要求来改变创作计划，把人物写得合乎读者的胃口，使一度让读者兴趣下降的连载小说重新调起他们的胃口"①。为了吸引在当时狄更斯看来拥有远大前途的中产阶级读者，"他的作品虽然着力描写了下层社会，但常常为了迎合中产阶级的阅读趣味，描写一些不无天真的化敌为友的故事"②。狄更斯总是一边忙于写小说，一边关注读者对他的小说的趣味动向。所以，"人们很难确定到底是他被读者牵着鼻子走，还是他牵着读者的鼻子走"③。狄更斯的创作与读者之间这种密切的"互动"关系，既很好地开掘和发挥了他的想象天赋和编故事的才能，也促成了他的小说的故事性、趣味性和娱乐性。

想象力丰富爱讲故事并且善于讲故事，是年少时的狄更斯的特点，他曾经根据自己阅读的故事模仿性地改写成剧本。狄更斯"能随口讲出一系列十分动听的故事。讲述自己创作的小说，十分得心应手"④。成名之后的狄更斯曾以惊人的讲故事才能成为闻名欧美的表演艺术家，"有的作品是在一边写作，一边外出讲述的过程中完成的"⑤。他的讲故事表演受到了观众的高度赞扬。1853 年 12 月 27 日，狄更斯应邀出席一次公益晚会，为慈善事业募捐。在伯明翰的市政大厅里，面对大约六千名观众，狄更斯朗诵了自己的作品《圣诞欢歌》和《炉边蟋蟀》，得到了人们的热烈掌声。这次登台演出

---

① ［法］安·莫洛亚：《狄更斯评传》，王人力译，上海译文出版社 1986 年版，第 78 页。

② Lyn Pykett, *Charles Dickens*, London：Macmillian Press, 2002, p. 5

③ W. Blair, *The History of the World Literature*, Whitefish：Kessinger Publishing, 2012, p. 221.

④ Lyn Pykett, *Charles Dickens*, London：Macmillian Press, 2002, p. 108.

⑤ Julian Markels, Toward a Marxian Reentry to the Novel, *Narrative*, 1996, Vol. 4, No. 3, p. 209.

再次激活了狄更斯的演艺才能，他找到了一个适合自己尽情发挥和施展潜能的舞台，以至一发而不可收。他不仅在英国本土，还到欧美其他国家去朗诵表演自己的作品。据统计，到狄更斯临终前，他一共举办了423次公开朗诵会，每一场演出都很成功，多次获得了轰动的效果。1858年4月在圣马丁大厅，狄更斯举办了为儿童医院捐款的朗诵会，大厅内座无虚席，还有许多人因没有买到票而发出抗议。结果朗诵会由原定的六场增加到十六场。即使在不懂英语的国家，人们也被狄更斯的出色表演所征服。1863年初，他在法国举行了几场募捐演出，反响十分热烈。1867年11月至1868年4月18日狄更斯赴美访问，一路举行他的巡回讲故事演出。无论是在波士顿还是纽约，售票处都是排满长队，美国人民以他们的热情表达了对这位大洋彼岸的老朋友的敬意。狄更斯出色的讲故事表演，固然表现出他出众的表演才能，但同时也说明他的小说具有口头文学、戏剧艺术和通俗文学的那种饶有情趣的故事性，他也为了口头讲述的需要刻意追求小说的故事性。如果没有这种故事性，就不可能如此吸引他的观众。用故事吸引和娱乐观众和读者，成了狄更斯小说创作的强烈心理驱动。

《匹克威克外传》是狄更斯的成名作，它的动人之处在于一连串源源不断、妙趣横生的小故事，并辅之以幽默风趣的叙述方式。这种以串联式故事取胜的特点以后成了狄更斯小说的突出特色。《奥列佛·退斯特》是狄更斯的第二部长篇小说，故事描写完整，情节曲折而集中，紧张中富有悬念。这部小说的故事讲述技巧超越了《匹克威克外传》。奥列佛的经历不再是一系列小故事的简单串联，而是一个完整集中的人生经历的描述。主人公从流浪、奋斗到圆满的结局，这种情节结构方式成了狄更斯后来大部分小说的叙述模式，而情节的曲折、紧张、生动也成了他小说的基本风格。从《尼古拉斯·尼古贝尔》到《老古玩店》《马丁·米什维尔》《我们共同的朋友》《远大前程》《荒凉山庄》《小杜丽》《大卫·科波菲尔》基本上呈现了这种叙述模式与艺术风格。其中，

《大卫·科波菲尔》既是这种模式的典型代表,又在故事性上有所发展。这部小说的中心故事或"母故事"是由主人公大卫从流浪、奋斗到成功的曲折经历构成的。"母故事"本身一波多折,跌宕多姿,从大卫身上引发出来的悬念一个接一个,让读者不忍释手。在"母故事"之外又延伸出三组"子故事",它们分别是:辟果提先生一家多灾多难的经历,其中爱弥丽的曲折婚恋和多舛命运扣人心弦;密考伯夫妇颠沛流离的故事;威克菲与女儿艾妮斯受害与遇救的故事。三组"子故事"都与大卫的生活足迹相联结,因而都与"母故事"扭结在一起。此外,还有德莱顿与苏珊、司特莱博士夫妇、辟果提与巴奇斯、特洛罗小姐等人的爱情与婚姻这三组"次子故事",它们也与"母故事"和"子故事"相缠绕。所以,整部小说的故事情节按轻重主次可分为"母故事""子故事""次子故事"三个层次。这种多层次、多分支的故事层层展开,形成错综复杂、曲折动人的情节网络。这是对串联式故事的超越,体现了狄更斯小说叙事艺术的发展与成熟,也体现了可读性和娱乐性的增强。

狄更斯的小说创作对读者的高度依赖和自觉迎合,满足了读者的阅读趣味和娱乐需求;读者的阅读趣味和娱乐期待也反过来激励了狄更斯对故事性的刻意追求。所以,"故事"成全了"娱乐","娱乐"也成就了"故事",成就了作家和出版商,成就了经典作家和他的经典叙事。

第二节　儿童心理、童话式叙述与通俗性

在叙述方式上,狄更斯小说的独特之处是与众不同的童话式叙述。英国的小说评论家奥伦·格兰特说,狄更斯是"描写儿童生活

的小说家中最杰出的"①，但我们认为他并不属于儿童文学作家，虽然他的一些作品十分适合于儿童阅读。狄更斯对儿童的特别关注和出色描写是有其心理与情感缘由的，他小说的童话叙述模式也是其通俗性特质生成的重要缘由。

狄更斯有一种特殊的儿童心理，这和他的童年生活经历有关，也基于他宗教式的对童心的崇尚。如同W. 布莱尔所说："儿童意味着人性的自然纯真以及美与善，狄更斯经常通过儿童的描写来表达自己的理想。"② 在《圣经》中，儿童被看作善的象征，自然纯真的儿童与天堂的圣者可以同日而语。耶稣说："让小孩子到我这里来，不要禁止他们，因为在天国的，正是这样的人。""在心志上不要做小孩子，然而在恶事上要做婴孩，在心志上总要做大人。"《圣经》认为保留了童心也就保留了善与爱。作为一个人道主义作家，狄更斯希望人永葆童心之天真无邪，从而使邪恶的世界变得光明而美好。他在遗嘱中劝他的孩子们说："除非你返老还童，否则，你不能进入天堂。"③ 狄更斯把美好的童年神圣化和伦理化，童年、童心、童真等成了他心目中美与善的象征。狄更斯对人道主义思想的推崇与宣扬，虽然有基督教的泛爱思想和传统人本主义思想成分，但在精神内核上与他的儿童观念密切相关，或者说他的人道主义是以实现儿童般的天真、善良、自然、纯朴的人性和人与人的关系为核心内容的。

对童心、童真的崇尚，把儿童神圣化，使狄更斯的创作心理具有儿童的心理特征，他总是用童心、用儿童的眼光去描写生活。正如安·莫洛亚所说，狄更斯笔下这些五光十色的景象是通过一个小孩的眼睛来观察的，也就是说，是通过一个富于新鲜感的、变形的镜头来观察的……狄更斯始终保持着这样一个两重性特点："他见多

---

① Allan Grant, *A Preface to Charles Dickens*, London: Longman Press, 1984, p. 92.
② W. Blair, *The History of the World Literature*, Whitefish: Kessinger Publishing, 2012, p. 230.
③ Allan Grant, *A Preface to Charles Dickens*, London: Longman Press, 1984, p. 95.

识广，却又以儿童的眼光看事物。"① 英国作家雷克斯·华纳也说："狄更斯的世界是巨大的世界。他像一个孩子观察一座陌生城市一样地观察着这个巨大的世界……他所看到的亮光比一般人所看到的更为强烈，他所看到的阴影比一般人所看到的更为巨大。"② 受儿童情结的驱动，狄更斯的小说叙述就明显具有童话模式。

童话人物一般以超历史、超社会的面貌出现，他们没有具体的生活时代与背景，甚至也没有明确的国籍和生活地点，他们要么以"从前有一个国王，他有一座漂亮的王宫"的方式登场，要么以"很久很久以前，有一个村子里住着一个樵夫"的方式亮相。在这种虚幻的环境中活动的人物缺乏现实感，他们通常不是一个现实人物的性格实体，而是人类或民族群体的某种伦理观念或道德规范的象征性隐喻；他们一般不与具体的生存环境（其实在童话中，除了那虚幻的世界外也不存在具体的生存环境）对抗，而只是与某种对立的道德观念或伦理规范相冲突，所以，这类人物形象是抽象化或道德化、伦理化的。既然童话人物是超历史、超社会、抽象化的，因而，他们的性格也往往是凝固化的，也超脱了性格与环境的关系。

狄更斯小说描写的社会环境当然是真实、具体而可信的，人物生活在一个客观实在的生存环境中，那是19世纪上半期英国社会现实的写照。然而，生活在这个环境的人物却似乎有一种飘忽感，他们并不完全按照这个环境的逻辑在生活，而是依照自身观念、自我意志和主观逻辑在行动。所以，实际上这些人物被虚幻化和抽象化了，他们的性格自然也就凝固化了，缺少"典型环境中的典型性格"的特征。《匹克威克外传》通过匹克威克俱乐部成员的漫游经历所反映出来的英国19世纪社会生活的真实性与广阔性是为人称道的，其中我们可以看到狄更斯在这部成名作中显示出的现实主义功力。但

---

① ［法］安·莫洛亚：《狄更斯评传》，王人力译，上海译文出版社1986年版，第12页。

② 罗经国编选：《狄更斯评论集》，上海译文出版社1981年版，第168页。

是，小说中人物与故事的可信度是极低的，其根本原因在于人物性格及人物的行动与环境之间缺乏内在联系，而且，作者在创作中几乎很少顾及这种联系。狄更斯差不多在设想出了匹克威克等人物之后，再把他们安置在那个天地里，就放心地让他们去东游西逛、笑话百出了。无论地点如何变化，无论时间如何向前推移，也无论这些人物怎样在不同的游历环境中受到挫折乃至吃尽苦头，他们永远一如既往，不变初衷。因此，时间与环境对这些人物的性格几乎是不起作用的，时间与环境的迁移只是为他们提供演出闹剧的新场所，而人物对时间与环境也丝毫不起影响作用。于是，这些人物就仿佛在一个真空的世界里，在一个时间停止运转的世界里。这正是童话式的时空观和艺术境界。这位上了年纪的匹克威克始终代表着人的善良天性，他无论走到哪一个邪恶的世界里，永远不会改变这种既定的善良天性。他是一个永远快乐、永远只看到世界之光明的理想主义者，一个永远不会长大的"儿童"，或者说，他已返老还童，因为，从心理学角度讲，人越到老年，其心理意识就越像儿童。"塞缪尔·匹克威克那张圆圆的、月亮似的面孔，戴着那副圆圆的月亮似的眼镜，在故事中到处出现，活像某种圆圆的、简单纯真的象征。这些都刻在婴儿脸上可以看到的那种认真的惊奇表情上，这种惊奇是人类可以得到的唯一真正的快乐。匹克威克那张圆脸像一面可尊敬的圆圆的镜子，里面反映出尘世生活的所有幻象；因为严格地讲，惊奇是唯一的反映。"[1] 匹克威克是一个典型的童话式人物。

《艰难时世》通常被认为是狄更斯小说中现实主义的代表作之一，然而小说对主人公葛雷硬这一形象的塑造与通常现实主义原则相距甚远。葛雷硬一出场就以"事实"化身的面貌出现，经过作者漫画式的夸张，这个人物几乎不是一个生活中实实在在的人，而是

---

[1] ［法］安·莫洛亚：《狄更斯评传》，王人力译，上海译文出版社1986年版，第80页。

一个飘忽不定、无所不在的"事实"观念的幽灵。他的言行时时处处都体现他的"事实"哲学,"功利主义是他真诚信仰的一种理论",① 他的性格也就是"事实"哲学的一种人格化体现。他永远按"事实"行事,他生存的那个环境、时间对他都不起作用,小说的最后,在西丝的感化下他的性格才开始出现了不可思议的转变,这也正是童话式叙述的神来之笔。

狄更斯小说中的儿童形象是颇为人称道的。与成人形象的塑造相仿,这些儿童形象更富有童话色彩。在小说家的笔下,出身贫寒而天性善良的儿童常常面对饥饿、贫困和恶人的加害,就像童话中的主人公总要碰到女巫、妖魔的捉弄一样。但这些不幸的儿童往往历经磨难而秉性不移,他们总是一心向善,永葆善良之天性。《奥列佛·退斯特》中的奥列佛,《老古玩店》中的小耐儿,《尼古拉斯·尼古贝尔》中的尼古拉斯,《艰难时世》中的西丝,《小杜丽》中的小杜丽,《大卫·科波菲尔》中的大卫,《双城记》中的露西,等等。作者往往一开始就把这些人物安置在"善"的模式中,让他们无论走到何处、无论经受任何磨难都依然代表着善,一如童话人物,他们是某种抽象观念的象征。善良的大卫,不管身处何种恶劣的环境,也不管与何种恶人在一起,他始终保持着善的本性,从童年到成年都一贯不变。小耐儿、西丝、小杜丽、露西等女性形象纯洁无瑕,多情而忠实,不管遭受多么不公平的境遇,始终保持着纯真和善良。她们几乎不是来自生活和存在于生活之中的人,而是从天上飘然而来的天使,是一群专事行善的精灵。狄更斯总是沉湎于儿童般的美好想象,痴心地追寻与塑造着这类形象。

童话所展示的生活本身是虚幻的,它借虚幻的情境表现道德的、伦理的隐喻,从而达到训谕的目的。在童话中,善恶两种势力斗争的结局其实一开始就已明确,但作者总要借助一段曲折的故事阐明,

---

① [英] F. R. 利维斯:《伟大的传统》,袁伟译,生活·读书·新知三联书店2002年版,第379页。

其目的是强化训谕的力度。既然结局总是善战胜恶，那么，这段曲折的故事也往往从善弱恶强开始，代表善的人历尽磨难，最后证明善的力量的强大，善终将战胜恶；善有善报，恶有恶报，世界永远光明灿烂。因此，童话有一种基本固定的结构模式：从"贫儿"到"王子"或者从"灰姑娘"到"王后"，从"丑小鸭"到"白天鹅"。

　　狄更斯不一定会自觉用童话模式来建构小说的情节结构，然而他的经历、他的深层情感—心理决定着他不自觉地进入了童话式的创作情境里。他看到现实社会制约和扼杀了人类的天性，愚蠢和残酷的枷锁使人性扭曲，但他又相信人性在本质上是善的，它最终能摆脱重重羁绊回归于善。他对人性的这种信念从未动摇，他是一个乐观主义者。他常常以这种儿童般的天真去观察这个世界，总以为光明多于黑暗，光明总可取代黑暗。这正是精神—心理上永远"长不大"的狄更斯的天真可爱之处。可以说，狄更斯自己就像那位善良的匹克威克先生，认识不到时代的变迁，觉察不到他们以往遵循的思想、道德和宗教原则已经遭到破坏，觉察不到传统的价值体系已经日益趋向崩溃，而总是怀着儿童的天真与浪漫，做着善必然战胜恶的童话式的梦。狄更斯小说的情节结构也近乎是童话结构模式的翻版：要么是从"贫儿"到"王子"，要么从"灰姑娘"到"王后"，要么从"丑小鸭"到"白天鹅"。奥列佛一出生就不知父亲是谁，母亲也很快离开了人世，从此他就生活在充满罪恶与愚昧的济贫院。在棺材店里，他受尽了老板娘和同伴们的欺凌，逃往伦敦之后，他又陷入了贼窟，被强迫加入盗窃集团。但他那善良的本性使他陷污泥而不染，他也因此苦尽甘来，得到好报，不仅被勃朗罗收为养子，还和心爱的萝斯喜结良缘。至于那些作恶多端的人，也都得到了报应。凶狠贪婪的济贫院院主本布普和妻子最后破产并沦落到济贫院，尝到了当年奥列佛的苦楚，歹徒蒙克斯最后暴死狱中，盗窃头目费金也受到了法律的制裁。这种结局非常明晰地表达了善恶有报的童话式寓意。在这方面，《大卫·科波菲尔》更为典型。孤儿大卫小时候受尽继父和继父之姐的虐待，财产被人侵吞。十几岁当了童工，为了摆脱屈辱而无望的生活，他逃离火坑，来到姨婆贝西小姐家，心地善良的贝西小姐送大卫上学，他和艾妮斯结下深刻友谊。不久，贝西小姐受希普的坑害破产，大卫也被迫去独立谋生，他从律师事务所的小办事员做到报馆记者，后来成了名作家，在社会上拥有了地位，最后与少年时代的好友艾妮斯结为夫妇，一切都得到了美满结局。小说中所有的好人都得到了好报，如密考伯夫妇、贝西小姐等；所有的坏人都得到了惩罚，如史朵夫、希普等。《小杜丽》的结构是典型的从"灰姑娘"到"王后"的模式。小杜丽是在监狱中长大的，14岁开始做工，这个纤弱苍白的小女孩心地善良，早熟老成，富有自我牺牲精神，在受尽磨难之后，她找到了美好的归属。她的心灵是那么超凡脱俗地美，是美与善的完美体现。《艰难时世》中西丝的经历则是典型的从"丑小鸭"到"白天鹅"的模式。由于她是马戏团小丑的女儿，自然被葛雷硬看成不屑与之为伍的人，他曾经为女儿与儿子同西丝在一起玩而大为恼火。然而，恰恰这个被人歧视的西丝才是最富有人性与人情且心灵最美的人，就是她拯救了置身于精神荒漠中的露易莎和陷于困境的汤姆，还在灵魂上感化了葛雷硬。

作为传统意义上的现实主义经典作家，狄更斯的儿童情结以及他小说的童话式叙述，显示了作家审美心理和写作技巧的独特性，就是凭借童话式的创作，狄更斯的小说一步步地接近了经典之作：童话式叙述在可读性、通俗性中表达了人性的纯真、淳朴与善良，这正是经典之为经典的高雅与崇高，也是狄更斯小说能赢得当时各阶层众多读者的青睐并在广为流传后生成为经典的重要原因。

第三节 "别一种重读"的启示

狄更斯是一位具有强烈社会责任感的作家，他的小说因其深刻的思想内涵而具有社会批判与道德教化的作用,在这一方面,狄更斯继承了18世纪英国小说家菲尔丁和斯摩莱特的写实传统。狄更斯小说的笔触涉及英国社会的政治、法律、道德、教育等各个领域,具有深刻的社会批判意义。这种对社会世态人情的真实而深刻、全面的描写,与法国的巴尔扎克具有相似之处,这是狄更斯的大部分小说堪称现实主义经典作品的基本特质。

然而,狄更斯作为现实主义经典作家,其经典性是通过娱乐性和通俗性得以表达和实现的,或者说,娱乐性和通俗性不仅是狄更斯小说成为经典的方式和途径,而且它们本身也是经典性成分。娱乐性和通俗性原本也是相辅相成,不可截然分割的。娱乐性意味着通俗性,通俗性也是娱乐性不可或缺的因素,这两者共同促成了狄更斯小说不同寻常的大众阅读效应和图书市场效益。"他的那些令人着迷的作品,不只是适合于贵族、法官、商人中的男女老少……城乡普通百姓都为之陶醉。"① 狄更斯的小说在当时持续畅销,这不仅让作者誉满全球,也给他和出版社带来了丰厚的经济收入,还极大地提高了小说的地位,促进了小说尤其是长篇小说创作的空前繁荣,而这仅仅靠他小说的社会批判性的经典特质显然远远不够。对于狄更斯来说,故事性、娱乐性、童话性、通俗性是他的小说风格,娱乐性与通俗性是狄更斯小说显现在社会批判性之外的经典特质,或者说娱乐性与通俗性是狄更斯小说的"别一种经典性"。社会批判性和娱乐性、高雅和通俗性等共同构成了更全面的狄更斯小说之经典性。站在文学经典边缘化、文学网络化的今天,对狄更斯小说之经典性的别一种重读有何启示呢?

第一,文学的娱乐性是必要的,没有娱乐就没有文学经典,但不能为娱乐而娱乐,更不能"娱乐至死"。娱乐是有意味的,"文学在愉悦中让人性获得一种自由,进而让人依恋人生和热爱生命",

---

① James M. Brown, *Dickens: Novelist in the Market-Place*, London: Macmillan Press, 1982, pp. 141–142.

"引导人追求生命的意义与理想,塑造人类美好的心灵"①。若此,娱乐本身也蕴含了经典性成分,正是在此意义上,狄更斯小说的娱乐性成就了经典性。

第二,文学的通俗性是必要的,通俗文学之价值的存在是不容置疑的,但通俗不等于庸俗。通俗传达着人性的美与善,于是,俗中有雅,雅俗共存。狄更斯小说以童话般的纯真、通俗的手法表现对美好人性的向往与歌颂,有大俗又有大雅。若此,狄更斯式的通俗本身就蕴含了崇高感与经典性。正是在此意义上,狄更斯小说的通俗性成就了经典性。

第三,写手有可能成为大家,市场化也有可能成就经典,但前提是,作家和出版家自身要有人类的良知和道德底线,而不是一味迎合低级趣味,满足欲望宣泄并唯利是图。狄更斯小说惩恶扬善的道德追求和社会批判功能以及温情脉脉的人道关怀,融化着现实的冰冷与残酷,呵护了弱小者的尊严与期待,这也使得他在当时的商海中不是沉沦而是崛起,他的小说也在通俗和娱乐的俗世里升华成了经典。

第四,现实主义经典作品反映生活的深刻性、全面性及其社会批判性固然是其经典性的重要内质,但文学创作的想象与虚构要求也允许作家为了读者的审美期待而编造故事、高于生活,追求通俗性和娱乐性。狄更斯怀有人类之良知,为大众读者尤其是普通百姓带来了不可或缺的审美欢乐,提供了受他们欢迎的精神食粮,正如他自己说的,"文学要忠心报答人民"②,其创作动机和艺术追求有其功利性,更有其崇高性。没有市场、没有读者的作品很难成为经典,当然,迎合市场而牟利的作品也未必能成为经典。当今网络化时代,文学界一方面惊呼文学被边缘化,另一方面又以"高雅"与"经

---

① 蒋承勇:《感性与理性,娱乐与良知——文学"能量"说》,《文学评论》2014年第3期。

② [英]狄更斯:《狄更斯演讲集》,丁建民等译,浙江文艺出版社2012年版,第123页。

典"的名义自觉或不无盲目地崇拜艰深乃至晦涩的现代、后现代文学（笔者并无否认其经典性的意思），甘于曲高和寡、享受"寂寞"，同时又对数量空前而良莠不齐、泥沙俱下的网络文学和非网络文学否定多于肯定（其间确实优者寥寥）。我们的作家（写手）、传播商拿什么娱乐读者，读者拿什么成就作家（写手）、传播商？在令人纠结的价值期待、阅读趣味和文化背景下，本章对杰出的现实主义作家狄更斯小说之经典性作别一种重读，是否具有别一种意味和意义呢？

第 五 章

《简·爱》经典化过程考论

文学经典之经典地位往往不是一蹴而就的,"经典化"则是一个流动变化的过程;不同作品之经典性因素的生成途径也是多渠道、多方面的,简而言之,它既得益于创作者对优良文学传统之创造性承续以及个性化超越,也得益于作品问世后读者与评论者的阐发、推介所致的阅读效应,还得益于不同传播媒介之传播效应的实现等。作为一部世界文学经典,夏绿蒂·勃朗特的小说《简·爱》的影响力可谓经久不衰,其经典性之多渠道生成,正是文学经典化的典型案例。追考《简·爱》的经典化历程,辨析其经典性之成因,对深化该作品以及其他经典作品的理解不无学术价值与方法论意义,可以拓宽我们对文学经典研究的思路。

第一节　多元融合:哥特式小说、成长小说和浪漫小说

《简·爱》之经典生成,与夏绿蒂·勃朗特有效地借鉴和承续优秀文学传统,创造性地吸纳不同文学类型的艺术技巧有直接关系。她从欧洲文学传统所汲取的至少包括童话和民间故事。她爱说故事,这或许能够让读者更容易回溯自己的童年。《简·爱》在许多方面与

灰姑娘和蓝胡子的童话相类似。她也受到《圣经》及其他基督教典籍的影响。尤其是在确定《简·爱》的叙事形态和方式方面，班扬的《天路历程》的影响更是显而易见，如简·爱为危险和诱惑所困扰，而常常由于天意的介入而获救。在罗彻斯特性格描写方面，她也借鉴了弥尔顿的《失乐园》。此外，她还关注某些社会问题。这一点，在许多读者看来，赋予《简·爱》一种迫切感，增加了时代相关性。那么，《简·爱》写作和出版的时代，究竟哪些文学传统对当时的读者更具吸引力因而让夏绿蒂·勃朗特给予了更多的关注与承续？重点来说是哥特式小说、成长小说和浪漫小说。

哥特式小说最初出现于18世纪末的英国。英国作家贺拉斯·沃波尔（Horace Walpole）的《奥托兰多城堡》一般被认为是哥特式小说的开山之作。哥特式小说在背景和情节设置上与欧洲中世纪流行的哥特式艺术和建筑密切相关。小说背景通常置于偏僻的地方和过去，描述的常常是一些奇异的和超自然的事件。对小说男女主人公的描写模式通常是，年轻的女性遭受暴君的威胁，最后为坚毅和勇敢的年轻男性救助，从而摆脱了她们的厄运。小说中的恶徒通常是一些有权有势的男人，或者是冷酷专横的贵族，或者是腐败堕落的教士。小说以古堡或拥有众多地牢和秘密通道的庄园古宅为背景。小说氛围阴郁、幽闭和恐怖，常常包括一些身体暴露和性暴力。小说情节通常围绕着遗嘱、继承和贵族婚姻问题展开。这类小说会比较能够让读者感到兴奋和紧张，获得一种恐惧的快感。沃波尔的《奥托兰多城堡》问世后，许多作家竞相效仿，推出不少哥特式佳作，不久在英国文坛掀起了一股哥特热，对欧洲浪漫主义文学运动的发生产生了重要影响，因此被称为"黑色浪漫主义"（Dark Romanism）。虽然到了夏绿蒂·勃朗特的写作时代，哥特式文学已风光不再，但那一时代的作家，包括勃朗特姐妹、简·奥斯汀、狄更斯等，都有热衷阅读哥特式小说的经验，因此他们的创作不同程度地受到了哥特式文学的影响。

《简·爱》包含了较多的现实主义因素，因而不被认为是一部纯粹的哥特式小说。但是它的确借鉴了哥特式文学的某些元素和技巧。例如，小说背景是在桑菲尔德府。这栋建筑具有哥特式小说中偏僻而神秘的庄园古宅的元素。楼上传出的神秘声音类似于哥特式小说中用来制造紧张和神秘氛围的因素。女主人公简·爱在决定自己命运方面常常感到孤独无助。小说中有一个中心谜团，即罗彻斯特的疯妻子之谜，仿效了哥特式小说中一个共同主旨。此外，某些幽灵和魔幻元素在小说中也不罕见。将现实主义因素同哥特式文学元素融为一体，这也许恰恰是《简·爱》超越传统哥特式小说的创新之处。

《简·爱》的创作显然也吸纳了欧洲"成长小说"（Bildungsroman）的叙事技巧。"成长小说"主要描写主人公从小到大心理和道德上的成长，其中性格的改变至关重要。这类小说最早见于歌德的小说《威廉·麦斯特的学习时代》（1795—1796）。虽然"成长小说"起源于德国，但是对欧洲乃至世界范围都产生了广泛的影响。英国历史学家托马斯·卡莱尔将歌德的小说译成英文，并于1824年出版。此后，许多英国作家在写小说时深受这部歌德小说的启发和影响，也得到众多读者的青睐。"成长小说"主要叙述主要人物的成长或成熟，这类主人公大多比较敏感，一直在寻求人生的答案和经验。通常在故事开始时，主人公因情感缺失而离家出走。"成长小说"的目的就是写人的成熟，但主人公并非在短时间内就轻而易举地获得成熟。它突出了主要人物同社会之间的冲突。比较典型的是，社会价值逐渐为主人公所接受，主人公最终融入社会，主人公的错误和失望由此结束。有的"成长小说"的主要人物在获得成熟后也能够伸出手去帮助别人。显而易见，《简·爱》的情节沿用了"成长小说"的模式。它叙述了简·爱的成熟过程，重心是叙述了伴随并激励她成长和成熟的情感和经历。小说清楚地呈现了简·爱成长或发展的五个阶段，每一个阶段都与特定的地点相连。简·爱在盖兹海德府度过童年时代，在洛伍德学校接受教育，在桑菲尔德做家庭教师，在沼泽居同李维斯一家住在一起，最后与罗彻斯特重逢和结婚。经过这五个阶段的经历，简·爱变成了一个成熟的女性。简·爱的成长历程显然是一种"成长小说"模式。欧洲"成长小说"在当时是一种颇受作家看好和读者欣赏的小说类型之一。19世纪最受欢迎的小说，如狄更斯的《大卫·科波菲尔》和《远大前程》、巴尔扎克的《高老头》、司汤达的《红与黑》，无不是对欧洲"成长小说"的发展与超越。其中最主要的发展是将"成长小说"的叙事模式同社会批评结合起来。《简·爱》正是如此。它将简·爱的成长经历同对当时某些社会问题的关注和批评成功地融为一体，将简·爱的渴望同社会的压迫置于冲突之中。《简·爱》就像大多数维多利亚时期的小说那样，通过不同社会阶层的人物的描写，再现了社会全景，也触及了性别差异问题。夏绿蒂·勃朗特把简·爱的婚事用作隐喻来探索英国政治问题的解决途径。维多利亚时期，英国社会发生了巨大的变化。像夏绿蒂·勃朗特这样的作家探索了英国社会的危机和进步。英国对外扩张，成为全球帝国，从殖民地获得了大量财富。在英国国内，由于工业革命，制造业成为英国的经济支柱。中产阶级发现了赚钱机会，而新兴的劳动阶级则为增加工资、工作保障和改善工作和生活条件而斗争。《简·爱》涉及了从英国社会危机中产生的改良主题：更好的政治诉求、工作条件和教育。在维多利亚社会中，女性地位不高，然而这些社会改良很少是直接用来解决妇女问题的。在小说中，简·爱一直在为经济的和个人的独立而努力，这就触及影响维多利亚时期英国社会的阶级问题、经济问题和性别角色问题。就此而言，《简·爱》以"成长小说"的叙事方式阐释当时英国受众最关心的社会问题，这就不难理解为什么《简·爱》一出版后会立刻引起了一般读者和职业批评家们的关注和反响，从而有助于其经典性生成。

《简·爱》还吸纳了浪漫小说（Romance Novel）的艺术手法。这一小说类型主要见于英语国家。此类小说描写的中心往往是男女主人公之间的关系和浪漫爱情，结局必须是乐观的，人物最终获得了情感上的满足。英国作家萨缪尔·理查生的小说《帕米拉》

（1740）属于最早一批的浪漫小说。该小说有两点具有创新意义：一是几乎完全聚焦于求爱；二是完全从女性主人公的视角来叙事。到了 19 世纪，简·奥斯汀扩展了这种类型的小说。她的《傲慢与偏见》常常被看作这一类型小说的缩影。《简·爱》中的男女主人公显然是浪漫小说中的浪漫男女主人公。罗彻斯特常有沉思状，有时需要某种精神上的支撑，言行中还带有一点偏激的危险性。他长得并不英俊，但看上去很坚毅。简·爱和罗彻斯特在经历了险境和困境之后最终得以幸福的结合。简·爱做了她应该做的，学会了如何对人更加热情和信赖，因此她获得了好报。罗彻斯特身上则有意突破了那一时代的道德准则，要让简·爱作为他的情人同伯莎生活在一起，尽管被后者拒绝了。他的行为有悖于当时维多利亚时期大多数人的道德信念，在婚外同某一个人同居肯定被认为是有违道德的。无论罗彻斯特有多么不幸，他都有义务和责任让简·爱成为他的妻子而非情人。因此，在小说中，罗彻斯特为他的错误付出了沉重的代价。小说故事结束时，他在经历了足够的忏悔之后，也获得了浪漫爱情的回报。应该说，《简·爱》完全符合浪漫小说的特点，这也是该小说引起读者兴趣的因素之一。

总之，夏绿蒂·勃朗特将三种传统小说类型的艺术元素有机地融合在《简·爱》之中，从而使之彰显了深厚的文学传统积淀，也拥有了丰富的艺术元素，让读者从这部小说中感受到了文学的厚重和魅力，因此它也不是一部纯粹的现实主义小说，或者说，现实主义小说完全可以也应该接纳其他类型文学的长处使之魅力无限。此外我们也可以看到，哥特式小说、成长小说和浪漫小说这三种文学类型在文坛上并非昙花一现，其实它们一直是后世作家、批评家和读者的兴趣点所在，并时隐时现地延续至今。而对《简·爱》来说，正是这种对不同类型文学的艺术与审美元素的创造性承续及多元融合，使之拥有了成为文学经典的丰厚艺术内蕴。

第二节 阅读评论：经典地位的提升

　　一部作品问世后，若不能引起读者的持续兴趣和评论者的持续关注，其接受也就无从谈起，自然也难以成为经典。《简·爱》也与大多数文学经典一样，出版后立刻引起了一般读者的阅读兴趣和批评界的评论；持续不断的评论，无论在当时是肯定的还是否定的，对《简·爱》成为文学经典都是不可或缺的。在当时，《简·爱》不仅深受读者欢迎，更受到学术界的青睐。概言之，对《简·爱》研究和批评的关注主要集中在以下几方面：其一，《简·爱》是一部以现实主义方法描写人经历的作品；在这部作品中，勃朗特创造了一个可信的中心人物简·爱，这个人物真实地表现了作者本人的社会和情感经历。其二，《简·爱》是一部道德寓言，重在表现简·爱的"朝圣历程"；其间，她经受了诱惑和挫折，最终获得了婚姻和幸福。其三，《简·爱》是一部浪漫爱情小说；作者在作品中融入了"如愿"的元素。其四，《简·爱》是一部批评某些社会丑恶的小说，认为小说特别批评了儿童教育方面存在的弊端。其五，《简·爱》是一部评论基督教改革的作品。其六，《简·爱》是一部女权主义小说：简·爱的言行体现了两性平等的女权思想。从上述多角度批评不难看出，《简·爱》不是一部思想内容单纯的作品，其内涵是丰富多样的，因此不同的读者和评论者对这部作品有着不同的解读。也正是这种多维的解读，显示出了《简·爱》的经典潜质。

　　不管怎样，《简·爱》最初被接受对其日后成为经典是至关重要的。当《简·爱》首次出版时，大多数评论持肯定和欢迎态度，认为这部小说代表了一种新的、大胆的创作理念和追求。一名未署名的读者在《阿尔塔》上评论道："这部小说不只前景可观，而且手笔非凡，是多年来出版的家庭浪漫小说中最有力的一部。在这部小说里很少或者丝毫看不到惯俗的印记。……它充满生机和创新，让人感到新鲜和紧张,让人心无旁骛,全神贯注。"① 萨克雷在读了《简·爱》后说:"这部小说真是太让我感兴趣了,以至在最忙的这段时间内,我用了一整天时间来读它。——该小说的作者是谁,我无法猜测。如果作者是一位女性,那么她比大多数有教养的女士更熟悉她使用的语言,或者说,她接受过'古典文学'教育。可以说,这是一本好书。"②《弗雷泽杂志》也发表评论:"现实,具有深刻意义的现实,是该书的特征。"③ 对于《简·爱》的现实主义特征、所展示的情感力度、主人公与众多读者之间因经历和感受的相似性而激起的共鸣感,评论家们都给予了高度的评价。

然而,另一些评论者,尤其是那些宗教性和保守性的媒体,对这部作品不以为然,认为它开了一个危险的先例。"它燃烧着道德上的雅各宾主义。"④ 评论者将《简·爱》同"雅各宾主义"相提并论,意在说明该作品表达了一种极端思想。说一部有关年轻女性生活的作品有可能预示某种政治巨变,对今天的读者来说,似乎过于夸张,但是人们应该记得,《简·爱》出版之时,正是欧洲处于激烈的政治动荡时期。19世纪40年代,英国宪章运动发展,工人阶级强烈要求政治变革,其中包括扩大国会议员的特权和待遇以便让他们能够成为各阶层人的代表。1846年至1848年,法国、意大利、奥地利、普鲁士和波兰等欧洲国家发生了革命或其他颠覆性事件,人们担心,随着宪章运动引起的动荡不安的加剧,英国也许会成为下一个大规模动乱的国家。正是在这种背景下,《简·爱》的影响让某些人感到忧虑和不安。这里引用一段伊丽莎白·里格比(Elizabeth

---

① Miriam Allott (ed.), *The Brontes: the Critical Heritage*, London and New York: Routledge, 2003, pp. 66-67.

② Gordon Norton Ray (ed.), "Thackeray's Letter (23 October 1847) to W. S. Williams", *The Letters and Private Papers of W. M. Thackeray*, Volume II, Mass., Harvard University Press, 1946, pp. 318-319.

③ George Henry Lewes, "Recent Novels: French and English", *Frazer's Magazine*, December 1847, p. 691.

④ *Christian Remebrancer*, XV, April 1848, pp. 396-409.

Rigby)在 1848 年 12 月的《伦敦评论季刊》上发表的一段评论:

> 《简·爱》很受读者欢迎,这一点证明了对非法之恋的喜好已深深植根于我们的天性。……《简·爱》彻头彻尾体现的是一种灵魂堕落、为所欲为的精神。……的确,简·爱的行为还不错,显示了强大的道德力量,然而,这只不过是一种根深蒂固的异教思想支配下的力量。在她身上丝毫感受不到基督教的优雅。她丝毫不差地秉承了我们堕落的天性中最深的罪孽——骄傲罪。因其骄傲,她也不知感激。……正是凭借自己的才智、德行和勇气,她得到了人类幸福的极致。就简·爱自己的说法而言,没有人会认为她会为此感激天上的上帝和地上的人。……再则,《简·爱》的自传性非常明显是反基督教的,其中充满了对富人的舒适和穷人的贫困的低声抱怨。就个人而言,这是对上帝安排的抱怨,其中含有对人之权利的自豪和明确的要求,然而有关这一点,在神的话语和意愿中都找不到权威性的依据。渗透作品中的那种渎神的不满调子体现了那种最显著、最微妙的邪恶。当下正在努力使社会文明化的法律和神职人员却不得不同这种邪恶进行斗争。我们肯定地说,国外那种颠覆权威、违反人类行为准则和神意的倾向和国内滋养宪章精神和反叛精神的思想基调同《简·爱》的思想基调如出一辙。①

伊丽莎白·里格比的观点在当时很有代表性,尽管在今人看来早已见怪不怪了。这恰恰说明,《简·爱》所表达的思想既具有现实性又具有前瞻性。正是作品中所表现出的这种前瞻性吸引了一波又一波的评论潮。也正是这种持续不断的评论潮支撑并推动着这部杰作走向经典。

从《简·爱》出版到今天,对它批评接受方面的一个重要话题

---

① *The London Quarterly Review*, No. CLXVII, December 1848, pp. 92–93.

是其与女权主义的关系。这一话题,随着西方女权主义运动或女性主义思潮的发展越来越受到关注,并持续发酵。《简·爱》的主题涉及爱情、性别平等、女权主义和宗教等。我们难以将简·爱的性别同经济地位分离开来,她的女性身份使她无法像罗彻斯特这样的男性去闯世界,这也是维多利亚时代的写照:女性在社会事务中不能像男人那样发挥同样的作用,女性在追求自己的生活方面面临着更多的艰难和障碍。罗彻斯特出身高贵和简·爱的出身寒微之间的差异直接导致了不平等,而性别不同加剧了这种不平等。《简·爱》包含了许多与维多利亚的理想女性观念相悖的女权主义观点。有评论认为,夏绿蒂·勃朗特本身就是她那一时代最早一批的女权主义作家。她写《简·爱》就是要向维多利亚时代的社会传达女权主义的信息,因为在维多利亚时期的英国社会,女性仍受到社会的各种歧视和压抑。《简·爱》所体现的正是男女之间在婚姻方面乃至社会方面的平等意识。作为一位具有女权思想的小说家,夏绿蒂·勃朗特通过她的小说支持和传播当时独立女性的观念:为自己工作,有自己的思想,按照自己意愿行动。有充足的例证表明,小说中的简·爱是一个充满女权意识的人物。她是一个普通的女孩,但敢于以一种独立和坚持的精神追求自己的幸福。她代表了女性对男性支配权的抗争。她所思所想和所作所为仍然关乎今日的女性。19世纪初,社会并没有给予女性多少机会。因此,当她们试图进入社会时,大都感到不适和不安。良好教育机会的缺失、对各职业领域的疏离让她们在生活中的选择受到极大限制。她们要么做家庭主妇,要么做家庭教师。《简·爱》形象地再现了当时英国女性的处境和状况,也通过简·爱表达了对男女平等的吁求。正是由于《简·爱》中所传达出来的女权主义思想和信息,引起了此后约一个半世纪的、持续不断的女性主义批评的关注。有关《简·爱》的女性主义批评专著和文章可谓汗牛充栋。在当代,美国女性主义批评家伊莱恩·肖瓦尔特(Elaine Showalter)在《她们自己的文学:英国女小说家从勃朗特到莱辛》(*A Literature of Their Own: British Women Novelists from*

Brontë to Lessing，1977）中表达了自己对夏绿蒂·勃朗特的高度欣赏。肖瓦尔特认为，简·爱是一个圆满的女主人公，具有非常丰富而实际的社会经历。简·爱的要求在当时的社会中是革命性的。英国作家弗吉尼亚·伍尔夫在《普通读者》中也给予《简·爱》高度评价。她完全相信，在《简·爱》中，作者除了展示了她的卓越的写作艺术和技巧外，也表现了她另外的宝贵天赋。利用《简·爱》为女性主义写作张目的是美国女性主义批评家桑德拉·吉尔伯特（Sandra Gilbert）和苏珊·古芭（Susan Cubar）合著的《阁楼上的疯女人：女作家和十九世纪文学想象》（*The Madwoman in the Attic: The Woman Writer and the Nineteenth Century Imagination*，1979），该论著被认为是女性主义的经典之作。通过简·爱的愤怒和芭莎的疯狂，吉尔伯特令人信服地展示和确证了在男权主义文化中女性所感受到的愤怒。这也许可以将它视为女性批评的范例。显而易见，当代著名的女性主义批评家对《简·爱》的肯定性接受，对作品中女权思想的关注和汲取，进一步提升了《简·爱》作为经典的地位。

第三节　媒介传播：经典性的拓展与延伸

在《简·爱》的经典化过程中，不同媒介的传播扩散也功不可没。小说于1847年问世后被英国各种传播媒介不断地复制和再现，从而获得了广泛的传播。其中最常见的只是对原作的复制，即重印和再版。英国各类教育机构在提供的文学教学中对《简·爱》予以介绍和评论。此外，还可以看到《简·爱》的插图版和画册，甚至仿作，《简·爱》还被改编成舞台情节剧、电影、电视剧、音乐剧、芭蕾舞剧等。最有趣的是，后来一些富有创意的作家对《简·爱》进行了各种各样的改写或重写。这些再生品不限于英国，也见于其他英语国家和地区。一出根据《简·爱》改编的舞台情节剧早在1856年就在纽约演出过。

为了弄清《简·爱》成为经典的原因，必须关注《简·爱》的多媒介跨界传播的历史情形。这不仅由于《简·爱》对读者有深度影响，还由于人们以不同的方法对其进行处理和改造，使其植根于各种各样的土壤，且产生出各种各样的果实。在此，笔者关注的重点是《简·爱》文本变异的过程，从历史的角度解读它、考察它的变异是如何发生的？为什么会发生？

当今时代是快速传播的时代。一本书能够在几秒钟完成下载，一个作家也可以一夜成名。然而，维多利亚人的速度也不慢。在英国，还没有哪本书能够像《简·爱》那样如此快速地成名。1847年8月24日，夏绿蒂·勃朗特将《简·爱》手稿寄给史密斯－埃尔德出版公司。两周后，出版商对这部新书的出版表示了兴趣。又在两周内，出版商寄来了一百英镑的稿酬，并告诉她正在校稿。在19世纪，一部小说手稿从被接受出版到正式出版一般需要两年的时间。而《简·爱》仅用了八周的时间就于当年10月7日出版了。在初版《简·爱》的欣赏者中就有萨克雷等著名英国作家。到12月初，《简·爱》第一版销售一空。夏绿蒂·勃朗特为《简·爱》第二版写序。到第二年2月，根据小说改编的舞台情节剧在伦敦的维多利亚剧院演出。

小说的故事牢牢地抓住了读者——洛伍德学校、简·爱的家庭教师生涯、罗彻斯特先生、阁楼上的疯女人、困境和援救、幸福的救赎等。然而，夏绿蒂·勃朗特在小说第一版使用假名"科勒·贝尔"也加速了小说的口头传播。人们纷纷猜测《简·爱》这位神秘作者的身份和性别。这种猜测随着埃利斯·贝尔和阿克顿·贝尔（艾米莉·勃朗特）的作品《呼啸山庄》和《阿格尼斯·格雷》在12月的出版而达到了火热的程度。其实，后两部小说早在一年前就被出版商接受了，但是一直尘封在那里，直到《简·爱》出版获得成功才激励了出版商将它们付梓。这三部小说出版后，夏绿蒂·勃朗特才向她父亲吐露了《简·爱》作者的真实身份。随着人们越来越猜疑"科勒""埃利斯"和"阿克顿"这三个作者很可能就是同一个男作者。随着这种猜疑加深，夏绿蒂·勃朗特去伦敦找到她的出版商澄清了作者真实身份。

公众从一开始就对《简·爱》充满了热情。《简·爱》作者真实身份披露之后，好奇的人络绎不绝地出现在夏绿蒂·勃朗特家乡豪沃斯。夏绿蒂·勃朗特在1855年去世。两年后，盖斯凯尔夫人的《夏绿蒂·勃朗特传》出版，造访豪沃斯的人数大增。有的来自遥远的美国。当地商店通过卖勃朗特一家的照片收入大增。夏绿蒂·勃朗特的父亲帕特里克将她的书信剪成碎片来满足人们收藏她的手迹的需要。在她们的家乡，勃朗特姐妹的书一直在卖，慕名而来的人一批又一批。到1893年，勃朗特协会成立。两年后，一个小型的博物馆对外开放。

亨利·詹姆斯曾对夏绿蒂·勃朗特去世五十年之后勃朗特三姐妹依然盛名不衰感到困惑。他认为那种对勃朗特姐妹生活的迷恋是在不幸地浪费精力。他说，有关她们"沉闷枯燥"的生活故事转移了对《简·爱》和《呼啸山庄》的成就的认识。由盖斯凯尔夫人点燃的、勃朗特姐妹崇拜者煽起的"勃朗特热"已经破坏了对她们作品本身的批评性欣赏。弗兰克·雷蒙·利维斯（Frank Raymond Leavis）似乎为了支持亨利·詹姆斯的看法，在他的《伟大的传统》（*The Great Tradition*, 1948）一书中将勃朗特姐妹排除在外，理由是《简·爱》只显示了"对不太重要事情的持续不断的兴趣"，《呼啸山庄》尽管"令人惊异"，但是也只是"一种游戏"。而在某些男性批评家们眼里，勃朗特姐妹的小说也不过类似于"高档名牌"。然而不可否认的事实是，《简·爱》和《呼啸山庄》在今天不仅拥有众多的读者，而且也为批评界所推崇，并越来越多地走入各种媒体。亨利·詹姆斯若九泉有知想必会感到愕然。其实，围绕着《简·爱》的事件层出不穷，活动丰富多彩，评论持续不断。亨利·詹姆斯则完全不必担心人们对它的冷落。1895年，一些学者创办了杂志《勃朗特研究》；其后，越来越多致力于勃朗特姐妹及其创作研究的学者先后参与该杂志的经办，从而使该杂志历经百年，延续至今。如今该杂志增扩为每年四期，以满足全球勃发的对勃朗特姐妹作品的热，为铸就经典《简·爱》可说是功不可没。

除了通过图书出版媒介的传播之外，《简·爱》还通过舞台情节剧扩大了影响。《简·爱》给予最初读者的印象完全是革命性的。1848年，一位匿名评论写到，"革命之年"（1848）发现，《简·爱》的"每一页都燃烧着道德上的雅各宾主义"[①]。"不公平"是对当时社会现状的反思结果。对《简·爱》的反应表明，保守的英国中产阶级从这部小说的话语中感受到了某种革命的火药味。《简·爱》的早期评论主要集中于简·爱的反抗意识。因此，人们认为《简·爱》很适合用作舞台情节剧的素材，正如当时评论所说，"舞台情节剧的独白总是充满了激进民主的调子"；在舞台情节剧中，"传统需要的真实与道德标准统统受到了质疑"[②]。《简·爱》刚一出版，其舞台情节剧本便出现了。但是这些剧本对原作进行了某些改动，例如通过剧中人物之口夸张性地表达了简·爱的阶级压迫感。到19世纪80年代初，至少有八部根据《简·爱》改编的舞台情节剧在英国和美国上演，其中包括约翰·考特尼（John Courtney）的《简·爱》（1849）和约翰·布鲁汉姆（John Brougham）的《简·爱》（1856）。这些舞台情节剧在本质上是一种浪漫情绪的表达，但是基于原作的思想和英国社会现实，融入了更为强烈的现实主义因素。例如，考特尼的舞台情节剧中对原作中简·爱同罗彻斯特邀请贵族客人会面的场景进行了改动。在剧中，简·爱不是一个静坐一旁倾听贵族们轻蔑地品头论足的人，而是一个明确表达自己看法的反叛者。她占据了舞台的中心，向舞台上的演员也向剧院里的观众高声呐喊："不公平！不公平！"舞台情节剧针对社会现实问题强化了现实主义倾向，引起了观众的共鸣，由此扩大了《简·爱》的影响。

---

① Miriam Allott, *Charlotte Bronte*, London: Macmillan Press, 1974, p. 90.
② Miriam Allott, *Charlotte Bronte's Jane Eyre and Villette*, London: Macmillan Press, 1973, p. 57.

此外,《简·爱》还通过对同时代小说家的影响,延续着自己的艺术生命,也继续着其经典性再生成和经典化拓展的历程。奥利芬特夫人(Mrs Olipnant)在 1855 年写的评论中认为,《简·爱》不仅影响了读者,也影响了同时代的女小说家。这些女小说家的作品,像《简·爱》那样,对爱情和婚姻问题给予了高度关注,表达的思想或多或少与《简·爱》相似。① 不过奥利芬特夫人更关注的是简·爱对现存的爱情与婚姻的态度的影响,认为作者将她描写成一个有害于"和谐社会"的危险的小人物。她评论道:"这样一个冲动莽撞的小鬼冲入我们的秩序井然的世界,闯过了它的边界,公然蔑视它的原则。最令人恐慌的现代革命已经随着《简·爱》的入侵而到来。"② 尽管简·爱的外在举止端庄,但是读者还是不难看出她那颗求变的不安灵魂。奥利芬特夫人注意到,在与夏绿蒂·勃朗特同时代的不少女小说家持有和她相同或相似的看法,她们的作品都重复着与《简·爱》相似的主题,作品中的人物身上多少都能看到简·爱的影子。根据谢利·福斯特(Shirley Foster)在《维多利亚女性小说:婚姻、自由和个人》(*Victorian Women's Fiction: Marriage, Freedom and the Individual*, 1985)中的统计,在《简·爱》出版前,类似《简·爱》主题的女性小说只有三部,但是在《简·爱》出版之后,猛增到五十多部。《简·爱》的影响显而易见。1850 年 11 月 16 日发表在《雅典娜神庙》杂志上一篇评论朱丽叶·卡万纳(Julia Kavanagh)的小说《娜塔莉》(*Nathalie*, 1850)的文章说,对于这个女人,人们吵来吵去,好像她是一个实际存在的女人。无论她是否被当成无耻扰乱我们社会制度的人还是被当成具有"顽强意志"的经典人物,我们只能认为,夏绿蒂·勃朗特笔下的简·爱就是

---

① Miriam Allott, *Charlotte Bronte's Jane Eyre and Villette*, London: Macmillan Press, 1973, p. 57.

② Margaret Oliphant, "Modern Novels – Great and Small", *Blackwood's Magazine*, 1855, (5), p. 557.

"娜塔莉"的先人。① 除了朱丽叶·卡万纳的《娜塔莉》外,受《简·爱》影响的女作家作品还有黛娜·木洛克·可雷克(Dinah Mulock Craik)的《奥利弗》(*Olive*, 1850)、伊丽莎白·巴雷特·布朗宁(Elizabeth Barrett Browning)的《奥罗拉·雷》(*Aurora Leigh*, 1857)、爱玛·沃波埃斯(Emma Warboise)的《桑尼克罗夫特府》(*Thorneycroft Hall*, 1865)。这些女性作家的作品似乎都是夏绿蒂·勃朗特的《简·爱》的演绎本,有意无意地在张扬着《简·爱》这面大旗。

如上所述,不同渠道与形式的传播也说明了夏绿蒂·勃朗特《简·爱》的经典性生成与经典化的不断拓展,也为这部小说经典性之多元承载提供了佐证。

---

① *Athenaeum*, 16. 11. 1850, p. 1184.

第 六 章

马克·吐温之中国百年传播考论①

马克·吐温在美国是颇受争议的作家,一方面他赢得了文坛的赞誉,被比作法国的伏尔泰②,他的《哈克贝利·费恩历险记》被视为美国现代文学的源头③;另一方面也备受质疑,1886年出版的《美国文学》甚至没有把他看作一个小说家④,时至20世纪中叶,奥康纳(William van O'Connor)还声称《哈克贝利·费恩历险记》根本就不是伟大的美国小说⑤。然而在中国,马克·吐温一直享有美誉,无论是普通读者还是学界专家,对他几乎是一边倒的肯定与赞扬;对他作品的研究,在相当长的时期内也成了长盛不衰的课题。对此,美国学界常有人表示好奇和不理解,2014年1月6日的《纽约时报》,发表了署名为Amy Qin的一篇题为《中国对马克·吐温的持续热爱令人费解》(The Curious and Continuing Appeal of Mark Twain in China)的文章,对马克·吐温在中国的持续受欢迎表示了诧异。

---

① 本章与吴澜副教授合作。
② Shelley Fisher Fishkin, *A Historical Guide to Mark Twain*, Oxford: Oxford University Press, 2002, p. 3.
③ Ernest Hemingway, *Green Hills of Africa*, New York: Scribner, 2002, p. 23.
④ William Lyon Phelps, *Essays on Modern Novelists*, New York: Macmillan Press, 1910, p. 101.
⑤ William van O'Connor, *Why Huckleberry Finn is Not the Great American Novel*, College English, 1955, 17 (1), pp. 6 – 10.

本章无意于对马克·吐温在中美学界不同境遇之是非缘由作评判，而试图从作品翻译与研究、作家评介及其中国式呈像等方面，对他在中国的本土化传播与接受过程进行一番考察与讨论，顺便透析和体悟外来文学经典本土化传播过程中蕴含的历史文化意味。

第一节　选择性接受与中国式译介

早在晚清时期，马克·吐温便是第三位被介绍到中国的美国作家，前两位分别是朗费罗和斯托夫人。其时，马克·吐温在美国文坛上已声名显赫。颇有意思的是，马克·吐温最早被译介到我国的两个短篇，并非其经典之作，一篇是《俄皇独语》（*The Czar's Soliloquy*），译者为严通，马克·吐温被译作"马克曲恒"[①]；另一篇则是《山家奇遇》（*The Californian's Tale*），是吴梼从日文转译过来的，马克·吐温的名字被译作"马克多槐音"。1914年，《小说时报》第17期刊登了由"笑""呆"翻译的《百万镑》（即《百万英镑》，"笑"为包天笑，"呆"为徐卓呆）。《小说时报》乃清末民初影响甚大的一份文学刊物，我国读者由此读到了马克·吐温的短篇小说。1917年，中华书局结集出版了周瘦鹃的《欧美名家短篇小说丛刻》，介绍了包括高尔基、托尔斯泰、马克·吐温在内的欧美作家的49篇作品，鲁迅赞扬其为"昏夜之微光，鸡群之鸣鹤"。这部域外短篇小说集分上、中、下三卷，以文言文译出，其中包括了7篇美国短篇小说，而被选入的马克·吐温的作品为 *The Californian's Tale*，周瘦鹃将其译为《妻》。值得注意的是，该短篇小说集附有作家小传，介绍了作家的生卒年月、生活经历以及主要的作品，"Mark Twain"被译为"马克·吐温"，此译名一直沿用至今，周瘦鹃第一次较为系统地

[①] 张晓：《近代汉译西学书目提要：明末至1919》，北京大学出版社2012年版，第323页。

向国人介绍了马克·吐温。

1915年至1920年，美国文学作品在中国的译介几近空白，然而在随后的几年内对其关注有加，《小说月报》等重要刊物也成为介绍外国文学的重要园地。在1921年7月10日出版的《小说月报》第三部分"译丛"中，刊登了由一樵（顾毓秀）翻译的马克·吐温短篇讽刺小说《生欤死欤》（*Is He Living or Is He Dead?*），译文后有茅盾不足千字的"雁冰附注"，对马克·吐温作了介绍。在讲到马克·吐温生平时，茅盾用了"出身微贱"一词，并提到马克·吐温的生活经历，"这情形在他的小说《Roughing It》里讲得很详细"，接着，茅盾对马克·吐温有如下的介绍与评价：

> 马托温在当时很受人欢迎，因为他的诙谐。但今年来评论家的意见已都转换：以为是把滑稽小说看待马托温实在是冤枉了他；在马托温的著作中，不论是长篇短著，都深深地刻镂着德谟克拉西的思想，这是很可注意的事，然而却到今年才被发现。去年出版的有《The Ordeal of Mark Twain》一书，总算是研究马托温的最好的书，很可以看得。①

茅盾注意到了马克·吐温的半自传小说 *Roughing It*（今译作《艰苦岁月》或《苦行记》），并指出了马克·吐温诙谐幽默之外的"德谟克拉西"（Democracy），这与运动的"民主"口号相呼应。继之，1924年1月起《小说月报》开始连载郑振铎的《文学大纲》，历时三年整将《艰苦岁月》（*Roughing It*）连载完毕，共计42章，约80万字。《小说月报》为中国读者了解马克·吐温做出了重要贡献。

20世纪20年代末到30年代初，美国文学的翻译介绍在我国出现了一个小高潮，马克·吐温的作品也更多地被译入。1929年3月，

---

① 茅盾：《雁冰附注》，《小说月报》1921年第7期。

曾虚白《美国文学 ABC》较为系统地介绍了美国文学史和美国作家。该书共 16 章，第 1 章为总论，其余 15 章为美国作家专论，包括欧文、库柏、爱默生、霍桑、爱伦·坡等作家，马克·吐温被放在第 13 章介绍。曾虚白介绍的美国作家不仅为我国的美国文学普及与研究提供了另一个重要参考，也为马克·吐温的传播奠定了基础。1931 年 10 月，鲁迅在邻居搬家时偶然看到马克·吐温的《夏娃日记》（*Eve's Diary*），他让朋友冯雪峰转交李兰翻译，后来由上海湖风书局出版。1932 年，马克·吐温的重要作品《汤姆·索亚历险记》（当时译名为《汤姆莎耶》）由月祺翻译，在《中学生》杂志上连载，这是该小说在中国的最早译本，此后几年，该小说在中国出现多种译本。1947 年，马克·吐温的另外一部重要作品《哈克贝利·费恩历险记》被译成中文。《民国时期总书目》①指出："顽童流浪记，马克·吐温著，铎声、国振译，上海光明书局 1947 年 10 月战后第二版，1948 年 11 月战后新三版，364 页，32 开，世纪少年丛刊，长篇小说。卷首有陈伯吹序。初版年月不详，陈序写于 1941 年 10 月。"至此，马克·吐温的两部历险记都已译为中文。

从 20 世纪 30 年代中期到 1949 年，马克·吐温的许多作品被译成中文。1936 年，塞先艾和陈加麟合译的《美国短篇小说集》收录了他的《败坏了哈德莱堡的人》。1937 年 6 月，傅东华、于熙俭选译的《美国短篇小说集》收录了他的幽默作品《卡拉维拉斯县驰名的跳蛙》（当时译为《一只天才的跳蛙》）。1943 年他的《傻子国外旅行记》由刘正训译为《萍踪奇遇》，亚东出版社出版②。1947 年 9 月，刘正训重译此书，书名译为《傻子旅行》，由光明书局出版。

从 1950 年开始，中国翻译界对美国文学的选择和接受，表现了极为浓厚的政治色彩。金人在《论翻译工作的思想性》（1984）中

---

① 北京图书馆编：《民国时期总书目 1911—1949 外国文学》，书目文献出版社 1986 年版，第 493—494 页。

② 邓集田：《中国现代文学出版平台》，上海文艺出版社 2012 年版，第 596 页。

谈到翻译的原则和性质时直言不讳地指出,"因为翻译工作是一个政治任务,而且从来的翻译工作都是一个政治任务。不过有时是有意识地使之为政治服务,有时是无意识地为政治服了务"。金人同时还认为,翻译应该为政治服务,认为有些美国小说是"海淫"的,而侦探小说是"海盗"的。可见,出于政治因素的考虑,思想性往往被置于翻译工作的第一位,而文学性和艺术性被置于次要位置。实际上,此后对马克·吐温作品的选择性翻译,和中国的政治外交也息息相关。"自1950年开始,中国文坛对于美国文学的接受逐步走向了某种政治性的偏执,尤其是在1950年后期朝鲜战争爆发以后,当代美国作家的文学创作几乎完全退出了中国作家的视线之外。"①

美国文学的翻译和引进,也随着中美关系的变化而变化。20世纪50年代至60年代,中美关系处于历史上的冰点时期,美国文学的翻译备受冷落。"在被视为'纸老虎'的大洋彼岸的帝国世界里,那些以'左翼'思想为主导性创作倾向的作家,以及专事暴露和批判美国社会与政治文化的作家,仍然被看作中国人民的'友军'。"②此时,我国出版界严格把控,有选择性地译介美国作家及其作品,主要以暴露和批判美国和资本主义的作家作品为主,翻译也比较狭窄地定位在几位"进步的"美国作家身上,如马克·吐温、杰克·伦敦、霍华德·法斯特、海明威、德莱塞等。当大批的美国作家因政治标尺被挡在门外时,马克·吐温因"进步作家"的身份,其作品翻译不仅未受到任何限制,反倒成为重点研究与介绍的美国作家。杨仁敬在《难忘的记忆 喜人的前景——美国文学在中国60年回顾》(2009)一文中指出,"文化大革命"前17年,中美中断了外交关系,文化交流也随之停滞,"但我国仍翻译出版了215种美国文学

---

① 贺昌盛:《想象的"互塑"——中美叙事文学因缘》,南京大学出版社2009年版,第162页。
② 同上。

作品。其中小说占一半以上，达 118 种，以现代小说为主。马克·吐温占第一位，长篇小说 9 部，中篇和短篇小说集各 4 部，共 27 种译本。他的主要小说几乎都有中译本。他成为我国读者最喜爱的美国作家之一"。

1949 年至 1978 年，翻译的最多的三位美国作家分别是马克·吐温、杰克·伦敦和霍华德·法斯特。马克·吐温因其作品常有讽刺和揭露资本主义和帝国主义的内容，被视为资本主义阵营里的"进步作家"，其作品被拿来作为国际政治斗争的武器。与马克·吐温形成对照的是，美国其他的一些主流作家，如菲茨杰拉德（F. Scott. Fitzgerald）的作品被排除在译介之外，直到 1980 年，他的作品才被翻译引进。另外一个例子或许更能说明这段时间由政治因素决定的美国作家在中国的命运。美国作家霍华德·法斯特，在美国并非主流作家，然而其作品在中国的翻译，1949 年至 1957 年位居第三。"1950 年至 1957 年间，法斯特共有 17 部作品以单行本的形式在中国翻译出版。"① 然而，身为美籍犹太人的法斯特，因对斯大林制造的迫害犹太医生的冤案愤而退出美国共产党，并在主流媒体《纽约时报》上发表退党声明，1957 年，他还在《赤裸的上帝》（The Naked God）中表示对共产主义运动和苏联的极度不满。至此，法斯特在中国的命运一夜之间发生了改变，从饱受赞誉转而成为遭人唾弃的叛党分子和叛徒，其作品的命运几乎就此在中国画上了句号。反观马克·吐温的作品，则依然在我国受到持续的热捧。"据中国国家图书馆的相关数据显示，仅 1950 年到 1960 年十年间，中国就出版了 30 部左右译介吐温的作品，绝大部分为新作品，少部分为经典重译"②。马克·吐温的很多作品如《汤姆·索亚历险记》《哈

---

① 卢玉玲：《想象的共同体与翻译的背叛："17 年"霍华德·法斯特译介与研究》，见李维屏主编《英美文学研究论丛》（第 10 辑），上海外语教育出版社 2009 年版，第 230 页。

② 杨金才、于雷：《中国百年来马克·吐温研究的考察与评析》，《南京社会科学》2011 年第 8 期。

克贝利·费恩历险记》《镀金时代》等已经有两个以上的译本。1954年，人民文学出版社出版了张友松翻译的《马克·吐温短篇小说集》，他也从此成为专门翻译美国大作家马克·吐温作品的"专业户"，此后翻译了《汤姆·索亚历险记》《哈克贝利·费恩历险记》《王子与贫儿》《镀金时代》《密西西比河上》《傻瓜威尔逊》《赤道环游记》《竞选州长》等，并与陈玮合译《马克·吐温传奇》。经过翻译家们的辛苦劳动和不懈努力，马克·吐温成为"中国人民最喜爱的美国作家之一"，其作品在成人读者和青少年读者中均广为流传。

总体上看，1949年至1978年，由于受意识形态因素的影响，在马克·吐温作品的翻译选择上，侧重于思想性、政治性和社会批判性作品；即便是大部分美国作家被挡在国门之外，他依然因为是"中国人民的好朋友"而备受礼遇。1978年12月15日，《中华人民共和国和美利坚合众国关于建立外交关系的联合公报》签署并于次日正式发表，标志着中美隔绝状态的结束和关系正常化进程的开始。马克·吐温作品的翻译与研究再度掀起一股高潮，与以往不同的是，他的各类作品都被翻译或再译，翻译选择的标准也逐渐从片面强调政治性和革命性逐渐转向艺术性。迄今为止，他的作品也基本上翻译为中文。

马克·吐温作品在中国的选择性翻译与接受，折射出了本土意识形态在文学经典传播中潜在的"过滤"作用。就此而论，在外来文学与文化经典译入过程中，如何恰如其分地考量其思想政治价值和艺术审美价值，进而给出理性的、合理的选择，关乎文学与文化传播的专业化水平问题，是值得我们深度反思与研讨的。

第二节 历史文化语境与中国式呈像

对马克·吐温的研究，受我国特定历史文化语境的影响，长期来看，总体上赞扬有余而批评不足、思想政治评判有余而艺术和审美评价不足，作为外国作家的马克·吐温，其中国式呈像是耐人寻味的。

我国有关马克·吐温的真正学术性研究，大致上开始于20世纪30年代初。1931年，鲁迅在为李兰翻译的《夏娃日记》所做的序言中指出，马克·吐温是个幽默家，但是"在幽默中又含着哀怨，含着讽刺"[①]。1932年，赵景深在《中学生》第22期上撰文介绍了马克·吐温，认为他不仅仅是一个幽默小说家，而且是一个社会小说家和美国写实主义的先驱，因为在他的作品中，"幽默只是附属物"，"嘲讽才是主要的"。鲁迅和赵景深的文章较为准确地抓住了马克·吐温创作的幽默讽刺、现实主义和社会评判性这些本质性特征，也为后来马克·吐温的中国式呈像定下基调和底色。

20世纪三四十年代，《论语》半月刊在我国的马克·吐温研究中功不可没，而这一直以来被我国学者所忽视。1935年1月1日，《论语》半月刊第56期推出"西洋幽默专号"，罕见地刊登了三篇评论马克·吐温的文章，其中两篇的作者为黄嘉音，他的文章让中国读者了解到马克·吐温活泼有趣的一面。此外，曙山的文章《马克·吐温逸话》在《论语》第56期和第57期连续刊载。1935年6月1日第66期，则刊登了周新翻译的《马克·吐温论幽默》。1946年12月《论语》复刊后，于第119期第67页至第69页，刊登了大木的译作《马克·吐温恋爱史》，涉及马克·吐温的个人情感经历和相关作品，为读者了解马克·吐温不为人知的一面提供了材料。总的来讲，《论语》半月刊因受其办刊风格之主导，评论、介绍的多为马克·吐温幽默风格的作品，它为中国读者较早地了解马克·吐温打开了一扇极为重要的窗口，也凸显着马克·吐温作为幽默讽刺作家的特色化呈像。

1935年适逢马克·吐温诞辰100周年，中国也掀起了研究和介

[①] 鲁迅：《鲁迅全集》（第4卷），人民文学出版社1998年版，第341页。

绍马克·吐温的一个空前的高潮。各大杂志纷纷刊登马克·吐温的作品，并撰写相关纪念文章，马克·吐温在中国的知名度大大提升，其形象也更为"丰满"起来。《文学》杂志第 4 卷第 1 号和第 5 卷第 1 号分别刊登了胡仲持的两篇文章：《美国小说家马克·吐温》和《马克·吐温百年纪念》，给马克·吐温以高度评价。胡仲持认为吐温是"美国近代最大的文学家、幽默家和社会工作者"，其作品幽默中的讽刺渗透着"社会主义和'德谟克拉西'的思想"[1]。胡仲持的文章侧重探讨马克·吐温及其作品的政治倾向，在相当长的一段时间内，这对我国的马克·吐温研究注重挖掘其思想和政治性有着导向性作用。《新中华》半月刊杂志第 3 卷第 7 期刊载了张梦麟的《马克·吐温百年纪念》，认为马克·吐温具有表里不一的双重人格，是个两面派，其作品中虽含有可尊的讽刺，而其人格相当可鄙。张梦麟的文章独具一格，在中国的其他文人学者对马克·吐温一片叫好声中，提出了自己的不同见解，尽管这种见解很快又被对马克·吐温压倒性的赞誉声淹没，但毕竟为马克·吐温的中国式呈像增添了不同的色彩。

还必须提到的是 20 世纪 30 年代中期赵家璧对马克·吐温的研究。1936 年，在他专门介绍美国文学的重要著作《新传统》的第一章"美国小说之成长"中，马克·吐温被归入"早期的现实主义者"行列，并对他在美国小说发展历程中的重要地位做了如下评价：

> 美国小说清除了那许多荆棘，走上了这一条正道，是经历过许多阶段的。在依着这条大道进行的作家中，许多人是属于过去的，许多人是正在前进着，更有许多人把自己转变过来。这些英雄都是使美国小说成长的功臣，前人开了路，后人才能继续的扩张而进行；而马克·吐温（Mark Twain）的开辟荒芜

---

[1] 胡仲持：《美国小说家马克·吐温》，《文学》1935 年第 1 期。

的大功,更值得称为近代"美国的"小说的鼻祖。①

赵家璧的文章写于马克·吐温诞辰 100 周年的前一年(1934),当时也正值美国学界关于马克·吐温是否是杰出作家的争论进入白热化时期。事情的原委是,1920 年,美国青年学者范·魏克·布鲁克斯发表专著《马克·吐温的严峻考验》,他用弗洛伊德精神分析学分析马克·吐温及其创作,得出的结论是:马克·吐温拥有双重人格,在商业化的氛围和金钱面前出卖自己的天才,是一个受到破坏的灵魂,一个受挫折的牺牲品,以失败而告终。与此相对的是 1932 年伯纳德·德沃托(Bernard Devoto)写的《马克·吐温的美国》(Mark Twain's America),对布鲁克斯的观点给予反驳。赵家璧在《新传统》中,很明显是站在德沃托一边。他肯定了马克·吐温在美国文学史中的独特贡献,称其为"英雄""开拓者""鼻祖",并强调他的作品有"美国的"民族特色,与豪威尔斯称马克·吐温是"美国文学中的林肯"如出一辙;他还认为"马克·吐温领导的'美国故事',替美国的文学开了一条正确的路",实际上强调了马克·吐温对英国作家的仿照,其创作有着鲜明的民族特色。赵家璧从文学史的宏观角度,为中国读者塑造了马克·吐温在美国文学史上的奠基者形象。

1949 年至 1978 年,马克·吐温的中国式呈像出现了奇特的现象。在外国作家被从政治和意识形态角度进行定性,分为"反动"与"进步"两类的历史文化语境下,马克·吐温自然进入了"进步"之列。在这方面,马克·吐温身上有很多典型的标签:"中国人民的好朋友""国际友人""同情中国人民反帝斗争,有良心的作家""金元帝国的揭露者""资本主义民主虚伪和黑暗的讽刺作家"等。客观而言,在马克·吐温众多作品中,无疑有许多优秀和经典的作品,但其中也包括一些为商业化利益匆匆写成的作品,质量并

---

① 赵家璧:《新传统》,中国国际广播出版社 2013 年版,第 8 页。

不太高，由于他的作品的思想政治内容契合了当时中国革命和政治的需求，自然就获得了很高的赞誉。1950年12月22日《光明日报》刊登了吕叔湘的《吐温的著作的失踪》，这篇发表的文章写于抗美援朝的历史背景之下，吕叔湘通过评述马克·吐温小说《神秘的陌生人》（The Mysterious Stranger）批评美国政府的侵略政策。《人民文学》1950年第12期刊登茅盾的《剥落"蒙面强盗"的面具》一文，指出马克·吐温无情地揭露了美国统治集团的面目，因此为财富大亨们所痛恨，马克·吐温成了揭露、批判资本主义和帝国主义的"武器"。1960年，时值马克·吐温逝世50周年，我国学界出现了三篇颇具影响力的文章，分别是《江海学刊》第12期陈嘉的《马克·吐温——美帝国主义的无情揭露者》、《世界文学》第4期周钰良的《论马克·吐温的创作及其思想》、《世界文学》第10期老舍的《马克·吐温——金元帝国的揭露者》。这几篇文章强化了马克·吐温的"武器"的作用，为此后一个时期内我国的马克·吐温研究奠定了基调。于是，马克·吐温成为反帝国主义、反资本主义，同情中国人民反帝斗争的代表作家之一。这在当时是合乎中国人民的反美情感的，马克·吐温作为中国人民的"好朋友"形象日显高大。

必须指出的是，我国学界在20世纪五六十年代过分关注和挖掘其作品的思想政治内涵，把作品的艺术成就放在次要的位置，从而在一定程度上忽视了作品的艺术价值。这也能够解释为何马克·吐温的一些作品，如《百万英镑》《竞选州长》等在美国并非上乘的作品，在中国却趋之若鹜。《竞选州长》因作品中涉及对资本主义政党和民主制度的揭露，而入选中学语文教材达半个多世纪之久，《百万英镑》也因其讽刺了资本主义国家金钱至上，而入选中学英语教材。马克·吐温的名字在中国变得家喻户晓，其"进步"作家、中国人民"老朋友"等形象，深深地印在了特定历史时期中国读者心里。

20世纪70年代末开始，马克·吐温研究基本走上了学术研究正轨，但政治研究的痕迹依然可见，民主性、人民性仍是对马克·吐温作品进行概括和评价的高频词汇，如 1981 年周渭渔在《华中师院学报（哲学社会科学版）》上发表《论马克·吐温作品的人民性》，认为马克·吐温对黑人和被压迫的劳动人民给予深深的同情，同年《郑州大学学报（哲学社会科学版）》第 2 期刊载甘运杰的文章《简论马克·吐温小说的思想意义》，也指出马克·吐温作品的民主性和对人民群众困难的同情。

20 世纪 80 年代以来，马克·吐温的研究真正走上了更为学术化和专业化的道路，国内对马克·吐温的评价也趋于理性和客观，逐步避免了以思想政治为角度的选择性切入，有影响、高质量的研究文章和著作陆续问世，马克·吐温的中国式呈像也大为改观。1984 年《外国文学研究》第 4 期刊载了邵旭东的文章《国内马克·吐温研究述评》，该文着重梳理了我国学者在"马克·吐温与'金元帝国'、马克·吐温与种族歧视、马克·吐温与幽默、马克·吐温与中国"等四个方面的研究与分歧，并指出了当时研究的成果与不足，为以后的马克·吐温研究指明了方向。董衡巽编选的《马克·吐温画像》，是我国马克·吐温研究的重要参考。该书汇集了 29 篇有关马克·吐温的作品，所选的文章以美国为主，同时也包括英国、法国和苏联学者的文章。文章代表性很强，反映了不同学者对马克·吐温及其作品的不同看法，对马克·吐温褒贬不一，为我国学者研究马克·吐温提供了新的思路和视野。此外，董衡巽在该书的前言中，对马克·吐温在不同时期的遭遇做了概述，指出批评家为马克·吐温画出了不同的画像，这些画像同时也是马克·吐温声名兴起与衰落起伏的见证。董衡巽的介绍文字从宏观上阐述了国外学者对马克·吐温问题的研究，并介绍了马克·吐温在中国的翻译与研究问题，具有很高的学术参考价值，成为马克·吐温中国式呈像之面貌焕然一新的标志。

20 世纪末以来，中国学者结合各种文学人类学、文化研究、后殖民主义、生态伦理批评等文学批评话语，对马克·吐温及其作品进行新的阐释，使马克·吐温批评呈现出跨学科、多元化的格局。《浙江大学学报（人文社会科学版）》1999 年第 4 期刊登了张德明的《〈哈克贝利·芬历险记〉与成人仪式》，文章运用人类学的批评方法，并结合集体无意识的心理学理论，将小说的成长主题与人类学的仪式概念结合分析，观点独到，为马克·吐温小说研究注入了新的活力。《湖南商学院学报》2003 年第 1 期刊登了何赫然的文章《谈马克·吐温创作中的"女性偏见"问题》，文章针对评论家认为马克·吐温作品中存在着对女性的偏见，提出了不同的看法，并得出结论，认为马克·吐温非但没有女性偏见，而且其作品的创造离不开女性。这篇文章从另一个角度为马克·吐温正名，阐明马克·吐温不是一个性别歧视者。学者们探讨的另外一个主题，是马克·吐温的种族观和对中国的态度。崔丽芳在《外国文学评论》2003 年第 4 期上的文章《马克·吐温的中国观》利用后殖民主义批评话语，指出马克·吐温的矛盾角色：既有人道主义的情怀，又有东方主义心理；吴兰香的两篇文章《"教养决定一切"——〈傻瓜威尔逊〉中的种族观研究》以及《马克·吐温早期游记中的种族观》均探讨了马克·吐温的种族观问题。马克·吐温早年的乐观与晚年的悲观，也引起了学者的关注，不少学者认为这主要是由于马克·吐温的投资失败和家庭悲剧决定的。《山东社会科学》2013 年第 10 期刊登了高丽萍、都文娟的文章《现代性与马克·吐温的思想变迁》，从更为宏观的视野，透过对现代性内在悖论性的解读，剖析了马克·吐温早期积极乐观和后期消极悲观的内在深层原因。

总之，我国对马克·吐温的研究，其评判标准、价值取向同特定时期本土的历史文化语境密切相关，也随着时代的变迁而发展变化；马克·吐温的中国式呈像，蕴含了本土的历史文化意味。这说明，外来文学与文化的本土化过程，并不是对文学与文化的直接吸纳和接受的过程，而是一种经由带有本土人文价值观和审美价值观的"民族期待视野"选择性接受与传播的过程。随着时代的变迁，这种"民族期待视野"将随之有所调整，外来文学与文化的本土化的路径与深度也将随之变化。考察辨析马克·吐温在我国的选择性译介和中国式呈像，有助于我们重新认识马克·吐温，并深化对他的研究。不仅如此，研究这种"接受"与"传播"的历史，也是对外来文学与文化不断认识和再阐释的过程，对深化和推进文学与文化交流，具有历史的和现实的意义与价值。

第 七 章

安徒生童话之中国百年传播考论[①]

安徒生童话虽然源于北欧小国丹麦，但因其在世界各地的传播之广、影响之深，已成了西方文化和英美文化的有机组成部分。安徒生童话在中国的接受与传播，印证了"两种文化互相碰撞时一个重要规律"："弱势文化接受强势文化中的什么内容，基本不取决于强势文化本身的状态，而依赖于弱势文化对外来文化理解的意义结构。"[②] 回溯安徒生童话在中国的接受与传播史不难发现，在不同的历史时期，我国学界对其有过选择性接受与传播，其间难免也有所偏废；这种接受与传播不仅"与中国现代儿童文学自身的成长紧密联系在一起"[③]，而且对中国传统文化的现代化也起到了一定程度的促进作用。

---

① 本章与赵海虹副教授合作。
② 金观涛、刘青峰：《中国现代思想的起源——超稳定结构与中国政治文化的演变》，法律出版社2011年版，第328页。
③ Xiao La, "On the Study of Andersen in China", i Hohan De Mylius, Aage Jrgensen & Viggo Hjrnager Pedersen (red.): *Andersen og Verden. Indlæg fra den første internationale H. C. Andersen – konference*, 25 – 31. august 1991. 本文是南丹麦大学第一届安徒生研究国际年会论文之一，文中提到一个重要信息：茅盾曾在1979年召开的中国文学艺术工作者第四次代表大会上呼吁作家们学习安徒生的作品，从中汲取精髓，将之融入中国文学自身的血液中来。但该说法似为孤证，在《人民文学》1979年11月刊登的《解放思想，发扬文艺民主——在中国文学艺术工作者第四次代表大会及中国作家协会第三次代表大会上的讲话》中全文皆未提及安徒生。

第一节 "儿童本位"的热与冷

如果说,儿童在西方社会的发现是其现代化进程的产物①,那么在中国,现代儿童观的确立也推进了中国社会现代化的进程。1895年的甲午战败唤醒"吾国四千余年大梦"②,引发中国社会"对儒学基本价值的全盘性怀疑","反对传统儒家价值的价值逆反狂飙"③,使中国社会以前所未有的热情欢迎西方文化,传统封建社会的"超稳定结构"濒临解体,作为统治意识形态的儒家文化面临其逆反价值的全面挑战。文化与思想革命的旗手梁启超于1900年发表《少年中国说》,以少年儿童为突破口,颠覆了中国传统封建社会里成人与儿童的既有关系,不仅肯定了儿童的作用与重要性,甚至"将儿童视为民族救亡的希望所在"④,这得到了文化界的群起响应。我国晚清时期开始的对外国儿童文学的大量译介,就是在这样的思想观念变革中展开的。1909年至1925年,可谓我国对安徒生童话译介的起始阶段,社会与学界对安徒生童话的接受与传播,都无法脱离这个特殊的历史话语背景。

1909年,孙毓修在《东方杂志》第6卷第1号"文苑"栏目发表的《读欧美名家小说札记》中,首次向国人介绍了"丹麦人安徒生",称他的童话"感人之速,虽良教育不能及也"⑤。孙毓修因而

---

① 朱自强:《中国儿童文学与现代化进程》,浙江少年儿童出版社2000年版,第6—7页。

② 梁启超:《戊戌政变记》,《梁启超全集》(第1卷),北京出版社1999年版,第181页。

③ 金观涛、刘青峰:《中国现代思想的起源——超稳定结构与中国政治文化的演变》,法律出版社2011年版,第251页。

④ 王蕾:《安徒生童话与中国现代儿童文学》,华东师范大学出版社2009年版,第43页。

⑤ 孙毓修:《读欧美名家小说札记》,《东方杂志》1909年第6卷第1号。但是孙毓修在文中所标的安徒生英文名为Anderson,这个错误很可能来自早年安徒生英译本中常见的错误。

成为中国"安党"① 第一人。四年后,他又两次在《小说月报》上撰文介绍安徒生,并编译安徒生童话《海公主》(即《海的女儿》)、《小铅兵》(即《坚定的锡兵》),分别被收入商务印书馆1917年6月和1918年3月出版的《童话》丛书第一辑。1913年,周作人以《丹麦诗人安兑尔然传》一文向中国读者详细介绍了安兑尔然(即安徒生)的生平与创作经历。周作人在此文中引用挪威评论家波亚然(Boyesen)对安徒生的评价,称赞他的童话"即以小儿之目观察万物,而以诗人之笔写之,故美妙自然,可称神品"②,并随刊选译了《无色画帖》(即《没有画的画册》)第十四夜的故事,这是迄今发现的最早的安徒生童话单篇(部分)中译本。1918年,中华书局出版的安徒生童话集《十之九》是这一时期篇幅最长的安徒生译本,著者错标为"英国安德森",译述者为陈家麟、陈大镫。该书收录了《火绒箧》(即《打火匣》)、《大小克劳势》(即《大克劳斯与小克劳斯》)、《国王之新服》(即《皇帝的新衣》)等六篇童话,全书由英文本安徒生童话转译,虽用文言,但译笔流畅,基本能做到准确达意。同年,周作人在《新青年》上撰文,以更大的篇目,再次介绍安徒生。他引用丹麦评论家勃兰兑斯(Brandes)之语,将"小儿的语言"作为安徒生童话的重要特色,并以此对《十之九》的翻译大加褒奖。周作人回避了译本总体质量的问题(误译与否,是别一问题,姑且不论),认为其重点在于"把小儿的语言变了大家的古文,Andersen的特色就不幸因此完全抹杀"③。从客观上讲,童话这种题材,尤其是口语化的安徒生童话更适合用白话文翻译。但周作人对译本的批评或许包含着排斥文言、推进白话文运动的初衷。次

---

① "安党"的说法首见于周作人的《随感录》,泛指翻译、介绍安徒生作品,推崇安徒生作品的文化人士。见《新青年》1918年第5卷第3期。

② 周作人:《丹麦诗人安兑尔然传》,《丞社丛刊》1913年创刊号。

③ 周作人:《读安徒生的〈十之九〉》,见王泉根编《周作人与儿童文学》,浙江少年儿童出版社1985年版,第101—105页。原载于1918年5月15日出版的《新青年》第5卷第3期"随感录"。收录该书时的篇名为编者所加。

年,《新青年》第 6 卷第 1 号上刊登了周作人用白话文翻译的《卖火柴的女儿》,作为中国第一篇安徒生童话白话文译本,也是他这一理念的明证。周作人同时批评《十之九》译文中归化式的译法破坏了安徒生童话的另一重要特色——"野蛮般的思想"。他把安徒生童话《打火匣》《飞箱》《大克劳斯与小克劳斯》中主人公违反道德标准的行为解释为"儿童本能的特色",他认为:"儿童看人生,像是影戏:忘恩负义,掳掠杀人,单是非实质的人性,当这火光跳舞时,印出来的有趣的影。Andersen 于此等处,不是装腔作势地讲道理,又敢亲自反抗教室里的修身格言,就是他的魔力所在。他的野蛮思想使他和与育儿室里的天真烂漫的小野蛮相亲近。"[1] 如果将此言论与当年丹麦评论家对安徒生这三篇童话的批评相对照不难发现,周作人所推崇的安徒生童话中的"反道德"恰恰是丹麦评论家强烈反对的主要问题,个中含义耐人寻味。事实上,中国新文化运动的开始意味着"逆反价值对新文化的创造……逆反价值成为人们在乱世中认同的意义构架"[2],只有"那些根据逆反价值意义重构过的外来思想,才能成为中国文化的一部分"[3]。周作人在评论中力荐安徒生早期童话中被许多西方评论家批判的"非道德"元素,冲击了几千年来中国"以道德理想作为终极关怀的文化系统"[4]。离开了这样的思想背景,当代的中国评论者在同样的篇目中看到的仅仅是"反文化倾向"[5]。以"童心"和"儿童本位"作为安徒生童话的核心,也是这种"选择性接受"的结果。几千年来,家庭一直是中国封建社会"超稳定结构"中"家国同构"的子系统,在儒家伦理"三纲五

---

[1] 周作人:《读安徒生的〈十之九〉》,见王泉根编《周作人与儿童文学》,浙江少年儿童出版社 1985 年版,第 104 页。

[2] 金观涛、刘青峰:《中国现代思想的起源——超稳定结构与中国政治文化的演变》,法律出版社 2011 年版,第 47 页。

[3] 同上书,第 79 页。

[4] 同上书,第 91 页。

[5] 张朝丽、徐美恒、姚朝文:《安徒生童话个别篇章在接受问题上的反文化倾向》,《内蒙古大学学报》(人文社会科学版) 2003 年第 6 期。

第七章　安徒生童话之中国百年传播考论　143

常"的统治下,儿童不被视为独立的个体,自然天性大受束缚。而"儿童本位"则强烈冲击了这一封建传统,由是,新文化运动以来,中国的"安党"一直忽略安徒生童话中"永恒的生命"等重要思想主题,选择性地"突出安徒生童话'儿童本位'的艺术特征",这是中国的"安党"们"根据自身时代精神的要求所作的有效选择"①。由于周作人本人的文化地位,他赫然成为中国"安党"中影响最大的知识分子。自此以后,以白话文翻译安徒生童话成为"新文化运动的重要成果",安徒生的接受与传播亦成为20世纪20年代重要的文坛事件。②

另一位在当时深具影响力的中国新文艺主将郑振铎,也将传播安徒生童话当作他最用心的文学事业之一。他在当时的权威文学刊物《小说月报》上开辟"儿童文学"专栏,多次介绍安徒生童话并登载译文。到1925年,据郑振铎统计,国内发表安徒生童话的中文译文近80篇次③;相关传记文论15篇,这一时期中国人对安徒生的推崇已达"顶礼膜拜"的程度,受到的关注度超越了任何其他外国儿童文学作家。1925年,在郑振铎的主持下,《小说月报》史无前例地以两期安徒生专号纪念安徒生诞辰120周年。著名作家、翻译家顾均正在专号《安徒生传》中称赞"安徒生是一个创作文学童话的领袖",并称安徒生童话流传之广,"比荷马、莎士比亚大几百倍"④,这一有失公允的夸大评价昭示了新文化运动时期我国学界有些"轰轰烈烈"的接受与传播安徒生的"热潮",1925年便是中国首个安徒生热潮的顶点。

---

① 王蕾:《安徒生童话与中国现代儿童文学》,华东师范大学出版社2009年版,第72页。
② 郑振铎:《安徒生童话在中国》,见王泉根《中国现代儿童文学文论选》,广西人民出版社1989年版,第932—937页。原载《小说月报》第16卷第8号(安徒生专号)。
③ 该统计数字未含《小说月报》1925年第16卷安徒生专号中所载的安徒生童话篇次。
④ 顾均正:《安徒生传》,《小说月报》1925年第16卷第8号。

此后，直到20世纪50年代初，安徒生童话的译介逐渐陷入低潮，其原因值得分析和探究。随着中国社会发生天翻地覆的变化，重新建立新意识形态（"三民主义"与"共产主义"）的正面价值是这一时期中国社会最为迫切的要求。抗日战争开始之后，遥远的丹麦童话在全社会轰轰烈烈的抗日救亡运动中成为与社会需求脱节的文化奢侈品。"安党"倘若无法建立符合新意识形态的突破口，仅仅沿袭上一阶段对安徒生童话的理解，已经无法在文化界和思想界获得足够的响应。1935年，在安徒生诞辰130周年之际，狄福（徐调孚笔名）在《文学》杂志第4卷第1号发表的《丹麦童话家安徒生》一文中，虽然沿袭周作人的理解，将"儿童的精神"、朗朗上口的语言作为安徒生童话的最大价值加以肯定，但将安徒生童话斥为逃避现实的精神麻醉品。他指责安徒生童话不能"把孩子们时刻接触的社会相解剖给孩子们看"，因而不能"成为适合现代的我们的理想的童话作家"①。

由此可以窥见：随着社会情势的变化，学界对安徒生童话的接受与传播不可能停留在前一阶段"儿童本位"的价值推崇上，人们期待的是更关注现实人生之苦难、更具社会批判和变革思想的有实用价值的外来文学经典。因此，虽然安徒生童话在这一时期仍然因其文学成就被持续译介，但关注度下降，尤其是开始偏离周作人时期"儿童本位"的接受路线，安徒生本人也被一些国人看成"住在花园里写作的一个老糊涂""一个有浪漫主义思想局限的人"②而遭遇了冷落乃至批判。安徒生要继续留在国人的视界，有待于转换角度发掘其作品中的别一种合乎国情需要的内容和特点。

---

① 狄福：《丹麦童话家安徒生》，《文学》1935年第4卷第1号。
② 金星：《儿童文学的题材》，《现代父母》1935年第3卷第2期。

第二节 "现实性""批判性"对"童心"的遮蔽

中华人民共和国建立后，中国文学艺术迎来了一个大发展的浪潮，儿童文学也重新得到了重视。由叶君健从丹麦文直接翻译的第一个安徒生童话中文全译本《安徒生童话全集》共十六册于1956年至1958年陆续出版。从此至1979年，国内出版各类叶译本安徒生童话集50多种，发行超过400万册。[①] 加上数量庞大、难以统计的各类改写本，安徒生从此成为在中国普及率最高的外国作家。

此时，国内盛行的文艺理论是苏联的社会学批评。在这种批评理论的影响下，中国的儿童文学评论者们改换思维，从新的角度来"选择性接受"安徒生童话，将其誉为"丹麦19世纪的一个伟大的现实主义作家"[②]，特别突出地强调在新文化运动时期被忽略的安徒生童话的另一个特点——现实性与批判性。根据这种批评理论，安徒生童话中的人物时常被分成不同阶级的代表，以此剖析童话中对资本主义社会黑暗现实的抨击、对人民疾苦的深刻同情，而原先的"童心""儿童本位"思想被弱化乃至藏匿，其间的基督教伦理思想因素则几近被完全剔除，就连上帝也不再是基督教的上帝，而是爱与正义的化身。[③] 在这种批评语境里，出于宗教观念的隔膜和意识形态的影响等原因，我们对安徒生童话的阐释与解读被阶级对立、贫富对立、善恶对立的二元对立思维方式所左右，以前曾经被重点阐释和接受的儿童本位、童心的诗意被悄然"遮蔽在其现实主义作家

---

① 转引自李红叶《安徒生在中国》，《中国比较文学》2006年第3期。
② 叶君健：《关于安徒生的〈卖火柴的小女孩〉》，《文艺学习》1955年第4期。
③ 钱中丽：《20世纪中叶中国语境下的安徒生童话》，《外国文学研究》2011年第1期。

的形象之下"了。①

　　首先，对安徒生本人，人们从"皮鞋匠的儿子"来认定其下层劳动人民的阶级定位；他早年的贫困生活就天然地培育了其阶级"敏感性"。而且，他是通过自己的勤奋和刻苦成为一个有突出成就的童话作家的。当然，他的这种经历对他后来的成功是十分重要的，但问题的关键是，这样的评价根本上是为了刻意强调安徒生以后"写的是他在人民中所体验到的生活和感情"②，为他的批判现实主义的童话创作风格寻找事实依据。紧接着，在此基础上，阶级观念和现实批判精神就成了阐释安徒生童话的基本标尺。比如，《丑小鸭》描写的是阶级社会中人的趋炎附势，"人间多势利，好人受欺负，但好人那种善良的心灵，终究会得到广大人民的同情和支持，他那崇高的理想，也一定要实现的"③。《卖火柴的小女孩》中的"小女孩"无疑是受迫害的劳动人民的代表，"正当有钱人在欢乐地庆祝新年的时候"，她"静悄悄地冻死在街头"④。这则童话也就典型地表现了阶级压迫的主题，描写了下层贫苦大众的悲惨生活，表现了作者对劳动人民的深切同情，也就"揭露了阶级社会的罪恶本质"⑤。《皇帝的新装》里的"皇帝"作为统治阶级的代表，平日里"什么事情也不管，一天到晚只顾讲究穿漂亮衣服"，"把人民生产的财富拿来专门满足他这种奢侈的欲望"⑥，作者通过这则童话揭露了统治阶级、剥削阶级的骄奢淫逸。如此等等。

---

　　① 钱中丽：《20世纪中叶中国语境下的安徒生童话》，《外国文学研究》2011年第1期。
　　② 叶君健：《安徒生童话的翻译》，见方舟、雪夫主编《东方赤子·大家丛书：叶君健卷》，华文出版社1999年版，第55页。
　　③ 金近：《童话和现实生活》，《文艺报》1980年9月10日。
　　④ 叶君健：《安徒生的童话》，《解放日报》1955年5月5日。
　　⑤ 宋成志：《安徒生的〈卖火柴的小女孩〉》，《语文学习》1958年第2期。
　　⑥ 叶君健：《鞋匠的儿子——童话作家安徒生》，人民文学出版社1978年版，第68页。

当然，安徒生以他悲悯与博爱之胸怀，自然是同情广大劳苦大众的，阶级分析也确实可以发现安徒生童话中另外一些未曾被我们关注的内容和特点，但安徒生未必有我们的研究者和评论者们所说的那样的鲜明阶级立场，未必有那么分明的阶级爱憎和有仇必报的复仇心，因而社会批判也不见得是他童话创作的主要出发点与核心价值之所在。现实性、批判性以及对普通人的关爱与同情，固然也体现了安徒生童话的特点，尤其是他的三部长篇小说《即兴诗人》《奥·托》《不过是个提琴手》，它们都体现了作者丰富的个人经历和真实的时代风貌。《即兴诗人》是丹麦的第一部现代题材的小说，"标志着丹麦长篇小说创作的突破"①。在小说与童话的创作中，安徒生生动描绘了18世纪丹麦人民的真实生活，具有一定的现实性与批判性。但是，局限在这种单一的社会批判思维中选择性地解读安徒生的童话，就出现了对"现实性"与"批判性"成分的夸大现象，"批判现实主义"成了强安在安徒生头上的一项过于庞大而沉重的"帽子"，实际上也降低了安徒生童话的盎然诗意和温馨与空灵。于是，安徒生童话变成了单纯的儿童乃至成人的道德教育工具，从而弱化了其他主题与超越时代的意义，最让人动心的"童心"之浪漫及其诗意反而被遮蔽了。事实上，安徒生有着化繁为简、化深刻为浅显的高超能力。他笔下这些看似简单的童话与故事，浸润着温婉的童心之美与善良而博大的爱，也蕴藉着深刻的人性内涵与丰富的象征意味，其内涵的丰富性和温润性使读者在每次阅读时都能有新的理解以及因善与美唤起的怦然心动。他的看似写给孩子们的故事，其实是"用我们成年人的知识和痛楚讲出来"，除儿童读者之外，它们更是为与他有着同样丰富生活经验与生命体悟的成

---

① ［丹麦］约翰·迪米利乌斯：《安徒生：童话作家、诗人、小说作家、剧作家、游记作家》，见［丹麦］安徒生《安徒生文集》（第1卷），林桦译，人民文学出版社2005年版，第9页。

人创作的。① 因此，在 21 世纪的今天，我们审视安徒生童话的接受与传播，除了从文本的接受史、阐释史、传播史和影响史来追索安徒生童话对世界的影响之外，也应当回归到这样一种基本现实：安徒生是世界童话文学史上当之无愧的大师，他也因其童话创作的独特成就与价值，成为足可以与 19 世纪许多欧洲批判现实主义大师比肩的伟大作家。

不过，值得庆幸的是：恰恰因为我们曾经对安徒生童话之"现实性"与"批判性"格外地和过度地"青睐"与强调，反倒让这样的儿童文学经典得以在我国 20 世纪 50 年代后期至"文化大革命"期间得以继续传播而不至于中断。

第三节 "童心"的回归与"安徒生印记"

"文化大革命"结束后，理论界的"极左"意识消退，国家思想、政治、经济上的解放与复苏带来了文艺的复苏。这是一个思想解放、各种思潮迭起、思维空前活跃的年代。从 1978 年至今，我国对安徒生童话的接受与研究第一次投以客观、全面、多样化的态度与方法，以从未有过的深度和广度真正得以展开。除主导性的叶君健译本外，又出现了另外三种有影响力的安徒生童话全译本——林桦、石琴娥的丹麦文直译本和任溶溶的英文转译本，从而使中国安徒生童话的版本资源大为丰富。此外，汗牛充栋的安徒生童话选译本、改写本、缩写本、绘画本和连环画，也使安徒生走入了千千万万个中国家庭，成为这个时代中国人童年记忆的一部分。

---

① ［丹麦］约翰·迪米利乌斯：《安徒生：童话作家、诗人、小说作家、剧作家、游记作家》，见［丹麦］安徒生《安徒生文集》（第 1 卷），林桦译，人民文学出版社 2005 年版，第 12 页。

在这阶段的安徒生童话研究领域，一开始受习惯思维的影响，学界对其解读仍未能完全脱离过于偏执的社会学方法和唯批判现实主义文学为正确的思维定式，但与此同时，童心、诗情与儿童本位也逐渐成为学界对安徒生童话解读的关注点。进入21世纪后，受国外安徒生研究的影响，同时也是学人自身对学术开拓的努力，安徒生童话的研究呈现出新气象，对童话故事背后的文化内涵、宗教意义和文学叙述手法等诸多方面都展开了更加丰富的研究。从80年代浦漫汀的《安徒生简论》（1984）、孙建江的《飞翔的灵魂：安徒生童话导读》（2003）到林桦的《安徒生剪影（2005）》、王泉根主编的《中国安徒生研究一百年》（2005）、李红叶的《安徒生童话的中国阐释》（2005）、王蕾的《安徒生童话与中国现代儿童文学》（2009），中国研究者们终于开始以更现代的眼光、更科学的方法追寻安徒生童话在中国的阅读史、接受史和阐释史，这些专著与为数众多的论文一起，开辟了中国安徒生研究的新时代。事实上，一旦冲破这种思维局限，我们可以看到，儿童心灵的滋润不需要那种过于爱憎分明、冤冤相报的对抗精神，安徒生也不是刻意借童话去唤起儿童抑或成人对人性中的庸俗乃至丑恶的批判。他的童话在宗教伦理和博爱思想的浸润下，饱含着对生活悲苦、人性软弱的深刻悲悯，与对心灵向上、灵魂飞升的坚定信念和热切渴望。与格林童话等更多书写人性之恶与怨毒报复不同，安徒生童话更多的是以柔软的童心之爱为前提，书写人性之善、感恩与宽宥以及对美和理想的不懈追求，富于人生哲理而又不落于道德训诫的教条。安徒生童话不遗余力地颂扬主人公们身上所闪耀着的爱、悲悯、宽容、坚忍、坚持、不懈追求等美德，他的故事叙事本身也满含着这样的美德，而并非如其他一些童话和传说故事那样描画一幅非黑即白的人间图景，并急于惩恶扬善。他不是裁判，而把裁判权完全交给了他心中的上帝。安徒生童话不是教人恨，而是教人爱；不是旨在揭露和批判现实人心之丑恶，而是旨在以宽容和感恩之心写出生活之美好可爱。这些都是基于更宽阔的视野所能看到的安徒生童话的丰富内涵与人性意蕴。

另外值得注意的是，国外的多部安徒生传记和研究论著被译介成中文，其中苏联作家穆拉维约娃的《安徒生传》、林桦译的《安徒生自传》（2011）、《安徒生文集（全四卷）》（2005）、小啦和约翰·迪米留斯主编的《丹麦安徒生研究论文集》（1999）、伊莱亚斯·布雷斯多夫的《从丑小鸭到童话大师——安徒生的生平及著作（1805—1875）》（2005）等著作逐渐丰富了中国读者对安徒生的认识。其中詹斯·安徒生的《安徒生传》从社会、历史、文化和心理学角度，深度立体地拓展了我们对安徒生的了解，是国外安徒生研究领域的最新重要成果。

在现有的安徒生中译本里，著名作家、翻译家叶君健的全译本由于出现年代早、翻译准确、文笔优美，以及叶君健本人在中国现代文学的重要地位而广受关注，多年来深受读者的好评。叶译本甚至被认为是全世界安徒生童话译本中最杰出的成果。丹麦报纸如此评论叶君健的中译本：只有中国的译本把他（安徒生）当作一个伟大的作家和诗人来介绍给读者，保持了作者的深情、幽默感和生动活泼的形象化语言，因而是水平最高的译本。叶君健因此获得丹麦女王授予的丹麦国旗勋章。

特别值得一提的是，安徒生童话的译介对中国现代儿童文学产生了重要影响。中国现代儿童文学的产生，与五四新文化运动时期中国知识界的安徒生译介热潮有重大的关联。如前所述，知识界通过安徒生童话中的儿童本位观念反对传统儒家的三纲五常思想的束缚；鲁迅的"救救孩子"，周作人从"人的文学"进一步提出的"儿童的文学"，都试图以解救儿童为突破口，破除旧的意识。1920年，在《新青年》的大力倡导下，教育界、文化界着力于探讨对儿童教育的新途径，"呼吁人们把年幼一代从封建樊篱中解放出来"[1]。《东方杂志》《妇女杂志》及著名副刊《晨报副刊》

---

[1] 蒋风主编：《中国现代儿童文学史》，河北少年儿童出版社1987年版，第4页。

《京报副刊》等媒体纷纷发表讨论儿童文学的文章,刊登儿童文学作品。结合这一时期的民国教育改革,"儿童文学"一时成为教育界、文学界、出版界"最时髦、最新鲜、兴高采烈、提倡鼓吹"的新事物①。在这样的情境下,安徒生童话成为中国现代儿童文学的源头活水也就势所以然。"安党"们刻意选择推崇安徒生童话中的"儿童本位",推动了中国现代儿童观的确立,为真正的中国现代儿童文学打下了基础。

同时,郑振铎指出,"安徒生以他的童心与诗才开辟了一个童话天地,给文学以一个新的式样和新的珠宝"②。20世纪20年代以来,"诗心"与"童言"完美结合的安徒生"文学童话"作为"中国儿童文学建设初期的理想范式"③,成为中国儿童文学作家学习的对象与模仿的蓝本,叶君健、叶圣陶、严文井等中国现代儿童文学创作者追随安徒生,走上了"文学童话"的创作道路。20世纪50年代开始,苏联的文学社会批评方式成为国内对安徒生童话的主流批评方法,安徒生童话因此也成为以现实主义手法创作童话的范例。

从1909年"安徒生"这个名字进入中国以来,100多年的安徒生童话接受与传播史基本上是在"童心""诗意""儿童本位"与"现实性""批判性"等不同视角中展开的,其间的冷热抑或反复,皆有中国不同时期社会精神气候的折射。安徒生童话为中国儿童文学的创作者们提供了源源不断的精神滋养,中国学者大多认同安徒生"是对中国现代儿童文学产生影响最为深刻的外国作家。学习安徒生童话,是中国童话作家文学修养的一个重要内容"④。中国现代的童话深深地烙上了"安徒生印记"。今天看来,中国式童话能有这

---

① 蒋风主编:《中国现代儿童文学史》,河北少年儿童出版社1987年版,第4页。
② 郑振铎:《〈小说月报·安徒生号(上)〉卷头语》,见王泉根《中国现代儿童文学文论选》,广西人民出版社1989年版,第101页。
③ 李红叶:《安徒生童话的中国阐释》,中国和平出版社2005年版,第93页。
④ 王泉根:《中国现代儿童文学文论选》,广西人民出版社1989年版,第938页。

种"安徒生印记",于儿童于成人、于社会于文化,都是一件天大的好事。安徒生诗意的"童心"在中国这个东方古国的文化之旅,柔化了我们几代人的心灵。

第 八 章

《儿子与情人》的现代主义倾向

D. H. 劳伦斯是"处在现实主义和现代主义交叉点上的作家"①，他在20世纪英国文学和世界文学之所以能产生重大影响，无疑和他创作中存在的现代主义倾向分不开。与他同时代的著名女作家伍尔夫在评论劳伦斯时说："他并不附和任何人也不继承任何传统，他无视过去，也不理会现在，除非影响到未来。"②"不附和任何人""不继承任何传统"其实是不可能的，但其中所表现的艺术创新精神和勇气则使他的创作跨入了现代主义的行列。那么，劳伦斯小说那种超越传统的现代主义特性到底表现在哪儿呢？国内有的学者认为："正是从作品的内容上，而不是从艺术上，劳伦斯是现代主义作家。"③"劳伦斯的现代主义特征，主要并不表现在对小说形式的革新方面。"④ "说劳伦斯是现代小说家，首先因为他提出的问题，他的思想和态度基本上是现代的。"⑤ 这些论者都倾向于从内容而不是从艺术形式和内容的结合上去把握劳伦斯小说的现代主义倾向，其

---

① ［苏］伊瓦肖娃：《20世纪英国文学》，《外国文学评论》1987年第2期。
② ［英］伍尔夫：《论小说与小说家》，瞿世镜译，上海译文出版社2009年版，第68页。
③ 刘宪之：《劳伦斯选集·编者前言》，北方文艺出版社1987年版。
④ 侯维瑞：《现代英国小说史》，上海外语教育出版社1985年版，第8页。
⑤ 赵少伟：《戴·赫·劳伦斯的社会批判三部曲》，《世界文学》1981年第2期。

方法上重内容轻形式的弊陋是很明显的，因而得出的结论也难免有失偏颇。现代主义作家往往把艺术品看成一种"对准了形式的情感"，或"有意味的形式"，形式的新奇是他们孜孜以求的。当然，这种美学取向不无形式主义倾向，但从历史发展的眼光看，这种追求也毋庸置疑地蕴含了某种程度的艺术进步性。因此，我们在研究现代作家作品时，不能一味沿用以往那种重内容轻形式的研究模式。美国当代著名美学家布洛克（Gene Blocker）说："一件艺术品的价值要以它呈现某种内容的特定方式来判断。"①"特定方式"即独特的艺术形式和技巧。布洛克的主张显然有用形式分析取代内容分析的意思，这固然是走极端的，但他提倡在分析现代艺术时必须注重形式，这无疑具有合理性，对我们研究劳伦斯也有一定的启迪意义。作为处于现实主义和现代主义交叉点上的作家劳伦斯，是十分注意艺术形式的革新，他认为："新内容必须用新形式表达，沿袭过去的方法是行不通的。"② 因此，我们在研究他的作品时，只看其内容而忽视甚至无视形式技巧的现代性，是难以真正把握其现代主义倾向的。

1913年出版的长篇小说《儿子与情人》是劳伦斯的成名作，它的问世也标志着英国现代主义文学进入了全盛时期，无论在劳伦斯一生的创作中还是在英国现代文学史上，它都具有代表性和经典性。在此，笔者试图从内容与形式技巧等方面来考察它的现代主义倾向。

第一节　心灵最神秘内容的展示

劳伦斯曾说："小说，如果驾驭得当，则能展示生活中最隐秘的

---

① Gene Blocker, *Philosophy of Art*, New York: Charles Scribner's Sons, 1979, p. 16.
② ［英］D. H. 劳伦斯：《儿子与情人》，何焕群、阿良译，花城出版社1986年版，第8页。

角落。"①《儿子与情人》虽然不乏对外部世界的客观再现，但着力表现的是人的自然本能，即"心理场"而不是"物理境"。

小说主要写保罗一家人的日常生活。保罗的父亲老莫瑞尔，原先是个充满生命活力的年轻矿工。由于长年累月在暗无天日的矿井下工作，繁重的劳动、危及人身的频繁的工矿事故摧残了他的肉体；经济的贫困、家庭生活的重担，使他的精神摆脱不了忧愁和苦闷。于是，酗酒、打架、虐待妻子成了他发泄心头烦恼和忘却疲劳的途径。以后，他成了一架"工作机器"。对他妻子来说，他的"男性"已不复存在。老莫瑞尔的这种人性变异，自然导致了与妻子的感情破裂。莫瑞尔太太对丈夫除了物质生活的依赖外，渐渐地变得别无他求。她与丈夫的距离也就越来越远，而与儿子的距离越来越近，她的感情能量慢慢地从丈夫流向儿子，在儿子身上找到了在丈夫身上失去的感情。她为自己是男孩的母亲而感到兴奋与自豪；为了维护儿子，她会跟丈夫拼力争斗。在母亲这种异乎寻常的爱的控制下，儿子的心灵深处也萌生了对母亲越出常态的、下意识的爱，对父亲则厌恶乃至痛恨，希望他砸死在矿井底下。小说中写得最多的是大儿子威廉不幸夭折以后，母亲与小儿子保罗的感情纠葛以及保罗和他的两个情人米丽安与克拉拉的恋爱。在家里，保罗与母亲总是形影不离，亲密无间。母亲称保罗是"我的爱"，儿子称母亲是"小鸽子""小妇人"；母亲会因保罗不在身边而感到莫名其妙的烦躁不安，保罗则觉得只有和母亲在一起才感到快乐，这种快乐是他和情人米丽安、克拉拉在一起时无法获得的；当保罗和情人们在一起时，母亲会产生一种怨恨，总是像对待情敌一样对待她们，保罗则念念不忘母亲，不愿和情人结婚而希望永远跟母亲厮守在一起；母亲病危时，保罗取代父亲精心照料她，而此时母亲回首往事，感到最幸福的并不是她和丈夫热恋的日子，而是和保罗一起出游的时刻。由

---

① ［英］弗兰克·克默德：《劳伦斯》，胡缨译，生活·读书·新知三联书店1986年版，第23页。

于母亲那异常的对保罗的感情控制,以及保罗自身潜意识中存在的对母亲的"固恋",使他对其他女人难以产生正常的爱,所以他同米丽安与克拉拉的恋爱都以失败告终,并在心灵深处留下了一道道伤痕。母亲死后,他的身心才趋向复苏。小说为我们描写的这个家庭完全是畸形的:丈夫不是妻子的情人,父亲是儿子的情敌,母亲儿子互为情人。这一系列人物的心态都是变异的,人格都趋于分裂。

在对这些变态人物的描写中,有一点劳伦斯是认识得颇为清楚的:人物心态的变异并不像弗洛伊德的精神分析理论所说的那样,是由先天的性本能的乱伦冲动造成的,而是由后天因素对人性的压抑造成的。所以,作者通过对这个畸形家庭的描写,批判了工业文明对劳动者自然天性的摧残;这个畸形的家庭,就是那个畸形的英国资本主义工业社会的缩影。从这个意义上说,小说具有社会批判功能。

然而,更值得我们注意的是,劳伦斯在《儿子与情人》中执着探究的并不是造成人性变异、人格分裂的社会原因,而是变异了的人性、畸形的心灵世界本身,更具体地说就是人的潜意识。显然,在社会批判和心理探索的天平上,重心在后者,社会批判的内容是在探索人物心态轨迹的过程中间接地表现出来的。此外,劳伦斯在写《儿子与情人》时虽然并未受弗洛伊德理论的影响,他也并不是十分赞同弗洛伊德的观点,但作为文学家和心理学家,他们对人类心灵世界的探索和思考有异曲同工、殊途同归之妙。小说对保罗与母亲的畸形爱的描写,无疑提供了弗洛伊德所讲的"俄狄浦斯情结"的典型例证;作品中其他几个重要人物如老莫瑞尔、威廉、米丽安和克拉拉等,人格也都是趋于分裂的。所以,劳伦斯自己也说在这些人物身上找不到"老式而稳定的自我"(old stable ego)[1],而只有人格分裂的"另一种自我"。可见,小说对人物心态的描写,主要的

---

[1] James Vinson, *Great Writers of the English Language Novelists and Prose Writers*, New York: Macmillan Press, 1979, p. 708.

并不是传统现实主义作家所迷恋的那一片理性支配下的意识区域，而是非理性支配下的潜意识区域，劳伦斯致力于打开人的心灵深处的潜意识"黑箱"。因而，整部小说充满着由"灵"与"肉"的张力带来的心灵的痛苦和不安，回荡着非理性的呻吟和呼唤。对读者来说，仿佛走进了一个动荡不安的情感世界，感到困惑和迷惘。这正是现代主义文学在内容上的普遍特征。

第二节　情节的淡化和暗示性

现代小说家想要了解的主要是心灵，它被看成最基本的、最高尚的现实，决定着其余的一切。心理内容的强化，势必影响对小说外部情节的描写。现代主义作家在描写现实时无意于苦心经营一个完整自足的情节，而是借此描述心理现实。他们也不企求读者在曲折离奇的情节中获得美的享受，而是让读者步入一个崭新的艺术天地——细致地体验人的内心世界的种种变幻、颤动和跳跃。因而，现代主义小说人物的外部行动不再像传统小说那么完整连贯，而往往是无数生活片段的剪接；曲折离奇的情节让位于光怪陆离的意象、意念、幻觉和下意识。此谓"情节的淡化"。

如前所述，《儿子与情人》也有对物质环境和人与人之间关系的客观描写，但他热衷于探究的是人的心灵之奥秘。因此小说虽然还保留着传统作品的格局，描写了为数不少的人物外部活动，但其情节已失去了传统小说的节奏感、完整性和清晰度。就中心情节而言，《儿子与情人》主要写保罗的家庭生活和两次恋爱，而具体展现在读者眼前的均是日常生活的细小情节，并没有贯穿始末的中心故事。诸如：儿子与父亲的情绪对抗，妻子与丈夫的吵架，儿子与母亲的亲切交谈及愉快的郊游，保罗与米丽安不和谐的谈话及彼此内心的痛苦，保罗与克拉拉在一起时的激情荡漾及他们缺乏思想和感情交流的纯肉体结合等。对这些生活细节的描写虽然是细致真实的，但就小说外部结构形态而论，它们都缺乏通常小说那种外在意义上的逻辑线索的串接，相互间缺少合乎事理的因果联系，既不酿就激烈的外部冲突，也构不成曲折动人的中心情节，因而显得琐碎繁杂，故事的推进也使人感到拖沓缓慢。不过从小说深层结构看，或者说从人物的心态演变看，这些细小的情节都是由人物的心理逻辑贯穿起来的，意识和情绪几乎取代了它们在通常外部事理意义上的因果联系。

小说第六章中，作者用许多笔墨描写保罗和母亲的一次郊游，从情节看似乎节外生枝，其实，这是作者刻意安排的。出发之前，母子俩都喜气洋洋、十分兴奋，犹如去参加盛大的节日晚会。尤其是母亲，还作了一番打扮，穿上珍藏着的干净的靴子和一件新棉布衣，恰似一个将赴初次约会的少女。当她"有点害羞地"出现在保罗面前时，保罗高兴地说："和你这样一位优美的小妇人一起外出漫步简直是太好了。"① 在他们的眼中，这天的天气似乎格外美好，世界也"美得出奇"。路上，保罗采些勿忘我花给母亲，母亲"十分高兴"地接受了。他们来到树林，"那里到处是蓝铃花，小径上则长满了香味很浓的勿忘我花。母亲与儿子都心醉神迷了"。作者一再描写郊野那草木葱翠、鸟语花香、生意盎然的景致，在这良辰美景中，母子俩手挽手，笑语盈盈，亲密无间地畅游。作者是用描写热恋的情人嬉戏于花木丛中的视角来描写母子郊游的，这显然是在暗示母亲与儿子潜意识中那互相眷恋的隐衷。因此，母子郊游这一情节虽然与其他情节联系甚疏，但与人物的心理流变联系甚密。

此外，某些性质相似的细小情节反复出现，散见于小说各章，看似无足轻重，但用人物的心理秩序去归属，便可知它们自成一体，不无弦外之音。小说中写威廉进入恋爱年龄后，母亲十分关心他找什么样的姑娘谈情说爱，而且总是格外挑剔。威廉几次精选情人的

---

① [英] D. H. 劳伦斯：《儿子与情人》，何焕群、阿良译，花城出版社1986年版，第166页。

照片寄回家，母亲都感到不满意，不是觉得那姑娘衣服不好，就是说发式、姿态不雅。以后，她又竭力劝阻威廉同那姑娘结婚。当保罗进入恋爱年龄后，母亲同样以这种挑剔的眼光去苛求他的情人米丽安和克拉拉。尤其是对米丽安，她总抱有敌意。每逢保罗和米丽安在一起，她心里就会出现难以名状的烦躁、不安和怨恨；她三番五次地对保罗说米丽安不是他合适的对象，劝他别和对方结婚。这些描写显然不是为了表现莫瑞尔太太头脑中包办婚姻的封建意识，也不是为了表现通常母爱意义上她对儿子的关怀，而是暗示她潜意识中存在的她自己也难以理智地感觉到的"母亲的固恋"（mother fixation）。

这些细小情节是劳伦斯从人物内视角出发描写出来的，它们是人物情绪、意识的载体，是通过表现内部世界而表现出来的外部生活片段，因而具有暗示性。所以劳伦斯曾告诫读者，阅读他的小说"不都依据人物行为去推断小说的情节发展的脉络，因为人物已被安置在一种新的节奏模式中了"①。从审美效应角度看，《儿子与情人》也就趋向于人物心灵世界的审美化。对于这样的小说，一个只追求情节曲折离奇的读者，难以领略其中深微细腻的含蓄之美。

第三节　象征的神秘性

象征手法为现代主义作家所青睐，不过，现代主义作品中的象征有别于传统的现实主义和浪漫主义作品中的象征。传统的象征所使用的象征物和被象征物之间一般有明显的相似之处，寓意比较明确实在。现代主义的象征则往往把毫无关系的事物放在一起，寓意朦胧深邃乃至隐晦难懂。它不是用来表示某种明确的事物或思想，

---

① James Vinson, *Great Writers of the English Language Novelists and Prose Writers*, New York: Macmillan Press, 1979, p.708.

而是借某些有声有色有形的物象来暗示内心的微妙感受、瞬间的印象或飘忽不定的幻觉，展露人的内心隐秘。正如小说家艾略特所说："用艺术形式表现情感的唯一方法是寻找一个'客观对应物'；换句话说，是用一系列实物、场景，一连串事件来表现某种特定的情感，要做到最终形式必然是感觉经验的外部事实一旦出现，便能立刻唤起那种情感。"① 这种对感应、暗示、契合的强调和推崇，使现代主义文学的象征带上了浓厚的主观色彩和神秘性。

《儿子与情人》用多种色彩描写了令人眼花缭乱的物象，既真切动人，又含蓄隐晦，原因之一是劳伦斯运用了非传统的象征手法。

"月亮"在这部小说中频繁出现，它象征的是自然状态和潜意识意义上的"女性"，而绝不是通常意义上的女人。小说的第七章描写了保罗和米丽安的精神恋爱。就保罗而言，在他眼中的任何女性都是母亲式的，对她们只能有"灵"的要求，超出这个限度就等于冒犯了她们。因而，他真正参与恋爱的只是那理性化的自我。每当和米丽安一起散步，他就一本正经，米丽安挽他的手臂他都感到厌烦。然而，作为一个风华正茂的青年男子，他身上那自然状态的男性本能是客观存在的，不管怎样受压抑，它也总要借机外现。这天傍晚，保罗和米丽安又在一起散步，突然，保罗看到"一轮巨大的橙黄色的月亮正从沙丘上探出头来望着他们"，顿时，"他体内的血似乎要吐出火焰，呼吸也感到困难"，"他纹丝不动地站在那里，目不转睛地盯着那红色的大球，它是无边无际的黑暗中唯一的物体。他的心猛烈地跳动，他手上的肌肉在热血沸腾，全身紧张得直抽搐"。这里，保罗之所以全身紧张、热血沸腾，是因为他身上那被劳伦斯喻为"独角马兽"的自然本能的苏醒并猛烈地向外奔突；唤醒这只"独角马兽"的是"月亮"，而不是身边的那个活生生的年轻女郎米丽安。所以，是"月亮"的突然出现——其实它的出现不可能是突

---

① [英]托·斯·艾略特：《传统与个人才能：艾略特文集·论文》，卞之琳、李赋宁等译，上海译文出版社2012年版，第180页。

然的，只是因为保罗潜意识能量突然外泄时神智的顿悟造成的——才真正使保罗身上自然本能的"男性"与女性有了沟通交流，当然，这是在潜意识中进行的。因此，如果把"月亮"看作传统意义上的象征，那就无法理解保罗的特殊心态。

和"月亮"相对应，"太阳"象征着自然状态和潜意识意义上的"男性"。小说第一章写莫瑞尔太太对丈夫充满了怨愤，她昔日对丈夫的那种幻想破灭了，对"男性"的欲求也深深地退回内心。这天傍晚，她怀抱着刚出世的保罗，带着失望的心情坐在门口的干草堆上观赏夕阳斜照下的郊野。"太阳"正在西沉，它是鲜红色的，染红了西天，也染红了山峦和田野。莫瑞尔太太凝视着那红彤彤的火球，良久，在这最静谧的时刻，她"重新看到自己"了，随即，"她对孩子涌起了一阵爱的激情，把他紧紧地贴在胸口，贴在脸上"，她觉得"孩子和她连在一起的脐带还未切断"！接着，当"她又一次地意识到红日正挂在对面的山边"时，突然把手中的孩子举了起来说："看吧，看吧，我可爱的孩子！"莫瑞尔太太的感觉和动作近乎歇斯底里，显然是潜意识中对男性的欲求顿时萌动的表征，勾起这种萌动的则是"太阳"。由于她对丈夫早已失去了爱也失去了欲求，所以，作者借她对孩子的反常举动来暗示她对男性的欲求在"太阳"这个中介物的作用下顷刻间转向了儿子，正是这种自然欲求的转移才形成了她的"恋子情结"。显然，这"太阳"是人的某种心灵隐秘的对应物，而不是传统意义上的象征物。

小说还描写了名目繁多的花，表面来看，它们和传统文学中描写的花差不多，其实不然。因为，虽然有些花的象征意义还是可以推敲出来的，如向日葵象征自然生命力、百合花象征母爱、勿忘我象征忠贞不渝的爱情等，但劳伦斯在描写这些花时，并不停留在某种具体明确的象征意义上，而是用来表现物我之间的交流，表现人物的心灵在自然力启迪下的某种感悟，展示特定环境中人物在神智活动以外的心态、情绪和意识的细微变化。因此，这些花往往是心灵与自然的契合物，具有传统文学不曾赋予的美学特征。

米丽安特别爱花,一天,他和保罗去野外采花,在一处野草丛中,她突然发现了要找的那种玫瑰花:

> 一簇簇白玫瑰宛如凸起的象牙,宛如散落的星斗在昏暗的树叶与草木中闪烁……她望着自己的花。它们洁白无瑕,有些向内卷曲,显得那么圣洁;另一些又向外伸展,好像欣喜若狂。那棵树却黑得只剩下影子。她感情冲动地向花朵举起手,然后向前崇敬地触摸它们。

玫瑰花通常象征热烈的爱情,在玫瑰花的触动下,米丽安春心萌动,心中荡起了爱的激情。但作者描写的是白玫瑰,这种着色不是无匠心的。红色玫瑰,在西方人眼中常常是性的代名词。因此,这里用白色玫瑰暗示了米丽安的爱是滤去了人的本能欲求的、精神的、修女式的爱,她心灵中荡起的那一股激情也是"灵"化了的。此外,玫瑰花拨动了米丽安的心弦,沟通了物我之间的情感交流和感应。

与此相仿,当病危的莫瑞尔太太回家后,第一眼看到的是门前盛开的向日葵。这里并不是用传统意义上象征生命力的向日葵来反衬莫瑞尔太太行将熄灭的生命之火,而是用它激起莫瑞尔太太的心理波动,让她的心灵与自然交流,并以之暗示她心灵深处朦胧的、处于理性与非理性之间的意识内容——向往生活,向往生命的活力,向往生机勃勃的大自然。

还值得一提的是,《儿子与情人》中除了大量描写象征性的自然物象外,有的人物形象也被赋予特殊的象征意蕴。例如,米丽安和克拉拉实际上分别是"灵"的女性与"肉"的女性的象征物,两人合在一起才构成了自然、和谐、完整的女性。所以,在恋爱的过程中,米丽安与克拉拉都没能使保罗的"灵"与"肉"进入和谐完美的境界。和米丽安在一起,他内心充满的是因本能受压抑而导致的烦躁、痛苦与怨恨；和克拉拉在一起，他内心充满的则是由情欲的冲动所造成的骚动不安及情欲满足后的空虚、迷惑与痛苦。出于表现特殊象征意义的需要，劳伦斯在这两个女性身上落笔的侧重点是不一致的。对米丽安的描写侧重于她的清心寡欲、对上帝的虔诚、对自然物的溺爱，突出"灵"的内容；对克拉拉的描写侧重于她外在体形的健美，以揭示她身上蕴藏着强大的生命力，突出"肉"的内容。这里我们不妨举一段描写克拉拉外形的文字，来体味作者在这个人物身上寄托的象征意蕴：

> 她穿一件晚礼服式裙子，露出手臂、脖颈和部分胸脯……他（指保罗）坐在她美丽和裸露的手臂旁，望着她那健美的喉部从健美的胸部挺起，看着她绿裙子盖着的乳峰，以及被紧身服裹住的肢体优雅的曲线。

像这样的描写据笔者统计约有十七次之多，每次都是从保罗的视角出发的。保罗每看到健美的克拉拉，总有一种激情在体内回荡，即"独角马兽"的奔突。而这种情形是他和米丽安在一起时所罕见的，因为作为"灵"与"肉"的象征物，米丽安与克拉拉在保罗身上激起的心理内容是不一样的。

无论是在自然物象还是人物形象的象征性描写上，劳伦斯都用新的美学原则加以"点化"，因而，其作品不无现代主义文学抽象、朦胧、神秘的特点。

第四节　语言的意象化

小说是通过语言媒介来建构不同形态的艺术世界的，因而，不同形式的小说在语言上也具有不同的美学特征。现实主义小说从外视角观照社会形态和社会中的人，所再现的物象、环境是物质化的，其语言呈纪实性和客观描述性特点。浪漫主义小说从内视角表现人的情感、观念、思想，所描绘的物象和环境是情感化、理想化的，其语言呈抒情性和物象描绘的主观性特点。现代主义小说同浪漫主义小说在从内视角表现人的情感、观念这一点上是有相似之处的，但前者由于强调用直觉去把握和观照自然世界和社会，语言的叙述和描写不注重抒情性，而追求主体感受过程中最初的感觉和体验。众多的物象常常在人物主观情绪、意念的连缀下构成朦胧的意象，语言表现也就趋于感官化、具象化，从这点上看，现代主义小说的语言是意象化的，具有诗的意蕴。用这种语言描绘的物象、环境，其客观真实性减弱，而主观感悟性、体验性和心理真实性增强。

《儿子与情人》语言的描述性、客观性依然存在，但意象化的趋向是十分明显的。在第一章中，老莫瑞尔酒后夜归，同妻子发生了第一次尖锐的冲突，并把她逐出门外。怀孕的莫瑞尔太太带着满腔委屈，来到月光照耀下花香袭人的野外：

  八月之夜的月亮又大又圆，高高挂在天空……长得高高的百合花在月光下摇曳起舞，空气中弥漫着它们的芳香，仿佛它们的鬼魂在飘荡。莫瑞尔太太由于惊恐而轻轻地喘着气。她伸手去抚摸那又大又白的花瓣，不禁有点发抖。月光下它们似乎在伸懒腰，她把手指伸进其中一叶花瓣里。在月光下，她手指上的金黄色花粉似乎难以辨认。她弯下腰细看那花蕊上的花粉，但像灰似的。她深深地吸了一口花香，那味使她几乎晕眩……她本人就像花一样化成了气体。过了一会儿，腹中的胎儿也在月光下和她一起与月色融为一体。

这是一个诗化了的意蕴世界，语言有纪实性特点，但突出的是意象化特点，主观的感悟性、体验性十分明显。它表达的是人物在自然物的拨动下同自然物象之间的契合与感应：优美的百合花与莫瑞尔太太心灵中流动的母爱以及她对生命力的向往和对美的追求；孕育着生命的金黄色的花粉与莫瑞尔太太腹中的胎儿；明媚的月光与莫瑞尔太太潜意识中萌动的女性自然本能，这些从而构成了一个模糊的整体意象。作者主要想陈述的不是莫瑞尔太太在看花、摸花这个客观事实，而是她在这特定情境中的心理波动、心灵与自然的感应。因而，所展现的物境是主观化、心灵化了的。它真切地外化出莫瑞尔太太那依稀迷离、难以名状的情绪、意识的流变，传达出她生命纤维的细微颤动。因此，纯理性的分析往往难以揭示这段文字中隐藏的奥秘。

同样耐人寻味的另一段文字更带有主观感悟性特点。和克拉拉如胶似漆地相处了一段时间后，保罗在肉欲上得到了满足，因而渐渐地对她失去了先前那种狂热，并对她那无休止的欲求感到厌烦。他不理解为什么克拉拉那么紧紧地追逐他，而自己则既讨厌她又离不开她，因此，克拉拉成了他无法猜透的谜，忧虑与困惑萦绕于他心头。这天早晨，他站在海滩上凝视着克拉拉投身大海游泳的情景：

> 她的皮肤白白的，像丝绒般光滑，两肩圆润……她拖着丰满的身体踏过像丝绒一般柔软的沙子……她变得越来越小，甚至难辨了，只像一只大白鸟在向前艰难地走动。
>
> 她非常缓慢地穿越那片宽阔的哗哗作响的海岸，不久她便从他的视线中消失了。她被炫目的阳光隐没到视线之外，但他又找到了她，像一个扣子的小白点在白色的海边移动。

白色的克拉拉、白色的沙滩、白色的大鸟和白色的海水构成了一组白色的意象。这里，作者主要不是想再现克拉拉去游泳这个客观事实和大海的美景，呈现在我们面前的不是一幅现实主义的写实画，而是现代主义的印象画，是作者调动视觉、触觉、听觉、幻觉等多种感觉元素，用意象化的语言勾勒出来的。它外现出保罗在神智微弱而直觉感悟灵敏时那虚幻模糊的心理内容：在白茫茫永恒的大海中，她是渺小的、短暂的，像海中的一粒沙子，又像海水中的一个泡沫；她那永无满足的肉体也仿佛只是一个一闪而过的幻影；她不是他要追求的东西。当述诸文字时，这一心理内容似乎清清楚楚，其实，保罗乃至劳伦斯自己也未必如此清楚地意识到，这就是意象化语言的独特性。因此，读者在阅读这段文字时，也只有调动理智、调动多种感觉元素去感悟，才能真正在审美的层次上把握其蕴含的心理内容。以上分析告诉我们，劳伦斯的《儿子与情人》无论在内容还是形式技巧上，都具有明显的现代主义倾向，内容和形式是趋于统一的。事实上，离开了形式技巧的现代性，又怎么谈得上内容的现代主义倾向呢？

第 九 章

劳伦斯《虹》的多重复合式叙述结构[①]

第一节 外部现实与内在历程的"对位"关系

为了突破传统叙事的某些陈旧格局，拓展小说的艺术表现力，像 19 世纪以来一些作家所努力的那样，《虹》艺术地实践了多重复合式叙事方法，其中最基本的是内视角的强化与外视角的集约相结合的复合结构。在这部小说中，劳伦斯以极大的热情把笔墨倾注于人物的心态、情绪或情感的流动，以至在相当多的地方，外部世界仿佛只成了背景式的陪衬，但他仍然要不由自主地时不时在这个人物内在流动中打开几个"缺口"，跳回到小说的外部现实当中去。正像韦恩·布思在他的《小说修辞学》中所指出的那样，完全写实、作者消亡的小说是很难实现的；与之相仿，完全靠心理分析和内心的意象呈现建构一部篇制规模较大的作品，几乎也是不可能的。小

[①] 本章与灵剑合作。

说高强度的内倾化，甚至对外部世界作背景式的处理，固然强烈显示了小说开掘人物心理的力度，但从反方向看，小说中那些有限的外部现实也就变得极为必要了。前者愈是要淡化后者，后者便愈显得不可忽视，因为对有限的外部现实的着墨，保证了小说情节必要连贯的"能见度"，并且外部的新变化对人物的内心嬗变又是一个新的推动。内变引起外变，外变亦能激发内变，双方相互作用，因而《虹》这部小说中有限的外部现实与丰富的内在历程处于"对位"关系之中，两者虽有偏倚，但绝不是可以任意省掉其一的——它们各自不同，相互激发，共同唱出统一的小说主题。

人物视点交叉移位的复合是该小说另一个基本的复合式叙述结构。现代小说为了摆脱传统的"全知全能"式的叙述所带来的缺乏真实性和审美单调的局限，常常寻求一种新的叙事方法，通过视点转换，大胆切入人物丰富的内心世界，从而把叙述的灵活方便和统摄内容的能力优势，与后者的真实性、无限丰富性结合起来。一种办法是，人物"各自以对方为审视对象；经过直觉映象，内心感应，审美判断，感情的对象化"[1] 呈现出各个人物丰富、细致的内心世界。另一种办法是，人物以内心独白、意识流动的方式将各自的内涵展示出来。劳伦斯在他的小说《虹》中则同时兼用了人物"对视"与意识流的方法，但他用得最多的还是大量的、令人喘不过来的"作者叙述"。在这种被认为老式的叙述形式中，他注入了新的内容：大量的心理分析和展示心理的意象呈现。从这一点上说，劳伦斯在艺术的向度上同时拥抱了传统与创新。这种"作者叙述"已大大不同于传统叙事中的作者外在叙述，它不断通过人物视点的交叉转换植入人物的内在之中。如果说现代小说的"向内转"在乔伊

---

[1] 张德林：《现代小说美学》，湖南文艺出版社1987年版，第137页。在该著中，张德林先生仅提及人物双方对视（即甲方观察乙方，乙方观察甲方）这一视点交叉转换方式，笔者以为尚嫌不足，还应包括不同人物内心独白与意识流的视点转换方式。前者需要不同的人物同时在场，而后者则未必，它更具有时空上的灵活性，因而亦更具有小说方法的现代意义。

斯他们那里是通过全新的创造得以实现的,那么,劳伦斯则是在旧的阴影下以自己的方式实践着小说的现代嬗变的。

  与上面两种复合形式相辅,《虹》还运用了另一形式的复合式叙述结构,即小说常规叙述与"非小说性的类"的复合。捷克知名作家米兰·昆德拉在他的《关于结构艺术的谈话》一文中,在论及奥地利作家布洛赫的《梦游人》时曾提到这种复合。他非常欣赏布洛赫在该小说中把报道、诗与论文这些"非小说性的类"合并在小说类型当中,认为"这是布洛赫的革命性创举"[1]。布洛赫的这部小说完成于希特勒上台(1933年)之际,劳伦斯的小说《虹》则问世于1915年。这里,笔者无意于对昆德拉的这一判定提出异议,因为事实上,对这个复合叙述结构的运作,布洛赫要比劳伦斯走得远一些;但劳伦斯在《虹》这部小说中大胆切入了大量的诗歌意象与论文式的大篇幅分析,不能不说他在现代小说艺术的创造中相当超前。我们无须为此提出"抽样化验"式的例证,因为在这部小说里,这样的形式介入实在是太多了。并且,劳伦斯常常把诗的意象与论文式分析融合起来,使之成为诗化的论说。在这部小说里,大量诗美质体的介入,包括随机象征与超验象征[2]的运用,以及大篇大篇的论说式分析,成为对小说叙事常规的异质反弹,并与小说的叙事常规构成贯穿于小说的复合式叙述。这种复合式叙述中"非小说性的类"的介入,大大开拓了小说对其他艺术种类的包容性,激活了创作,非常有助于小说对男女两性内在本质的开掘。艺术常常就是这样打破自己从而获得自身发展的。

  基于这些复合式叙述结构的多重运用,《虹》在艺术上倾向了现代,丰富了自身的表现能力。(A)内视角的强化和外视角的笔墨浓

---

  [1] [捷]米兰·昆德拉:《小说的艺术》,孟湄译,生活·读书·新知三联书店1992年版,第71页。
  [2] [英]查尔斯·查德威克:《象征主义》,郭洋生译,花山文艺出版社1989年版,第3页。超验象征指具体意象不用作人物"身上独特的思想感情"的对象化,"而是用作一个广阔且笼统的理想世界的象征符号"。随机象征则与之相对。

缩（集约）从两个相对的面上合力构建出了统一于小说始终的两性主题；（B）人物视点的交叉移位使作者能便捷地面对每一个人物，让人物表现出作者所要授意的思想和行为，从而成功地描画出各个人物的"不同"；（C）小说叙事中大量诗美质体和论文式大篇幅分析的介入，从具象和抽象两个侧面深入了人物内心的幽微之处。这些形式的复合叙述激活了创作、深化了内容，给《虹》总体上的传统叙事格局中注入相当的现代性。从这一点上说，"方法创造了意义的可能性"[①]，甚至意义本身。但这些复合毕竟更多地属于方法意义的东西，更多地属于形式本身。虽然形式在一定意义上即内容，与内容血肉不可分离，但如果有意识地剥离这一层面，作为情节淡化、结构趋于松散的现代小说，是否还有一种深深切入小说内质的内在稳固性呢？关于这种内在结构的稳固性，在《虹》中我们寻到了一种更内在的复合结构，即作为小说内质的类意义上的复合结构，一种更倾向于内容的复合结构。

第二节 复合式叙述的意义旨归

现代小说在一定程度上打破了传统叙事对情节的起承转合、外在的有条不紊的追求，使自己的主观性大大增强，情节趋向淡化，结构趋向松散。新的混乱需要更内在的秩序去统一、稳定，需要一种更趋向于小说内质的内在稳固性。这是现代小说自身确立的要求。另外，从小说作为一种艺术地把握世界存在的方式来看，也需要小说内在的这种统一性。米兰·昆德拉曾饶有兴味地谈到这个问题：小说为了追求对现代世界存在的复杂性的把握，同时又"不丧失其

[①] [美]华莱士·马丁：《当代叙事学》，伍晓明译，北京大学出版社1990年版，第61页。

建筑结构的清晰明确"①，他提出，"必须有一种彻底剥离（depouillement radical）式的新艺术"②。他举了音乐上的例子。他所谈的这种"新艺术"实际上即小说内质的不同类意义之间的复合。这种复合把小说外在的松散统一起来，"永远直接地走向事情的中心"③，即主题。它给混乱以秩序，保证小说的内在走向，非常有助于小说深刻反映世界存在的本质。

在《虹》这部小说里，我们可以找到类似于昆德拉所说的那种"复合"，也即本文所谈的复合式叙述结构。现在我们把整部小说分成三个部分：一个短篇，一个稍长于此的中短篇，一个中篇；与这三部分相对应的，是各组男女主人公之间的情爱历程。这是小说的主线。它紧紧围绕着两性交合的主题层层追问：两性之间的真正之"虹"到底是什么？在主线展开、向前推进的同时，有几条副线也次第展开并向前推进，从而构成小说的内在复合式叙述。在这里值得一说的是，小说的复合式叙述难以严格做到音乐式复合的程度，即各个音部的同时展开与递进，因为小说这张嘴不能同时发两类音，它只能以交叉迂回的方式，有间断地把两种或数种音部逐步展开。每一类有间断的音部，只在我们大体完成阅读之后，方有可能把各个相关的线头连缀起来，形成若干条明暗不同的线索，才能综合成小说意义上的复合式叙述结构。现在我们列出《虹》的内在复合式叙述结构的各条线索：

（1）主线，即各组男女主人公之间的情爱历程；

（2）父女之间的情感历程：布兰文—安娜；威廉—厄秀拉；

（3）母女之间的情感历程：莉迪娅—安娜；安娜—厄秀拉；

（4）男主人公系列（布兰文、威廉与安东）与小说中处于背景式或从属地位的各个人物发生的联系，即下图中（a）、（b）、（c）；

---

① ［捷］米兰·昆德拉：《小说的艺术》，孟湄译，生活·读书·新知三联书店1992年版，第67页。

② 同上。

③ 同上书，第68页。

（5）女主人公系列（莉迪娅、安娜与厄秀拉）与小说中处于背景式或从属地位的各个人物发生的联系，即下图中（d）、（e）、（f）。

现在我们可以完整地画出存在于这部小说中的、具有统摄小说纷繁内在能力的复合结构图式：

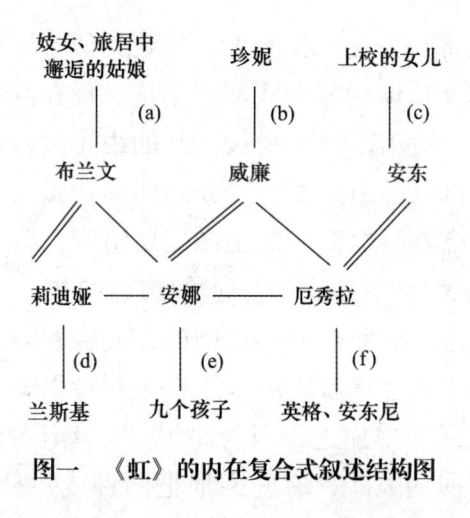

```
    妓女、旅居中              珍妮           上校的女儿
    邂逅的姑娘
         |                     |                |
        (a)                   (b)              (c)
         |                     |                |
       布兰文                 威廉              安东
         ‖                     ‖ ‖              ‖
       莉迪娅 ——— 安娜 ——— 厄秀拉
         |                     |                |
        (d)                   (e)              (f)
         |                     |                |
       兰斯基               九个孩子         英格、安东尼
```

图一　《虹》的内在复合式叙述结构图

三条主线（图中用双线加以突出）与四条副线构成了这个复合式结构。这种复合式叙述结构能把作为小说的中心元素——"人"在不同层次上联系起来，因而它便从根本上有别于形式意义上的复合式叙述结构；它更倾向于内容，即小说的内质。在这里，本文无意于对这部小说的结构艺术作后加式的、追求表面精致的花样图解。事实上，小说的真正意图还是要回到它的内在意义上去，按昆德拉的讲法，就是要对存在进行质疑——表示看法。探究这篇小说的内在复合式结构图式，其根本旨归亦在于此。

因而我们必须首先回到小说性与爱的主题上去。在这部小说中，劳伦斯以自己极其见长的叙述不厌其烦地展露了两性之间不断的交合与分离，即"合力运动"与"分力运动"的反复交替，其根本目的是探求两性之间真正的谐和之所在，从而去寻求他所认为的生命真正的安宁之归宿。读他的《性与可爱》与《爱情》这两篇随笔式文章，非常有助于我们深味他的创作旨归。他的前一篇文章的中心所论：性即美本身。他说："如果你憎恨性，你就是憎恨美。如果你爱上了有生命的美，你就在敬重性。"① 在这里，别忘了一个极其重要的修饰语，即"有生命的"。劳伦斯认为，只有具有生命活力的性本身才是美的。在这篇文章中，劳伦斯就以调侃的口吻，嘲讽了不具活力或抱有纯粹社会性、商业性目的的性。他给自己笔下的纯朴青年布兰文也倾注了类似的意识。在布兰文19岁那年，一次酒醉之后，他被一妓女引诱发生了初次的肉体交合，但这并没给他带来满足，相反，使他在相当一段时间内陷于"淡淡的愤怒"和失落之中。在这里，一个根本的东西就是他意识到那种肉体交合几乎是纯粹占有式或机械式的，这使他感到极为恶心。与这种失落相对抗，他的心里苏醒了一种对性之美的热情。这种热情，在他旅居特罗克时与一个姑娘的浪漫邂逅当中得到了加温、燃烧，并最后在莉迪娅那里得到了大体的实现。除了布兰文，小说在其他主人公身上都一一注入了性美的生命内涵，因而，对富有生命活力的性的积极肯定也就成了这部小说的一个基本题义。

劳伦斯在他的另一篇文章《爱情》中阐述了另一个重要的命题：爱情的两重性命题。他认为若是完整的爱，必须追求"神圣和世俗的统一"②。仅仅只是世俗的性满足，将易导致满足之后更长的空虚；仅仅只是神圣的兄弟般的人伦关系，则将导致生命激情的消退，性之美的衰竭。因而，完整的爱两者缺一不可：它们必须调和起来，才能使我们既是具体的、激情的，又是抽象的、超越的；两者融而为一，使肉体与精神都得到安妥。小说中的波兰妇人莉迪娅尤其强烈地体验到这一点。她从前夫兰斯基那里得到的几乎是纯粹被思想

---

① [英] D. H. 劳伦斯：《安宁的现实——劳伦斯哲理散文选》，姚暨荣译，生活·读书·新知上海三联书店1992年版，第3页。

② 同上书，第15页。

与社会责任所占有了的生活——她随兰斯基疲于奔命，几乎成了他的社会行动的影子。后来，她从善良、富于自然人性的布兰文那里得到了应有的性与美的交融，但这种爱在她看来仍然是不完整的，因为在精神上她与布兰文无法处于对等交流的位置。好在布兰文的优良品性在一定程度上弥补了这种不足，给了孤独的莉迪娅以相当的慰藉。在《爱情》一文中，劳伦斯还提到了一个相当重要的东西：爱即创造，即过程本身。在这个世界上，除了时间、空间（还包括死亡）是永恒的之外，还有什么是永恒的呢？他认为爱从来不是静止的永恒，只是投入不断的创造，才能使它长存——"我们所认识的爱的上帝，就是爱的力量的不断发展"[①]。这无疑是一种极为清醒、现实的爱情态度。在这里，为了更准确地完善这一观点，我们在"创造"一词之前加上"对等的"这一修饰语：爱即对等的创造。我们在布兰文与莉迪娅之间发现了不谐音：他们缺少心灵之间的大体对等的爱的创造。对等的激发与创造，会产生爱的双方相互的激活，从而使爱统一到更高的境界中去。

综合上述观点，我们可以对两性之"虹"做出较为全面的解释：其一是性、美交融之爱；其二是"神圣与世俗的统一"之爱；其三是对等创造的持久之爱。其一是基本；其二是基于其一的更高一级；其三则是爱的理想形式，它是最高的彩虹，"耸立在大地之上"。这些均是这部小说的主题范畴。

在这部小说的内在复合式叙述结构中，主线无疑担任着揭示主题的重任。布兰文与莉迪娅的情爱，基本上尚能超越性之爱，达到一定的"神圣与世俗的统一"之爱。他们最后能够过上一种相互宽容、两体交融的生活，也是一种对存在之欠缺的超越，这是难能可贵的，因为在芸芸众生当中，若能以此为归宿并身体力行，已是一种较为现实的美满了。威廉与安娜之间虽经历了无数次的分分合合，

[①] ［英］D. H. 劳伦斯：《安宁的现实——劳伦斯哲理散文选》，姚暨荣译，生活·读书·新知上海三联书店1992年版，第23页。

但他们尚能最后以各自的有限度牺牲为代价保持一定层次的两性平衡。可以说，以上两代均在一定程度上构建了他们的两性之"虹"，但这并不否认他们之间的某种悲剧意味的存在。第一代人主要的悲剧性是因两性之间的落差导致他们难以达成较深层次的交流，以至他们一辈子都成了陌生人。第二代人的悲剧性在于安娜的个体独立要求与威廉的统一、绝对精神乃至男权意志之间的人格矛盾，由于双方难以沟通，最后只好以妥协的方式（不失为一种办法）稳定下来，但两人则在另一层次上成为陌生人。性、美交融之爱在安东与厄秀拉那里也表现得相当淋漓尽致。从厄秀拉身上，我们更能看到她对爱的理想形式的强烈追求，在这方面，她大大地超过了她的前辈们。她那大胆的个性自由，对社会、宗教、教育乃至战争的强烈批判意识，反社会倾向和寻求生命的激情与心灵归宿，无不显示了她强烈的主体特征。她无疑是小说男女主人公系列中的最为突出者。她与安东之间的悲剧性根源在于安东无法实现与她的对等创造。他倾向于社会，而她倾向于生命内在，这是一种更高形式的人本层次上的冲突。他们之间的陌生，主要是安东在生命认识上难以与厄秀拉持平。当他希望用结婚的方式尽早完全地"把握"她却遭到她的反对时，他便无法自持，最后以畏缩、失败的情绪转向上校的女儿，很快达成了他所理解的意义范围内的婚姻。厄秀拉的悲剧是更高层次的失落。小说的这条主线不仅揭示了两性之间不同层次的情爱交融，同时从一个反向的角度揭示了两性之间的陌生主题，即情爱双方相互激发、对等创造、实现持久平衡、进入高一级生命和谐的困难——这两方面如同一个圆的两半部分，合成一个相对完整的小说主题。

抛开主线，我们注意到一条比较突出的副线：布兰文与安娜；威廉与厄秀拉。这是一条两代父女之间的情感嬗变脉络。小说对这一特殊两性关系所揭示的，实际上已超越了家常的人伦内涵。父女之间超乎寻常的微妙关系，一方面显示了大人对自身无法完全满足的情爱欲望的"移情"，实质则反映了他们在一定层次上对爱的无能为力；另一方面为下一辈的成长做了情感内容的铺垫——她们最后总要超越这种极有局限性的父女之爱，去寻找新的世界，去寻找真正属于自己的"上帝的儿子"。这条副线在意义上有自己的相对独立性，但总体上还是指向主题的：揭示大人对爱的某种无能和女性成长的前期心理。与这条副线相比，莉迪娅与安娜、安娜与厄秀拉，这两代母女之间这条情感脉络相对比较弱一些。小说对两代母女之间关系的揭示有一个共同点是：女儿对母亲总会产生一种微妙的嫉恨心理。作者仿佛在有意强调一种孩子中心式的恋父斥母情结。女儿对母亲的这种对立，到了厄秀拉那里，又加入了新的内容：由于她对两性情感生活抱有更高的理想追求，她对母亲这种纯生儿育女式的旺盛生殖力便产生极度的怀疑与反感。这条线既向我们提供了孩子中心式的情感世界，又为我们揭开了人物发展（尤其是厄秀拉）的前奏，它既有自己一定的相对独立意义，又在一定程度上指向中心人物的创造，因而是整体复合式叙述结构中一个不可疏忽的音部。

在图中，我们注意到，父与女、母与女之间的两条情感线索与小说的主线构成相对独立的三角模式。这个三角模式在小说的第一部分、第二部分是完整的，进入第三部分时，由于安东与厄秀拉事实上未能结合，导致了小说存在事实的断裂，也就打破了前两个部分中的完整模式。与其说这种断裂是为了展开下一部小说《爱恋中的女人》，不如说这是作者情节处理的明智。因为惯性的复沓总是让人不大舒服，更何况这种结尾其实是一种敞开式的结尾。这种断裂，小说的未完成形式，其实是一种对两性情爱之虹的深沉发问：两性之间真正的相互平衡、对等激发与创造及高度的和谐到底在哪里？可以说，这是一个发问式的结尾。

在这个三角模式之外，还存在两大人物系列，它们分别与男女主人公系列发生对应关系（见图一）。在小说中，他们的存在是背景式的或至少是处于从属地位的。这两条处于外围的人物脉络均与中心人物的内涵揭示有一定的联系，现简析如下。(a) 布兰文在认识莉迪娅之前与一位妓女的纯肉体交合，和他在旅居特罗克时与一位妙龄姑娘的浪漫邂逅，前后分别产生的失落感和性美初步感受，从两个侧面共同激起了他对神秘的性的美好遐想，以至他路遇莉迪娅这个异国寡妇后便在冥冥之中产生了一种强烈的心理感受。（b）威廉在无法达到与安娜的和谐一体后，在极度苦恼中，对一位姑娘（珍妮）的掠夺式性挑逗，显示了他对更高层次的爱的无能和极度惶惑。（c）类似地，安东在无法实现与厄秀拉的爱情对等后舍此而求次，与上校的女儿以极快的速度婚配，也反映了他的无能为力。妓女、邂逅于特罗克的那位姑娘、珍妮、上校的女儿这些系列人物与男主人公们的关系，都展示了男主人公们的某个心理层面。前者的存在意义在小说目的上指向后者。同样，兰斯基、安娜的九个孩子、英格与安东尼这些系列人物与女主人公们的关系，也均展示了女主人公们的一定心理层面，其存在意义指向后者。（d）兰斯基是莉迪娅的半个世界，他代表着思想和社会行动，布兰文则是另一半世界，他代表着人的自然属性和善良品性，兰斯基和布兰文这两个男人共同"综合"了莉迪娅完整的情爱体验，即爱必须是社会性与美的自然属性的统一，虽然她并没有用这样的术语表达出来。（e）安娜在性与生殖活动中，把自己的个性自由本质逐步泯灭于不厌其烦的马拉松式的生儿育女当中。九个孩子是她所认定的创造力（生殖力的同义语）的对象化。在儿女成群、嘈杂日常的家庭生活中，她几乎忘却了外在的现实世界。（f）厄秀拉与女教师英格的同性之恋，反映了她对肉体交融的需求，但这种无法得到满足的同性接触使她根本不能持之以久。在后来与安东尼的接触中，她虽隐隐感到奇妙的快感，但这种快感并没有足够力量促使她答应安东尼的求婚，因为她所希望的是精神与肉体的交融，她却感到自己是一个孤立的生物，生活在她自己获得的感官满足之中。后来安东的重临，才使她下定投身于生命激情的决心，虽然其结局是以悲剧告终。英格、安东尼、安东与厄秀拉的关系活动，均在各自的层次上揭开了厄秀拉的人物内涵。

现在我们可以综观整个小说内在的复合式叙述结构：（1）主线是处于一一对应关系中的男女主人公之间的性与情感生活历程，它直接揭示小说的两性主题，勾勒出活生生的两性不断交融与冲突的生活图景；（2）父女、母女两条副线既展现了孩子中心式的情感世界，有相对独立意义，又拓展了中心人物的内涵，与主线密切相关；（3）两条外围线索的意义均在于对中心人物的创造，它们是用自己的声部唱出中心人物的内在之音；（4）几条线索在小说中反复交叉、延伸，形成小说内部多层次的建筑结构，把小说表面的情节松散统一起来，达成小说内质的不同类意义上的复合结构。这种复合结构，不是纯技巧的运作，它更倾向于内容本身。它直入小说纷繁事实的内心，把存在中的各式人物联系起来，形成多种类意义上的对位，对小说的纷繁事实予以不断整合，完成对小说个体自身特殊性的建构。它与一般方法意义上的复调不可同日而语，因为它强调的是小说内质的独特性，而非方法意义上的普遍适用性。

第 十 章

劳伦斯《爱恋中的女人》的深度对话[①]

第一节 从作者叙述分析到戏剧呈现

劳伦斯以精于心理分析的写作才情,完成了他那部被人们不无戏谑地称为"性爱调整史录"的长篇小说《虹》之后,在着手创作它的续篇《爱恋中的女人》时,他仿佛要有意做一下写作姿势的调整,试图从冗长、烦琐的叙述分析中摆脱出来,把目光移向人物之间的对话。读劳伦斯的后一部小说,我们仿佛时时置身于一张人物对话的圆桌旁。这张对话圆桌或被置于前往伦敦的火车上,或被置于威利湖边的山毛榉树林里,或被置于北欧大陆的雪山之中……两个、三个或者更多的人物,变换着坐在一起,谈论着他们的话题。随着一个又一个对话场次的连续更替,我们渐渐感受到各个不同生命的精神向度和情感内涵,性、爱、人类、物质、婚姻、意志、自由等构成在所有对话之上的主题词。

在这部作品中,劳伦斯又一次打破了传统小说情节的连贯性与圆

[①] 本章与灵剑合作。

熟，整部作品看起来就是几十个生活场面的并置或堆砌。这部看来表层结构松散、叙事情节琐碎的现代小说实则具有内在结构的稳固性。在面对传统小说时，我们常常习惯于切分故事的阶段性发展，厘清情节嬗变的主线与支干，以找到文本结构的脉络与层次，但这种办法到了《爱恋中的女人》之类的小说那里，变得苍白无力。也许最终的可行办法是必须紧紧抓住小说的中心元素——人，寻找不同人物之间外在与内在的联系，以确定小说中隐含的结构稳固性。在这部小说中，对话是重要的小说方式。人物的对话大体可以分为两大类型：一类是常规性的对话类型，如人物之间的应酬等一般性日常会话，或者是出于一般性叙事的需要所展示的对话情节等，这一类对话一般意义浅显，纯属交际需要，其意义不指向小说的基本题义；另一类则是直逼或直入生命存在的对话类型，笔者称之为"深度对话"。小说中厄秀拉、伯基、古德兰、吉拉尔德、赫米奥恩、勒尔克这六位主体人物之间的对话，相当比例上就是这种直入生命存在型的深度对话：他们或直接发表对性、爱、婚姻、意志、自由、人类现实的看法，或在对一人、一事的具体见解中呈现出各自的精神世界状况。正是这种深度对话的小说方式，成了人物之间发生深层联系的重要纽带，虽然小说中人物对话的场次频繁，且有些场次又是多人混谈，但我们还是能够从中得到一个基于主要人物的深度对话基本框架。

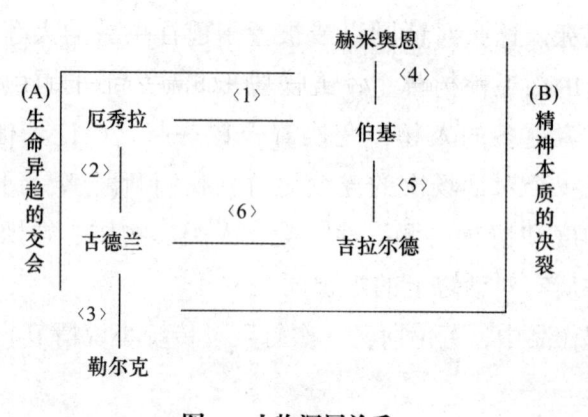

图一　人物深层关系

这些人物的对话围绕着两个主题展开：图中"（A）生命异趋的交会"指的是，不同的生命个体之间两性之爱、兄弟之爱的体现，也就是爱与自由本质的不同程度的和谐统一。图中"（B）精神本质的决裂"指的是两性之爱的破灭。伯基、古德兰和勒尔克属这类人，他们崇尚和追求人的自由本质，并付诸行动。而赫米奥恩、吉拉尔德则属于"社会人"，他们身上的那种自由本质被分别异化为母权意志和工业意志，他们是另一类人。这两类人之间的两性之爱和兄弟之爱的破灭就根源于他们精神本质的分离。

处于这个基本框架中心的人物：厄秀拉和伯基、古德兰和吉拉尔德无疑是小说对话圆桌边的四位常客。小说的两条主要情爱脉络，就是在这两对青年男女之间展开的，因而对话〈1〉与对话〈6〉这两条对话线索在所有对话当中居于举足轻重的地位。前者展开了两性在不断冲突中趋于平衡的人物内心历程，后者展开了两性在冲突中趋向爱的幻灭的精神嬗变过程，两者是小说情爱主题的主要承担者。作为对这个小说主题的有力补充，赫米奥恩与伯基的精神对话〈4〉和古德兰与勒尔克之间的精神对话〈3〉是小说另外两条两性之间的对话线索，两者亦分别以爱的幻灭与精神生命的偕同为归宿。同时我们还应注意到两组同性男女的对话，一组是姐妹俩厄秀拉与古德兰之间的对话〈2〉，另一组是伯基与吉拉尔德之间的对话〈5〉。前者是两个现代女性之间富有建设性的对话，她们谈论婚姻、爱以及种种外部现实，无疑加深了人物自身的内涵，也在一定程度上补充了小说的主题范畴。伯基与吉拉尔德之间的对话亦与此相类。不过，他们之间的对话最终由于吉拉尔德的局限性（他的社会、物质机械本性与强力意志）未能促成生命精神相对对等的双向交会，未能导致一种"男人与男人之爱"的确立，这是另一层次的爱的幻灭。

从作者叙述分析到人物对话，劳伦斯前后两部作品表达方式的这一调整与转换，暗合了西方叙事理论当中的一种观点，即"戏剧式呈现（场面）优于叙述（概括）"①的观点。戏剧式呈现就是人物的对话与独白。独白式实质上是对话的特殊形式，即人物的自我与另一自我的对话。戏剧式呈现是让人物自己说话，它可以减少作者对作品本身的强硬插足，一定程度上消除了作者叙述的不足之处，使小说还原出自身的情节化叙事品格，以自在的戏剧姿态表现自身的真实感和独立自足。因此，斯坦泽尔把戏剧式呈现称为"形象叙述"（figural narration），以相对于作者的叙述分析。但这并不能抹杀作者叙述的优越之处：第一，作者的叙述分析具有带动情节、统摄小说纷繁事实的能力，使叙事方便、灵活；第二，作者的叙述分析便于作家以强烈的主体意识投入文本的创造，使作品的艺术张力大为增强——在这一方面，昆德拉的小说和劳伦斯的《虹》是极好的佐证。概而言之，从小说作为自在文本的叙事真实和独立自足来看，形象化的戏剧式呈现较胜于作者叙述分析一筹，而从作家对小说的主体参与这一方面来看，后者亦有优于前者之处。因而，我们不能在两者之间轻易断其高下。问题的关键在于，小说作为表现和把握世界存在的一种艺术方式，必须以对人生的深度表现、深度开掘为根本，作家尽可以兼纳形象叙述与叙述分析两者之所长，灵活机变，互补并用。

第二节 深度对话的基本框架

《爱恋中的女人》隐含了一个结构性的人物深度对话基本框架，它使这部情节松散的小说具有了内在结构的稳固性，这在上文已有所表述。这个深度对话基本框架有一个明显的结构性特点，即对立，如对话〈1〉/〈6〉，对话〈3〉/〈4〉，对话〈2〉/〈5〉。从总体

---

① ［美］华莱士·马丁：《当代叙事学》，伍晓明译，北京大学出版社1990年版，第140页。

上看，也就是对话〈1〉〈2〉〈3〉与对话〈4〉〈5〉〈6〉对举，前者表现了不同生命个体异趋的交会，后者则展示了不同个体走向精神本质的决裂的过程。小说主要就是通过这种对位来确立它的情爱核心主题和社会批判倾向的。

在《虹》中，劳伦斯通过布兰文一家三代人的情爱历程，确立了两性交融与"陌生"的双重主题，这一主题的深化、发展则是由《爱恋中的女人》来实现的。在后一篇小说中，劳伦斯才真正深刻地触及了现代人两性之间的灵魂所在：爱与自由本质的和谐问题。厄秀拉与伯基冲突的焦点就在于这个两性关系的核心问题上。"厄秀拉相信在世上有一种对爱的绝对服从，她相信爱是远远超越于个人的，而他（伯基）却觉得个人比爱情更重要、比一切关系都重要。伯基以为，一个光明的灵魂只是承认爱情是灵魂自身的存在条件之一，也是它自身保持平衡的条件之一。但是厄秀拉认为爱就是一切，男人必须完全服从于她，以作为回报，她愿意卑躬屈膝地给他做女仆——无论他自己是否愿意。"伯基强调的是人的自由本质的维持，他十分痛恨女人身上那种占有式的母权意志，把男人当作填补其子宫空缺的婴儿。他渴望男女之间建立"星星与星星的绝对平衡关系"。厄秀拉强调爱就是一切，就是两个不同的生命个体融而为一，强调爱是整个生命升华的唯一核心。可贵的是他们既能清醒地意识到这种现实的对立，又能珍视对方的优点和双方的共同情感，最后美满地结合在一起。事实是他们共同创造了对方：伯基从厄秀拉那里获得了自我的实现，厄秀拉也最后感悟到超于爱情的存在，他们都沉浸在"死去的土地上滋育出丁香"的新生之中，两个生命个体既融为一体，又在相对对等的相互激发创造中走向精神的自由，应当说，他们实现了劳伦斯所崇尚的相对完美的两性之"虹"。如果说《虹》是一部发问式的作品——两性之间的真正之"虹"到底在哪里？那么这个提问在它的续篇《爱恋中的女人》中得到了深沉的回答，后者发展深化了前者的情爱核心主题。从这一点上说，这两部作品是真正的姊妹篇，而不是像有的评论者所说的"无实质性内在联系"的作品。

"爱+人的自由本质"构成了厄秀拉与伯基的两性关系式，而在古德兰与勒尔克那里则成为这样的变式："自由本质+情人式的男女组合"。勒尔克出身寒微，视艺术为生命存在的唯一纯粹方式。他在纯艺术的创造中实现自己的自由本质。对人的自由精神的追求，成了他与古德兰的结合点。勒尔克对爱情抱着无所谓的态度，认为像"喝不喝葡萄酒一样"可有可无，这固然使古德兰失望，但最终得到了她的认可。在他们之间，人的自由精神的实现是摆在第一位的，这虽不是完美的两性组合，但至少他们之间已达到了一定生命深度的和谐与统一。

而在赫米奥恩、吉拉尔德那里，人的自由本质则被分别异化为知识性的母权意志和充满机械力量的工业意志。吉拉尔德是工业强人，但在情爱方面是一个未苏醒的孩子。他的工作生活甚至亲吻、拥抱都仿佛"做着可怕的机械运动"，他仿佛就是由许许多多机器的小轮子组合成的复合体，更高的生命存在对他来说成了"一个空洞"。一方面是爱的无能，另一方面又不断依靠以个人、强力为特征的工业意志强化自己的生存，这些均对具有强烈自我生命意识和不屈从于男人的潜在意志的古德兰构成了极大威胁。只要结合在一起，他们之间几乎无法停止内心的格斗，"这一个人的毁灭证明着另外一个人的存在，而这一个人的存在便意味着另一个人的消亡"。古德兰曾一度沉溺于他那美好的肉体，但她无法停止对他的关于真正之爱的追问，虽然这个追问最后以徒劳告终。他们之间生命对话的归宿便是：爱的幻灭。赫米奥恩是个社会活动型的知识女性，有着强烈的自我表现欲。她处处表现自己的学识，流露出制胜他人的欲望，但她与吉拉尔德相比则是另一层次上爱的无能者。她一方面努力服从于伯基以求得感官方面的快乐，另一方面又力图驾驭他以满足自己的占有意志，这种灵与肉的分离使追求肉体与精神双重和谐与统一的伯基无法容忍。在小说第3章"教室"中，伯基以近乎粗暴的话语把她揭露得体无完肤："你的激情是假的，那根本不是激情，那是你的意志，是你霸道的意志"，"你只有你的意志和意识的幻觉，以及对权势和知识的欲望"，"你的本能其实也受意识的控制"。伯基与赫米奥恩的几次尖锐对话，给她带来了毁灭性的打击。在小说第八章"布雷多利"中，赫米奥恩用宝石球砸向伯基的脑袋，表明她的极度绝望和占有欲的极端膨胀，这与绝望的吉拉尔德卡住古德兰的脖颈欲置其于死地是极为相似的。这些都是爱的异化力量的悲剧。如果说在吉拉尔德身上体现的情爱程式是"感官之爱＋工业意志"，那么在赫米奥恩身上体现的则是"感官之爱＋知识化的母权意志"，它们的实质都是爱与自由本质的沦丧。

小说"爱与自由本质"的两性情爱主题，就是通过上述人物的精神对话（对话〈1〉〈3〉、〈4〉〈6〉对位）展示出来的。小说同时通过"赫米奥恩—伯基""古德兰—吉拉尔德"之间两性之爱的幻灭，揭示了"社会人"身上悖逆生命本质的精神局限，表现了小说的社会批判倾向。小说的这种反社会倾向，还通过另一种人与人之间的爱的形式，即"男人与男人之爱"表现出来（对话〈5〉）。伯基与吉拉尔德是一对要好的朋友，前者是一个具有强烈生命精神和社会责任感的艺术家，后者则是工业社会的代表，他们之间的对话，是"社会人与精神生命者"之间的对话。伯基一直试图与吉拉尔德建立起更高层次的精神对话，建立一种"男人与男人"之间的爱情。他曾经希望用发誓的方式与吉拉尔德达成绝对的信任。在"格斗"一章里，他还用一种很有意味的方式——用柔道摔倒身强力壮的对手——启发对方，然而吉拉尔德身上的那种不能突破的局限性，最终使伯基所期望的那种爱化为泡影。这是另一层次爱的幻灭。伯基与吉拉尔德之间精神本质的决裂和深度对话的破灭，隐喻了人类内部一个深层的持久性矛盾：社会物质机械力量与自然生命本质、高度理性力量的永久性对峙，揭示了异化与反异化精神范畴中的一个重要层次。与此相对位，厄秀拉与古德兰之间的生命对话（即对话〈2〉），则是一种建设性的对话，她们常常通过交谈加深对人与生活现实的看法，表现出人与人之间精神融会的一面。小说的反社会意识有时还直接通过人物之口表露出来。如艺术家伯基就多次以人类和社会为话题，表达这方面的思想。在他眼里，"人类本身已经腐烂"，人类是一棵虚伪表象掩盖下的"谎言树"，他希望"一个空无人烟的世界"的再生，以"自然的纯粹的创造"取代人类的"爬行"，取代它的"反创造"……伯基通过他不无尖刻与悲观的话语，揭示了人类与社会的某些虚伪本质和反自然的负创造。

总体来说，抓住小说中主体人物之间的各类深度对话，并把握其对位的关系，就能大体抓住这部小说的情爱核心主题和社会批判意蕴，因而，深度对话基本框架即成为我们系统把握小说题意的基础所在。从小说的建构看，深度对话基本框架又是这部小说结构的根本，因而我们可以说，小说中隐含的深度对话基本框架是这部小说结构与主题确立的统一基点。在这里，劳伦斯把人物对话这一小说形式发展成为深入小说内质的艺术，通过对位给内容本身制造能力，使内容同时获得了形式与主题，从而真正把形式与内容融合了起来。

第三节　人物的深度对话

与《虹》等几部小说相同，《爱恋中的女人》也具有明显的诗化倾向，意象化和象征暗示是常用的运作手段。[①] 但这些诗化方式大多以即兴为主，把它们放在一部洋洋数十万言的长篇作品背景当中，显然有点零碎和松散，缺乏整体性效果。事实上，劳伦斯这部小说的诗化创造，最重要的还是靠以下两个大的象征来实现的。

第一，小说叙事单元常被当作一个大的象征暗示体而具有一定的意象特征。这种意象绝非一般的单个具象，而是一个小说化的叙事过程，即叙事单元。它以具象化的过程揭示抽象，以"小象显大

---

① 蒋承勇：《论劳伦斯小说艺术的现代主义倾向》，《国外文学》1993 年第 1 期。

象"。如小说第20章"格斗"中，伯基凭借其消瘦的病体以日本的柔道与"重量级"对手吉拉尔德摔跤的过程，就象征地暗示了"社会人"与"精神生命者"的对峙，显示出精神生命内在刚柔相济、化合自然的可贵力量。小说中有不少地方都有这种作为象征暗示体的叙事单元，如"煤灰"一章中吉拉尔德紧急勒马而使马受惊的情节，"跳水者"一章中吉拉尔德在春寒未尽的早晨游泳的情节，"米诺"一章中关于米诺猫与一只野猫的情节，等等。

第二，人物作为象征体，即有些人物也被赋予特殊的象征意蕴，这是小说的成功和超越。吉拉尔德是这部作品中最为成功的具有象征意义的人物，他的肉体、生存方式和内在意志，无不充斥着工业化的机械性与强力本性。他是工业意志的象征，而赫米奥恩则是知识化的母权意志的化身，两者都是现代人爱与自由本质的负面象征载体。从正面来看，伯基则在一定程度上成为人类良知与忧患使命的现代象征，厄秀拉则是灵与肉和谐一体的爱情化身。不同人物的多元象征，确立了这部小说的深层张力，使作品意蕴走向多层次。

小说中为数不少的叙事单元和一些人物成为象征体，为读者提供了阅读中的参照。读这部小说，用传统的情节切分和层次分析法已很是乏力，我们必须像对待现代诗的方式那样对待它，把各个分散的象征单位（犹如诗的意象）看成一个有机的整体，前后参照阅读。我们注意到，这部小说情节琐碎、结构松散，其实就是数十个生活片段的并置与堆砌，小说的时间性并不那么重要，重要的是各个富有象征意义的叙事单元的并置与参照阅读，即小说的空间性。虽然《爱恋中的女人》的空间艺术远不如朱娜·巴恩斯的《夜间的丛林》与乔伊斯的《尤利西斯》那么突出，但它已明显地在传统叙事的时间性这个旧框架内向现代小说的空间形态做出了一定程度的倾斜。小说以自己对现实的独特幻影的自主样式表现了对情爱本质的追问和对社会的批评倾向。

劳伦斯这部小说的诗化创造与小说中主体人物的深度对话能力有重要的联系。我们注意到，小说的六位主体人物是一个知识分子群体，他们均具备不同程度的深度对话能力。鉴于此，这便为小说提供了深化的内在力量。人物的深度对话能力促使了小说的深化，这主要体现在以下几方面。

其一，在言语上，人物以深度对话和独白直入生活与存在的内核。主要人物之间的深度对话，几乎包容了这部小说的主体内涵。小说中的人物独白，亦大多颇有深意。如"在火车上"一章中，当火车驶近破落的伦敦郊区时，伯基自语道："宁静的霞光微笑，在遥远遥远／草原上成群的羊儿昏昏欲睡"，仅此两句，便宣泄出了他内心对工业机械与城市文明的厌恶和对自然生命的渴慕，颇有似于诗人叶赛宁的反城市情调："没有生命的、陌生冷漠的巨掌啊，／你必将扼杀我这美妙的歌吟！／只有麦穗像一群忆旧的老马，／仍然会怀念它们昔日的主人。"① 又如小说第30章"雪封"中古德兰的几段关于吉拉尔德与勒尔克的独白，就有力地指出了吉拉尔德的机械、强力本性和勒尔克的自由本性，直入人物生命的深层。

其二，在感知方式上，小说主体人物诗意地看待现实，在他们眼里，许多生活中的事实本身都被蒙上了象征色彩。小说第13章中，家猫米诺追逐一只雌性野猫，并几次用白色的小掌"轻柔而痛快地打了她"，这个事实在伯基与厄秀拉眼里被赋予了一定的象征意义。厄秀拉认为米诺身上有着卑鄙的"权力意志"，而伯基则认为是一种男性的"能力意志"，两人为此唇枪舌剑。实际上厄秀拉强调的是情爱两性的对等自由，反对男权钳制，而伯基强调的是爱的能力，两者并无根本矛盾。在这部小说中，生活事实本身在人物眼中成为象征暗示的情节为数不少，在此不再枚举。

其三，人物的自身行为直接走向象征。最突出的例子是小说第20章伯基与吉拉尔德的"格斗"：伯基以象征性的柔力与蛮力的较

---

① ［俄］叶赛宁：《叶赛宁抒情诗选》，丁鲁译，湖南文艺出版社1992年版，第162页。

量，启发对方，试图与之建立人与人之间的"兄弟深情"，建立"社会人"与"精神生命者"之间的绝对信赖。

综合地说，人物的深度对话能力促使人物的大量言语、对外部现实的感知和人物自身的许多行为内容走向了诗化，它是小说事实诗意飞升的有力引擎。在《虹》那里，小说似有不同程度上的诗化倾向，但那种诗化，主要是靠作者叙述、靠作家外在的主体参与实现的，众多的人物本身在总体上还缺乏深度对话的能力。《儿子与情人》等几篇小说，亦与此相同。而《爱恋中的女人》却具有一种"内驱力"，促使小说诗化和深化，小说的主要人物能不同程度"自主"地开展深度对话和诗意行为，使叙事本身具有独立自足和自在的品性。

中 编

文学思潮研究与方法创新

第十一章

19世纪西方文学思潮研究的历史境遇

19世纪以降，西方文学的发展与演进大多是在与传统的激烈冲突中以文学"思潮""运动"的形式展开的，因此，研究最近200年的西方文学史，如果不重视对文学思潮的研究，势必会失却对其宏观把握而失之偏颇。在西方，文学思潮研究历来是屯集研究力量最多的文学史研究的主战场，其研究成果亦可谓车载斗量、汗牛充栋。与此相比，国内这方面的研究历史与现状则十足堪忧。我们认为，对有"承先启后"作用的19世纪西方文学思潮做深入、全面的反思性研究，不唯有助于达成对19世纪西方文学准确的理解，而且对准确把握20世纪现代主义、后现代主义思潮亦有重大裨益。

第一节 选择性接受与研究的非均衡性

20世纪初叶，19世纪西方文学思潮经由日本和西欧两个途径被介绍引进到中国，对本土文坛产生了巨大冲击。西方文学思潮在中国的传播，乃新文化运动得以展开的重要动力源泉之一，并直接催生了五四新文学革命。浪漫主义、现实主义、自然主义、象征主义等西方诸思潮同时在中国文坛缤纷绽放；一时间的热闹纷繁过后，主体"选择"的问题很快便摆到了本土学界与文坛面前。由是，崇奉浪漫主义的"创造社"、信奉古典主义的"学衡派"、认同现实主义的"文学研究会"等开始混战。以"浪漫主义首领"郭沫若在1925年突然倒戈全面批判浪漫主义皈依"写实主义"为标志，20年代中后期，"写实主义"（现实主义）在中国学界与文坛的独尊地位逐渐获得确立。

1949年以后，中国在文艺政策与文学理论方面全方位追随苏联。西方浪漫主义、自然主义、象征主义、唯美主义、颓废派等文学观念或文学倾向持续遭到严厉批判；与此同时，昔日的"写实主义"，在理论形态上亦演变成为"社会主义现实主义"或与"革命浪漫主义"结合在一起的"革命现实主义"。是时，本土评论界对现实主义和自然主义做出了严格区分，在价值判断上，革命导师恩格斯的观点成为主流观点。

改革开放之后，"现实主义至上论"在持续的论争中趋于瓦解；对浪漫主义、自然主义、象征主义以及唯美主义、颓废派文学的研究与评价慢慢地开始复归学术常态。但旧的"现实主义至上论"尚未远去，新的理论泡沫又产生了。20世纪90年代以来，现代主义、后现代主义等文学观念以及解构主义、后殖民主义等文化观念风起云涌，一时间成为新的学术风尚。这在很大程度上，延宕乃至阻断了学界对19世纪西方诸文学思潮研究的深入。

为什么浪漫主义、自然主义等西方文学思潮，明明在20世纪初同时进入中国，且当时本土学界与文坛也张开双臂在一派喧嚣声中欢迎它们的到来，可最终都没能真正在中国生根结果？

20世纪初，中国正处于从千年专制统治向现代社会迈进的十字路口，颠覆传统文化、传播现代观念从而改造国民性的启蒙任务十分迫切。五四觉醒的一代知识分子文人无法回避的这一历史使命，决定了他们在面对一股脑儿涌入的西方文化和文学思潮观念时，本能地会率先选取——接受文化层面的启蒙主义与文学层面的"写实主义"。只有写实，才能揭穿千年"瞒"与"骗"的文化黑幕，尔后才有达成"启蒙"的可能。质言之，本土根深蒂固的传统实用主义文学观与急于达成"启蒙""救亡"的使命担当，在特定的社会情势下一拍即合，使得五四一代中国学人很快就在学理层面屏蔽了浪漫主义、自然主义、象征主义、唯美主义以及颓废派的文学观念与倾向。所以，被学界冠以"浪漫主义首领"头衔的郭沫若在《创造十年》中做总结时才会说："文学研究会和创造社并没有什么根本的不同，所谓人生派与艺术派都只是斗争上使用的幌子。"20年代力倡自然主义的茅盾曾明确强调自己提倡的"不是人生观的自然主义，而是文学的自然主义"，"是自然派技术上的长处"。被称为"现实主义"魁首的鲁迅则说得更为明确："说到'为什么'做小说罢，我仍抱着十多年前的'启蒙主义'，以为必须是'为人生'，而且要改良这人生。"

基于启蒙救亡的历史使命与本民族文学传统的双重制约，五四文人作家在面对浪漫主义、自然主义等现代西方思潮观念时，往往很难接受其内里所含纳的时代文化精神及其所衍生出来的现代艺术神韵，而最终选取接受的大多是外在技术层面的技巧手法。曾大力倡导自然主义而被唤作"中国自然主义领袖"的茅盾曾明确强调自己提倡的"不是人生观的自然主义，而是文学的自然主义"，"是自然派技术上的长处"。而郑伯奇在谈到本土的所谓浪漫主义文学时则称，西方浪漫主义那种悠闲的、自由的、追怀古代的情致，在我们的作家中是少有的。因为我们面临的时代背景不同。"我们所有的只是民族危亡，社会崩溃的苦痛自觉和反抗争斗的精神。我们只有喊叫，只有哀愁，只有呻吟，只有冷嘲热骂。所以我们新文学运动的初期，不产生与西洋各国19世纪（相类）的浪漫主义，而是20世纪的中国特有的抒情主义。"

19世纪西方文学思潮在中国经历了一段短暂的喧嚣之后，逐步被政治上激进的意识形态所裹挟，直至"文化大革命"时期走向极端化的"革命浪漫主义"与"革命现实主义"。纵观100多年19世纪西方文学思潮在中国的传播与接受过程，我们发现：本土学界对浪漫主义、自然主义等 19 世纪西方文学思潮在学理认知上始终存在系统的重大误判或误读，对它的价值的认识严重不足，较之西方学界，我们对它的研究也严重滞后。

第二节　19 世纪文学思潮研究在西方

在西方，文学思潮在很大程度上可以说是现代化进程启动之后才有的文学景观。随着市场化、民主化现代社会的全面到来与加速推进，19 世纪的西方文学发展愈来愈呈现出"思潮"递进的"运动"形态。因此，对 19 世纪西方文学思潮的研究也就合乎逻辑地成为西方学界的焦点，近 100 多年来，这种研究总体上的突出特点如下。

第一，浪漫主义、自然主义、象征主义等西方文学思潮均是以激烈的"反传统""先锋"姿态确立自身的历史地位的。这意味着任何一个思潮在其展开的历史过程中总是处于前有堵截后有追兵的逻辑链条上。拿浪漫主义来说，在 19 世纪初叶其自身确立的过程中，它遭遇了被其颠覆的古典主义的顽强抵抗（欧那尼之战堪称经典案例），稍后它又受到自然主义与象征主义几乎同时对其发起的攻击。思潮之争的核心在于观念之争，不同思潮之间在观念上的质疑、驳难、攻讦，便汇集成大量文学思潮研究中不得不注意的第一批具有特殊属性的学术文献，如自然主义文学领袖左拉在《戏剧中的自然主义》《实验小说论》等长篇论文中对浪漫主义的批判与攻击，就不仅是研究自然主义的重要文献，同时也是研究浪漫主义的重要文献。

第二，19 世纪西方文学思潮观念上激烈的"反传统"姿态与艺术上诸多突破成规的"先锋性""实验"，决定了其在较长的历史时间、区段上，都要遭受与传统关系更为密切的学界人士的质疑与否定。拿左拉来说，在其诸多今天看来已是经典的自然主义小说发表很长时间之后，在其领导的法国自然主义文学运动已经蔓延到很多国家之后，人们依然可以发现正统学界的权威人士在著作或论文中对他的否定与攻击，如学院派批评家布吕纳介（Brunetière Ferdinand，1849—1906）、勒梅特尔（Lemaitre Jules，1853—1914）以及文学史家朗松（Lanson Gustave，1854—1924）对其一直持全然否定或基本否定的态度。

第三，100多年来，除信奉马克思主义的文学批评家（从梅林、弗雷维勒一直到后来的卢卡契与苏俄的卢那察尔斯基等）延续了对浪漫主义、自然主义、象征主义（巴尔扎克式现实主义除外的几乎所有文学思潮）几乎是前后一贯的否定态度，西方学界对19世纪西方文学思潮的研究普遍经历了理论范式的转换及其所带来的价值评判的转变。以自然主义研究为例，19世纪末20世纪初，学者们更多采用的是社会历史批评或文化/道德批评的立场，因而对自然主义持否定态度的较多。但20世纪中后期，随着自然主义研究的深入，越来越多的学者采用符号学、语言学、神话学、精神分析以及比较文学等新的批评理论或方法，从神话、象征和隐喻等新的角度研究左拉等自然主义作家的作品，例如罗杰·里波尔（Roger Ripoll）的《左拉作品中的现实与神话》（1981）、克洛德·塞梭（Claude Seassau）的《爱弥尔·左拉：象征的现实主义》（1989）、伊夫·谢弗勒尔（Yves Chevrel）的《论自然主义》等。应该指出的是，当代这种学术含量甚高的评论，基本上肯定了左拉等自然主义作家的艺术成就，对自然主义文学思潮及其历史地位同样予以了积极、正面的评价。

第四，纵观100多年来西方学人的19世纪西方文学思潮研究，当可发现浪漫主义研究在19世纪西方文学思潮研究中始终处于中心地位。这种状况，与浪漫主义在西方文学史上的地位是相匹配的。作为向主导西方文学2000多年的"摹仿说"发起第一波冲击的文学运动，作为开启了西方现代文学的文学思潮，浪漫主义文学革命的历史地位堪与社会经济领域的工业革命、社会政治领域的法国大革命以及社会文化领域的康德哲学革命相媲美。相形之下,现实主义的研究则显得平淡、沉寂、落寞许多,而这种状况又与国内的研究状况构成了鲜明的对比与巨大的反差。

第三节 代表性研究成果举隅

与我国学界缺乏后者的研究成果相反,西方学界对19世纪文学思潮的研究成果不仅数量汗牛充栋,而且相关代表性的成果在理念与方法上都是值得我们学习与借鉴的。

美国洛夫乔伊(A. O. Lovejoy)的《观念史论文集》(*Essays in the History of Ideas*, 1948),是作者不同时间发表的论文结集,各篇文章的研究方向不同,但在方法以及具体观点上有一定相关性;材料以18世纪的居多,大多旨在澄清学界此前的错误认识。如他详细列举了"自然"一词的多种含义,讨论新古典主义者在何种意义上使用这个词,并比较了自然神论和新古典主义对"自然"理解与使用上的相似性。自然神论通常被认为是17世纪和18世纪的宗教激进主义或进步主义,是抛弃了所有权威和传统的反叛,而新古典主义被认为是美学保守主义或复古主义的一种派别;但洛夫乔伊指出:两者与观念的一般背景间的共同关联被忽略了。因此,他详细分析了两者在"观念结"上诸要素的同一,包括均变论、理性主义的个人主义、理性主义的反智主义、对普遍同意的诉求、世界主义、对激赏和独创性的反感、尚古论等。

洛夫乔伊概要指出了18世纪的美学规范,即规律性、一致性、整体和谐、清晰可辨的均衡以及构思的一目了然成了更高级的审美价值,而异于常规、不对称、变化多端、出人意料则受到贬抑。洛夫乔伊的一个重点论题是考察浪漫主义的起源和含义。他探讨了施莱格尔所首先使用的 Romantisch 一词的意义,指出施莱格尔的确受莎士比亚戏剧艺术的启发提出了浪漫艺术的概念，并用其指代他心目中现代诗的特征或趋势。因此浪漫诗从一开始即有一种独特的现代味，体现着一种与古人的眼光相异的审美价值。另一篇文章讨论了席勒对施莱格尔浪漫主义观念的影响，认为前者是德国浪漫主义的精神鼻祖，并重点分析了其思想从古典时期向浪漫时期的转化。在受到席勒影响的施莱格尔看来，现代艺术是一种无限的艺术（Kunst des Unendlichen），而古代艺术是一种有限的艺术（Kunst der Begrenzung）。两相比较，无限具有优越性，不存在什么客观的美学原理以及普遍有效的标准。但洛夫乔伊同时也指出——"无限"这一概念的内涵在席勒和施莱格尔两人那里并不完全一致。"无限"这一基本概念的暧昧不明是浪漫主义发展为多变、彼此矛盾的形式的主要原因，也是 Romantic 这一术语具有如此多歧义的原因。在接下来的一篇文章《诸种浪漫主义的区别》中，洛夫乔伊详细探讨了各种内涵不同的浪漫主义，并列举出诸多有代表性的有关浪漫主义起源和含义的观点。他重点分析了三种浪漫主义或者说浪漫主义发展的三个阶段，首先是自然主义和尚古主义，其次是基督教的伦理倾向，最后是自然主义与反自然主义的浪漫主义间的裂隙跨越了国界。这三者之间有着重大的对立。

洛夫乔伊是所谓"观念史研究"的倡导者，他考察了同样的 Idea（观念）在不同思想领域、不同历史时期的存在和影响，提出了 Idea-Complex（观念结）的概念。基于此，他强调后来的阐释者应注意同一个 Idea（观念）内在的矛盾，不能只简单地选择流行的或前后一致的观念。同时，洛夫乔伊指出，像卢梭这样杰出的作者，其文本中最具特性的东西往往就是观念的多样性，且常是不相谐和的多样性，这既是因为其思想体现了不同来源的思想传统，更是因为思想者本身内在的丰富与矛盾。洛夫乔伊提倡在观念史研究中应打破学科分野，各领域之间必须联合融通，比如要研究达尔文之前进化观念的总体发展，就需要了解不同领域的情况。

韦勒克曾指出，洛夫乔伊研究方法的核心是考察语义沿革，但他不同意其对浪漫主义的分析，而是认为浪漫主义思想形成了一个严密连贯的整体。关于浪漫主义是否存在内在的统一性，M. 艾布拉姆斯和 M. 巴特勒在其讨论浪漫主义的专著中均有涉猎，前者的观点与韦勒克相近，而后者则明显赞同洛夫乔伊。

洛夫乔伊提出的关于 19 世纪西方文学的诸多具体观点，如从尚古到崇尚进步、古典与现代的观念差异等也颇值得借鉴。

《摹仿：西方文学中现实的再现》（*Mimesis：The Representation of Reality in Western Literature*，1953）（以下简称《摹仿》）是德国著名学者埃里希·奥尔巴赫（Erich Auerbach）的经典之作，在西方学界有着广泛的影响，并被译为多种文字在许多国家出版。全书共 20 章，以"西方文学中的现实主义描写"为经、以"文体分用/文体混用"的批评理论为纬，以重要文学经典文本的细致分析为基本方法，以点带面地勾勒了西方文学 3000 多年（从荷马到普鲁斯特与詹姆斯·乔伊斯等）的演变历程，堪称一部别出心裁的西方现实主义文学发展史著作。

《摹仿》不是一部简洁枯燥的文学史。从体例上看，奥尔巴赫先是摘抄一段原文文本，竖立论述的靶子，然后再以深厚的语文学和细读的功夫以点带面辐射出去，与同时期的或历代的文本进行比较，往往能得出让人为之惊叹的观点。他总是有能力毫不扭捏造作地从单个文本开始，加以清新饱满的详细解释，避免做出只不过是大而无当的或任意独断的联系，而是在一个若隐若现的景象上编织出丰富的图案。他依次重新认识和解释作品，并且以他平易的方式，演示一个粗糙的现实如何进入语言和新的生命的转变过程。

在这个过程中，奥尔巴赫似乎是一位对"主义"术语聊无兴趣的人，他不去下定义，不去定规则。虽说《摹仿》描述的是以"摹仿说"为内核的西方现实主义传统，但书中奥尔巴赫并没详细或是精确地界定什么是现实主义。在他的表述中，从荷马到现代主义的普鲁斯特和詹姆斯·乔伊斯，更不用说 19 世纪后期的自然主义者左拉，这些经典作家似乎都是现实主义者；而西方文学的发展，在很大程度上只不过是作家体察和再现生活世界的视角、手法有所不同。他总是回到文本，回到作家用来表现现实的风格手段。

对奥尔巴赫来说，现实主义的现代叙事模式发端于19世纪法国的司汤达和巴尔扎克，他们两人都"以当时的政治和社会状况为小说的背景"。在他看来，司汤达和巴尔扎克的现实主义要高过雨果和福楼拜。同时他高度评价左拉"是为数很少的几位能研究出自己时代的问题的作家"，"我们越能拉远了看他那个时代和那个时代的问题，那左拉的声望就变大——越变越大的原因在于，左拉是最后一位伟大的法国现实主义者了。"

奥尔巴赫的《摹仿》旨在颠覆西方古典文学"文体分用"的美学原则（其从高级到低级依次为：崇高的悲剧文体、中等的讽刺文体、低级的喜剧文体），在其笔下西方现实主义文学的传统和脉络里，"文体混用"乃突出特点。在很大程度上，他就是沿着这一线索从荷马开始循着西方文学发展史一路剖析，直至20世纪的普鲁斯特和乔伊斯那里。

韦勒克、伊格尔顿、萨义德等当代诸多著名学者对《摹仿》均大加赞赏，称其为"最伟大的学术著作之一"。该书对我们的最大启发在于：A. 现实主义乃西方的伟大文学传统，所以现实主义并不是一个有着"时期性"规定的文学思潮概念，而是一个"无边"的"常数概念"；B. 作为"常数"概念，现实主义的核心内核乃肇始于柏拉图与亚里士多德的"摹仿说"。关于"常数"的说法，对我国的现实主义文学研究，是很有启迪意义的。

关于自然主义文学思潮的研究，不能不提到伊夫·谢弗莱尔（Yves Chevrel），他是19世纪法国著名文学理论家、比较文学专家、自然主义文学研究的领军人物。19世纪80年代，其著作《论自然主义》（*Le Naturalisme*）的出版，乃西方自然主义文学思潮研究领域的一件大事。

谢弗莱尔在该著的第一章中首先分析了环绕在"自然主义"这个术语周围的诸多重要问题和种种歧义：在"超历史性（transhistorical)"的用法之外，它还有历史性（historical）的用法，即将自然主义视为对现实主义的延续（通常的方法），或者视为一种独特的文学主体（a distinct body of literature）。谢弗莱尔选择了第二种方法，他强调自然主义时期——他将这一时期限定在龚古尔的《杰米尼·拉赛朵》（1864）的序言到契诃夫的《樱桃园》（1904）之间——的独创性和现代性。他概述了左拉在自然主义发展中的杰出地位及其以达尔文学说为核心的科学思想背景。在这种分析中，谢弗莱尔运用的方法是经验主义的，而非历史性的；他避免给出一个先验的定义，而是力求识别大量自然主义文本中的共同主题和具体表现，从中揭示它们的本质特征。

该著最核心、最重要的部分在于对自然主义诗学（the poetics of naturalism）的讨论。在此后的章节中，谢弗莱尔对自然主义的探讨集中在如下几个重要问题：自然主义者的世界观——拒绝超验的神话，而将悲剧带入人类的社会存在体验和日常生活中；社会主题的认识论基础——以经验主义的雄心打破现实的神秘性，去证实它，理解它，解释它；自然主义文本对传统文学秩序的颠覆：侵蚀传统的一般性的区分和等级——小说获得了"研究"或"分析"这样的副标题，"审美结构"的观念遭受存在的危机；自然主义文本与历史的关系；自然主义对病理学和反常者的喜爱，它的"分裂/分解/瓦解（disintegration）"和"混乱（confusion）"的主题，以及它对语言和类型的（非文学的）态度。

在《论自然主义》一书中，谢弗莱尔提出了很多关键性问题，也解决了很多关键性问题。他完全与他的学术前辈们分道扬镳——他拒绝给予自然主义以一个先验的定义，转而寻求清晰连贯的"主题"要素及其在文本中的具体表现。并且，作为一个比较文学专家，他采用一种开阔的国际视野，研究诸如作为一个整体的西方文学在广阔背景下的分期问题。但这本书中最有价值的东西，或许是他所采取的方法论上的折中主义，是他对诸多难懂的问题——尤其是比较文学史、文学的诗学、文学中的叙事学、文体论、接受理论、社会学批评等——所提供的诸多重要资源。

　　作为一部对自然主义进行整体性解读的论著，《论自然主义》以其系统性和深度将西方自然主义研究向前大大推进了一步。它看待自然主义的全新视角从整体上将自然主义文学研究导向一个新的境界，随后的自然主义研究在某种程度上都受到该书的重大影响。

　　今天，西方20世纪诸种冠以"先锋"桂冠的文学思潮和流派亦已成为过去，我们感到"先锋"们"创新"的努力显然未必都是成功的，尤其是，"创新"并未如他们自己所说的那样能与传统割裂，相反，他们谁也没有断绝与传统的"血缘"关系，越是随着时间的推移，越可以证明这一点。而且，这种联系恰恰是他们当初最使劲要"抛弃"，甚至恨不得连根拔去的19世纪西方文学传统。正因如此，19世纪西方文学思潮的当下意义也愈显其重要，它们虽是明日黄花，却其香依然！

第十二章

浪漫主义之中国百年传播考论

可以肯定地说，没有西方文学思潮在我国本土的传播，就不可能有五四新文学乃至后来这种范式的中国现当代文学。因此，在倡导加强和扩大中外人文交流的"网络化—全球化"的当下，在五四新文化运动 100 周年之后，对 19 世纪西方文学思潮在我国的译介、传播与研究的历史和现状进行梳理、反思与讨论，无疑是必要的和有意义的。[①] 浪漫主义是在 19 世纪开风气之先、具有"革命性"意义的西方文学思潮，对我国五四新文学也产生了重要影响。然而，出于社会历史和文化传统等多方面的原因，相比于浪漫主义在西方流行时的声势浩大及日后的深远影响，迄今为止，它在我国的传播与影响显得十分微弱，对其研究也尚嫌偏狭与浮泛。有鉴于此，本文试图对其在我国的传播与研究历史重新梳理、考察与审视，并提出若干问题供学界同人讨论，希冀深化其研究。

[①] 蒋承勇：《人文交流"深度"说——以 19 世纪西方文学思潮之中国传播为例》，《外语教学与研究》2018 年第 4 期。

第一节 "浪漫"的华夏之旅：
时代风潮中的沉浮

20世纪初，浪漫主义文学思潮经由西方和日本两个重要途径进入我国。1903年10月，《新小说》刊出了摆伦（拜伦）和嚣俄（雨果）的画像，此像背面附有简单的文字介绍——称雨果是"十九世纪最著名之小说家、戏曲家"，而拜伦则为"英国近世第一诗家"，其文"感化力最大"，其人"实为一大豪侠者"。[①] 翌年，留日翻译家马君武在《新民丛报》上将雨苟（雨果）称为一个"能文之爱国者"，并将其与摆伦（拜伦）并称为"十九世纪二大文豪"。[②] 1903年，《浙江潮》第5期刊发了庚辰（鲁迅）所译嚣俄（雨果）的小说《哀尘》。1904年东大陆图书译印局刊行了由苏子谷（苏曼殊）、陈由己（陈独秀）合译的小说《悲惨世界》。此后，雨果等西方浪漫主义作家的作品在我国被大量译介出版。

五四文学革命前夕的1908年，《河南》期刊发表了令飞（鲁迅）所撰写的《摩罗诗力说》。此文是我国现代文学批评史上的重要文献，也是中国关于西方浪漫主义文学思潮最早的重要评论之一。鲁迅借"摩罗诗派"指称西方浪漫主义文学之"恶魔派"——"恶魔者，说真理者也"；"自尊二怜人之为奴，制人而援人之独立，无惧于狂涛而大傲于乘马，好战崇力，遇敌无所宽假，而于累囚之苦，有同情焉"。[③] 在鲁迅看来，浪漫主义"要其大归，其趣于一"，即

---

① 此段文字见梁启超主编《新小说》1903年第2期。
② 马君武：《欧学之片影》，《新民丛报》1903年第28期。
③ 鲁迅：《摩罗诗力说》，《鲁迅全集》（第1卷），人民文学出版社1998年版，第82页。

反抗顺世"和乐"之音。① 正因如此，他极为推崇"摩罗诗派"，其中尤以拜伦、雪莱为尊。他认为这些诗人"立意在反抗，指归在动作"②，这在中国传统文学中是找不到的，他因此要"置古事不道，别求新声于异邦"。在文末，鲁迅发铿锵之问："今索诸中国，为精神界之战士者安在？有作至诚之声，致吾人于善美刚健者乎？有作温煦之声，援吾人出于荒寒者乎？"③ 借异邦之精神，求民族之新生的意图十分明显。日后发动文学革命、首倡白话文运动的胡适也翻译过很多欧洲浪漫主义诗歌，1914年他还尝试采用"骚体"翻译了拜伦的《哀希腊》。在文学革命前的1917年，《哀希腊》出现了三个中文译本；是时形成一波拜伦译介热的因素有两个：一是拜伦援助弱小民族的英雄行为在中国文人心中激起了民族主体意识；二是"拜伦式英雄"所表征的个人主体意识契合了当时中国知识分子关于人之解放的呼声。可以说，这两种启蒙意识以一种朦胧含混的方式交织在20世纪之初觉醒的一代中国文人心中，但是以民族启蒙为主。

至20世纪20年代初，西方浪漫主义文学观念与作品在中国的传播渐趋高潮。1923年，郭沫若等人在《创造》季刊发表系列文章，大力宣传浪漫主义诗人雪莱。在此之后，郭沫若、郁达夫、成仿吾等人还结合自己的创作，系统地阐述了他们对浪漫主义的理解，比如，他们认为浪漫主义从本质意义上看就是反抗；崇尚灵感与天才，"艺术是自我的表现"，"不是再现"；诗人要把小我推广为大我，把艺术与革命结合起来等。在他们的强力推动下，中国现代浪漫主义文学之创作论堪称初步成形。④ 20世纪30年代，随着曾觉之的著

---

① 鲁迅：《摩罗诗力说》，《鲁迅全集》（第1卷），人民文学出版社1998年版，第66页。

② 同上。

③ 同上书，第100页。

④ 钱中文：《浪漫主义与现实主义问题》，《文艺理论研究》1999年第5期。

名论文《浪漫主义试论》①的发表与韩侍桁翻译的勃兰兑斯《十九世纪文学主流》的出版，国内的浪漫主义研究进入一个较为深入的层面。

西方浪漫主义在中国传播的过程中，一直伴随着理论上的争论。这种争论主要集中在对文学的性质及功用的探讨上，其核心是探讨文学与生活的关系问题，其间自然也涉及现实主义与浪漫主义的优劣比较。"学衡派"的胡先骕和吴宓反对纯然的写实派，认为这种以真实描写或真实反映为宗旨的现实主义文学因偏重揭露黑暗而缺乏审美价值，因而大力推崇浪漫主义。茅盾发表了《文学上的古典主义、浪漫主义与写实主义》《为新文学研究者进一解》等一系列论文，以进化论观点称欧洲文学走过了"古典—浪漫—写实—新浪漫"的过程，反驳吴宓等人对欧洲写实派的轻视和攻击。②宋春舫、陈望道等人也撰文参入论争。大致来说，是时本土学界、文坛关于浪漫主义的论争中，"学衡派"更强调浪漫主义在艺术上独特的美学价值，而沈雁冰、宋春舫和陈望道等人则更侧重于阐发西方浪漫主义对现实强烈的反叛性、深刻的批判性和坚定的革命性。但遗憾的是，在后来中国文学思想的演进中，"学衡派"的声音基本上被历史淹没了。其实，"学衡派"侧重于接纳、研究和传播以卢梭为源头的审美主义（aestheticism）浪漫派传统——反思人类文明之负效应、抵制现代科技与工业文明对人性的异化，倡导艺术自由与文学自律——这是颇具浪漫派人文精神和美学思想之本质特征的。对这一派别的西方浪漫主义文学思潮的忽略，也就导致了我国学界西方浪漫主义研究之天平长期的严重失衡，这不能不说是这一重要领域学术研究的缺憾。

1930年3月，中国左翼作家联盟在上海成立，"马克思主义文艺理论研究会"等组织也相继成立。苏联的"拉普派"把浪

---

① 曾觉之：《浪漫主义试论》，《中法大学月刊》1933年第3、4期。
② 茅盾：《新文学研究者的责任与努力》，《小说月报》1921年第12卷第2号。

漫主义文学认定为唯心主义，法捷耶夫提出了"打倒席勒"的口号。① 瞿秋白在《革命的浪漫谛克》一文中开始即引述法捷耶夫《打倒席勒》一文的观点。② 浪漫主义概念开始被融入强烈的政治色彩，锋利的意识形态之刀将其切割成两半：积极的浪漫主义和消极的浪漫主义。这种分割的直接来源乃苏联无产阶级文学的旗手高尔基。按高尔基的理解，消极的浪漫主义"它或者粉饰现实，企图使人和现实妥协；或者使人逃避现实，徒然堕入自己内心世界的深渊，堕入不详的人生之谜、爱与死等思想中去"；而积极的浪漫主义则力图"加强人的生活意志，在他心中唤起他对现实和现实的一切压迫的反抗"③。1933年11月，周扬在《现代》杂志上发表了《关于"社会主义的现实主义与革命的浪漫主义"》④，介绍社会主义现实主义这个口号，论文的副标题是"'唯物辩证法的创作方法'之否定"。他在否定和批判"唯物辩证法的创作方法"的同时，对作为文学思潮的西方浪漫主义做出了否定性的重新评价。事实上，被本土文学史家称为"浪漫主义首领"的郭沫若在1925年便已展开了对浪漫主义的全面批判，提出了"写实主义"的口号。他在1926年《文艺家的觉悟》中，对作家与现实、革命与文学的关系进行了比较系统的论述，认为现在是"第四阶级（指无产阶级）革命的时代"，在斗争中没有中间道路可走；"我在这里可以斩钉截铁地说一句话，我们现在所需要的文艺是站在第四阶级说话的文艺，这种文艺在形式上是写实主义，在内容上是社会主义，除此以外的文艺都已经过时了，包括帝王思想的古典主义，主张个人自由、

---

① 李辉凡：《二十世纪初俄苏文学思潮》，社会科学文献出版社1993年版，第230页。

② 瞿秋白：《革命的浪漫谛克》，《瞿秋白文集·文学编》（第一卷），人民文学出版社1985年版，第456页。

③ ［苏］高尔基：《论文学》，缪灵珠译，人民文学出版社1978年版，第162—163页。

④ 周应起（周扬）：《关于"社会主义的现实主义与革命的浪漫主义"》，《现代》1933年第4卷第1期。

个人主义的浪漫主义,都过去了"①。经由"革命"之路径,郭沫若在短短的几年间便迅速完成了从浪漫主义到现实主义再到革命浪漫主义的跳跃。西方浪漫主义研究在中国的这种沉浮与变换,郭沫若的创作演变和思想轨迹堪称最佳标本。

1949年以后,中国在文艺方面追随苏联,对19世纪作为文学思潮的西方浪漫主义采取了贬抑、批判的态度。浪漫主义基本上被等同于唯心主义,而被冠以"革命"二字的"革命的浪漫主义",其基本内涵则是"革命的理想主义"。根据周扬20世纪30年代初就提出的说法——革命的浪漫主义与社会主义的现实主义不相对立,前者可被后者所包容。因为要写本质、要写典型,就一定离不开革命的浪漫主义,即革命的理想主义。"革命浪漫主义"也罢,"社会主义现实主义"也好,在这种表述中,其实"浪漫主义""现实主义"一点也不重要;重要的是"革命"和"社会主义"。一旦加冠了"革命"或"社会主义"之名,浪漫主义就成了现实主义,而现实主义也就囊括了浪漫主义。这在相当程度上是排斥了作为独立文学思潮的浪漫主义,或者说浪漫主义差不多已被忽略不计。

1953年9月,中国文学艺术工作者代表大会政治报告明确指出:"我们的理想主义,应该是现实主义的理想主义;我们的现实主义,是理想主义的现实主义。革命的现实主义和革命的理想主义结合起来,就是社会主义现实主义。"1958年3月,毛泽东在成都工作会议上提出"革命现实主义"和"革命浪漫主义"相结合,后来被概括为"两结合"创作方法。随后郭沫若撰文《浪漫主义和现实主义》声称:"从文艺活动方面来说,马克思列宁主义为浪漫主义提供了理想,对现实主义赋予了灵魂,这便成为我们今天所需要的革命浪漫主义和革命现实主义,或者这两者的适当结合——社会主义现

---

① 郭沫若:《文艺家的觉悟》,《郭沫若全集·文学编》(第16卷),人民出版社1989年版,第22—23页。

实主义。"① 类似的表述，一直持续到 1979 年。

1978 年以来，随着社会文化系统的拨乱反正，国内的浪漫主义研究与其他学术研究领域一样渐渐开始现出新机。20 世纪 80 年代曾出现过一些为西方浪漫主义文学翻案的文章，然而这类文章大多颇像惊魂未定的耄耋裹脚老太，只是在旧有意识形态思维层面上修修补补，最大的成就也就是煞有介事地小声唠叨：不应该将浪漫主义一棒子打死。20 世纪 90 年代以降，随着整体的文化潮流在新的"社会—政治—经济"格局之下陡然变化，越来越技术化、数字化的学人不是在概念翻飞中陷于泡沫炒作，就是在复古浪潮中堕于春秋大梦；30 多年下来，除少数几本西方浪漫主义研究著作的译介，本土的西方浪漫主义文学思潮研究成果堪称寥若晨星、乏善可陈。

可以说，19 世纪西方浪漫主义文学思潮在中国近百余年的译介、传播与接受、研究中，总体上沉浮于社会政治风雨的坎坷之旅，从学术研究的角度看，相关研究至今依然是远远不够深入的。然而，在浪漫主义思潮原发地的西方各国，对这一思潮的研究是一门显学。抛却具体的浪漫主义作家作品研究不论，单是从整体上对浪漫主义文学思潮进行研究的成果也可谓汗牛充栋。纵观西方浪漫主义研究的学术历程可以发现：浪漫主义研究的存在状态与时代的自由主义精神状况息息相关；两者之间存在着正向的呼应与契合关系。由此，人们很容易理解——随着以"新保守主义""新自由主义""存在主义"等名头行世的 20 世纪西方自由主义越发显现出复杂、多元的面相，研究范式愈益成熟的 20 世纪西方学人对浪漫主义思潮的探讨，也就日趋细致入微、更显斑驳多彩。相形之下，我国本土的浪漫主义研究则显得狭隘而肤浅，许多方面有待拓展；不过从另一方面看，这恰恰又意味着这里有学术生长的广阔空间。在此，笔者特提出若干相关问题与学界同人一起反思、讨论。

---

① 郭沫若：《浪漫主义和现实主义》，《红旗》1958 年第 3 期。

第二节 浪漫派与启蒙运动及法国大革命：传承抑或反叛？

长期以来，我国学界满足于对浪漫主义文学思潮与启蒙运动之传承关系的认定，认为启蒙思想推动和促进了浪漫主义文学思潮的产生与发展，而忽略了传承中的差异、发展中的反叛。李赋宁先生就认为，启蒙思想"推动了欧洲浪漫主义文学运动"[①]。当然，这种传承关系无疑是存在的，启蒙思想的核心内容诸如"民主、自由、平等、博爱"等，不仅对浪漫主义文学思潮的产生起了至关重要的影响，而且还在后者那里得以大力弘扬。问题是，某些方面存在的传承关系并不意味着后者对前者的整体性接纳与延续；尤其要看到的是，某些层面的传承同时又包含了另一些层面的反叛，这"反叛"恰恰是在文学与文化史发展中别具创新性和超越性价值之所在，也乃本文重点关注之所在。

浪漫派接纳了启蒙思想中个性主义和世俗化观念，但是，与启蒙运动标准化、简单化的机械论相反，浪漫主义的基本特征是生成性、多样性的有机论，即欣赏并追求独特和个别而不是普遍及一般。浪漫派的这种反启蒙主义的思想立场使其在"平等"与"自由"两个选项中更强调"自由"。启蒙学派曾以理性的怀疑精神与批判精神消解了官方神学的文化专制，但最终因丧失了对自身的质疑与批判又建立了唯理主义的话语霸权，从而走向一种偏颇与偏狭："理性的神格化使人的天性中很大一部分受到了蒙蔽。"[②] 而浪漫派则反对理性主义，因为在他们看来，只有感性生命才是自由之最实在可靠的

[①] 李赋宁总主编：《欧洲文学史》（第2卷），商务印书馆2001年版，第4页。
[②] [美] 约翰·卡洛尔：《西方文化的衰落：人文主义复探》，叶安宁译，新星出版社2007年版，第163页。

载体与源泉,而经由理性对必然性认识所达成的自由在本质上却是对自由的取缔。启蒙主义倡导一元论的、抽象的群体自由,且往往从社会公正、群体秩序、政治正义的层面将自由归诸以平等、民主为主题的社会政治运动,因而它在本质上是一种倾向于革命的哲学;浪漫主义则更关注活生生的个体的人之自由,且将这种自由本身界定为终极价值。

在浪漫派思想的先驱康德、费希特、谢林等前后相续的诗化哲学中,个人自由被提到了空前高度,且康德等人均重视通过审美来达成自由。康德声称作为主体的个人是自由的,个人永远是目的而不是工具,个人的创造精神能动地为自然界立法①;在让艺术成为独立领域这一点上,康德美学为浪漫派开启了大门。作为现代性的第一次自我批判,浪漫派反对工业文明;在其拯救被机器喧嚣淹没的个体的人之内在灵性的悲壮努力中,被束缚在整体中成为"零件"或"断片"的人之自由得以开敞。浪漫派蔑视快乐主义以"幸福追求"为目标之粗鄙平庸的物质主义伦理,指斥从洛克到边沁的功利主义价值观以及人与人之间冷冰冰的金钱关系现实。对工业文明和城市文明的否定,使浪漫派作家倾向于到大自然或远古异域寻求个体的人的灵魂宁静、精神超越与情感自由,诗性的文学实现了人对现实存在的超越。因此,浪漫派使"西方文化从一个将理性奉若神明的极端,跃到将激情奉若神明的另一个极端"②,与崇尚理性的启蒙思想构成了冲突。"启蒙运动对人的动机,对社会,对政治等的解释其实都是相当狭窄、天真的,总是危险地为自己设置内在的路障,将自己封锁在一个沉闷而抽象的知性主义世界里。而且在他的早期就从内部的行列中产生了第一股对抗自己的势力——浪漫主义(Ro-

---

① [德]康德:《任何一种能够作为科学出现的未来形而上学导论》,庞景仁译,商务印书馆1982年版,第92—94页。
② [美]约翰·卡洛尔:《西方文化的衰落:人文主义复探》,叶安宁译,新星出版社2007年版,第164页。

manticism）。"① 在这方面，德国浪漫派与启蒙理性的抵牾及其对文学之诗性境界的追求是极具代表性的。

德国浪漫派张扬的恰恰是启蒙思想家所忽略的感性自我与人的心灵世界，他们更关注人的感性世界的丰富性和多样性。因此，德国早期浪漫派从诺瓦里斯到蒂克、施莱格尔、霍夫曼、沙米索、维尔纳再到克莱斯特，几乎都是内心敏感、善于体悟人的情绪与心理状态，热衷于描写离奇怪诞充满神秘色彩事物的作家。他们对人的感性自我的关注远远胜过对理性自我的张扬。他们热衷于表现的怪诞、梦幻、疯狂、神秘、恐怖等，恰恰是人的理性触角所难以指涉的感性内容。对此，以往我国学界简单用政治与历史标准去评判是有失偏颇的，还应该从人文传承和艺术自身发展的角度作深入的解读。②

与上述问题相类的是，我国学界通常认为"浪漫主义是法国大革命的产物"③；"浪漫主义思潮是法国大革命催生的社会思潮的产物"④。其实，法国大革命一方面是启蒙理念正面价值的总释放，另一方面也是启蒙运动和法国大革命本身之负面效应的大暴露。而浪漫派对法国大革命以暴力手段与集体狂热扼杀个人自由的反思，强化和凸显了"自由"在其价值观念中的核心地位，也拓展了"自由"概念之内涵，因此，认定浪漫主义是法国大革命的直接产物，未免过于简单进而有失偏颇。事实上，18世纪后期英国感伤主义、德国狂飙运动以及法国卢梭等人的创作早已在文学内部发出了浪漫主义自由精神之先声，突破了古典主义之理性戒律，但法国大革命

---

① ［美］约翰·卡洛尔：《西方文化的衰落：人文主义复探》，叶安宁译，新星出版社2007年版，第163页。

② 蒋承勇：《西方文学"人"的母题研究》，华东师范大学出版社2018年版，第270—271页。

③ 《外国文学史》编写组：《外国文学史》（上），高等教育出版社2015年版，第268页。

④ 郑克鲁：《法国文学史》（上），上海外语教育出版社2003年版，第491页。

所招致的欧洲社会对启蒙运动之政治理性的反思与清算，直接引发了19世纪初之自由主义文化风潮，这对浪漫主义文学思潮之精神集聚和勃兴无疑起到了关键作用。

此外，浪漫派对理性逻各斯的扬弃，使得西方人的精神命运第一次与"荒诞"正面相遇，克尔凯郭尔（存在主义哲学家）作为现代西方第一位"荒诞哲学家"，是在浪漫主义时代应时而生的。基于对人的精神世界的高度关注，浪漫派比既往时代的作家更敏感地体察和感受到了代表着"无限"的理想与表征着"有限"的现实的冲突在情感上所造成的不适，以及追求个性解放的个体在与外部世界相冲突时所遭遇到的种种精神苦痛；而"荒诞"作为一种生命体验，它正是主观意识在面对客观世界时产生的一种不无痛苦的不适感。在"荒诞"隐现的现代社会之开端，敏感的浪漫派第一次意识到了个人真正可以凭依的东西只有与生俱来的自由，而存在主义哲学中与"荒诞"一体两面相依共生的"自由"观念，则正是浪漫主义文学思潮之核心观念，这意味着浪漫主义与"荒诞"观念之渊源甚深。

上述行文，不管论及启蒙运动、法国大革命还是浪漫派，都涉及了"自由"这一核心关键词，但又均未对其本身之内涵进行深入阐述；我国以往的浪漫主义文学思潮研究中，对其所作的分析与研究也颇为空泛，而"自由"恰恰又是该文学思潮研究需要精准把握的"牛鼻子"。事实上，西方自由主义思想传统本身是复杂的，它提供了诸多自由的概念；作为在西方各国持续半个世纪之久的文学思潮，浪漫主义同样是复杂的，并且因其提供了诸多不同的"自由"之范式而具有多元论特征。因此，"自由"在浪漫主义文学中呈现为复杂乃至悖谬的奇异文化—文学景观，剖析其多元存在则有助于对西方浪漫主义文学思潮做出有力度、有深度的系统阐释。

第三节 "自由"内涵之多义性辨析

没有哪个时代的作家像浪漫派一样如此全面地关注自由问题，也没有哪个时代的诗人写下了那么多关于自由的热情颂歌，无怪乎雨果直称"浪漫主义其真正的定义不过是文学上的自由主义而已"①，而美学家克罗齐则进一步指出："理论和思辨的浪漫主义是对在启蒙运动中占统治地位的文学学院主义和哲学唯理智论的论战和批判……它理解自发性、激情、个性有多么重要，并把它们引入伦理学。"② 20世纪30年代我国学者曾觉之也在其著名论文《浪漫主义试论》中精准指出：浪漫主义者之"唯一目的在打破文艺上之专制局面，一尊系统，他们只是要求表现之自由，即艺术之自由"③。所以许峨说：'浪漫主义就是自由主义'；'浪漫主义一字不过是战争之口号'；所谓自由是扫除一切规律，解放一切缚束之自由，所谓战争是对压制者，对古典派之战争"④。可见"自由"是浪漫主义文学思潮之灵魂。然而，在我国研究者的学术视野中，自浪漫主义传入本土以来，出于社会历史、文化传统等种种原因，对"自由"的关注却呈日渐淡出之态势，于是，"自由"作为理解浪漫主义最精准的学术入口也出现了偏移，我们的浪漫主义研究也就长期飘忽、徘徊于外围细枝末节的泛泛而谈之中。有鉴于此，本节就浪漫派"自由"之内涵作若干讨论。

一 个人自由与本体孤独

既不是理性主义的绝对理性，也不是黑格尔的世界精神，浪漫

---

① [法]维克多·雨果：《〈艾那尼〉序》，见《雨果论文学艺术》，柳鸣九译，河北教育出版社1999年版，第100页。
② [意]克罗齐：《十九世纪欧洲史》，田时纲译，商务印书馆2015年版，第33页。
③ 曾觉之：《浪漫主义试论》，《中法大学月刊》1933年第3、4期。
④ 同上。

派的最高境界是具体存在的个人；所有的范畴都出自个体的心灵，因而其唯一重要的东西即个体的自由，而"精神自由"无疑乃这一自由中的首要命题，主观性成为浪漫主义的基本特征。"浪漫派竭力崇尚个体的人之价值，个性主义也成了浪漫主义的显著特点。"[1] 浪漫派对个人自由意志的高度推崇，决定了自由意志极度膨胀的自我必然是孤独的。既然自由与孤独相伴相生这一悖论成为人生不可逃脱的命运，那么"世纪病"之忧郁症候也就在浪漫主义文学中蔓延开来。较早的有"法国浪漫主义之父"之称的夏多布里昂，其小说《勒内》（1802）中"年轻的主人公将自己淹没在厌倦忧郁中，与其说是在被动地忍受孤独，不如说是在孤独中孵育培植心灵的虚空"[2]。小说刊行后旋即风靡法国，并迅速弥漫整个欧洲文坛，俨然成为新旧文学交替的标志。于是，追随着忧伤、孤独的少年维特之足迹，夏多布里昂笔下的勒内、龚斯当笔下的阿道尔夫、缪塞笔下的奥克塔夫、拜伦笔下的哈罗尔德等，一系列满脸忧郁的主人公便在浪漫派文学中鱼贯而出，西方现代文学的"孤独"主题即由此滥觞。

从西方文学史演变的角度看，此前的古典主义文学致力于传播的理性主义之共同理念，乃是一种社会人的"人学"表达，而浪漫主义则强调对个人情感、心理的发掘，确立了一种个体"人学"的新文学；由此，关于自我发现和自我成长的教育小说，也应运而生并成为一种延续到当代的浪漫派文体。局外人、厌世者、怪人在古典主义那里通常会遭遇嘲笑，而在浪漫派这里则会得到肯定乃至赞美；人群中的"孤独"这一现代人的命运不仅在其间得到最初的正面表达，而且个人与社会、精英与庸众的冲突从此也延展成了西方现代文学的重要主题。所有这一切，都与浪漫派对"个体自由与本

---

[1] Jacques Barzun, *Classic, Romantic and Modern*, London: Secker & Warburg, 1962, p. 6.

[2] Martin Travers, *An Introduction to Modern European Literature – from Romanticism to Postmodernism*, London: Macmillan Press, 1998, p. 18.

体孤独"中自由的延伸内涵相关。

二 信仰自由与中世纪情怀

文学与宗教有着特殊的人文亲缘关系，它们是呵护和滋养人的内在自我的最有效之文化形态。法国大革命后在欧洲宗教复兴的社会文化思潮背景下，渴慕"无限"自由的浪漫派就自然地在宗教信仰中寻求精神支援，夏多布里昂、诺瓦里斯、蒂克等人的心灵由此倾向于正统的天主教或新教；深切而孤绝的自我意识，也使得浪漫派作家将宗教当成可以带来心灵安慰的诗歌或神话，与之相应的则是泛神论以及超验主义宗教观的勃兴。"启蒙运动和科学主义在摧毁教会统治与蒙昧主义的同时，传统文化价值观念的失落无疑使人的精神产生空虚感与无依托感。"[1] 这类似于后来尼采说"上帝死了"时人们因信仰失落而迷惘。不少浪漫派作家将诗与宗教、诗人与上帝界定为一体，这倒也合乎神性观念与完美观念结合在一起的基督教传统。浪漫派的宗教观经由自由精神的催发显得多姿多彩，其共同点在于：用内心情感体验作为衡量信仰的标准，使宗教变成热烈而富有个人意义的东西；这不仅使浪漫派神学与以福音派和虔敬派为代表的基督教复兴相互呼应，而且也使宗教信仰自由观念成为浪漫派之自由价值观体系中十分重要的命题之一。于是，上帝不再是"自然神论"或理性宗教中的机械师，而是一桩令人陶醉的神秘事物；中世纪也被浪漫派从启蒙学派的讥讽中解救出来，成为作家反复吟唱讴歌的精神与心灵憧憬。对此，我们显然不宜简单地将其一概定性为社会政治立场上的复古与反动。这方面，最典型的也是德国浪漫派。

德国早期浪漫派普遍对现代科学、理性主义以及资本主义新秩序表示不满。针对 18 世纪末 19 世纪初西方社会科学主义、理性主

---

[1] M. H. Abrams, *A Glossary of Literary Terms*, Fortworth: Harcourt Brace Jovanovich College Publishers, 1993, pp. 122–129.

义过于膨胀，针对人们凭借科学而对自我之力量产生的盲目乐观，德国浪漫派则表现出了忧虑与反叛，其中具有代表性的是诺瓦里斯。他对理性主义启蒙哲学在批判传统文化与文明时所表现出来的片面性持批评的态度。他说，"人们把现代思维的产物称为哲学，并用它包括一切反对旧秩序的事物"；"现代无信仰的历史是令人触目惊心的，是了解近代一切怪现象的钥匙"①。诺瓦里斯的思想代表了精神与信仰追寻者的焦虑与恐慌。他向往中世纪基督教时代的欧洲，固然在历史观上是复古式回望，但针对18世纪末19世纪初那战争与动乱的时代，中世纪曾有的统一与宁静以及精神信仰给人的心灵安抚，无疑使人有一种稳定感、安全感和精神上的归属感，而这正是法国大革命后的西方社会所缺乏的，也是科学与理性所无法给予的。在此，诺瓦里斯不是从政治的维度，而是从精神文化的维度，尤其是从宗教与文学的维度，把宗教作为精神和心灵启迪的资源，从而赋予中世纪以内心体悟、感性自我显现的启迪意义和人文传承的正面意义。在他那里，浪漫主义的"自由"观念，经由宗教信仰与人的内心体验的渠道得到了体现，也为文学表现人的心灵与情感提供了新方法、新途径。所以，"诺瓦里斯不是保守的僧侣阶级的代言人，对他来说，教会的本质应是'真正的自由'"②。人的精神、灵魂和感性世界如何从科技理性与功利主义的"物化"压抑状态中挣脱出来，精神与灵魂如何得以宁静和栖息？这恰恰是功利主义与工具理性盛行的那个时代给文学与哲学所给出的重要命题。诺瓦里斯的理论中隐含着对灵魂与精神的"人"的追求，也代表了当时一部分文化人对人的"自我"与本性的另一种理解与关注。他虽然推崇中世纪，但真正所要体认的并不是神秘的信仰世界本身，而是现实中人的炽热而真实的感性世界；他要通过对这感性世界的真实领悟，

---

① ［丹麦］勃兰兑斯：《十九世纪文学主流》（第二分册），刘半九译，人民文学出版社1997年版，第198—199页。
② 任卫东、刘慧儒、范大灿：《德国文学史》（第3卷），译林出版社2008年版，第32页。

从而感受生命的存在、个体自由的存在以及生命的意义。

三 政治自由与社会批判

如前所述,我国最初对西方浪漫主义思潮的引进,侧重于具有社会反叛精神的"积极""革命"的浪漫主义者,鲁迅在其《摩罗诗力说》中就特别推崇拜伦、雪莱、密茨凯维支、裴多菲等"摩罗"诗人。他试图通过推介他们,借以批判现实中国社会之黑暗和国民之蒙昧,检讨中国传统文化之痼疾,其间表现出了启蒙主义的理性批判精神。此后以郭沫若为代表的创造社也侧重于推崇这些"积极浪漫主义"诗人,其立意和出发点也大致与前者相似。无论是鲁迅倡导的"摩罗派"浪漫主义还是郭沫若主张的"积极浪漫主义",都倾向于张扬政治自由和社会批判精神,同启蒙运动的理性批判精神达成一定程度的默契,而与以卢梭为源头和代表的审美主义浪漫派相去甚远。美国著名学者约翰·卡洛尔指出,"浪漫主义和启蒙运动享有同一个激进的个人主义,崇尚自治,对习俗、传统,尤其是人类团体的束缚充满敌意"[1]。这里的"浪漫主义"主要就是指"摩罗派"或"撒旦派"浪漫主义诗人。拜伦式"摩罗派"浪漫主义光大了启蒙运动的自由批判精神,与法国大革命后社会政治领域里的自由主义思潮相呼应;他们祭出撒旦的精神反叛之大旗,反对一切目的论、决定论的社会历史观,怀疑一切既定的社会、政治、伦理成规,且声称"文学自由乃政治自由的新生女儿"[2]。孤独而决绝、抑郁而傲岸的"拜伦式英雄",用生命来捍卫至高无上的个人自由,而自由的敌人则不但有专制的国家权威,更有"多数人的暴政"乃至整个人类文明。愤世嫉俗、天马行空的拜伦式英雄所体现的无政府主义的自由主义,显然不同于法国龚斯当等浪漫主义者所信守

---

[1] [美]约翰·卡洛尔:《西方文化的衰落:人文主义复探》,叶安宁译,新星出版社2007年版,第164页。

[2] [法]维克多·雨果:《〈艾那尼〉序》,《雨果论文学艺术》,柳鸣九译,河北教育出版社1999年版,第93页。

的宪政自由主义。自由即反叛，而且反叛一切乃至整个人类文明，拜伦式浪漫派的反叛精神中包含和张扬的是英雄崇拜意识及"超人原型"①，这意味着他们真正关注的只是自由意志的恣肆放纵和感性陶醉，而其政治立场则是暧昧模糊的。正因为如此，我们没有必要把他们拔高为反封建、反阶级压迫的"战士"——中国当时社会对此类斗士的需要与呼唤，并不等于拜伦式英雄本身便是意识形态意义上自觉的阶级"战士"。

还值得一提的是，以往我国学界通常认为，19世纪西方现实主义作家注重描绘社会的黑暗，具有强烈的社会批判性，高尔基称其为"批判现实主义"，由此，"社会批判精神"几乎被看成19世纪现实主义文学的本质属性。其实不然，这种社会批判精神与浪漫派基于政治自由理念的叛逆精神有血脉关系。不仅如此，20世纪西方现代主义孤傲、决绝的"先锋精神"也与浪漫派的"反叛""孤傲"等有血缘关系，浪漫派"目空一切"的叛逆精神和"革命"意识是西方文学史上一份颇具价值的文学遗产。

由政治自由和社会批判推及国家与民族问题，一些浪漫派诗人在这种自由精神的鼓舞下，极力主张民族的独立与解放——尤其是对弱小民族。作为19世纪一种引人注目的意识形态，民族主义或许后来转向了反动，但在其刚刚兴起的19世纪初叶，它既不反对自由主义，也非全然属于国际主义的对立面；它仅仅意味着：民族是旧有社会政治秩序土崩瓦解之后新的社会平等的天然载体，民族性是上帝在塑造人类过程中赋予每个民族的角色，所有民族均有自决的权利。浪漫派高标个体与独立，否定作为政治实体的国家之权威，但承认个体的成员接受民族语言、文化遗产的制约，乃至承认自由的个体要通过特定的民族身份来实现自我，因而他们本能地认同自由主义的民族主义，并信守文化多元论。于是，与当时方兴未艾的

---

① 蒋承勇：《西方文学"人"的母题研究》，华东师范大学出版社2018年版，第301—310页。

民族主义思潮相呼应，浪漫派作家普遍表现出对异族文化风情的热切关注和对民族解放斗争的坚定支持。在俄国和波兰等东欧地区，浪漫主义尤其容易与本土民族主义达成默契。密茨凯维支、裴多菲等都是民族独立与解放的斗士，拜伦则把最后的生命献给了希腊民族解放运动。这也正是我国对这些浪漫主义诗人格外推崇的重要原因。不过，拜伦式浪漫派所涉及的民族解放之"行动"，其实在思想渊源上依然是以个人自由为根基的浪漫主义政治自由观念，而不是我们通常所理解的无产阶级的国际主义精神。

四 艺术自由与文学革命

在浪漫主义文学思潮形成以前的17世纪和18世纪，美学逐步从关于真与善的科学理论中脱离了出来，基于文学审美与自律的"艺术自由"观念随之日渐彰显，这为西方文学艺术之现代性转型奠定了哲学与美学的基础。西方美学学科的创始人鲍姆嘉通首先把美学与一般科学作了明确的区分，他认为，美学"是研究感性的科学"[1]，其研究对象审美感性活动，尤其是艺术的审美感性活动，而审美活动是一种感官接受活动，是感性认识的完善。此后，康德进一步把美学视为与人的认知和意志相独立的情感领域，并把审美现象与认知现象明确加以区分。由是，审美也就是个体对世界的一种认识方式，即感性的认识，其内容包括"感性经验、想象以及虚构（fabulae），一切情感和激情的纷乱"[2]。作为一种特殊的认知方式，审美活动不仅涉及感性经验的知识，还包括了感性的愉悦与自由。正如康德所说："假使它拿快感做它的直接企图，它就唤作审美的艺术。这审美的艺术又是快适的艺术，或美的艺术。"[3] 正是在这种理

---

[1] ［德］鲍姆嘉通：《美学》，见马奇主编《西方美学资料选编》（上卷），上海人民出版社1987年版，第691页。

[2] 同上书，第692页。

[3] ［德］康德：《判断力批判》（上卷），宗白华译，商务印书馆1964年版，第150页。

论滋养下，作为"文学中的自由主义"的浪漫派，就成功确立了"艺术自由"的观念，从而大大解放了艺术家的创造力，浪漫派也就成了西方文学现代性转型的标志。

众所周知，浪漫主义是在与古典主义的反复而激烈的争斗中得以确立的，但是，它由此获得的艺术上的"自由"，绝不仅仅是文学创作上"挣脱了古典主义'三一律'的束缚"那种常识性的简单自由。而至关重要的是，在这场争斗中亦已蔓延开来的浪漫主义"运动"，注定是一场史无前例的最深刻的文学"革命"！正如英国著名学者以赛亚·伯林所说，"浪漫主义的重要性在于它是近代史上规模最大的一场运动，改变了西方世界的生活和思想。对我而言，它是发生在西方意识领域的一次转折。发生在19世纪和20世纪历史进程中的其他转折都不及浪漫主义重要，而且他们都受到浪漫主义深刻的影响"[1]。从"艺术自由"的角度看，浪漫主义以感性和审美的方式对启蒙理性进行了反向抨击，对启蒙运动的成果——资本主义的现代文明——发起了猛烈攻击，进而开启了西方现代审美主义（aestheticism）文学思潮。对此，我国学界的理解与研究是严重滞后的，由此也长期滞缓了对浪漫主义美学理念与人文内涵的深度把握和广泛传播。

文学以教育、影响他人，为道德、哲学、宗教、政治和社会等他者服务，这是多少世纪以来在西方文学史中占主导地位的文学观念；而戈蒂耶等浪漫派作家却将诗与雄辩术区别开来，标举艺术的自足地位，倡导"为艺术而艺术"。"浪漫主义运动的特征总的来说是用审美的标准代替功利的标准"[2]，柯勒律治、济慈与爱伦·坡、戈蒂耶等都倡导文学自律的理论。当然，对绝大多数的浪漫主义理论家来讲，文学自律观念是隐含在他们的文论当中的，诸如强调天

---

[1] ［英］以赛亚·伯林：《浪漫主义的根源》，吕梁等译，译林出版社2008年版，第8页。

[2] ［英］罗素：《西方哲学史》（下卷），何兆武等译，商务印书馆1997年版，第216页。

才、想象、情感、独创等,本身都暗含了对于文学独立性的认同。在文学艺术的社会功能方面,大多数浪漫主义批评家尽管并没有完全放弃传统的文学功能观,但是又强调文学艺术对人的"善感性"的培养,这是一种与传统文学功能观念全然不同的新概念。"卢梭(Rousseau)早在1750年就写下了'理性腐蚀着我们'的论断,认为艺术和科学败坏了所有神圣的东西。他所标新立异的神祇是激情,作为对笛卡尔('我思故我在')的尖锐还击:我感觉,因此我在。"[1] 在启蒙理性和资本主义现代文明对个体的心灵不断构成异化的文化环境里,浪漫派便以感性和审美的方式予以抵制,在他们心目中,美是和谐的个体和国家的表象或显现。[2] 浪漫主义通过与启蒙理性的对抗以及对感性与审美的张扬,在西方文学史上首次实现了情感对理智、文学对现实、审美对功利、天才对庸众的超越。浪漫诗学与浪漫反讽的确立以及浪漫派的文类创新,从不同的向度揭示了浪漫主义的"革命性"。

与此同时,随着文学自律性地位和非功利性观念的确立,浪漫派还制造了诗人被冷酷无情的社会和"庸众"所毁灭的悲情传说;此后将艺术自由发挥到极致的唯美主义作家群的出现,则标志着纯文学与通俗文学、精英文化与大众文化的分裂在浪漫主义时代已初现端倪。从浪漫派开始,西方文学几乎都是在与文学传统以及"大众—社会"的激烈冲突中以"革命""运动"的方式发展的。正是在这种激烈的冲突中,文学"运动"和作家的"先锋性"日益凸显和强化,这也是文学现代性特质的一种表现。而伴随包括工业化、城市化、民主化、法制化、理性化等内涵的现代化进程在19世纪的急剧提速,西方文学思潮的"运动"形态亦随之得到强化,直接酿就了更为激进和反叛性的现

---

[1] [美]约翰·卡洛尔:《西方文化的衰落:人文主义复探》,叶安宁译,新星出版社2007年版,第163—164页。

[2] Fredrick C. Beiser, *The Romantic Imperative: The Concept of Early German Romanticism*, Cambridge, Massachusetts, London: Harvard University Press, 2003, p.40.

代主义文学思潮。

　　总之,"自由"之于浪漫主义文学思潮的核心地位,不仅使浪漫派丰富、光大了构成西方文化精髓的自由主义传统,而且使浪漫派成了西方文学史上最光辉灿烂的篇章。作为文学思潮,浪漫主义因其内在的"自由"观念的彰显而成了西方近现代文学发展过程中最伟大的一场文学革命;在文学艺术领域,浪漫主义运动堪与德国的哲学革命、英国的工业革命、法国与美国的政治革命相媲美,同时又是对它们的表达或补偿。但是,历史、辩证地看,浪漫派之自由观念亦因其时代局限性而释放出负面效应:在社会文化层面,在以自由至上对理性至上的反拨过程中,浪漫派在某种程度上将个性扩展为任性,将自我变成自恋,将张扬感性演绎为情欲泛滥,将对"无限"的憧憬转化为对现实的弃绝,终使自由在失却了自己的边界之后缥缈成为迷雾流云,幻化成一抹失却了精神力量的虚无;在文学艺术层面,浪漫派在消解功利主义艺术观念的过程中,割裂了艺术作为自由之象征与艺术作为苦闷之象征的关系,从艺术自由推衍出艺术至上,终使艺术在很大程度上蜕变为失却了现实生活大地牵引而任凭自由理念吹向神秘天国的断线风筝。浪漫派"自由"观念的局限性决定了它也将随着历史的演进而退场——它只能是属于那个世纪某个历史阶段有极大创新性的"文学思潮"。但是我们必须看到,浪漫主义文学思潮给西方文学带来了革命性影响,它的精神已经融进了西方文学乃至世界文学的血液之中,对此,我们有必要对其进行更深入的考察、研究、认识与把握。

第十三章

"主义"的纠结与纠缠

19世纪西方文学中的现实主义与自然主义,其影响之广泛、深远和重要性是众所周知的,但各自的内涵及相互关系,在我国学界一直纠缠不清,众说纷纭。五四前后,19世纪现实主义刚刚被介绍到中国时,受日本译界的影响,我国学界也把它与自然主义融混在一起被翻译成"写实主义";后来,又由于受苏联文学理论的影响——褒扬现实主义而贬抑自然主义,我国学界一直将现实主义看成19世纪西方文学中占主导地位的、最重要的文学思潮,而把自然主义看成现实主义的延续,并且,评判自然主义作家的成就要看其创作在何种程度上达到了现实主义的高度,因此,现实主义也就成了衡量自然主义文学之成就的价值尺度和艺术标准。作为文学史上重要的文学现象,19世纪现实主义到底应该被视为一个具体的文学思潮,还是一种应时而生的文学创作倾向?它和自然主义是一种什么样的关系?这是一个需要重新辨析与破解的学术纠结。

第一节 作为"创作倾向"的现实主义

众所周知,巴尔扎克是最能代表"现实主义"之内在含义的作家,但他与司汤达、狄更斯、萨克雷以及果戈理一样,都不曾用

"现实主义"一词来标明自己创作的流派归属。韦勒克在《文学研究中现实主义的概念》一文中追溯了"现实主义"术语在欧美各国的发生史。这个概念在文学领域最早的一次运用是1826年，但其流行与19世纪50年代中期法国画家库尔贝与小说家尚弗勒利的积极应用有关。19世纪中后期，在整个西方文坛，的确曾两度出现过松散的以"现实主义"命名的文学社团，且都是在自然主义的故乡法国。第一个"现实主义"松散组织大致存在于1855年至1857年，主要参加者是尚弗勒利和杜朗蒂，他们在1856年11月至1857年5月曾创办过一本题名为《现实主义》的杂志；1857年，尚弗勒利里还曾将自己的一个文集冠名《现实主义》印行。第二个"现实主义"的松散社团出现于19世纪70年代末，成员是两个在文学史上根本找不到名字的业余文学爱好者，均为左拉的崇拜者；他俩在1879年4月至6月也曾创办过一份题名为《现实主义》的杂志。这两个所谓"现实主义"的文学组织，均因创办者的寂寂无闻、存在时间的昙花一现以及影响力的低微，未曾进入一般文学史家的视域。而且，后者作为渐趋高潮的自然主义文学运动在一般文学青年中的反响，可以被视为自然主义的一个组成部分；而前者，从能看到的尚弗勒利关于"现实主义"的一些表述来看，其基本的文学主张与稍后出现的自然主义基本一致，因而可以被视为自然主义文学运动的一个小小的前奏。总之，这两个曾经以"现实主义"命名的文学组织，都不足以成为文学思潮的重要标准，也与中国学界所理解的"19世纪现实主义"或"批判现实主义"相去甚远。

  作为文学史对某个时代文学、诗学特质进行整体描述的概念，"文学思潮"必须同时满足如下条件：在新的哲学文化观念——尤其是在其中的人学观念的引导下，通过文学运动（社团/期刊/论争）的形式，创立新的诗学观念系统，并在此基础上尝试新的文学方法，从而最终创造出新的文学文本形态。

  一种文学思潮的独立存在，既要有特定艺术风格与创作手法，更要形成具有特定诗学观念和艺术品格的"精神气质"，它是文学思潮得以确立的本质要素。通常，艺术风格和创作手法可以超越历史，但"精神气质"必定是特定历史阶段的产物。这意味着文学思潮的概念不但有内涵上的"质性"规定，也有外延上的"历史性"或"时期性"。就此而言，与在西方持续2000多年的"摹仿说"（后人又称其为"再现说"）相辅相成因而几乎"无边的"现实主义，就不是一个思潮的概念，而是一种与"摹仿"观念及西方叙事文学传统相关涉的"创作倾向"。由亚里士多德"摹仿说"所奠定的"写实"传统，在19世纪浪漫主义文学之前一直是西方文学的主导传统，后来西方文学史家称之为"摹仿现实主义"。在19世纪，浪漫主义文学思潮衰微、自然主义文学思潮兴起之际，徜徉于滋养自然主义的科学主义大潮，愤懑于浪漫主义走向极端后的虚无浮泛，这种古已有之的"现实主义"创作倾向格外盛行，人们误将它视为一种"文学思潮"，而实际上它只是以古希腊的理性主义哲学传统为思想核心、被西方叙事文学传统逐步锤炼的"摹仿现实主义"的新形态，它依然属于一种创作倾向而非文学思潮。

大致来说，19世纪中叶以司汤达、巴尔扎克等人为代表的一代小说家，将浪漫主义和传统现实主义这两种不同的观念和文学进行了简单融合，在对浪漫主义隐隐约约的抱怨声中，这种"融合"而成的文学创作给文坛带来了一种新气象。不过，虽然其间已经透露出未来文学和诗学形态的不少信息，但这些信息只是"信息"而已，其"新质"尚未凝结为足以相对完整、独立的诗学系统、方法论系统和文本构成系统，直到19世纪末20世纪初更新潮的现代主义文学兴起的时候依然如此。而且，除了上述提及的19世纪中后叶出现于法国的两个名实不尽相副的"现实主义"松散组织之外，我们至今也无法在19世纪的西方文坛上寻觅到现实主义"文学运动"（社团/期刊/论争）的踪影，这一历史事实也再次表明：19世纪现实主义并非一个实体性的文学思潮，而是一种创作倾向。

正是作为"创作倾向"的概念，现实主义因其"外延"的"无边"，其"内涵"常常处于变动的状态。在实际存在中，因其内涵的这种游弋不定与外延的无限膨胀,现实主义常常本能地趋向于寻求某种外在的支撑,于是就有了各种各样的"现实主义组合"。在西方,有后来的"心理现实主义""虚幻现实主义""怪诞现实主义""反讽现实主义""理想现实主义""朴素现实主义""传奇现实主义""乐观现实主义""超现实主义""魔幻现实主义"等,不一而足。在苏联,文学理论家卢那察尔斯基一人就曾用过"无产阶级现实主义""社会现实主义""英雄现实主义"和"宏伟现实主义"等多种术语,此外还有沃隆斯基的"新现实主义"、波隆斯基的"浪漫现实主义"、马雅可夫斯基的"倾向现实主义"、阿·托尔斯泰的"宏伟现实主义"、勃列日涅夫的"辩证现实主义"等,当然最著名的还是高尔基的"批判现实主义"和1934年第一次全苏作家代表大会正式写进作家协会章程并规定为苏联文学基本创作方法的"社会主义现实主义"。在中国,除五六十年代被热烈讨论并一度被确定为文学基本创作方法的"社会主义现实主义"及其变种"与革命浪漫主义相结合"的"革命现实主义"外,还有"新民主主义现实主义"(周扬)、"进步的现实主义"(周扬)等。"现实主义"这种惊人的繁殖力,其表征的正是其作为文学传统的创作倾向属性,而非文学思潮。

19世纪中叶,巴尔扎克等现实主义作家确实创造出了若干堪称经典的文学作品,一时间构成了"现实主义"勃兴的繁荣局面,"巴尔扎克通过给新兴城市和初期的资本主义动力以及猖獗的个人崇拜赋予形式,'发明了'十九世纪"[1]。他们的艺术成就不容置疑,但他们的艺术成就不应该简单地归诸其反对浪漫主义或复归作为西方文学传统的"摹仿现实主义"。事实上,已然处在现代文学区段上的19世纪现实主义,明显不同于传统的"摹仿现实主义"。作为现实主义代表人物的司汤达与巴尔扎克,不管是从文学观念还是从创作

---

[1] Peter Brooks, *Realist Vision*, New Haven and London: Yale University Press, 2005, p. 22.

风格上来说，都完全无法用"摹仿现实主义"的尺子来度量：他们身上既有浪漫主义的痕迹——因此勃兰兑斯在《十九世纪文学主流》中才将他们视为浪漫主义者；又有不同于一般浪漫主义而属于后来自然主义的诸多文学元素——后来自然主义文学领袖左拉将他们称为"自然主义的奠基人"。正是基于此种状况，有文学史家干脆将19世纪现实主义唤作"浪漫写实主义"；这种"浪漫写实主义"，作为一种"现代现实主义"，虽在"写实"的层面上承袭了旧的"摹仿现实主义"，但同时也在更多的层面上以其"现代性"构成了对"摹仿现实主义"传统的改造与发展。

艺术活动毕竟是最张扬个性的人类活动；事实上，任何一位伟大作家的创作，都绝无可能用一个什么"主义"的术语或标签盖棺定论。文学史研究应把思潮研究、作家研究、作品研究区别开来；文学思潮层面的宏观研究不能代替对具体作家、作品的研究，反之亦然。将一个时期的作家、作品都装到一个套子里发放统一"牌照"，简单倒是简单，但这可能已经不是在偷懒，而有可能是在糟蹋文学。在经典作家作品研究与文学思潮或文学流派研究的关系上，也许左拉的话足资借鉴："一个学派就意味着对人的创造自由的一种否定"，"每个流派都有过分之处，以致使自然按照某些规则变得不真实"，"流派从来不会产生一个伟人"。[①]

基于此，我们再来审视19世纪中叶西方现实主义作家的文学成就，答案变得更为坚实可信。抛却作家本人的天才与个性不论——这对作家的创作成就应该说是最重要的内在原因，19世纪中叶西方现实主义文学创作繁荣局面的形成，从外在原因来考察，至少有如下因素值得认真评估：其一，浪漫主义文学革命所带来的对传统的文学成规的冲击，为这一代作家释放创作潜能提供了契机；其二，现代社会这个庞然大物的形成，开启了"上帝之死"的文化进程，

[①] ［法］左拉：《左拉文学书简》，吴岳添译，安徽文艺出版社1995年版，第249页。

一个动荡不安的多元文化语境对19世纪中叶西方文学创作的繁荣当然是一个福音；其三，工业革命加速推进所积累起来的诸多社会问题与社会矛盾，在19世纪中叶既然能够催生马克思主义的诞生与流行，对文学家的文学创作当然也会释放出巨大的召唤效应；其四，自然科学的成就对人的鼓舞，科学精神对社会科学的渗透，催发了作家通过文学创作"研究""分析"社会和人的生存状况的浓厚兴趣，强化了文学创作的"写实"与"再现"理念。以上种种因素，都催发了现实主义创作倾向发扬光大，助推了19世纪西方现实主义文学的发展与繁荣。

第二节　现实主义与自然主义

在当代中国的文学理论与文学史表述中，自然主义始终是与现实主义"捆绑"在一起的。人们或者说它是"现实主义的极端化"，或者说它是"现实主义的发展"，或者说它是"现实主义的堕落"，等等，不一而足。无独有偶，如果对自然主义文学的理论文献稍加检索，人们很容易便可发现当时左拉们也是将自然主义与现实主义这两个术语"捆绑"在一起来使用的。通常的情形是，自然主义与现实主义两个术语作为同位语"并置"使用，例如，在爱德蒙·德·龚古尔写于1879年的《〈臧加诺兄弟〉序》中，便有"决定现实主义、自然主义和文学上如实研究的胜利的伟大战役……"[1] 这样的表述，在另外的情形中，人们则干脆直接用现实主义指称自然主义。

自然主义文学运动是举着反对浪漫主义的旗帜而占领文坛的。基于当时文坛的情势与格局，左拉等人在理论领域反对浪漫主义、

---

[1] [法]爱德蒙·德·龚古尔：《〈臧加诺兄弟〉序》，见朱雯等编选《文学中的自然主义》，上海文艺出版社1992年版，第299页。

确立自然主义的斗争，除了从文学外部大力借助当代哲学及科学的最新成果来为自己的合理性进行论证外，还在文学内部从传统文学那里掘取资源来为自己辩护。如上所述，2000多年以来占主导地位的西方文学传统是由亚里士多德"摹仿说"奠基的"写实"传统，西方文学史家常以"摹仿现实主义"名之，在文学史上形成了足够强大的影响力。[①] 这正是左拉等自然主义作家将自然主义和现实主义两个术语"捆绑"在一起使用的缘由。这种混用，虽然造成了"自然主义"与"现实主义"两个概念的混乱（估计左拉在当时肯定会为这种"混乱"而感到高兴），但在特定的历史情境中，这并非不可理解和不可接受的。就此而言，当初左拉们与后来中国学界对现实主义与自然主义的"捆绑"，显然有共通之处——都是拿现实主义来界定自然主义，两者之间存在一种历史的联系也未可知——前者的"捆绑"或许为后者的"捆绑"提供了启发与口实？但这两种"捆绑"显然又有巨大不同：非但历史语境不同，而且价值判断尤其不同。在这两种不同的"捆绑"用法中，自然主义与现实主义两个术语的内涵与外延迥然有别。

　　左拉等人是将自然主义与"摹仿现实主义""捆绑"在一起的，而我们则是将自然主义与高尔基命名的"批判现实主义"或恩格斯所界定的那种"现实主义""捆绑"在一起的。左拉那里的现实主义是"摹仿现实主义"；作为西方文学传统的代名词，"摹仿现实主义"指称的是2000多年来西方文坛上占主导地位的那种笼而统之的"写实"精神，是一个在西方文学史上具有普遍意义的"创作倾向"。作为一种"创作倾向"概念，左拉所说的"现实主义"，其内涵和外延都非常广，甚至大致等同于"传统西方文学"的概念。正因为如此，在某些西方批评家那里才有了"无边的现实主义"这样的说法。而在中国学人的笔下，"现实主义"非但指称一个具体的文

---

① ［英］利里安·R. 弗斯特、彼特·N. 斯克爱英：《自然主义》，任庆平译，昆仑出版社1989年版，第5页。

学思潮（认为它是确立于 1830 年但迄今一直没有给出截止时间的文学主潮），而且是指一种具体的创作方法（由恩格斯命名的、以唯物主义为哲学基础的、进步乃至是"至上"的、显然不同于一般"摹仿现实主义"的创作方法）。不同于左拉等自然主义作家之基于文学运动的策略选择，中国文学界对自然主义与现实主义两个术语的"捆绑"，其出发点有着明显的意识形态背景。国人的表述在文学和诗学层面上都对自然主义和现实主义做出了明确的区分，并循着意识形态价值判断的思维逻辑重新人为地设定了现实主义和自然主义的内涵与外延。

在主要由左拉提供的自然主义文学理论文献中，其将自然主义扩大化、常态化的论述有时候甚至真的到了"无边"的程度：

> 自然主义会把我们重新带到我们民族戏剧的本源上去。人们在高乃依的悲剧和莫里哀的喜剧中，恰恰可以发现所需要的对人物心理与行为的连续分析。[1]
>
> 甚至在 18 世纪的时候，在狄德罗和梅西埃那里，自然主义戏剧的基础就已经确凿无疑地被建立起来了。[2]
>
> 在我看来，当人类写下第一行文字，自然主义就已经开始存在了。……自然主义的根系一直伸展到远古时代，而其血脉则一直流淌在既往的一连串时代之中。[3]

这从侧面再次表明，左拉用作为"创作倾向"的现实主义来指称自然主义只是出于一种"运动"的策略，并非表明自然主义真的等同于作为"创作倾向"的现实主义。否则，我们就只好也将他所提到的古典主义与启蒙主义都当成自然主义了。正如人们常常因为

---

[1] Emile Zola, "Naturalism in the Theatre", in George J. Becker (ed.), *Documents of Modern Literary Realism*, Princeton, New Jersey: Princeton University Press, 1963, p. 255.

[2] Ibid., pp. 210 – 211.

[3] Ibid., pp. 198 – 199.

自然主义对浪漫主义的攻击，而忽略其对浪漫主义的继承与发展，人们甚至更常常因为自然主义对"摹仿现实主义"的攀附，而混淆其与"摹仿现实主义"的本质区别。其实，新文学在选择以"运动"的方式为自己争取合法文坛地位的时候，不管"攻击"还是"攀附"，这都只不过是行动的策略，根本目的则只是获得自身新质的确立。事实上，在反对古典主义的斗争中，浪漫主义也曾返身向西方的文学传统寻求支援，我们是否由此也可以得出浪漫主义等同于"摹仿现实主义"的结论呢？显然不能，因为浪漫主义已经在对古典主义的革命反叛中确立了自己的"新质"。虽然为了给自身存在的合法性提供确凿的辩护，曾将自然主义的外延拓展得非常宽阔，但在要害关键处，他们都不忘强调："自然主义形式的成功，其实并不在于模仿前人的文学手法，而在于将本世纪的科学方法运用在一切题材中。"① "本世纪的文学推进力非自然主义莫属。当下，这股力量正日益强大，犹如汹涌的大潮席卷一切，没有任何力量能够阻挡。小说和戏剧更是首当其冲，几被连根拔起。"② 这种表述无疑是在告诉人们，自然主义是一种有了自己"新质"的、不同于"摹仿现实主义"的现代文学形态——作为"创作倾向"的西方19世纪现实主义。

"写实"乃是西方文学的悠久传统，但这一传统并非一块晶莹剔透的模板。德国文学理论家埃里希·奥尔巴赫在他著名的《摹仿论——西方文学所描绘的现实》一书中，通过对以荷马史诗为端点的希腊古典叙事传统与以《圣经》为端点的希伯来叙事传统稍加考察比较后发现：所谓"写实"的西方文学传统，原来在其形成之初便有着不同的叙事形态。不管是在理论观念层面还是在具体的创作实践当中，西方文学中的所谓"写实"，并非一成不变，而是处于不

---

① [法]左拉：《论小说》，见朱雯等编选《文学中的自然主义》，上海文艺出版社1992年版，第251页。

② Emile Zola, "Naturalism in the Theatre", in George J. Becker (ed.), *Documents of Modern Literary Realism*, Princeton, New Jersey: Princeton University Press, 1963, p.219.

断生成的动态历史过程之中的。① 具体来说，在不同时代，人们对"写实"之"实"的内涵有着不同的理解，而且对"写实"之"写"也总有着迥异的诉求。就前者而言，所谓的"实"是指什么？是亚里士多德之"实存"意义上的生活现实？还是柏拉图之"理式"意义上的本质真实？抑或是苏格拉底之"自然"意义上的精神现实？这在古希腊就是一个争讼不一的问题。《诗学》之后，亚里士多德"实存"意义上的"现实说"虽然逐渐成为长时间占主导地位的观点，但究竟是怎样的"实存"、又到底是谁家的"现实"依然还是难以定论——是客观的、对象性的现实？还是主客体融会的、现象学意义上的现实？抑或是主观的、心理学意义上的现实？在用那种体现着写实传统的"摹仿现实主义"为新兴的自然主义张目的时候，左拉显然是意识到了如上的一堆问题，所以，在将自然主义的本源追溯到远古的"第一行文字"的同时，左拉又说："在当下，我承认荷马是一位自然主义的诗人；但毫无疑问，我们这些自然主义者已远不是他那种意义上的自然主义者。毕竟，当今的时代与荷马所处的时代相隔实在是过于遥远了。拒绝承认这一点，意味着一下子抹掉历史，意味着对人类精神持续的发展进化视而不见，只能导致绝对论。"②

为自然主义文学运动提供理论支持的实证主义美学家泰纳认为，艺术家"要以他特有的方法认识现实。一个真正的创作者感到必须照他理解的那样去描绘事物"③。由此，他反对那种直接照搬生活的、摄影式的"再现"，反对将艺术与对生活的"反映"相提并论。

---

① Erich Auerbach, *Mimesis*: *The Representation of Reality in Western Literature*, Princeton, Oxford: Princeton University Press, 2003, pp. 3–23.

② Emile Zola, "Naturalism in the Theatre", in George J. Becker (ed.), *Documents of Modern Literary Realism*, Princeton, New Jersey: Princeton University Press, 1963, p. 219, 198.

③ [俄] 诺维科夫：《泰纳的"植物学美学"》，见朱雯等编选《文学中的自然主义》，上海文艺出版社1992年版，第68页。

他一再声称刻板的"摹仿"绝不是艺术的目的,因为浇铸虽可以制作出精确的形体,但永远不是雕塑;无论如何惊心动魄的刑事案件的庭审记录都不可能是真正的戏剧。泰纳的这种论断,后来在左拉那里形成了一个公式:艺术乃是通过艺术家的气质显现出来的现实。"对当今的自然主义者而言,一部作品永远只是透过某种气质所表现出的自然的一角。"[1] 而且左拉认为,要阻断形而上学观念对世界的遮蔽,便只有"悬置"所有既定观念体系,转过头来纵身跃进自然的怀抱,即"把人重新放回到自然中去"[2],"如实地感受自然,如实地表现自然"[3]。由此出发,自然主义作家普遍强调"体验"的直接性与强烈性,主张经由"体验"这个载体让生活本身"进入"文本,而不是接受观念的统摄以文本"再现"生活,进而达成了对传统"摹仿/再现"式"现实主义"的革命性改造。即便不去考究各种纷繁的语言学、叙事学理论的不断翻新,仅仅凭靠对具体文学文本征象的揣摩,人们也很容易发现西方现代叙事模式转换的大致轮廓。例如,就"叙事"的题材对象而言,从既往偏重宏大的社会—历史生活转向偏重琐细的个体—心理状态;就叙事的结构形态而言,从既往倚重线性历史时间转向侧重瞬时心理空间;就叙事的目的取向而言,从既往旨在传播真理揭示本质转向希冀呈现现象探求真相;就作者展开叙事的视角而言,从既往主要诉诸"类主体"的全知全能转向主要诉诸"个体主体"的有限观感;就作者叙事过程中的立场姿态而言,从既往"确信""确定"的主观介入转向"或然""或许"的客观中立。

种种事实表明,如果依然用过去那种要么"再现"、要么"表现"这样的二元对立思维模式来面对已然变化了的西方现代文学,

---

[1] Emile Zola, "Naturalism in the Theatre", in George J. Becker (ed.), *Documents of Modern Literary Realism*, Princeton, New Jersey: Princeton University Press, 1963, p. 198.

[2] Ibid., p. 225.

[3] [法] 左拉:《论小说》柳鸣九译,见柳鸣九选编《法国自然主义作品选》,天津人民出版社,1987年版,第778页。

依然用既往那种僵化、静止的"写实"理念来阐释已然变化了的西方现代叙事文本，人们势必很难理喻自己所面对的新的文学对象，从而陷入左拉所说的那种"绝对论"。而如果将这种"依然"顽固的坚持称为偏执，那人们就只能会非常遗憾地看到一幅非常滑稽、悲惨的情景：因冥顽不灵而神色干瘦枯槁的中国现代文士们，穿着堂吉诃德式的过时甲胄，大战包括自然主义文学在内的西方现代文学这部充满活力与动感的壮丽风车。

第十四章

19世纪现实主义"写实"传统及其当代价值

改革开放以来，西方现代派文学对我国文学产生了深远影响。现代派文学的"先锋性"及其对传统文学尤其是19世纪现实主义文学的反叛性，使不少人一度认为现实主义传统的文学已经"过时"，西方19世纪现实主义文学对我们已没有借鉴价值，现实主义创作方法自然也属"陈旧"和被"淘汰"之列。然而事实上，19世纪现实主义文学的"写实"精神与"真实性"品格，以及作品中所展示的现实关怀与呈现的历史风格，已深深地融入人类文学并成为其本质属性之一，是人类文学之生命活力的重要泉源，也是马克思主义文艺思想的基本品格，具有永久的文学魅力与永恒的艺术价值。

历史发展到今天，毫无疑问，我们不应否认现代派文学对人类文学的创新与贡献，但是，当我们已经与之拉开了相当的时间距离时——同样与19世纪现实主义文学拉开了更远的距离——再回望这一道道渐行渐远的文学风景线，在看到现代派"实验性"创新之绮丽多姿的同时，也清晰地看到了其所主张的"反传统"在相当程度上的过激性、局限性以及"创新"的有限性。比如，现代派文学不同程度上存在着过于抽象的表现方式、过于凌乱的意识流动、过于放纵的情绪宣泄、过于错乱的时空交替、过于晦涩的语义表达、过度低迷的心志隐喻、过度解构的历史虚空、过度游戏的娱乐至上等现象。对此，西方作家与理论家也早有批评。英国批评家雷蒙德·特里斯就认为，"法国超现实主义与'直接行为'相结合，进行丑闻写作，宣称诗歌和小说与街头、沙龙、剧院和小酒馆中的无政府主义行为相联系，旨在恐吓那些非超现实派，唤醒他们可能成为超现实者"①，这种"超现实主义终究成为匆匆过客"②。雷蒙德·特里斯的观点当然不能代表对超现实主义文学评价的全部，但至少指出了其客观存在的问题。其实西方现代派倾向的文学之实际情形大致也是如此。英国作家、文论家艾莉丝·默多克就反对现代派小说因过度追求形式实验所导致的内容"枯燥"和晦涩的"荒诞"，并呼唤一种新写实的小说。③ 英国文学批评家雷蒙德·威廉姆斯也曾呼唤新型现实主义文学的出现。④ 而且，有的西方批评家还宣称现代派倾向的文学"实际上也都是一种新的现实主义形式"⑤。我国批评家对本土文坛上的某些"先锋文学"也一直有批评之声："这样的小说样式越来越被请入象牙塔里去了，已成了远离大众的一道历史风景"⑥；某些"所谓'个人化'写作，偏离社会生活的主潮……过多地注重于感性和体验的私语性，而淡忘了文学所应有的对世界的关照和对人类精神的弘扬"⑦。这说明现代派倾向的文学或"先锋文学"客观存在的缺陷是无可否认的；而"非现实主义"文学并没能

---

① Raymond Taillis, *In Defence of Realism*, London: Hodder & Stoughton, 1988, p. 104.

② Ibid., p. 106.

③ Iris Murdoch, *Existentialists and Mystics: Writings and Philosophy and Literature*, London: Chatto & Windus Ltd., 1995, pp. 291–292.

④ Raymond Williams, "Realism and Contemporary Novel", in *20th Century Literary Criticism*, London: Longman Press, pp. 584–585.

⑤ Rachel Bowlby, "Foreword", *Adventures in Realism*, Oxford: Blackwell Publishing Ltd., 2007, p. XV.

⑥ 谈歌：《小说应该是野生的》，《文艺报》1997年6月12日。

⑦ 杜彩、王强：《论20世纪90年代"新现实主义"文艺思潮》，《文艺理论与批评》2007年第4期。

够终结现实主义①,"现实主义照样有广阔的前景"②。

如果说现代派倾向的文学有助于展示第二次世界大战前后人们空前迷惘、恐惧、悲观的内心世界,现代派的艺术手法与人文观念对特定时期人的精神与心理表达极具创新价值,那么,今天我们已和那段梦魇般的历史拉开了时间距离——虽然人类仍然面临着新的威胁与恐惧,"网络化—全球化"时代的人类难免会有新的焦虑、迷惘与惶恐——我们的文学创作是否还有必要偏好于实验性的"先锋文学",用表现特定生存环境下人的梦魇与恐惧的方法持续表现当下和未来时代人的精神与心理境遇呢?尤其要考虑的是,这种文学的审美观念与表现方法是否合乎于我国的文化传统、审美期待以及社会发展情势?这样说,并不意味着我们不应该继续传承现代派文学中存在的优秀的审美资源与人文养料,将其融入我们的文学创作和研究之中;同理,我们也不能拒斥经典现实主义文学所同样拥有的优秀的审美资源与人文养料,并将其融入创作与研究。曾经的一段时期,在摆脱了"现实主义独尊"的历史性狭隘之后,我们的文学创作同样陷入了"现代派独尊"的另一种历史性狭隘。时至今日,依然有人不同程度地以这种狭隘思维看待现实主义文学,不无偏见地冷落乃至试图继续封存这份珍贵的文学遗产。

不可否认,精神性文化遗产的传承不以人的主观意志为转移,常常以无形而潜在的方式进行,而事实上现实主义传统在我国新时期文学中从来没有间断过,并且通过许多优秀作家的坚守与实践取得了斐然成就。但是,承认这种传承,看到部分现实主义倾向作家的某些成就,并不意味着我们就可以忽视乃至无视思想观念、创作实践以及批评研究等领域对现实主义传统的轻视、漠视甚至有意无意地贬低。"我们当下的文学,表现更多的是支流、暗流等。譬如日

---

① Raymond Taillis, *In Defence of Realism*, London: Hodder & Stoughton, 1988, p. 186.

② 路遥:《早晨从中午开始——〈平凡的世界〉创作随笔》,见张德祥《现实主义当代流变史》,社会科学文献出版社1997年版,第290页。

常的、世俗的琐碎生活，譬如情感的、内心的精神困境等等，所谓'小时代''小人物'。而处于社会中心的那些重大事件、改革、实践等，我们却无力把握，难以表现；或者社会进程中的深层矛盾、人性道德中的重要变异，我们总是视而不见，或浅尝辄止。这不能不说是目前现实主义文学的严重匮乏。"[1] 这种批评是有道理的。不过，从40余年来我国当代文学发展的实际情况看，现实主义文学始终具有举足轻重的地位、作用和意义，但是，每逢这种倾向的文学淡出和弱化时，均会不同程度导致文学发展的低落。因此，深入探讨19世纪现实主义文学传统的特质与内涵，尤其是深入考究其"写实"传统的历史渊源、时代嬗变与当代价值，重释马克思、恩格斯文艺思想与经典现实主义文学传统的关系，揭示其理论魅力和思想精髓，依然具有重要理论价值与实践意义。

第一节 "变数"的"写实"

一种文学思潮的独立存在，既要体现为特定的文学风格与艺术手法，更要形成具有特定诗学观念和艺术品格的"精神气质"，这是特定文学思潮得以确立的本质要素。通常，某一种艺术风格和创作手法可以超越历史，但某种"精神气质"必然是特定历史阶段的产物。这意味着文学思潮的概念不但有内涵上的"质性"规定，也有外延上的"历史性"刻度。就此而言，"现实主义"既是19世纪特定历史时期之"文学思潮"的概念，又是一种以"写实"原则为根基的"创作倾向""创作方法"或"批评原则"。作为一种关涉西方写实性叙事文学传统的创作原则和批评方法，现实主义之"写实"

---

[1] 段崇轩等：《"变则通、通则久"——关于"现实主义文学40年"的思考》，《文艺报》2018年7月6日。

精神与"真实性"品格可以追溯到古希腊的"摹仿说"。

"摹仿说"是西方文学理论的重要基石之一。"摹仿"（又译"模仿"）一词在古希腊文中称为 μίμησις，而在拉丁文中则被称为imitatio，"它乃是在不同语系中的同一名词"；"在今天模仿多少意味着复制（copying），但是，在古希腊，它当初的用意却与现在大不相同"。在公元5世纪前，"摹仿"多用于祭祀时的礼拜活动，"到了公元前5世纪，'模仿'一词，从礼拜上的用途转为哲学上的术语，开始指示对外界的仿造"[1]。而这一名词真正用作文学理论和美学的概念，严格意义上从柏拉图开始。"在《理想国》第十部的一开始，他把艺术视同实在的模仿的概念，就形成一端：他把艺术视同对于外界的一种被动而忠实的临摹。"[2] 柏拉图认定，只有外部现实世界才是艺术的绝对本源和终极本体，即艺术的本质是对外部世界的摹仿。他还说艺术家可以随心所欲地进行创作，"拿一面镜子四方八面地旋转，你就马上造出太阳、星辰、大地、你自己、其他动物、器具、草木以及我们刚才提到的一切"[3]。由此"摹仿说"又被称为"镜子说"。亚里士多德则对柏拉图"摹仿说"进行了批判性发展，集中表现为相互联系着的两个方面：其一，通过强调"行动中的人"（人的性格与行动），使"文艺摹仿自然"这一含混的命题变得明确。他认为，"情节乃悲剧的基础，有似悲剧的灵魂；'性格'则占据第二位。悲剧是行动的摹仿，主要是为了摹仿行动，才去摹仿行动中的人"[4]。因此，正如车尔尼雪夫斯基评述的那样，"亚里士多德的《诗学》没有一字提及自然，他说人、人的行为、人的遭遇就是

---

[1] ［波兰］瓦迪斯瓦夫·塔塔尔凯维奇：《西方六大美学观念史》，刘文谭译，上海译文出版社2006年版，第274—275页。

[2] 同上书，第276页。

[3] ［古希腊］柏拉图：《柏拉图文艺对话集》，朱光潜译，人民文学出版社1959年版，第65页。

[4] ［古希腊］亚里士多德、贺拉斯：《诗学 诗艺》，罗念生、杨周翰译，人民文学出版社1962年版，第23页。

诗所摹仿的对象"①。这一方面开启了"文学即人学"的西方文学理论先导,另一方面为创造以"情节"为第一要务的西方文学叙事传统奠定了基础。其二,通过强调"应然"的观念将"普遍性""必然律"植入"摹仿",使"摹仿"的对象被定位于"内在本质"而非事物外形,最终为"摹仿说"注入了灵魂。总体来说,通过"人"的引进,亚里士多德的"摹仿说"顺利抵达"本质";而且在"摹仿"中由作家注入事物外形的所谓"本质",因其对普遍性的要求只能来自一种公共的思维视角:"一般说来,写不可能发生的事,可用'为了诗的效用''比实际更理想''人们相信'这些话来辩护。"② 文学就是对现实生活的"摹仿",而"摹仿"则以揭示现实生活之普遍性本质为宗旨。从创作方法与理念角度讲,这都意味着文学之"摹仿"必然贯穿着"写实"原则与"叙实"精神,"摹仿"与"写实"是一种耦合关系,或者说,"摹仿"是"写实"的一种原初性表述,而"写实"则是"摹仿"的延展性、根本性内涵。

在中世纪,经院哲学辩称,艺术家通过心灵对自然进行摹仿之所以可能,乃是因为人的心灵与自然均为上帝所造,对观念的摹仿比对物质世界的摹仿更加重要,这就把古代希腊具有唯物主义倾向的"摹仿说"进一步推向了纯粹上帝观念的神学"摹仿说"。比如,圣·奥古斯丁断言,艺术家的作品只应该来自上帝至美的法则。③ 在文艺复兴时期,"摹仿"变成了艺术论中的一项基本概念,并且也只有在那之后,才达到了顶峰并赢得了全面胜利。"在 15 与 16 世纪之间,没有其他的名词比 imitation 更加通行,也没有其他的原则比模

---

① [俄]车尔尼雪夫斯基:《美学论文选》,缪灵珠译,人民文学出版社 1957 年版,第 144 页。

② [古希腊]亚里士多德、贺拉斯:《诗学 诗艺》,罗念生、杨周翰译,人民文学出版社 1962 年版,第 101 页。

③ [波兰]瓦迪斯瓦夫·塔塔尔凯维奇:《西方六大美学观念史》,刘文谭译,上海译文出版社 2006 年版,第 278 页。

仿原则更加通用。"① 达·芬奇、莎士比亚等大艺术家均曾重提"镜子论"，莎士比亚在《哈姆莱特》中借主人公的口说："自有戏剧以来，它的目的始终是反映人生，显示善恶的本来面目，给它的时代看一看自己演变发展的模型。"② 较之前一个时期，文艺复兴时期的艺术家们更加强调艺术摹仿自然，但这种"自然"更多时候依然意味着自然的本质与规律。在17世纪至18世纪的新古典主义时期，作家们似乎比上一个时期更青睐"摹仿自然"的口号，但同时也进一步把"自然"的概念明确为一种抽象理性或永恒理性。布瓦洛说，"首先须爱理性：愿你的一切文章，永远只凭哲理性获得价值和光芒"③。维科则于1744年在他的《新科学》中宣告："诗除了模仿之外什么也不是。"④ "在18世纪的大部分时间里，艺术即摹仿这一观点成了不证自明的定理。"⑤ 可以说，自亚里士多德到18世纪，"摹仿说"一直是西方文学与文论界极为重要的批评术语。

到了19世纪，"摹仿说"在西方文坛的流行已逾20个世纪，在这漫长的历史发展过程中，虽然反对的声音从未间断，但这种声音始终因其理论冲击力的微弱而无法从根本上动摇前者的主流与主宰地位。随着"现实主义"概念的逐步流行和19世纪现实主义文学思潮的日渐兴盛，"摹仿""写实"的传统理论再度受到关注。于是，"摹仿说"及写实精神在被传承与延续的同时，

---

① ［波兰］瓦迪斯瓦夫·塔塔尔凯维奇：《西方六大美学观念史》，刘文谭译，上海译文出版社2006年版，第281页。

② ［英］莎士比亚：《莎士比亚全集》（第9卷），朱生豪译，人民文学出版社1978年版，第68页。

③ ［法］布瓦洛：《诗的艺术》，任典译，见伍蠡甫主编《西方文论选》（上册），上海译文出版社1979年版，第290页。

④ ［波兰］瓦迪斯瓦夫·塔塔尔凯维奇：《西方六大美学观念史》，刘文谭译，上海译文出版社2006年版，第278页。

⑤ ［美］M. H. 艾布拉姆斯：《镜与灯：浪漫主义文论及批评传统》，郦稚牛等译，北京大学出版社2015年版，第10页。

其内涵也进一步拓展和延伸,从而呈现出特定时代的新形态——"再现说"。

19世纪初,"在文学中,新写实主义所发表的第一篇理论性文章,见于1821年出版的《19世纪的使者》,作者不详。文章里提到:'就目前文学理论的现状来看,整个情势的发展显示,大家都赞成文学应该趋向于忠实的模仿由自然提供的模型','这种学说可以称之为写实主义。'"① 这里的"写实主义"与稍后库尔贝(Courbet)等人所说的现实主义十分接近。库尔贝在《〈1855年的个展目录〉前言》中曾阐发其所理解的现实主义:"像我所见到的那样如实表现出我那个时代的风俗、思想和它的面貌,一句话,创造活的艺术,这就是我的目的。"库尔贝的"现实主义"强调"给我们展示对这个世界的一种还原——缩略模型——将这世界压缩在一册书中,我们知道这册书能够在我们阅读期间提供一种平行现实的感觉。它几乎可以替代我们自己的现实"②。库尔贝和当时的尚弗勒里(Champfleury)共同阐释了"艺术应该是现实生活的真实再现"这一观念,这既是对"摹仿说"的严格传承,也是在更广阔意义上对"按照生活的本来面目再现生活"创作原则的一种婉转表达,根本上是对已有的现实主义文学思潮精神实质的高度概括。众所周知,库尔贝的"现实主义"表述,事实上是对此前未曾以之冠名的一批写实传统作家与作品的一种"追认",如巴尔扎克、司汤达等。这一系列作家不仅在创作实践中体现了这种"再现""写实"与"反映"的创作原则,而且也有大量的理论表述与评论。巴尔扎克在"《人间喜剧》前言"中称:"我搜集了许多事实,又以热情为元素,将这些事实真实地默写出来。"他在自叙其《人间喜剧》的创作意图时明确宣称:"法国社会将是一个历史家,我只能当它的书记。"他立

---

① [波兰]瓦迪斯瓦夫·塔塔尔凯维奇:《西方六大美学观念史》,刘文谭译,上海译文出版社2006年版,第288页。

② Peter Brooks, *Realist Vision*, New Haven and London: Yale University Press, 2005, p.2.

志"完成一部19世纪法国的作品","写出许多历史家所遗忘了的历史,即人情风俗的历史"①。托尔斯泰在"《莫泊桑文集》序言"中说:"艺术家之所以是艺术家,只是因为他不是按照他所希望看到的样子,而是按事物本来的样子来看事物。"②

更直接地将"摹仿说"的传统写实理论以"再现说"作传承性、创新性论证与阐发的是俄国民主主义文艺评论家车尔尼雪夫斯基,他在总结俄国文学发展进程的基础上,通过辨析"现实的诗"与"理想的诗"的联系与区别,深入论证了"摹仿说"和"再现说"的关系。他指出,"艺术的第一个目的就是再现现实","艺术是现实的再现"③;艺术作品的目的和作用"并不是修正现实,而是再现它,充作它的代替物"④。他肯定"现实的诗""更符合我们时代的精神和需要",要求文艺成为"社会的一面忠实的镜子","使现实的全部可怕的真相毕露无遗"⑤,并首次把再现现实的创作原则同19世纪40年代在俄国文学中形成的以果戈理为代表的"自然派"联系在一起。车尔尼雪夫斯基提出了著名的"美是生活"的唯物主义论断,并在此基础上肯定了艺术的目的和作用是"再现现实""说明生活"和"对生活下判断"⑥,进一步奠定和发展了俄国现实主义文艺的理论基础。特别是,车尔尼雪夫斯基"突破了旧的模仿说……他主张,艺术不仅模仿实在,而且更解释并评价现实。这一点实有

---

① [法]巴尔扎克:《〈人间喜剧〉前言》,陈占元译,见伍蠡甫主编《西方文论选》(下卷),上海译文出版社1979年版,第168页。

② [俄]列夫·托尔斯泰:《〈莫泊桑文集〉序言》,《论创作》,戴启篁译,漓江出版社1982年版,第91页。

③ [俄]车尔尼雪夫斯基:《艺术与现实的审美关系》,周扬译,人民文学出版社1979年版,第91—92页。

④ 伍蠡甫主编:《西方文论选》(下卷),上海译文出版社1979年版,第412页。

⑤ [俄]车尔尼雪夫斯基:《艺术与现实的审美关系》,周扬译,人民文学出版社1979年版,第87页。

⑥ 同上书,第109页。

其特殊不凡的意义"①。

可见,19世纪现实主义文学的"再现说"创作原则与文学理念之理论渊源与古希腊的"摹仿说"一脉相承,但是,"这种现实主义文学显然比以前的文学作品包含了更多的写实性元素"②,并且,以"再现说"为原则的"现实主义激活了社会景象和社会现实"③。"这种新写实主义和旧有的模仿说相比之下,其间仍有某种差异;这个差异不只是在'写实主义'这个新名词……因为艺术(包含文学艺术在内)的本质与其说是现实的模仿,不如说是现实的分析。"④ 这里的"现实的分析"和车尔尼雪夫斯基的"解释并评价现实"的观点几乎完全一致,这意味着"再现说"使"摹仿说"从轻视创作者主体精神的介入、过于强调并依赖现实的机械性复制,演变、提升为强调主体能动性的"写实"。确实,传统"摹仿说"的"写实"强调文学创作与外部世界的照相式对接与吻合,强调"镜子式"机械的真实反映,这种理论使文学创作过分受制于外在事物,作品的价值主要取决于其摹仿的对象物本身(题材和内容)。正如美国批评家卡西尔指出的,传统的艺术对现实摹仿的理论,过于重视创作对现实的依赖,忽视了创作主体的作用。⑤ 因此,传统"摹仿说"的缺点是显而易见的;如果摹仿是艺术的真正目的,那么显而易见,艺术家的自发性创造力就是一种干扰性因素而不是一种建设性因素。⑥ "再现说"则

---

① [波兰] 瓦迪斯瓦夫·塔塔尔凯维奇:《西方六大美学观念史》,刘文谭译,人民文学出版社1979年版,第288页。

② J. P. Stern, *On Realism*, London, Boston: Routledge & Kegan Pall Ltd., 1973, p. 41.

③ Matthew Beaumont, "Introduction: Reclaiming Realism", *Adventures in Realism*, Oxford: Blackwell Publishing Ltd., 2007, p. 6.

④ [波兰] 瓦迪斯瓦夫·塔塔尔凯维奇:《西方六大美学观念史》,刘文谭译,上海译文出版社2006年版,第288页。

⑤ Ernst Cassirer, *The Philosophy of Symbolic Forms: Vol1: Language*, Trans. Ralph Manheim, New Haven and London: Yale University Press, 1955, p. 187.

⑥ Ernst Cassirer, *The Philosophy of Symbolic Forms: Vol1: Language*, Trans. Ralph Manheim, New Haven and London: Yale University Press, 1955, p. 187.

强调文学创作不能简单、被动地受制于外在的描写对象，创作是一种以主体介入的方式对外在世界的能动反映，作家可以"在自己的作品中改变所谓'真实'的东西和'现实生活'，使之满足艺术品本身的内容需要——如前后一致、完整性、统一性或合理性等"①，因而作家的创作是在主体精神驱使下对生活的创造性"改造"，作品的价值由其内容和形式本身来决定。所以，"再现说"对"摹仿说"的传承与发展，也意味着"写实"原则与精神的嬗变，从而达成了文学创作之新的写实精神与"再现说""反映论"的耦合。

其实，"再现"之"写实"在西方文学史上与"摹仿"之"写实"一样有悠久的传统，但这一传统并非一块晶莹剔透的模板。如上所述，不管是在理论观念层面还是在具体创作实践中，西方文学中"写实"的内涵并非一成不变，而总是处于不断生成的动态历史过程之中。从"摹仿"现实到"再现"现实，是"写实"传统的发展与变异，其间不仅涉及不同时代人对"写实"之"实"的不同理解，而且相应地对"写实"之"写"也有迥异的要求。就前者而言，所谓的"实"是指什么？是亚里士多德之"实存"意义上的生活现实？还是柏拉图之"理式"意义上的本质真实？抑或是苏格拉底之"自然"意义上的精神现实？这在古代希腊就是一个争讼不一的问题。亚里士多德在《诗学》之后说的"实存"意义上的"现实说"，虽然逐渐成为西方文学理论界长时间占主导地位的观点，但究竟是怎样的"实存"又到底是谁家的"现实"依然还是难以定论：是客观的、对象性的现实？还是主客体融会的、现象学意义上的现实？抑或是主观的、心理学意义上的现实？基于现代哲学立场观之，"再现"即"再造"，通过观念对现实的再造，这自然又是一种新的"写实"概念。也正是因此，"写实"这个"变数"又留下了更为开放的包容与拓新的空间，为迎纳20世纪的现代主义文学的合理成分

---

① [美] H. G. 布洛克：《美学新解》，滕守尧译，辽宁人民出版社1987年版，第66页。

埋下了生命的种子。

第二节 "复数"的"主义"

如是观之,"现实主义"以肇始于古希腊的理性主义哲学传统为思想核心,凭借"摹仿说""再现说"经由西方写实性叙事文学传统的逐步锤炼得以形成并发展和延续。在19世纪,浪漫主义文学思潮衰微、自然主义文学思潮兴起前后,徜徉于滋养自然主义的科学主义文化大潮,愤懑于浪漫主义走向极端后的虚无浮泛,"现实主义"因其"写实"这个"变数"概念的陡然增大,顿时壮大为一种"文学思潮"。巴尔扎克等现实主义作家在19世纪中叶的确创造出了大量堪称经典的文学作品,一时间现实主义文学思潮呈勃兴与繁荣之局面。他们的艺术成就不容置疑,但这也不应简单地归因于其反对浪漫主义或复归作为西方文学传统的"摹仿说"。事实上,已然处在现代文学区段上的19世纪现实主义,明显不同于此前"摹仿说"的文学写实传统。作为现实主义代表人物的司汤达与巴尔扎克,不管是从文学观念还是从创作风格上来说,根本完全无法用"摹仿说"的尺子来度量:他们身上既有浪漫主义的痕迹——因此勃兰兑斯在《十九世纪文学主流》中才将他们视为浪漫主义者,又有不同于一般浪漫主义而属于后来自然主义的诸多文学元素——因此自然主义文学领袖左拉又将他们称为"自然主义的奠基人"。正是基于此种状况,有文学史家干脆将19世纪现实主义唤作"浪漫写实主义"。这种"浪漫写实主义",作为一种"现代现实主义"[①],虽在"写实"的层面上承袭了"摹仿说"的写实传统,但同时也在更多的层面上以其"现代性"构成了对"摹仿说"传统的颠覆。

---

① 西方有很多评论家用此概念指称19世纪现实主义,如奥尔巴赫、斯特林伯格、G.J. 贝克等。

从外在原因来考察，19世纪中叶现实主义文学创作之繁荣局面的形成，至少有如下因素值得关注：其一，浪漫主义文学革命所带来的对传统文学成规的冲击，为这一代作家释放创作潜能提供了契机。其二，现代社会这个庞然大物的到来，开启了"上帝之死"的文化进程，一个动荡不安的多元文化语境对19世纪中叶现实主义文学创作的繁荣带来福音。其三，工业革命加速推进所积累起来的诸多社会问题与矛盾，在19世纪中叶促成了马克思主义的诞生与广泛传播，对文学创作释放出巨大的召唤效应。其四，工业化带来传播媒介的革新，促进了现实主义小说的发展与成熟。"正是在1830年代，报纸开始大幅降低订阅价格，并通过付费广告弥补了收入的损失。而且，为了使订阅量显著增加，在头版既登载事实也登载小说——由此创造了连载小说……正是大众传播新闻业和连载小说的时代的到来开创了评论家圣·伯夫所说的'工业文学'。"[①] 其五，自然科学的成就对人的鼓舞，科学精神对社会科学的渗透，催发了作家通过文学创作"研究""分析"社会和人的生存状况的浓厚兴趣，使西方文学与文论史上由"摹仿""再现"所运载的写实精神焕发出前所未有的生机，从而凸显和张扬了这个作为"变数"的文学写实精神，使"写实"与"反映"现实生活成为文学创作的最高原则和流行的"时尚"，具有写实主义创作倾向的长篇小说在一定时期内呈现出波澜壮阔之势，进而助推并促成了作为"文学思潮"的19世纪现实主义的发展与繁荣。

然而，正是由于现实主义之"写实"概念在内涵上常常处于游弋动荡与外延无限膨胀的"变数"状态，使19世纪现实主义在作为波澜壮阔的文学思潮流行过后，又作为一种创作方法和批评方法，常常本能地趋向于寻求某种外在的支撑，于是就有了各种各样名目繁多的"现实主义"新形式、新组合，从而呈现为一种"复数"状

---

① Peter Brooks, *Realist Vision*, New Haven and London: Yale University Press, 2005, p. 31.

态——在西方有"摹仿现实主义""心理现实主义""虚幻现实主义""怪诞现实主义""反讽现实主义""理想现实主义""朴素现实主义""传奇现实主义""乐观现实主义""超现实主义""魔幻现实主义",等等,不一而足;在苏联,文学理论家卢那察尔斯基一人就曾用过"无产阶级现实主义""社会现实主义""英雄现实主义""宏伟现实主义"等多种术语,此外还有沃隆斯基的"新现实主义"、波隆斯基的"浪漫现实主义"、马雅可夫斯基的"倾向现实主义"、阿·托尔斯泰的"宏伟现实主义"、勃列日涅夫的"辩证现实主义"等,五花八门。在众多"现实主义"的"复数"形态中,特别著名的是高尔基的"批判现实主义"和1934年第一次全苏作家代表大会正式写进作家协会章程并规定为苏联文学基本创作方法的"社会主义现实主义"。

在中国,除20世纪五六十年代被热烈讨论并一度被确定为文学创作基本方法的"社会主义现实主义"及"与革命浪漫主义相结合"的"革命现实主义"外,还有"新民主主义现实主义"(周扬)、"进步的现实主义"(周扬)以及改革开放以后的"新现实主义小说"等。

"现实主义"惊人的繁殖力,所表征的正是其作为"变数"的"写实"概念之开放性与多变性。这些"复数"的"主义"不应简单地冠以"文学思潮"的概念,它们仅仅是19世纪现实主义或写实主义在创作方法、创作原则层面上的变体,有的至多也不过是某时期某国度文学的一种流派而已。① 诸种"现实主义"通常也体现了传统现实主义之"写实"精神在不同时空的延续、流变、创新与发展。在这种意义上,所有新形态的"现实主义",与19世纪现实主义皆有历史的传承关系,其"写实"之内涵与文学创作之真实性呈现,都既有共同性又有差异性。具有世界性影响的魔幻现实主义文

---

① 文学思潮是一个大概念,文学流派是一个小概念;某个文学思潮可以囊括多个文学流派,但流派不能涵盖思潮。

学，是当代拉美"爆炸文学"中的重要文学现象。它发端于20世纪20年代末，形成于50年代，盛行于六七十年代，对欧美当代文学也产生过一定的作用。魔幻现实主义主张"变现实为魔幻而又不失其为真"，强调反映现实生活，反映社会、政治等方面的现实问题，使文学创作具有现实意义。它对现实之"真"的追求，恰恰是传统现实主义文学最基本的创作原则，然而，其"写实"求真的方法又迥然不同于传统现实主义文学，主要是因为这种"写实"手法融入了拉美本土的和特定时代的"魔幻"艺术元素，还融入了欧洲超现实主义文学元素。马尔克斯是拉美魔幻现实主义文学的杰出代表，他的代表作《百年孤独》用时间循环结构、象征隐喻、神奇虚幻等"魔幻"手法，表现了哥伦比亚和拉美大陆的现实矛盾，传达出作者对拉美民族深层精神与心理的开掘与把握以及对人类原始意识和情感经验的体悟，表达了作者对民族和人类命运的深深关切与艰难思索。这部小说典型地表现出变现实为"魔幻"，但又不失生活之"真"的"写实"原则与理念；作品通过"魔幻"的折光表现出来的现实社会生活，不像传统现实主义文学所表现的那样清晰明朗，但又到达了本源意义上的"真"；其所再现的艺术世界既是神奇的又是真实的，既是虚幻的又是写实的。所以，魔幻现实主义文学的"写实"是由传统现实主义文学或者写实倾向的文学衍生而来的一个变体，魔幻现实主义则是现实主义在新时代、新国度形成的"复数"形式——新形态的现实主义。笔者作如是说，并非刻意要把魔幻现实主义纳入现实主义文学的范畴——因为学术界有人将其视为后现代文学范畴，但事实上许多研究者又把它当作20世纪新的现实主义文学来对待——而是想强调指出：传统现实主义及其"写实"精神是在衍变中呈包容开放姿态的，魔幻现实主义接纳了其"写实"之精髓又有明显的创新性拓展；魔幻现实主义与传统现实主义文学和写实倾向的文学存在斩不断的血缘关系。

与之相仿，在我国当代文坛上，新时期的"新现实主义小说"①也是十分典型的"复数"意义上的新形态现实主义，其历史传承关系和内涵衍变值得深入辨析。20世纪70年代末80年代初的"伤痕文学"及后来的"寻根文学"，以及90年代被评论家们所称道的"新现实主义小说"，显然是一种发展了的"写实主义"文学。新时期我国的这种新形态现实主义文学，处在西方现代主义文学广为流行的文化大环境下，秉承经典现实主义的"写实"精神，正视现实、直面人生、不回避现实生活中的重大问题，表达民众普遍的现实愿望和情感祈求，其创作具有时代特征和当下关怀。这种"新现实主义小说"作家的茁壮成长，成就了我国新时期文学与"新潮小说"（"先锋派文学"）双峰对峙的新景观。其中像路遥这样的作家，至今依然备受读者青睐，他的小说《平凡的世界》于2015年成为"最受高校读者欢迎"的作品。②这种"新写实"文学在总体创作倾向上是经典现实主义文学之写实精神的延续和创新性发展。当时路遥就说，"现实主义在文学中的表现……主要应该是一种精神"③，这种"精神"的核心内容就是"写实"。正如评论家王兆胜所说，"路遥的小说一面奠基于现实主义传统，一面又是非常开放和异常广阔的"④。这类作家以高度的社会责任感和人道情怀，透过社会表层描写普通人的生存境遇，通过真切而真实的人性、人情的描写，展示人的心灵的扭曲乃至异化，揭示人性的善与恶，既有民族文化传统的根基，又有强烈的人类意识和现代意识。在艺术技巧上，他们中的大部分人也接纳了"先锋文学"的表现方法，使"写实"之内涵

---

① 许志英、丁帆主编：《中国新时期小说主潮》（上卷），人民文学出版社2002年版，第493—494页。

② 倪弘、吴汉华：《对我国前"985工程"高校图书馆2015年—2017年图书借阅排行榜的分析》，《高校图书馆工作》2020年第1期。

③ 路遥：《早晨从中午开始——〈平凡的世界〉创作随笔》，见张德祥《现实主义当代流变史》，社会科学文献出版社1997年版，第289页。

④ 王兆胜：《路遥小说的超越性境界及其文学史意义》，《文学评论》2018年第3期。

突破了传统乃至经典的阈限。正因为如此，这种"新现实主义小说""超越了现实主义与现代主义的既有范畴，开拓了新的文学空间，代表了一种新的价值取向"①。"新现实主义小说"不仅突破了传统写实原则的阈限，同时又接纳了现代派文学之实验性因素，体现了现实主义或"写实主义"在新的历史条件下的新发展。也因为如此，这种"新现实主义小说"的"真实性"观念，被评论家赋予了"原生态""生活流""零度介入""生存状态"等特性。② 显然，这种"真实"与"写实"也是接纳了现代派的实验性元素从而蕴含了"现代性"新成分，这意味着"写实"和"真实"本身内涵之拓展、演变与更新，它们在表征了现实主义之开放、嬗变与发展的同时，也表征了对传统的经典"现实主义"之坚守。所以，"复数"意义上的诸多"现实主义"，既不是脱缰的野马不顾现实主义传统之"掌控"而恣肆妄为地狂奔，也不是墨守成规地亦步亦趋乃至裹足不前，而是在作为"变数"的"写实"之"缰绳"约束与牵引下，在世界文学的辽阔疆场上纵情驰骋，其千姿百态而又万变不离其宗的身影，既是现实主义无穷"复数"的展现，又是其强劲生命活力和无穷艺术魅力之佐证。

第三节 "写实"传统与马克思、恩格斯文艺思想之关系

马克思、恩格斯是具有很高文学修养的思想家、理论家，他们的文艺思想在整个马克思主义理论中占有十分重要的地位。马克思、恩格斯关于文学及文艺的著述，涉及了众多的作家、作品以及创作

---

① 王干：《近期小说的后现实主义倾向》，见许志英、丁帆主编《中国新时期小说主潮》（上卷），人民文学出版社2002年版。

② 许志英、丁帆主编：《中国新时期小说主潮》（上卷），人民文学出版社2002年版，第497页。

现象、文学艺术发展史等。我们在惊叹于其丰富而深刻的文艺见解的同时，还可以发现，尽管他们曾深入分析荷马史诗、古希腊悲剧、弥尔顿《失乐园》、但丁《神曲》等欧洲文学史上的众多不朽名著，但其文艺思想之核心内容，主要来自他们对19世纪欧洲文学的分析与研究。马克思、恩格斯研究和讨论的19世纪欧洲作家多达几十位①，这些作家的创作倾向大多数归属于现实主义，可以说，马克思、恩格斯对文学现实主义和写实主义倾向的作家作品情有独钟。他们在《英国的资产阶级》《致斐迪南·拉萨尔》《致玛格丽特·哈克奈斯》《致劳拉·拉法格》《致明娜·考茨基》等著作中对19世纪现实主义文学给予了高度的评价。这些著作是马克思主义文艺思想的重要文献，而19世纪现实主义文学思潮是他们从事理论研究尤其是文艺理论研究的重要素材。

为什么马克思、恩格斯对19世纪现实主义文学思潮会情有独钟呢？

作为极具现实关怀和人道精神的革命家、理论家与思想家，马克思、恩格斯从历史唯物主义和辩证唯物主义立场出发，把经济关系视为社会历史发展的决定性基础，并致力于通过研究物质经济形态与人的关系去揭示社会发展的规律，尤其是揭示资本主义社会人与人的关系及其发展趋势。由是，他们也就合乎逻辑地期待文学能够体现社会的、政治的、经济的、历史的多重价值，因而也就特别重视文学的社会价值与认识功能。而通过阅读文学作品，尤其是写实性的现实主义小说，去认识社会以及生活于其中的人，是他们理论研究的一种实际需要，文学中的人与社会在一定程度上也成为他们社会研究、理论创造的参照。在此意义上，19世纪现实主义文学的"写实"精神和"真实性"品格与马克思、恩格斯的现实关怀深度契合，也同历史唯物主义理论关联紧密，这不仅是马克思、恩格

---

① 蒋承勇：《"世界文学"不是文学的"世界主义"》，《文学评论》2018年第3期。

斯高度关注19世纪欧洲现实主义文学的重要原因，也是写实传统和真实性审美品格成为他们文艺思想之核心要义的重要缘由。

一 "写实"与"反映论"文学史观

文学艺术的意识形态属性，是马克思主义文艺思想的重要观点之一。马克思、恩格斯从历史唯物主义和辩证唯物主义的基本原理出发，提出了社会存在决定社会意识的基本原则。他们在对德国唯物主义和唯心主义之分歧的辨析中指出："德国哲学从天国降到人间；和它完全相反，这里我们是从人间升到天国。"① 也就是说，"不是意识决定生活，而是生活决定意识"②。马克思曾深入阐发了这一基本原则：

> 人们在自己生活的社会生产中发生一定的……关系，即同他们的物质生产力的一定发展阶段相适应的生产关系。这些生产关系的总和构成社会的经济结构，即有法律的和政治的上层建筑竖立其上并有一定的社会意识形式与之相适应的现实基础。物质生活的生产方式制约着整个社会生活、政治生活和精神生活的过程。不是人们的意识决定人们的存在，相反，是人们的社会存在决定人们的意识。③

马克思的这一重要论断不仅阐明了人的社会关系与他们所处的物质生活的生产方式密切相关，也阐明了社会的经济基础决定其上层建筑。马克思认为，所有法律、政治、宗教、艺术和哲学等观念体系和情感形态的存在，都是由特定社会的物质条件决定的。1894年恩格斯在致瓦尔特·博尔吉乌斯的信中也指出，"政治、法、哲

---

① 《马克思恩格斯文集》（第1卷），人民出版社2009年版，第525页。
② 同上。
③ 《列宁专题文集　论辩证唯物主义和历史唯物主义》，人民出版社2009年版，第159页。

学、宗教、文学、艺术等等的发展是以经济发展为基础的。但是，它们又都互相作用并对经济基础发生作用"①。马克思、恩格斯从历史唯物主义立场出发，阐明了社会现实生活对人的精神世界——意识形态——的决定作用，这不仅界定了文学艺术的意识形态属性，而且为解释作为精神与文化形态的文学艺术之发展规律提供了方法论前提，尤其是奠定了反映论文学史观的哲学基础。

文学，尤其是有现实主义倾向的作品，总能反映特定时代人的真实生活、再现社会风俗史，那么，对专注于研究物质经济形态与人的关系的马克思、恩格斯来说，他们很自然地就从认识论的角度去认同文学的社会功能，并由此形成其反映论文学史观——文学要真实地再现特定时代的社会历史，具有历史认识价值。在他们的文艺思想中，"历史"与"社会"成了与文学密不可分的核心关键词，文学的社会认识价值也成了文学功能的第一要务。正如美国文学批评家门罗·比厄斯利所说，"19世纪思想家们在发展着的政治革命和真正科学化的社会科学的双重影响下，对一个从柏拉图到席勒都未曾予以重视的主题投以高度的关注，那就是：艺术在人类社会中的作用"②。这些"思想家们"中当然包括了马克思和恩格斯，说明马克思主义文艺思想本身也是时代的和历史的产物。恩格斯在致玛格丽特·哈克奈斯的信中说，巴尔扎克"在《人间喜剧》里给我们提供了一部法国'社会'，特别是巴黎上流社会的无比精彩的现实主义历史……围绕着这幅中心图画，他汇编了一部完整的法国社会的历史，我从这里……要比从当时所有职业的史学家、经济学家和统计学家那里学到的全部东西还要多"③。在恩格斯看来，文学全面地反映和再现特定的社会历史面貌，是"现实主义的最伟大的胜利"之

---

① 《马克思恩格斯文集》（第10卷），人民出版社2009年版，第668页。

② Monroe C. Beardsley, *Aesthetics from Classical Greece to the Present*: *A Short History*, Tuscaloosa: The University of Alabama Press, p. 255.

③ 《马克思恩格斯文集》（第10卷），人民出版社2009年版，第570—571页。

一。① 由此他又认为,巴尔扎克"是比过去、现在和未来的一切左拉都要伟大得多的现实主义大师"②。也是从这种文学史观出发,恩格斯要求哈克奈斯在《城市姑娘》中要描写"工人阶级对压迫他们的周围环境所进行的叛逆的反抗",因为这些"都属于历史"③。同样,恩格斯在提到乔治·桑、欧仁·苏和狄更斯等作家时,因为他们的创作展示了社会历史风貌,所以赞誉他们"确实是时代的标志"④。而在马克思眼里,法国小说家巴尔扎克尤其属于"再现历史"的现实主义大师,他非常推崇巴尔扎克,在《资本论》中高度称赞他是一个"以对现实关系具有深刻理解而著名"⑤的作家,认为他用特有的诗情画意的镜子反映了整整一个时代;马克思曾计划在一完成自己的政治经济学著作之后,就写一篇关于巴尔扎克《人间喜剧》的文章。马克思还在1885年致路德维希·库格曼的信中指出,关于国有土地如何变化和小农地产如何重新达到1830年的极盛时期的论述,可以看巴尔扎克的小说《农民》。⑥

总之,以写实为基础和前提的反映论文学史观是马克思、恩格斯文艺思想的核心内容之一,同时也是对19世纪现实主义之"再现说"与"反映论"的发展与超越。这种文学史观对世界文学尤其是我国文学创作和文艺理论与批评产生了深刻而深远的影响。

二 "写实"与文学的真实性审美品格

"在资本主义的历史条件下,现实主义作为一种与世俗社会同时出现的新的价值观,预设了一种新的审美形态,但是它主张文学贴

---

① 《马克思恩格斯文集》(第10卷),人民出版社2009年版,第571页。
② 同上书,第570页。
③ 同上。
④ 《马克思恩格斯全集》(第3卷),人民出版社2002年版,第556页。
⑤ 《马克思恩格斯文集》(第7卷),人民出版社2009年版,第47页。
⑥ 《马克思恩格斯全集》(第37卷),人民出版社1971年版,第124—125页。

近现实生活。"① 与反映论文学史观相伴随的必然是对文学真实性的着重强调与追求，而真实性也恰恰是由写实原则生发出来的现实主义文学之最本质的审美品格。恩格斯在使用"现实主义"一词之前，所用的都是"真实性"这个术语，这意味着真实性是现实主义文学天然的本质属性。恩格斯在提出"现实主义"的定义时，就是用"真实性"作为根本标准来予以框定的。他在看了小说《城市姑娘》后给作者哈克奈斯的信中说，"您的小说，除了它的现实主义的真实性以外，给我印象最深的是它表现了真正艺术家的勇气"②。显然，在恩格斯文艺思想中，真实性是现实主义的第一要义。正因此，接下来他又说，"据我看来，现实主义的意思是，除细节的真实外，还要真实地再现典型环境中的典型人物"③。也就是说，一部小说是否到达现实主义的高度或者取得"现实主义的最伟大的胜利"，首要的和根本的还是要看是否通过细节、环境、人物的描写达到了反映生活"真实性"的高度，而哈克奈斯的《城市姑娘》恰恰在这方面存在着不足，所以恩格斯说"您的小说也许还不够现实主义"④。马克思也要求拉萨尔从现实生活而非抽象观念出发，通过丰富的情节描绘、鲜明的性格刻画，对社会生活做出客观的反映，使作品具有真实性。

莎士比亚等经典作家虽然不属于19世纪现实主义文学思潮的范畴，但是也被马克思、恩格斯论及，因为他的作品也体现出现实主义的真实性审美原则。比如他们倡导"莎士比亚化"，其实是在倡导现实主义的创作原则，核心要义就是真实性。恩格斯说的"我们不应该为了观念的东西而忘掉现实主义的东西，为了席勒

---

① Frederic Jameson, "Reflections on the Brecht – Lukacs Debate", *The Ideologies of Theory*, Vol. 2, London: Verso, 2008, pp. 435 – 436.
② 《马克思恩格斯文集》（第10卷），人民出版社2009年版，第569页。
③ 同上书，第570页。
④ 同上。

而忘掉莎士比亚"①,其核心意思是:要像莎士比亚那样通过对现实的历史性描写反映当时英国的社会历史现实,揭示生活之本质真实,从而达到现实主义文学所要求的"真实性"高度。马克思在有关著作和书信中多次引用莎剧中的人物和细节描绘来解释资本主义社会的本质问题,刻意强调了文学的真实性问题。正如马克思本人的著作真实而全面地反映了整个时代历史一样,他喜爱的文学家的作品也都真实反映了整个时代的特征。也正是在这种意义上,马克思把《堂吉诃德》解读为衰落的骑士制度的史诗。所以文学理论家梅林这样总结马克思所欣赏的文学家:"他们把整个一个时代的形象这样客观地收容在自己的作品当中,以致任何主观残余都或多或少地消失了,有一部分甚至完全消失了。因而作者被他们的著作的神话般的阴影掩盖了。"②

文学的真实性通常是指文学创作在反映生活之规律与本质方面所达到的高度与精度。真实性是文学的生命,虚假的文学是难以持久的,更不可能成为经典,而19世纪现实主义文学更以真实性为根本宗旨,以达到文学"反映现实""再现历史"为总体目标。"现实主义比起别的任何一种文学模式都更将视觉作为至高无上的——使它成为我们理解世界、与世界的关系中主导性的意义。"③ 马克思、恩格斯强调的"真实性"既有其时代与文化特征,又有其普遍性意义与价值——他们从写实原则出发,强调文学通过对真实的情节、环境和典型人物的描写去揭示生活的本质,这是一种体现了作家主体特征、主观倾向和社会立场的艺术真实,与此前西方文论与文学创作传统中的"摹仿说"不可同日而语,因为他们从唯物辩证法的高度,强调文学对生活的"反映",这是一种能动的而不是机械的反映,其间体现了具有马克思、恩格斯文艺思想特色的现实主义美学

---

① 《马克思恩格斯文集》(第10卷),人民出版社2009年版,第176页。
② [德]梅林:《德国社会民主党史》,青载繁译,三联书店1963年,第445页。
③ Peter Brooks, *Realist Vision*, New Haven and London: Yale University Press, 2005, p. 3.

原则。

三 "写实"与文学之社会批判功能

马克思、恩格斯是马克思主义理论和学说的创立者。马克思主义理论诞生于 19 世纪 40 年代欧洲资本主义矛盾与危机日渐显著的时期。是时，欧洲的工业革命快速提高了资本主义的生产效率，社会财富骤增，这既有力地促进了资本主义经济的发展，同时也激化了无产阶级与资产阶级的社会矛盾。"西方世界的 19 世纪当然是一个巨变的时代，变化大部分是来自生产的工业化转变、复杂重型机器的创造、铁路的出现——在时空经验上的一种真正的革命——和现代城市的形成，这给它带来的是对魅力、娱乐、城市群体的多样性和令人兴奋的事物的感知——但也有对来自新近构成的城市无产阶级的威胁的感知。""19 世纪也标志着金钱交易关系的出现，它可能构成所有社会关系的基石或代表了所有社会关系。"[①] 这既是马克思主义理论诞生的社会背景，恰恰也是 19 世纪欧洲现实主义文学思潮产生、发展的历史背景。资本主义社会中人的生存状况——人与人之间的贫富差异、劳资矛盾等，都是马克思、恩格斯与此时的现实主义作家共同关注的焦点问题，也是他们人道情怀与社会批判乃至革命精神的共同生长点。

"现代生产模式的到来，将以一种直接和实际的方式改变 19 世纪的文学。"[②] 19 世纪欧洲现实主义文学在对社会问题的关注中达成了有关人与环境之关系的新理解，并由此拓展了"环境描写"的艺术，构成了对资本主义社会从制度到文化方面的强烈而深刻的批判。"现实主义受 19 世纪民主运动的精神之启发，将之前在美学史上被忽视、被无视或被认为出格的普通经验引入文学或绘画视野之中。

[①] Peter Brooks, *Realist Vision*, New Haven and London: Yale University Press, 2005, pp. 13 – 14.

[②] Ibid., p. 14.

这种政治再现范围的拓展与艺术再现领域的拓展同时进行。其作品描写了普通人如何度过其日常工薪生活——务农劳工、工厂小工、矿业工人、办公室职员或仆人。"[1] 要做法国社会"书记"的巴尔扎克，提出了环境乃"人物和他们的思想的物质总表现"这一著名论断[2]。19 世纪现实主义作家不满于浪漫派将人物过分理想化而忽视环境影响的主观主义创作方法，强调人是社会环境的产物，主张从人物所处的社会历史环境和斗争情势中刻画人物性格，真实地揭示人物和事件的本质特征及其发展趋势。对社会问题的特别关注，使 19 世纪现实主义作家对人的审视点主要集中在人的社会性、阶级（阶层）性上。正如美国批评家彼得·布鲁克斯指出，19 世纪"是一个工业革命、社会革命和政治革命的时代。我认为任何现实主义写作的确定性的特征之一就是愿意面对这些问题。英国发展了一种可辨识的'工业化小说'，涉及社会苦难和阶级冲突，而法国有它的'社会小说'"[3]。从作品揭示的主要内容上来说，19 世纪欧洲现实主义文学基本上可以看作对社会及社会的人所进行的伦理学、政治学和经济学的研究。与此相适应，社会问题也就合乎逻辑地成为现实主义作家为揭示社会关系不完善这一基本主题的通用的和决定性的题材。奥尔巴赫在《摹仿论：西方文学中所描绘的现实》中指出，在司汤达的作品中，所有的人物形象和人物行为都是在政治和社会变动的基础上展现的，因而，"假如人们对特定的历史时刻，即法国七月革命前夕的政治形势、社会阶层以及经济关系等没有详尽的了解，便几乎无法理解"。"就近代那种严肃现实主义只是再现置身于整个政治、社会和经济现实中的人而言，……司汤达是其

---

[1] Rachel Bowlby, "Foreword", *Adventures in Realism*, Oxford: Blackwell Publishing Ltd., 2007, p. xiii.

[2] ［法］巴尔扎克：《〈人间喜剧〉前言》，陈占元译，见伍蠡甫主编《西方文论选》（下卷），上海译文出版社 1979 年版，第 165 页。

[3] Peter Brooks, *Realist Vision*, New Haven and London: Yale University Press, 2005, p. 13.

始作俑者。"① 在《人间喜剧》中，通过一幕幕有声有色的生活图景，巴尔扎克敏锐地抓住了金钱决定一切这个资本主义新阶段的关键问题，表现了自己所处时代的历史风貌和本质特征。提供的经济材料力求精确和翔实，是《人间喜剧》对细节描写十分认真和周详的表现之一。如果说司汤达的创作特别善于从政治角度观察，并把19世纪前30年的阶级关系和政治形势表现得十分深刻的话，那么，巴尔扎克的创作则更擅长从人们的经济生活、经济状况来表现人们的心理活动和思想情感，来揭示那个社会里一幕幕悲剧和一幕幕喜剧的最深根由。正因为如此，习惯于从经济学、政治学和社会学角度谈论文学的恩格斯才赞扬《人间喜剧》"给我们提供了一部法国'社会'，特别是巴黎上流社会的无比精彩的现实主义历史"，"他汇编了一部完整的法国社会的历史……甚至在经济细节方面……要比从当时所有职业的史学家、经济学家和统计学家那里学到的全部东西还要多"②。而在同一时期的英国，狄更斯把自己的一部小说命名为《艰难时世》，萨克雷则把自己所描写的世界称为《名利场》，以他们两人为代表的"现代英国的一批杰出小说家"，或揭露英国贵族资产阶级思想道德的冷酷、虚伪，或批判资产阶级理论学说的荒谬和反动，博得了同样习惯于从经济学、政治学和社会学角度看待问题的马克思的高度评价："他们在自己卓越的、描写生动的书籍中向世界揭示的政治和社会真理，比一切职业政客、政论家和道德家加在一起所揭示的还要多。他们对资产阶级的各个阶层……都进行了剖析。"③

19世纪现实主义作家特别注重描绘底层社会的黑暗现象，因而他们的作品大多具有强烈的社会批判属性。狄更斯为了"追求无情的真实"，在《奥列佛·特维斯特》等社会小说中如

---

① ［德］埃里希·奥尔巴赫：《摹仿论：西方文学中所描绘的现实》，吴麟绶等译，百花文艺出版社2002年版，第515—516页。
② 《马克思恩格斯文集》（第10卷），人民出版社2009年版，第570—571页。
③ 《马克思恩格斯全集》（第10卷），人民出版社1962年版，第686页。

实地描绘了当时英国社会底层的悲惨生活和犯罪现象，认为这样做是一件有必要的、对社会有益的事情。别林斯基坚决捍卫果戈理等"自然派"作家揭露社会黑暗、描写"小人物"特别是农民悲惨命运的权利，要求文艺成为"社会的一面忠实的镜子"，"使现实的全部可怕的真相毕露无遗"，"在人民中间唤醒几世纪来埋没在污泥和尘芥里面的人类尊严"①。恩格斯也曾对现实主义小说的这一倾向作了肯定："近十年来，在小说的性质方面发生了一个彻底的革命，先前在这类著作中充当主人公的是国王和王子，现在却是穷人和受轻视的阶级了，而构成小说内容的，则是这些人的生活和命运、欢乐和痛苦。"② 后来高尔基干脆将之命名为"批判现实主义"。

由此而论，致力于揭示资本主义矛盾之奥秘、寻找无产阶级革命的理论指南、创立革命理论和学说并用之于指导革命实践的马克思、恩格斯，对致力于揭露资本主义社会矛盾、具有强烈社会批判性的19世纪欧洲现实主义文学有着天然的亲和与喜好，其内在逻辑主要在于他们对资本主义社会的批判。从另一个角度说，19世纪现实主义文学的社会批判，从文学层面支持和支撑了马克思、恩格斯对资本主义社会的研究；他们不仅对现实主义文学的社会批判性给予了高度评价，而且也自然而然地将其融入了他们自己的文艺思想之中——通过文学的社会批判功能达成对社会革命的支持与支撑。"像狄更斯和盖斯凯尔这样的作家所描述的19世纪40年代英国工业社会中重复的日常的必要'事件'往往是使隐藏的阶级矛盾恶化的罢工。在盖斯凯尔作品中，这种阶级矛盾进一步被跨越阶级的关系强化和激化。"③ 恩格斯指出，"如果一部具有社会主义倾向的小说，通过对现实关系的真实描写，来打破关于这些关系的流行的传统幻想，动摇资产阶级世界的乐观主义，不可避免地引起对于现存事物

---

① 朱光潜：《西方美学史》（下卷），人民文学出版社1979年版，第514页。
② 《马克思恩格斯全集》（第1卷），人民出版社1956年版，第594页。
③ Rachel Bowlby, "Foreword", *Adventures in Realism*, Oxford: Blackwell Publishing Ltd., 2007, pp. xiii – xiv.

的永恒性的怀疑，那么，即使作者没有直接提出任何解决办法，甚至有时并没有明确地表明自己的立场，我认为这部小说也完全完成了自己的使命"①。马克思、恩格斯的批判性研究视野十分广阔，在他们那里，并没有明显的学科界限，因而他们通常是游刃有余地从文学转向政治经济学再转向社会批判。换言之，在马克思、恩格斯经典文献中，文学与哲学、政治经济学等是彼此交错、浑然一体的。

总之，在马克思、恩格斯看来，文学绝非遗世独立地存在，而是与人类解放事业紧密联系在一起的，文学对社会的批判可以起到启蒙、解放的作用。所以，马克思、恩格斯不仅仅高度肯定了19世纪现实主义文学对社会环境的历史性真实描写和强烈的社会批判特征，而且对欧洲文学史上体现这种特点的文学作品（包括浪漫主义文学）也都给予了充分肯定和高度评价，由此体现了马克思、恩格斯文艺思想中显著的人道精神和现实情怀。

第四节　现实主义及其"写实"传统的当代价值

19世纪现实主义文学思潮在五四运动前后首先以"写实主义"的名义传入中国文坛。通常认为，1915年陈独秀在《青年杂志》上发表的《现代欧洲文艺史谭》最早介绍了欧洲的现实主义文学思潮。他肯定"写实主义"并以之评判中国的传统文学，认为中国新文学创造的第一步必须摒弃传统旧文学迈向"写实主义"的阶段。② 其后陈独秀又在著名的《文学革命论》一文中提出以"写实文学""国民文学"和"社会文学"反对并取代中国传

---

① 《马克思恩格斯文集》（第10卷），人民出版社2009年版，第545页。
② 陈独秀：《现代欧洲文艺史谭》，《陈独秀文集》（第一卷），人民出版社2013年版，第119—123页。

统旧文学的口号。[1] 接着，胡适在《文学改良刍议》中也强调"唯实写今日社会之情状"，文学才能成为真正的文学。[2] 随后，周作人[3]、刘半农[4]等五四新文学先驱也都从进化论的角度肯定"写实主义"文学。就此而论，不管当时对"写实主义"理解的深度以及分歧如何，我们依然可以说：我国学界对西方19世纪现实主义文学思潮的接受与传播，一开始就精准地聚焦于"写实"这一根本原则和本质特征。此后百余年来，西方19世纪现实主义文学思潮及其写实传统在我国文坛上虽几经周折几度沉浮，但对我国本土文学创作和文学研究与批评产生了重要的影响——可以说这种影响超过了任何一种外来的文学思潮，而且迄今依然持续不断地产生着积极影响，从而也不断体现着当代的意义与价值。

第一，"写实"与"真实性"内涵的拓展，使现实主义拥有了更强的包容性、开放性、影响力和生命力。如前所述，西方文学从"摹仿说"到"再现说"的转换，实现了文学写实观念从机械反映论到能动反映论的转变，文学的真实性内涵也由一味的客观真实向主客观融合的真实发展。这种转变在19世纪不同阶段、不同国家的现实主义经典文本中的表现是不尽相同的，而在马克思、恩格斯那里，因受其历史唯物主义和辩证唯物主义思想方法的影响，他们肯定和倡导的现实主义文学之"写实"原则，更不再是机械的摹仿与镜子式的"反映"，而是一种渗透了创作主体之思想观念与审美情感的能动反映。他们强调的真实性，不只是外在世界表象的真实，而是反映生活之本质的真实；也不只是历史的、直观的现实之真实，而是艺术的和审美的真实。由此，马克思、恩格斯的文学反映论也

---

[1] 陈独秀：《文学革命论》，《陈独秀文集》（第一卷），人民出版社2013年版，第203页。
[2] 胡适：《文学改良刍议》，《胡适文集》（第1卷），北京大学出版社2013年版，第7页。
[3] 周作人：《日本近三十年小说之发达》，《新青年》1918年第1号。
[4] 刘半农：《我之文学改良观》，《新青年》1917年第3卷第3号。

就由哲学意义上的理性认知活动转变为文学意义上的感性审美活动,这实际上是一种审美反映论,是马克思主义文艺思想对传统"摹仿说""再现说"的深化,也体现了马克思、恩格斯所强调的现实主义"写实"原则的现代性与开放性指向,这对文学创作、文学批评及文学理论建设都既具有历史性意义,更具有当代价值。

在审美反映论看来,审美主体是文学与现实生活之间的中介,经由这个中介的"过滤"或"创造",文学反映生活便拥有了特殊性、具体性、主观性和复杂性,这不仅让文学创作囊括了感知、情感、想象乃至潜意识、非理性、幻想与直觉等广阔的心理与情感空间,使文学拥有了除理性、客观性之外的感性与主观创造性功能,还拓展了文学研究的领域与空间,尤其是对文学之写实性与真实性赋予了现代性新内涵,也为现实主义文学经典的传播及其创作方法与批判原则的发展注入了新的活力,同时还为现实主义对现代主义、后现代主义的开放性、包容性接纳和自我更新奠定了理论基础和学理依据。

其实,文学的真实性永远是一个变动不居、无法一劳永逸地准确界定的概念,在某种意义上它永远只是一种无法企及的相对意义上的艺术参照与目标。而就现实主义文学之"写实"原则所要求的"真实性"而言,它在我国新时期文坛上历经了现代主义、后现代主义种种理论的冲击与渗透、解构与建构之后,更以一种开放的、包容的态度接纳了种种所谓"非现实主义"的"写实"观念与方法,比如对现代派心理真实之表现方法的接纳与借鉴,就是一个典型范例。西方意识流小说对我国新时期现实主义文学的心理写实方面起到了积极影响,王蒙是领风气之先的作家。20世纪80年代前后,他的《布礼》《夜的眼》《风筝》《蝴蝶》《春之声》《海之梦》等一系列小说用"意识流"手法表现人物的特殊心灵感受与情感流程,打破了传统小说的时空结构和叙事方式。如《布礼》的情节结构就不遵循传统的现实逻辑,而是按照心理逻辑来展开的,故事时间跨度大并显得"凌乱";《夜的眼》则通过主人公的"联想"展开20世纪50年代与70年代、城市与乡村、过去与现在的对比，写出了主人公的心理感受。王蒙之后，"意识流"手法在我国现实主义倾向的文学中被广泛运用。不过，这种中国式意识流手法往往不沉湎于潜意识的内在世界，而是表现为内与外的贯通、心理描写与外在事物、情景和环境的交替与交织，从而使"写实"的内涵得以拓展。至于对现代、后现代文学其他表现方法的合理借鉴，则更使我国现实主义及其"写实"精神达成了世界性与民族性、传统性与现代性的交融。这正如波兰当代美学家瓦迪斯瓦夫·塔塔尔凯维奇所说："如果今天的艺术是模仿（摹仿）的话，那么它也并非是这个字的通俗意义中如此。而在'模仿'一词的许多古代的含义中，我们的时代反倒倾向于承认那原始的一种，也即兼具模仿与表现两种作用的用意。"[①] "现实主义" "写实"以及"真实性"等，不正是在这种类似的"兼具"意义上获得了当代价值与意义吗？因此可以预想，未来任何新形态的"现实主义"，虽然与现代主义、后现代主义依然存有种种可能的不对应性，但无疑都会一如既往地以包容的态度，在始终坚守现实主义之写实性、真实性、现实性、批判性、责任观念、现实关怀等根本原则与精神的同时，又不局限于自我封闭的状态，而是海纳百川，在扬弃与吸纳中博采众长以丰富自己的内涵，进而永葆生命活力。在这种意义上，"现实主义作品把生活呈现为不同于我们所熟悉的那种现实，展现一种我们从未见过或梦见过的现实，或者营造一个之前也许看上去只会觉得怪异或无法传达而现在可以言说的现实，可以打扰、愉悦或教育我们。现在是让现实主义回到文学批评之舞台中央的时候了"[②]。而就我国当今时代与社会的现实需要而言，也确有必要让现实主义和写实倾向的文学回到文学创作的"舞台中央"。

---

① [波兰]瓦迪斯瓦夫·塔塔尔凯维奇：《西方六大美学观念史》，刘文谭译，上海译文出版社2006年版，第295页。

② Rachel Bowlby, "Foreword", *Adventures in Realism*, Oxford: Blackwell Publishing Ltd., 2007, p. xviii.

第二，以"写实"传统和"真实性"品格强化文学之人道精神、现实关怀和使命担当，让现实主义引领我国文学发展方向。毫无疑问，作为"人学"的文学，作家的创作始终应该"把人当作世界的主人来看待，当作'社会关系的总和'来理解"，"用一种尊重的、同情的、充满人道主义精神的态度来描写人、对待人"①。因此，关怀当下的人乃至整个人类的命运处境，永远是文学的崇高使命。就社会对文学的期待与呼唤而言，任何时代都需要文学以写实和求真的姿态守望精神、点亮心灯。处在转型期的中国当代文学，其对社会的审视与批判、对当下的人与社会之精神引领、价值担当和文化建设始终负有不可推卸的责任与使命。就此而论，现实主义文学因其与生俱来的写实传统与真实性品格，不仅有其存在的文化土壤和历史依据，更展现出强劲的生命力。也正是在这种意义上，现实主义应该义不容辞地走向文学的"舞台中央"，引领我国文学发展的大方向。"从中外文学史上看，现实主义历来是更为根本的现象，它源远流长、绝非偶然。"② 当今时代，"要创作出思想和艺术都真正厚重的作品，还基本上靠现实主义"③。这是一个需要文学史诗的时代，这是一个有可能产生现实主义文学史诗的时代。

当然，这首先基于现实主义自身在弘扬优良传统前提下，以宽阔的胸怀包容和汲取世界文学大花园中各种积极而鲜活的养分，直面审视、把握和评判火热而丰富的现实生活，艺术地再现新历史时代的潮起潮落与风云变幻。优秀的 19 世纪现实主义作家总是满怀着深沉而博大的人道主义情怀，关注资本主义社会金钱与物质奴役下

---

① 钱谷融：《文学是人学》，见洪子诚主编《中国当代文学史·史料选》（上册），长江文艺出版社 2002 年版，第 360 页。
② 蒋述卓、李自红：《新人文精神与二十一世纪文学艺术的价值取向》，见蒋述卓主编《批评的文化之路》，中国社会科学出版社 2003 年版，第 91 页。
③ 张炯：《论九十年代我国文学的走向和选择》，见李复威主编《世纪之交文论》，北京师范大学出版社 1999 年版，第 124 页。

劳苦大众的悲苦与磨难，以真实和真情的写实之笔触，为其代言、为其发声、为其呐喊；无论他们基于什么样的观点与立场，对社会之不合理、对人的尊严和命运，都表现出高度关切，从而使其创作拥有了进步意义和经典价值。马克思、恩格斯正是基于其建立在唯物史观基础上的人道主义立场，高度肯定19世纪"一派出色的小说家"之现实主义"写实"精神和社会批判精神，并充分肯定他们创作的历史价值与审美价值。在马克思主义文艺思想的引领下，我国当今和未来的文学发展也有赖于现实主义的"写实"方法来表现新时代精神，再现改革开放和社会转型过程中的现实生活和社会心理：既有对生活主流的宏大叙事，又有对普通民众日常之真实处境与喜怒哀乐的细微叙事，也有对转型期普通人在物质挤压下精神状态的真实展示；既有对新时代真善美的热情讴歌，更有对假丑恶的深度揭露与严厉抨击。19世纪现实主义文学之历史与人文价值，集中体现在对资本经济对人的挤压和奴役的深刻批判上，体现在对深陷其间的人的深切关怀上，而这种批判精神和人道情怀，对促进我们的文学去关注并表现当今社会之贫富悬殊、腐败堕落、价值迷乱等社会重要问题无疑仍有借鉴价值。如果说，文学永远是人类理解自身、认识与把握世界的一种不可或缺的特殊途径与方法，那么，以写实和真实性为最高宗旨的现实主义文学，也就永远有其存在的价值与引领作用——当然这并不意味着排斥其他形态的文学。

第三，以"写实"传统和"真实性"品格纠正反本质主义和虚无主义、感官主义和"娱乐至上"之风、"个人化写作"和"躯体化写作"等倾向。20世纪与21世纪之交，西方后现代文学与文化在我国一度十分流行，其合理性因素无疑促进了我国文学的创新与发展。但是，后现代文化因其内容的丰富与庞杂而具有正面和负面的影响，事实上，其负面影响在我国文学中是客观存在的。有鉴于此，弘扬现实主义"写实"传统和"真实性"品格，对我国文学的健康发展以及文化建设具有积极作用。

一是纠正反本质主义和虚无主义倾向。后现代文化的一个重要特征是"不确定性","不确定性决定一篇文本如何被人阅读。作品的意义取决于解释这一作品的方式,而不取决于一系列固定不变的规则。去寻找意义既无可能又无必要,阅读行为和写作行为的'不确定性'本身即'意义'"①;"后现代主义的范式其本质就是对一切范式的根本的颠覆"②。当"不确定性"本身成了写作的意义追求和文本的意义阐释目标时,它给文学创作与研究及读者的阅读带来的是无尽的"解构",以及艰涩、模糊、飘忽乃至空洞,这必然导致文本意义的淡化、消解以及文学非本质主义观念的流行。正如阿多诺所说,"文艺的本质不能确定,即便通过追溯艺术的起源以期寻觅支撑其他一切东西的根基"。文学的本质不能确定,文学与日常生活之间的边界模糊,"日常生活审美化"理论又进而消解、淡化了文学社会功能和认识价值,由是,文学的反本质主义和虚无主义有了存在和流行的理论土壤。用"不确定性"来探讨文学意义的多元化与多变性虽然不无道理,但由此否定文学意义之质的规定性及其与日常生活的边界,使这种反本质主义理论本身陷入了虚无主义。现实主义虽因其"写实"意义的多变性而呈现出多元的形态,然而其"写实"之衍变是有"真实性"品格这一质的规定性的,所以任何冠以某种名词的"现实主义"文学,都不失其现实生活之"真",如魔幻现实主义之"变现实为魔幻而又不失其为真"。因此,现实主义形态的文学始终高扬其历史的和社会的价值及社会批判之本质功能,并有其意义相对清晰度与稳定性。现实主义及其"写实"精神的弘扬有助于纠正反本质主义和虚无主义倾向。

二是纠正感官主义和"娱乐至上"之风。后现代文化思潮对非理性主义的强化助长了文学的感官主义、"娱乐至上"等风气,进而消解或淡化了文学的人文精神和人道情怀,导致了文学意义的肤浅

---

① 陈世丹:《代码》,见赵一凡等主编《西方文论关键词》,外语教学与研究出版社2006年版,第47页。

② [美]理查德·塔纳斯:《西方思想史》,吴象婴等译,上海社会科学研究出版社2017年版,第440页。

化和精神引领作用的淡出。受这种后现代文化思潮影响，我国文学不可避免地出现了一些乱象：一些作家对生活关切度降低、文学创作的责任担当和使命意识衰减；审美文化的高雅与低俗的界限趋于模糊；消费性流行文化的图像化、娱乐化、景观化、狂欢化日趋明显。特别是网络文学界，"总体而言，基于'大众'、'消费'的逻辑，'娱乐性'及其所决定的'时尚化'、'平面化'与'类型化'，乃是'后现代写作'最基本的特点"，并且，"这些特点，在网络文学中都有充分的体现"①。所有这一切都导致了文学"写实"精神和真实性的淡出以及文学社会功能、认识功能及审美功能的式微，而这对新形势下的文化建设和价值引领极为不利。有鉴于此，弘扬现实主义及其"写实"精神，对提高作家正确认识文学的功能与使命，正确处理作家与社会及生活之关系，弘扬文学的人文精神，净化文学市场和社会风气乃至促进民族文化建设都有积极作用。

三是纠正"个人化写作""躯体化写作"倾向。"个人化写作"是20世纪与21世纪之交在后现代文化影响下我国文坛上具有反传统特点的文学现象。这些作家力图摆脱传统写作模式，尤其对传统文学和主流文学的宏大叙事表现出反叛姿态，这其实也是他们所持的一种后现代立场。他们的创新勇气以及创新性探索有积极的一面，这类作品虽在某种程度上表现了一些人的生存状况和心理感受，张扬了个人本位的价值观，但是，这种"个人化写作"过分局限于作家个体的小世界，甚至沉迷于个人隐私与情感宣泄并发展为"躯体化写作"。一些表现性爱主题的作品就是"躯体化写作"的代表，如韩东的《障碍》、张旻的《情戒》、朱文的《我爱美元》等。这些作品强调个人体验与个人本位，普遍陷于极端化的个人心理乃至本能的宣泄，是一种感官化的写作。对此，代表性作家林白曾作如此表述，"写作中最大的快乐就是重新发现自己的感官，通过感官发现

---

① 曾繁亭：《网络写手论》，中国社会科学出版社2011年版，第85页。

语词"①；另一作家海男则说得更直白，"只有我用我的躯体才能抵御来自幻想中那种记忆和时间的夭折……我看见了我躯体的命运，那是一些语言的命运……我把自己的身体化为一堆符号，符号在某种意义上来说只是一堆白日梦而已"②。这种失却了主体之能动性而近乎原始形态之心理描写，其文字产品消解了个人及其存在的意义，谈不上有审美价值和理性价值及社会意义层面上的真实性品格，也谈不上对人有精神提升与价值引领的作用。这种貌似真实的创作与现实主义经典文学在审美观念、价值理念、表现方法等方面均相距甚远，也不符合审美和人文意义上文学的创作标准——因为它们在根本上已丧失了文学之审美反映意义上的"写实"精神和"真实性"品格。

总之，我们的时代和社会需要文学的现实主义，更需要文学的写实精神与本质意义上的真实性；现实主义和写实倾向的文学也拥有着广阔天地和前景，社会各层面不同程度地期待着具有真正写实精神和民族特色的现实主义文学史诗。19世纪现实主义文学思潮作为一种历史形态，它虽已经成为过去，但依然有可汲取的艺术养分；同理，写实精神与真实性品格的文学在我国文学史上也源远流长，其优良传统同样值得我们继承与发扬。就此而论，古今中外现实主义传统的文学都值得我们去重新梳理、总结并合理继承，它们都是未来各种新"现实主义"和其他形态文学的参照对象和艺术源泉，并且也像马克思、恩格斯评价的古希腊文学那样"具有永久的艺术魅力"。我们有理由相信：现实主义文学是"一种永久的写作模式"③，而且这种写作模式还将一直发展并不断更新。

---

① 林白：《在写作中发现自己的感官》，《像鬼一样迷人》，陕西师范大学出版社1998年版，第234页。

② 海男：《躯体》，《紫色笔记》，陕西师范大学出版社1998年版，第27页。

③ Richard Brinkman, "*Afterthoughts on Realism*", *Realism in European Literature: Essays in Honour of J. P. Stern*, Nicholas Boyle, Martin Swales, eds., Cambridge: Cambridge University Press, 1986, p.184.

第十五章

现实主义中国70年传播考论

五四运动前后，西方各种文学思潮纷纷被引介到我国，催发了本土文坛各种倾向和形态的文学思潮与流派的共时性呈现。但是，随着国内社会与政治情势的变化以及本土学界对外来思潮流派的主体性选择，经过较短时间的论争和聚焦，19世纪现实主义很快成为外来文学思潮在我国接受、传播与研究的主潮。此后较长时期内，尤其是中华人民共和国成立以来，同样由于社会与政治情势的变化，现实主义在我国出现了不同"变体"，有时被认为"独尊"，有时被认为"过时"和"边缘化"，有时又被认为"回归"。概言之，现实主义在我国被接受与传播的道路起伏曲折，有关它的"独尊""过时""回归"等说法，现在看来依旧有些似是而非、语焉不详。因此，回顾现实主义在本土被接受与传播的历史，对我们更深入地认识与把握19世纪现实主义，深化对其研究，促进我国包括现实主义在内的文学创作与理论建设的健康发展，是不无裨益的。

第一节 从"功利性"到"工具"与"口号"

1949年后，我国文坛的现实主义理论与创作沿着五四现实主义方向继续发展。不过，此后无论作为文学思潮、创作方法或批评方法，它都与20世纪三四十年代国内学界诸多关于现实主义的论争和文学译介密切相关，因此，我们研究、分析70余年来现实主义在本土的接受与传播，必须追溯到20世纪三四十年代甚至更早。

  在新文化运动展开的十年左右的时间内，19世纪现实主义文学在中国接受和传播的势头比较强劲，学界对其理解和把握虽然还是初步和粗浅的，但其本质特征和总体内涵被我们接受并被较为有效的阐发、传播和借鉴。比如，以鲁迅为代表的关于现实主义的研究与介绍以及在文学创作中的实践，是迄今为止我国接受、传播与借鉴外来现实主义的成功范例之一。不过，20世纪30年代末至40年代，随着左翼文学运动和民族救亡运动及国内战争的风云变幻，文学与政治的关系较之五四时期变得尤为难分难解，文学的政治内容和社会功利性被大力张扬，现实主义文学也因其与生俱来的鲜明的社会批判性和政治历史属性而在这特殊背景下更加凸显其"工具性"功能。左翼文学激进主义在特定的社会情势下使文学与政治的联系更为密切，这就为即将登场的新形态的现实主义——"社会主义的现实主义"以及"革命的现实主义"作了政治与思想基础之铺垫。首先，相对谙熟苏联文学与政治的周扬及时地传播了社会主义现实主义创作方法。1933年11月，周扬在《现代》杂志第4期第1卷上发表《关于"社会主义的现实主义与革命的浪漫主义"》一文，这是中国学人第一次正式介绍与倡导"社会主义现实主义"。这"是当时文坛上的一件大事，标志着苏联社会主义现实主义汇入并左右中国现代文学主潮"[①]，也预示着左翼文学思想沿着新的路线向前发展，更预示着苏俄现实主义和社会主义现实主义将成为外来现实主义在中国传播与接受的主流，而对西欧的本源性现实主义的接受与传播以及五四现实主义传统的延续在相当程度上进入式微状态。1938年，雷石榆在《创作方法上的两个问题——关于写实主义和浪

[①] 温儒敏：《中国现代文学批评史》，北京大学出版社2005年版，第144页。

漫主义》一文中明确将写实主义分为自然主义的写实主义和社会主义的写实主义：前者着重客观现实之真实，如实地记录那现实，或解剖现实，巴尔扎克、莫泊桑、托尔斯泰等作家莫不如是；后者不单真实地表现现实，而且更积极地、更科学地透视现实的本质，因此现实的多样性、矛盾性、关联性、个别性、活动性以及发展的必然性得到充分揭示。① 此后，欧洲现实主义在中国的传播与发展便基本上循着"社会主义的写实主义"的大方向一路高歌。

1949年后，茅盾就在《略谈革命的现实主义》一文中提出："社会主义的现实主义的创作方法和我们目前对于文艺创作的要求也是吻合的。"② 1950年，他在《目前创作上的一些问题》一文中又说："最进步的创作方法，是社会主义现实主义的创作方法。基本要点之一就是旧现实主义（即批判的现实主义）结合革命的浪漫主义。而在人物描写上所表现的革命浪漫主义的'手法'，如用通俗的话来说，那就是人物性格容许理想化。"③ 20世纪50年代，针对冯雪峰（《中国文学从古典现实主义到社会主义现实主义的发展的一个轮廓》）和茅盾（《夜读偶记》）认为现实主义在中国源远流长且一直居于主流地位的观点，同时也是基于"现实主义"的标签在杜甫等中国古典文学家头上飞舞的状况，对中国古典文学中是否存在现实主义文学，本土学界存在过持续的争论。但总体来看，基于冯、茅二人的政治势头，这场争论事实上并没能够有效展开。

20世纪50年代后期，在"百花齐放，百家争鸣"和批判教条主义的背景下，秦兆阳发表了《现实主义——广阔的道路》一文，对"社会主义现实主义"提出质疑。他特别强调正确处理好文学艺术与政治的关系，反对简单地把文艺当作某种概念的传声筒。他认为"追求生活的真实和艺术的真实"是现实主义的一个最基本的大前提。现

---

① 雷石榆：《创作方法上的两个问题——关于写实主义和浪漫主义》，《救亡日报》1938年1月14日。
② 茅盾：《略谈革命的现实主义》，《文艺报》1949年第4期。
③ 茅盾：《目前创作上的一些问题》，《文艺报》1950年第9期。

实主义的一切其他的具体原则都应该以这一前提为依据。"现实主义文学的思想性和倾向性,是生存于它的真实性和艺术性的血肉之中的。"秦兆阳说,如果"社会主义精神"是"艺术描写的真实性和历史具体性"之外硬加到作品中去的某种抽象的观念,这无异于否定客观真实的重要性,让客观真实去服从抽象的、固定的、主观的东西,使文学作品脱离客观真实,变为某种政治概念的传声筒。他认为,从现实主义的内容特点上将两个时代的文学划出一条绝对的界线是困难的。他提出了一个替代的概念"社会主义时代的现实主义"①。周勃在《论现实主义及其在社会主义时代的发展》、刘绍棠在《现实主义在社会主义时代的发展》中表达了与秦兆阳相近的见解。

历史地看,中国的"社会主义现实主义"实际上是苏联社会主义现实主义的一种"翻版"或者"变体"。作为一种创作方法,社会主义现实主义于20世纪30年代初经过一段时间的讨论和论争后,最终于1934年在全苏第一次作家代表大会通过的作家协会章程中正式提出并宣布为苏联文学的创作方法,其含义是:"社会主义现实主义,作为苏联文学与苏联文学批评的基本方法,要求艺术家从现实的革命发展中真实地、历史具体地去描写现实;同时,艺术描写的真实性和历史具体性必须与用社会主义精神从思想上改造和教育劳动人民的任务结合起来。社会主义现实主义保证艺术创作有特殊的可能性去发挥创造的主动性,去选择各种各样的形式、风格和体裁。"② 在苏联,社会主义现实主义一般被认为形成于20世纪初,也就是俄国1905年革命之后,其形成标志是高尔基的《母亲》和《底层》。社会主义现实主义自诞生起,也一直在反复的讨论中不断摆脱"庸俗化的教条主义"的"狭隘性"内容,以"广泛的真实性"和"开放的美学体系"、现实生活发展的"没有止境"③ 等新内容不断

---

① 秦兆阳:《现实主义——广阔的道路》,《人民文学》1956年第9期。
② 《中国大百科全书·外国文学》(Ⅱ),中国大百科全书出版社1982年版,第909页。
③ 同上书,第911—912页。

丰富其内涵。社会主义现实主义确立的根本目的是：社会主义苏联的文学必须体现社会主义思想并为无产阶级和广大劳动人民服务；而在创作理念与方法上，其又汲取了包括高尔基在内的俄国现实主义乃至西欧现实主义的"写实"精神与传统。因此，笔者认为，苏联的社会主义现实主义无疑是19世纪现实主义的一种"变体"，而且，因其影响广泛而久远，实际上"已经成了国际的文学现象"[①]。所以，从国际传播与影响的角度看，它实际上已不仅仅是一种文学创作方法与文学批评方法，而是一种新的现实主义文学思潮或者流派。苏联社会主义现实主义本身作为一种"变体"的新的现实主义文学思潮，在中国影响广泛。它一问世，就得以在中国被接受与传播；从20世纪30年代至五六十年代，苏联文学也在社会主义现实主义旗帜下，一直是我国文学创作和文学研究、学习、效仿和借鉴的主体。

如前所述，我国文学界从20世纪30年代初就直接借用苏联的"社会主义现实主义"，并尊其为我国新文学的方法与方向；尤其是，长时期出于对苏维埃社会主义的崇拜和对苏联"老大哥"的敬仰，苏联文学及其"社会主义现实主义"之精神，有效地促成了我国现当代文学之灵魂的铸就。就像五四时期我国文学界特别青睐俄国现实主义文学一样，这种延续下来的俄国"情结"，此时成了催发对苏联文学特别喜好的"酵素"；或者说，俄国现实主义文学的某些特质，延续到了苏联文学之中，这也是我国文学界对其深感亲切因而对其情有独钟的深层原因。所以苏联文学尤其是社会主义现实主义的观念，无形地渗透在了我国无产阶级和社会主义形态的文学与理论之中。在此，有一个具体的典型案例，特别值得深度分析阐发，那就是1942年毛泽东《在延安文艺座谈会上的讲话》（以下简称《讲话》）及其与中国"社会主义现实主义"文学的关系问题。

[①]《中国大百科全书·外国文学》（Ⅱ），中国大百科全书出版社1982年版，第912页。

毛泽东的《讲话》并没有明确提出将"社会主义现实主义"作为解放区文艺创作的基本方法，但是，他根据当时的国情，强调文艺为广大人民大众服务，首先为"工农兵"服务的基本宗旨与大方向，这不仅在相当程度上呼应了苏联的"社会主义现实主义"——事实上《讲话》本身也已经接受了苏联社会主义现实主义的影响——而且也催化或者促进了苏联社会主义现实主义在中国的接受与传播，并使我国现实主义文学从理论到创作步入了一个新境界。文艺为人民大众服务，首先为工农兵服务，这固然有特殊年代较强的政治功利色彩，但其历史与现实之必然性与合理性也是不容置疑的。因为，就文学之本质而言，政治性与功利性也是其题中应有之义，"艺术中的政治倾向是合法的，不仅仅因为艺术创造直接与实际生活相关，而且总是因为艺术从来不仅仅描绘而总是同时力图劝导。它从来不仅仅表达，而总是要对某人说话并从一个特定的社会立场反映现实以便让这一立场被欣赏"[①]。作如此引证和阐发，当然并不意味着我们赞同文学的功利主义和"工具化"。历史地看，毛泽东强调的文学方向和宗旨，其精神实质承续了五四现实主义"为人生"之文学精髓，也契合了当时社会情势对文学之社会功能的期待。因为，"为人生"的核心是启迪民智、揭露社会黑暗以及国民之精神病疴，救民众、民族与国家于水深火热之中。在20世纪三四十年代，救亡和启蒙都是家国与民众之安危所系，文艺为人民大众、为工农兵的功能与价值追求，也是新形势下的一种"为人生"精神之体现，也是"人的文学"和"平民的文学"的一种体现。至于毛泽东强调作家与现实生活的关系、文学反映现实生活，本身也不乏现实主义的"写实"与"求真"之精神，而且，《讲话》针对国统区和抗日根据地的实际情况，强调"一切危害人民群众的黑暗势力必须暴露之，一切人民群众的革命斗争必须歌颂之"。应该说，《讲话》所倡

[①] Arnold Hauser, "Propaganda, Ideology and Art", István Mészáros ed., *Aspects of History and Class Consciousness*, London: Routledge & Kegan Paul, 1971, p. 131.

导的文艺创作与批评方法，总体上与苏联的社会主义现实主义原则比较接近，也接续着五四时期的现实主义之传统。《讲话》发表之后，其核心精神基本上贯穿了20世纪30年代到70年代末从解放区到新中国成立后的我国现当代文学。从文学跨文化传播的角度看，这段历史也可以说是中国文学界对苏联社会主义现实主义之接受、传播与实践的历程，中国的"社会主义现实主义"和"革命现实主义"是苏联社会主义现实主义的变体，同时也属于19世纪现实主义的变体，而《讲话》是这种"变体"之核心精神的特殊形态的显现。而且，《讲话》又是对马克思、恩格斯关于现实主义之论断的一种接受与传播，是马克思主义文艺思想的一种中国式展示。

如上所述，苏联的"社会主义现实主义"是俄国现实主义的一种"变体"，那么，这种"变体"的"现实主义"在具有强烈的社会功利性这一点上放大性地传承了俄国现实主义的社会政治功能，其原有的强烈的社会批判性有所削弱，于是，其本质上由于拥有了过多的超越文学自身本质属性的意识形态内容而演变出鲜明的政治宣传之特征，政治理想色彩浓郁，社会批判功能削弱。至于我国把苏联的"社会主义现实主义"加以改造后出台的与"革命浪漫主义"相结合的"革命现实主义"，则更是现实主义变体的"变体"，尤其是在"文化大革命"的特殊语境里，"革命现实主义"更成了一种空洞的口号和政治宣传的"工具"，庸俗社会学的特征十分明显。确切地说，这种意义上的"革命现实主义"实际上已经算不上什么"现实主义"，因而也谈不上是"变体"了，而是扭曲的空泛的口号，这在一定程度上是对现实主义的曲解乃至背叛。因此，这种"革命现实主义"客观上构成了对现实主义精神、方法和理念的冲击和损害。

当然，我们在看到苏联传统的"社会主义现实主义"作为现实主义之"变体"形态在这一历史时期的我国文坛以主流姿态传播的同时，也要看到别种现实主义形态的文学以另外的方式在我国文坛和学界的传播，其中特别值得注意的是以胡风为代表的张扬"主观战斗精神"的现实主义。胡风的现实主义很大程度上是鲁迅现实主义精神在新历史阶段的一种延续与发展。胡风早年与鲁迅过从甚密，他们都深受俄国现实主义与日本厨川白村等日本作家、文艺理论家的影响。他自己说曾经"读了两本没头没脑地把我淹没了的书：托尔斯泰的《复活》和厨川白村的《苦闷的象征》"①。这两部作品对胡风来说具有典型意义：他深受托尔斯泰和厨川白村这些作家的影响，除了关注文学与现实社会之关系以及文学的社会功用之外，同时又特别关注文学艺术本身之特质与功能以及人的精神与灵魂；他反对仅仅"把文艺当作一般的社会现象"②而忽视其本身之特质与功能，单纯地用社会学和阶级论看待文学的观念。显然，胡风是我国现当代文学中较早抵制文学领域里庸俗社会学倾向的理论家。他追求人生与艺术的"拥合"，推崇高尔基的"真实地肯定人底价值"，"反映现实，并不奴从现实"③，张扬一种具有强烈的批判性和"主观战斗精神"的现实主义——"主观精神和客观真理结合或融合，就产生了新文艺的战斗的生命，我们把那种叫作现实主义"④。胡风这种"变体"了的现实主义和当时普遍流行的社会主义现实主义显然有重大区别，不过他并没有反对社会主义现实主义，只不过对之有自己独特的理解而已：

> 社会主义现实主义，因为是现实主义以今天的现实为基础所达到的最高峰，它被提出的时候要求能反映任何生活，能够反映任何历史时代；是体现了最高原则的概念，所以是一个最广泛的概念。它要担负起全历史范围的斗争。写历史的皇帝将相的小说（《彼得大帝》等）的，写资产阶级的（《布雷曹夫》等）的，写知识分子（《克里姆·萨姆金的一生》）的，写神话

---

① 胡风:《置身在为民主的斗争里面》,《希望》1945 年第 1 期。
② 胡风:《胡风回忆录》,人民文学出版社 1997 年版,第 35 页。
③ 胡风:《M. 高尔基断片》,《现实文学》1936 年第 2 期。
④ 胡风:《现实主义在今天》,《时事新报》1944 年 1 月 1 日。

故事(《宝石花》等)的,都是社会主义现实主义的作品。判定了没有写"工农兵群众生活"就不是"新现实主义",那就等于锁住了它,使它不能斗争。①

胡风对"现实"和"生活"的理解显得更加宽泛而深刻,不像当时和后来相当长时期内我国学界许多人理解得那么狭隘而浮泛。他认为"处处有生活",文学应该反映"任何生活"②,因此其描写对象也不仅仅局限于"工农兵群众"。至于他强调的文学的人民性,文学的主观战斗精神,文学表现血肉人生、揭露奴役人民的反动势力、反映人民的斗争意志等,这些都既鲜明地标举出他所理解、接纳和倡导的现实主义之独特性——继承了鲁迅的现实主义传统,又有西欧和俄国的现实主义的本原属性,是一种在当时别具特色的"现实主义"。也正因为如此,他的这种现实主义理论在当时显得有些"异类",于是也就曲高和寡,并且后来还因此遭受政治冲击乃至迫害。当然其间还有别的原因。但是,19世纪现实主义文学思潮在中国的接受与传播史中,胡风的倡导和传播是不可抹去的浓墨重彩之一笔。

另外,无论从创作实践和理论研究角度看,从20世纪30年代到70年代末,我国文学理论与文学创作中的现实主义精神既不完全来自19世纪西方现实主义,也不完全来自苏联的社会主义现实主义,因为中国古代的传统文学中原本就有丰富的写实精神的艺术资源,19世纪这个时段之外的外国文学也有多种多样的写实传统可资借鉴。所以,即便在文学理论与观念混乱、现实主义观念迷失的情况下,在我国具体的文学创作实践中,写实精神与传统依旧绵延不绝,体现现实主义精神的文学作品也依然有一席之地,虽然真正高

---

① 胡风:《关于解放以来的文艺实践情况的报告》,《新文学史料》1988年第4期。

② 胡风:《理想主义者时代的回忆》,《文学》1934年周年特辑《我与文学》。

水平的现实主义精品为数不多。不过,从本文所谈的外来文学与文化的本土传播和接受的角度看,这一相当长的时期内,西欧模式的19世纪现实主义文学精神在我国文坛的接受与传播之成效并不显著,甚至出现停滞的状况。

第二节 现实主义被"独尊"了吗?

"文化大革命"结束以后,"社会主义现实主义"以及"两结合"的"革命的现实主义"虽一度仍保持着政治与理论正确的主导地位,但这种极"左"思想浸染的"创作方法",实际上到后来已成了一个与创作实践相脱节的空洞口号。随着"思想解放"运动的持续展开,人们对曾经被尊为最好的创作方法的"社会主义现实主义",尤其是对所谓的"革命的现实主义"投以不断的质疑,由此终于在70年代末至80年代前期引发了中国学界关于现实主义的大讨论,这种讨论与文学创作中充满写实精神与人道情怀的"伤痕文学"的兴起几近同步,理论创新与创作实践两相呼应,表达了对"恢复写实主义传统"[①]的强烈期待。这一波讨论的焦点集中在三个层面:第一,何谓现实主义?大致有五种代表性的观点。其一曰:现实主义是一种创造精神[②];其二曰:现实主义作为文学的基本法则,是衡量一切文学现象的总尺度[③];其三曰:现实主义是一种文学思潮或美学思潮[④];其四曰:现实主义是一种创作方法或美学原

[①] 姚鹤鸣:《理性的追踪——新时期文学批评论纲》,江苏教育出版社1998年版,第42页。

[②] 於可训:《重新认识现实主义》,《人民日报》1988年9月13日。

[③] 何满子:《现实主义是一切文学的总尺度》,《学术月刊》1988年第12期。

[④] 李洁非等:《现实主义概念》,《文学自由谈》1986年第2期;周来祥:《现实主义在当代中国》,《文艺报》1988年10月15日。

则[1]；其五曰：现实主义是一个文艺流派[2]。这些讨论对恢复现实主义的传统表现出了高度的热情，也说明"现实主义传统的恢复反映了历史的必然要求"[3]。第二，现实主义的内涵是固定的还是开放的？其外延是有限度的还是无边的？大致有两种代表性的观点。其一曰：现实主义有确定的内涵，因而其外延是有限度的[4]；其二则称：现实主义作为一切艺术的总尺度，内涵在不断发展之中，外延是无边的[5]。这方面的讨论意味着学界对以往"现实主义"理解上的不满足，表现出力图对我国以往各种明目的"现实主义"的拓展、突破的内在企求。第三，"社会主义现实主义"是否过时？是否应予否定？杨春时等认为其作为政治化的口号应该被否定[6]；陈辽等人则认为其作为正确的创作方法不应该被否定[7]；刘纲纪等人则持中庸态度——对之肯定中有否定，否定中有肯定。社会主义现实主义作为一种政治色彩较浓的特殊的"现实主义"，此时对它的讨论多少还有些谨小慎微，但是，对其工具性、口号性的特征以及一定程度上对现实主义的扭曲，学界普遍表现出了批评态度。总之，20世纪70年代末80年代初关于现实主义的诸多讨论各抒己见、歧义纷呈，表达了各自对现实主义的不同理解，并都致力于摆脱"左倾"思潮盛行时期强加在现实主义头上的种种似是而非的说法，让现实主义恢复其本来面目。这种努力无论在理论建设还是文学创作实践上都有明显的成效。以往学界普遍认为现实主义在此时得以"回归"，这种说

---

[1] 王愚：《现实主义的变化与界定》，《文艺报》1988年3月5日；朱立元：《关于现实主义问题的断想》，《文汇报》1989年3月3日。

[2] 曾镇南：《关于现实主义的学习、思考和论辩》，《北京文学》1986年第10期；刘纲纪：《现实主义的重新认识》，《人民日报》1989年1月17日。

[3] 何西来：《新时期文学思潮论》，江苏文艺出版社1985年版，第7页。

[4] 张德林：《关于现实主义创作美学特征的思考》，《文学评论》1988年第6期。

[5] 张炯：《新时期文学的革命现实主义》，《红旗》1986年第20期；狄其骢：《冲击和命运——察看现实主义的生命力》，《文史哲》1988年第3期。

[6] 杨春时：《"社会主义现实主义"再思考》，《文艺报》1989年1月12日。

[7] 陈辽：《"社会主义现实主义"再认识》，《文艺报》1989年3月3日。

法不无道理。

但是，随着我国改革开放步伐的迈进，20世纪70年代末80年代初文学界在为现实主义的"回归"而庆幸之际，西方"现代派"文学也悄然迈进了我们的文学大花园。于是，经过小心翼翼的探索性传播与借鉴，特别在80年代中后期经过"现代派"还是"现代化"的大讨论后，终于酿就了现代派在我国传播之热潮。一时间，无论是作品翻译、理论研究还是文学创作，现代派或"先锋文学"都成了一种时髦的追求，现代派几乎成了文学与文化上"现代化"的别称。在这现代派热潮滚滚而来的态势下，刚刚有所"回归"且被特殊年代之政治飓风颠卷得惊魂未定的"现实主义"，瞬间又变得有些灰头土脸、满面尴尬，而且在现代派的时髦热潮中很快被认为"过时"。即使是90年代的"新现实主义"，它标志着写实主义传统的文学在新的历史条件下的新发展，也"超越了现实主义与现代主义的既有范畴，开拓了新的方向，代表了新的价值取向"[①]，但它也没有构成压倒现代派倾向文学之态势。真所谓风水轮流转，假如现实主义果真像学界常说的那样曾经被"独尊"的话，那么，此时被"独尊"的已不是它，而是现代派。不过，笔者对此一直有一个疑问：五四时期曾经出现过现实主义的"一枝独秀"，但这显然远不是所谓的"独尊"，只能说在当时诸多流派呈现中有"木秀于林"之态势。因为在五四时期，经过本土学人和作家们的选择性接受，新文学中现实主义处于相对主流的地位，故而可谓"一枝独秀"。但是，其他诸多非现实主义的文学思潮和流派也仅仅是相对淡出而已，未曾也不可能被强制性退出文坛，因此各种支流或者派别的文学样式继续存在着，象征主义、唯美主义等思潮流派也依然被"小众化"地接受与传播。再者，在当时的社会情势和政治形势下，新文学对外来现实主义的主动而热情的接受与传播，也主要集中在前后的十

[①] 王干：《近期小说的后现实主义倾向》，见许志英、丁帆主编《中国新时期小说主潮》（上卷），人民文学出版社2002年版，第493页。

年左右的时间里，此后到20世纪70年代末，现实主义本身也一直处于不断被讨论的过程中。若此，现实主义在我国文坛和学界到底什么时候享有过"独尊"的待遇？若一定要说有，那么，"独尊"的是什么"现实主义"？是"社会主义现实主义"还是"革命的现实主义"？因此，在笔者看来，确切地说，真正的本源性现实主义其实从来未曾被我国文坛和学界"独尊"过，如果说有被"独尊"的"现实主义"，也只不过是一个被抽空了现实主义本质内涵的空洞、扭曲的"现实主义"口号而已，或者说是一种非现实主义的"现实主义"。因此，"独尊"现实主义的说法是一个似是而非的命题，至少是一种很不符合客观事实的判断，并且，其间对现实主义不无藐视、嘲讽之意。在这种文化语境里，现实主义差不多是在代"极左"思想受过，在一定程度上成了一个"出气筒"。因此，戴在现实主义头上这顶高高的"独尊"的帽子不仅不是它原本未曾有过的"荣耀"，而且是一种不堪承受之负担。因此，如果说"独尊"现实主义的说法表达了对一定时期内被扭曲了的所谓"现实主义"的不满，那么这种不满的心理是真实的和可以理解的；而如果用其来描述一种客观存在的历史事实，那是不妥当的。澄清这一点，有利于19世纪现实主义在学理和本源意义上在中国的研究、接受和传播，有利于我们摆正对现实主义或者其他任何什么"主义"的评判态度，也有利于本土特色之现实主义文学的健康发展。

其实，若一定要说文学上有过什么"独尊"的"主义"，我倒是觉得，20世纪80年代的西方现代派曾经被我国文坛和学界"独尊"得相对比较明显的。因为，事实上那段时间里现代派崛起得相当迅捷，接受与传播得也相当广泛深入，研究和摹仿现代派的文学创作一时间成了一种既高雅又前卫的文化时尚。在那种文化氛围里，似乎学界或文坛人士不看或者看不懂或者不会谈现代派文学，则立马有可能被认为是"背时"的或"落后"的。客观地说，20世纪80年代我国对现代派的接受和传播，当然也有其历史必然性与合理性，其对本土文学与文化发展的转型和建设之历史功绩是不可否认的。但是,一段时间里对其过分的膜拜甚至某种程度上的近乎"独尊",现在看来,这不仅仅是当时文学和文化上求新求异求变革心理的反映,也真可谓我们自身文化心理不成熟、不自信的一种表现,而与此同时对现实主义的夸大化的贬抑和排斥,自然也是过激的和不公允的。现实主义还没有坐暖"回归"的椅子,却几乎在一夜间惨遭冷遇,大有中国社会常见的"墙倒众人推"之见怪不怪的势利现象。呜呼,现实主义!谁让它曾经享有"独尊"的空头待遇呢?当然,这是曾经笼罩在现实主义头上那个虚幻的政治光环带来的一种伤害。当现实主义被现代派"过时"且一定程度上也被"边缘化"之际——实际上现实主义和现代主义两者其实并不必然构成冲突,相反是可以互补的,后来也不同程度地实现了互补①,现实主义有着强劲的生命力,写实倾向与风格的文学创作在新时期我国文坛上也从来没有衰竭过。有人若仍然在褒奖现实主义或者坚持现实主义风格的创作,也马上可能会被认为观念"落后"或者思想"陈旧"。正如路遥于1988年评价国内文坛之文学观念时一针见血指出的那样:"许多评论家不惜互相重复歌颂一些轻浮之作(指现代派倾向的'先锋文学',笔者注,下同),但对认真努力的作家(指坚持现实主义倾向的作家)常常不屑一顾。他们一听'现实主义'几个字就连读一读的兴趣都没有了。""尽管我们群起而反对'现实主义',但我国当代文学究竟有过多少真正现实主义?我们过去的所谓现实主义,大都是虚假的现实主义。"②确实,现代派盛行时期我国文坛和学界对现实主义的态度是有几分简单乃至粗暴的,此后较长一段时期内对现实主义的评价自然也是不够客观的。甚至可以说,时至今日,在国内主流话语一再呼唤、倡导和张扬现实主义的情况下,本土的文化集体无意识似乎对它有一种莫名的排斥和抵触,或

---

① 蒋承勇:《十九世纪现实主义"写实"传统及其当代价值》,《中国社会科学》2019年第2期。
② 路遥:《致蔡葵的信(1988年12月)》,见厚夫《路遥传》,人民文学出版社2018年版,第295页。

者说本能地将它与"工具""口号"联系起来，于是有意无意中投以轻视或轻蔑。这既说明了出于本土的历史原因，我们对现实主义有太多太深的误解，对它附加了太多文学艺术之外的有关意识形态方面的承载，也说明了70年来乃至百余年来19世纪现实主义在中国的接受、传播与研究之根基还不够牢固，对其本源性内涵与特质的理解与发掘尚远远不够深入。就此而论，不仅谈不上现实主义在我国文学创作和理论研究上的"过时"，也谈不上真正意义上的现实主义的深度"回归"。实际上我们一直还缺乏严格的和真正意义上的现实主义理论与创作实践，真正现实主义的文学一直尚未在我国文坛做强做大，有世界影响的现实主义精品力作为数甚少。因此，我们依然需要呼唤现实主义，当然我们依然也不排斥现代主义和后现代主义。我们需要在公允、客观的评价和深入的理解基础上的接受、传播与借鉴。在此种意义上，现实主义在我国没有"过时"。

第三节　拓展现实主义传播的空间

在当今"网络化—全球化"的新时代，"回归经典"和"重估经典"，不应该仅仅是一种呼唤和号召，而应该是一种实际行动。既然现实主义并没有"过时"，那么，对它的研究也应该进入"进行时"状态，对19世纪现实主义这份厚重的文学资源，我们必须予以足够的重视。在此，笔者重点谈四个问题。

（一）深度理解19世纪现实主义"真实"之观念

"真实"是一个历史的概念，在文学创作实践中又是一个动态实现的过程，它有其十分深广的内涵与意义，事实上我们对它的深度发掘、把握和接受尚显不足。五四时期对"真实"的理解偏重于从"为人生"的角度，强调展示大众的当下现实人生，注重作家对生活报以诚实的态度，而在具体描写手法上，与欧洲经典现实主义的细致精确的手法还有相当的距离，因为当时文坛和学界在理论上对"真实"以及"生活"的理解和研究仅仅是表层的和粗浅的。此后"革命文学"对"真实"的理解则带有一种激进理想主义的偏狭。社会主义现实主义时期所理解和把握的"真实"也过于理想化，有某种程度上的狭隘性。至于"革命的现实主义"，更是近乎脱离"真实"的本质。此后的一段时期内，学界不敢谈真实的问题，或者即使讨论这个问题，也总是因有所顾忌而浅尝即止。因此，学界对19世纪现实主义"真实"观的历史发展过程和本源性内涵，一直缺乏深度研究与把握。此外，在创作实践中，"真实"是一个动态实现的过程，它以客观现实之"真"为逻辑起点，经由作家主观感受之真和借助艺术假定性手段建立起文学文本之真。诸多19世纪现实主义作家处于同一时代的不同国家和不同文化境遇中，不同个体对生活之"真"的感有差异，各自的审美趣味和具体表现技巧同样是有差异的，因而各自给出的所谓"真实"之文学文本也是千差万别的，而不像我们过往的研究那样基本上停留在"摹仿""再现"以及客观地"反映"现实这样的层面。笼统地理解、分析与接受19世纪现实主义文学关于现实生活之"真实"的呈现，掩盖了众多作家千差万别与丰富多彩的"真实"观，显得机械而简单。

（二）深度发掘19世纪现实主义文学的审美价值

19世纪现实主义固然以其强烈的社会批判性和高度的社会认识价值而著称于世并已经对我国产生了较大的影响，但是我们不能因此忽视其审美功能和价值及其作为文学经典的当代意义。五四初期，当西方各种文艺思潮纷纷进入我国的时候，其实首先占主流地位的并不是现实主义，而是浪漫主义。当时，崇尚浪漫主义的创造社提出"为艺术的文学"的口号，综合了浪漫主义、唯美主义和象征主义的总特征——追求文学之艺术价值与审美功能。这种倾向比文学研究会"为人生的文学"的倾向更显强势。本来，这两种倾向共同构成了文学之社会认识功能与审美认识功能的辩证统一，但是，到了20世纪20年代末30年代初，更切合中国文化传统和现实国情、以表现社会见长的现实主义逐步取代了浪漫主义而居于文坛的主导地位。从此,"为艺术的文学"不再有多少传播和生长的空间与机会,文学的社会价值基本上成为对文学之价值衡量的主要标准,现实主义、社会主义现实主义乃至口号化的"革命的现实主义"一路高歌,使文学从理论到创作都对艺术和审美价值相对疏离。直到现代派热潮的兴起,对文学之艺术性审美价值的追求在一个新的认知与接受平台上推进。从文学思潮与文学观念传播的角度看,我国学界对19世纪现实主义的接纳与研究也一直关注和倾向于其社会认识和社会批判的价值,而轻视或者忽视其艺术和审美价值,由此也在很大程度上造成了人们对现实主义的误解,以为它的文学史价值也就是社会认识与社会批判而已,缺乏审美价值。这种不无片面的评价与理解既误导了人们对现实主义的认识与判断,也降低了其文学史地位及其作为文学经典的认可度。虽然19世纪现实主义确实在社会认识功能和批判功能方面达到了空前成熟的境界,这也是其本质特征之一,但其文学史贡献和价值远远不止于此,而我们的研究很大程度上仅满足于此。这显然是一种缺憾,我们有必要加强其审美价值方面的发掘与研究。比如,就小说的故事"情节"与"结构"而言,19世纪现实主义文学(尤其是小说)在此方面达到了空前完美的程度,是西方叙事文学走向成熟的重要标志,也是积淀深厚的西方审美文化之重要成果。"19世纪现实主义小说尽管是'现实主义的',但似乎充满了浓厚的情节意味,实际上,它的'细节主义'特征倒更加鲜明。"[1] 因为,情节和结构不仅仅是文学形式本身,还是呈现复杂而深邃的人类社会与人的精神的载体。而要展示极端复杂的社会关系和人的心理世界,"显然,这样一种表现方法只有和充满着曲折和变化的情节相结合才有可能实行"[2]。可以说,没有曲折

---

[1] George Levine, "Literary Realism Reconsidered: 'The World in its length and breadth'", *Adventures in Realism*, Oxford: Blackwell Publishing Ltd., 2007, p. 18.

[2] [匈]卢卡契:《卢卡契文学论文集》(二),中国社会科学出版社1980年版,第358页。

动人的情节和完美的故事结构,就不可能有现实主义小说在世界文学史上的经典地位。西方现实主义小说的情节结构艺术作为人类文学的遗产,对经历了现代主义、后现代主义之情节"淡化"与故事"解构"后的当今我国文学创作以及大众阅读来说,显得格外有研究与借鉴的价值。呼唤完美而精致的故事情节与结构,其实是在强调文学深度关注现实人生,正如罗伯特·麦基所说,"故事并不是对现实的逃避,而是一种载体,承载着我们去追寻现实,尽最大的努力挖掘混乱人生的真谛"①。我们今天所期待的无论是宏大叙事还是微观叙事抑或是两者结合的文学创作,讲好关于信息时代人的生存状况的故事,提高文学的现实性与可读性,都有必要在新的更高的意义上"回归"丰富的情节与精致完美的结构,它们并不是叙事文学可有可无的东西,而是其根本性元素,现实主义倾向的文艺尤其如此。于是,向经典学习,深入研究19世纪现实主义文学中包括情节、结构、叙事等在内的艺术和美学思想,深度发掘其审美价值,就显得至关重要。

(三)深度辨析现实主义与自然主义的异同

关于现实主义与自然主义,既不能笼而统之地用"写实主义"将两者一锅煮,也不能以现实主义的标尺削足适履地评价自然主义。但是,迄今为止,这两种情况依旧不同程度地存在。如前所述,五四时期,现实主义最初是和自然主义一起以"写实主义"的名义被介绍到我国的。最早正式介绍现实主义的陈独秀,1915年在《答张通信》中从进化论的角度把欧洲现实主义和自然主义都看成相对先进的写实主义予以推介,主张中国今后的文学"当趋写实主义"②。茅盾推介的现实主义一开始明显取法于法国的自然主义,尔后才接

---

① [美]罗伯特·麦基:《故事:材质、结构、风格和银幕剧作的原理》,周铁东译,中国电影出版社2001年版,第11页。
② 陈独秀:《陈独秀文选》,林文光选编,四川文艺出版社2009年版,第175—177页。

纳俄国现实主义,但是他并没有区别两者内涵之差异。20年代文学研究会为了支撑"为人生的文学"的口号,就向西方关注现实、擅长社会批判的现实主义寻求支持,但是他们接纳与传播的现实主义也是掺混了自然主义的。当时谢六逸和胡愈之介绍西方现实主义的两篇文章《自然派小说》和《近代文学上的写实主义》,都从"写实主义"角度,把自然主义当作现实主义予以介绍。那么,什么时候开始对两者有所甄别的呢?陈思和认为,"现实主义在内部划清与自然主义的界限的工作,最初正是由反对现实主义的创造社诸作家们进行的"。他认为成仿吾在1923年发表的《写实主义与庸俗主义》一文中,"第一次将写实主义文学区分为'真实主义'与'庸俗主义'两个概念"。另一篇是穆木天发表于1926年的《写实文学论》,他首次把巴尔扎克与左拉进行比较,结论是巴尔扎克的《人间喜剧》体现了现实主义的真精神,而左拉的小说"简直不是文学,是科学的记录,于是宣告了写实主义的死亡"。由此,陈思和认为"中国理论界对现实主义与自然主义两种文学创作方法的区别有所认识"[①]。这里的"有所认识"不仅是初步的甚至是肤浅的,而且成仿吾和穆木天把自然主义否定性地斥为"庸俗"写实和"不是文学",显然是很不恰当的,这种"区分"无疑缺乏学理性和公允性。接着陈思和还认为,到了30年代,随着理论研究和文学创作的进一步发展,现实主义"对外取得了对浪漫主义的胜利,对内克服了与自然主义的概念的混同,现实主义的发展在三十年代才开始以其独立的思想面貌与美学价值对中国新文学发生异响",而且,自然主义在"被甄别出来"后,"左拉一下子声名狼藉"[②]。应该说,当时自然主义和左拉在我国学界和文坛地位的骤然下降是一个比较客观的事实,但是,认为此时现实主义和自然主义的混同已被"克服了",现实主义从此就"以其独立的思想面貌与美学价值"对中国新文学产

---

① 陈思和:《中国新文学整体观》,上海文艺出版社2001年版,第254页。
② 同上书,第255页。

生影响，这个结论显然下得过早。事实上当时这两者不仅没有在理论上得到明晰的区分——这是需要深入研究才能有所管窥的复杂问题——即使在后来漫长的时期内，甚至迄今为止，依然没有完成这种区分，自然主义也一直与现实主义一起对中国的现实主义文学和理论产生着深远的影响。今天看来，仅就现实主义的学术研究而言，如何更深入而清晰地甄别其与自然主义之异同，也依旧是文学思潮、文学理论和文学史研究中的一个重要课题。笔者认为，在崇尚科学思维和实用理性这一方面，现实主义与自然主义有某种程度的同根同源性，因此它们对现实生活有共同的"写实"追求。不过，在理论上，自然主义作家强调体验的直接性与强烈性，主张经由"体验"这个载体让生活本身"进入"文本，"而不是接受观念统摄的以文本'再现'生活"，由此，自然主义完成了对西方文学传统中"再现"式"现实主义"的革命性改造，于是，自然主义开拓出了一种崭新的"显现"文学观："显"即现象直接的呈现，意在强调文学书写要基于现象的真实，要尊重现象的真实，不得轻易用武断的结论强暴真实；"现"即作家个人气质、趣味、创造性、艺术才能的表现。"显现"理论达成了对浪漫主义之"表现"与现实主义之"再现"的超越，也达成了自然主义与20世纪现代主义之"内倾性"风格的接续。在这方面，研究的空间还十分宽阔。

（四）深度理解现实主义与浪漫主义的关系

浪漫主义的"表现说"，以其对主导西方文坛2000多年的"摹仿说"的整体否定，开启了西方现代文学的序幕。对浪漫派作家来说，文学创作不是对外在自然的摹仿，而是诗人的创造性想象；文学作品也不是自然的镜子，而是作家创造的另一自然。这样，文学世界与经验世界的界限就划开了：诗人拥有自己的世界，在这个小世界里，它只受其自身规律的制约，它的存在本身就是目的，"诗人所反映的是某种心境而不是外界自然"①。与浪漫派作家不同，以反对浪漫主义的姿态步入文坛的现实主义作家，偏重于描绘社会现实生活的精确图画，而不是直接抒发自己的主观理想和情感。他们反对突出作者的"自我"，主张作家要像镜子那样如实地反映现实，他们的社会理想和道德激情往往是通过对生活具体的、历史的真实描绘而自然地流露出来的。这种描绘的历史具体性和客观性正是现实主义文学的基本特征。就此而言，现实主义不仅仅是逆浪漫主义而动，并且其基本文学观念与创作原则显然又回归了受到浪漫主义否定的传统"摹仿说"——虽然这是一种改造和创新意义上的"回归"②，由是，才有西方学者将现实主义视为一种新的古典主义。卫姆塞特和布鲁克斯在《西洋文学批评史》中就把现实主义阐释为19世纪中叶某些作家对浪漫主义开启的西方现代文学进程的一种逆动。

不过，现实主义作为一种文学思潮，为什么会在19世纪浪漫主义之后出现并成为主潮？对此，以往学界普遍认为现实主义是在反对浪漫主义的过程中产生的，因而两者是截然分裂的。这种解说无疑显得过于简单化。其实，巴尔扎克等现实主义作家在19世纪中叶创造出的惊人的艺术成就，并不能简单地归因于反对浪漫主义。事实上，作为现实主义代表人物的司汤达与巴尔扎克，他们的作品既有浪漫主义的痕迹，又有不同于一般浪漫主义而属于后来自然主义的诸多文学元素——所以后来自然主义文学的领袖左拉才将他们称为"自然主义的奠基人"。基于此种状况，有文学史家干脆将19世纪现实主义唤作"浪漫写实主义"；这种"浪漫写实主义"，作为一种"现代现实主义"③，虽在"写实"的层面上承袭了旧的"摹仿现

---

① [美]艾布拉姆斯：《镜与灯：浪漫主义文论及批评传统》，郦稚牛等译，北京大学出版社2015年版，第54页。

② 蒋承勇：《十九世纪现实主义"写实"传统及其当代价值》，《中国社会科学》2019年第2期。

③ 西方有很多评论家用此概念指称19世纪现实主义，如奥尔巴赫、斯特林伯格、G. J. 贝克等。

实主义",但也在更多的层面上以其"现代性"构成了对"摹仿现实主义"传统的颠覆。此外,虽然现实主义打着矫正浪漫主义步入极端后的"虚幻性"旗号出场,但现实主义也借鉴了19世纪浪漫主义文学的艺术经验,如在社会历史题材处理上的风俗画风格、心理描写的技巧以及描摹大自然时的细致入微等。勃兰兑斯在其《十九世纪文学主流》中明确指出,代表了小说中现实主义的巴尔扎克明显直接受惠于浪漫派的历史小说,"巴尔扎克早期的文学典范……是瓦尔特·司各特爵士"①;而且无独有偶,戴维·莫尔斯在讨论浪漫主义与社会小说、哥特小说、历史小说以及艺术家小说时,具体分析了浪漫主义的社会小说对稍后现实主义小说的重大影响。因此现实主义和浪漫主义并不是简单的谁取代谁,而是你中有我、我中有你的互相包容。② 其实,鲁迅一开始在《摩罗诗力说》中推崇的是浪漫主义,但是后来的创作倾向是现实主义的。不过,他的主观战斗精神和强烈的反传统意识,无疑有浪漫主义的因子,也包括象征主义等现代派的因子。这就要求我们在研究19世纪现实主义的跨文化传播时,不能拘泥于既成结论,而必须关注其"变体"、包容性与开放性等意义上的新问题。这方面,德国理论家奥尔巴赫的《摹仿论:西方文学中所描绘的现实》一书值得我们好好地学习与借鉴。

以上所述都说明了19世纪现实主义这片丰厚的土壤,尚有许多亟待开发的"矿藏"。在"网络化—全球化"的新时代,我们有必要让关于现实主义,尤其是关于19世纪现实主义文学思潮的研究从"过时"中摆脱出来,进而转入"进行时"的状态。

---

① [丹麦]勃兰兑斯:《十九世纪文学主流》(第五分册),李宗杰译,人民文学出版社2009年版,第181页。

② David Morse, *Romanticism: A Structural Analysis*, London: The Macmilian Press, 1982, pp. 186-189.

第十六章

唯美主义思潮之理论与创作关系考论[①]

　　文学思潮通常都会构建自己的诗学理论，并不同程度地形成理论与创作实践之间的对应与同构关系。但是，理论与创作实践毕竟属于文学的不同范畴，因此，并不是所有文学思潮的理论都能落实到具体的文学创作之中，而是存在着对应中的错位，唯美主义文学思潮尤其如此。"艺术高于生活""艺术自律""形式主义""艺术拯救世俗人生"是唯美主义文学理论体系的四大内容，它们作为世界观、价值观与方法论渗透在具体的文学创作中。但实际情况是，唯美主义文学的理论与创作实践之间存在较大程度的错位甚至自相矛盾，这正是唯美主义文学思潮较之 19 世纪其他文学思潮之独特性所在。与之相关，对如何认识、界定唯美主义文学，尤其是如何认识唯美主义文学创作实践，学界一直比较含混甚至存在误解。笔者认为，只有在美学视域中厘清唯美主义文学从理论到实践之间的逻辑转换关系，才能"于矛盾处见真章"，真正认识唯美主义文学的本质与历史价值。

---

　　① 本章与马翔副研究员合作。

第一节 "艺术高于生活"与"逆反自然"

唯美主义文艺理论的世界观是建立在"艺术高于生活"上的，由此引出艺术与现实之间的关系：艺术相对于现实世界是本源，是更高级的存在，"第一是艺术，第二是生活"①。这种对传统世界观、艺术观的颠覆导致一种倒置的"摹仿论"，王尔德将此总结为："生活摹仿艺术远甚于艺术摹仿生活。"② 事实上，无论是"艺术高于生活"还是"生活摹仿艺术"，本意都不是对世界本源问题的探索，换句话说，它回答的是一个经典的美学问题，即"美的根源来自何处"？

西方古典美学的主流是客观论美学，无论是毕达哥拉斯提出的"数的和谐"，赫拉克利特的"对立面的和谐"，还是德谟克利特的"大小宇宙的和谐"，抑或是苏格拉底、柏拉图与亚里士多德提到的"关系"与"比例"等概念，都认为美的根源在于某种"和谐"的比例、关系、结构等客观形式。只要认识到美的客观根源，就能发现美，艺术的功能便是表现、模仿这种客观形式，此为西方"摹仿论"的依据。这也不难理解，因为"艺术"这个词在西方一开始便包括"技艺"的含义，直到近代，才发展为今天所理解的"审美的艺术"。作为谋生的技艺，观察、复制现实生活的现象是题中之义。客观论美学与"摹仿论"认为美来源于某种客观存在，它可能并非实存之物，但一定符合可然律或必然律，这是不以人的主观意志为转移的，西方哲学、美学界往往将主观意志之外的客观存在称为

---

① 叶渭渠：《日本文学思潮史》，北京大学出版社 2009 年版，第 267 页。

② ［英］奥斯卡·王尔德：《谎言的衰朽》，《王尔德全集·评论随笔卷》，杨东霞等译，中国文学出版社 2000 年版，第 321—358 页。

"自然"。因此，艺术与生活的关系问题又转换为艺术与"自然"的关系。

西方"自然"的含义包含"创造自然的自然"（造物主）与"被创造的自然"（可见的自然界）两层含义，西方艺术在艺术模仿"自然"的问题上，经常摇摆于这两者之间。在18世纪以前，"自然被当作一切可能的善的美的源泉和典型"①。直到18、19世纪，艺术才真正摆脱"技艺"的观念束缚，一反先前不敢承认人的创造能力的局面，人们意识到，"艺术不仅被视为包含创造性，甚至被视为就是创造性本身。'创作者'和'艺术家'成为同义词"②。相对应地，在艺术史上，浪漫主义艺术正是在此时以"自由主义"的姿态把讲究规则、典范的古典主义艺术赶下历史舞台。并且，在当时的美学史上，经过大陆理性派与英国经验派美学的冲击，客观论美学已经逐渐转向了研究人的感性认识本身的人本主义美学。显然，无论是文学艺术史还是美学史都已经展露这样的苗头：美的根源不在于客观存在，而是主观感受，即美感。与此同时，人的美感对象也逐渐从自然物转向了人的创造物。从18、19世纪开始的关于"美"的定义的变化可以看到人们对自然物审美属性的关注转向了艺术品。③

强调"艺术高于现实"，实际上是将美的来源从客观世界转移到了主观世界，既然美不是源于客观存在，而是源于主观感受，那么对客观存在的模仿也就不再是艺术的目的，人的自由创造才是艺术审美的领地。在此基础上，作为自由创造的王国，艺术成为人们改变客观存在的"媒介"。王尔德通过"生活摹仿艺术"点明了艺术对人们看待世界的方式、角度的影响。他举了一个例子："事物存在

---

① ［法］波德莱尔：《赞化妆》，《波德莱尔美学论文选》，郭宏安译，人民文学出版社1987年版，第504—507、504页。

② ［波兰］瓦迪斯瓦夫·塔塔尔凯维奇：《西方六大美学观念史》，刘文潭译，上海译文出版社2006年版，第251—263页。

③ Phillips, Luke, Aestheticism from Kant to Nietzsche, Diss. Indiana University, 2012, p.6.

是我们看见它们，我们看见什么，我们如何看见它，这是依影响我们的艺术而决定的。看一样东西和看见一样东西是非常不同的。人们在看见一事物的美以前是看不见这事物的……人们看见雾不是因为有雾，而是因为诗人和画家教他们懂得这种景色的神秘的可爱性。"① 王尔德的意思是，与个体"无关"的事物对他来说是无意义的，也就不存在于他的意识中。艺术在潜移默化中改变了人的眼光，使原本无意义的外在对象变得有意义了，成为"人的对象"，从而变得与人"有关"。这是因为，个体对外部世界的认知是后天形成的，正如对于没有音乐感的耳朵来说，最美的音乐并不存在，忧心忡忡的穷人对最美的景色也会无动于衷。"未受训练的感官不易察觉大自然的真理。"② 艺术起到训练感官的重要作用，通过艺术的"中介"，人们可以感知到原本零散、模糊、难以把握的对象。我们对历史的还原与追忆往往也不是通过"枯燥"的文献记录，而是通过对彼时的艺术风格的想象。比如在影视剧中，当我们还原历史上的某一个时期，最有效的方式就是还原那个时代的经典艺术。"对一个时代的定义不是通过观察它的外部表现，而是通过对其感知方式。就像威尼斯画的金色光泽或帕蒂纳一样，这种感觉使整个时代的生活呈现出色彩，因此人们对生活的任何看法都不可避免地通过它的媒介表达出来。"③

王尔德的论断也是具有时代意义的。19 世纪机器大工业的异化劳动逐渐剥夺了人与外部世界丰富多彩的"关系"，外部世界对于异化的劳动者来说失去了除生产以外的其他丰富意义。王尔德认为只有艺术才能改变人看待世界的观念视角（内在尺度），修复异化的人

---

① ［英］奥斯卡·王尔德：《谎言的衰朽》，《王尔德全集·评论随笔卷》，杨东霞等译，中国文学出版社 2000 年版，第 321—358 页。

② ［英］约翰·罗斯金：《近代画家》（第 1 卷），张璘等译，清华大学出版社 2012 年版，第 36 页。

③ Chai, Leon, *Aestheticism: The Religion of Art in Post-Romantic Literature*, New York: Columbia University Press, 1990, p. 88.

性。正如马克思所言："动物只按照它所属的那个种的尺度和需要来构造，而人懂得按照任何一个种的尺度来进行生产，并且懂得处处都把内在的尺度运用于对象；因此，人也按照美的规律来构造。"①

当然，陶冶情操、完善人性，这是所有艺术都具有的价值属性，问题在于唯美主义文学是如何在创作中探索人的"内在尺度"，并把"内在尺度"落实到作品中的呢？唯美主义认为艺术高于现实，实际上是将自由创作极致化，表现个性化的美感。"避免过分确切地表现真实世界，那样会是一种纯粹的模仿……艺术的注意力既不放在识别能力，也不放在推理能力；而只注意美感。"② 因此，与自由意志相对的自然（自然造物、自然规律）就成为唯美主义对立面的"标靶"，于是我们可以看到唯美主义作家对待自然总是"不太友好"：波德莱尔美学观念中的一个重要原则是重艺术（人工）而轻自然。波德莱尔认为，艺术是"高于自然的，而自然是丑的，因为它是没有经人为的努力而存在的，所以与人类的原始罪恶有关"③。戈蒂耶称赞波德莱尔的写作："这些无疑都是反自然的、奇特的想象，接近于幻觉，表现一种对不可企及的新奇境界的内心向往。不过，从我们的角度来看，这种怪异的表现要比冒牌诗人平淡乏味的朴素好得多。"④ 受其启发，王尔德也认为："一切坏的艺术都是返归生活和自然造成的，并且是将生活和自然上升为理想的结果。"⑤ 唯美主义作家重视人工美而轻视自然美，认为自然造物是呆板、单调的，美只能来源于人的创造，因此主张用人的自由创造改造自然。米尔博（Octave Mirbeau）在《秘密花园》中借叙事者"我"之口指出：

---

① 《马克思恩格斯全集》（第3卷），人民出版社2002年版，第274页。
② ［英］奥斯卡·王尔德：《作为艺术家的批评家》，《王尔德全集·评论随笔卷》，杨东霞等译，中国文学出版社2000年版，第382—461页。
③ 郭宏安：《论〈恶之花〉》，上海译文出版社2014年版，第144—145页。
④ ［法］泰奥菲尔·戈蒂耶：《回忆波德莱尔》，陈圣生译，上海译文出版社2011年版，第45页。
⑤ ［英］奥斯卡·王尔德：《谎言的衰朽》，《王尔德全集·评论随笔卷》，杨东霞等译，中国文学出版社2000年版，第321—358页。

花园之美本质上在于人工布局:"每一株植物的位置都经过悉心研究和精心选择,一方面要让不同的花色和花型相互补充、相互衬托。"① 在唯美主义作家看来,自然状态恰恰是有缺陷的,只有人工才能弥补。对"人工美"的追求典型地反映在于斯曼(Joris-Karl Huysmans)的小说《逆天》(1884,Àrebours,又译《逆流》)中——值得注意的是,该小说的书名在英文中的翻译为"逆反自然"(Against Nature)。具有"颓废英雄"之称的主人公觉得大自然已经过时,"磨灭了真正的艺术家们宽容的敬仰之情,现在是时候尽可能用人工手段来取代自然了"②。佩特也反对自然美,他认为,艺术家应该与自然保持距离,因为艺术家对于所描写的对象充满了冷漠和超脱时,他们这种宁静的态度也就非常感人,从而使作品非常有表现力。"艺术家们通常都把日常生活和自然环境看成是低劣、丑陋的,然而他们创造的作品却是美的。"③ 即便是落后于西欧社会现代化进程的俄国,在丘特切夫(Fedor Ivanovich Tyutchev)等唯美主义代表作家那里,就已经展现出"对自然的矛盾、困惑……对大自然产生怀疑,从而产生了与自然的疏离感"④ 的审美倾向。

逆反自然、崇尚人工的价值取向不仅表现在作家对自然造物的疏离,也表现为对诸如"恋物癖""乱伦"等"反常"("反常"的英文词 unnatural 本就含有"非自然"的含义)行为的描写,同时还表现为对"凶杀""尸体""疾病"等"恶之花"的迷恋,形成"审丑"的艺术现象。从理论上的"唯美"演变为创作中的"审丑",好像是一个悖论,但也在情理之中。传统的美感以人的生理感

---

① [法]奥克塔夫·米尔博:《秘密花园》,竹苏敏译,重庆出版社 2005 年版,第 139 页。
② [英]乔里-卡尔·于斯曼:《逆天》,尹伟、戴巧译,上海文艺出版社 2010 年版,第 20 页。
③ 张玉能等:《西方美学史·第 5 卷·十九世纪美学》,北京师范大学出版社 2013 年版,第 494 页。
④ 曾思艺:《丘特切夫诗歌研究》,人民出版社 2012 年版,第 41 页。

官的舒适与和谐为标杆，体现的是对自然生命的肯定性：和谐、有序、健康等；相反，"丑"代表了对自然生命力的否定。休谟认为："一切动物都有健全和失调两种状态，只有前一种状态能给我们提供一个趣味和感受的真实标准。……我们就能因之得出'至美'的概念。"① 黑格尔说得更加直白："根据我们对于生命的观念，……我们就说一个动物美或丑，……因为活动和敏捷才见出生命的较高的观念性。"② 这些观点都表明，传统的美感很大程度上来源于人对生命本身的认可（合生命原则），并将其投射到其他事物上。相比传统的审美观，唯美主义文学作品热衷于在"反常"与"丑恶"的事物中提炼出病态的"美"。对生命活力、感官舒适状态的破坏，是审美趣味上的"反自然"（反生命原则）的体现。"这种极端、怪诞、违反自然、几乎总是和古典美大唱反调的趣味……乃是人类意志的一种征兆：要根据自己的想法纠正肉体凡胎所赋予的形式和色彩。"③

从文化隐喻的层面看，逆反自然、崇尚人工的价值取向隐喻了人的自由意志与自然之间的紧张关系，它以极端的姿态表达了逃避与反抗自然力量的企图。"艺术高于生活"的观点在具体的创作中演变为对"自然"的逆反，对个性化的"反常"审美感受的强化。因此，唯美主义文学并非提供了一个美的"典范"，而是试图展现审美的主观性——"衡量标准是个体的素质，而不是对标准的追求"④，这既是对浪漫主义思潮的推进，同时也是美学观念、艺术观念的历史演变。

---

① ［法］休谟：《论趣味的标准》，吴兴华译，见高建平、丁国旗主编《西方文论经典．第二卷，从文艺复兴到启蒙运动》，安徽文艺出版社 2014 年版，第 686 页。
② ［德］黑格尔：《美学》（第一卷），朱光潜译，商务印书馆 1982 年版，第 169 页。
③ ［法］泰奥菲尔·戈蒂耶：《浪漫主义回忆》，赵克非译，人民文学出版社 2011 年版，第 243 页。
④ Linda Maureen Gordon, The Utopian Aestheticism of Oscar Wilde's The Picture of Dorian Gray and Gertrude Stein's Three Lives, Diss., Auburn University, 2012, p. 4.

第二节 "艺术自律"与"为艺术而艺术"

"艺术高于生活"的理念引出了关于"艺术自律"的话题。事实上，在唯美主义文学的语境中，"生活"可以理解为"自然"，"自然"又象征着平庸的现实。唯美主义的理想是让艺术成为独立王国，不受现实世界与世俗价值观念的侵扰。对此，鲍姆嘉通与康德的美学思想成为他们打造艺术王国的"地基"。"美学之父"鲍姆嘉通确立了美学的形而上学领域，将感性学与伦理学、逻辑学并列为三门独立的研究人自身的学科。康德将审美视为一种判断力，还带有些许理性主义认识论的痕迹，但他将审美判断力视为与认识能力、意志力并列的先天禀赋，指出主体在面对具体对象时所具有的反思的判断力。这样一来，美学的研究视角同样是以人自身为出发点，而不是外界的某种存在。康德将"情感"确立为美学的先天原则，将审美视为人的自由本质的一块"自留地"。在康德那里，审美看起来还是鲍姆嘉通所说的感性认识，属于人的认识能力，但其本质并非为了认识客观对象，而是通过认识对象反思共通的人性，激发人的情感。"为了分辨某物是美的还是不美的，我们不是把表象通过知性联系着客体来认识，而是通过想象力（也许是与知性结合着的）而与主体及其愉快或不愉快的情感相联系。所以鉴赏判断并不是认识判断，因而不是逻辑上的，而是感性的（审美的）。"[1] 无论在美学的形而上学领域（感性），还是在美学的先天原则（情感）中，审美都是人性中不可或缺的部分，通过审美可以展现人的自由本质。因此，正如自由就是以自身为目的，那么审美完全可以成为自身的

---

[1] ［德］康德：《康德三大批判合集·下》，邓晓芒译，人民出版社 2009 年版，第 249 页。

目的——审美自由，唯美主义高扬"艺术自律"的底气来源于此，"真正美的东西都是毫无用处的，所有有用的东西都是丑陋的，因为它是某几种需要的代名词"①。

但"审美自由"与"艺术自律"之间并不能画等号。康德认为美是无目的的合目的性，审美并非为了某种外在的目的或利害关系，仅仅是为了自身。在审美过程中，人的诸认识能力（主要是想象力与知性）不约而同地协调一致，产生审美愉悦。诚然，人们在进行艺术欣赏的过程中确实可以达到这样的理想状态，但在艺术创作过程中很难做到。艺术创作无可避免地要投入、渗透作者的某些理念与意图，甚至艺术创造的初衷可能就不纯粹是为了审美。尽管高明的艺术家可以将自己的意图隐藏起来，但这种刻意而为的审美就远离了审美自由的初衷。因此，对艺术的欣赏在康德看来不如对自然的欣赏更能体现审美的自由本质。显然，康德对艺术的态度与唯美主义重"人工"而轻"自然"的理念是相违背的。

事实上，唯美主义文学提出"艺术自律"，本意是想将自己与世俗世界隔离开，用某种"紧闭的窗户"保护审美自治的"领地"②，提醒人们不要被政治、商业、伦理道德等因素绑架先验的自由本性。在具体的创作中，"艺术自律"可以从三个层面来论述。

首先，如前文所述，其以叛逆的态度描写"反常"行为与丑恶现象；以"审丑"的姿态表达对世俗伦理道德以及市侩主义、功利主义价值取向的高傲姿态。"逆反自然"的价值取向与"为艺术而艺术"的高蹈姿态结成了同盟。"唯美的欲望——对美的欲望——成为阴暗的——对感官的欲望——终将与暴力相混淆——渴望那些在

---

① ［法］泰奥菲尔·戈蒂耶：《莫班小姐》，黄胜强、许铭原译，中国社会科学出版社 2013 年版，第 20 页。

② McGuinness, Patrick, *Poetry and Radical Politics in Fin de Siècle France: from Anarchism to Action Française*, New York: Oxford University Press, 2015. pp. 9–12.

生理上与道德上令人反感之处。"①

其次,异教情调抒写。基督教是西方文化的源头之一,尽管其具体教义、内涵随着时代不断变化,内部不同流派对教义也有不同的阐释,但其基本价值取向是贯穿始终的,那就是在人的精神层面保持对唯灵主义的追求。因此,艺术,尤其是诉诸感官享受的艺术,是早期基督教所排斥的。对人体美的欣赏与追求,在相当长的时间内更是作为异端被打压。尽管在文艺复兴与宗教改革后,这种情况已经大为改观,但改革后的基督教由于和资本主义上升期所需的勤俭、奋斗等精神相契合,宗教精神在维多利亚时代也内化为中产阶级古板、节制、重视伦理道德的行为举止与精神面貌。唯美主义文学则大胆表现反宗教价值与中产阶级旨趣的异教情调,刻画"离经叛道"的异教形象。

《马利乌斯——一个享乐主义者》的故事发生在基督教成为罗马国教的前夜。主人公马利乌斯身上潜藏了两种文明/价值之间的冲突:唯灵主义禁欲观念与享乐主义思想,并且这两种文明/价值化身为两种感觉:听觉与视觉。他曾思索:"在一个拥有众多声音的世界上,不去倾听这些声音势必导致道德上的缺陷。他起初曾设法消除这种怀疑,但最终却被它吸引过来。然而这个声音早在少年时期就已经被强行灌输进他的头脑中了。作为他精神上的两个主导思想之一,它似乎促成了他孤傲的个性;而另一个指导思想却要求他在这个充满七彩阳光的世界上,无限制地发展自己。"② 在西方文化史上,古希腊罗马的世俗享乐观念中对外部世界的好奇、对人之原欲的追求,象征着视觉上的"看"。正如古希腊哲学对"火"与"看"关系的阐释:人的目光犹如火光照亮对象。而宗教唯灵主义对此岸世界的隐忍、对彼岸世界的渴望,寄托在对上帝"圣言"的聆听之中。显然,通过描写视觉与听觉对马利乌斯的"撕扯",深谙西方文

---

① Maltz, Diana, *British Aestheticism and the Urban Working Classes, 1870－1900: Beauty for the People*, New York: Macmillan Press, 2006, p. 93.

② [英]华特·佩特:《马利乌斯——一个享乐主义者》,陆笑炎等译,哈尔滨出版社1994年版,第23—24页。

化传统的佩特隐喻了两种文明/价值观之争。马利乌斯要做出自己的选择，他选择了"视觉"，他要"看"到美——文艺复兴正是要复归古希腊罗马的"视觉文化"，这也是佩特借"文艺复兴"阐释自身哲学思想的根源。

"唯美主义作家把古希腊人视为现代美学批评概念和'为艺术而艺术'观念的源头，是唯美主义者们的先锋。"① 唯美主义文学通过对古希腊文化、艺术的欣赏，传达艺术与功利主义、道德观念相分离的理念。王尔德特别推崇古希腊精神，他笔下也随处可见古希腊式的以异教情调对抗基督教禁欲主义的抒写。以《莎乐美》为例，先知约翰代表着宗教禁欲主义，排斥任何感官享乐，与莎乐美所代表的"嗜美"形象形成鲜明对比。在《渔夫和他的灵魂》中，渔夫为了与美人鱼（古希腊神话形象）在一起，不惜抛弃自己的灵魂，他向神甫请教丢掉灵魂的方法，神甫指出灵魂乃无价之宝，是上帝的恩赐，而肉体之爱是邪恶可耻的，劝渔夫回头是岸，然而神甫的斥责并不能让渔夫回心转意，渔夫反问："至于我的灵魂，如果它阻挡在我和我所爱的东西之间，那它对我又有什么益处呢？"②

古希腊罗马神话中随处可见俊男美女形象，众神大多有着精致俊美的外形，体现了初民认识自然的兴趣，并从对自然的认识中找寻理想的自我形象。"我们可以从希腊人那里认识到，除了'美'以外，没有任何东西能给予宗教信仰以如此的支撑，因为没有一个理想被如此普遍接受并且使人性得以提升。"③ 在唯美主义作品中随处可以看到作者对美丽外形的向往，这些美丽外形都是古希腊罗马世俗人本文化的产物，因此他们都是"异教式"的形象。在欧洲，

---

① Evangelista, Stefano, "Vernon Lee in the Vatican: The Uneasy Alliance of Aestheticism and Archaeology", *Victorian Studies*, 2009, 52 (1), pp. 32 – 33.

② [英]奥斯卡·王尔德：《快乐王子》，赵洪玮等译，北京燕山出版社2014年版，第86页。

③ Fairbanks, Arthur, "*The Message of Greek Religion to Christianity Today*", The Biblical World, 1907, 29 (2), p. 119.

"异教形象一般指的是传承古希腊文化（世界观）或是本土化区域文明（民间宗教与传说）的人"①。由于这些异教形象的存在，唯美主义文学作品散发着独特的异教情调。

马索克（Leopold Ritter von Sacher-Masoch）的《情迷维纳斯》正是充满异教情调的文本，男主人公赛弗林是"维纳斯"形象的迷恋者，收藏有好几幅维纳斯的画像，并且暗中迷恋维纳斯的雕塑。旺达是一个异教式的女人，丰韵娉婷且热情奔放，富有神秘气息，让赛弗林难以自持。根据小说的描述来看，其实赛弗林迷恋的是"维纳斯"的形式，而旺达是"维纳斯"形式的"填充物"，她在赛弗林心中要比"维纳斯"低级。事实上，两人之间的情爱模式——虐恋，也是一种形式化了的性爱。米尔博的《秘密花园》以虚构的中国式花园为背景，主人公克莱拉是个集美貌与恐怖于一身的形象，她迷恋东方式的人体酷刑，只有在欣赏花样翻新的酷刑时才能激发自己的情欲。"大概因为母神是终极力量——统治者的力量、生与死的力量的最初执掌者，所以女人贵为天后，而王必须得死。无论在神话中或历史上，伟大的女神奔放的性欲以及她对血的嗜欲都衍生出了古老但确有其事的'弑王'仪式。"② 与旺达相似，作为女性，克莱拉身上既具有异国、异教情调，又具有嗜血元素，对男性（叙述者）来说，这些女性身上具有与原始、嗜血、情欲等因素的"天然联系"，许多有关异教的叙述都是母系氏族化的，"出于这个原因，在异教情调的文本中占主导地位的人物往往是现代式的女性，异教情调的女性崇拜带着复仇的姿态回归"③。

---

① Butler, E. P., "The Theological Interpretation of Myth", *The Pomegranate*, 2005, 7 (1), p. 29.

② ［英］罗莎琳德·迈尔斯：《女人的历史》，刁筱华译，中央编译出版社2011年版，第34页。

③ Reid, K. A., "The Love Which Dare Not Speak its Name: An Examination of Pagan Symbolism and Morality in Fin de siecle Decadent Fiction", *The Pomegranate*, 2009, 10 (2), pp. 130–141.

比尔·路易斯（Pierre Louys）的作品《阿芙洛狄特》中的亚历山大港名妓克莉西丝的容貌最具古希腊式的美感：

> 她的头发浓密闪亮，像两堆金器；但由于过分浓密，以致在额头下方形成两股起落有致的波浪，连同那鬓影便将两耳遮掩得严严实实，并在后颈上弯曲成七道涡流。鼻子生得颇为细巧，鼻孔很有表情，有时微微翕动；鼻下生着厚厚的朱唇，嘴角浑圆而富于动感。她的体态轻盈并具有曲线美，每向前一步都是这曲线的流动；由于胸部无拘无束地起伏，和丰满的臀部的左右摆动，柔美的腰肢便分外楚楚动人。①

作者将故事安排在基督教一统西方世界之前的希腊化时期，当时的亚历山大港一带还残留母系氏族公社的痕迹：对阿芙洛狄特的全民崇拜、女王的统治与风华绝代的妓女。在两性关系上，读者可以发现摩尔根（L. H. Morgan）与恩格斯描述过的"淫游制"的变形。这种淫游制直接起源于群婚制，起源于妇女为赎买贞操权而做出的牺牲。它最初是一种宗教行为，是在爱神庙举行的，所得的钱最初都归于神庙的财库。恩格斯认为："亚美尼亚的阿娜伊蒂斯庙、科林斯的阿芙罗狄蒂庙的庙奴，以及印度神庙中的宗教舞女……都是最初的娼妓。这种献身起初是每个妇女的义务，后来便只由这些女祭司代替其他所有妇女来实行了。在其他一些民族中，这种淫游制起源于允许姑娘们在结婚前有性的自由，因此也是群婚制的残余。"② 正是在这样的历史背景下，诸如像克莉西丝这样的妓女能够活得轰轰烈烈，被人膜拜。"希腊妇女那超群出众的品性，正是在这种卖淫的基础上发展起来的，她们由于才智和艺术上的审美教养而

---

① [法]比尔·路易斯：《阿芙洛狄特》，丁世中译，时代文艺出版社2002年版，第44—45页。

② 《马克思恩格斯文集》（第4卷），人民出版社2009年版，第101页。

高出于古代妇女的一般水平之上一样。"① 作品还以唯美的笔调歌颂了美丽的歌女罗多克莱娅和笛女米尔蒂斯之间唯美纯情的同性之爱。

同性之爱也是异教情调的组成部分,这种同性之爱的实质不在于肉欲,而在于对美的追求。在古希腊神话中,赫马佛洛狄忒斯(Hermaphroditus)是赫尔墨斯(Hermes)与阿芙洛狄特(Aphrodite)之子,是具有男性形象的阿芙洛狄特。他在河边洗澡时,被爱恋他的山泉仙女萨尔玛西斯(Salmacis)抱住,并祈求诸神让他们永远在一起,于是两个人便合为一体(雌雄同体)。神话隐喻了古希腊原始初民的两性观念:对爱与美的追求是跨越性别的。以古希腊诸神为代表的男女两性的性别界限是模糊的,人与人之间的吸引往往淡化了性别因素,而以人的外表(形式美)吸引为前提。正因为形式美是较为抽象的,所以古希腊神话对美的追求是超性别的,产生了诸多同性之爱的题材。同性之爱被宗教传统(尤其在中世纪)严厉压制,而在唯美主义作品中被大胆地展现,其鼻祖当属戈蒂耶的《莫班小姐》。小说中的阿尔贝、珞赛特、莫班三人间互生情愫、暧昧不清,阿尔贝不可遏制地爱上了女扮男装的莫班,在其恢复女装后,莫班同样可以与暗中苦恋自己的珞赛特一夜缠绵,她还在女扮男装的过程中勾引一个乡村姑娘做自己的情妇。诗人阿尔贝作为作者的代言人,对美的追求、对古希腊罗马文化的迷恋、对宗教的抵触都让其与现实秩序格格不入。在《道林·格雷的画像》中,道林、画家巴西尔、亨利勋爵之间也存在着超乎普通男性友谊的关系。在特定的文化语境中,"异教信仰与同性恋题材往往是探索社会颠覆性元素不可分割的象征手段"②。这样的描写与中产阶级婚姻家庭道德观念形成了鲜明的反差,目的在于用异教文化包裹审美自由的领地,抵御强大的宗教、道德束缚。事实上,唯美主义对"同性之爱"的

---

① 《马克思恩格斯文集》(第4卷),人民出版社2009年版,第99页。
② Reid, K. A., "The Love Which Dare Not Speak its Name: An Examination of Pagan Symbolism and Morality in Fin de siecle Decadent Fiction", *The Pomegranate*, 2009, 10 (2), pp. 130–141.

描写也是形式化的,并无自然主义式的肉欲色彩,并且"暗示了一种特定的由同性之爱所驱动和启发的审美感知,从而增加了企图由这些形式所引发的审美感知的焦虑"①。

另外,"艺术自律"又表现为对形式主义的追求。"艺术自律"指的是艺术以审美为目的。形式是审美最直观的媒介,形式美是艺术躲避其他因素干扰的"堡垒"。如何将情感内容通过某种形式加以定型从而引起欣赏者的情感共鸣,对于艺术创造(人工美)来说变得尤为关键,由此引出了唯美主义文学的又一理论,即文学形式的自觉。

第三节 "形式"的自觉与"感觉"的描写

"艺术自律"的理论"自然地"落脚于文学对形式主义的追求。将形式主义与唯美主义联系在一起,这种思维源于西方形式主义美学。客观论美学使人们相信美来源于某种客观存在,随着思维能力的发展,早期古希腊思想家将这种客观存在指认为某种抽象的"关系":数。数之间形成的数学关系是最抽象、最稳定的,似乎可以成为解释一切具象事物"关系"的根源。因此,古希腊早期的美学观念认为美的根源在于和谐的"数的关系",即适当、协调、整一、匀称的比例。无论是后来柏拉图的"理念"、亚里士多德的"四因说"、普罗提诺的"太一说",还是中世纪神学美学,抑或是近代的理性派美学,都暗含了"数的和谐"的理念,这都是形式主义美学的渊源。在西方形而上学中,形式主义指的是事物的内在本质,是事物成其为这一事物的内在根据与目的,正如亚里士多德在《形而

---

① Taylor, Jesse Oak, "*Kipling's Imperial Aestheticism: Epistemologies of Art and Empire in Kim*", English Literature in Transition, 2009, 52 (1), p. 62.

上学》中谈道:"我们寻求的是使质料成为某物的原因,这个原因就是形式,也就是实体。"[①] 形式主义对形式的自觉与唯美主义的"艺术自律"理论相契合——"为艺术而艺术",就是将艺术视为自身的目的。

"艺术自律"对于形式的自觉又受到康德美学的直接影响。康德将单纯形式的合目的性称为"自由美",因为"形式"不表现为某种外在的目的,而是自为的,一旦涉及"质料"就不可避免地会带有功利成分。因此,康德认为"自由美"最合乎人的自由本质,对形式的审美判断最能体现"无目的的合目的性"——在克莱夫·贝尔(Clive Bell)那里被总结为"有意味的形式"。不可否认,在康德美学中,"自由美"确实是由形式的合目的性引起的,但康德所说的"形式"是哲学意义上的,它主要有两种内涵:一种是空间和时间的运动变化形式,如戏剧中的表情动作和舞蹈、音乐中的不同高度的声音,但要剥离其中的色彩和音响带来的快适感,因为这些元素在康德看来属于质料;另一种是"形态"(geatalt),类似于现在所谓的"格式塔",从康德美学的内在逻辑来看,它是一种主体认识能力相互协调的"完形"[②]。在文学研究中,我们很容易将康德美学中的"形式"置换为文学的篇章结构,将"无目的"理解为无意义,甚至提出不能流露一丝一毫情感的主张(例如戈蒂耶、帕尔纳斯派的主张),且不论这种刻意而为的文学创作能否做到,单就出发点而言这种观念已然违背了康德所说的"诸认识能力自由协调"的审美愉悦,反倒隐含了创作概念化、功利化的陷阱。这是因为,经过近代经验派美学的洗礼,美学已从客观的认识论美学转向人本主义。康德认为审美判断是先天综合的,审美看起来好像是客观的,但实际上是主观的,没有所谓的客观的文学形式之美。况且,文学

[①] [古希腊]亚里士多德:《形而上学》,苗力田编译,中国人民大学出版社1993年版,第187页。

[②] 参见曹俊峰等《西方美学史·第4卷·德国古典美学》,北京师范大学出版社2013年版,第90—91页。

作为语言的艺术，其美感的实现无法脱离语言的内容，除非忽略语意，只关注语音，将文学音乐化，因为音乐是最能体现形式美的艺术。

事实上，古希腊客观论美学的"数的和谐"原理正是通过音乐发现的。毕达哥拉斯从铁匠打铁发出的声响中发现音程和弦之间的关系，并将"数的和谐"原理应用到音乐欣赏中；赫拉克利特也是结合音乐分析艺术与自然的关系。的确，音乐能将纯形式的数学关系以人的感官体验的方式表现出来，并且与其他各类艺术相比，音乐又是极度抽象的艺术形式。因此，追求文学的音乐性成为戈蒂耶、佩特、王尔德等唯美主义者的形式主义观点。戈蒂耶否认诗歌要表达情感，"光芒四射的字眼，加上节奏和音乐，这就是诗歌。"[①] 佩特认为："所有艺术都共同地向往着能契合音乐之律。音乐是典型的，或者说至臻完美的艺术。它是所有艺术、所有具有艺术性的事物'出位之思'的目标，是艺术特质的代表。"[②] 因此，"界定一首诗真正属于诗歌的特质，这种特质不单纯是描述性或沉思式的，而是来自对韵律语言，即歌唱中的歌曲元素的创造性处理"[③]。王尔德也说："音乐的所有真正内含也就是艺术的真正内含。"[④] 惠斯勒（J. A. M. Whistle）提出："音乐是声音的诗，绘画是视觉的诗，主题与声音或色彩的和谐无关。"[⑤] 以今天的眼光来看，唯美主义对形式的追求不仅与康德美学存在出入，也在文学理论上无法自洽。他们试图用一种"泛音乐化的"理论定义所有艺术的本质，这当然是不

[①] 柳鸣九主编：《法国文学史》（第 2 卷），人民文学出版社 2007 年版，第 223 页。

[②] ［英］沃尔特·佩特：《文艺复兴》，李丽译，外语教学与研究出版社 2010 年版，第 169—171 页。

[③] 同上书，第 165 页。

[④] ［英］奥斯卡·王尔德：《作为艺术家的批评家》，《王尔德全集·评论随笔卷》，杨东霞等译，中国文学出版社 2000 年版，第 415 页。

[⑤] J. A. M. Whistle, *The Gentle Art of Making Enemies*, New York: Dover, 1967, p. 127.

科学的。作为语言的艺术，文学创作必然无法规避"内容"，"为艺术而艺术"的形式化理论在文学创作实践中呈现为别样的特征。

许多人对唯美主义文学的"形式"存在误解，认为唯美主义文学倡导的形式化理论指的是完善文章的结构安排，即讲究谋篇布局与起承转合。这种对"形式"的理解虽然也属于"形式"范畴的一部分，但显然不是唯美主义文学创作极力追求的。从浪漫主义思潮冲破古典主义原则的桎梏开始，所谓文章结构安排的"典范"（客观美）已然失去往日的神圣光辉，现代文学更是做着各种形式革新的实验，甚至出现"无形式""非形式"的先锋创作。站在现代主义文学门口的唯美主义必定不会重返古典主义的形式原则。那么，唯美主义文学追求的"形式"是什么呢？我们还得回到人们对"美"的理解中寻找线索。"唯美主义"（aestheticism）的名词来源于"aesthetic"，词源来自希腊语"aisthetikos"，本意为"感觉、感知"，后经鲍姆嘉通阐释，才转变为"美学的""审美的"意思。从鲍姆嘉通、康德等人对感性的研究与强调可以看出，既然美学是研究审美的学科，"感性认识"[①]是审美的基础，美学自诞生以来主要的研究对象就是感性认识，美学也被称为感性学，由此我们可以发现唯美主义与感性认识的关联。

感性认识作为基本的思维活动，它在很多时候是无意识展开的，并且伴随着所有艺术的创造过程。以感官体验为基础的感觉是感性认识的前提，它有着更为明晰的特质与边界，更适合成为文学的题

---

① 作者注：从心理学领域来说，形成感性认识（sensibility）的过程是人通过肉体感官接触客观对象，引起许多感觉，在头脑中有了许多印象，对事物的表面形成初步认识并产生相应情绪的过程。感性认识包含了感觉（感官刺激）、知觉与直觉，感觉是感性认识的基础。由于人的感觉无法脱离知觉、直觉而单独存在，所以，在日常语境中，往往将人的感觉等同于感性认识。囿于19世纪科学与美学认识的局限以及艺术性质的特殊性，人们普遍将感性认识（感觉）等同于审美活动。参见林崇德等《心理学大辞典》，上海教育出版社2003年版，第381、388页；[英]布莱克波恩《牛津哲学词典》，上海外语教育出版社2000年版，第347页。

材，在经典唯美主义作品中，形式主义的追求落实到具体创作中就是对"感觉"的描写。又因为所有的感觉都是一瞬间的，我们能够凭借语言文字将其记录下来的，都是对于"感觉"的回忆，即"感觉的印象"。我们从唯美主义诗学理论对文学音乐化的追求中就可以发现这个端倪。音乐的旋律与节奏给予人的无非一种纯形式的"印象"，是作用于感性认识的"形式结构"——流动的音符。毕达哥拉斯学派正是将"数的和谐"运用到音乐领域，继而运用到天体宇宙观中，提出了宇宙谐音问题，将天体运动秩序比作音乐的和谐。他们又认为人的灵魂与宇宙秩序是相通的，因此，通过音乐可以使灵魂净化（和谐），这就使音乐成为触动心灵的媒介。然而，如果要表达对音乐的欣赏，人们只能借助语言将音乐（形式）给予人的感觉表达出来，而无法直面音乐本身，因为它是"不可视"的形式艺术。这里蕴含了"形式—感觉（印象）—语言"的转化过程。事实上，所有的艺术审美都含有这样的过程，但音乐是最典型的，正如王尔德所说，"可视艺术的美如同音乐的美一样，它主要是印象性的"[1]。在此基础上，我们对唯美主义者在大谈"形式"的同时又大谈"感觉（印象）"就不足为奇了。例如：戈蒂耶在《莫班小姐》中描写的狂欢与奢靡"被理直气壮地说成是为了寻求感官快乐"[2]，他的诗集《珐琅和雕玉》通过文字展现了包括颜色在内的感官印象之间的"秘密亲缘关系"，他对颜色的看法"取决于一个物体所引起的主观印象，而不是它的实际颜色。这是对印象主义的辩护"[3]。佩特提出他的"感觉主义"思想："艺术所关注的不是纯粹的理性，更不是纯粹的心智，而是通过感官传递的'充满想象力的理性'。而

---

[1] ［英］奥斯卡·王尔德：《作为艺术家的批评家》，《王尔德全集·评论随笔卷》，杨东霞等译，中国文学出版社2000年版，第382—461页。

[2] ［英］威廉·冈特：《美的历险》，肖聿、凌君译，江苏教育出版社2005年版，第3页。

[3] Chai, Leon, *Aestheticism: The Religion of Art in Post-Romantic Literature*, New York: Columbia University Press, 1990, p. 20.

美学意义上的美有很多不同的类型,对应不同类型的感官禀赋"[1]。于斯曼的语言与莫奈(Claude Monet)的画笔有着异曲同工之妙:"他们都呈现了栩栩如生的几乎是迷惑性的印象,……没人像他那样创造了那样粗犷而又精确的隐喻来呈现视觉感受。"[2] 王尔德与比尔·路易斯通过颓废式的主人公形象表现精美艺术品作用于感官层面的魔力。亨利·詹姆斯通过《使节》等小说展现了对视觉过程的分析——外部印象如何被转化为对美丽和意义的认知,他"与佩特的相似之处在于……对感官体验的广度与强度的伊壁鸠鲁式享乐"[3]。在俄国,唯美主义诗人丘特切夫与费特的诗歌可以把各种不同类型的感觉杂糅在一起,竭力追求一种瞬间印象、一种朦胧的感受。[4] 在遥远的东方,日本唯美主义文学(又称新浪漫派)认为唯美主义的重要属性是感官享乐,他们提倡绝对的官能主义,以官能的开放来改变一切价值观念。随之崛起的日本新感觉主义文学则将唯美主义对"感觉"的玩味发扬光大,主张营造人的感官世界,追求新的感觉和新的感受方法,这直接启发并影响了中国新感觉派的创作。在中国,除了新感觉派作家外,以滕固、章克标、邵洵美为代表的唯美—颓废作家群(时称"唯美派")自觉地"模仿"西方唯美主义沉浸于感官享乐、印象主义的情调,因此往往被冠以"肉感主义"的称号。其实,无论是感觉主义还是肉感主义,都将落脚点置于感觉印象,上述例子充分说明"感觉"正是唯美主义作家描写的主要对象。唯美主义文学表现形式上的创新是以"感觉"描写的创新为基础的,正如川端康成所说:"没有新的表现,便没有文

---

[1] [英]沃尔特·佩特:《文艺复兴》,李丽译,外语教学与研究出版社2010年版,第165页。

[2] Symons, Arthur, *The Symbolist Movement in Literature*, New York: E. P. Dutton & Co., 1919, p. 81.

[3] Freedman, Jonathan, *Henry James, Oscar Wilde and Commodity Culture*, Stanford, Calif.: Stanford University Press, 1990, Introduction XV.

[4] [俄]丘特切夫:《丘特切夫诗选》,查良铮译,外国文学出版社1985年版,第199页;[俄]费特:《费特抒情诗选》,曾思艺译,中国友谊出版公司2014年版,第22页。

艺；没有新的表现便没有新的内容。而没有新的感觉则没有新的表现。"①

唯美主义文学"通过将感觉提升为达到精神狂喜的第一途径，……从而超越了伦理道德的话语范畴"②。从"形式"到"感觉"，这是从唯美主义诗学理论到文学创作实践的又一重要内在逻辑。

第四节 "艺术拯救世俗人生"与"感性解放"

"艺术自律"的主张是唯美主义借"审美自由之酒浇自我之块垒"，它在具体的创作实践中表现为对世俗伦常的叛逆、对异教情调的抒写以及对形式主义的追求。"艺术自律"因此被视为"审美现代性反抗市侩现代性的头一个产儿"③，是对人的异化现象的反思与反抗。但我们似乎也可以这样理解，正因为唯美主义主张凭"艺术自律"构筑"紧闭的窗户"以抵御外部世界，反过来也说明窗外世俗世界之纷扰暗示了世俗势力之强大。因此，对唯美主义的认识必然无法离开现实世界的坐标。作为一场运动，唯美主义与维多利亚时代的社会现实紧密相连，而不仅仅是形式主义式的梦境。④ 面对艺术与现实之间的关系，唯美主义又包含了另一理论命题："艺术拯救世俗人生"。

事实上，尽管散发着浓厚的高蹈气质，但唯美主义作为文艺思

---

① 叶渭渠：《日本文学思潮史》，北京大学出版社 2009 年版，第 321—322 页。

② Maltz, Diana, *British Aestheticism and the Urban Working Classes*, 1870 – 1900: *Beauty for the People*, New York: Macmillan Press, 2006, p. 10.

③ ［美］马泰·卡林内斯库：《现代性的五副面孔》，顾爱彬、李瑞华译，商务印书馆 2002 年版，第 55 页。

④ Barringer, Tim, "*Aestheticism and the Victorian Present: Response*", Victorian Studies, 2009, 51 (3), p. 456.

潮，的确具有强烈的社会介入意识。英国的唯美主义运动中存在诸如"克尔民间传美社团"（the Kyrle Society for the Diffusion of Beauty among the People）的慈善主义团体，他们的行动宗旨是通过各种公益活动使劳工阶层能够获得美育。为此，他们提供免费音乐会、游乐场、公园；游说博物馆与画廊延长在周末的开放时间，鼓励艺术家对贫民开放工作室。伊恩·弗莱彻（Ian Fletcher）称这些团体活动者为"审美传教士"（missionary aesthete）。[①] 莫里斯（William Morris）深受马克思主义思想的影响，领导了工艺美术运动，否定工业化、机械化的生活方式与审美风格，吸引了叶芝、王尔德等人参与。佩特在艺术眼光上是形式主义者，排斥文艺的道德评价，但又大谈艺术的扬善救世作用，他曾说，好的艺术如果能够"进一步致力于增加人的幸福，致力于拯救受压迫者，或扩延我们相互之间的同情心，或致力于表现与我们有关的或新或旧的，能使我们变得高尚，有利于我们在这里生活的真理"[②]，那么就成了"伟大的艺术"。王尔德认为："穷人世代受穷，而资本家又贪婪成性，他们双方对这种状况的原因都只是一知半解，因而日益受到其他的威胁。就在这样的时候，诗人应当站出来发挥有益的作用，向世人展示更公正的理想形象。"[③]

这些都说明，唯美主义并非一味钻进艺术的象牙塔里与世隔绝，而是抱有"拯救世俗人生"之人文关怀。"拯救世俗人生"与"艺术自律"看似相互矛盾，又在情理之中。唯美主义作为一股文艺思潮，本身就是对现实社会现状不满的反映。经过康德、席勒、歌德

---

① Ian Fletcher, "Some Aspects of Aestheticism", *Twilight of Dawn: Studies of English Literature in Transition*, O. M. Brack, ed, Tucson: University of Arizona Press, 1987, p. 25.

② 蒋孔阳主编：《十九世纪西方美学名著选（英法美卷）》，复旦大学出版社 1990 年版，第 208 页。

③ [英]奥斯卡·王尔德：《诗人与大众》，《王尔德全集·评论随笔卷》，杨东霞等译，中国文学出版社 2000 年版，第 70—72 页。

等人对艺术与审美完善人性的作用的阐释，给人们提供了一个依靠艺术与审美完善人性、改进社会的路径。事实上，艺术一直以来就扮演着这样的角色，只是还未由思想家们阐释出来。但这种人文关怀若停留在理论或理想阶段，则只能属于美学或文艺理论的范畴，况且任何文艺都具有人文关怀，这是"不言自明"的。那些审美运动、审美传教士或艺术社团的行动，固然也是唯美主义思潮的一部分，但还只能算作社会运动与艺术行为。我们需要搞清楚的是，怀揣"拯救世俗人生"理想的唯美主义作家是如何在具体的写作中将这一理想实现出来的。这个问题也可以转换为：唯美主义文学创作的人文价值是什么？

在此我们还得在唯美主义文学对"感觉"的描写中寻找答案。由于学界往往将戈蒂耶、王尔德等唯美主义理论家的诗学理论与创作实际简单地画等号，将美学史中的某些观念、规律与文学批评相混淆，从而导致了对唯美主义文学之人文价值认识上的诸多偏差，许多评价已经偏离或溢出了唯美主义文学的范畴。这种偏差与混淆的一个直接表现是文学评价标准的"自相矛盾"：肯定文学自律与审美救赎的理论或理念，否定具体的文学作品（主要指责其描写沉迷于感官享乐，无视世俗的伦理道德）。这种自相矛盾的批评之根源在于并未准确理解唯美主义文学从"形式"到"感觉"的内在逻辑，也未准确理解这一内在逻辑的历史必然。对唯美主义的"感觉"的评价，应该回归 19 世纪的历史语境。

如本章第三部分所述，唯美主义文学并不重视对现实世界的记录，尽管作者通过描写"感觉"呈现外部对象的某些范畴与特质，但由于描绘的是通过感觉形成的表象，所以从本质上说，唯美主义文学的审美对象并非外部世界，而是感觉本身。"感觉"成了建构主体意识的基石。"你感觉到了什么，你就是什么"[1]，这与贝克莱

---

[1] Freedman, Jonathan, *Henry James, Oscar Wilde and Commodity Culture*, Stanford, Calif.: Stanford University Press, 1990, p. 42.

（George Berkeley）的"唯我论"有相似之处。不过，贝克莱把外部世界看作感觉的复合与观念的集合，它们都是意识的衍生物，只有自我意识才是真实的存在，是世界的本源。唯美主义对感觉的把握与还原，保留了主体的"神话"，但其关心的并非世界本源，而是旨在提升主体感受力，充盈刹那间的感受，尽可能占有、把握丰富的感性体验。正如佩特所说，"我们唯一的机会就是延长这段时间，尽量在给定的时间里获得最多的动脉"①。

唯美主义文学塑造了感觉异常敏锐的主体形象，这使其区别于其他文学思潮或流派，从而在文学史上占据了独特的位置，也正是在这个意义上，我们才能看出唯美主义探索"感觉"的人文价值。19世纪是资本主义生产方式逐渐占据统治地位的时期，大机器生产使生产劳动日趋成为单调抽象的一般劳动，劳动失去了丰富的感性体验。马克思从这一现象中找出了"社会必要劳动时间"，认为社会必要劳动时间获得了抽象劳动的量的规定性，是线性的、流俗时间观念的社会化形态。它将时间变成无生命的外在刻度，消除了绵延于时间之流的生命的丰富性与自由感。然而线性流俗时间是否是时间的真相呢？在马克思看来并非如此，他认为在这种时间中，原本丰富的、拥有无尽可能性的感觉体验被抽空，感觉不再是人自身的，即感性的抽象化与感官的退化，这是造成人的异化的根源。马克思认为，"因为自身反映的感性知觉是时间本身，所以不可能超出时间的界限"，而"感性世界的变易性作为变易性，感性世界的变换作为变换，这种形成时间概念的现象的自身反映，都在被意识到的感性里有其单独的存在。因此，人的感性就是形体化的时间，就是感性世界的存在着的自身反映"②。按照马克思的思路，真正的时间不是冰冷的机械刻度，而是内化于人的感性经验中，离开了个人的感性

---

① ［英］沃尔特·佩特：《文艺复兴》，李丽译，外语教学与研究出版社2010年版，第303页。

② 《马克思恩格斯全集》（第1卷），人民出版社1995年版，第97页。

经验，也就不存在真正的时间。因此，时间的问题就是感性的问题，即人的现实存在的问题。于是，马克思提出了"感性解放"的命题，将人从异化的时间中解脱出来，旨在"用非物质的享受对抗唯物的资本主义，用内在性对抗外在性，用感受性对抗机器，用自由的感官运用对抗机械化，用个性对抗异化"[1]。

感性、个性、自由这三个概念是紧密相连的。其实在浪漫主义思潮涌起之时，就已经普遍出现用个性化的感性经验取代理性的趋势。感性的内涵包含感觉、欲望、情感、情绪、意志、冲动等，感觉是感性的基础。浪漫主义的感性还保留有浓厚的形而上的痕迹，它注重对某种抽象、典型的情感与欲望主体的刻画，而唯美主义对感性的重塑基于对感觉可能性的探索。感觉又是与"刹那"联系在一起的，由于倏忽而逝的特质，感觉才显得真切而鲜活。在刹那中，过去与未来被纳入了"当下"的存在，而"当下"就是鲜活的感性体验，这些感性体验组成了我们的意识，感性体验的每个瞬间都是由对时间的知觉所统摄，组成了不同的时间之流，形成了对时间的感受，因此，时间的本质对每一个体来说是不一样的，越是丰富的感性体验，越是能够造就合人的生命原则的时间意识。"这种感觉的经验创造了时间，但只有当我们能够理解时间产生的过程时，我们才能意识到时间的本质。然而，在对这一过程的一瞥中，我们也认识到我们自己是如何对时间的创造负责的，以及我们如何在自身中包含超越时间的可能性。"[2] 唯美主义对"刹那"的关注，正是"感性解放"的呈现。在唯美主义文学中，与人无关的、流俗时间观念逐渐褪去，对生命当下状态的关注以感觉的形式呈现出来，在对当下的直观把握中，时间被还原为生命本身。因此，正如佩特所言：

---

[1] ［法］奥利维耶·阿苏利：《审美资本主义：品位的工业化》，黄琰译，华东师范大学出版社2013年版，第159页。

[2] Chai, Leon, *Aestheticism: The Religion of Art in Post-Romantic Literature*, New York: Columbia University Press, 1990, p. 216.

"人生的意义就在于充实刹那间的感受。"[①]

波德莱尔在《感应》一诗中提出：感官之间的"感应"是受到"自然"（这里的"自然"指的是理念世界）的启发，抑或说是感官在与理念世界的"感应"中打开了独立封闭的疆界。由于理念世界是向诗人敞开的，所以，"感应"是诗意的，也就是说，只有"感应"的感官才能体会诗意的感觉，才是真正的属于人的感官。受宗教传统影响，西方文学总是借助某种神性的元素寄托理想，波德莱尔的"感应"也是如此。倘若我们暂且剥开神性的外壳，将其还原到人本身，就可以看出除了诗人与理念世界之间的"感应（通灵）"外，还有嗅觉、触觉、视觉、听觉等各个感官之间的"感应"。可以说，"感应"真正要传递的正是呼吁感性解放的信息，感性的解放伴随着感官的解放，感性之丰富性必然以感官之丰富性为前提。这里包含了让"人的感性的丰富性，如有音乐感的耳朵、能感受形式美的眼睛，总之，那些能成为人的享受的感觉，即确证自己是人的本质力量的感觉"[②] 发展起来的意义。从这个意义上说，唯美主义文学创作倒是把握住了康德美学的精髓：审美不是主体对客体的契合，而是客体对主体的契合，只有丰富的、人化的感官才能萌生对"形式"的追求。事实上，与唯美主义一起构成19世纪末文学思潮的象征主义、颓废主义都与"感觉"发生联系，这绝非偶然，正是文学领域对"感性解放"的呼唤。

唯美主义文学对感觉可能性的表现正是对感性之丰富性的重塑，在充分解放了的感觉世界中，蕴含了时间观念的变革，也提示了人的解放的路径。

[①] ［英］沃尔特·佩特：《文艺复兴·结论》，李丽译，外语教学与研究出版社2010年版，第297—303页。

[②] 《马克思恩格斯全集》（第3卷），人民出版社2002年版，第305页。

结　语

　　唯美主义文学思潮的产生、发展与美学观念的发展极为密切，是西方美学在文学领域的回响。"艺术高于生活"是唯美主义文学理论的基石，它属于世界观层面，在具体的创作中演变为自由（意志）与自然（现象、规律）的冲突；由此引出"艺术自律"的思想。"艺术自律"是对"审美自律"的"创造性误读"，唯美主义者试图扛起"艺术自律"的旗帜来反对功利主义、市侩主义与世俗道德，他们将具体的创作落脚于对"反常"事物与"异教情调"的描写，由此又衍生出对形式主义的追求。"形式"是唯美主义诗学理论的核心概念，却一直被广泛误解。唯美主义文学作品中的"形式"转化为"感觉"，对形式的追求转化为对描述感觉的探索。形式主义在呼应"艺术自律"的同时又演化为"艺术自律"的反面——艺术拯救世俗人生。艺术当然可以提升世俗人生的精神层次，但在文学创作中如何体现出来（不论是有意还是无意的），这是最大的难题，创作者一不小心就会落入道德说教，进而违背唯美主义文学理论的初衷。在创作中，唯美主义以"感性解放"为基础实现时间的解放，最终提示人的解放的可能性。由此可见，唯美主义文学思潮无论在理论上还是在创作实践上，都不是一个封闭的体系，它在建构与发展自身的时候，又扬弃了自身，成为近代文学向现代文学发展的桥梁。

　　唯美主义是一场极度理想化的文艺思潮，它带有较为浓厚的乌托邦气质；并且，唯美主义涵盖文学、绘画、装饰、音乐等不同艺术门类，甚至触及工业、慈善、教育等社会领域，早已溢出纯文学的范畴。正因如此，作为唯美主义思潮分支的唯美主义文学在理论与创作之间存在明显的"对应中的错位"，这种错位往往导致评论者对唯美主义文学评价的"失焦"，在理论与创作两端"顾此失彼"。但从另一方面说，任何文学思潮的理论与创作之间都无法一一对应。

通过美学视域的分析，我们可以发现唯美主义文学理论与创作之间的"错位"并非"断裂"，而是在"错位"中蕴含了逻辑转换关系，对逻辑转换关系的解读为我们探究唯美主义文学思潮的本质提供了"钥匙"，也为认识19世纪其他文学思潮之理论与创作关系提供了启发。在这个意义上说，"对应中的错位"也可以被视为"错位中的对应"。

第十七章

文化渊源与文学价值：西方颓废派文学再认识[1]

关于颓废派之文学价值的争论，不唯由来已久，而且历久弥新。

19世纪末，公众常常在内涵上将文学语境中的"颓废"与社会历史语境中的"颓废"混为一谈，将其斥为"退化、堕落"的低级文学趣味，甚至对颓废派作家发起道德谴责、人格羞辱和人身攻击。[2] 这一时期，即便是那些对颓废派的先锋姿态与文学实验不无溢美之词的严肃评论家也往往不无谨慎地将其主要精力放在对文学"颓废"内涵的尝试性界定上，试图通过对文学"颓废"之审美内涵的界定，将文学"颓废"同社会历史领域中包含"退化、堕落"

---

[1] 本章与杨希副教授合作。

[2] 公众对颓废派的道德谴责、人格羞辱与人身攻击，在1895年著名的王尔德审判案发生之时达至沸点。英国的文学圈子里弥漫着一种道德上的恐慌。公众对于文学颓废的争议借由这一审判案在通俗文化中迅速传播。例如，《国家观察者》(*National Observer*)发表了一篇重要文章，攻击王尔德是一个"淫秽下流的骗子"，将颓废派作品污蔑为"对于艺术意义的丑陋设想"。《每日电讯报》(*The Daily Telegraph*)写道："没有任何严厉的指责比起王尔德在中央刑事法院的审判更能控诉这个时代一些已经被扭曲了的艺术趋向。"是时，"受到审判的并不仅仅是王尔德的同性恋行为，也并不仅仅是王尔德自己。一系列观念、道德、文学、审美以及它们之间的关系，都在接受审判——这是在这场审判前后，各种报纸上争相指明的一个事实"。(Ian Fletcher ed., *Decadence and The 1890s*, London: Butler & Tanner Ltd., 1979, pp. 15 – 16.)

含义的"颓废"相区分,以此显露他们对颓废派文学价值的不同程度的肯定。

20世纪,西方学界对颓废派文学价值的讨论在世纪伊始的短暂寂寥之后不断升温,研究视角日趋丰富多元。迄今为止,在西方学界影响较大、较有代表性的研究思路可以粗略地划分为以下三类。

(一) 从审察思潮关系的角度入手

例如,以马里奥·普拉兹(Mario Praz)、A. E. 卡特(A. E. Carter)等为代表的学者从审察文学内部承继关系的角度出发,或是将颓废派界定为"浪漫主义的必然结果与后期表现形态"[1],或是将其视为对浪漫主义的反拨。[2] 又如,以大卫·威尔(David Weir)等为代表的学者从探究颓废派与19世纪诸种文学思潮的关系出发,认为颓废派文学之"颓废"表达既是"19世纪后半叶文学活动"的基础,亦是"帮助我们抵达文学现代性"的基石。[3]

(二) 从研究美学理念革新的角度入手

例如,以让·皮埃罗(Jean Pierrot)为代表的学者认为颓废派的先锋实验将"艺术从被预设的目的——以忠实模仿自然为最高准则——中解脱出来",因而构成了"古典美学与现代美学之间必不可少的分界线"[4]。

(三) 从解读风格创新的角度入手

例如,以琳达·道林(Linda Dowling)等为代表的学者将"语

---

[1] Mario Praz, *The Romantic Agony*, tran. Angus Davidson, Oxford: Oxford University Press, 1951.

[2] 卡特认为:"文明的邪恶与自然的美德成为一种崭新意识的一部分,我们称之为浪漫主义的;事实上,作为浪漫主义的重要部分,(这意味着)对浪漫主义发起的任何形式的反叛,都必定意味着反对原始的和自然的。而对颓废的狂热正是这样一种反抗。"(A. E. Carter, *The Idea of Decadence in French Literature: 1830 – 1900*, Toronto: University of Toronto Press, 1958, p. 4.)

[3] David Weir, *Decadence and the Making of Modernism*, Amherst: University of Massachusetts Press, 1995, p. 21.

[4] Jean Pierrot, *The Decadent Imagination, 1880 – 1900*, tran. Derek Coltman, Chicago: The University of Chicago Press, 1981, p. 11.

言风格上的独创性"视为颓废派的重要贡献,认为其实质上是对19世纪末传统语言体系的深刻危机所做出的一种积极回应,目的是"赋予已经被语言科学宣判死亡的文学语言以一种看似自相矛盾的生命力"①。

对"颓废"内涵的阐发以及对颓废派文学关键问题的理解至今仍争议重重,因此,对其文学价值的探讨便常常呈现出复杂多元的情形。本章拟从追溯颓废派文学生成的社会文化渊源入手,重新发掘颓废派的文学价值,认为:18世纪末以降,宗教领域的"世俗化"进程、知识领域的"内在化"转向以及社会领域的"工业化"转型,乃是西方颓废派文学得以生成的社会—文化渊源;基于此,对颓废派所秉持的文学理念、文学趣味以及文学旨归的认知当可得到深化和拓展。

第一节 颓废派与宗教领域的"世俗化"

19世纪末,西方哲学家尼采的一句"上帝死了"震惊了整个西方思想界。事实上,消解基督教信仰在西方社会生活以及个体生活中的核心地位的历史进程早在18世纪末就已开启。这一在西方文化史上举足轻重的剧变,通常被称为宗教的"世俗化"。自此以后,传统宗教中那个处于先验世界中的上帝之权威逐渐丧失,传统的宗教信条和教义为人们——甚至是那些曾经无比虔诚的信徒——怀疑和摒弃。

宗教"世俗化"进程的开启,意味着对新型宗教的寻求已然从以上帝为中心转向了以人为中心。自此,对人性本身的探索,尤其是对个体的内部世界中尚未被发现的那部分领域的探索便成为时代

---

① Linda Dowling, *Language and Decadence in the Victorian Fin de Siècle*, Princeton: Princeton University Press, 1986, XV.

的必然要求。文学领域的颓废派很大程度上将这一时代要求视为其文学使命中的重要部分——这也正是波德莱尔被视为颓废派先驱的重要原因。① 颓废派将探索自我内部世界的奥秘视为探索新型宗教的第一步。换句话说，他们认为，新的宗教秩序的重建需要以探究人性未知区域作为起点。

的确，颓废派通常被认为是对一群持有特定创作倾向与美学理念的作家群体的称谓，而非某种宗教派别的称号。然而，倘若人们对18世纪末以降西方社会中"文学家"的身份转型有所了解，当会发现——事实并非如此简单。在上帝权威丧失、哲学领域内的正统观念走向衰落的19世纪文学家的地位一度曾被拔高到了前所未有的高度。② "诗人和小说家承担了以前属于教士的角色"，"为现代世界提供了绝大多数价值观念。"③ 由此，人们将看到，对"宗教"话题的关注以前所未有的深度和密度出现在19世纪诸"非现实主义"文学艺术流派中。而颓废派正是"非现实主义"文学潮流中最为先锋的一脉。典型的颓废主人公——如《逆流》中的德塞森特——往往是执着的精神探索者，他们将个人自由视为最高价值，在困厄的现

---

① 在被称为"颓废派文学的《圣经》"的小说《逆流》中，作者于斯曼用了很大的篇幅描述颓废主人公德塞森特对波德莱尔作品的仰慕与迷恋。参见［法］于斯曼《逆流》，余中先译，上海译文出版社2016年版，第185—187页。

② 这很大程度上与康德以及后康德主义者对"想象"之于弥合阻碍人之自由实现的现象界与本体界之间的鸿沟的不可替代的关键作用的阐述密切相关。"想象"由此被视为一种如同弗里德里希·谢林所谓"神之造物"一样神圣的人的最高能力。由此，"艺术家成了某种先知，他以他的现象和直觉，超越了寻常男女，接触到更深、更真的实在"。（［美］弗兰克·M. 特纳、［英］理查德·A. 洛夫特豪斯：《从卢梭到尼采》，王玲译，北京大学出版社2017年版，第203页。）在此种时代历史境遇下，19世纪艺术家——尤其是那些主张艺术的本质是"创造"美而非"模仿"美、艺术的精确工具是"想象"而非"写实"的19世纪艺术家，如浪漫派、唯美派、颓废派、象征派，不再是传统意义上的文人作家，他们身兼文人作家与独具社会批判精神的知识分子的双重身份。这种发端于卢梭的双重身份在19世纪文学艺术界成为一个广泛存在的现象。

③ ［美］罗兰·斯特龙伯格：《西方现代思想史》，刘北成、赵国新译，中央编译出版社2005年版，第354页。

实境遇中苦苦寻求精神突围的路径；正是这样的形象内涵，西方学者才将颓废主人公定义为"形而上的英雄"①。在宗教"世俗化"的历史进程中，文学领域的颓废派与包括卢梭、卡莱尔、康德、施莱尔马赫等在内的思想家、哲学家共同致力于在传统宗教体系即将土崩瓦解之时探求一种新型的宗教，以重建西方社会的精神秩序。对颓废派运动中大多数杰出的作家而言，宗教始终是其文学表达中绕不开的一个话题，是理解其作品内涵的一把神秘的钥匙。②

作为宗教"世俗化"进程中探索新型宗教的一种努力，孔德的实证主义在19世纪欧洲思想界轰动一时，且影响深远。孔德将实证的方法论应用于考察和解释"物质世界和人类社会的一切方面"，文学自然主义则很大程度上援引了孔德的主张作为其理论支撑，用科学—实证的方法剖析、解读个体的内心世界。实证主义乃自然主义文学创作的理论基石，而颓废派与自然主义文学——正如颓废派集大成者于斯曼与自然主义领袖左拉的决裂事件所暗示的那样——又有着直接而复杂的文学关联。因此，从实证主义出发，也许可以找到重新理解颓废派文学的新的入口。

笼统地说，颓废派对个体内在精神层面——尤其是充满神秘色彩的非理性层面——开创性的探索与描述可以视为对宗教"世俗化"历史进程中孔德实证主义观念的反驳。③颓废派作家承认自然主义在

---

① George Ross Ridge, *The Hero in French Decadent Literature*, Athens: University of Georgia Press, 1961, pp. 49 - 50.

② 波德莱尔、王尔德、于斯曼、道生、魏尔伦、维利耶·德·利尔-阿达姆（Villiers de l'Isle-Adam）、莱昂内尔·约翰逊、约翰·格雷等杰出的颓废派作家，都曾在其生命的晚期或临终前皈依天主教。这一耐人寻味的事实或可为人们提供某种新的启示。参见 Ellis Hanson, *Decadence and Catholicism*, Cambridge: Harvard University Press, 1997.

③ 孔德在其《实证哲学教程》（*Cours de Philosophie Positive*）中所阐述的人类认识发展的"三阶段论"，将人类认识的终极阶段称为"实证的阶段"。在这一阶段，"感官经验"将成为人类探索和认知世界的主要方式。换句话说，人们不再执着于解释现象世界背后的神秘莫测的先验世界，而仅仅关注现象本身。由此，他主张用实证的方法，或曰科学的方法去解释可见的物质世界以及人类社会的种种现象。

刻画人物形象的技巧方面比之浪漫主义有所突破，但同时认定在挖掘个体心灵奥秘的方面，左拉的所谓真实观及科学—实证方法则将自然主义引向了歧途。在颓废派看来，想象而非科学—实证才是抵达人性深层奥秘的精确工具。他们所推崇的想象乃康德及后康德主义者之所谓"人的最高能力"，它对于弥合"阻碍人之自由实现的现象界与本体界之间的鸿沟"起着不可替代的关键作用。因而，此种"想象"并非站在"真实"的对立面上；相反，它恰恰是对一种"内在的真实"而非"显而易见的可疑的'真实'"的深挖与传达。这也正是不少西方学者将爱伦·坡定义为与波德莱尔同等重要的颓废派文学理论先导的关键缘由。在以马拉美、于斯曼、维利耶·德·利尔－阿达姆（Villiers de l'Isle - Adam）、魏尔伦等为代表的法国颓废派[①]看来，爱伦·坡以其伟大的想象力和精确的分析性思维达成了"在精神分析上的独创性，以及他对存在于正常精神生活的边缘的所有情感和感受的重塑"[②]。在爱伦·坡的笔下，"想象力""与宇宙一般法则的直觉性/本能相连通：它是一种介入实践理性观察中的纯粹理性的活动。基于这个事实，它站在所有扭曲现实的对立面上：假如它看起来与显而易见的真实相矛盾，那么这不过是为了用一种内在的真实替换它"[③]。

颓废派对自然主义文学所信赖的孔德实证主义之科学—实证方法的拒绝与反拨，代表了19世纪末文学领域内致力于打破科学崇

[①] 从波德莱尔对爱伦·坡作品的关注与评论开始，活跃在颓废派运动的主阵地法国文坛的颓废派作家——如马拉美、于斯曼、维利耶·德·利尔－阿达姆（Villiers de l'Isle - Adam）、魏尔伦等——对爱伦·坡诗歌、散文、短篇故事等作品的翻译、评论与研究的热情一直持续到19世纪与20世纪之交。

[②] Jean Pierrot, *The Decadent Imagination*, 1880 - 1900, tran. Derek Coltman, Chicago: The University of Chicago Press, 1981, p. 30.

[③] 卡米尔·莫克莱尔（Camille Mauclair）语。参见 Jean Pierrot, *The Decadent Imagination*, 1880 - 1900, tran. Derek Coltman, Chicago: The University of Chicago Press, 1981, p. 31.

拜、发掘洞悉人性深层奥秘之可靠途径——想象——的一种富有价值的努力。① 由此，颓废派走上了一条与自然主义截然不同的文学道路。于斯曼声称，"没有人比自然主义者更不明白心灵了，尽管他们自诩以观察心灵为己任"②。在小说《在那边》（La-Bas）的开篇章节中，于斯曼借小说家迪尔塔之口，将自己的文学探索表述为"精神的自然主义（a spiritualist naturalism）"③，以区别于左拉所秉持的偏狭的"心理的现实主义（psychological realism）"④。颓废派作家抛弃了为自然主义作家所运用的科学的视角与实证的方法论，转而以审美的眼光和自由的想象，发掘心灵深处的奥秘，以此推进对人性的理解，探索重建西方精神秩序的可能。值得一提的是，颓废派的此种精神探索在一定程度上发端于浪漫派。不过，两者间非常不同的一点是：典型的浪漫派崇尚自然，由此，其精神探索因从自然中获取的某种原始、野蛮、健康的力量而显得较为积极，而颓废派的核心理念则是"反自然"。从自然的母体中挣脱出来，不再信任自然与现实，而仅仅诉诸自身。由此，怀疑主义的精神状态出现了，与之一同出现的则是对自我的迷恋。

第二节 颓废派与知识领域的"内在化"

颓废派的文学探索可以视为19世纪西方知识界的"内在化转

---

① 文学自然主义所信赖的孔德实证主义"代表了一种信念：科学能够为人们提供充足的真理，包括有关我们自身的真理以及有关我们所处的社会的真理"。（Owen Chadwick, *The Secularization of the European Mind in the Nineteenth Century*, Cambridge: Cambridge University Press, 1975, p.233.）
② [法]于斯曼：《逆流》，余中先译，上海译文出版社2016年版，第20页。
③ James Laver, *The First Decadent*, London: Faber & Faber Limited, 1954, p.112.
④ Ellis Hanson, *Decadence and Catholicism*, Cambridge: Harvard University Press, 1997, p.5.

向"趋势①在文学领域的一种具体呈现与必然后果。② 美国学者弗兰克·M. 特纳将此种转向称为"伟大的内在化"。"由于这种转向，人们就开始了各种各样对内在、潜藏现实的探索与表达，而不再注重外部的真理。"③ 转向自我的内部世界，为人性深层奥秘的探索开拓了道路，也为19世纪文学作品中大量心理分析的涌现做出了解释。

"内在化转向"意味着，在对人与人、人与社会、人与自然、人与上帝之间关系的审视与认知过程中所构建起来的那些价值评判与道德观念体系的权威性受到了前所未有的质疑与重构。具体到文学领域，则体现为：对于"什么是美"的认知从以"人与外部世界的种种关系"为出发点，转变为以"作为个体的人本身"为出发点；由以外部世界的种种"关系尺度"为标准转向以个体内部世界的"人性尺度"为标准。由此，文学应该表现"真善美"的这一传统评判标准遭受质疑。正是从这个意义上说，声言"美无关善恶"的"为艺术而艺术"理念在19世纪文学中的盛行，可以视为在知识领域被描述为"内在化转向"的这一时代趋势的必然后果；而从施莱格尔、诺瓦里斯、戈蒂耶、济慈等浪漫派作家创作中所彰显的"美无关善恶"的理念发展到颓废派先驱波德莱尔的"恶中掘美"理论，仅是一步之遥。

颓废派试图颠覆旧有的是非观，探索一种崭新的道德。贯通于典型颓废派文学文本中的"震惊"与"反叛"策略，震惊资产阶级（*épater le bourgeois*）④ 的颓废派口号，以及王尔德、道生等颓废派作

---

① 如哲学领域的主体化转向、心理学、病理学等领域的精神分析倾向。

② "内在化转向"的效应在文学领域的最初呈现体现在浪漫派创作中的"主观性"上。

③ ［美］弗兰克·M. 特纳、［英］理查德·A. 洛夫特豪斯：《从卢梭到尼采》，王玲译，北京大学出版社2017年版，第71页。

④ Matei Calinescu, *Five Faces of Modernity: Modernism, Avant-Garde, Decadence, Kitsch, Postmodernism*, Durham: Duke University Press, 1987, p. 175.

家所背负的"反道德"的污名,都是其执着于此种探索的有力证据。通过颠覆旧有的是非观,颓废派为进一步探究一直未曾被深入探索过的所谓"丑恶"的人性区域提供了可能,使人们能够以一种更为客观、理性[①]的方式探究人性深处的奥秘。

"内在化转向"还意味着从混乱、喧嚣、污浊的外部世界撤退。就文学领域而言,整个19世纪文学见证了此种撤退的进程,而颓废派的"撤退"无疑是诸种文学中最彻底的——这当然与其所秉持的悲观主义世界观不无关系。如同长期关注"颓废"问题的叶芝所言:"要是一个人真正的生活被偷走了,他就得到别的地方去找它。"[②] 然而,即便如此,人们仍不能就此认定颓废派的"撤退"行动是一种完全自我的、对社会漠不关心的选择。恰恰相反,他可能是全神贯注于时代问题的。在先验问题被悬置、上帝权威遭受重创的19世纪,主观主义、享乐主义、神秘主义等观念的盛行,使人们容易丧失价值意识。"在这样的时期,那些站立在时代潮流之外的人可能保留了对价值的感知力。"与此同时,从现实生活中撤退,在某种程度上使这些作家得以与时代的道德偏见或情感氛围相隔离,从而"能够保留一种相对中立的、人道的视野"。"他在永恒的外表下审视一切,这使他能够如实地看待他所在的时代,在真正的意义层面上评估时代的争论与偏见。""这种相对隔离于时代感情的立场使他能够像中世纪教堂那样,给予受迫害者和受压制者以有效的帮助……这是一个合理而有效的撤退的目的……撤退可能是使一个人能够给予其同胞以帮助的最好方式。"[③]

就此而言,颓废派并非全然不关心现实生活。尽管到19世纪末,作家头上的"文化英雄"和"精神领袖"的光环似已遭遇滑铁

[①] 与传统理性观念相对立的"新理性"。

[②] 转引自[美]罗兰·斯特龙伯格《西方现代思想史》,刘北成、赵国新译,中央编译出版社2005年版,第365页。

[③] C. E. M. Joad, *Decadence: A Philosophical Inquiry*, New York: Philosophical Library, 1949, pp. 400–401.

卢,然而,从卢梭那里开启的知识分子的社会批判传统,并未就此断裂。在被称为"颓废派文学的《圣经》"的小说《逆流》中,于斯曼借由德塞森特对自己隐居地的选址,暗示了19世纪末颓废派作家时代边缘者的身份与心理定位:"……看到自己隐居得已相当远,在河岸的高处,巴黎的波浪再也不会拍到他,同时又相当近,因为遥遥在望的首都能让他在孤独中定下心来。"[1] 他们既与污浊的社会保持一定距离,同时又密切关注其所处的时代与社会。与其他19世纪末作家一样,颓废派也试图以己之力反思时代的弊病。与文学老前辈浪漫主义不同,也与19世纪末的其他文学派别有所区分,颓废派不是激进的社会行动派,而是阴郁的精神反思者与精神反叛者。其对时代的反思与批判并非体现在社会改良的层面,而是更多地体现在形而上的层面。从某种意义上说,他们是康德哲学探索的后继者,他们"反观自心,从内在体验寻找通向实在的路径以及更深的理解……希望通过这种内在探索找到一种方法,来联结主体与客体、现象界与本体界、外在生活之现实与内在生命之现实"[2],以此为当下时代的精神浪荡子寻求精神归宿。基于此,人们才更能理解颓废派小说集大成者于斯曼在其代表作《逆流》发表20年后所写的一篇序文里所说的话:"一句话,只把这种(文学,引者加)形式用作一个框框,以便将更为严肃的内容纳入其中。"从这个意义上说,颓废派亦以其文学先锋实验创造了崭新的文学创作理念。

当然,在"内在化转向"的过程中,向自我的内部世界"撤退"的行动本身不可避免地会带来某种负面效应。人的精力总是要求以某种方式向外释放,以维持生命的某种平衡;倘若精神拒绝将生命的精力投向外部世界,那么,在一种受限的生命状态中,生命的精力只能被迫"撤退"到狭小幽暗的自我内部世界的小匣子里。

---

[1] [法]于斯曼:《逆流》,余中先译,上海译文出版社2016年版,第13页。
[2] [美]弗兰克·M. 特纳、[英]理查德·A. 洛夫特豪斯:《从卢梭到尼采》,王玲译,北京大学出版社2017年版,第191—192页。

此时，一种向生活复仇的愿望被"挤压"出来，这其中同时深隐着对自我的惩罚、鞭笞，一种由愤懑的精神引发的自虐。无处投放的精力被困于自我的内部，这种携带着某种不满与愤懑的精力在强度上必然是猛烈的，甚至是扭曲的、变态的。就此而言，性虐待（尤其表现为受虐狂倾向）与嗜好毒品在很大程度上可以视为自我惩罚的外部表征。经由种种"病态"的"自我惩罚"①，精神的愤懑获得了某种释放，意志力得以短暂、激烈地爆发，成为其生命存续的救命稻草——尽管是极具毁灭性的孱弱无力的稻草。

第三节 颓废派与社会领域的"工业化"

与上述宗教领域的"世俗化"进程、知识领域的"内在化"转向几乎同时发生的社会—历史领域的工业革命，成为西方现代文明进程开启的标志性事件。工业革命在整个19世纪西方社会的迅速蔓延与推进，堪称对18世纪启蒙思想家之唯理主义思想、机械论宇宙观的极大肯定。在此种时代气氛下，掌握了19世纪——尤其是19世纪中期以后——欧洲社会文化领域话语权的资产阶级自信满满，并坚信理性法则的广泛传播和运用、科学的蓬勃发展，必将创造一个美满的人类社会。然而事实上，早在工业革命的初期，现代文明中的一个巨大悖论已然显现出来：一方面，"个体自由"思想深入人心；另一方面，"工业化"所带来的机械化、规模化、专门化、标准化的基本生产生活方式趋向于抹杀人的创造力，贬低人性价值，导致自我意识的泯灭与个体价值的虚无。

"工业化"历史转型中的上述悖论为浪漫派文学中"忧郁"这一独特文学景观的出现提供了产生的背景：浪漫派文学创造出了无数"忧郁"的个体，这在之前的传统文学中是从未有过的文学景观。

---

① 在此，"自我惩罚"的冲动本质上为"对自我的迷恋"。

"忧郁"来源于"痛苦",而"痛苦"则来源于崇尚自由的个体在现代社会中"不自由""无价值"的生命体验。到 19 世纪中后期,伴随工业革命在西方世界如火如荼的发展态势,由"工业化"进程所开启的负面效应达到了白热化的程度。由此,"痛苦"的个体体验便由愤懑的"忧郁"式的痛苦激化为病态的"颓废"式的痛苦。颓废派作家在其文学创作中集中呈现和反思的核心,正是现代人的此种心理感受与生命体验。

以德塞森特为代表的典型颓废主人公常常表现出对于上述个体"颓废"体验的一种"精神—心理补偿式"的"病态"反叛。他们的种种反常行为常常体现为亚瑟·西蒙斯(Arthur Symons)[①] 所谓的"一种强烈的自我意识,一种在研究中焦躁不安的好奇心,一种过于细微的精炼,一种精神和道德上的反常"[②]。尤为值得注意的一点是,居于颓废主人公诸多病态的反常行为之核心的,正是其"反自然"的审美倾向。这种审美倾向中隐含着对于人与自然关系的重新认定,在贬低自然价值同时,确认了个体自由意志的崇高地位。德塞森特用近乎苛刻的眼光挑选精致的艺术品装扮自己的居所,体现的是压抑着的自由意志以一种有点神经质的方式得以释放——其对艺术品的迷恋毋宁说就是对"自我"的崇拜。在这里,18 世纪末萌芽的对人类个体自由意志的肯定堪称达到了前所未有的顶峰。由此我们可以说,颓废主人公的种种反自然的"颓废"行为从根本上说是"反颓废"的,因为现代人"颓废"感受的核心无疑是由个体自由意志的压抑带来的生命活力的湮灭,而颓废主人公的"颓废",其

[①] 亚瑟·西蒙斯既是 19 世纪末最引人注目的颓废派理论家之一,也是长期而持续地关注和反思颓废问题的作家和评论家。参见杨希、蒋承勇《复杂而多义的"颓废"——19 世纪西方文学中"颓废"内涵辨析》,《浙江社会科学》2017 年第 3 期;Arthur Symons, "The Decadent Movement in Literature", *Harper's New Monthly Magazine*, 1893, 11, pp. 858 – 859; Arthur Symons, *The Symbolist Movement in Literature*, London: William Heinemann, 1899.

[②] Arthur Symons, "The Decadent Movement in Literature", *Harper's New Monthly Magazine*, 1893, 11, pp. 858 – 859.

精神的内核始终是"一种强烈的自我意识",一种对于被压抑的自由意志的伸张。而其反常和病态的生命状态,很大程度上只不过是"向自我内部世界撤退"的行动所导致的一种负面效应。经由对颓废主人公形象的刻画,颓废派作家完成了双重的使命:借对颓废主人公之"现代人"身份的刻画,颓废派作家将"对个体自由精神的压抑"这一工业文明进程中的负面效应具体、生动地展现出来;与此同时,借具有强烈自我意识的颓废主人公之"现代文化精英"的身份及其种种另类的精神实验,颓废派作家创造了文学意义上崭新的"颓废"内涵,以达成其"反颓废"的终极旨归。颓废派作家的如上双重使命造就了具有双重身份的颓废主人公。这种双重身份使其区别于一般意义上的"颓废"的"现代人"而成为"反颓废"的"颓废英雄"[①]。

典型的颓废派对工业文明的批判始终围绕"个人自由"的理想展开,"自由主义"信念实乃造就其精神气质的内核。从这个意义上讲,"文学中的颓废派,不过是浪漫主义的后期表现形态"[②],这一基本论断不无道理。从这一理想信念出发,以波德莱尔、于斯曼、维利耶·德·利尔-阿达姆(Villiers de l'Isle-Adam)、道生等为代表的颓废派作家站在呵护现代人个体自由精神的角度和立场上,对伴随工业革命的快速进展产生的所谓"进步"信念发起挑战。在他们看来,为布尔乔亚奉为圭臬的"进步"信仰,使现代人陷入物质主义、功利主义的泥潭,最终使自由的人沦为被操控的木偶。由此,他们以"个人自由"的名义,对此种虚假的"进步"观念表达了合

[①] 乔治·罗斯·瑞治(George Ross Ridge)在其经典颓废派论著《法国颓废派文学中的英雄形象》(*The Hero in French Decadent Literature*, 1961)中追溯了颓废派文学作品中的主人公与浪漫主义英雄之间的亲缘关系,将其称为"颓废英雄";克里斯托弗·尼森(Christopher Nissen)等学者在论文集《颓废、退化与终结》(*Decadence, Degeneration, and the End*, 2014)中也沿用了这一称谓。

[②] Mario Praz, *The Romantic Agony*, tran. Angus Davidson, Oxford: Oxford University Press, 1951.

乎逻辑的反抗。

与典型的浪漫派相比，颓废派对现代文明中"进步"观念的反叛显得十分另类。这些从污浊的现代社会撤退到自我内部世界的颓废派，惯常采取一种审美意义上的、形而上的反叛，而非社会现实层面上的反叛。就此而言，其"反自然"的审美立场则是此种反叛的主要表达方式。"反自然"的审美立场中包含了对与布尔乔亚的虚妄的"进步"信仰相关的世俗价值的全面拒斥。在典型的颓废派文学文本中，这种拒斥突出地体现为对与布尔乔亚式的"健康"相对立的"病态"事物的痴迷。布尔乔亚很大程度上是健康、自满、积极乐观的时代精神的代名词，而颓废派则反其道而行，"培养了对于一切通常被视为反自然的或退化的事物，以及性变态、神经疾病、犯罪和疾病的迷恋"[①]。并且，非常重要的一点是，他们的观念非但绝不会受到那些个体意识淡薄的布尔乔亚庸众的珍视，反倒会被视为对其所信仰的所谓"进步"价值观的侮辱和挑衅。颓废派的此种反传统的文学策略如其所愿地在布尔乔亚群体中引发了"震惊"效应，他们遂被污蔑为"不健康的'异类'、当下流行的文化疾病的携带者"[②]。

对于工业革命以来现代人的种种"不自由"的生命体验与生存状态，颓废派将其产生的根源追溯到18世纪启蒙思想家所崇尚的理性法则和机械论宇宙观。在典型的颓废派文本中，颓废派作家经由对"滥用大脑"这一现代人特征的描述，揭示了传统理性法则的某种缺陷和弊病导致的现代人自由意志的销蚀与生命力的衰微。在不少颓废派作家看来，现代人经由一种机械式的理性思维训练而拥有的高度精练化了的思维和语言，是"滥用大脑"的一种常见后果。它导致现代人维持着一种冰冷的"智力生存"。此种"智力生存"无法使

[①] Ellis Hanson, *Decadence and Catholicism*, Cambridge: Harvard University Press, 1997, p. 3.

[②] William Greenslade P., *Degeneration, Culture, and the Novel, 1880 - 1940*, Cambridge: Cambridge University Press, 1994, p. 21.

现代人脱离浅薄，因为其本质上不过是戴着"理性"面具的一种新的"无意识"生存模式，这种生存模式将消磨现代人的自由意志，使其沦为一种无生命的"机械反应装置"。在《西方的没落》中，斯宾格勒用厄运的发声描绘颓废大都市。其精辟论断与其说是"先见的预言"，不如说是"事后的总结"[1]。斯宾格勒对颓废派作品中所描述的现代人"滥用大脑"的如上负面效应有过精辟的理论化总结：

> 与其他动物一样，人类的进步（advance）同样建立在对生命律动的感知之上。从农夫式机智、天赋智力与本能直觉发展到城市精神，再到如今大都市的智力（intelligence），人类文明无疑正趋向于持续的衰退。通过思维上的训练，智力替换了无意识生存。这种智力虽精妙绝伦，但枯燥乏味，了无生气。[2]

"滥用大脑"的另一种典型后果是，过度复杂的大脑足以凭借其复杂精细的想象获知现实的外部经验，能使人们在付诸行动之前，通过一场头脑风暴洞悉了行动的过程与结果，但由此失却了对外部世界的好奇，丧失了行动的欲望，继而陷入怠惰无力的生存状态。这暗示了"缺乏限制"的传统理性的肆意发展在个体身上彰显出的某种负面效应。颓废派感到，以唯理主义为基本原则建立的现代社会将使现代人退化为冰冷的"理性"机器，它使现代人经由思维上的训练成为一个聪明却无活力的怪物，最终在精疲力竭之后走向自我毁灭。就此而言，颓废派的探索在一定程度上是对18世纪末卢梭[3]、康德、

---

[1] George Ross Ridge, *The Hero in French Decadent Literature*, Athens: University of Georgia Press, 1961, p. 69.

[2] Oswald Spengler, *Deline of the West* II, New York: Knopf, 1957, pp. 102 – 103.

[3] 卢梭认为，现代科学、理性启蒙、文明礼仪将带来现代人的道德衰退，他认为古代斯巴达人的生活是人性化生存模式的典范，其依赖于一种先于理性的内在本能去生活。（Jean‑Jacques Rousseau, *Discourse on the Sciences and Arts in The Basic Political Writings*, trans., *Donald A. Cress*, Indianapolis: Hackett Publishing Co., 1987, pp. 4 – 8.）

卡莱尔[①]、伯克[②]、柯勒律治[③]等人反思"理性"限度的继承。颓废派对作为现代文明之理论根基的唯理主义思想的反拨由此可见一斑。

[①] "卡莱尔宣称:'我根据我本身的经验宣布,世界不是机器!'"(参见[美]罗兰·斯特龙伯格《西方现代思想史》,刘北成、赵国新译,中央编译出版社2005年版,第231页。)

[②] 伯克宣称,理性不过是人性的"一部分,而且绝不是最大的部分"。(参见[美]罗兰·斯特龙伯格《西方现代思想史》,刘北成、赵国新译,中央编译出版社2005年版,第231页。)

[③] 柯勒律治认为,纯粹的"算计能力"低于"创造性的素质"。(参见[美]罗兰·斯特龙伯格《西方现代思想史》,刘北成、赵国新译,中央编译出版社2005年版,第231页。)

第十八章

象征主义之中国百年传播考论[①]

1971年，法国出版了《墙上芦苇：中国的西化诗人》（*Roseaux sur le mur：Les Poètes Occidentalistes Chinois*）一书。这本书对李金发、戴望舒等诗人做了细致的研究，认为正是出于李、戴二氏的努力，"个人的形象和象征才进入中国"[②]。自此以后，中国的象征主义诗人在欧美得到了更多的关注，中国象征主义诗歌目前已被认为是世界象征主义运动的一环。在五四运动百余年之后的今天，重新回顾象征主义在中国的百年传播史，并对其经验和得失进行反思，是深入把握象征主义这一国际思潮的需要。

第一节 象征主义传播的发生

胡适在1916年2月的书信中指出："今日欲为祖国造新文学，宜从输入欧西名著入手，使国中人士有所取法，有所观摩，然后乃

---

① 本章与李国辉教授合作。
② Michelle Loi, *Roseaux sur le mur：Les Poètes Occidentalistes Chinois*, Paris：Gallimard, 1971, p.147.

有自己创造之新文学可言也。"① 所以，外国文学的译介，不只是为了了解和认识外国文学，更多的是为了效法之用。既然要效法，自然就有取舍。五四文学革命早期的外国文学译介，可以看出偏重现实主义流派。不过，因为对欧洲文艺新潮的介绍，象征主义的信息还是传到了中国。最早受到注意的象征主义诗人，是比利时的"梅特尔林克"（今译为梅特林克）。1917 年前后，因为讨论白话诗的需要，象征主义的自由诗（及其影响下的英美自由诗）经常被提及。比如梅光迪在 1916 年 8 月给胡适的信中曾谈到"自由诗"和"颓废运动"②。象征主义一名的第一次出现，当属陶履恭 1918 年在《新青年》上发表的《法比二大文豪之片影》一文。

1919 年之后，法国象征主义在中国的传播迎来了一个良机。这个良机是新文学本身带来的。白话诗虽然赢得了它的地位，但是它的浅白渐渐使不少人感到厌倦，法国象征主义的暗示美学便成为新文学效法的对象。徐志摩曾讥讽胡适一派的诗人"可怜"③，并要求表现更深邃的感情。其实在徐志摩之前，沈雁冰和田汉等人也开始思考打破现实主义文学的模套，学习象征主义的手法。自 1921 年，象征主义的朦胧、暗示等风格受到了更多的关注。诗人们开始不讳言法国象征主义的颓废，很多时候诗人们不是从道德上来看这种颓废，而是在美学或者流派的视野中审视它。比如刘延陵曾指出："至于文艺家，则更当依自己底理智与情调底指导不必怕主义底怒容，不必顾批评者底恶声，要怎样做就怎样做。"④ 这种观点也得到了田汉的认同。田汉将波德莱尔的恶魔主义看作一个必经的阶段，是文学中的人道主义发展到极致后必然的方向。

---

① 胡适：《胡适留学日记》，见《民国丛书》编委会编《民国丛书》（第二编）83，上海书店 1990 年版，第 845 页。
② 梅光迪：《梅光迪文录》，罗岗、陈春艳编，辽宁教育出版社 2001 年版，第 167 页。
③ 徐志摩：《死尸》，《语丝》1924 年 12 月 1 日。
④ 刘延陵：《法国诗之象征主义与自由诗》，《诗》1921 年第 1 卷。

从单篇的文章发展到长篇的历史著作，这是法国象征主义译介深化的重要标志。李璜的《法国文学史》于1922年出版，谈到了象征主义的几位重要诗人。书中对马拉美作品的音乐性和象征手法的论述，在当时有新意；另外，书中对自由诗的论述也比当时的其他论著更为清晰。八年后，徐霞村出版了《法国文学史》。但是徐霞村的书仅限于作家、作品的简单交代，比李璜的书粗浅不少。

这一时期，值得注意的论著还有1924年《小说月报》发行的"法国文学研究"专号。书中收有刘延陵的《十九世纪法国文学概观》，以及君彦的《法国近代诗概观》等文章。后者对法国象征主义自由诗的论述深入，对象征主义的分期在当时也属新论，因而金丝燕肯定该文"值得注意"，"在当时中国接受者对法国象征主义的介绍中尚属少见"[①]。不过，君彦可能当不起这种称赞。这篇文章并非君彦的原创，而是"抄袭"来的。前面介绍的许多重要的象征主义论著，或者是综合多种文献而成，或者是选译某一种进行摘译。比如李璜的《法国文学史》，多是在现有的法国诗史著作基础上"编"成的，不是李璜个人的研究。刘延陵的《法国诗之象征主义与自由诗》，摘译了1918年出版的《法国现代诗人》（*The Poets of Modern France*）一书。[②] 田汉的《恶魔诗人波陀雷尔的百年祭》，理论部分译自斯蒂尔姆（E. P. Sturm）的《波德莱尔》一文，该文选入《波德莱尔的散文和诗》一书。君彦的《法国近代诗概观》像刘延陵一样，同样出自《法国现代诗人》一书。这些作者有时标出翻译、参考的文献，有时并未标出，于是让后来的史学家误以为这些文章属于个人的创见。比如有学者指出李璜、田汉这类学者，有深

[①] 金丝燕：《文学接受与文化过滤：中国对法国象征主义诗歌的接受》，中国人民大学出版社1994年版，第133页。

[②] 刘延陵文中的魏尔伦传记出自国外出版的《法国现代诗人》，第170—171页；象征的理论部分，出自第19页；格里凡论自由诗部分，出自第25页。原书见Ludwig Lewisohn, *The Poets of Modern France*, New York: B. W. Huebsch, 1918.

厚的语言功底,"大体说来,所吐都是自己的一家之言"①。这里无意做任何批评,只是想指出,对五四文献的误解是一个普遍的现象。虽然五四时期是一个外国文学译介的热情时代,但也是一个粗疏的时代。陈寅恪曾指出:"西洋文学哲学艺术历史等,苟输入传达,不失其真,即为难能可贵,遑问其有所创获。"② 这句话正道破了五四时期文学译介和研究的病根。

对象征主义诗作和诗论的翻译也开始起步。在波德莱尔诗歌的翻译上,出现了周作人、李思纯、张定璜、石民等译者。周作人在《晨报副刊》和《小说月报》上翻译的波德莱尔的散文诗,是最早值得注意的数量较大的译作。邢鹏举的《波多莱尔散文诗》,收诗48首,几乎是波德莱尔散文诗的全译本。魏尔伦也是被关注得比较多的诗人,先后出现了周太玄、李金发、李思纯、腾固、邵洵美等译者翻译他的诗作。瓦莱里也赢得了一些关注,其中,梁宗岱是该诗人最值得注意的译者,他在《小说月报》上发表了《水仙辞》的译本。

随着对象征主义文学的了解,赴法国和日本的中国留学生对象征主义有了更多的兴趣,于是在五四后期,出现了中国的象征主义诗派。这是在象征主义接受上的重要收获。1925年,先是由李金发在北新书局出版了《微雨》,引起了一定的轰动,朱自清曾指出:"许多人抱怨看不懂,许多人却在模仿着。"③ 李金发的出现,使中国新诗从形式的革命阶段,进入美学和风格的革命阶段。不过,李金发的诗有很强的模仿气息,引发了一些诟病。继李金发之后,进一步做象征主义诗风探索的,是有日本留学背景的"创造社"诗人。这些人有穆木天、王独清、冯乃超等人(王独清后来也在法国留

---

① 张大明:《中国象征主义百年史》,河南大学出版社2007年版,第57页。
② 陈寅恪:《吾国学术之现状及清华之职责》,《金明馆丛稿二编》,生活·读书·新知三联书店2015年版,第361页。
③ 朱自清编选:《中国新文学大系·诗集》,上海文艺出版社2003年版,《导言》第8页。

学)。穆木天在《创造月刊》中倡导诗的暗示性,呼吁创作象征主义的纯诗:"我们的要求是'纯粹诗歌'。我们的要求是诗与散文的纯粹的分界。我们要求是'诗的世界'。"① 客观地来看,穆木天虽然提倡并尝试写作纯诗,但是他的诗歌主要是对无意识心理的描写,与马拉美、瓦莱里的纯诗并不一样。由于缺乏"绝对音乐"的文化基础,创造社诗人提出的纯诗往往是"纯抒情诗",与"绝对音乐"为基础的纯诗并不一样。

这种偏向内在诗境营造的中国象征主义诗歌,只是昙花一现。五卅运动和九一八事变的发生,让他们不得不关注现实,转变诗风。穆木天的说法很有代表性:"在此国难期间,可耻的是玩风弄月的诗人!诗人是应当用他的声音,号召民众,走向民族解放之路。诗人是要用歌谣,用叙事诗,去唤起民众之反对帝国主义的热情的。"② 在这种背景下,初期象征主义诗派结束了它的生命。可以看出,法国象征主义在五四时期的译介,主要受两种力量支配:一种是诗学的力量,一种是政治的力量。这两种力量都源于当时的现实环境。诗学的力量,将法国象征主义输入进来,以治疗白话诗的肤浅;政治的力量,则排斥颓废的象征主义,要求民族诗风。这两种力量既有对抗之势,又有结合的趋向。正是这两种力量,决定着不同时代法国象征主义译介的起落。

第二节 象征主义传播的调整

1932年前后发生了不少重要的政治和文学事件,使文学环境发生了变化。1930年"左联"成立,努力倡导"普罗"文学,随后又

---

① 穆木天:《谭诗》,《创造月刊》1926年第1期。
② 穆木天:《我主张多学习》,见郑振铎、傅东华编《我与文学》,上海书店1981年版,第318页。

改为"社会主义的现实主义"。与此同时,国民党文人们在 1930 年也提出"要唤起民族的意识"的"民族主义的文艺"的口号。① 这些政策、口号,在文学功能上偏重宣传,在文学类型上偏重现实主义,李金发、王独清等人早期颓废、阴郁的象征主义诗风已经难以为继。

文学家和学者如果想继续关注象征主义,在视角上就必须做出调整。学者们要更多地关注象征主义译介的客观性,诗人们需要将象征主义与中国传统结合起来。实际上,这种调整也正是 1932 年之后中国象征主义传播的主要特色。这也推动了这一阶段象征主义的中国化。这种努力一方面缓解了法国象征主义接受的困境,另一方面也改变了中国诗作为单方面接受者的地位,从此,中国诗人可以能动地、以我为主地解释象征主义。

对于象征主义的中国化,其实早在创造社时期,穆木天就已经做了一些设想。比如他称杜牧的《泊秦淮》是具有"象征的印象的彩色的名诗"②,这里将意象置换成象征,而且有在传统美学中理解象征主义的意图。穆木天还将李白、杜甫的诗做了对比,认为李白的诗是纯诗,而杜甫的诗则是散文的诗。这种说法虽然对纯诗的概念有误解,但从象征主义中国化的角度来看,它将某些唐诗与法国象征主义的诗作做了比较和解释。

卞之琳也有意融合法国象征主义和中国的意境理论。卞之琳曾这样回顾他读中学时接触到法国象征主义诗作之后的感受:"只感到气氛与情调上与我国开始有点熟悉而成为主导外来影响的 19 世纪英国浪漫派大为异趣,而与我国传统诗(至少是传统诗中的一种)颇有相通处。"③ 这表明,卞之琳的解释策略并不是心血来潮,而是有着长期的思考。他在译文《魏尔伦与象征主义》中,用"境界"

---

① 泽明:《中国文艺的没落》,《前锋周报》1930 年 6 月 22 日。
② 穆木天:《谭诗》,《创造月刊》1926 年第 1 期。
③ 卞之琳:《卞之琳集》,中国社会科学出版社 2009 年版,第 326 页。

"言外之意"等词来译法国的术语。比如这句话:"可是平常呢,情景底融洽,却并不说明,让读者自己去领会,或是叫音调自己去指点。"① 这里的"情景交融",原文为"the analogy between his feelings and what he describes"②,指的是"情感和他所描述的事物之间的类比",既然是"类比",则有或远或近的相似性,并不一定非要"交融"。卞之琳明显误读了原文。不过这种有意的误读,正是为了象征主义的中国化。

曹葆华1937年出版的《现代诗论》也体现了与卞之琳相同的思考。他翻译的梵乐希(现译作瓦莱里)的《诗》,有不少中国术语。比如曹葆华译的这句话:"艺术唯一的目的及其技巧的评价,是在显示我们一个理想境界的景象。"③ 这里的境界一词,原文为"état idéal"④,直译是"理想状态",与"理想境界"相去比较远。文中还有不少地方,出现了"诗境"的术语,它和"境界"一同,成为曹葆华融会中法诗学的有益尝试。

中国象征主义另外一个理论家梁宗岱也在理论上将象征与意境进行了融合,他通过情景交融来解释象征,认为象征是最高级的情景交融。在他的笔下,属于中国意境理论的含蓄、韵味和超越性,都成为象征的属性了:"我们便可以得到象征底两个特性了:(一)是融洽或无间;(二)是含蓄或无限。所谓融洽是指一首诗底情与景,意与象底惝恍迷离,融成一片;含蓄是指它暗示给我们的意义和兴味底丰富和隽永。"⑤ 梁宗岱诗学上的老师是马拉美和瓦莱里,尤其是后者,他不仅与梁宗岱有私交,而且其象征和纯诗概念,是梁宗岱诗学最重要的来源。这里用意境来融合象征,并不是为了解释上的方便,而是为了将象征主义变成一个普遍的美学,而非仅仅

---

① 卞之琳:《魏尔伦与象征主义》,《新月》1932年第4期。
② Harold Nicolson, *Paul Verlaine*, London: Constable, 1921, pp. 248-249.
③ 《现代诗论》,曹葆华译,商务印书馆1937年版,第23页。
④ Paul Valéry, *C Euvres 1*, Paris, Gallimard, 1957, p. 1378.
⑤ 梁宗岱:《梁宗岱文集》,中央编译出版社2003年版,第66页。

是法国象征主义的美学。梁宗岱的做法是保留法国象征主义的超越性以及对色彩、声音、气味的感应，去掉法国象征主义的颓废和病态的元素。梁宗岱的理论并不仅仅是一种设想，20世纪30年代戴望舒和卞之琳的诗作，是这种理论在实践上的运用。比如戴望舒的《印象》一诗，无论是形象还是意蕴，都是将法国象征主义与中国传统诗结合的佳作。

法国象征主义的论著在这一阶段有了新的发展。1933年徐仲年的《法国文学ABC》由世界书局出版。在法国象征主义的研究和介绍中，该书具有里程碑的意义，它是第一本真正意义上由中国人所著的法国文学史。之前的那些文学史，基本上是"编"的。徐仲年的这本书虽然也有介绍的目的，但同时也有真正研究的决心。该书对于巴纳斯派向象征主义过渡的问题，做了比较细致的解释。不过整体来看，这本书仍然失之简略，与之前的文学史相比，并没有开辟更大的格局。1935年，穆木天出版了他编译的《法国文学史》，因为有合适的文献，这本书倒成了当时了解法国象征主义最好的材料。穆木天对于巴纳斯派诗人李勒（Leconte de Lisle）诗风的论述，对于马拉美音乐性的讨论，都属深入之见。另外，书中对于吉尔（René Ghil）的"语言乐器"理论的介绍，时至今天，也没有其他的著作能够代替。但是该书作为编译之书的身份，限制了它的原创价值。

1936年夏炎德出版了他的《法兰西文学史》。夏炎德并非外国文学史学者，而是经济学家，他的这部书综合当时几部法国文学史而成。作者编这部书的用意，是"引起国内爱好文学者对于法国文学的兴味，或因发生兴味进而刺戟起新创造的动机"①，这种想法，仍体现了五四时期文学译介的心理。不过，夏炎德的这本书像穆木天的一样，也是用心之作。该书不仅在魏尔伦、马拉美的论述上比较细致，而且在一些名气不大的象征主义者的介绍上做出了贡献。

---

① 夏炎德：《法兰西文学史》，河南人民出版社2016年版，第3页。

比如对莫雷亚斯（Jean Moréas）《象征主义的前锋》（现译作《象征主义最初的论战》）一书诗学观点的介绍，对康（现译作卡恩，Gustave Kahn）的自由诗理论的介绍，不仅在当时，即使在今天，也都有参考价值。

1946年，徐仲年的《法国文学的主要思潮》出版，这本书对象征主义的论述比《法国文学ABC》深入了一些，讨论了象征主义的基本特征。但是该书的重点放在"巴黎解放前的法国文学"那部分，也是徐仲年比较有心得的部分，因而象征主义部分的论述细致度仍有缺憾。徐仲年的这本书代表着现代国内学者对象征主义研究的最高水准，不过理论的细致度和广度仍然不及穆木天和夏炎德的编著。

得益于现代派诗人和理论家的努力，法国象征主义诗歌的翻译在这一时期也有了长足的进步。梁宗岱早在1928年就开始发表瓦莱里的译诗，并著有《保罗哇莱荔评传》。后来单选本的《水仙辞》于1931年由中华书局出版。梁宗岱还编译有《一切的峰顶》，1936年出版，选有一些象征主义的译作。戴望舒不仅译有魏尔伦和果尔蒙（今译古尔蒙）的诗作，他还在1947年出版了《〈恶之花〉掇英》，收有波德莱尔的诗24首，卷前还译有瓦莱里的诗论《波德莱尔的位置》。1940年，王了一（王力）还用旧体诗译了《恶之花》，收诗100多首，虽然译本与原作有较大出入，但是就数量来看，远超出了当时波德莱尔的其他译本。

第三节　象征主义传播的滞缓与扩展

中华人民共和国成立后的十七年中，虽然因为文学环境的变化，法国象征主义的译介和接受出现了滞缓，但是并未陷入完全的停顿。早在1950年，董每戡的《西洋诗歌简史》第二版就谈到了象征主义的代表诗人。1957年，陈敬容将《恶之花》中的译诗发表在《译文》上。对象征理论的介绍和研究也有一点成绩，比如伊娃·夏普的《论艺术象征》的译文于 1965 年发表,钱锺书 1962 年还发表了涉及象征主义的《通感》一文。

但是随着文学的阶级意识渐渐浓厚起来,法国象征主义的译介和接受开始面临压力,甚至中国的象征主义诗人也受到了批评,比如茅盾在《夜读偶记》一书中,对法国和中国的象征主义文学的批评非常严厉,认为它们"不是繁荣了文艺,而是在文艺界塞进了一批畸形的、丑恶的东西。它们自己宣称,它们'给资产阶级的庸俗趣味一个耳光',可是实际上它们只充当了没落中的资产阶级的帮闲而已"①!

从 1949 年到 1966 年,中国大陆对象征主义的关注越来越少,但是象征主义借着海峡对岸现代派的活动,得到了扩展的机会。1947 年之后,不少年轻的诗人来到台湾地区,他们中间有纪弦、覃子豪、洛夫、余光中等人。这些诗人在台湾地区创办《现代诗》《蓝星月刊》《创世纪》等杂志,提倡在象征主义影响下的现代诗。纪弦曾经说:"我们是有扬弃并发扬光大地包容了自波特莱尔以降一切新兴诗派之精神与要素的现代派之一群。正如新兴绘画之以塞尚为鼻祖,世界新诗之出发点乃是法国的波特莱尔。"②

纪弦肯定"横的移植"。不过,台湾地区的现代派诗人们后来也尝试将象征主义中国化。覃子豪对这个问题非常关注,他可以说是 20 世纪五六十年代台湾地区的梁宗岱。覃子豪像梁宗岱一样,设法用传统的意境理论来理解象征主义。他说:"象征派大师马拉美认为:'诗即谜语'。就是,诗不仅是具有'想象'和'音乐'的要素,必须有其弦外之音,言外之意,才耐人寻味,得到鉴赏诗的乐趣。"③ 这里的"言外之意",与梁宗岱说的"意义和兴味底丰富和隽永",意思是一样的。不过,需要注意的是,梁宗岱是对法国象征

---

① 茅盾:《夜读偶记》,百花文艺出版社 1958 年版,第 35 页。
② 纪弦:《现代派信条释义》,见张汉良、萧萧编《现代诗导读》,(台北)故乡出版社 1982 年版,第 387 页。
③ 覃子豪:《论现代诗》,(台中)曾文出版社 1972 年版,第 7 页。

主义进行抽象化，让它融入中国意境理论；覃子豪则不然，他是将中国的意境理论抽象化，然后让它融入法国象征主义。虽然覃子豪也将象征主义进行了普遍化的处理，但是法国象征主义诗歌仍然是他的象征诗的模板。也就是说，梁宗岱的象征主义中国化，是一种真正向传统美学的回归；而覃子豪的中国化，则是象征与意境的抽象和重新组合。因为这种抽象和重新组合，去除了法国象征主义的颓废、迷醉的元素，所以在更普遍的美学层面上允许东西方的融合。覃子豪说："中国诗中的比兴和西洋文艺中的象征，虽名称不同，其本质则一。而广义的象征与狭义的象征则各有其不同特征。前者是任何诗派共有的本质，而后者是强调刺激官能的艺术，两者不能混为一谈。断不能因法国象征派的朦胧、暧昧、难以理解，便否定象征在文艺上的根本价值。"① 这里对"广义的象征"的强调，就是想寻找中国诗学与象征主义在更高层面上的相似性，同时也有实践的目的，它可以给中国象征主义诗歌带来合法性。

台湾地区的现代诗刊物也有一些零星的译作发表，相对于这些工作，程抱一的《和亚丁谈法国诗》更为重要。该书1970年出版，除了《自序》，还收有论法国诗的五封长信，其中四封信论的是波德莱尔、兰波、阿波里奈尔和瓦莱里。尽管程抱一的长信主要关注于作家、作品，对象征主义思潮关注不多，但是他对马拉美的语言革命和兰波的通灵人诗学的论述，富有心得，很见功力。这本书收有不少译诗，比如波德莱尔部分有译诗七首，兰波部分有译诗十首。《和亚丁谈法国诗》实际上也是一部重要的诗选。

第四节 象征主义传播的复兴

程抱一的《和亚丁谈法国诗》也促进了对象征主义译介的复兴。

---

① 覃子豪：《论现代诗》，（台中）曾文出版社1972年版，第217—218页。

徐迟1979年在巴黎与程抱一会晤，随后将《和亚丁谈法国诗》分成独立的篇目，稍加改写，自1980年开始连载。这些文章，与袁可嘉等人1980年编选的《外国现代派作品选》一起，像早春的迎春花，预示着象征主义传播的复兴。

总体来看，新时期作为法国象征主义译介和研究的复兴期，其成就主要表现在以下几点。

第一，原有的比较丰富的译介和研究得到了新的推进。新时期之前，对波德莱尔的译介和译论最为丰富，他的散文诗集和《恶之花》都有全译本问世，但是译本的质量还不能令人满意。1986年钱春绮出版了全译本《恶之花》，准确的译文，加上附录的《波德莱尔年谱》和《译后记》，让波德莱尔的生平和创作更加全面地展现出来。后来钱春绮的《恶之花》还和《巴黎的忧郁》合成一书出版。新时期郭宏安的译著让波德莱尔的译介上了一个新的台阶。他1987年推出《波德莱尔美学论文选》，后来又译有《美学珍玩》《浪漫派的艺术》《人造天堂》等。正是郭宏安的努力，有关波德莱尔的译介作品成为法国象征主义诗学译介中最成熟的。

第二，对欠缺的译介和研究有了开拓。在新时期之前，除了波德莱尔外，其他的象征主义诗人虽然也有人关注，但是，一来关注的译者比较少；二来即使有些翻译，也多为零星的译作，没有出现诗作和诗学的全译本。新时期在这一类象征主义作品的译介上，有了一定的进步。首先来看魏尔伦的译介。魏尔伦的诗集众多，全译本不太容易，但是他的诗选已经出现了多部。比如罗洛1987年的《魏尔仑诗选》，丁天缺1998年的《魏尔伦诗选》。兰波的译介情况要好于魏尔伦。《兰波诗歌全集》由葛雷、梁栋翻译并于1997年出版，王以培在2001年也出版过《兰波作品全集》。后者不但收有兰波的诗全集，而且还收有书信和日记体小说，可以说为兰波的阅读和研究打下了扎实的基础。《马拉美诗全集》1997年也由葛雷、梁栋译出。

象征主义诗学的翻译在此期间交出了比较漂亮的答卷。1989

年，多人编译的《象征主义·意象派》问世，该书收录了法国象征主义者的代表诗论，有一些是首次翻译，在象征主义诗学的译介上有重要的贡献。相比之下，马拉美、魏尔伦的诗论还留下巨大空白。瓦莱里倒是有一部《文艺杂谈》，由段映虹 2002 年翻译。除此以外，查德威克的小册子《象征主义》同时由周发祥和肖聿译出，于 1989 年出版。李国辉译的《法国自由诗初期理论选》刊登在 2012 年的《世界文学》上，选译了格里凡、雷泰和卡恩的自由诗理论。

在象征主义流派的研究上，新时期也迈开了大步。1993 年，袁可嘉出版了他的《欧美现代派文学概论》。该书重在作品的赏析，对于诗学的发展、演变关注不多。1996 年，郑克鲁出版的《法国诗歌史》，辟出专章比较细致地研究了象征主义的重要诗人。比如，在波德莱尔的通感和象征手法上，在兰波的通灵人诗学和语言炼金术上，郑克鲁的论述都堪称精当。郑克鲁代表着新时期法国象征主义的最高研究水准。不过，郑克鲁的研究也还留有一些缺憾。虽然在波德莱尔和兰波的研究上比较成功，但他的魏尔伦研究就有些粗疏，马拉美的研究也还欠缺力道。2003 年，郑克鲁的《法国文学史》付梓。该书第六章做到了材料准确、理论可靠，由于采用教科书式的话题方式，这部文学史缺乏学术著作的问题意识和论述上的统一性，更多地具有文学辞典的特征。最近十年，在法国象征主义研究上最值得注意的是李建英教授。自 2013 年以来，她已有多篇讨论兰波的通灵人、兰波在中国的接受、兰波与博纳富瓦的文章发表。这些文章的理论深度和材料挖掘，超越了之前国内相关的著述。

第三，对未有的译介和研究有了尝试。新时期之前，虽然有不少象征主义研究的文学史和论文，但是这些论著主要关注的是重要的象征主义诗人，象征主义思潮的研究还没有人尝试。这也是有原因的。进行象征主义思潮的研究，对学者在掌握资料、理论素养、知识广度上都有更高的要求。新时期第一本基本做象征主义思潮研究的，是 1994 年出版的《文学接受与文化过滤：中国对法国象征主义诗歌的接受》，作者金丝燕在第一章"法国象征主义诗歌发展线索"中，将1881年至1886年间的法国象征主义思潮展现得非常清晰。从第二章开始，金丝燕开始对《新青年》《小说月报》的译介情况进行统计和分析，研究结果富有说服力。随后几章对中国象征主义诗作的研究，也很见功底。如果说金丝燕的著作还有不足的话，这个不足在于书中有关法国象征主义的内容只写到了1886年，随后十年还有许多重要的诗学出现，比如自由诗的理念、马拉美的暗示说，这些思潮并没有在她的书中得到充分的探讨。另外，对于1885年和1886年这两个关键的年份，金丝燕的讨论也有简略之处。

法国象征主义对中国现代诗的影响研究，因为有了时间上的距离，在新时期也有了不错的成绩。最早值得注意的是孙玉石的《中国初期象征派诗歌研究》，虽然对法国象征主义论述不多，但是该书对李金发的象征主义诗风的研究，富有创见。之后，国内也有多位博士出版了类似的著作，比如吴晓东的《象征主义与中国现代文学》、陈太胜的《象征主义与中国现代诗学》、柴华的《中国现代象征主义诗学研究》。这些著作的共同点是长于对中国象征主义诗歌和诗学进行分析，短处是对法国象征主义不够熟悉，因而讨论诸如纯诗、感应（契合）这类概念的时候，往往有含糊不清甚至误读的情况。张大明的《中国象征主义百年史》既是一部法国象征主义在中国的译介史，同时也是一部翔实的资料汇编，有参考价值。

如果说在20世纪三四十年代，对法国象征主义的接受与改造要比译介和研究热闹的话，到了新时期，情况完全反过来了，研究和译介要远比接受和改造热闹。其中原因也不难理解，法国象征主义毕竟已过了一个世纪。新时期虽然文学流派众多，但是主要受法国象征主义影响的流派已不复存在。不过，这倒不是说象征主义已完全缺席。虽然它没有直接的影响力，但是能通过20世纪西方文学的其他思潮间接地给中国诗人影响。在当代诗坛，朦胧诗明显有法国象征主义的影子，金丝燕曾认为："中国70年代末的朦胧诗是这一美学趋向的伸延。"[①] 顾城是这一诗派有代表性的一位,他从西班牙诗人洛尔迦（F. G. Lorca）那里学习西方诗歌的现代性。他对朦胧诗的理解,就有象征主义的元素。

第五节 象征主义传播的未来展望

百年以来中国对法国象征主义传播,总体上呈现两头热、中间冷的态势,第一次传播热发生在五四时期,第二次传播热发生在新时期。这两次热度背后的原因是不同的。五四时期的传播热在本质上是晚清"放眼世界"的延续和强化,是为了了解西方文学新潮以及指导创作（创作实际上是另一种了解西方文学新潮的方式）。这源于一种迫切的情感,因而造成了热情而又粗疏的整体水准。新时期的传播是纯粹文学和学术上的。时过境迁,新的翻译家和学者们没有了对法国象征主义的崇拜,他们的研究更多的是出于个人研习的兴趣,这就带来了新时期译介和研究的稳重、严谨。这两个阶段是法国象征主义传播的滞缓和调整期。从文学上看,这种滞缓和调整受到了现实主义和民族风格的影响,从历史背景来看,它响应了民族主义革命和中华人民共和国成立初期对文艺功能的新要求。这种外部的要求,有时虽然对法国象征主义的传播带来巨大的阻力,但同时也要看到它给象征主义的中国化提供了契机。因而中间两个阶段的象征主义传播与政治环境并非完全对立的,它们也有合作的关系。

从成绩上看,在这一百年中,有两个年代出现了法国象征主义传播的高峰。第一次高峰是20世纪30年代,以梁宗岱、徐仲年的论著和戴望舒的诗为代表。这次小高峰的成就是对重要的象征主义

[①] 金丝燕:《文学接受与文化过滤:中国对法国象征主义诗歌的接受》,中国人民大学出版社1994年版,第341页。

诗人的深入理解，以及中国象征主义诗歌成为国际象征主义运动的组成部分。第二次高峰，是一次大的高峰，发生在20世纪90年代，其代表是金丝燕、郑克鲁等人论著的出版，以及几位重要的象征主义诗人诗全集的问世。这次高峰的成绩是提供了可靠而比较丰富的中文的象征主义参考资料。在第二次高峰后，法国象征主义及其在中国的传播，成为学术研究的热点。

虽然百年来法国象征主义的译介和研究有着不俗的成绩，纵向上明显有很大的进步，但是在横向上比较，中国的象征主义研究还不容乐观。因为它不仅落后于美国，与同样受到法国象征主义巨大影响的日本相比，也有一些劣势，需要奋起直追。拿兰波研究来看，国内目前还未有兰波的专著问世，但早在1958年，平川启之就出版了他的《从兰波到萨特：法国象征主义的问题》一书。就马拉美来说，国内只有马拉美的诗集和少量书信译出，参考资料仍旧匮乏。日本自1989年到2001年为止，已经译出五卷本的《马拉美全集》，而且黑木朋兴在2013年还出版了专著《马拉美与音乐：从绝对音乐到象征主义》。该书深入、细致，堪称精品。客观而言，国内现有的象征主义研究著作很难达到黑木朋兴的水准。有鉴于此，理应期待未来有更好的象征主义作家、作品的研究能够在国内出现，也期待将来的研究能在材料、方法、视野上有更大的突破。

除了旧有的研究领域，也应期待未来的研究有新的开拓。这可以分两方面来谈。第一，就影响研究来看，目前的研究多是法国象征主义对中国象征主义的影响研究，中国诗歌与法国象征主义的渊源、中国象征主义在国外的传播与研究还无人问津。国外的文学史和研究中已经开始认可中国象征主义诗歌，但是目前学界对中国象征主义诗歌传播的情况还知之甚少。对此多加关注，能极大地拓展象征主义研究的格局。第二，思潮研究有进一步拓展的空间。作家作品的研究是点的研究，思潮研究是面的研究。目前国内的研究成果，除了金丝燕的研究有一定的思潮研究的特征外，其他基本上属于作家作品研究。作家作品研究又基本面向五位象征主义诗人。虽然这五位诗人的研究有助于从大体上了解法国象征主义，但是它遮蔽了法国象征主义思潮的复杂性和真实的演变过程。另外，法国象征主义并不是一种纯粹的诗学思潮，它与19世纪末期的自我主义、虚无主义、无政府主义、社会主义等思想有密切的关系，与叔本华、瓦格纳的美学多有渊源。国内的译介和研究虽然也有注意到这种综合研究，但是专门的、系统的思潮研究仍旧有待来日。

第十九章

本质主义诗学的瓦解与现代文学本体论的重构[1]

1864年,在给好友安托尼·瓦拉布雷格的信中,左拉曾就艺术再现的真实性问题发表看法,提出了其独到的"屏幕说"。左拉认为,在现实与作品之间,站着的是一个个秉有独特个性并认同某种艺术理念或艺术方法的作家。现实经过作家的独特个性或气质这道"屏幕"的过滤后按特定的艺术规则以"影像"的方式进入文本,他强调说——"这些屏幕全都给我们传递虚假的影像"[2];因而,所谓"再现"便永远只能是一个谎言。

写下表述"屏幕说"的这封长信时,左拉刚刚步入文坛。"屏幕说"作为其一生文学思想的起点,与其后来作为自然主义理论家所提出的"真实感""个性表现"等重大理论主张息息相通。迄今为止,左拉的这封信并没有得到国内外学界的重视,信中所提出的文学"屏幕说"当然也就一直沉睡在历史文献中始终没有得到应有的阐发与评价。本章将结合左拉及其他自然主义作家的理论文献对"屏幕说"进行解读,旨在说明:作为对摹仿现实主义之"镜"的

---

[1] 本章与曾繁亭教授合作。
[2] [法]左拉:《给安托尼·瓦拉布雷格的信》,见朱雯等编选《文学中的自然主义》,上海文艺出版社1992年版,第269页。

扬弃与浪漫主义之"灯"的矫正,"屏幕说"所开启的文学"显现论",不唯达成了对"再现说"与"表现说"所代表的本质主义诗学的颠覆,而且完成了西方现代文学本体论的重构。

第一节 "屏"对"镜"的扬弃

根据艺术规则的不同,左拉将文学史上的屏幕区分为"古典主义""浪漫主义"和"现实主义"三个"大类",并对他们各自"成像"的机制及它们之间的"影像"差别做了分析。结论是:所有屏幕所呈现的"影像"对事物的本相都存在扭曲,只是程度或方式略有不同。他特别指出,尽管"现实主义屏幕否认它自身的存在","自诩在作品中还原出真实的光彩奕奕的美",但"不管它说什么,屏幕存在着","一小粒尘埃就会搅乱它的明净"[①];他最后总结说:"无论如何,各个流派都有优缺点。""无疑,允许喜欢这一屏幕而不是那一屏幕,但这是一个个人兴趣和气质的问题。我想说的是,在艺术上绝对不能证明有必要的理由去抬高古典屏幕压倒浪漫主义和现实主义的屏幕;反之亦然。"[②] 至于个人趣味,左拉声称:"我不会完全只单独接受其中一种;如果一定要说,那我的全部好感是在现实主义屏幕方面。"但他紧接着又强调说:"不过,我重复一遍,我不能接受它想显现于我的样子;我拒绝承认它给我们提供真实的影像;我断言,它本身应当具有扭曲影像,并因此把这些影像变成艺术作品的特性。"[③]

"在一部艺术作品中,准确的真实是不可能达到的。……存在的

---

① [法]左拉:《给安托尼·瓦拉布雷格的信》,见朱雯等编选《文学中的自然主义》,上海文艺出版社1992年版,第270页。
② 同上书,第269页。
③ 同上书,第271页。

东西都有扭曲。"① 左拉不仅否认文学能够达成对"客观真实"与"本质真实"或"先验真实"的再现,而且直称对世界的"扭曲"或"歪曲"乃是所有艺术作品的特性。他甚至断言:"真实"只存在于"语言"这条将人与世界连通起来的"绳索"之上,"在这个世界上,没有比一个写得好的句子更为真实的了"②。"所有过分细致而矫揉造作的笔调,所有形式的精华,都比不上一个位置准确的词。"③ 而法国另一位重要的自然主义作家莫泊桑则说得更加清楚:"写真实就是要根据事物的普遍逻辑给人关于'真实'的完整的意象,而不是把层出不穷的混杂事实拘泥地照写下来。"④ 龚古尔兄弟也异口同声地说:"小说应力求达到的理想是:通过艺术给人造成一种最真实的人世真相之感。"⑤ 在自然主义作家的如上表述中,"真实"或者只存在于"语词"或"意象"之中,或者只存在于一种"人为的"或"人造的"("艺术给人造成的")"感觉"之中,因此:

> 既然在我们每个人的思想和器官里面都有着我们自己的真实,那再去相信什么绝对的真实,是多么幼稚的事情啊!我们的眼睛、我们的耳朵、我们的鼻子和我们的趣味各个不同,这意味着世界上有多少人就有多少真实。……我们每个人所得到的不过是对世界的一种幻觉,这种幻觉到底是有诗意的、有情

---

① 〔法〕左拉:《给安托尼·瓦拉布雷格的信》,见朱雯等编选《文学中的自然主义》,上海文艺出版社1992年版,第265页。
② 〔法〕左拉:《致居斯塔夫·福楼拜》,《左拉文学书简》,吴岳添译,安徽文艺出版社1995年版,第113页。
③ 〔法〕左拉:《论小说》,见朱雯等编选《文学中的自然主义》,上海文艺出版社1992年版,第252页。
④ 〔法〕莫泊桑:《〈皮埃尔与若望〉序》,见柳鸣九选编《法国自然主义作品选》,天津人民出版社1987年版,第800页。
⑤ 〔法〕龚古尔兄弟:《日记》,见朱雯等编选《文学中的自然主义》,上海文艺出版社1992年版,第316页。

感的、愉快的、忧郁的、肮脏的还是凄惨的，则随着个人的天性而有所不同。作家除了以他所学到并能运用的全部艺术手法真实地描摹这个幻觉之外，别无其他使命。①

为自然主义提供了理论基础的实证主义美学家泰纳认为，艺术家"要以他特有的方法认识现实。一个真正的创作者感到必须照他理解的那样去描绘事物"②。由此，他反对那种直接照搬生活的、摄影式的"再现"，反对将艺术与对生活的"反映"相提并论。他认为刻板的"模仿"绝不是艺术的目的；因为浇筑虽可制作出精确的形体，但永远不是雕塑；无论如何惊心动魄的刑事案件的庭审记录都不可能是真正的戏剧。泰纳的这一论断后来在左拉那里形成了一个公式：艺术乃是通过艺术家的气质显现出来的现实。"对当今的自然主义者而言，一部作品永远只是透过某种气质所表现出的自然的一角。"③

"愉悦与教化的结合不仅在古典主义的所有诗学，特别是贺拉斯以后变得司空见惯，而且成为艺术的自我理解的一个基本主题。"④在贺拉斯所谓"寓教于乐"的艺术原则中，"乐"所代表的艺术的审美功能是手段，而"教"所体现的艺术的教化功能则是目的。所谓"教化"就是通过文本向读者实施某种政治的或道德的或宗教的社会意识形态观念的渗透。因而在根本上说，往往体现着所谓"本质真实"的"观念"才是传统文本的灵魂。经过宗教—伦理观念或启蒙政治理性一番"阐释"之后，历史主义的线性历史观将生存现实乔装打

---

① [法] 莫泊桑：《论小说》，《漂亮朋友》，王振孙译，上海译文出版社1993年版，第405—406页。
② [俄] 诺维科夫：《泰纳的"植物学美学"》，见朱雯等编选《文学中的自然主义》，上海文艺出版社1992年版，第68页。
③ Emile Zola, "Naturalism in the Theatre", in George J. Becker (ed.), *Documents of Modern Literary Realism*, Princeton, New Jersey: Princeton University Press, 1963, p.198.
④ [德] 彼得·比格尔：《先锋派理论》，高建平译，商务印书馆2002年版，第111页。

扮，规定为某种历史在通往终极目标过程中的一个特定历史阶段的意识形态图景；本质主义使处在历史活动中的人和活生生的人的生存被装进了某种观念系统的模型。人，在很大程度上脱开了其"自然存在"的属性；"自在性"既已沦陷，"自为性"也就势必成为"观念"自身的虚妄。即随着现实成为历史剧剧本，作为现实的"生活主体"亦是"历史主体"的个人也就只能成为该剧本中的一个远离自我本性的"角色"。大致来说，传统作家的叙事均是从"类主体"／"复数主体"之意识形态观念出发展开的；尽管文句流利光滑，但由于缺少了真切的个体生命体验，失却了应有的生命质感与情感气韵，这种叙事注定是一种虚假的宏大叙事、一种缺乏个性表现的叙事、一种凌空蹈虚煞有介事的叙事。

难以容忍观念主导下的宏大历史叙事对"存在者"那繁复幽深的情感、扑朔迷离的体验之简单概括，不能接受其对"世界"那丰饶细密、缤纷多彩的无数现象细节的忽略和遗漏，19世纪后半期的西方作家对此种"观念统摄型"叙事传统越来越表现出深刻的怀疑与鄙夷。对越来越多的现代作家来说，所谓客观世界的本来面目并不重要，重要的是作者对世界的主观体验或感应："诗人把人类体验转化成为诗歌，并不是首先净化体验，去掉理智因素而保留情感因素，然后再表现这一剩余部分；而是把思维本身融合在情感之中，即以某种方式进行思维。"① 针对"观念统摄型"叙事的强大传统，左拉等自然主义作家首先表现出了强烈的反叛姿态——

> 必须以现实来代替抽象，以严峻的分析打破经验主义的公式。只有这样，作品中才会有合乎日常生活逻辑的真实人物和相对事物，而不尽是抽象人物和绝对事物这样一些人为编制的谎言。一切都应该从头重新开始，必须从人存在的本源去认识

---

① ［英］科林伍德：《艺术原理》，王至元译，中国社会科学出版社1985年版，第301页。

人，而不要只是戴着理念主义的有色眼镜一味地在那里炮制范式，妄下结论。从今往后，作家只需从把握基础构成入手，提供尽可能多的人性材料，并按照生活本身的逻辑而非观念的逻辑来展现它们。①

自然主义小说不过是对自然、种种的存在和事物的探讨。因此它不再把它的精巧设计指向着一个寓言，这种寓言是依据某些规则而被发明和发展的。……自然主义小说不插手于对现实的增、删，也不服从一个先入观念的需要。②

在《戏剧中的自然主义》一文中，左拉还拿小仲马的《私生子》为例，指斥传统文学是"辩词"和"布道书"，是"冰冷、干巴、经不起推敲缺乏生命力的东西"，"里面没有任何新鲜空气可以呼吸"。左拉讥讽完全被"观念"武装起来的文学家非驴非马："哲学家扼杀了观察家，而戏剧家又损伤了哲学家。"③ 在他们笔下，"善与美的情感的理想典型，总是用同一个模子浇铸出来，真实成了脱离了一切真实观察的闭门造车"④。左拉认为，要阻断形而上学观念对世界的遮蔽，首先便要"悬置"所有既定观念体系再转过头来纵身跃进自然的怀抱——"把人重新放回到自然中去"⑤，"如实地感受自然，如实地表现自然"⑥。由对自然的此种"感受"出发，自然主义作家普遍强调"体验"的直接性与强烈性，主张经由"体验"这个载体让生活本身"进入"文本，而不是接受观念的统摄以文本"再现"生活。"体验"在自然主义叙事中迅速取代了传统叙事中居

---

① Emile Zola, "Naturalism in the Theatre", in George J. Becker (ed.), *Documents of Modern Literary Realism*, Princeton, New Jersey: Princeton University Press, 1963, p. 201.

② Ibid., p. 207.

③ Ibid., p. 216.

④ Ibid., p. 217.

⑤ Ibid., p. 225.

⑥ [法] 左拉：《论小说》，见柳鸣九选编《法国自然主义作品选》，天津人民出版社1987年版，第778页。

于中心地位的"观念",成为主导叙事的新的核心元素。

左拉反复强调,只有以真切的个人"体验"为基础而不是一切从"观念"出发,作家在叙事中才能有效克服观念的虚妄与武断,文本中才会不再流淌着"师爷"那"政治正确"而又苍白干瘪的教诲与训诫。从个体真切的生命体验入手,用基于"体验"的"意象弥漫"取代基于"观念"的"主题演绎",用基于"体验"的"合理虚构"取代基于"观念"的"说理杜撰","想象不再是投向狂乱怪想的荒诞创作,而是对被瞥见的真实的追述"①,"作品只不过是对人和自然的强有力的追叙"②;而造成这种"强有力的追叙"的动力,则"全都源于他们的体验和观察"③,"分析以感觉为先导,感知来自观察,描绘始于感动"④。如此,打开作品,人们才会感到它也有着自己悸动的脉搏、触摸可感的体温与有节奏的呼吸,文本中所描写的一切才会变得鲜活起来,有着自己的色彩、气味和声音——"这是真实的世界",因为一切都是"被一位具有卓绝而又强烈的独创性的作家体验过的"⑤。"这不再是关于一个特定主题而写出的一些完美的句子;而是对着一幅图景心里兴起的感受。作品中有了人,他融合在事物之中,以他热情之灵敏的振动使这些事物也活起来了。"⑥"在这样一种亲密结合中,场景与人物的现实性与小说家的个性在一种混沌状态中不再明晰可分。哪些是绝对真实的

---

① [法]左拉:《论小说》,见朱雯等编选《文学中的自然主义》,上海文艺出版社1992年版,第236页。

② 同上书,第227页。

③ [德]埃利希·奥尔巴赫:《摹仿论:西方文学中所描绘的现实》,吴麟绶等译,百花文艺出版社2002年版,第557页。

④ [法]左拉:《论小说》,见朱雯等编选《文学中的自然主义》,上海文艺出版社1992年版,第240页。

⑤ [法]左拉:《论小说》,见柳鸣九选编《法国自然主义作品选》,天津人民出版社1987年版,第784—785页。

⑥ [法]左拉:《论小说》,见柳鸣九选编《法国自然主义作品选》,天津人民出版社1992年版,第790页。

细节？哪些是虚构的细节？这是很难说的。不过，可以肯定的是，现实是唯一的出发点，是推动小说家展开叙事行动之潜在的动力源头；小说家遵循着现实，向这个方向展开场景与人物，同时赋予这场景与人物以特殊的生命气韵……"①"体验"将作家个人推到了前台，由此，"类主体"之虚假的"观念统摄型"宏大叙事开始解体，反传统的、新的"体验主导型"叙事范式在自然主义作家这里得以确立。

针对传统叙事基于"本质真实"的观念化倾向，自然主义作家强调文学要回归自然、回归生活，"我们以绝对真实自诩，就是旨在让作品充满强烈的生活气息"②。"只有当人们描绘生活图景的时候，真实感才是绝对必要的。"③ 通过对"生活体验"的强调，自然主义将文学的立足点拉回到现实生活的大地，从而廓清了文学为宏大观念所统摄和为虚假情感泡沫所充斥的现状："我希望把人重新放回到自然中去，放到他所固有的环境中去，使分析一直延伸到决定他的一切生理和社会原因中去，从而避免它的抽象化。"④ 显然，在对生活（非纯粹观念或绝对自我的生活）作为文学唯一源头的执着认同中，自然主义文学本来就孕育在"摹仿说"或"再现说"娘胎里的事实一目了然。同时，经由对"真实感"的强调，自然主义使"真实"这样一个在西方文学传统——尤其是现实主义文学传统——中构成"常数概念"的术语，被注入了新鲜的生命汁液，获得了崭新的精神质地，重新焕发出勃勃的生机。由此，继浪漫主义激情洋溢的反叛之后，自然主义对亚里士多德以降长期主导

---

① ［法］左拉：《论小说》，见朱雯等编选《文学中的自然主义》，上海文艺出版社1992年版，第212页。

② 同上书，第234页。

③ ［法］左拉：《论小说》，见柳鸣九选编《法国自然主义作品选》，天津人民出版社1987年版，第780页。

④ Emile Zola, "Naturalism in the Theatre", in George J. Becker (ed.), *Documents of Modern Literary Realism*, Princeton, New Jersey: Princeton University Press, 1963, p. 225.

西方文学的"摹仿说"理念与"再现式"叙事从内部再次成功实施了革命性改造。

第二节 "屏"对"灯"的矫正

在左拉看来,"当今,小说家的最高的品格就是真实感"①。"什么也不能代替真实感,不论是精工修饰的文体、遒劲的笔触,还是最值得称道的尝试。你要去描绘生活,首先就请如实地认识它,然后再传达出它的准确印象。"② "真实感就是如实地感受自然,如实地表现自然。"③ 如果说"如实地感受自然"乃"体验主导型"叙事得以确立的前提,那么"非个人化"便是"如实地表现自然"的保证。

为了避免作品流于浪漫派那种虚妄的观念与虚幻的描写,左拉提出了"非个人化"的叙事策略:"自然主义小说的特点之一就是它的非个人化。我的意思是说,小说家只是一名记录员,他必须严禁自己做评判、下结论。……所以他本人就消失了,他把他的情绪留给自己,他仅仅陈述他所见到的东西。接受现实而不是逃避现实是一切的前提;作为一个人,他当然可以在这事实面前颤抖、欢笑,也可以从中得出随便怎样的一个教训;但作为一个作家,他唯一的工作是把真实的材料放在读者的眼前。"④ 而意大利自然主义的领袖人物路易吉·卡普安纳也断言:"一个小说家的职责就是忘记自己,磨掉自己的个性。"左拉等自然主义作家倡导的"非个人化",不仅

---

① [法]左拉:《论小说》,见柳鸣九选编《法国自然主义作品选》,天津人民出版社1987年版,第778页。
② 同上书,第780页。
③ 同上书,第778页。
④ Emile Zola, "Naturalism in the Theatre", in George J. Becker (ed.), *Documents of Modern Literary Realism*, Princeton, New Jersey: Princeton University Press, 1963, p. 208.

反对作家在作品中通过直接的议论或通过情节的编造对读者进行说教,而且还反对作家在文本中用自己过于直露的感情倾向去影响读者。为此,他们坚持作家在叙事时应该像科学家在进行实验分析时那样保持客观冷静的态度,秉持超然中立的立场——即使书写最悲惨的事件或最可歌可泣的壮举时,作家也应该始终如一地无动于衷。

自然主义作家强调"非个人化",并非要否定人的"个性"之于艺术创作的重要作用。在将"真实感"高标为自然主义文学的最高准则的同时,他们还将"个性表现"界定为文学的第二准则。左拉反复强调:"艺术只是一种人格、一种个性的体现。"①"观察并不等于一切,还得要表现。因此,除了真实感以外,还要有作家的个性。一个伟大的小说家应该既有真实感,又有个性表现。"②"一个作品有两种因素:现实因素即自然,个性因素即人……现实因素即自然是固定的、始终如一的……而个性因素即人则是变化无穷的,有多少作品,也就呈现出多少不同的精神面貌。"③"在今天,一个伟大的小说家就是一个有真实感的人,他能独创地表现自然,并以自己的生命使这自然具有生气。"④

既要"非个人化",更要"个性表现",尤其还要"真实感",看上去左拉的论述似乎非常矛盾。但事实上,"非个人化"与"个性表现"两者在"真实感"中得到了很好的统一。作为"真实感"的内在规定和必然要求,"个性表现"意味着有多少人就有多少"个性",也就有多少"真实感";就此而言,"个性"甚至堪称"真实感"的前提。但这并不意味着"个性"可

---

① [法]左拉:《论小说》,见朱雯等编选《文学中的自然主义》,上海文艺出版社1992年版,第211—212页。
② 同上书,第210页。
③ [法]左拉:《论小说》,见柳鸣九选编《法国自然主义作品选》,天津人民出版社1987年版,第784页。
④ 同上书,第787页。

以睥睨一切肆意放纵，它必须接受"现实因素即自然"这个"大地"的牵引，否则便会堕落为浪漫派的那种极端主观主义的"虚妄"。而"个性"恭谨地朝向"自然"这个"大地"，这就是"非个人化"的实质。因此，自然主义的"非个人化"并非要抹杀"个性"或"个性表现"，而是旨在矫正浪漫派那种将"个性"挥洒为"任性"的极端化的"个性表现"。杜威在《艺术即经验》一书中尖锐指出：浪漫主义"那种表现是在自身之中完成的情感的直接喷发的观念，从逻辑上导致个性化是表面而外在的结果"[①]。而自然主义作家正是要经由"非个人化"的努力对浪漫主义那种过度膨胀的个性表现进行矫正，并由此达成一种"深沉而内在"的"个性表现"。

在"体验主导型"叙事中，自然主义作家经由"非个人化"所达成的高度自律使其显得颇为低调。但这种叙事自律所带来的低调，并非要消解作家的自我，而只是要让在"观念"领域独舞了太久的"作家自我"回到现实世界；对人们习以为常的"大地"的感知，需要作家更多的敏感、更多的独到眼光，而这恰恰需要更多的自我意识与更多的个性，只不过这种自我意识和个性体现为文本叙事时应比以前（浪漫派）有更多的自知之明和更严格的自律罢了。也就是说，叙事自律使文本显现出"客观性"，并非要消解作家的"主观性"，而只是要让"作家主观性"重新与现实世界融合，这种融合不再是主观对客观的征服和统一，当然也非主观对客观的臣服与屈从，它要求"主观性"和"客观性"两种元素的同时在场，且要求"主观性"与"客观性"均须超出一般的强度——舍此，便不会有超越庸常、令人震惊的"本相"在融合中析出。就叙事的展开而言，若无"主观性"强度的提升所带来的强烈的"个性表现"，文本叙事便失去了动力之源；若无"客观性"强度的提升所带来的"非个人化"效应设定，文本叙事便会重新堕入"观念统摄型"叙

---

① ［美］杜威：《艺术即经验》，高建平译，商务印书馆2005年版，第72页。

事的老路。

　　事实上,在"实验小说"的创作过程中,自然主义作家明确反对作家感情倾向的流露,这也绝非否定情感之于文学创作的重要意义。"只是由于情感,事物才摆脱了抽象变成具体的和个别的事物。"① 完全撇开情感来谈论艺术,这当然是荒谬的,于是左拉断言"感情是实验方法的出发点"②,"文学艺术之所以永远不会衰老,乃是因为它是人性中永恒情感的体现"③。显然,左拉等自然主义作家所反对的绝非文学的情感本身,而只是错误的情感表现方式——浪漫派作家那种"几近神经错乱"的"激昂""狂放""浮夸"的情感倾泻,其实质在于强调情感的真挚。因为只有用情感的真挚取代情感的泛滥,文学才能有效克服观念的虚妄与武断。在这种文本中,情感非但没有变得纤细黯弱,反倒因为表达的含蓄与真诚愈发挚重深沉,由此,"观念书写"的墨水似乎已被纯粹生命体验的热情灼干,每个句子都是活泼的生命的跳跃,整个作品成了一种人性的呼声。虽极力强调作家在叙事时应持客观、中立、无动于衷的姿态,但自然主义由此达成的"体验主导型"文本,总会让读者为之激动——不管是否喜欢作品所描写的题材,他们对作品绝不会真的"无动于衷"。

　　艾布拉姆斯将浪漫派刻意"表现"的心灵称为夸张放大物象的聚光"灯",可谓形象地道出了浪漫主义极端主观主义的特质。如果说"体验主导"的追求为自然主义从内部改造摹仿现实主义开辟了通道,那么"非个人化"的主张则直接为自然主义对浪漫主义的矫正提供了可能。同时,自然主义作家所倡导的"个性表现"也继承了上一个时期浪漫主义革命所建立起来的文

---

①　Simon Weil, *Lectures on philisophy*, trans. Hugh Price, New York: Cambridge University Press, 1978, p. 59.

②　Emile Zola, "The Experimental Novel", in George J. Becker (ed.), *Documents of Modern Literary Realism*, Princeton, New Jersey: Princeton University Press, 1963, p. 183.

③　Ibid., p. 192.

学"个体性原则"与"表现性原理"。左拉所谓的"真实感"本来就建立在作家自我特有的"主体意识"之上;当然,这种"主体意识"并非浪漫派那种纯粹主观的主体情感意向,即既非绝对情感的意向,也非绝对意向的情感,而只是最终统一于"真实感"的、主体与世界融为一体的"真实"的情感意向。这样,在自然主义诗学中,浪漫主义"情感表现说"的那种绝对主观的"情感主体"一方面被吞没了半侧身子,另一方面却又被保留了半侧身子。

自然主义诗学的如上逻辑,内在地决定了激烈反对浪漫主义的自然主义作家会在某种程度上承认自身与其文学前辈的承续关系,尽管这种承认的话语往往会被他们反叛的喧嚣所遮蔽。左拉承认浪漫主义是一场让西方文学艺术恢复了"活力"与"自由"的伟大的文学革命,认为它作为"对古典文学的一次猛烈的反动",不但动摇了古典主义"僵死的陈旧规则",而且在文体、语言、手法等诸层面均"进行了成功的变革"[1]。更难能可贵的是,左拉在猛烈攻击浪漫主义"吹牛撒谎""矫情夸张""虚饰作假"这些毛病的同时,非但没有抹杀其推进文学进步的历史功绩,而且还非常客观地为其病症的历史合理性做了辩护。左拉认为"四平八稳的革命"从来都是罕见的,他以戏剧领域的变革为例指出:浪漫主义在打破一些法则的同时又确立了一些更为荒谬的法则,因而注定了其不可避免的危机,但必须注意浪漫主义的所有过失莫不与其矫枉过正的历史逻辑相关;作为文学革命,"革命的冲动使浪漫主义戏剧走向了古典主义戏剧的反面;它拿激情置换旧戏剧中的责任观念,以情节代替沉实的描写,用色彩充当心理分析,高扬中世纪而贬抑古希腊。但就是在这种剑走偏锋的极端行为中,

---

[1] Emile Zola, "Naturalism in the Theatre", in George J. Becker (ed.), *Documents of Modern Literary Realism*, Princeton, New Jersey: Princeton University Press, 1963, p. 202.

它才确保了自己的胜利"①。在左拉看来,浪漫主义只是西方现代文学的开端,"他们只是前锋,负责开山辟路",因为"激情的热狂"使他们"眼花缭乱",他们没有能力真正形成"任何明确、坚实的东西"。由此,左拉明确指出,浪漫主义的弊端内在地决定了它的危机,注定了它的短命;而自然主义则是经过浪漫主义这一"分娩的剧烈阵痛"之后,文学必定要走上的"康庄大道"。即在浪漫主义的冲击波之后,接过其接力棒的自然主义将最终完成对古典主义的胜利,"古典主义的公式将被自然主义的公式最终而稳固地取代"②。显然,在左拉那里,浪漫主义与自然主义的关系表现为两个方面:一方面,奋起纠正浪漫主义弊端的自然主义是对前者的反叛与拒绝;另一方面,在文学终结古典主义进入现代阶段的历史进程中,自然主义又是前者的接班人。

第三节 "显现":"体验"的直呈

对经验主义的古典哲学家来说,世界是给定的事实,而哲学甚至包括文学在内的整个文化系统的任务就是解释关于世界知识的本源,而最终他们将关于作为"对象"的世界的一切认识或知识的本源归于人的经验。就坚持主观与客观二元对立的思想立场而言,经验主义古典哲学家与认定理性乃一切认识或知识本源的大陆唯理主义古典哲学家并没有本质区别。

自然主义所开启的"体验主导型"叙事中的"体验",不同于传统经验主义者之"经验"。与一般意义上的"经验"相比,自然主义文学所看重的"体验"之特点可以概括为以下三点:第一,一

---

① Emile Zola, "Naturalism in the Theatre", in George J. Becker (ed.), *Documents of Modern Literary Realism*, Princeton, New Jersey: Princeton University Press, 1963, p. 211.
② Ibid., pp. 202–203.

体论。我外的世界并不是作为人的对立面的"对象",而只是人的"环境";世界并不是给定的事实,而只有人与世界的融合——人是世界的一个组成部分,世界反过来也是人的一个组成部分——才是给定的事实。在人与世界的融合中,人既作为世界的构成性元素被动地、适应性地"承受"(Undergo)来自我外的世界即所谓"环境"的刺激作用,也作为由世界/环境作为构成性元素之一的整体在主动的行动中给世界/环境以回应性的影响。这种相互的作用,使世界和人都永远处于动态的过程之中,即人的不断生成与世界的不断变化。这样,所谓的"体验",便只能是人在与世界融合的具体"境遇"或"情境"中所体会出来的生命感受,它既不是纯粹客观的:"完全来自客观方面的印象是没有的,事物之所以给我们留下印象,只有当它们和观察者的感受力发生接触并由此获得进入脑海和心灵大门的手段时方能产生"[1];也不是纯粹主观的:"实际上,一个情感总是朝向、来自或关于某种客观的、以事实或思想形式出现的事物。情感是有情境所暗示的,情境发展的不确定状态,以及其中自我为情感所感动是至关重要的。情景可以是压抑的、危险的、无法忍受的、胜利的。如果不是作为自我与客观状况相互渗透,一个人对自己所认同的群体所赢得的胜利的喜悦,或者对一个朋友的死亡的悲伤就是不可理解的。"[2] 对人而言,只有这种综合了"主观情感"与"客观印象"的"体验"才是第一性的:有了这种体验,才可能有对体验所展开的反思,才可能产生出一切关于所谓"自我"与"对象性世界"的意识、认知、理论及体系。"那些天真地发现自然主义只不过是摄影的人,这回也许会明白:我们以绝对真实自诩,就是旨在让作品充满强烈的生活气息。"[3] 第二,整一性。人的

---

[1] [西]桑塔亚那:《审美范畴的易变性》,见蒋孔阳、朱立元主编《西方美学通史 第6卷 二十世纪美学上》,上海文艺出版社1999年版,第82页。
[2] [美]杜威:《艺术即经验》,高建平译,商务印书馆2005年版,第72页。
[3] [法]左拉:《论小说》,见朱雯等编选《文学中的自然主义》,上海文艺出版社1992年版,第234页。

存在被裹挟于他与世界融合所构成的混乱的生活之流中,诸多生活片段所构成的生活印象纷至沓来,在形形色色零乱繁复的生活感受中,体验必定是那种深切、鲜明、富有整体感的感受,而不是那种不具有累积性、转瞬即逝、过眼烟云般的拉杂印象。体验的整一性,既来自那种具有累积性感受的积淀,更来自内在于生命的某种索求"意义"的"完形"冲动。整一性使体验获得某种不同于一般感觉印象的鲜明的"形式感"——虽然仍具有很大的模糊性而在本质上有别于"理式",同时赋予体验以某种不同于一般感觉印象的强烈的"意念"——从而使其具有丰富的生长动能性与巨大的反思价值。第三,个体性。体验作为特定生命个体的感受,其具体展开在性质上总是唯我独有、独一无二的。"在今天,一个伟大的小说家就是一个有真实感的人,他能独创地表现自然,并以自己的生命使这自然具有生气。"[①]"绝对真实——干巴巴的真实并不存在,所以没有人真的企图成为完美无缺的镜子。……对这个人来说好像是真理的东西,对另一个人来说则好像是谬误。企图写出真实——绝对的真实,只不过是一种不可实现的奢望,作家最多能够致力于准确地展现个人所见事物的本来面目,即致力于写出感受到的真实印象。"[②]

传统文学的立足点或在于理性观念或在于情感自我,而且两者有时候会构成合流——19世纪中叶巴尔扎克、狄更斯等人所代表的文学创作大致即属于这种情形。但这种"合流",因其并非内在的融合而只是外部的叠加,因其始终难以摆脱宏大理性观念的内在统摄,并没有避免情感逸出生命本体而流于空泛、矫饰、泛滥乃至虚假;而一旦失却与本真生命的血肉联系,那种统辖叙事的观念也就只能流于粗疏、外在、干瘪乃至虚妄。自然主义文学的基本文学背景大抵如此,其作为文学运动与文学革命的历史使命也就在于达成对这

[①] [法]左拉:《论小说》,见柳鸣九选编《法国自然主义作品选》,天津人民出版社1987年版,第787页。

[②] [法]莫泊桑:《爱弥尔·左拉》,见朱雯等编《文学中的自然主义》,上海文艺出版社1992年版,第367页。

种现状的改变。"体验主导型"叙事的主张与实践,既反对浪漫主义的极端"表现",又否认"再现"能达成绝对的真实,自然主义由此开拓出了一种崭新的"显现"文学观:"显"即现象直接的呈现,意在强调文学书写要基于现象的真实,要尊重现象的真实,不得轻易用武断的结论"强暴"现象的真实;"现"即作家个人气质、趣味、创造性、艺术才能的表现。

与前自然主义的"摹仿"或"再现"相较而言,自然主义之"显现"所投放出来的只是一种"真实感";此种"真实感"是在个体之人与世界的融合中达成的,并由此获得了它自身特有的一种"真实"品质——它并非纯粹客观的现实真实,即既非绝对真实的现实,也非绝对现实的真实,而只是感觉中的现实真实。由此,"摹仿论"或"再现说"的"本质真实"就被颠覆了一半,同时也保留了一半。同理,"显现"所投放出来的"真实感"也有着自己特有的"主体"意识——它并非纯粹主观的主体情感意向,即既非绝对情感的意向,也非绝对意向的情感,而只是与世界融为一体的"真实"的情感意向。这样,浪漫主义的"情感表现说"中那种绝对主观的"情感主体"就被吞没了半侧身子,又保留了半侧身子。当然,任何一种学说,被颠覆了一半也就意味着整个体系的根本坍塌。自然主义经由"真实感""体验主导""非个人化"等理论主张所建构起来的"显现",就这样颠覆了在西方文学史上源远流长的"再现"论与浪漫主义刚刚确立了不久的"表现"说。相对于"摹仿说"那种对"本质"的坚定信仰或浪漫主义那种对"超验主体"和世界一致性的断言,自然主义所强调的是对"本质"和"超验"的"悬置"及"怀疑";而针对"摹仿说"那种对"自我理性"的高度自信或浪漫主义时常宣称的那种"绝对自我"与世界的对立,自然主义所强调的则是面对世界的"谦卑"与"敬畏"。

不同于黑格尔之"理念的感性显现",自然主义之"显现"由"体验"而非"观念"主导,其最终达成的乃是一种笼罩着情感的意象呈现而非通透的理性的观念阐说。显现出来的意象,包孕着某种意念；这种意念含有成为观念的趋向，但绝非观念本身。即艺术作品中的观念因素，是经由意象来表达的，这正如德国美学家费希尔所分析的一样：观念像一块糖溶解在意象的水中，在水的每一个分子里它都存在着、活动着，可是作为一整块糖，却再也找不到了。"在感受的表达完成之前，艺术家并不知道需要表现的经验究竟是什么。艺术家想要说的东西，预先没有作为目的呈现在他眼前并想好相应的手段，只有当他头脑里诗篇已经成形，或者他手里的泥土已经成形，那时他才明白了自己要求表现的感受。"[1] "诗人把人类体验转化成为诗歌，并不是首先净化体验，去掉理智因素而保留情感因素，然后再表现这一剩余部分；而是把思维本身融合在情感之中，即以某种方式进行思维。"[2] 没有情感，也许会有工艺，但不会有艺术；仅有情感——不管这种情感多么强烈，其结果也只能在直接传达中构成宣泄或说教，同样不会有艺术。"当说起某人要表现情感时，所说的话无非是这个意思：首先，他意识到有某种情感，但没有意识到这种情感是什么；他所意识到的一切是一种烦躁不安或兴奋激动……他通过做某种事情把自己从这种无依无靠的受压抑的处境中解放出来，这种事情我们称之为表现自己。这是一种和我们叫作语言的东西有某种关系的活动：他通过说话表现自己。这种事情和意识也有某种关系：对于表现出来的情感，感受它的人对于它的性质不再是无意识的了。这种事情和他感受这种情感的方式也有某种关系：未加表现时，他感受的方式我们曾称之为是无依靠的和受压抑的方式；既加表现之后，这种抑郁的感觉从他感受的方式中消失了，他的精神不知是什么原因就感到轻松自如了。"[3] 科林伍德这里所说的"表现"，既不同于"再现"对某种既定本质理念或观念的"阐说性"表达，也不同于浪漫派那种清晰的对观念性情感的

---

[1] ［英］科林伍德：《艺术原理》，王至元译，中国社会科学出版社 1985 年版，第 29 页。

[2] 同上书，第 301 页。

[3] 同上书，第 112—113 页。

"传达性""表现",它只是"感觉"或"直觉"的直呈以及在这种直呈中意义的自我"显现"。

在作家—作品—世界—读者的四维文学构成中,"再现说"和"表现说"是对"作家"或"世界"占绝对主导地位的那种古典文学形态各执一端所做的理论表述;而"显现说"的出现,则表征着在西方文学中此前一直被忽视的另外两种文学构成元素地位的提升。首先,自然主义作家对各种唯理主义形而上学及社会意识形态的拒斥,对观念叙事的否定及其"非个人化"的主张,这一切都内在地蕴含着他们对文本及构成文本的语词之独立性的重视。让所描述的对象自己说话,让其意义在自身的直呈中在读者面前显现,这是自然主义文学在叙事艺术上的基本追求,这其中就包含着对"文本"/"作品"维度的强调。其次,自然主义作家反对"娱悦"大众,更反对通过作品实施对读者的"教化",而强调"震惊",强调不提供任何结论而高度重视由"震惊"所开启的读者的"反思",在审美范式上直接开启了从传统文学文本那种在"教化"中"训话"向现代主义文学文本那种在"对话"中"反思"的现代转型。显然,在自然主义文学这里,作者与读者关系的重构已经开始,文学活动四维结构中的"读者"一维第一次受到真正的重视。质言之,自然主义"显现说"所导出的文本自足观念及对读者接受维度的重视,是西方现代文学形态形成的基本标志。在 20 世纪西方文坛上,"接受美学""阐释学美学""语言学美学""结构主义美学""解构主义美学"等各种现代诗学理论纷纷出笼。至少在叙事文学领域,这一切理论的发端无疑是在通常被人们看成现代主义文学对立面的自然主义文学思潮的观念创新与创作实践之中。

在达尔文进化论发表所标志着的 19 世纪中叶以降的现代西方文化语境中,正是因为正统文化失去了它惯有的整体性和力量,作家才被迫去尝试以唯一堪用的武器——语言——去重新整合这个在风雨飘摇中的文化。具备整合功能的观念/信念系统已经失灵,对作家而言,代之而起的也就只有语词及其所构成的文本来承担对世界和文化进行整合的使命。文本呈现为一个五彩缤纷的、好像是混沌初开的世界，里面充斥着的一切似乎都是难以确定的，而唯一可以信赖的只是语词。"显现在词语和意象之间的张力中达成，语词在变形的描述中所涉及的中心性事物本身不再重要。"① 文学可以描绘现实，但这种描绘不可能也不应该像镜子一样完全准确，这一观念越来越成为现代作家和文学理论家们的共识。俄国形式主义坚决反对"反映论"的文学观，什克洛夫斯基认为："艺术是一种体验事物之创造方式，而被创造物在艺术中已无足轻重。"② 鲍桑葵（又译为"鲍山葵"）则指出："凡是不能呈现为表象的东西，对审美态度说来就是无用的。"③ "为了返回真实的经验，有必要返回事物的表面。……这一点在尼采关于希腊人的表述中早就可以见到——希腊人非常深刻，因为他们停留在事物的表面。"④ 在否定了艺术作为某种抽象观念本质的"再现"或"表现"之后，作为"显现"，艺术成了感觉体验或直觉体验的直呈，它基于一种自我与世界融通中的生命直观，使世界与存在的意义自动析出。

第四节 "显现"："再现"与"表现"的融合

西方文学理论的基石乃是在古希腊时便已经成形的"摹仿说"。在长达 2000 多年的时间里，"摹仿说"或"再现说"一直为传统的

---

① Charles Taylor, *Sources of the Self: The Making of the Modern Identity*, Cambridge, Mass.: Harvard University Press, 1989, pp. 465–466.
② ［俄］什克洛夫斯基：《作为手法的艺术》，《俄国形式主义文论选》，方珊等译，生活·读书·新知三联书店1989年版，第6页。
③ ［英］鲍山葵：《美学三讲》，周煦良译，上海译文出版社1983年版，第5页。
④ Charles Taylor, *Sources of the Self: The Making of the Modern Identity*, Cambridge, Mass.: Harvard University Press, 1989, p. 467.

西方文学提供着基本的本体论说明。

在《理想国》中，柏拉图称，艺术家可以随心所欲地进行创作，因为他只消拿面镜子四处照照就大功告成了："拿一面镜子四方八面地旋转，你就马上造出太阳、星辰、大地、你自己、其它动物、器具、草木以及我们刚才提到的一切。"① "摹仿说"由此又被称为"镜子说"。显然，单纯的摹仿只能达到外形的逼真，但再逼真也赶不上自然本身。"摹仿只是一种玩意，并不是什么正经事。"② 这意味着，从一开始古希腊哲学家用素朴的"摹仿说"来阐释艺术就有着巨大的局限。

亚里士多德对柏拉图"摹仿说"的批判性发展，集中表现为相互联系着的两个方面：其一，通过强调"行动中的人"（人的性格与行动）③使"文艺摹仿自然"这一含混的命题变得明确。"亚里士多德的《诗学》没有一字提及自然，他说人、人的行为、人的遭遇就是诗所摹仿的对象。"④ 这一方面开启了"文学即人学"的西方文学理论传统；另一方面为营造"情节"为第一要务的西方文学叙事传统奠定了基础。其二，通过强调"应然"的观念将"普遍性""必然律"植入"摹仿"之中，使"摹仿"的对象被定位于"内在本质"而非事物外形，最终为"摹仿说"注入了灵魂。在《诗学》第9章中，亚里士多德说："诗人的职责不在于描述已发生的事，而在于描述可能发生的事，即按照可然律或必然律可能发生的事。"⑤ 在《诗学》第25章，他又强调："如果有人指责所描写的事物不切

---

① ［古希腊］柏拉图：《柏拉图文艺对话集》，朱光潜译，人民文学出版社1959年版，第65页。

② 同上书，第74页。

③ ［古希腊］亚里士多德、贺拉斯：《诗学 诗艺》，罗念生译，人民文学出版社1962年版，第7页。

④ ［俄］车尔尼雪夫斯基：《美学论文选》，缪灵珠译，人民文学出版社1957年版，第144页。

⑤ ［古希腊］亚里士多德、贺拉斯：《诗学 诗艺》，罗念生、杨周翰译，人民文学出版社1962年版，第28页。

实际,也许他可以这样反驳'这些事物是按照他们应当有的样子描写的'。"① 总体来说,通过"人"的引进,亚里士多德的"摹仿论"顺利抵达"本质";而且在"摹仿"中由作家注入事物外形中去的所谓"本质"因其对普遍性的要求,则只能来自一种公共的思维视角:"一般说来,写不可能发生的事,可用'为了诗的效用''比实际更理想''人们相信'这些话来辩护。"②

"文学就是对现实生活的摹仿,这种摹仿以揭示普遍性的本质为宗旨",这种文学本体论,在亚里士多德这里臻于成熟后一直延续到19世纪,主导西方文坛长达2000年。其间,各种有关文学本体论的探讨虽然没有终结,但始终没有根本的突破——所谓的"再现说"或"反映论"只不过是亚里士多德"摹仿说"的变形;有时甚至使这种"本质论"的文学本体论越发登峰造极。在中世纪,经院哲学辩称——艺术家通过心灵对自然进行摹仿之所以可能,乃是因为人的心灵与自然均为上帝所造,对观念的摹仿当然就比对物质世界的摹仿来得更加重要,把古希腊具有唯物主义倾向的"摹仿说"进一步推向了纯粹上帝观念的神学"摹仿说"。圣·奥古斯丁甚至断言:艺术家的创作只应该根据上帝至美的法则。在文艺复兴时期,达·芬奇、莎士比亚等大家均曾重提"镜子论",艺术家们更加强调艺术应关注自然,但这"自然"更多时候意味的依然是自然的本质与规律。在17世纪至18世纪的新古典主义时期,作家们似乎比上一个时期更青睐"摹仿自然"的口号,但同时也进一步把"自然"的概念明确为一种抽象理性或永恒理性。"首先须爱理性:愿你的一切文章,永远只凭着理性获得价值和光芒。"③

"在浪漫派作家看来,能够与机械论世界观和功利主义人生观相

---

① [古希腊]亚里士多德、贺拉斯:《诗学 诗艺》,罗念生、杨周翰译,人民文学出版社1962年版,第93—94页。

② 同上书,第101页。

③ [法]布瓦洛:《诗的艺术》,任典译,人民文学出版社1959年版,第37—38页。

抗衡的力量，只能是自然的、未被扭曲的人类情感。"① 情感的表现，在浪漫主义之后成为文学理论中反复提起的一个问题。按照列夫·托尔斯泰在《什么是艺术》中的说法——艺术就是艺术家在内心唤起情感，再用动作、线条、色彩或语言来传达这种情感。这似乎暗示着情感的表现即创作"主体"情感的表达，即经由各种媒介将某种已经存在于"主体"内心之中的情感传达出来，而与"主体"之外的世界不存在什么关系。看上去，此种"表现说"与"再现说"完全南辕北辙，但事实上，这两种理论观念运用了相同的思维方式和思维逻辑，即都是在作家和世界二元对立的视域下来界定文学：表现说强调文学的本质是情感的表现，将文学的本体设定为所谓主体的作家；而再现说强调文学是对现实世界的摹仿，将文学的本体设定为所谓客体的世界。两者在同一二元对立的思维框架下展开对文学本质的探讨，看上去截然对立，但事实上并无根本不同，最后甚至可以殊途同归。正如冈布里奇在《艺术与幻觉：绘画再现的心理研究》一书中所言，世界上永远"不存在未加阐释的现实"②，在"本质"被注入"摹仿"并成为其灵魂之后，再现说所谓客体世界乃文学本体、本源的立场早已暗度陈仓，神不知鬼不觉地将"本质"归于了作为创作主体的作家，因为"本质"作为观念只能由作家主体赋予世界客体，世界客体本身是无所谓"本质"可言的。就此而言，所谓"按本来样子的"再现与所谓再现"客观世界的"本质，便永远只能是理性主义自欺欺人的神话。而"表现说"固然强调"一切好诗都是强烈情感的自然流露"③，但同时也声称："诗是思维领域中形象化的语言，它和自然的区别就在于所有组成部

---

① Charles Taylor, *Sources of the Self: The Making of the Modern Identity*, Cambridge, Mass.: Harvard University Press, 1989, p. 456.
② ［英］冈布里奇：《艺术与幻觉：绘画再现的心理研究》，周彦译，湖南人民出版社1987年版，第83页。
③ ［英］华兹华斯：《抒情歌谣集·序言》，见马新国主编《西方文论史》，高等教育出版社2002年版，第220页。

分都被统一于某一思想或观念之中"①,"艺术的一切庄严活动,都在隐约之中摹仿宇宙的无限活动"②。由此可见,所谓"表现说"中的"情感"在很大程度上也是一种观念化的情感。这样,表面上势不两立的两种对文学本质的界定便在作家主体那儿迎头相撞,又在作家主体的"本质观念"中握手言欢。由此,人们应该意识到:不管是诉诸再现还是经由表现,两种文学理念所达成的艺术创作的开端和终点事实上是完全同形同性之物;不管是再现还是表现,均由作家主体之某种本质观念所统摄、主导。或许,正是基于这样的文学史事实,黑格尔才做出了"艺术乃理念的感性显现"这样的理论概括。

"表现",英文为 Express,即 Press out,其基本语义为"压出",这意味着它天然地含有两个构成要素:外在的阻力和内在的冲动;没有被"压"的东西和"压力"的存在,所谓的表现就不可能存在。这提示我们:与所谓专门对外部世界进行"再现"相对立的艺术活动中的"表现",从一开始便不是仅与"主体"情感相关。在真正的创作过程中,并不存在一种等待着文字或其他符号"表现"的、晶莹透明的、具有明确意义的情感,而只有一种意义混沌的、创作主体并不清楚的生命—情感冲动。这种冲动,本能的趋向在外化中得到"显现",而正是这种"显现",才使得生命—情感冲动"表现为"某种明确的情感,即艺术是在"显现"这一"表现性"动作或行为中达成的。这正如杜威在《艺术即经验》一书中所说:"艺术家不是用理性与符号来描绘情感,而是'由行动而生出情感'。"③ 这也就是说:第一,艺术乃是某种"生命—情感冲动"的具有"表现性"的"显现",而非某种既定"情感"的"表现";后者作为某种特定情感的"表达"或"传达",只是一种"发泄"

---

① [英] 柯勒律治:《文学生涯》,见马新国主编《西方文论史》,高等教育出版社 2002 年版,第 222 页。

② [德] 弗里德里希·施勒格尔:《断片》,见马新国主编《西方文论史》,高等教育出版社 2002 年版,第 205 页。

③ [英] 杜威:《艺术即经验》,高建评译,商务印书馆 2005 年版,第 72 页。

"喷发""流溢"所构成的简单"释放"行为而不能称其为"艺术"。一番号啕会带来安慰,一通破坏也许会使内心的恼火释放出来,一阵直抒胸臆的咆哮或许会使人感到舒服一些,但它们都不是艺术。"显现"则是某种混沌的"生命—情感冲动"在"表现性"的动作中被赋予形式而得以澄清。"通过表现,显现得以达成;但这并不是说对象表现事物。……对象建立了某种框架、空间或场域——人们可以在这些框架、空间或场域中见出显现。"① 第二,真正的"艺术显现"作为一个具有"表现性"的"外化"过程,总要借助"外部的材料"来"直呈"作为"内在材料"的主体之"生命—情感冲动",即主体的"生命—情感冲动"只有在它"间接地被使用在寻找材料之上,并被赋予秩序,而不是直接被消耗时,才会被充实并向前推进"②,形成"意义性"的"情感",并由此成其为"艺术"。这就是说,如果所有的意义都能被"叙述性"的语词充分地阐说,则艺术就不会存在。有些价值或意义——尤其是那些新的、未经阐说过的价值与意义,只能由直接可见或可听的方式在"直呈"中来"显现";"在很大程度上,显现与对明晰和特征的强调相冲突"③。这注定艺术在本质上只能是一种描述性的"显现",而不是简单的"叙述"式的"再现"或简单的"释放"性的"表现"。第三,在"显现"中,内在的"生命—情感冲动"与"外在的材料"是血肉相连不可拆分的。在情感"表达"或"传达"意义上的"表现"中,外在材料或客观情况乃是构成某种情感爆发的直接刺激或原因,例如,一个人在看到分别很久的亲人时,高兴得大叫或流下激动的热泪,这种"表现"显然不能称为艺术。而在艺术的"显现"中,外在材料或客观情况则成了情感的内容和质料,而绝不仅

---

① Charles Taylor, *Sources of the Self: The Making of the Modern Identity*, Cambridge, Mass.: Harvard University Press, 1989, p. 477.
② [英]杜威:《艺术即经验》,高建平译,商务印书馆2005年版,第75页。
③ Charles Taylor, *Sources of the Self: The Making of the Modern Identity*, Cambridge, Mass.: Harvard University Press, 1989, p. 467.

仅是唤起它的诱因。在这个过程中，某种"生命—情感冲动"像磁铁一样将合适的外在材料吸向自身（所谓适合是指它对于已经受感动的心灵状态具有一种契合共鸣），而且是它自身而非主体的观念意识承担着对材料进行选择和组织的功能。结果，特定的"生命—情感冲动"与外在材料或客观情况完全融合为一体："它们共同起作用，最终生出某种东西，而几乎不顾及有意识的个性，更与深思熟虑的意愿无关。当耐性所起的作用达到一定程度之时，人就被一个合适的缪斯所掌握，说话与唱歌都像是按照某个神的意旨行事。"①

"再现总是达到一定目的的手段。"② 它是为了传达某种观念，此时的再现事实上乃是观念的形象阐释；或者为了唤起某些情感或释放某些情感，此时的再现在本质上接近于情感的表现。两种情形，不管哪一种，均由一个站在世界之外的、对自我的情感或观念高度自信的独立主体来达成。"我要按事物本来的样子呈现事物。我自己并不在其中。"③ 因此，所谓再现与表现的对峙，只不过是前者偏重主体观念的传达、后者偏重主体情感的表现而已，两者均建构于传统理性主义那种主体与客体、现象与本质之二元对立的思维框架之中。基于此，西方现代文学的奠基人波德莱尔才既反对浪漫主义那种自说自话式的情感的"表现"，认为酣畅淋漓的情感表现只不过是无所顾忌的逃逸与拒绝担当的放纵；又反对写实派那种观念大于真相的"再现"，"认为再现任何存在的事物都是没有好处的、讨人厌的"④。事实上，主体的观念总是包含着个人情感色彩的观念，而主

---

① ［美］杜威：《艺术即经验》，高建平译，商务印书馆2005年版，第78页。
② ［英］科林伍德：《艺术原理》，王至元译，中国社会科学出版社1985年版，第58页。
③ ［美］韦勒克：《象征主义的存在》，见胡经之、张首映主编《西方二十世纪文论选》（一），中国社会科学出版社1989年版，第77页。
④ ［法］波德莱尔：《一八五九年的沙龙》，见伍蠡甫主编《西方文论选》（下卷），上海译文出版社1979年版，第231页。

体的情感也总是承载着某种个人意向的观念性情感，即从主体之投放物来考察，再现与表现间的区别也绝对不像那些习惯于二元对立思维模式的人所说的那样泾渭有别。这就如同灵与肉在那种绝对理性主义的思维中被判定为一种二元对立的状态，但事实上根本不是那么回事。抛开那些不管是来自激情洋溢的表现还是出于刻板观念的再现的平庸之作，一部文学史所表明的基本事实只是——任何伟大作家的作品总是再现与表现的统一，而所谓"再现"与"表现"的对立永远都是一些不谙艺术创作个中真味的理性主义理论家自以为是的逻辑裁定而已。

"显现"同时汲取了"再现"与"表现"各自包含着的合理成分，就此而言，我们可以将其看成"再现"与"表现"的融合。在"再现说"与"表现说"两者同时被颠覆之后，这种融合夷平了原先曾存在于"再现说"与"表现说"之间的森严壁垒。"只有通过逐步将'内在的'与'外在的'组织成相互间的有机联系，才能产生某种不是学术文稿或对某种熟知之物的说明的东西。"① 另外，因为摒弃了二元对立的思维模式，这种融合在本质上乃是一种新质的诞生而非旧质的简单叠加。但应该再次强调，这种"融合"，并不是"统一"，尤其绝非"社会主义现实主义"标榜的那种一厢情愿式、"拉郎配"式、"捏合"或"勾兑"式的统一；并不存在真正的"再现"与"表现"在"显现"中的统一，因为在达成所谓的"统一"之前，两者均被粉碎而不再作为整体存在了。

第五节 "显现"：西方现代文学本体论的重构

意象主义的代表人物 T. E. 休姆曾将思维观念与思维方式从

---

① ［美］杜威：《艺术即经验》，高建平译，商务印书馆 2005 年版，第 81 页。

绝对到相对、从二元对立到价值多元论的转变看成现代艺术的标记。如果此言不谬，则已经基本从二元对立的思维状态中摆脱出来的自然主义和象征主义，便都理应被视为属于现代艺术的范畴。

按照黑格尔在《美学》中的表述，作为"感性显现"的一种重要方式，象征通过外界存在的某些形式直接呈现给感官。"象征一般是直接呈现于感性观照的一种现成的外在事物，对这种外在事物并不直接就它本身来看，而是就它所暗示的一种较广泛、较普遍的意义来看。"① 即"象征是物和观念、在场和不在场的混合物"②。象征主义奠基人波德莱尔认为文学家首先应当去做参透"自然"这部"象形文字字典"的功课，洞察隐藏在万事万物背后的"感应"关系，从而"创造一个新世界，产生出对于新鲜事物的感觉"③。与自然主义者一样，象征主义者也注意到传统的西方文学在传统的理性主义二元对立思维模式影响下所形成的弊端，转而强调主体与客体联通融合的思想立场。两者一致认为只有从这种联通融合的视野出发，才有可能"打捞"被绝对理性观念所阻断了的生命经验，澄明被绝对理性观念所遮蔽了的世界真相或存在本质，拯救被绝对理性观念所窒息了的生命意义，但两者激活这种联通融合的方式又明显有所不同：自然主义作家基本诉诸感觉，而象征主义诗人则更强调通过直觉。两者这种不同的策略选择，在很大程度上也许与各自的活动领域相关：自然主义作家主要在叙事文学领域耕耘，而象征主义作家则主要活跃在抒情文学领域。就此而言，自然主义与象征主

---

① ［德］黑格尔：《美学》（第二卷），朱光潜译，商务印书馆1982年版，第10页。

② ［法］克莱夫·斯科特：《象征主义、颓废派和印象主义》，见［英］马·布雷德伯里、詹·麦克法兰编《现代主义》，胡家峦等译，上海外语教育出版社1992年版，第184页。

③ ［法］波德莱尔：《1846年的沙龙：波德莱尔美学论文选》，郭宏安译，广西师范大学出版社2002年版，第355页。

义的分野,首先便是"叙事"与"抒情"两种文体的差异。其次才是由"抒情"与"叙事"两者的比较所决定的——自然主义更"客观",更强调诉诸内在情感与外部世界遭遇时所共同产生出来的"印象";而象征主义则更"主观",更强调诉诸内在情感与外部世界遭遇时所共同产生出来的"意象"。印象属于更外显、粗朴的"感觉"层面,似乎更是外部事物对内在心灵的"加印";而"意象"则属更内隐、细致的"直觉"层面,更源自主体情感意向对外部世界的投射。正因为如此,历史才在"19世纪90年代把象征主义和自然主义、唯美主义和社会道德、颓废绝望和尼采或易卜生式的希望熔为一炉"①。毫无疑问,对绝对理性观念一致的否定态度,对二元对立思维方式的一致摒弃,使自然主义和象征主义同时站在了非理性主义文化思潮的前沿,而这也正是两者表面对立、内里相通并最终会合成为现代主义的基础。

主体与客体、人类与自然、普遍与个别、必然与偶然、本质与现象……传统理性主义世界观总是习惯将无尽矛盾之中的世界与存在概括为种种二元对立项,然后再基于历史主义的逻辑判定前项对后项享有无可争议的历史优先地位,而本质主义的文化冲动则总是不失时机地将处于优先地位者加以绝对论式的观念化的抽象。受制于这种理性主义文化框架,传统西方文学在将世界与存在进行形式化的文本叙事时,习惯于将在理性主义文化建构中处于优先地位的观念化的本质、必然、普遍、主体等置于核心地位。从柏拉图的"理式"到基督教的"上帝",从布瓦洛的"理性"到黑格尔的"绝对理念",传统西方诗学对文学本质的界说莫不如是。在基于这种诗学理念而创作出来的文学文本中,由于缺乏真切的个人体验来引导所呈现的材料的选择和结合,人们"会很快就从故事中感到,小说

---

① [英]马·布雷德伯里:《伦敦(1890—1920)》,见[英]马·布雷德伯里、詹·麦克法兰编《现代主义》,胡家峦等译,上海外语教育出版社1992年版,第162页。

中男女主人公的命运会很悲惨。这种悲惨不是由于小说中的情况和人物性格，而是由于作者的意图——他要使人物成为一个木偶，从而展现他所珍爱的思想"①。大致来说，在传统的西方文学创作中，由于作家总是站在一个"类主体"的宏大立场上思考，所以，在抽象的理性观念与鲜活的生命体验之间，他们的叙事总是习惯性地贴近前者潜行。一旦细致的感性生命体验被忽略，所谓"对现实的真实再现"也就只能宿命般地沦为观念统摄下的"对观念的抽象演绎"。

传统西方文学之"观念统摄"的病症来自传统西方文化中理性主义者主客体二元对立的思维逻辑。基于这种逻辑，被判定为"主体"的思维自我，总是本能地冲动着要用自己的主体观念去解释被判定为"客体"的世界，从而在这种解释中求得被判定为"对立"的两者的统一，尔后方可心安。但由此所达成的统一，只不过是一种一己观念的独断，一种将本来复杂的世界简单化的虚妄，一种将多元、相对的观念绝对一体化的梦呓。独断、虚妄的梦呓严重地遮蔽了世界的真相，限制思想活力的绽放。现代作家受时代文化思潮的影响放弃了二元对立的理性主义的思维模式，这不仅意味着他们不再用"对立"的思维逻辑去面对世界和自我，从而接受了世界与自我在不无矛盾与悖论的融合状态中的并存，由此彻底解除了既往总欲用主体观念统一世界的病态冲动；而且也意味着他们用"多元论"的相对主义置换了"二元论"的绝对主义——事实上，这种"二元论"从其诞生的第一天起内里便潜藏着一种奔向"一元论"的强大冲动——经由"绝对化"抽象从而断定出某种"统一"一切的终极"本质"。也正因为如此，二元对立的思维模式才永远会本能地奔向本质主义的绝对独断论。

在"上帝死了"之后，现代西方哲学普遍认为，意识是主体从未完全知晓或控制的且在无意识的过程中产生的结果；意识所达成

---

① ［美］杜威：《艺术即经验》，高建平译，商务印书馆2005年版，第73页。

的理解、理解体系化所构成的理论则主要是理性自动推演的结果。任何绝对化的理论所施加给世界的一般性解释模式,从某种程度上讲,都是理论自身的虚构,并不具有本质意义——更遑论终极的本质意义。而且,观念体系或体系化了的观念固然乃是对世界的某一细小侧面的澄明,但在更多的时候更是对世界浩渺真相的一种遮蔽。因此,被观念统摄的叙事便不再是对世界充满活力与好奇的探究与澄明,而是对真相不无懒惰与消极的阻断与遮蔽——遮蔽的遮蔽。就此而言,从某种既定观念出发并由这种观念所统摄的文学叙事之对世界本质的所谓"再现",从根本上来说只不过是对"观念造就现实"这一过程的拙劣演示。"再现"即"再造",而且是"再造"的"再造"。"一般性地说一件艺术品是不是再现的,是没有什么意义的。再现这个词具有许多意义。对再现性质的肯定也许会在一个意义上讲是假的,而在另一个意义上讲,则是真的。如果严格字面意义上的再造被说成是'再现的',那么艺术作品则不具有这种性质。这种观点忽略了作品由于场景与事件通过了个人的媒介而具有独特性。马蒂斯说,照相机对于画家来说是很大的恩赐,因为它使画家免除了任何在外观上复制对象的必要性。"[1]

自然主义以降,随着风起云涌的非理性主义文化思潮对传统理性思维模式的消解,现代西方文学理论的革命性进展就在于消融了传统理性主义理论家演绎出来的"再现"与"表现"的对立。这种进展,不仅表现为"再现"与"表现"在新的思维模式下走向融合,而且尤其表现为理论家普遍意识到了:原先在理论构想中承担着或"再现"外部客观世界或"表现"内在主观情感艺术使命的作家主体,其所谓"主体"的地位纯粹只是一种乌托邦式的理论想象而已。真实的情形永远是,与常人一样,作家"主体"与世界"客体"的关系如鱼在大海之中,甚至是水滴在大海之中。正是现象学所开启的这种思维模式的转变,带来了"再现说"与"表现说"的

---

[1] [美]杜威:《艺术即经验》,高建平译,商务印书馆2005年版,第89页。

融合。作家还存在，"主体"消解了，这意味着不管是"再现"还是"表现"，理论上都失去了"使动者"。文学，只能是世界中的人在与世界融合境遇中的直呈体验的"显现"。这种"显现"既是人的自我显现，又是世界在人之显现中的显现，两者在语言中迎面相遇；这种"显现"既是个人的显现，也是人类在个人之显现中的显现，个体与个体在与共同的世界融合中联通。独立的"主体"消解了，原先由"主体"所决定并承担的"再现"或"表现"便只能成为一切均在语词中自呈的"显现"。随着浪漫派自我中心的退场，"显现的重心开始从自我转向被体验的生活的碎片，……转向各种各样新奇的语言乃至是'结构'实验。一个'去中心化'的主体间性的时代开始了"①。

"显现"文学本体论，不仅认定文本既是想象的产物又是现实生活材料的产物，而且基于"不确定"之怀疑主义的思想立场强调："主观"心理现实和"客观"物理世界在想象中固然相互关联融合，但它们绝非统一的。正是后者，从根本上将"显现"与"再现""表现"区别开来：因为它们虽方式不同但都是用冶炼得金光闪闪的想象将主观心理现实与物理客观世界统一了起来。在"显现"的文本中，作家拒绝以二元对立的思维模式来理解自我与世界的关系，主体自我也就失去了用自身来吞并客体世界的内在冲动，文本由此获得了含有悖论、对立和矛盾的巨大包容性。"显现"文学本体论揭示出了一种文学文本与世界的新型关系："它既不是对世界原封不动的模仿，也不是乌托邦的幻想。它既不想解释世界，也不想改变世界。它暗示世界的缺陷并呼吁超越这个世界。"②

在现代主义的经典文本《尤利西斯》中，两个男主人公在某种

---

① Charles Taylor, *Sources of the Self: The Making of the Modern Identity*, Cambridge, Mass.: Harvard University Press, 1989, p. 465.

② ［法］罗杰·加罗蒂：《卡夫卡》，《论无边的现实主义》，吴岳添译，百花文艺出版社1998年版，第109页。

程度上分别代表着"摹仿/再现"的模式和"表现"的模式,但又不完全如此;真实的情况也许是乔伊斯对两种模式都给予了拆解,尔后又在部分继承的基础上力图达成一种融合——尽管是一种容纳了悖谬且充满着张力的融合。《尤利西斯》的文本叙事显然主要指向布卢姆,这在一定程度上表明了"写实"乃是这部叙事作品的基础。在对布卢姆夫妇诸多生活细节的叙述中,人们不时会产生某种印象——"写实"体现了传统叙事所孜孜以求的那种对经验现实的"摹仿/再现";但叙事中流溢着的对传统叙事常规的不断挑衅与嘲弄,很快又会使人们对自己刚才的判断产生怀疑——对经验现实的"摹仿/再现"不断被大量对人物"意识流"的描写、表现主义式的梦幻夸张、怪诞的滑稽戏所限制并陷入瘫痪。在与布卢姆构成对照的斯蒂芬身上,人们可以清晰地看出与"摹仿/再现"模式相对立的浪漫主义"表现"模式的叙事格调——自我与平庸现实的不协调展现出人物高耸的"主体性";但人们同时也很容易读出他身上不断流露出来的那种并不完全等同于浪漫主义主人公的虚无感与挫败感——这种建立在"上帝死了"这一文化标志下的"虚无感"与"挫败感"旋即摧毁了斯蒂芬那矫饰、虚假的"高耸主体"——在丧失了确定的信念/观念作为精神的支柱之后,事实上他根本就不具备与现实相向对抗的意志力。因此,彼得·福克纳如下精辟的见解便不禁使人有醍醐灌顶之感:"《尤利西斯》曾被视为自然主义的顶峰,比左拉更善于纪实;也被视为最广博精致的象征主义诗作。这两种解读中的每一种都站得住脚,但只有和另一种解读联系起来才言之成理,因为这部小说是两种解读交互作用和相互流通的场所。恰恰是这些本质上互不相容的解读之间的关系,构成了阅读《尤利西斯》的独特经验。这种关系通过斯蒂芬和布卢姆相遇的过程戏剧式地体现在叙述之中,主题式地体现在尤利西斯式的三位一体中的第三个人身上,情欲造就的莫莉·布卢姆。通过结合这两种对立的模式(它们在历史上已经互相分离),《尤利西斯》在结构和题材上对其中任何一个模式都根据另一个模式加以批判,以致两者的局限性和必要性都得到了肯定。"①

结构主义者罗兰·巴特曾将巴尔扎克的一个中篇小说拆成500多个词句单元分析，揭示了所谓"现实主义"的小说也并非"一个透明的、纯洁的窗口，透过它来观察文本之外的现实。相反……它充满隐蔽的造型手法，是一个哈哈镜长廊，还犹如一扇厚厚的彩色玻璃窗，这窗户把自己的色彩、形状毋庸置疑地强加于通过它可以瞥见的事物身上"②。这再次印证了左拉的论断——"在一部艺术作品中，准确的真实是不可能达到的。……存在的东西都有扭曲"。由是，"小说表明自己从根本上和表面上都是一个语言问题，涉及的是词语、词语、词语"③。也正是从这个时候开始，一直处于附庸地位、承担着"愉悦"与"安慰"差事的文学叙事，明确地具有了前所未见的文化创建和照亮世界的功能：

> 艺术创造出一个并不存在的世界，一个"显现"、幻象、现象的世界。然而，正是在这种把现实变为幻象的转化中，也只有在这个转化中，表现出艺术倾覆性之真理。……在这个天地中，任何语词、任何色彩、任何声音都是"新颖的"和新奇的，它们打破了把人和自然围蔽于其中的习以为常的感知和理解的框架，打破了习以为常的感性确定性和理性框架。由于构成审美形式的语词、声音、形状以及色彩，与它们的日常用法和功能相分离，因而，它们就可以逍遥于一个崭新的生存维度。④

---

① ［英］彼得·福克纳：《现代主义》，付礼军译，昆仑出版社1989年版，第86—87页。
② ［英］特伦斯·霍克斯：《结构主义和符号学》，瞿铁鹏译，上海译文出版社1987年版，第122页。
③ ［英］彼得·福克纳：《现代主义》，付礼军译，昆仑出版社1989年版，第87页。
④ ［美］赫伯特·马尔库塞：《审美之维》，李小兵译，广西师范大学出版社2001年版，第157—158页。

第二十章

人文交流"深度"说

　　中外人文交流是本土文化走出去和域外文化引进来的双向传播活动。毫无疑问，中华民族的伟大复兴必然意味着中华文化的复兴并走出去，同时也意味着引进域外文化以促进本土文化的繁荣与复兴。故而今天我们倡导中外人文交流，除了要研究如何有效地使中华文化走出去之外，无疑也需要研究如何积极地把域外优秀文化引进来，"进"与"出"两者不可偏废。

　　2019年是五四运动100周年。西方文学与文化在我国的广为传播与接受，是新文化运动产生的外在根由。从域外文化的本土化传播与接受角度看，西方文学与文化是中华文化现代化转型的催化剂，五四文化革新是在"引进来"意义上的人文交流的经典范例。在"网络化—全球化"的当今时代，域外文化之本土化传播的广度与速度无疑远远超过五四时期，但是，由于众所周知的网络文化传播的平面化、碎片化和泡沫化特点，其传播之深度未必尽如人意。其实，单就人文交流的"深度"而言，笔者以为，域外文化的本土化传播也依然存在可探讨之处。有鉴于此，本章特以19世纪西方文学思潮之本土传播与接受为例，谈谈中外人文交流的深度与深化问题。

　　人们通常认为，19世纪西方文学思潮与我们已相隔一个多世纪，而且，百余年来它们在我国的传播与接受已相当深入，没有什么可资借鉴的新东西了。其实不然。20世纪社会历史特别是中国历史状况的特殊性，决定了域外文化的本土化传播的特殊历史境遇，这就无可避免地给19世纪西方文学思潮在我国的传播留下了有待拓展的空间，因此，对其作深入、全面的反思与再认识，透析其本原、探究其本质，不唯有助于达成对19世纪西方文学思潮更准确的认识与理解，对准确把握20世纪现代主义思潮亦有重大裨益，且有助于丰富与拓宽新时期中外文学与文化的交流资源与渠道，有助于丰富与发展马克思主义文艺思想与文化理论，推进中国特色的文学与文化的话语体系建设。

第一节　接受的选择性与传播的非均衡性

20世纪初，19世纪西方文学思潮经由日本和西欧两个途径被介绍、引进到中国，对本土文坛产生巨大冲击。西方文学思潮在中国的传播，直接催生了文学革命。其间，浪漫主义、现实主义、自然主义、唯美主义、颓废主义、象征主义等西方思潮同时在中国传播[①]，文坛出现了本土化文学流派缤纷绽放的新气象。一定时期内，崇奉浪漫主义的"创造社"、信奉古典主义的"学衡派"、认同现实主义的"文学研究会"等各自为营、互相论战。随后，由于社会情势的变化，这些不同倾向的文学派别很快开始转向、整合。具有代表性的是，以"浪漫主义首领"郭沫若在1925年转向批判浪漫主义并皈依"写实主义"为标志，20世纪20年代中后期，"写实主义"/现实主义在中国学界与文坛的独尊地位基本确立。

1949年以后，我国在文艺政策与文学理论方面全方位追随苏联，致使西方浪漫主义、自然主义、象征主义、唯美主义、颓废主义

---

① 实际上，此时文艺复兴人文主义、17世纪古典主义、18世纪启蒙主义和20世纪初的现代主义等西方文学思潮也与19世纪文学思潮共时性地在我国传播，但本文为论述之便，集中谈19世纪西方文学思潮的传播与接受情况。

等文学观念或文学倾向持续遭到严厉批判。与此同时,昔日的"写实主义"和"浪漫主义"也在理论形态上演变成为"社会主义现实主义"与"革命浪漫主义",或两者结合为"革命现实主义与革命浪漫主义"。是时,本土评论界对现实主义和自然主义做出了严格区分,现实主义的价值远远高于自然主义。人们或者说它是"现实主义的极端化",或者说它是"现实主义的发展",或者说它是"现实主义的堕落",等等。自然主义尽管在19世纪的欧洲文坛上是影响力巨大的文学思潮,正如左拉所说:"本世纪的文学推进力非自然主义莫属。当下,这股力量正日益强大,犹如汹涌的大潮席卷一切,没有任何力量能够阻挡。"[①] 但在我国当时文学理论界,自然主义不仅微不足道,而且其价值必须用现实主义的尺度来衡量。在此种话语环境下,现实主义的"至上"与"独尊"近乎登峰造极,其"写实"观念与"批判"精神便是衡量其他任何"主义"之文学的标尺和试金石。

　　改革开放后,"现实主义至上论"在持续的论争中趋于瓦解;浪漫主义、自然主义、象征主义以及唯美主义、颓废主义文学的传播与接受有了新的转机,对其研究与评价慢慢得以展开。但是,旧的"现实主义至上论"尚未远去,20世纪西方的新理论思潮又开始广泛传播。19世纪90年代以来,现代主义、后现代主义等文学观念以及解构主义、后殖民主义等文化观念在本土风起云涌,一时间成为新的学术风尚。这在很大程度上,延宕乃至阻断了学界对19世纪西方诸文学思潮在本土传播、接受与研究的深度展开。

　　为什么浪漫主义、现实主义、自然主义等西方文学思潮,明明在20世纪初同时进入中国,且当时本土学界与文坛也张开双臂在一派叫好声中欢迎它们的到来,可最终有的生根开花结果,而有的很快灰飞烟灭或者昙花一现呢?其主要根由是文化交流中的选择性接受造成的传播的非均衡性。何种文学思潮在中国本土更具传播力,

---

① Emile Zola, "Naturalism in the Theatre", in George J. Becker ed., *Documents of Modern Literary Realism*, Princeton, New Jersey: Princeton University Press, 1963, p.219.

并不完全取决于该思潮本身之特质，还取决于（甚至更取决于）接受主体的文化—审美心理结构之特性。也就是说，接受主体对思潮流派的喜好和接纳是有选择性的。就本民族整体的选择性接受而言，传统的文化—审美心理和特定时期的社会需要，总体性地制约了特定时期我国文学与文化界对西方文学思潮的选择性接受与传播。

20世纪初，中国正处于从千年专制统治向现代社会迈进的十字路口，颠覆传统文化、传播现代观念从而改造国民性的启蒙任务十分迫切。一代觉醒了的文人知识分子无法回避此种历史使命，这就决定了他们在面对一股脑儿涌入的西方文化文学思潮时，本能地会选择性地优先接受文化层面的启蒙主义和文学层面的"写实主义"。因为只有写实，才能揭穿千年"瞒"与"骗"的传统封建文化黑幕，尔后才有达成"启蒙"的当下需求。质言之，本土根深蒂固的传统实用主义文学观与急于达成"启蒙""救亡"的使命担当，在特定的社会情势下一拍即合，使得五四这代中国学人很快就在学理层面屏蔽了浪漫主义、自然主义、象征主义、唯美主义以及颓废主义文学的观念与倾向。所以，被学界冠以"浪漫主义首领"头衔的郭沫若在《创造十年》中做总结时才会说："文学研究会和创造社并没有什么根本的不同，所谓人生派与艺术派都只是斗争上使用的幌子。"[1] 20世纪20年代曾经力倡自然主义的茅盾曾明确强调自己提倡的"不是人生观的自然主义，而是文学的自然主义"[2]。被称为"现实主义"领袖的鲁迅则说得更为明确："说到'为什么'做小说罢，我仍抱着十多年前的'启蒙主义'，以为必须是'为人生'，而且要改良这人生。我深恶先前的称小说为'闲书'，而且将'为艺术的艺术'，看作不过是'消闲'的新式的别号。所以我的取材，多采

---

[1] 郭沫若：《郭沫若全集·文学编》（第十二卷），人民文学出版社1992年版，第140页。

[2] 茅盾：《自然主义的怀疑与解答——复周志夷》，《茅盾文集》（第18卷），人民文学出版社1991年版，第206页。

自病态社会的不幸的人们中,意思是揭出病苦,引起疗救的注意。"①

　　基于启蒙救亡的历史使命与本民族文学传统的双重制约,五四这代文人作家在面对浪漫主义、自然主义等西方文学思潮观念时,往往很难接受其内里所涵纳的时代文化精神及其所衍生出来的现代艺术神韵,而最终选取、接受的大都是外在技术层面的技巧手法。被称为"中国自然主义领袖"的茅盾曾明确强调自己提倡自然主义仅仅是接纳"自然派技术上的长处"②。而郑伯奇在谈到本土的所谓浪漫主义文学时则称,西方浪漫主义那种悠闲的、自由的、追怀古代的情致,我们的作家是少有的。因为我们面临的时代背景不同,"我们所有的只是民族危亡,社会崩溃的苦痛自觉和反抗争斗的精神。我们只有喊叫,只有哀愁,只有呻吟,只有冷嘲热骂。所以我们新文学运动的初期,不产生与西洋各国 19 世纪(相类)的浪漫主义,而是 20 世纪的中国特有的抒情主义"③。

　　笔者以为,纵观五四以来 19 世纪西方文学思潮在中国的传播与接受的历史,本土学界对其的选择性接受,虽有历史之必然性、文化传播之合理性和历史性价值,但是就这些文学思潮本身来说,我们对其本原性特质和价值的发掘就明显不足,尤其是还存在着学理认知上的诸多误区,它们在我国的传播也自然是非均衡性的。

第二节　认知误区与问题举隅

　　迄今为止,我国学界对 19 世纪西方文学思潮的传播与接受、认

---

①　鲁迅:《我怎么做起小说来》,《鲁迅全集》(第 4 卷),人民文学出版社 1998 年版,第 512 页。

②　茅盾:《自然主义的怀疑与解答——复周志夷》,《茅盾文集》(第 18 卷),人民文学出版社 1991 年版,第 206 页。

③　郑伯奇:《〈灰寒集〉批评》,《郑伯奇文集》(第 1 卷),陕西人民出版社 1998 年版,第 95—96 页。

识与把握的偏颇甚多,其表现也是多方面的,兹举例略作说明。

(一)浪漫主义是法国大革命的产物?

翻开我国现有的外国文学史教科书,几乎无一不认为浪漫主义是法国大革命的产物,其"自由"观念吸纳、传承于启蒙运动之"自由、平等、博爱"的指导思想。虽然这样说有一定的合理性,但问题远没有那么简单。在此笔者特别要指出的是:浪漫主义不仅是对启蒙主义的继承,更是对启蒙主义的反叛。

与启蒙运动标准化、简单化的机械论相反,浪漫主义的基本特征是生成性、多样性的有机论,即欣赏并追求独特与个别而不是普遍与一般。浪漫派反启蒙主义的思想立场使其在"平等"与"自由"两个选项中更强调"自由"。启蒙学派曾以理性的怀疑精神与批判精神消解了官方神学的文化专制,但最终因丧失了对自身的质疑与批判又建立了唯理主义的话语霸权。浪漫派反对理性主义,因为在他们看来只有感性生命才是自由最实在可靠的载体与源泉,而经由理性对必然性认识所达成的自由在本质上却是对自由的取消。

启蒙主义倡导一元论的、抽象的群体自由,且往往从社会公正、群体秩序、政治正义的层面将自由归于以平等、民主为主题的社会政治运动,因而它在本质上是一种倾向于革命的哲学;浪漫主义则更关注活生生的个体的人之自由,尤其是精神自由,且将这种自由本身界定为终极价值。个人自由在康德—费希特—谢林前后相续的诗化哲学中已被提到空前高度,且康德等人均重视通过审美来达成自由。康德声称作为主体的个人是自由的,个人永远是目的而不是工具,个人的创造精神能动地为自然界立法;在让艺术成为独立领域这一点上,康德美学为浪漫派开启了大门。作为现代性的第一次自我批判,浪漫主义反对工业文明;在其拯救被机器喧嚣所淹没的人之内在灵性的悲壮努力中,被束缚在整体中成为"零件"或"断片"的人之自由得以开敞。浪漫派蔑视以快乐主义"幸福追求"为目标之粗鄙平庸的物质主义伦理,指斥从洛克到边沁的功利主义价值观以及人与人之间冷冰冰的金钱关系。对工业文明和城市文明的否定,使浪漫派作家倾向于到大自然或远古异域寻求灵魂的宁静和自由。

此外,对法国大革命以集体狂热扼杀个人自由的反思,强化了个体自由在浪漫派价值观中的核心地位;法国大革命既是启蒙理念正面价值的总释放,也是其负面效应的大暴露。因此,认定浪漫主义是法国大革命的直接产物未免失之武断,18世纪后期英国感伤主义、德国狂飙运动以及法国卢梭等人的创作早已在文学内部透出了浪漫主义自由精神突破古典主义理性戒律的先声。但是,法国大革命所招致的对启蒙主义之政治理性的反思与清算,直接引发了19世纪初的自由主义文化风潮,这对浪漫主义文学思潮的集聚和勃兴无疑起到了关键作用。因此,浪漫主义与启蒙思想、法国大革命的关系不是简单的线性的传承、影响与被影响的关系。对此,我们以往的理解存在严重的误区与偏颇,从人文交流与传播的角度看是肤浅的。

(二) 自然主义背离了现实主义原则?

自然主义文学在我国一直不受待见,对其理解表面化甚至庸俗化。左拉为代表的自然主义文学追求"摄影般的客观真实","背离"或者"背叛"了现实主义的"写实"传统,甚至是对现实主义的"反动",这似乎是长期以来人所共知的"公论",也是很多人诟病自然主义文学的一个重要理由。作为自然主义文学的领袖和主要理论家,左拉在西方文学史上的经典地位早已成为历史事实。这一事实提示我们,左拉在文学"真实"问题上的见解不可能像以往国内学界的某些"理解"那样简单。

在左拉看来,现代作家最重要的品质便是"真实感"。"当今,小说家的最高的品格就是真实感。"① "什么也不能代替真实感,不论是精工修饰的文体、遒劲的笔触,还是最值得称道的尝试。你要去描绘生活,首先就请如实地认识它,然后再传达出它的准确印象。如果这印象离奇古怪,如果这幅图画没有立体感,如果这作品流于漫画的

---

① [法]左拉:《论小说》,见柳鸣九选编《法国自然主义作品选》,天津人民出版社1987年版,第778页。

夸张，那么，不论它是雄伟的还是凡俗的，都不免是一部流产的作品，注定会很快被人遗忘。它不是广泛建立在真实之上，就没有任何存在的理由。"① 左拉所谓的"真实感"是什么呢？"真实感就是如实地感受自然，如实地表现自然。"② 这是在哲学层面对所有人都成立的一个命题。这个命题意味着"如实感受着的自然"是（唯一）真实的自然，也就是自然的真实。这就是说，"真实"即"真实感"，或者至少"真实"来自"真实感"。因此，文学作品不是对现实的照相式再现，而是对现实的一种装饰的"感受"，"对当今的自然主义者而言，一部作品永远只是透过某种气质所表现出的自然的一角"③。正因为如此，左拉才将"真实感"标举为现代小说家最高的品格。

左拉"真实感就是如实地感受自然，如实地表现自然"这一命题的后半句，即在"如实地感受自然"的基础上"如实地表现自然"，显然不是对所有人而是针对作家（艺术家）提出的一个命题。这个命题意味着作家（艺术家）不仅要"如实地感受自然"，而且还必须将由此得到的"真实感"也即"真实"本身用语言如实地"表现"出来，即在文本中达成一种可以与他人分享的"艺术真实"。因此，如果不能将"感受"中的"真实感"（即"真实"）"如实地""表现出来"从而达成"艺术真实"，那么作家的创作就是失败的。"在今天，一个伟大的小说家就是一个有真实感的人，他能独创地表现自然，并以自己的生命使这自然具有生气。"④ 左拉还谈到了"艺术真实"的鉴定标准，即一个作家能否"如实地表现自然"的标准："所有过分细致而矫揉造作的笔调，所有形式的精华，

---

① ［法］左拉：《论小说》，见柳鸣九选编《法国自然主义作品选》，天津人民出版社1987年版，第778页。

② 同上。

③ Emile Zola, "Naturalism in the Theatre", in George J. Becker (ed.), *Documents of Modern Literary Realism*, Princeton, New Jersey: Princeton University Press, 1963, p.198.

④ ［法］左拉：《论小说》，见柳鸣九选编《法国自然主义作品选》，天津人民出版社1987年版，第787页。

都比不上一个位置准确的词。"① "在这个世界上,没有比一个写得好的句子更为真实的了。"② 直接为自然主义提供哲学—美学理论支持的泰纳也说,"堪与想象力、天才相比的,是词汇的丰富和语言上不断的、大胆而又几乎总是成功的创新"③。这些明晰的表述都证明:左拉的"真实"即"真实感","真实"只存在于"语言"这条将人与世界连通起来的"绳索"之上,此外根本就没有什么所谓的"客观真实"或"主观真实"或"先验真实"。而法国另一位重要的自然主义作家莫泊桑则说得更加清楚:"写真实就是要根据事物的普遍逻辑给人关于'真实'的完整的意象,而不是把层出不穷的混杂事实拘泥地照写下来。"④ 龚古尔兄弟也异口同声地说:"小说应力求达到的理想是:通过艺术给人造成一种最真实的人世真相之感。"⑤ 在他们的表述中,"真实"或者只存在于"意象"之中,或者只存在于一种"人为的"或"人造的"("艺术给人造成的")"感觉"之中,这与左拉的表述有异曲同工之妙。

既然"真实"即"真实感",那也就不再存在什么绝对的"真实",而只能有相对的"真实"。对此,左拉等自然主义作家曾经给出大量论述: "在一部艺术作品中,准确的真实是不可能达到的。……存在的东西都有扭曲。"⑥ "既然在我们每个人的思想和器官里面都有着我们自己的真实,那再去相信什么绝对的真实,是多

---

① [法]左拉:《论小说》,见朱雯等编选《文学中的自然主义》,上海文艺出版社1992年版,第252页。
② [法]左拉:《致居斯塔夫·福楼拜》,见《左拉文学书简》,吴岳添译,安徽文艺出版社1995年版,第113页。
③ [法]泰纳:《给爱弥尔·左拉的信》,见朱雯等编选《文学中的自然主义》,上海文艺出版社1992年版,第334页。
④ [法]莫泊桑:《〈皮埃尔与若望〉序》,见柳鸣九选编《法国自然主义作品选》,天津人民出版社1987年版,第800页。
⑤ [法]龚古尔兄弟:《日记》,见朱雯等编选《文学中的自然主义》,上海文艺出版社1992年版,第316页。
⑥ [法]左拉:《给安托尼·瓦拉布雷格的信》,见朱雯等编选《文学中的自然主义》,上海文艺出版社1992年版,第270页。

么幼稚的事情啊！我们的眼睛、我们的耳朵、我们的鼻子和我们的趣味各个不同，这意味着世界上有多少人就有多少真实。……我们每个人所得到的不过是对世界的一种幻觉，这种幻觉到底是有诗意的、有情感的、愉快的、忧郁的、肮脏的还是凄惨的，则随着个人的天性而有所不同。作家除了以他所学到并能运用的全部艺术手法真实地描摹这个幻觉之外，别无其他使命。"① 可见，从根本上说，左拉反复强调的"真实感"，就是要求文本应该给出关于生活"真实"的完整、鲜明的意象。经由"真实感"中的"感"，生活真实就被赋予了一种胡塞尔现象学意义上的"现象真实"的性质，而非等待着认识主体去认识的、与认识主体相对的"对象"的真实。质言之，左拉高调标举的"真实感"乃是主客体融会的产物；它所要求的"真实"，显然并不是那种绝对的"摄影般的客观真实"，也并非一种简单的主观真实，而是一种排除了"前见"的、在主体与现象世界的遭遇交合中"被给予"的、为我独有的感觉体验。

总体来看，左拉在"真实"问题上的见解无疑有其深刻之处，但这种深刻在我国学界却至今远没有获得充分的发掘、认识和评价。恰恰是这种不同于传统现实主义所强调的摹仿、再现式"真实"理念，达成了自然主义对传统现实主义在传承基础上的超越，自然主义是一种有自己"新质"的文学形态，而不是所谓的对现实主义的"背离""背叛"乃至"反动"，其承先启后的历史意义与价值是显而易见的。因此笔者认为：对左拉在"真实"问题上所持观点的种种误解，直接造成了人们对自然主义文学思想的轻视。这种令人遗憾的轻视，既是诸多不应有之误解一直延续到今天的原因，同时也是阻断我们深入、准确地理解、阐释自然主义文学思潮的重要屏障。因此，从人文交流的角度看，自然主义文学在我国的传播与接受还是相当肤浅的。

---

① ［法］莫泊桑：《论小说》，《漂亮朋友》，王振孙译，上海译文出版社1993年版，第405—406页。

（三）文学史是断裂的碎片还是绵延的河流？

对文学的传统—继承—创新的关系问题的回答，直接关涉文学史观乃至是一般历史观的科学与否。毋庸讳言，国内学界在文学史乃至一般历史撰写中，长期存在着不科学的倾向：一味强调"斗争"而看不到"扬弃"，于是，持续的历史就只能被描述为碎裂的断片——20世纪现代主义与19世纪自然主义是断裂的，19世纪现实主义与浪漫主义是断裂的，浪漫主义与自然主义是断裂的，自然主义与象征主义是断裂的……"断裂"的描述被进行得相当彻底，绵延而完整的文学史变成了支离破碎的残片。基于此，修复"断裂"的文学史叙述，重建19世纪西方文学及其与20世纪西方现代主义文学关系的整体视域，显然是一个重要的学术课题。而对19世纪西方文学深层之内在"人学"逻辑线路的发掘与对19世纪西方文学表层之唯美主义"审美现代性"弥散流播的整合，乃是完成这样的学术设想所择取的最重要的学术视角与路径。

若要用一句话来概括19世纪西方文学思潮深层的逻辑，或许那就是——"个人之灵魂的沉吟与血液的低语"。从浪漫派笔下"自由意志"爆棚的"反叛英雄"到自然主义作家笔下被内外"环境"因素所决定的"沉重的肉身"，19世纪西方文学思潮的演进，内在地贯穿着一条鲜明的"人学"逻辑链条[1]。笼统地说，这种内在逻辑可以从时代的哲学、神学、科学、政治学、社会学等角度给出阐释。如经由康德之"哲学革命"现代人之"主体性"原则的确立以及19世纪初现代自由主义思潮的兴起之于浪漫主义的形成，实证哲学对传统形而上学的颠覆以及达尔文进化论对神学世界观的挑战之于自然主义的发端，人类学、生理学、病理学等学科的最新进展之于自然主义、颓废派文学的题材选择，等等。从浪漫主义到自然主义，前者对"个人自由意志"的关注与后者对"沉重肉身"的强调，看上去有点南辕北辙，但底下潜存着一条将两者紧紧铰接在一

---

[1] 参阅蒋承勇《西方文学"人"的母题研究》，华东师范大学出版社2017年版。

起的"人学"红线——"个体/个人的确立"与"灵肉一元论"的形成。所以,英国著名文学史家福克纳指出:"现代人对于世界的理解以及世界上人与人的关系已经不同于以往;……这种变化必定会记录在文学表现的层次上,文学表现需要一套新的形式来体现这种变化。"①

发端于浪漫主义的唯美主义,只是在19世纪西方特定历史语境中应时而生的一种一般意义上的文学观念形态。这种文学观念形态因为是"一般意义上的",所以,其牵涉面必然很广。就此而言,我们可以将19世纪中叶以降的几乎所有反传统的"先锋"作家——不管是自然主义者,还是象征主义者,还是后来的超现实主义者、表现主义者……都称为是广义上的唯美主义者。"唯美主义"这个概念无所不包,本身就已经意味着它实际上只是一个"中空的"概念——一个缺乏具体的作家团体、独特的技巧方法、独立的诗学系统、确定的哲学根底支撑并能对其实存给出明确界定的概念,一个从纯粹美学概念演化出的具有泛泛意义的文学理论概念。所有的唯美主义者——即使那些最著名的、激进的唯美主义人物也不例外——都有其自身具体的归属,戈蒂耶是浪漫主义者,福楼拜是自然主义者,波德莱尔是象征主义者…… 而王尔德则是公认的颓废派的代表人物。拓展开来看,"象征主义、唯美主义……它们有时候以各种组合统摄于'颓废'的标签下"②,更有甚者,颓废主义与浪漫主义、自然主义、象征主义、唯美主义都有关联。

再者,人们常常将达尔文与弗洛伊德视为现代西方文化发展过程中两个紧密相连的界碑,但又常常有意无意地忽略两个界碑之间在诸多科学进展中所自然达成的细部连接。由是,本来紧紧相连的两个历史时期,在很多人的想象与表述当中便被人为地割裂了开来。从1859

---

① [英]彼得·福克纳:《现代主义》,付礼军译,昆仑出版社1983年版,第61页。
② M. A. R. Habib, *Literary Criticism from Plato to the Present: An Introduction*, Oxford: Wiley-Blackwell Publishing, 2011, p. 175.

年进化论的发表,到 1900 年标志着精神分析理论诞生的《释梦》面世,这其中不仅有"人学"观念逻辑框架上的相因相袭,更有人类学、生理学、神经病理学、心理学等相关学科的大量具体成果作为连接两者的通道。如果承认达尔文已经预示着弗洛伊德的出现,现代心理学离不开生理学,那么,当然我们也就可以说:没有自然主义,就不会有现代主义,在叙事文学领域尤其如此。不仅如此,其实自然主义也联结着过去时代的文学,正如左拉所说,"在我看来,当人类写下第一行文字,自然主义就已经开始存在了……自然主义的根系一直伸展到远古时代,而其血脉则一直流淌在既往的一连串时代之中"[1]。

总之,西方诸多文学思潮之间在外表的"断裂"式差异中存在着人文—审美的深度关联,由此它们构成了血脉相连的文学史的有机整体,而不是破碎的"残片"。

当然,我国学界对 19 世纪西方文学思潮在学理认知上的误区与误读,远远不止以上三方面。比如,归纳言之:西方文学史上真正反浪漫派的是现实主义还是自然主义?现实主义与浪漫主义就没有传承关系吗?自然主义和象征主义是如何互相粘连并催生现代主义的?唯美主义"是生活摹仿艺术,而不是艺术摹仿生活"的理论果真是十分荒谬的吗?颓废主义之"颓废"有何审美的与伦理的合理性?……诸多问题,皆有待深入探讨与阐释,其间既有学术研究的空间,也预设了人文交流与传播深度发展的潜在必要与可能。

第三节 深化传播与研究的价值及意义

历史的脚步总是不断走向未来的,人文交流却往往选择不仅关

---

[1] Emile Zola, "Naturalism in the Theatre", in George J. Becker (ed.), *Documements of Modern Literary Realism*, Princeton, New Jersey: Princeton University Press, 1963, pp. 198 – 199.

注当下和未来的"新",甚至更关注过去与传统之"旧",因为"旧"是"新"之"根"与"源",而且,在文化精神流转之弥散性意义上看,人文交流与传播是没有时空界限的,我们的眼睛不可能只注视当下而不放眼传统的历史长河。就本章集中论述的19世纪文学思潮而言,虽然其在我国的传播与接受某种程度上已成为过去,但如前所述,这种传播与接受尚有待深化。深度理解与把握19世纪西方文学思潮,不唯有助于我们追踪西方文学与文化之本原,深度体悟其人文与美学内蕴,也有助于中外人文交流深度推进,具有重要的学术价值和现实意义。

一 深化对马克思、恩格斯文艺理论和文化理论的理解

众所周知,马克思、恩格斯对西方文学所做出的批评、阐释与引用,大量的是基于19世纪西方文学,可以说,马克思、恩格斯文艺理论的实证基础主要是19世纪西方文学——马克思恩格斯就生活在19世纪。据不完全统计,马克思、恩格斯曾深入研究和讨论过几十位19世纪欧洲作家,其中包括法国的夏多布里昂、雨果、乔治·桑、欧仁·苏、巴尔扎克、左拉、莫泊桑;英国的瓦尔特·司各特、骚塞、拜伦、雪莱、托马斯·卡莱尔、艾略特、狄更斯、萨克雷、哈克奈斯;德国的阿伦特、卡尔·倍克、海涅、弗莱里格拉特、敏娜·考茨基、卡尔·济贝尔、贝尔塔、卡·维尔特;俄国的普希金、赫尔岑、屠格涅夫、莱蒙托夫、车尔尼雪夫斯基、杜勃罗留波夫、谢德林以及挪威剧作家易卜生等。说明马克思、恩格斯的文学史观和文艺思想与19世纪西方文学有着密切关系[①]。他们对19世纪欧洲文学思潮和作家作品的阐释与研究后总结归纳出的文学理论,尤其是,他们关于19世纪现实主义文学的精辟论断,无可否认地具有历史意义和当下意义。就此论之,反思19世纪西方文学思潮及其在我

---

① 参见蒋承勇《"世界文学"不是文学的"世界主义"》,《文学评论》2018年第3期。

国接受和传播的历史现状，有助于我们对马克思、恩格斯文艺理论与文化理论的深度理解与把握。

二 修补文学思潮研究的"短板"

在西方学界，文学思潮研究历来是屯集研究力量最多的文学史研究的主战场，这方面的研究成果亦可谓车载斗量、汗牛充栋。与之相比，国内对西方文学思潮研究的历史与现状则相对薄弱：西方文论研究与西方文学研究两条线脱节，文论研究者往往过于沉溺于观念的推演，文学研究者则大都习惯于以点为面，就作家谈作家，就作品论作品；而近几年受西方影响方兴未艾的文化研究，又大都停留于观念翻新的泡沫状态，"空战"者众，沉下来解决问题的少之又少。从文化—文学传播与接受的角度出发，并以当代学术眼光去发掘尚未被我们理解和发现的19世纪西方文学思潮演变与发展的内在奥秘，达成对既有历史事实的穿透性理解，堪称修补本土学界文学思潮研究"短板"的一次探索性尝试，亦不失为一种深度意义上的人文交流和域外文化接受——因为文学思潮所承载的人文内涵是极为丰富的。

三 为"重写文学史"提供真正有效的学术资源

曾几何时，"重写文学史"的喧嚣早已归入沉寂，但如何突破文学史写作中的"瓶颈"，却依然是摆在我们面前十分紧迫的重大课题。我国各种集体编写出来的外国文学史教科书，大多呈现为作家列传和作品介绍，对西方文学的历史展开，既缺乏生动真实的描述，又缺乏有说服力的深度阐释；同时，用有问题的文学史观所推演出来的观念去简单武断地阐释、评说作家和作品，也是这种文学史教科书的常见做法。此等情形长期、普遍的存在，可以用文学（史）研究中文学思潮研究这一综合性层面的缺席来解释，而这也许正是重写西方文学史长期难以获得突破的"瓶颈"。在当下浮躁到可以"自燃"的时代文化氛围和学术氛围中，实实在在、脚踏实地、切实有效的西方文学思潮研究，乃是矗立在依然对文学研究持有一份真诚和热情的学人面前的一个既带有总体性又带有突破性的重大学术工程。毫无疑问，这一艰巨工程的推进，对提升国内西方文学史的研究水平、对加强比较文学与世界文学学科建设、促进中西人文交流的深度，均有重大的现实意义。

四　立足本土，推进中国特色文学与文化理论建设

如本文开头所说，与我国"现代化"历史进程相伴的中国新文学100多年历史的展开，很大程度上乃是本土文学与西方文学不断冲撞、对接的过程。总体来看，不管是现代文学中的"文学研究会"与"创造社"，还是当代文学中的"新写实"与"朦胧诗"，中国新文学对西方文学的接受或西方文学对中国新文学的影响，首先当属19世纪西方诸多文学思潮。而且，我国改革开放来，从20世纪西方现代主义、后现代主义等众多思潮流派在本土传播与接受的实际效果看，这些思潮流派所承载的理论与观念同我国传统的文化—审美心理结构的契合度不高，而19世纪西方文学思潮所蕴含的人文与美学资源则与之有更高的契合度，也更合乎当下社会文化建设的需要，对深化中国新文学（现代文学与当代文学）的研究，对推进中国特色的文学与文化理论建设皆有重要价值。

结　语

在五四新文化运动100年、改革开放40年之后，讨论中外人文交流的"深度"问题，显得格外有历史的与当下的意义。从人文交流角度看，20世纪我国的这两次"开放"不仅仅是域外文化的大规模引进，也是本土文化逐步走向世界的过程，其间，本土文化经过现代化转型后拥有了现代性与国际性双重内质，也焕发出了生机与活力。可见，人文交流与传播是双向的，文化的生命力植根于交流

与互动之中。因此，在"网络化—全球化"时代，我们必须顺势而为，在总结经验教训的基础上加快人文交流进度，尤其要促进交流的深度。这种"深度"的实现，很重要的途径是梳理以往域外文化传播与接受的历史，反思其间的成败得失，以更客观、本真、包容的态度接纳不同历史时期的域外优秀文化资源。在文化传播与接受过程中，主体选择的倾向性是不可避免的。五四时期、改革开放时期基于是时特殊的、特定的文化与社会需求，选择性地重点接纳在当时看来"有价值"的域外文学与文化思潮，有其历史的必然性与合理性。但是，当时的需要不等于今天和未来的需要，过去的评判标准也未必适用于当下，这就需要我们更新观念、拓宽视野、转化评判标准。在复兴民族文化——实际上经过百余年人文交流的实践和积累，本土民族文化已经焕发生机并开始复兴——的当今时代，我们对域外文化的接受视野与期待视野应该更加宏大、宽阔，对域外文化的接受更应有海纳百川的气度。就此而论，我们有必要也应该以本真的眼光对已经在本土传播的域外文化资源作现代学理意义上的深入梳理、研究、阐释进而使其再传播，以增进中外人文交流的深度。其实，这本身就是民族文化繁荣与复兴的一种标志。

第二十一章

五四以降外来文化接受之俄苏"情结"

现代中国与俄苏有特别密切的关系，这是一个众所周知的历史现象。从文化交流与传播的角度看，俄苏文化对中国社会有一种特殊的亲和力，在很长时期内，国人的集体无意识中有一种挥之不去的俄苏文化"情结"。本章试图从俄苏文学，特别是俄苏现实主义倾向的文学在中国接受与传播的角度，对这种文化现象进行解读与阐释。

五四运动前后，西方文化纷纷从不同途径被介绍引进到我国，对本土文化的创新与转型产生了重要影响。在西风东渐的文化潮流中，作为文化的一部分，我国传统文学的现代化也风生水起，新文学应运而生，而西方文学思潮的传播，乃五四文学革命发生的重要外在因素。浪漫主义、现实主义、自然主义、象征主义、唯美主义、颓废主义等西方诸思潮几乎同时进入中国文坛。它们原本可以在这个东方古国一起缤纷绽放，但是，面对诸多外来的文学思潮，本土作家和学者的主体性选择很快开始决定各种思潮在中国的命运。于是，到了20世纪20年代末30年代初，更切合中国文化传统和现实国情、以体现社会功利性见长的现实主义逐步取代了浪漫主义等文学思潮而居于文坛的主导地位，并且俄国现实主义文学之比重特别大，而且后来苏联文学又延续了这一主导地位。深入分析与研究文学跨文化传播中的民族文化"情结"之影响与作用，对深化中外文化交流，包括如何有针对性地做好中华传统文化的对外传播，都有借鉴意义。

第一节　文化亲和力与文学的接受与传播

19世纪与20世纪之交，梁启超在我国文化界倡导"小说界革命"，力图通过小说推动社会改革。在欧洲，早在19世纪初就开始进入"小说的世纪"，西方文学主潮现实主义（包括自然主义）的繁荣是以小说的兴盛与成熟为标志的，这比中国早了差不多一个世纪。晚清时期我国知识界人士对域外小说的译介，无疑也是20世纪中国小说兴起的重要因素。西方19世纪现实主义文学（小说）的基本特征是反映现实生活、再现历史风貌，具有强烈的社会批判精神和人道情怀，具有很高的社会认识价值和道德训谕作用。正是这种富于理性精神和社会功能的文学思潮和文学体裁，契合了五四前后中国社会之需要，尤其是契合了梁启超"小说界革命"对发挥文学之社会功能的诉求。随着五四新文化运动的兴起和"文学革命"运动的推进，更多有识之士进一步倡导文学的社会功用，倡导写实文学和"为人生的文学"，借以促进社会变革。可以说，五四新文化运动初期，虽然对多种西方文学思潮都有不同程度的介绍与引进，并相应地形成了本土的一些文学社团和流派，但是，出于反对贵族化的中国"古典主义"文学和有害世道人心的旧文学，"以挽今日浮华颓败之恶风"[①] 之现实需要，新文化运动的先驱者们很快就相对聚

[①] 陈独秀：《答张永言》，《新青年》1916年第6期。见贾植芳、陈思和编《中外文学关系史资料汇编（1898—1937）》（下册），广西师范大学出版社2004年版，第712页。

焦于对 19 世纪现实主义文学的接受与传播。崇奉浪漫主义的"创造社"、信奉古典主义的"学衡派"、认同现实主义的"文学研究会"等经过短时期的论战,以"浪漫主义首领"郭沫若在 1925 年转向"写实主义"为标志,20 世纪 20 年代中后期,"写实主义"/现实主义在中国学界与文坛成了介绍与研究的主要对象。

1917 年至 1927 年这段时间里,我国文学界接纳与传播的外来文学思潮的主体是 19 世纪现实主义,而其中最主要涉及的国家是俄国和法国,且以俄国为甚。对此现象我国学界以往给予了一定的关注。比如,王嘉良认为:"'五四'时期,中国知识分子对现实主义的译介和接受更注重的是一种现实主义精神,而不是现实主义的创作方法,当时的文学作者大都反对一种'纯粹的'现实主义,而强调表现思想的重要性。所以,更能引起大家共鸣的是俄国的'为人生'的文学,而某种程度上,故意忽视了法国现实主义作家津津乐道的冷静、客观的创作方法。这和中国知识分子强烈的启蒙心态有关。"[1] 王嘉良指出了五四时期我国学界对俄国现实主义格外青睐的这个现象,但是对其中原因及其后续影响的分析尚显表面和简单,因此仍有必要做深入研究。

"根据《新文学大系·史料索引》不完全统计,1917 年至 1927 年共出版外国文学译著 225 种,总集或选集 38 种,单行本 187 种,其中俄国 65 种,法国 31 种。"[2] 从代表性作家看,鲁迅对西方现实主义文学思潮的接受倾向于俄国,其中许多内容又是通过日本学界对现实主义的接受间接地传播到中国的。茅盾虽然一开始对法国现实主义(自然主义)推崇有加,这源于他对法国式现实主义科学化的、真实精细的描写风格的喜好,但是他对俄国式写实主义也同样推崇。他于 1921 年 1 月执掌《小说月报》之后,先是推出"法国文

---

[1] 王嘉良:《现代中国文学思潮史论》(上),上海文艺出版社 2011 年版,第 68 页。

[2] 同上书,第 67 页。

学研究"专号,接着于1921年9月推出"俄国文学研究"号外,其中的论文部分有《俄国文学的启源时代》《十九世纪俄国文学的背景》《近代俄罗斯文学底主潮》等总论性、理论性文章,另有果戈理、托尔斯泰、屠格涅夫、陀思妥耶夫斯基等作家的传记,此外还有果戈理、列维托夫、屠格涅夫、高尔基、柴霍夫、安德烈夫、陀思妥耶夫斯基、梭罗古勃、库普林、普希金等作家的翻译作品。同年10月又推出了"被损害民族的文学"专号,这个专号的文章大多是鲁迅、周作人和茅盾三个人翻译的。此外,这个时期的《小说月报》还经常刊发俄国、东欧的文学译作。早在1909年周作人和鲁迅合作出版的《域外小说集》中,主要的作家作品是俄国和东北欧的。可见,五四时期我国文坛和学界对俄国和东北欧被损害民族的有写实精神和反抗精神的文学有一种特殊的接受喜好,这也有力推进了我国本土批判性、写实性文学的发展,对中国式的现实主义文学思潮的形成和推进起到了积极作用。或者说,五四时期中国式的现实主义的骨子里,刻有俄国文化的印记。

众所周知,19世纪现实主义文学思潮发源于西欧各国,然后传播到世界各地,因此,最具本源性特征的现实主义文学应该在西欧而非其他任何一个被传播的国家或区域。那么,为什么五四时期乃至后来相当长的时期里,我国文学与文化界虽然也接纳西欧的现实主义文学,但同时又对俄国及东北欧,尤其是俄国文学特别青睐呢?其间有何文化缘由?这是一个值得细究的文学跨文化交流的话题。

现实主义作为一种文学思潮,虽然起源于西欧,但是,作为国际性文学思潮的流行,则是在整个欧洲和北美,或曰"西方"的主要国家和地区。笔者以为,从政治、经济的角度讲,"西方"主要指西欧和美国、加拿大以及澳大利亚等资本主义国家。但是,文化意义上的"西方",主要指以古希腊罗马文化和希伯来基督教文化为渊源的区域,大致上包括欧洲、美洲和西亚、北非部分地区,其中心是欧美。正是在这个意义上,"西方文化"指的就是以古希腊罗马文化和希伯来基督教文化为价值核心的文化体系;古希腊罗马文学和希伯来基督教文学被称为西方文学的两大源头,也称"两希"传统。文学以文化为土壤,并且是文化的一部分,因此,"西方文学思潮"就是西方文化体系内相关国家的文学,且主要是欧美地区的文学。由是,19世纪现实主义就是欧美地区的一种具有写实传统的文学思潮,在这种意义上,俄国和东北欧地区也是19世纪现实主义文学思潮的发源地,或者说是宽泛意义上的发源地。不过,笔者认为,在宽泛意义上作如此归类,并不妨碍我们从文化差异性和跨文化比较的角度辨析"西方"不同国家和民族在文化和文学上的差异性,尤其是辨析俄国(包括东欧国家)现实主义与西欧国家现实主义文学之差异性及其在中国的再传播过程中的"变体"特征与新质属性。

18世纪末19世纪初的俄国属于农奴制社会,资本主义尚处于萌芽阶段,在政治经济上远远落后于英、法等西欧国家,文化上的现代性发展也滞后于西欧国家。从文学上看,19世纪俄国的浪漫主义和现实主义都是在西欧的启迪和影响下发展起来的。正如茅盾所说,"俄国是文化后进国家,在文艺上,它把西欧各国在数世纪中发展着的文艺思潮于短时间一下子输入了进去的"[①]。尤其是,由于俄国当时的国情所致,俄国社会的有识之士都希望借西欧之"先进"思想改造社会,他们的改良、变革或者革命意识十分强烈。因此,他们在接纳西欧现实主义和浪漫主义时,都从俄国当下之需要出发,选择性地接纳并改造外来的现实主义和浪漫主义。比如,他们在接纳西欧浪漫主义的抒情性和主观性,接纳现实主义的写实性和真实性的同时,又有所放大地接纳和传播这两种文学思潮的社会批判性和政治性内涵,因此,俄国的浪漫主义和现实主义都具有强烈的社会批判精神和政治变革意识。就19世纪俄国现实主义来说,除了强烈的社会批判精神之外,还具有明显强于西欧的社会变革意识和政治激情。俄国现实主义文学的倡导者别林斯基、车尔尼雪夫斯基和杜勃罗留波夫(合称"别车杜")都是充满战斗精神与政治激情的批

---

① 茅盾:《西洋文学通论》,书目文献出版社1985年版,第65页。

评家和作家。① 19 世纪初，小说家果戈理的早期作品发表后，别林斯基就以《论俄国中篇小说和果戈理先生的中篇小说》等评论文章，对其创作中直面现实的社会批判精神予以阐发和维护。而后，当读到果戈理《死魂灵》第一部的手稿时，他敏锐地发现这是难得的揭露俄国农奴制社会丑恶的讽刺史诗，随即帮助果戈理将其出版。《死魂灵》的公开问世，犹如在当时沙皇统治下的俄国社会投下了威力惊人的炸弹，引来了整个文坛对作品的异见纷呈，也激起反对派对果戈理的猛烈围攻。此时，别林斯基几乎是单枪匹马，冒着枪林弹雨，挺身为处于孤立无援和茫然恐惧中的果戈理辩护。他以《一八四六年俄国文学一瞥》《一八四七年俄国文学一瞥》等一系列论文，在理论上阐发和捍卫了果戈理的现实主义传统。别林斯基的系列评论，不仅把论战对方用来攻击、贬低果戈理的"自然派"概念正面阐发为新型的俄国"现实主义"文学流派，而且明确指出了果戈理"自然派"（即现实主义）就是未来俄国文学发展的正确方向，进而把赫尔岑、涅克拉索夫、屠格涅夫、陀思妥耶夫斯基等大批作家团结在"自然派"旗帜下。从此，俄国许多写实倾向的作家都沿着这个传统进行创作，从而促成了 19 世纪俄国现实主义文学的繁荣。

别林斯基、车尔尼雪夫斯基和杜勃罗留波夫生活的 19 世纪俄国正处在沙皇统治下的落后而腐朽的农奴制社会，此时，欧洲的启蒙主义思想也正影响着一大批俄国知识分子，他们以不同的方式推进俄国社会的思想启蒙与民主改革。"别车杜"对启蒙思想有着宗教般的虔诚与迷恋，他们把弘扬启蒙思想同解放农奴、拯救苦难者、拯救俄国命运的实际行动结合在一起。启蒙理性和民主主义思想让他们直面现实的苦难与罪恶，并力图通过文学和文学批评揭露隐藏在虚华背后的丑恶与黑暗，其间寄寓着他们启蒙式的文学与政治理想，

---

① 蒋承勇：《作家与批评家的"恩怨"及其启示》，《浙江社会科学》2019 年第 1 期。

而且，他们以满腔的热情为这种理想而呕心沥血。他们影响力巨大而深远的文学批评和创作改变了俄国文学创作和文学批评的走向，而且还改变了一个民族思想发展的走向，具有强烈的社会感召、思想引领和精神启蒙的作用。他们把西欧现实主义文学思潮的社会批判精神发扬到了极致，这实际上意味着对西欧现实主义的一种改造，或者说，俄国现实主义文学以其强烈的政治激情、民主主义精神和启蒙理性在欧洲独树一帜，并由此而在19世纪和20世纪俄国文学史、苏联文学史乃至现当代中国文学史上都留下了深远影响。我们甚至可以说，俄国现实主义文学以其独有的风格丰富和发展了西欧现实主义，前者是后者的"变体"。

当我们看到俄国现实主义文学是后发于西欧并明显有别于西欧现实主义，进而把俄国（包括东北欧乃至日本等）现实主义看作西欧本原性现实主义的一种"变体"的时候，也许就可以窥见我国文坛和学界在五四时期乃至后来长期青睐俄国现实主义的缘由之一斑，那就是：俄国现实主义文学中那种比西欧现实主义文学更加鲜明的启蒙理性（这在西欧主要出现在18世纪）、战斗的民主主义思想、强烈的社会变革及批判意识等，都呼应了当时中国本土的社会情势，投合了我国有识之士开启民智、文化更新、摆脱蒙昧、变革政治、社会改良等诉求，因此，它对中国本土有一种特别的文化与政治的亲和力，这就是文化"情结"建构的内部与外部、主观与客观的原因。由于俄国作家创作之"社会的政治的动机"十分强烈，把文学当作"社会的，政治的幸福之利器"，并以其为"革命之先声"[①]，所以，新文学的倡导者李大钊就倾向于接受与传播俄国现实主义文学。鲁迅在谈到怎么做起小说来的时候也说，当时"也不是自己想创作，注重的倒是绍介，在翻译，而尤其注重于短篇，特别是被压迫的民族中的作者的作品。因为那时正盛行排满论，有些青年，都

[①] 李大钊：《俄罗斯文学与革命》，《人民文学》1979年第5期。（说明：该文此时为首次发表）

引那叫喊和反抗的作者同调的"。"因为所求的作品是叫喊和反抗，势必至于倾向了东欧，因此所看的俄国、波兰以及巴尔干诸小国作家的东西特别多。"① 至于后来"'为什么'做小说罢，我仍抱着十多年前的'启蒙主义'，以为必须是'为人生'，而且要改良这人生。我深恶先前的称小说为'闲书'，而且将'为艺术而艺术'，看作不过是'消闲'的新形式的别号。所以我的取材。多采自病态社会的不幸的人们中，意思是在揭出病苦，引起疗救的注意"②。有鉴于此，鲁迅称赞"俄国文学是我们的导师和朋友。因为从那里面，看见了被压迫者的善良的灵魂，的辛酸，的挣扎"③。"俄国的文学，从尼古拉斯二世时候以来，就是'为人生'的，无论它的主意是在探究，或在解决，或者堕入神秘，沦于颓唐，而其主流还是一个：为人生。"④ 其实，茅盾、周作人等基本上也出于这样的目的而倾向于接受和传播俄国现实主义文学。茅盾虽然一开始着力介绍法国等国家的现实主义文学，但后来尤为关注并介绍俄国现实主义文学。1941年，他在《现实主义的路》一文中指出："五四以后，外国的现实主义作品对于中国文坛产生最大影响的是俄国的批判现实主义文学。"⑤ 他本人后来之所以力推俄国现实主义文学，是因为俄国当时"处于全球最专制之政府之下，逼迫之烈，有如炉火，平日所见，社会之恶现象，所忍受者，切肤之痛苦。故其发为文学，沉痛恳挚；于人生之究竟，看得极为透彻"⑥。茅盾不仅看到了俄国社会与当时中国社会的相似性，也看到了俄国现实主义对社会的批判与揭露之

---

① 鲁迅：《我怎么做起小说来》，《鲁迅全集》（第4卷），人民文学出版社1998年版，第511页。

② 同上书，第512页。

③ 鲁迅：《祝中俄文字之交》，《鲁迅全集》（第4卷），人民文学出版社1998年版，第460页。

④ 鲁迅：《〈竖琴〉前记》，《鲁迅全集》（第4卷），人民文学出版社1998年版，第432页。

⑤ 茅盾：《现实主义的路》，《新蜀报》1941年1月30日。

⑥ 茅盾：《托尔斯泰与今日之俄罗斯》，《学生杂志》1919年第6卷第4—6号。

深刻以及描写之"沉痛恳挚",这正是他所期待和追求的我国新文学之风格。这种新文学与传统的中国文学是完全不一样的——那就是像俄国文学一样具有立足现实世界、追寻人生的意义。正如他后来回忆时所说,当时"恐怕也有不少像我这样,从魏晋小品、齐梁辞赋的梦游世界里伸出头来,睁圆了眼睛大吃一惊,是读到了苦苦追求人生意义的俄罗斯文学"[1]。而在五四时期的周作人看来,"俄国在十九世纪,同别国一样受着欧洲文艺思想的潮流,只因有特别的背景在那里自然的造成了一种无派别的人生的文学"[2]。"十九世纪的俄国正是光明与黑暗冲突的时期,改革与反动交互的进行。"[3] 恰恰由于"中国的特别国情与西欧相异,与俄国却多相同的地方,所以我们相信中国将来的新兴文学当然的又自然的也是社会的,人生的文学"[4]。俄国当时的"特别国情"和特别的文学背景有许多与中国相似,所以对"中国的创造或研究新文学的人,可以得到一个大的教训(即借鉴,引者注)"[5]。总之,正是由于俄国现实主义文学拥有相比于西欧现实主义更适于中国新文学发展与建设的特质,所以不仅五四前后我国文坛与学界对其给予了特别的青睐,而且,后来我国文学文化界也长期给予了青睐,以至对接踵而至的苏联文学也情有独钟,其缘由是相通的——因为俄国现实主义的固有特质与传统延续到了其后继者苏联文学之中。由此观之,如果俄国现实主义在一定程度上是西欧现实主义文学的变体,那么,我国五四时期倡导和传播的现实主义,既是西欧现实主义的变体,更是俄国现实主义的变体,或者是两者交融形成的新的"变体"。在这种意义上,我国五四时期现实主义文学是西欧现实主义"变体"形式的文学思潮、

---

[1] 茅盾:《契诃夫的世界意义》,《世界文学》1960年第1期。
[2] 周作人:《文学上的俄国与中国》,《艺术与生活》,北京十月文艺出版社2011年版,第73页。
[3] 同上书,第74页。
[4] 同上书,第78页。
[5] 同上。

创作方法和文学批评方法。

值得注意的是,无论是西欧的还是俄国的现实主义文学,都特别强调文学的社会功能,而俄国现实主义则因其社会功能的高度体现,更显示出自己作为"变体"的个性特征。由于现实社会情势之需要,在我国五四新文学成长的过程中,作家们普遍将"为人生"当作自己文学追求的主流价值观,而认同"为艺术而艺术"、视文学为"消遣""娱乐"者为数甚少。文学研究会"人生派"作家的目标集中于倡导现实主义文学上,因此,他们的文学创作与理论倡导也就成了这个时期我国接受与传播19世纪现实主义文学思潮的主体。可见,我国五四时期以文学研究会为主导的对现实主义文学的接受,也是明显具有社会功利倾向的,这也就决定了我国对现实主义特别是对俄国现实主义的理解、接受与传播也突出了其社会功利性。当然,在当时的情况下,强调文学的社会功利性,凸显现实主义之社会批判精神和变革意识,也是我国本土文化传统和当时社会情势本身之需要,因此有其历史的、文化的必然性与现实的合理性、正确性。不过,以社会功能作为对19世纪现实主义文学之内涵与特征的整体性概括与评价,又显得狭隘和片面。而恰恰是这种"片面"与"狭隘",又为此后现实主义在本土更深入地传播、接受与研究设置了隐形的障碍。

第二节　俄苏现实主义的中国式变体

循着上述的逻辑思路,再来看20世纪三四十年代我国文坛关于现实主义的接受、传播和研究,我们发现此时不再有五四时期的那种热情与执着,西欧的现实主义更加难以为国人所接纳与传播;"现实主义"的旗号依旧高高飘扬,而其内涵与五四时期已迥然不同。

20世纪30年代末至40年代,随着左翼文学运动和民族救亡运动的开展,文学与政治的关系较之五四时期变得尤为难分难解,文学的政治内容和社会功利性被大力张扬,现实主义文学也因其与生俱来的鲜明的社会批判和政治历史属性而在这特殊背景下格外凸显出"工具性"功能。激进的左翼文学在特定的社会情势下使文学与政治的联系更为密切,这就为即将登场的新形态的现实主义——"社会主义现实主义"以及"革命的现实主义"作了政治与思想理论之铺垫。相对谙熟苏联文学与政治的周扬及时地传播了社会主义现实主义创作方法。1933年11月,周扬在《现代》杂志第4期第1卷上发表《关于"社会主义的现实主义与革命的浪漫主义"》一文,这是中国学人第一次正式介绍与倡导"社会主义现实主义"。这"是当时文坛上的一件大事,标志着苏联社会主义现实主义汇入并左右中国现代文学主潮"①,也预示着左翼文学思想沿着新的路线向前发展,更预示着俄国现实主义尤其是苏联"社会主义现实主义"将成为外来现实主义在中国传播与接受的主流,而西欧的本源性现实主义的接受与传播以及五四现实主义传统的延续在相当程度上进入式微状态。1938年,雷石榆在《创作方法上的两个问题——关于写实主义与浪漫主义》一文中明确将写实主义分为自然主义的写实主义和社会主义的写实主义:"前者着重客观现实之真实,如实地记录那现实,或解剖现实,巴尔扎克、莫泊桑、托尔斯泰等作家莫不如是;后者不但真实地表现现实,而且更积极地、更科学地透视现实的本质,因此现实的多样性、矛盾性、关联性、个别性、活动性以及发展的必然性得到充分揭示。"② 此后,欧洲现实主义在中国的传播与发展便基本上循着"社会主义的写实主义"的主渠道一路高歌。

中华人民共和国成立后不久,茅盾就在《略谈革命的现实主义》一文中提出:"社会主义的现实主义的创作方法和我们目前对于文艺创作的要求也是吻合的。"③ 1950年,他在《目前创作上的一些问题》一文中又说:"最进步的创作方法,是社会主义现实主义的创作

---

① 温儒敏:《中国现代文学批评史》,北京大学出版社2005年版,第144页。
② 雷石榆:《创作方法上的两个问题——关于写实主义和浪漫主义》,《救亡日报》1938年1月14日。
③ 茅盾:《略谈革命的现实主义》,《文艺报》1949年第4期。

方法。基本要点之一就是旧现实主义（即批判的现实主义）结合革命的浪漫主义。而在人物描写上所表现的革命浪漫主义的'手法'，如用通俗的话来说，那就是人物性格容许理想化。"[1] 20 世纪 50 年代，针对冯雪峰（《中国文学从古典现实主义到社会主义现实主义的发展的一个轮廓》）和茅盾（《夜读偶记》）认为现实主义在中国源远流长且一直居于主流地位的观点，同时也是基于"现实主义"标签在杜甫等中国古典文学家头上飞舞的状况，对中国古典文学中是否存在现实主义文学，本土学界存在过持续的争论。但总体来看，基于冯、茅二人的政治势头，这场争论事实上并没能够有效展开。

20 世纪 50 年代后期，在"百花齐放，百家争鸣"和批判教条主义的背景下，秦兆阳发表了《现实主义——广阔的道路》一文，对"社会主义现实主义"提出质疑。他特别强调正确处理好文学艺术与政治的关系，反对简单地把文艺当作某种政治概念的传声筒。他认为"追求生活的真实和艺术的真实"是现实主义的一个最基本的大前提，现实主义的一切其他的具体原则都应该以这一前提为依据；"现实主义文学的思想性和倾向性，是生存于它的真实性和艺术性的血肉之中的。"秦兆阳说，如果"社会主义精神"是"艺术描写的真实性和历史具体性"之外硬加到作品中去的某种抽象的观念，这无异于否定客观真实的重要性，让客观真实去服从抽象的、固定的、主观的东西，使文学作品脱离客观真实，变为某种政治概念的传声筒。他认为，根据现实主义的内容特点将两个时代的文学划出一条绝对的界线是困难的。他提出了一个替代的概念"社会主义时代的现实主义"[2]。周勃在《论现实主义及其在社会主义时代的发展》、刘绍棠在《现实主义在社会主义时代的发展》中表达了与秦兆阳相近的见解。

历史地看，中国的"社会主义现实主义"实际上是苏联社会主义

---

[1] 茅盾：《目前创作上的一些问题》，《文艺报》1950 年第 9 期。
[2] 秦兆阳：《现实主义——广阔的道路》，《人民文学》1956 年第 9 期。

现实主义的一种"翻版"或者"变体"。社会主义现实主义作为一种创作方法于20世纪30年代初经过一段时间的讨论和论争后，最终于1934年在第一次全苏作家代表大会通过的作家协会章程中正式提出并宣布为苏联文学的创作方法，其含义是："社会主义现实主义，作为苏联文学与苏联文学批评的基本方法，要求艺术家从现实的革命发展中真实地、历史具体地去描写现实；同时，艺术描写的真实性和历史具体性必须与用社会主义精神从思想上改造和教育劳动人民的任务结合起来。社会主义现实主义保证艺术创作有特殊的可能性去发挥创造的主动性，去选择各种各样的形式、风格和体裁。"① 在苏联，一般认为社会主义现实主义形成于20世纪初，也就是俄国1905年革命之后，其标志是高尔基的《母亲》和《底层》。社会主义现实主义自诞生起，也一直在反复的讨论中不断摆脱"庸俗化的教条主义"的"狭隘性"内容，以"广泛的真实性"和"开放的美学体系"、现实生活发展的"没有止境"② 等新内容不断丰富其内涵。确立社会主义现实主义的根本目的是：社会主义苏联的文学必须体现社会主义思想并为无产阶级和广大劳动人民服务。而在创作理念与方法上，其又汲取了俄国现实主义乃至西欧现实主义的"写实"精神与传统。因此，笔者认为，苏联的社会主义现实主义无疑是19世纪现实主义的一种"变体"，而且，因其影响广泛而久远，实际上"已经成了国际的文学现象"③。所以，从国际传播与影响的角度看，它实际上已不仅仅是一种文学创作方法与文学批评方法，也是一种新的现实主义文学思潮或者流派。苏联的社会主义现实主义作为一种"变体"的新的现实主义文学思潮，在中国的影响广泛而深远。它一问世，就得以在中国接受与传播。在社会主义现实主义旌旗下，从20世纪30年代至五六十年代，苏联文学一直是我国文学创作和文学研究学

---

① 《中国大百科全书·外国文学》（Ⅱ），中国大百科全书出版社1982年版，第909页。

② 同上书，第911—912页。

③ 同上书，第912页。

习、效仿和借鉴的主体。

如前所述，我国文学界从20世纪30年代初就直接借用苏联的社会主义现实主义，并尊其为我国新文学的方法与方向；尤其是，长时期出于对苏维埃社会主义的崇拜和对苏联"老大哥"的敬仰，苏联文学及其社会主义现实主义之精神，有效地促成了我国现当代文学之灵魂的铸就。就像五四时期我国文学界特别青睐俄国现实主义文学一样，这种延续下来的俄国"情结"，此时成了催发对苏联文学特别喜好的"酵素"；或者说，俄国现实主义文学的某些特质，延续到了苏联文学之中，这也是我国文学界对苏联文学深感亲切并爱惜有加的深层原因。因此苏联文学尤其是社会主义现实主义的观念，无形地渗透在了我国无产阶级和社会主义形态的文学与理论之中。在此，有一个具体的典型案例，特别值得深度分析阐发，那就是1942年毛泽东《在延安文艺座谈会上的讲话》（以下简称《讲话》）及其与中国"社会主义现实主义"文学的关系问题。

毛泽东的《讲话》并没有明确提出将"社会主义现实主义"作为解放区文艺创作的基本方法，但是，他根据当时的国情，强调文艺为广大人民大众服务，首先为"工农兵"服务的基本宗旨与大方向，不仅在相当程度上呼应了苏联的"社会主义现实主义"——事实上《讲话》本身也已经接受了苏联社会主义现实主义的影响——而且催化或者促进了苏联社会主义现实主义在中国的接受与传播，并使我国现实主义文学从理论到创作步入了一个新境界。文艺为人民大众服务，首先为工农兵服务，这固然有特殊年代较强的政治功利色彩，但其历史与现实之必然性与合理性也是不容置疑的。因为，就文学之本质而言，政治性与功利性也是其题中应有之义，"艺术中的政治倾向是合法的，不仅仅因为艺术创造直接与实际生活相关，而且总是因为艺术从来不仅仅描绘而总是同时力图劝导。它从来不仅仅表达，而总是要对某人说话并从一个特定的社会立场反映现实，以便让这一立场被欣赏"[1]。作如此引证和阐发，当然并不意味着我们赞同文学的功利主义和"工具化"。历史地看，毛泽东强调的文学方向和宗旨，其精神实质承续了五四现实主义"为人生"之文学精髓，也契合了当时社会情势对文学之社会功能的期待。因为，"为人生"的核心是启迪民智、揭露社会黑暗以及国民之精神病疴，救民众、民族与国家于水深火热之中。在20世纪三四十年代，救亡和启蒙都是家国与民众之安危所系，文艺为人民大众、为工农兵的功能与价值追求，也是新形势下的一种"为人生"精神之体现，也是"人的文学"和"平民的文学"的一种体现。至于毛泽东强调作家与现实生活的关系、文学反映现实生活，本身也不乏现实主义的"写实"与"求真"之精神，而且，《讲话》针对国统区和抗日根据地的实际情况，强调"一切危害人民群众的黑暗势力必须暴露之，一切人民群众的革命斗争必须歌颂之"。应该说，《讲话》所倡导的文艺创作与批评方法及文学观念，在总体上与苏联的社会主义现实主义原则比较接近，也接续着五四时期的现实主义传统。《讲话》发表之后，其核心精神基本上贯穿了20世纪30年代到70年代末的我国主流形态的现当代文学。从跨文化传播的角度看，这段历史也可以说是中国文学界对苏联社会主义现实主义之接受、传播与实践的历程，中国的"社会主义现实主义"和"革命现实主义"是苏联社会主义现实主义的变体，同时也属于19世纪现实主义的变体，而《讲话》是这种"变体"之核心精神的特殊形态的显现。而且，《讲话》又是对马克思、恩格斯关于现实主义之论断的一种接受与传播，是马克思主义文艺思想的一种中国式展示。

如上所述，苏联的"社会主义现实主义"是俄国现实主义的一种"变体"，那么，这种"变体"了的"现实主义"在具有强烈的社会功利性这一点上放大性地传承了俄国现实主义的社会政治功能，

---

[1] Arnold Hauser, "Propaganda, Ideology and Art", István Mészáros ed., *Aspects of History and Class Consciousness*, London: Routledge & Kegan Paul, 1971, p. 131.

其原有的强烈的社会批判性有所削弱，于是，由于拥有了过多的超越文学自身本质属性的意识形态内容而演变出鲜明的政治宣传之特征，它的政治理想色彩更加浓郁，社会批判功能反而弱化。至于我国把苏联的"社会主义现实主义"加以改造后出台的与"革命浪漫主义"相结合的"革命现实主义"，则更是现实主义的"变体"，尤其是在"文化大革命"这种的特殊语境里，"革命的现实主义"更成了一种空洞的口号和政治宣传的"工具"，客观上构成了对现实主义精神、方法和理念的冲击和损害。

改革开放初期，被称为"回归"的现实主义，呼唤人道精神、暴露假丑恶、批判社会的不良现象，继承了五四时期现实主义"为人生"的写实传统，也不乏俄苏现实主义和社会主义现实主义的精神。但是，我国20世纪80年代开始的又一度"西风东渐"，主要接纳的是欧美现代主义、后现代主义文学与文化，俄苏文学与文化在我国的影响明显降温。

结　语

总之，百余年来俄国现实主义对孕育具有写实精神和社会批判性的中国特色的现实主义文学以及理论建设，是起了举足轻重的作用的。从20世纪20年代初开始，中国开始出现了具有世界现实主义特征的写实文学。正如李欧梵所说，从当时中国作家"感时忧国"的精神可以见出他们创作的是"社会—政治批判"[①]的文学，深受俄国现实主义的影响。此种文学既回应了梁启超"小说界革命"对社会改良与变革的呼唤，也顺应了五四以后长时期内中国社会之启蒙与救亡的现实需要。但是，这也在一定程度上强化了现实主义的社会功利性特征，固化了人们对现实主义的一种不够全面客观的认

---

① 李欧梵：《现代性的追求》，生活·读书·新知三联书店2000年版，第229页。

识：重视和凸显其社会—政治批判与认识价值，而忽略了文学的审美特征、价值与功能。实际上苏联的社会主义现实主义之所以一开始就在我国文坛与学界被广泛接纳与传播，也与此相关。至于社会主义现实主义以不同形态在中国的传播，既推进了本土社会主义形态的现实主义文学的发展，也助长了文学的政治化、工具化和口号化倾向。

百年沧桑，雁过留声。蓦然回首，俄苏文学在我国本土文化土壤里播下的种子，生长了、开花了、结果了，其积极进步作用是不可否认的。如今，当年俄国现实主义和苏联社会主义现实主义都已风光不再，但在我们的精神文化生活中，它们的身影依旧忽隐忽现，时时散发出其经久不逝的迷人芬芳，因为，它们的许多精神与情感已浸润在我们民族文化的血液之中。从文化交流的角度考察与总结俄苏文学在中国接受与传播之历史和成功经验，也提醒我们：中国传统文化走出去，不是单方面的一厢情愿，还要考虑非母语国的文化传统和审美期待。有的放矢，进行文化针对性相对明确的经典外译，可能才会有效或者更加有效。

下 编

理论研究与方法创新

第二十二章

走向融合与融通：跨文化比较与外国文学研究方法更新

在国务院新公布的学科分类中，外国语言文学一级学科下增设了"比较文学与跨文化研究"二级学科①，这与20年前中国语言文学一级学科下设置"比较文学与世界文学"二级学科形成呼应。②随之，2017年10月27日，"中国外国文学学会比较文学与跨文化研究分会"成立，与20世纪80年代诞生而今声势颇大的"中国比较文学学会"不同程度地形成呼应。这两个信息对外国语言文学学科的学术研究与人才培养意味着什么？在实践层面应该有什么样的举措？"比较文学与跨文化研究"就是"比较文学与世界文学"抑或就是"比较文学"吗？尤其是对外国文学研究来说，它的增设到底有什么意义与作用？诸如此类的问题，不仅仅关涉教学实践与人才培养，也关涉学科建设与学术研究。而对外国文学研究来说，笔者认为，它的增设，更关涉理念更新与视野拓宽的问题，具有方法论意义。

---

① 《国务院学位委员会关于开展2017年博士硕士学位授权审核工作的通知》（2017年）。

② 国务院学位委员会、国家教育委员会：《授予博士硕士学位和培养研究生的学科、专业目录》（1997年）。

第一节　两个"二级学科"之内涵比较

外国语言文学一级学科下的"比较文学与跨文化研究",与中国语言文学一级学科下的"比较文学与世界文学"相比,字面上的差别是"跨文化研究"与"世界文学"。显而易见,这意味着它们各自都必须研究比较文学的基本原理,尤其是要以比较文学的理论与方法展开国别文学研究;比较文学是它们共同的学科基础,而跨文化研究与世界文学是它们不同的追求目标和研究范围及途径。在此,对"跨文化研究"与"世界文学",笔者还将作一番推敲、阐释。

从操作层面看,两个二级学科在各自研究方向的设置上是否可大致表述为:

> 比较文学与世界文学:比较文学理论研究;中外文学关系研究;世界文学研究(文学跨文化研究);文学跨学科研究;译介学……

> 比较文学与跨文化研究:比较文学理论研究;文学跨文化研究(世界文学研究);文学跨学科研究;译介学……

上述两相对照的表述,仅仅是笔者粗略的概括性举例而已,总体而言,两种表述有大同而存小异,其间"同"与"异"的产生,均基于各自所在的"中国语言文学"和"外国语言文学"的学科内涵、学科语境和学科逻辑。

第二十二章 走向融合与融通：跨文化比较与外国文学研究方法更新 429

　　对人们耳熟能详却又众说纷纭的"世界文学"概念①，笔者在此无意于从学术争鸣的角度多作阐发，而仅就本文论述之需要，从学科设置的角度略作简单界定。"中国语言文学"所属二级学科中的"世界文学"，习惯上指的是除了中国文学之外的所有外国文学，这是一种基于中国语言文学一级学科语境与学科逻辑的狭义概念。对此，有人曾予以质疑和诟病，认为这个"世界文学"概念是错误的，因为，排除了中国文学的"世界文学"还能称为世界文学吗？进而认为，这是中国人对自己文化传统的"不自信"和"自我否定"。这里，如果离开特定的学科语境，那么此种质疑似乎不无道理。不过，我们不妨稍稍深入地想一想：中国学者怎么会不知道世界文学包括中国文学，这是基本的常识，他们怎么可能犯如此低级的错误呢？其实，在"中国语言文学"这一级学科语境下谈"世界文学"，它完全可以直指不包括中国文学在内的外国文学。因为，中国文学在中文系是自然而然的专业基础课程，在母语文学之外再开设外国文学，是要求中文系学生不能仅仅局限于母语文学的学习，而必须拓宽范围学习外国文学，使其形成世界文学的国际视野和知识结构。于是，此种语境下的"世界文学"实乃暗含了中国文学的，或者说是以中国文学为参照系的外国文学；这一"世界文学"是在比较文学的意义上包含了中外文学关系比照之内涵的人类文学集合体，其

---

① 在 21 世纪之交，国际学界围绕"世界文学"的概念展开了深入而持久的讨论，可谓见仁见智、新见纷呈。其中比较有影响的理论家与著作有：David Damrosch, *What is World Literature?* Princeton: Princeton University Press, 2003; Christopher Prendergast (ed.), *Debating World Literature*, London: Verso, 2004; Pascale Casanova, *The World Republic of Letters*, trans. M. B. Debevoise, Cambridge, Mass. and London: Harvard University Press, 2004; Emily Apter, *The Translation Zone: A New Comparative Literature*, Princeton: Princeton University Press, 2006; Mads Rosendahl Thomsen, *Mapping World Literature: International Canonization and Transnational Literatures*, New York: Contiuum, 2008; David Damrosch (ed.), *World Literature in Theory*, Chichester, West Sussex: Wiley-Blackwell, 2014; Alexander Beecroft, *An Ecology of World Literature: From Antiquity to the Present Day*, London: Verso, 2015。国内学者也有许多论文和著作，此不赘述。

中不存在根本意义上的中国文学的"缺位",自然也谈不上中国学者的"不自信"和"自我否定"。如果我们把这种语境下的"世界文学"称为狭义的世界文学的话,那么,离开这个语境,把中国文学也直接纳入其间,此种"世界文学"则可称为广义的概念。这两个概念完全可以在不同的语境中分别地、交替地使用,事实上我国学界几十年来正是这样使用的,这是一种分类、分语境意义上的差异化使用,没有谁对谁错的问题。当然,如果有学者要编写包含了中国文学的"世界文学史"之类的教材或文学史著作,作为一种学术探索当然是未尝不可的;但为了教学操作以及中国读者的阅读方便起见,用"世界文学"指称外国文学,把不包括中国文学的"世界文学史"教材用于已经学习、接触甚至谙熟中国文学的学生,这是有其必要性、合理性和实用性的,也是无可厚非的。就好比编写外国文学史或者世界文学史,可以把东西方文学融为一体,也可以东西方分开叙述,两种不同的体例各有其优长和实际需要,不存在哪一种体例绝对正确的问题。应该说,通过不同理念和体例的文学史之探索性编写,提供不同的学术成果和学术经验,是有助于学科建设和学术发展的。

总之,在中国语言文学学科语境意义上,作为二级学科"比较文学与世界文学"中的"世界文学",在根本上是指多民族、分国别意义上的人类文学的总称,是一个"复数"的概念[①];它同时也可以指称有学科语境前提与逻辑内涵的除中国文学之外的"外国文学",但实际上是指与中国文学有对应关系和比照关系的中国语境意义上的"国外文学",不存在与中国文学的决然割裂。作为一个二级学科,用"比较文学与世界文学"而不是用"比较文学与外国文学"来指称,恰恰可以更好地强调中国文学的世界性存在与意义,突出中国文学的世界性因素,凸显民族主体意识和自我意识,同时也强化中国文学研究者的世界性追求。就此而论,中国语言文学一

[①] 高建平:《论文学艺术评价的文化性与国际性》,《文学评论》2002 年第 2 期。

级学科下的"世界文学",其研究对象、内容和范围是在以中国文学为基点下的世界各民族、各国家和地区的文学及其相互关系,其最高宗旨是辨析跨民族、跨文化文学之间的异同与特色,探索人类文学发展的基本规律。

"比较文学与跨文化研究"中的"跨文化研究",并不像"比较文学与世界文学"中的"世界文学"那样直指研究的内容、范围和人类总体文学的目标,而是侧重于表达研究的方法:对不同文化、不同民族和地区的文学进行比较研究,其间,"跨文化"是前提,"比较"是基本手段与方法。这就要求外国文学的研究应突破或超越我国长期以来以语种与国别来设置文学类二级学科的传统,如英国文学、美国文学、法国文学、德国文学、俄国文学……若此,以往孤立的国别、区域文学研究就不再是一种绝对正确与合理的研究方法和研究对象——虽然这可以而且必然会继续沿用,但起码应该在此基础上融入"跨文化比较"的理念并展开不同民族文学间双向或多向的比较研究。就此而论,外国语言文学学科语境中的"跨文化研究"与中国语言文学学科语境中狭义的"世界文学"基本一致。

不过,虽然外国语言文学的二级学科设置有其自身的学科语境,不可能直接地表达"中国文学研究"之内涵,但是,毕竟是中国人在从事外国语言文学的学科建设和人才培养,因此,作为研究主体的中国学者无疑是站在中国的立场和角度展开其职业行为的,会自觉不自觉地以中国的文化传统和价值观念审视异民族的语言与文学;反过来说,从体现国家意志与民族意识的角度看,在中国大学从事外国语言文学教学与研究的中国学者和教师,也应该且必须具有本土的文化立场和价值观念,正如杨周翰先生所说,中国人研究外国文学,必须有自己的"灵魂"。我以为这"灵魂"就是中国的文化立场和价值标准。因此,先入为主和前置性的母语国价值观念,决定了我国学者的外国文学研究在根本上又依然是广义的"世界文学"或人类总体文学研究。当然,相比之下,其中国文学及母语国的价值观念所拥有的份额无疑会显得弱一些。从这个意义上讲,从事外国语言文学的教师和学者需要进一步提升汉语文化水平与能力，从事中国语言文学的教师和学者需要拓展世界视野和国际化能力与水平。

回顾与辨析我国高校中国语言文学和外国语言文学设置二级学科的历史、现状及其内涵，我们可以看到，"比较文学与世界文学""比较文学与跨文化研究"虽分而设之，但都是在强调比较视野基础上的文学的跨民族、跨文化研究，都是试图打破国别研究的阈限进而走向世界文学与人类总体文学的研究。这种学科设置，是顺应了我国高等教育发展与建设的国际化、文学研究乃至人文社会科学研究的开放性、世界性之潮流的。也正是在这个意义上，笔者认为，这两个二级学科的设立，其意义不仅仅在于二级学科自身，更在于超越二级学科而放大各自所在一级学科的方法论意义，对外国语言文学和"比较文学与跨文化研究"而言则尤其如此。对于这种"方法论意义"，我们还有必要作进一步的讨论与阐述。

第二节　方法论意义的深度思考

由于我国以往的外国语言文学一级学科设置，不仅其中没有比较文学方向的二级学科，而且就文学专业而言，二级学科是以国别文学为研究方向来设置的，所以，国别文学以及国别基础上的作家作品的教学与研究是天经地义的，甚至已经成为一种十分自觉的习惯与规范。当然，像"英美文学"或者"英语文学"这样的划分也属于"跨国别"范畴，其间不能说没有"比较"与"跨越"的意识与内容。但那都不是学科、理念与方法自觉意义上的跨文化比较研究，同语种而不同国家之文学的研究，在本质上也不是异质文化意义上的"比较"研究，而只不过是同语种而不同国家文学的研究，缺乏世界文学和人类总体文学的宽度、高度与深度。事实上，通常我国高校的外国语学院极少开设比较文学课程，也极少开设"外国文学史"这样潜在地蕴含比较思维与意识的跨文化的通史类文学课程,似乎这样的课程开设仅仅是中文系的事情。此种习惯性认识恰恰是学科设置的理念性偏差的具体表现。照理说,外国语言文学学科的人才培养与学术研究更应该强调跨文化比较与国际化视野,更应该开设世界文学或人类总体文学性质的通史类文学课程。然而事实上,这样的课程只是或主要是在被冠以国别名称的"中国语言文学系"设为专业基础课,比较文学长期以来也主要在中文系开设。在此种情形下,久而久之,语种与国别常常成了外国语学院的外国文学研究者之间不可逾越的壁垒,成为该学科领域展开比较研究和跨文化阐释的直接障碍,从而也制约了研究者的学术视野,致使许多研究成果缺乏普适性、理论性与跨领域影响力及借鉴意义。这样的研究成果对我国文学的繁荣与发展、对学科建设和文化建设难以起到更大贡献。

当然,跨文化研究意味着研究者要具备多语种能力,而这恰恰是人所共知的大难题。正如韦勒克所说的那样:"比较文学……对研究者的语言能力提出了很高的要求,它要求有宽阔的视野,要克服本土的和地方的情绪,这些都是很难做到的。"[1] 不过,多语种之"多",对任何一个人来说,都既有不可穷尽性和不可企及性——没有人可以完全精通世界上的所有语言乃至较为重要的多种语言,但又有相对的可企及性——少数人还是有可能熟悉乃至精通多国语言的。不过笔者在此特别要表达的是:直接阅读原著与原文资料无疑是十分重要和不可或缺的,但是,在语种掌握无法穷尽和企及的情况下,翻译资料的合理运用(如世界性的英文资料)无疑是一种不可或缺和十分重要的弥补或者替代,尤其是在网络化时代,否则就势必落入画地为牢的自我封闭之中。试问:从事学术研究的人,谁又能离得开翻译读物和翻译文献的运用呢?非原文资料不读的学者

---

[1] Rene Wellek, Austin Warren, *Theory of Literature*, London: Jonathan Cope., 1949, p.44.

事实上存在吗？换句话说，有必要坚持非原文资料不读吗？实际的情形是，由于英语是一种国际通用性最高的语言，所以在世界范围内，大量的所谓"小语种"的代表性文献资料通常都有英译文本，那么，通过英译文本的阅读得以了解多语种文献资料进而开展跨文化比较研究，对当今中国的大多数学者来说是行之有效甚至是不可或缺的——当然也包括阅读译成中文的大量资料。美国学者理查德·莫尔敦早就强调了翻译文学对整个文学研究的重要性与不可或缺性，并指出通过英文而不是希腊文阅读荷马史诗也是未尝不可的。① 我国学者郑振铎也在 20 世纪 20 年代撰文指出：一个人即使是万能的，也无法通过原文阅读通晓全部的世界文学作品，更遑论研究，但是，借助好的译本，可以弥补这一缺憾，因为，"文学书如果译得好时，可以与原书有同样的价值，原书的兴趣，也不会走失"②。其实，任何文学翻译的"走失"都是在所难免的，而且，由于读者自身的文化心理期待和阅读理解水平的差异，哪一个原文阅读者的阅读没有"走失"呢？就像文化传播中的"误读"是正常的一样，文学与文献翻译以及通常的原文阅读中的"走失"也是正常的和必然的。当然，在资料性文献的阅读中，"走失"的成分总体上会少得多，因而对研究的价值也更高。所以，在肯定和强调研究者要运用"第一手资料"的同时，不能否认"二手资料"（翻译资料）运用的必要性与合理性，否则，这个世界上还有"翻译事业"存在的必要与价值吗？对此，法国比较文学学者谢弗勒早已有回答：

  巴别塔的神话说明了一个无可置疑的事实：我们这个星球并不操同一种语言。因此翻译活动很有必要，它使得被认识世

---

① Richard Moulton, *World Literature and It's Place in General Culture*, Norwood, Mass.: Norwood Press, 1911, p. 3.
② 郑振铎：《文学的统一观》，《郑振铎全集》（第 15 卷），花山文艺出版社 1998 年版，第 144 页。

界的不同结构分开来的个人可以进行交流。①

英国学者巴斯奈特和勒菲弗尔也指出：

> 翻译已经成为世界文化史发展过程中十分重要的创造力。如果没有翻译，任何形式的比较文学研究都是不可能的。②

这里还需要特别强调的是，"跨文化研究"不仅仅是指研究对象、研究内容和研究结果的"跨文化"，更重要的是指研究者在研究时的跨文化视野、意识、知识储备、背景参照等，概言之，是指一种方法论和理念。研究者一旦在一定程度上跳出了偏于一隅的国别、民族的阈限而获得了理念、角度的变换，也就意味着其研究方法的创新成为可能乃至事实。这正是笔者特别要表达的"比较文学与跨文化研究"具有超越二级学科设定价值而对外国文学研究乃至整个一级学科的方法论意义。

比较文学之本质属性是文学的跨文化研究，这种研究至少在两种异质文化之间展开。比较文学的研究可以增进不同文化背景下文学的理解与交流，促进异质文化环境中文学的发展，进而推动人类总体文学的发展。尤其是，比较文学可以通过异质文化背景下的文学研究，促进异质文化之间的互相理解、对话与交流及认同。因此，比较文学不仅以异质文化视野为研究的前提，而且以异质文化的互认、互补为终极目的，它有助于异质文化间的交流，使之在互认的基础上达到互补共存，使人类文学与文化处于普适性与多元化的良性生存状态。比较文学的这种本质属性，决定了它与世界文学是一种天然耦合的关系：比较文学之跨文化研究的结果必然具有超越文

---

① ［法］伊夫·谢弗勒：《比较文学》，王炳东译，商务印书馆2007年版，第17页。

② Susan Bassnett, Andre Lefevere (eds.), *Translation, History and Culture*, London: Pointer, 1990, p.12.

化、超越民族的世界性意义；世界文学的研究必然离不开跨文化、跨民族的比较以及比较基础上的归纳和演绎，由此可以辨析、阐发异质文学的差异性、同一性和人类文学之可通约性。因此，在外国文学研究领域中融入比较文学的跨文化比较研究意识与理念，无疑意味着其研究方法的变换与更新。为此，我们不妨从方法论的角度再度对两个二级学科在各自的一级学科语境中可能产生的意义做一比照：

> 比较文学与世界文学的方法论意义：以世界文学的眼光看中国文学，促进中国文学与文化的研究与建设并使之走向世界；以中国的眼光（立场）看世界文学，为世界文学研究提供中国视野与中国声音。
>
> 比较文学与跨文化研究的方法论意义：以世界文学的眼光看国别文学，促进国别文学研究走向世界文学；以中国的眼光（立场）看世界文学，为世界文学研究提供中国视野和中国声音，为中国文学与文化研究与建设提供借鉴（普罗米修斯精神）。

可见，无论是"比较文学与世界文学"还是"比较文学与跨文化研究"，就其对文学研究的方法论意义而言，都既旨归于"世界文学"或者"人类总体文学"，也旨归于中国文学与文化的本土化与国际化，都要求研究者突破传统国别文学研究的习惯性思维进而走向融合与融通，在"网络化—全球化"的当今和未来时代尤其如此。

第三节　融合、融通与文学世界主义

互联网助推全球化，我们正处在"网络化—全球化"时代。不管从哪个角度看，全球化插上网络技术的翅膀，其进程越来越快，成为一种难以抗拒的世界潮流，人类的生存已然处在快速全球化的"高速列车"中。然而，全球化在人的不同生存领域，其趋势和影响是不尽相同的，尤其在文化领域更有复杂性，因此，简单地认定文化也将走向普遍意义上的"全球化"，无疑是过于武断的和不正确的。

事实上，经济和物质、技术领域的全球化，并不至于导致同等意义上的文化的同质化、一体化，而是文化的互渗互补与本土化、地方化的双向互动。换句话说，"网络化—全球化"并不至于使世界走向文化的一元化，而是普适性与多元化的辩证统一。"世界上'一体化'的内容可以是经济的、科技的、物质的，但永远不可能是文学的或文化的。"① 这种历史发展趋势，符合马克思、恩格斯关于物质生产方式与精神生产方式发展的不平衡性规律。所以，在严格的意义上，或者从物质生产与精神生产不平衡性规律看，"全球化"可能导致的"一体化"主要表现在经济领域，而文化上的全球化、世界性"趋势"则体现为文化领域和而不同的多元共存。这种文化发展趋势恰恰为"网络化—全球化"时代的比较文学及其跨文化研究提供了存在与发展的有利前提。

既然经济上的全球化并不等于文化上的"一体化"，而是和而不同的多元共存，那么，全球化趋势下的世界文学也必然是多元共存状态下的共同体，因而"网络化—全球化"时代的人类文学也就是非同质性、非同一性和他者性的多民族文学同生共存的人类文学共同体。② 由此而论，对外国文学或世界文学的研究不仅需要而且也必然隐含着一种跨文化、跨民族的视界与眼光，以及异质的审美与价值评判，于是，跨文化比较研究就天然地与外国文学或世界文学有依存关系——因为没有文学的非同一性、他者性和多元性，就没有

---

① 丁国旗：《祈向"本原"——对歌德"世界文学"的一种解读》，《文学评论》2010年第4期。
② 蒋承勇：《"世界文学"不是文学的"世界主义"》，《文学评论》2018年第3期。

比较文学及其跨文化研究。显然，比较文学及其跨文化研究自然有其存在的必然性和生命活力，也是更新文学研究观念与方法的重要途径。无论是中国文学还是世界文学（外国文学）的研究，都应该跳出本土文化的阈限，进而拥有世界的、全球的眼光，这样的呼声如果说以前一直就有，而且不少研究者早已付诸实践，那么，在"网络化—全球化"境遇中，文学研究者则更应有一种主动、自觉的全球意识，比较文学及其跨文化研究方法也就更值得文学研究者去重视、运用与拓展。跨文化比较研究就是站在人类文学的高度，对多国别、多民族的文学进行跨文化比较分析与研究，它与生俱来拥有一种世界的、全球的和人类的眼光与视野。正如美国耶鲁大学比较文学教授理查德·布劳德海德所说："比较文学中获得的任何有趣的东西都来自外域思想的交流和它们在新地域的重新布置。但如果我们让这种交流基于一种真正的开放式的、多边的理解之上，我们将拥有即将到来的交流的最珍贵的变体：如果我们愿意像坚持我们自己的概念是优秀的一样承认外国概念的力量的话，如果我们像乐于教授别人一样地愿意去学习的话。"[①] 因此，在"网络化—全球化"境遇中，比较文学及其跨文化研究方法对整个文学研究都具有方法论启迪。

不仅如此，在"网络化—全球化"境遇中，比较文学对文化的变革与重构，对促进异质文化间的交流、对话和认同，对推动民族文化的互补有特殊的、积极的作用。美国著名文学理论家韦勒克曾经说过的："比较文学的兴起是为反对大部分十九世纪学术研究中狭隘的民族主义，抵制法、德、意、英等各国文学的许多文学史家的孤立主义。"[②] 作为美国比较文学奠基人之一的雷马克也说过："在研究民族文学、比较文学和总体文学的学者之间进行刻板的分工既

[①] [美] 理查德·布劳德海德：《比较文学的全球化》，生安锋译，见王宁编《全球化与文化：西方与中国》，北京大学出版社2002年版，第235页。

[②] [美] 雷内·韦勒克：《比较文学的危机》，沈于译，见张隆溪选编《比较文学译文集》，北京大学出版社1982年版，第26页。

不实际，又无必要。研究民族文学的学者应当认识到扩大自己眼界的必要并设法做到这一点，并且不时地去涉猎一下别国的或与文学有关的其他领域。研究比较文学的学者则应时常回到界限明确的民族文学的范围内，使自己更能脚踏实地。"① 韦勒克和雷马克的话，切中了我们以往外国文学研究领域以语种与国别为壁垒之时弊，也提示了外国文学研究融入跨文化比较理念之方法论意义。

结　语

在"网络化—全球化"背景下，随着文化多元交流的加速与加深以及不同国家与民族文学间封闭状态的进一步被打破，外国文学或者世界文学研究需要打破固有的单一性民族文学研究的壁垒而趋于整体化。所谓"整体化"，就是站在"大文学"（即人类总体文学）的高度，展开多民族、多国别、跨文化、跨区域的文学研究，其间，起勾连作用的是比较文学理念与方法——把不同时代、不同文化背景的文学视为整体，在跨文化比较研究中探寻人类文学的总体特征与规律，揭示不同民族之文学的审美与人文的差异性。在这种意义上，"比较文学并不仅仅代表一个学科，它对整个文学、文学的世界、人文环境、文学的世界观，都有一种全面的反映，它有一种包罗整个文化时空的宽阔视野"②。同样是在这种意义上，不同时代、国别和民族的文学在人类文学可通约性基础上会呈现整体化态势，这是一种融合，一种文学研究的世界主义方向；而在比较辨析基础上的异中求同，需要诸多不同研究方法交互使用以及理念的融

---

① ［美］亨利·雷马克：《比较文学的定义与功用》，张隆溪译，见张隆溪选编《比较文学译文集》，北京大学出版社1982年版，第13页。

② Francois Jost, *Introduction to Comparative Literature*, Indianapolis: Bobbs-Merrill, 1974, pp. 29–30.

会贯通，即方法、理念的"融通"①，这是文学的跨学科研究方向。在方法论角度看，跨文化比较研究的开放性思维与理念适用于整个人文学科领域的研究。"比较文学的思维方法、研究方法和教学方法，对整个人文学科来说都像一种福音，这种方法在人文学科领域扮演着首席小提琴的角色，为整个乐队定下基调。"② 因此，就外国文学研究领域而言，如果能够在比较文学与跨文化研究方法的引领下，尽力突破以往国别研究的自我封闭，拓宽视野、更新理念与方法，那么，其学术研究将获得新的生机与活力。"比较文学能为区域研究（国别研究，引者注）注入活力，帮助它改头换面或在实践中认清自己本来应有的面目。"③ 就此而论，比较文学与跨文化研究的方法论意义远胜于作为一个二级学科本身的意义；文学研究不宜过于局限于一国一域的视野和单个作家的自说自话，而要有"大文学"或文学研究的世界主义格局、理念与眼光，构建人类文学的审美共同体；融合与融通是学术研究的高境界，也是我们寻求创新的基本途径之一。跨文化比较以及对人类总体文学的参照，将使外国文学的研究视野更开阔，也将使研究成果更具有学科的跨度和普遍性的参考与借鉴价值。不仅如此，在"网络化—全球化"的时代，未来整个外国语言文学一级学科的建设，都应该正视理论、理念与方法更新的问题。

---

① "融通"主要是指文学的跨学科研究而言的，它也属于比较文学的范畴。有关文学的跨学科研究，笔者已发表过相关论文予以阐述，此不赘述。请参阅蒋承勇《"理论热"后理论的呼唤——现当代西方文论中国接受之再反思》，《浙江大学学报》2018年第1期。

② Haun Saussy, ed., *Comparative Literature in an Age of Globalization*, Baltimore, Md.: Johns Hopkins University Press, 2006, p. 34.

③ ［美］凯蒂·特伦彭纳：《世界音乐，世界文学——一种地缘政治观点》，任一鸣译，见［美］苏源熙编《全球化时代的比较文学》，北京大学出版社2015年版，第243页。

第二十三章

现当代西方文论中国接受之再反思

现当代西方文论在中国传播与接受的历史命运可谓时起时落，有时被热捧，有时又遭批评。在这种"冷热交替"的境遇中它已深深扎根于东方这块文化土壤里。近几年来，现当代西方文论在我国学界又一次受批评，业内专家对它近30年来在中国文坛被接受过程中的得失特别是缺陷作了深度"反思"与"清理"，其学术价值与现实意义是无可否认的。然而，现当代西方文论流派众多、思想精深且庞杂，它的许多内容仍可常说常新为我所用，对其某些缺陷亦需再予深度批评。鉴于此，笔者在学界新近对现当代西方文论已有诸多反思文章的情况下，仍不揣冒昧撰写拙文作再度反思，以表达对"理论热"与理论失范、"理论热"与理论匮乏、"主观预设"与理论引领、"回归文学"与"场外征用"等问题的看法，试图在学理上进一步澄清学界某些含混不清、似是而非的认识。

第一节 "理论热"与理论失范

美国文学理论家韦勒克和沃伦曾经指出，"由于对文学批评的一些根本问题缺乏明确的认识,多数学者在遇到要对文学作品做实际分析和评价时,便会陷入一种令人吃惊的一筹莫展的境地"①。虽然,韦勒克和沃伦之批评所指不是中国学界,但我国学界和高校也普遍存在此类现象,而且迄今还呈恶性循环之势。无论是在中国还是欧美,此现象的存在原因多多,其中之一是对"理论"的过度崇拜和理论运用的失度与失范。

"由于对文学批评的一些根本问题缺乏明确的认识"一语,可以用来泛指欧美国家的某些文学研究者对层出不穷、五花八门的文学理论十分热衷,而对文学文本阅读的过于冷漠,甚至根本不去细读经典,因此,文学批评脱离文本,批评家对文本研读的能力低下。这与当时及后来一个时期欧美文学界的"理论热"有直接联系。

20 世纪上半叶始,西方文学理论界各种新理论陆续登场、层出不穷,出现了这样一种趋势:一些理论家以文学为对象谈文学理论,但其结论并不是或者并不适用于文学本身,而是文学之外的各种思想与学说,诸如文化学、哲学、人类学、语言学、历史学、政治学、心理学、社会学等,其书写方式已经远远超出文学而泛化为各学科"通吃"的"泛理论"。"由于 20 世纪 30 年代的经济大萧条和法西斯主义的崛起,欧洲和美国的文学与批评都从形式主义和人本主义转向了一种更加具有社会意识的方式。"② 美国理论家乔纳森·卡勒在 1997 年出版的《文学理论:简明导读》中,对此种"理论"的特点也有过精辟的归纳:跨学科、分析性和思辨性,对习以为常的知识与观念有很强的批判性、反思性。③ 他认为,这种文学"理论"已经不再是"关于文学性质的解释"或者"解释文学研究的方法"

---

① [美] 韦勒克、沃伦:《文学理论》,刘象愚等译,江苏教育出版社 2005 年版,第 155—156 页。

② [美] M. A. R. 哈比布:《文学批评史——从柏拉图到现在》,阎嘉译,南京大学出版社 2017 年版,第 518 页。

③ Jonathan Culler, *Literary Theory: A very Short Introduction*, Oxford: Oxford University Press, 1997, p. 15.

了；文学理论"仅仅是思维和写作的一种载体（a body of thinking and writing），它的边界难以界定"[1]。卡勒的这个归纳主要是从德里达和福柯的学说中得出的。事实上，他们两人恰恰是当时理论界的代表和权威，在其影响下，欧美文学研究领域"理论"大行其道，从20世纪60年代到90年代，可以说是欧美文学研究界的"理论热"时期。

正是由于"理论热"时期"理论"所固有的根本弱点——文学理论与文学文本的脱节、文学理论对文学本身的叛离——导致了一段时间后人们对它们的不满与反思。从20世纪80年代开始初步质疑到90年代出现普遍反思，其间有不少理论家在其著述中发表了颇有见地的观点，表达了对文学理论的"非文学化""泛理论"和"理论过剩"倾向的不满。W. J. T. 米切尔于1985年出版了《反抗理论》，对20世纪60年代以来的理论作了反思性梳理，顾名思义，其书名就昭示了对这种"理论"的反叛姿态。与之相仿，1986年和1989年保罗·曼德和T. M. 卡维那的《抵制理论》和《理论的限度》相继问世，还有特里·伊格尔顿的《理论的意义》（1990）和《理论之后》（2003），以及W. 瑞特的《理论的神话》（1994）、C. 博格斯的《挑战理论》（1997）等，都表达了对"理论热"时期"理论"的反思。于是，对"理论"的反思又成为"理论热"之后的一种"流行理论"，有学者称其为"后理论"（post‐theory）。[2]

然而，这种"反思"在我国学界要晚得多，而且有趣的是，欧美对"理论"作"反思"之时，正是我国学界对"理论"十分热衷之际。

20世纪80年代，适逢改革开放带来的思想大解放，我国文学理论与文学研究界挣脱以往思想的束缚，对新理论和理论创新有一种

---

[1] Jonathan Culler, *Literary Theory: A very Short Introduction*, Oxford: Oxford University Press, 1997, p. 3.

[2] 余虹：《理论过剩与现代思想的命运》，《文艺研究》2005年第11期。

强烈的渴望，于是，对现当代西方各种文学理论的吸纳可谓饥不择食，对西方五花八门的"新理论"奉若佳肴。这在我国文学研究的历史上可以说是"理论亢奋"期，或者说是中国当代的"理论热"时期。"其时'老三论'、'新三论'以及发生认识论、精神分析批评、原型批评、人类学、语言学、现象学、阐释学、接受美学、阅读理论等理论模式备受追捧，成了人们争相效仿、占有的抢手货，搬用这些新方法来重解文学作品、变更文学理论套路的文章满天飞。"① 当然，此种概括着重指出了"理论热"之不足，却并不等于其效果都是消极的，也不意味着当时的理论与研究一事无成。不过也必须看到，在此种"亢奋"状态下取得的不少成果也确实多有半生不熟之嫌，其主要特点是：重方法与观念的翻新和套用，轻理论与文本之切合、适度；方法、观念与研究对象之间普遍呈"两张皮"现象。这些弊端之产生无疑与所引进的某些西方理论本身与生俱来的缺陷有关，但更与"理论"运用者们简单套用、牵强附会的方法有关。因此，此类研究看似创新，实则挪用模仿；"理论热"看似理论繁荣，实则理论贫乏。也许正因此，20世纪80年代末"理论热"略趋降温。

不过今天看来，当时我国学界对"理论热"本身的思考是不深入的，对其间存在的理论与文学及文本"脱节"等弊病的认识是肤浅的，因此几乎不曾出现有影响的反思性理论论著——也许那时根本来不及反思或者缺乏理论反思的自觉与能力，但我国文学理论与文学批评界对西方理论的追踪总体上并没有停步。

20世纪90年代中期开始，伴随着全球化与信息化浪潮的逐步兴起，以文学的文化研究为主导，西方理论界的大量新理论又一次成为我国文学研究者追捧的对象，后现代主义、后殖民理论、新历史主义、文化帝国主义、东方主义、女性主义、生态主义审美文化研

---

① 姚文放：《从文学理论到理论——晚近文学理论变局的深层机理探究》，《文学评论》2009年第2期。

究等，成了新一波理论时尚。这些理论虽然不无新见与价值，但是，它们依然存在着理论与文学及文本"脱节"的弊端，"理论"更严重地转向了"反本质主义"的非文学化方向。美国当代理论家 T. W. 阿多诺就属于主张文学艺术非本质化的代表人物之一，他认为："艺术之本质是不能界定的，即使是从艺术产生的源头，也难以找到支撑这种本质的根据。"① 他倡导的是一种偏离文学理论研究的"反本质主义"理论。美国当代理论家乔纳森·卡勒也持此种观点，他认为，文学理论"已经不是一种关于文学研究的方法，而是太阳底下没有界限地评说天下万物的理论"②。美国电视批评理论家罗伯特·艾伦则从电视批评理论的新角度对当代与传统批评理论的特点作了比较与归纳："传统批评的任务在于确立作品的意义，区分文学与非文学，划分经典杰作的等级体系，当代批评审视已有的文学准则，扩大文学研究的范围，将非文学与关于文本的批评理论话语包括在内。"③ 当代西方文论家中持此类观点者也为数甚众。这一方面说明西方"后理论"时期的一些新"理论"并没有摆脱此前"理论热"时期的毛病，许多理论家依旧把文学作品作为佐证文学之外的理论、思想与观念的材料，甚至有过之而无不及。面对蜂拥而至的这些"新理论"，我国学界对其产生的反应同 20 世纪 80 年代有类似之处，在心态与方法上依旧有"饥不择食""生搬硬套"之嫌。对此，也不断有人提出批评与反思，其理论自觉和检讨之深度则大大超出了 20 世纪 80 年代。特别值得关注的是 21 世纪初以来的一些反思与评判。

《文艺研究》于 2005 年第 11 期开设了"当代文学批评中'理论

---

① T. W. Adordno, *Aesthetic Theory*, trans. Robert Hullot‐Kentor, London：Continuum, 1997, p. 2.

② Jonathan Culler, *Literary Theory：A very Short Introduction*, Oxford：Oxford University Press, 1997, p. 6.

③ ［美］罗伯特·艾伦编：《重组话语频道》，麦永雄、柏敬泽等译，中国社会科学出版社 2000 年版，第 2829 页。

过剩'现象"专栏，就我国文学理论界"对西方现代理论的复制、挪用"，"文学批评中大量的理论拼接"所导致的"理论过剩"、文本研究不力、"文学经验不足"现象作了专题分析与评论①，认为我国文学界由于过度运用西方文论，文学批评脱离文学文本，文学理论脱离文学经验，导致了"理论过剩"。当然其间也有质疑"理论过剩"观点的声音②，但对20世纪90年代中期以来我国文艺理论界盲目追捧和简单套用西方文论与方法的现象提出了批评。2008年，陆贵山先生在《外国文学评论》上发文全面论述了现当代西方文论的"局限"及其产生的原因，认为它"实质上是一种文化思想的退却和转移"，"缺乏富有说服力的思想和学说"③。同年，北京大学刘意青发表《当文学遭遇了理论——以近三十年我国外国文学教学与研究为例》④一文，对我国外国文学研究领域中过度运用西方理论，一味强调文学研究的理论框架，从而导致外国文学研究脱离文学与文本分析的现象提出了尖锐的批评。她认为，"在我国过去30多年的外国文学教学中，特别是研究生课程中，强调用理论驾驭文学文本已经成为不争的事实"⑤，而且这种现象"胜过西方"特别是美国。她还指出，"强调论文必须具备理论框架的恶果除了误导学生重理论轻文本、生吞活剥地搬用理论外，还见于给学生造成不必要的身心压力……这样就造成了浮夸、狂妄和不实事求是的学风，与我们教授外国文学，是作为培养有人文学识和境界的人才的大目标背道而驰"⑥。她强烈地呼吁：外国文学研究要摆脱"理论喧宾夺主"

---

① 陈剑澜：《文艺研究》2005年第11期第4页"主持人语"。详见该期《文艺研究》中高小康的《理论过剩与经验匮乏》、余虹的《理论过剩与现代思想的命运》、王逢振的《"理论过剩"说质疑》。

② 王逢振：《"理论过剩"说质疑》，《文艺研究》2005年第11期。

③ 陆贵山：《现当代西方文论的魅力与局限》，《外国文学评论》2008年第2期。

④ 刘意青：《当文学遭遇了理论——以近三十年我国外国文学教学与研究为例》，《解放军艺术学院学报》2008年第4期。

⑤ 同上。

⑥ 同上。

而回归文本解读。她的批评所指主要针对外国文学研究领域，而且尖锐中不乏真知灼见，特别是对文学研究与评论中盲目套用理论的浮夸与浮躁的指证，可谓一针见血、掷地有声。当然，从事外国文学研究（西方文学研究）的学者如此严厉乃至不无愤慨地批评与抵制西方文论和文学研究中理论的运用，是耐人寻味和格外发人深省的。

2009年姚文放在《文学评论》发文指称，我国文学研究界于20世纪与21世纪之交出现了文学研究向"理论"研究的转向："事到如今，我国文学理论向'理论'转型已经是一个不争的事实，而且，转型的速度还不慢。我们对于近三年《文学评论》杂志'文艺理论'栏目刊登的论文作了统计，结果显示，这些论文与文学的关联度已经相当薄弱。"[①] 不仅如此，"这种理论盛行、文学告退的局面再次出现90年代以后"；"结果变成这样：不是理论观念依据理论而得到阐述，不是理论操作必须在创作和作品中检验其有效性，而是创作和作品必须在理论框架中取得合法性。更有甚者，有的理论家对于文学现象的分析和评价并不建立在对于作品的认真阅读之上，只是仅凭某种印象、感觉、传闻或舆论，就能主题先行式地指点江山、大发高论"。由此姚文放认为，经过20世纪80年代和90年代两次理论新潮的轮番激荡，国内文学理论的观念、方法、路径、模式被刷新和重建，呈现出与旧时迥然不同的格局，但也带来了新问题，那就是文学理论与文学渐行渐远、愈见疏离，最终成为各自为政、各行其是的不同的知识领域，文学理论走向了理论。[②] 他还认为，"近年的'理论'又被'后理论'所取代"，所谓"后理论"，"是'理论'退潮之后出现的一种未完成的新格局"，是对"理论热"时期的"理论"的反思，"是对在'理论'中遭到缺失的文学理论的

---

① 姚文放：《从文学理论到理论——晚近文学理论变局的深层机理探究》，《文学评论》2009年第2期。

② 同上。

呼唤"①。姚文放的论文对现当代西方文论"非文学化"特征的评判是精准的,对20世纪与21世纪之交我国文学理论界"理论热"的批评与反思是有力度和深度的。

2012年,一直以来注重文本阅读并在理论与研究上都做出了有效探索的孙绍振,在《中国社会科学》撰文近乎"厉声"批评现当代西方文论与文本"脱节"的缺陷。他认为,西方文论内部"深藏着一些隐患。首先是观念的超验倾向与文学的经验性之间发生了矛盾;其次,因其逻辑上偏重演绎、忽视经验归纳,这种观念的消极性未能像自然科学理论那样保持'必要的张力'而加剧;最后,由于对这些局限缺乏自觉认识,导致20世纪后期出现西方文论否定文学存在的危机"。他认为,"对文学文本解读的低效或无效,正威胁着文学理论的合法性","西方文论之于中国文学研究的局限性、低效或无效逐渐暴露出来,且有愈演愈烈之势"②。孙绍振快人快语式的批评,是颇有见地的。2014年,朱立元发表在《文艺研究》上的论文着重对西方后现代主义文论在我国产生的消极影响作了反思性批判。他认为这种理论"对宏大叙事的彻底否定将导致消解文艺学、美学的唯物史观根基;其反本质主义思想被过度解读和利用,容易走入彻底消解本质的陷阱;它对非理性主义的强化,诱发了国内文艺与文论的感官主义消极倾向;它具有反人道主义、人本主义的倾向,不利于文艺创作和理论的发展"③。朱立元对西方后现代主义文论之消极影响的分析是到位的,其批评尖锐而有深度。

总体而言,上述学者从不同角度对现当代西方文论的缺陷以及21世纪初以来我国文学研究领域理论与文学和文本的"脱节"现象

---

① 姚文放:《从文学理论到理论——晚近文学理论变局的深层机理探究》,《文学评论》2009年第2期。
② 孙绍振:《文论危机与文学文本的有效解读》,《中国社会科学》2012年第5期。
③ 朱立元:《对西方后现代主义文论消极影响的反思性批判》,《文艺研究》2014年第1期。

进行了评判与反思。在"理论热"末期,这种反思显得更自觉、更理性,因而也更有理论深度。

最能体现这种自觉理性与深度的是张江。他通过《强制阐释论》《理论中心论——从没有文学的"文学理论"说起》等一系列论文和著作,对现代西方文论的主要缺陷及其对我国的消极影响作了全面、系统的分析。他认为,"强制阐释"是当代西方文论的基本特征和根本缺陷之一,各种生发于文学场外的理论或科学原理纷纷被调入文学阐释话语中,或以前置的立场裁定文本意义和价值,或以非逻辑论证和反序认识的方式强行阐释经典文本,或以词语贴附和硬性镶嵌的方式重构文本,它们从根本上抹杀了文学理论及其批评的本体特征,导引文论偏离了文学。[①] 不仅如此,"强制阐释"还诱导了文学研究远离了作家、作品和读者,滑向了"理论中心","其基本标志是,放弃文学本来的对象;理论生成理论;理论对实践进行强制阐释,实践服从理论;理论成为文学存在的全部根据"[②]。在深度剖析西方现当代文论之主要缺陷的基础上,张江进而尖锐地指出了中国文学理论和批评中"对外来理论的生硬'套用',理论与实践处于倒置状态"[③] 等弊端。他认为,西方文论在中国传播过程中,我们"因为理解上的偏差、机械呆板的套用,乃至以讹传讹的恶性循环,极度放大了西方文论的本体性缺陷",造成了不良影响,阻碍了我国文学理论和批评的建设与发展。他的一系列论文和著作清晰而理性地指出了现当代西方文论的根本缺陷及其在我国文学理论与研究领域产生的负面影响,对我国文学的理论与实践都有重要学术价值,标示着我国文学界"后理论"时期理论研究的大幅度推进。这与欧美文学界的"后理论"时期在时间、背景和内涵上不尽相同,但在两者对理论以及文学与文本"脱节"等关键性问题的反思上有

---

① 详见张江《强制阐释论》,《文学评论》2014年第6期。
② 张江:《作者能不能死——当代西方文论考辨》,中国社会科学出版社2017年版,第136页。
③ 同上书,第49页。

相似之处，都对"理论"偏离乃至脱离文学而异化为非文学的现象进行了否定性批判。

第二节 "理论热"与理论匮乏

然而，无论怎么批评20世纪80年代以及20世纪与21世纪之交我国文学研究与文学理论领域的"理论热"有多少弊病以及"理论"失范程度有多严重，我们都不会否定如下两个基本事实：第一，"理论热"根源于特殊时期研究者对理论与方法创新的渴望与追寻，从出发点和动机上看，其主导面无疑是积极健康的，这给当时我国的文学研究与文学理论及文学批评注入了思想活力，营造了理论创新的热烈氛围，在相当程度上打破了长期以来这些领域思维简单僵化、方法陈旧单一、缺少理论与成果建树的局面。第二，"理论热"在我国文学界虽然有种种不足甚至负面效应，但研究者对西方各种新理论、新方法的实验性探索与应用，开启了文学理论辞旧图新、文学研究与文学批评在方法和观念上多元化的新局面、新境界；许多研究者也取得了不少新成果，留下的不仅仅是"理论泡沫"和"学术垃圾"。

在此，笔者暂不具体列举"理论热"与西方文论给我国学术带来的积极影响，却要提出另一值得思考的问题：对于"理论热"时期学界对现当代西方文学理论的简单化接纳和盲目套用以及由此产生的一些负面影响，我们不应该把责任都推于西方理论本身的缺陷，还应寻找"理论"追随者和运用者自身的原因。是否可以这么说："理论热"期间我国文学研究和文学理论之所以存在一些弊端和失范，其深层原因之一是一些研究者自身理论的贫乏和理论运用能力的不足，此种"热"的表象背后掩盖的是理论运用者自身的理论之"虚"与"弱"，而不是"盛"与"强"。存在此现象的原因何在？

从理论源头上看，现当代中国的文学"理论"基本上是外来的。当然，中国也有自己的传统文学理论，比如中国古代文论，它相比于西方文论显然属于两种不同的文化与艺术价值体系。姑且不说两者之优劣，就今天的理论现状来看，我们当下的文学理论话语体系虽然也继承并蕴含了中国传统文论的基因和元素，但从基本话语方式、知识谱系和理论构架上看，它主要来自西方文论，而不是中国古代文论的主体延展。五四时期我们接纳了西方五花八门的文学理论和文艺思潮，先是浪漫主义的盛行，继之是现实主义的主导，随后自然主义、唯美主义、意象派、象征主义、表现主义、未来主义、意识流等蜂拥而至。1949年以后俄苏文学理论改造了五四以来已然初步形成的文学理论与批评话语系统，再到20世纪80年代和世纪之交对西方文论的进一步吸纳，进而形成了我国文学理论研究的当今现状。[①] 由此观之，近百年来我国的文学研究事业几乎始终是在西方文论的滋养中成长起来的。虽然不能说这个过程中完全没有我们自己在汲取他人长处后的理论创新和发展，但总体上看，我们的文学理论和文学批评是缺少理论原创性的，所以，一直以来有学者指认这种文学理论与文学批评存在"失语症"，认为我国"没有真正属于自己的理论。我们很长时间内关于'文论失语'的呼吁，却一直也未能解决'失语'的症状"[②]。应该说，这种批评是有见地的，因为，这种"症状"确实表征了我国文学研究与文学理论体状之"虚"而非"盛"。

从"理论热"引发的心理动因上看，理论"饥渴"是理论主体长期理论"缺水"甚至"脱水"造成的，为了"解渴"而急切地寻找"水源"，这是一种生理性本能反应，有其正当性、合理性与必然性；至于发现新"水源"之后的"渴不择水"，虽然也发自本能并有其必然性，但结果难免导致行为上的"暴饮"甚至"误饮"，于

[①] 曹顺庆：《文论失语症与文化病态》，《文艺争鸣》1996年第2期。
[②] 同上。

是，积极合理的动机所导致的结果却有可能事与愿违。这也和一个大病初愈的人不宜立即进补相仿，缺乏基本理论素养、理论根基尚嫌肤浅的文学研究者与理论工作者，难以接纳、承受并消化铺天盖地的精深而庞杂的理论"补品"和"食粮"。概言之，理论上的先期积淀不足既容易被丰富多彩的"理论"所迷惑，导致"饥不择食""渴不择水"，也可能出现在一知半解状态下理论运用的生搬硬套、简单比附。从理论主体角度看，这与其说是因为理论运用的不娴熟，毋宁说是因为自身理论的"贫血"或者不成熟，也就是"理论匮乏"。

也许正因如此，"失语症"长期得不到也很难得到有效的"医治"，并且难以在短期内改变我国文学理论与文学研究界的这种现状。这就提示我们：剖析和批判现当代西方文论的缺陷，反思、批评我国"理论热"之狂躁、肤浅以及种种失范是必要的和必需的，但是在理论主体身上寻找先天与后天的原因也是不可或缺甚至是更重要的，因为这有助于理论主体的自我"调治"与"修复"。由此又警示我们：理论是重要的和必不可少的，不能由于曾经的"理论热"之误而因噎废食，轻视理论提升、理论应用和理论建设。

第三节 "主观预设"与理论引领

笔者所言的理论之于我们的"必不可少"，主要不是说现当代西方文论对我们的绝对必要性与重要性——当然谁都清楚我们不能也不会因其有某些缺陷而拒之门外——而是指我们的文学研究与批评之实践离不开一种自足而成熟的理论之支撑、指导与引领。实际上，近年来学界对现当代西方文论之批评所针对的核心问题是：从"理论"到"理论"、理论与文学及文本"脱节"；"文学理论取代文学，使文学沦为理论的仆从"①,用文学材料去佐证非文学理论而又自称"文学理论"的"理论",抽空了文学理论本源性的文学与审美内涵而异化为非文学的"理论"。这些也是我国"理论热"期间文学研究与文学理论中不同程度地存在的弊病。有鉴于此,我们需要理论的创新,形成自己新的、成熟的文学理论话语体系,以引领和指导文学研究与文学批评。

事实上,要纠正理论与文学及文本"脱节"等弊病,并非仅仅通过号召研究者们回到文本、多啃读经典作品就能大功告成的,因为有效的文本解读与阐释需要以适当、适度而又丰富、成熟的理论为指导;国内的"理论热"即便是消退了——事实上不可能绝对地"消退"——我们的文学界也不可能顷刻间自发地生成天然适合于自我需要的文学理论。因此,如果我国文学界在"理论热""消退"后真的进入了"后理论"阶段,那么,这不应该是一个理论空白或旧理论循环的时代,而是追求理论创新与发展、繁荣的时代。就此而论,在我国文学理论界对现代西方文论以及"理论热"的批评过程中,虽然已提出许多很有见地的建设性观点,预示了理论创新时代的到来,但就目前理论研究和学科构建的实际现状而言,无疑仅仅处于起步阶段而已。而且,需要格外警惕的是:当我们对"理论热"以及西方文论的不足之处给出了富有价值和积极意义的批评的时候,是否在有意无意、自觉不自觉中让一些研究者萌生了抵制理论的潜在心理冲动呢?或者说,某些批评者是否已表现出对理论的不屑、抛弃,并给以肤浅而毫无学理依据的所谓"批评"呢?若此,就不免有讳疾忌医之嫌了。

现当代西方文论存在着"主观预设"的弊病:"从现成理论出发","前定模式,前定结论,文本以至文学的实践沦为证明理论的

---

① 张隆溪:《过度阐释与文学研究的未来——读张江〈强制阐释论〉》,《文学评论》2017年第4期。

材料，批评变成对文本和文学作符合理论目的的注脚"①。因此，简单套用这种"理论"与"方法"，我们的文学研究与文学批评就有可能闹出非驴非马、文不对题的学术笑话。不过，文学研究与文学批评不同于纯粹的理论研究。理论研究是一种认识性活动，其目的是将经验归纳中所涉猎的非系统的知识，遵照对象物的内部关系和联系给出合逻辑的概括与抽象，使之成为系统的有机整体，并将其提升为一种普遍性真理。与之不同，文学研究与文学批评是一种实践性活动，其目的是将普遍性真理（即理论）用于客观对象物（即文本及各种文学现象），并在对象物中进行合规律的阐发，其方法不是演绎归纳和思辨性的，而是分析性和阐释性的。我们在借鉴西方文论展开文学研究与文学批评时，不能简单地把这种理论研究的演绎推理和思辨的方法直接套用到文学批评与文学研究中来，从而混淆理论研究和文学批评及文学鉴赏之间的差别。遗憾的是，我们不少人这么做了却又反过来埋怨理论本身——对文学研究与文学批评来说，在文学文本的解读与阐释过程中运用和渗透某种理论与观念，体现阐释主体和评论主体对研究所持的某种审美的和人文的价值判断，是合情合理、合乎文学研究与评论之规律与规范的，与"理论过剩""主观预设""泛理论"等弊病不可相提并论。

我们要理性而清醒地看到现当代西方文论的确存在先天不足，并且要看到它与我国文学与文化传统难免会存在水土不服的状况，因此不能简单直接地予以"套用"，但是，我们不能因此放弃对其合理成分的学习、研究与借鉴，尤其是不能因此忽略经典阅读、文学研究与批评中必不可少的理论与方法的应用与创新，忘记我们责无旁贷的理论原创与理论建设的历史责任。② 特别需要指出的是，我们反对文学研究用"理论"证明"理论"的"主观预设"式批评与评

---

① 张江:《强制阐释论》,《文学评论》2014年第6期。

② 对此，张江在《作者能不能死——当代西方文论考辨》的"中国文论建设的基点"中有精彩论述。参见张江《作者能不能死——当代西方文论考辨》，中国社会科学出版社2017年版，第45页。

论，倡导立足文本、从文本出发解读、阐释与研究文学，着力纠正"脱节"之弊，这并不意味着文学研究、文学批评与文本解读不需要理论的指导与引领。

比如说，一段时间来学界反复呼吁"经典重估""经典重读"和"回归经典"，这一方面是因为时代的变迁要求我们重新审视传统经典，另一方面可能也是因为"理论热"造成了研究者对传统经典文本的普遍忽视、漠视甚至拒绝，不愿意从文本解读出发展开文学研究与文学批评。后一种情形的背后显然有理论、观念与方法上的问题需要纠偏。说到"经典重估"，我们大概首先会想到为什么"重估"、重估的"标准"是什么。"重估"意味着对既有的经典体系进行重新评判和评价，进而对这个体系给予当下的调整。那么评判的标准是什么呢？"标准"就是在既往对经典评判的人文、审美等价值原则基础上又融入新的价值内涵的理论系统，其中包含"新"与"旧"两部分内容。如若完全以传统的"旧"价值评判标准去解读经典，那么就不存在什么"重估"了；反之，完全用"新"标准——暂且不说是不是存在这种纯粹的新标准——就意味着对传统经典体系的彻底颠覆与否定，这是不应该的也是不可能的。要很好地融合"新"与"旧"的价值标准对经典进行有效的解读与评价，就要求解读者与评论者拥有比较完善的文本解读与评判研究的能力与水平，也就是要具备比较成熟而丰厚的文学理论素养，这是作为文学专业工作者所不可或缺的前提条件，否则就会出现前述韦勒克和沃伦所说的，许多研究者在解读作品时"对文学批评的一些根本问题缺乏明确的认识"，从而陷入"一筹莫展"或者就"理论"说"理论"的窘境；或者满足于肤浅乃至粗俗的文本解读，观念陈旧缺乏学理性，却自诩为"文学研究""文学评论"。即使对一般的读者，也应该倡导或引导其有意识地提高文学鉴赏的基本理论素养，以实现经典阅读的有效性。

显而易见，要完成准确而有深度的对经典文本的解读、评论与研究，并不是解读者和研究者主观上努力追求并在实践中做到"从文本出发""反复阅读经典文本"就能奏效的。文学研究与文学批评是一个从理论到实践再到理论的辩证发展过程，没有先期的理论获得、积淀与储藏是万万难以实现专业化有效阅读与阐释的，也就谈不上文学研究和对经典的"重估"。现当代西方文论以及我国学界在"理论热"中出现的理论与文学及文本"脱节"的现象，一方面是因为这种"理论"本身存在缺陷，有"非文学化"之谬，另一方面也是因为"理论"运用者自己生硬地套用"理论"，强制地、外加地去"套读"文学文本造成的，是研究者理论与能力匮乏的表现之一。这后一种情况在我国学界比较普遍地存在着，需要文学研究者加强理论学习，提高对理论的领悟、理解与应用能力，而不是由此否定和抛弃理论本身。就像文学理论应该而且必须是关于文学的理论一样——虽然它也可以借鉴其他非文学学科的知识、理论与方法，但是它的建构不能脱离文学文本和文学实践经验——文学研究与文学批评也万万不可脱离理论。其理由很简单，因为文学理论是对文学文本和文学史现象以及作家创作实践经验的分析、归纳和演绎、抽象，文学理论研究本身不仅具有学术的和历史的价值，更有其反哺和服务于文学创作、文学研究与文学批评实践之功能。文学研究与文学批评者"通过批评性文字，把自己对文本的经验表述出来，同时也以影响文本的生产和文本的接受为目的"[①]。不仅如此，对学术性意义上的广义的"文学批评"或者"文学评论"而言，其研究设计与书写方式必须是学理性的、规范性的和有理论深度的，其研究成果必须有理论价值和学术史意义。这种文学研究和文学批评活动也需要一种理论性思维，由于其研究对象是艺术产品，所以这种思维活动具有逻辑思维和艺术思维双重特征。如果仅仅是简单的个人经验和常识指导下对文本解读后的评说与解释，那么，即使这种解读密切结合了文本，解读者的理解则依然很可能是肤浅的和

[①] 高建平：《从当下实践出发建立文学研究的中国话语》，《中国社会科学》2015年第4期。

缺乏学理依据的；即使这种解读后的评说与分析有可能让一般的读者有所启发，但难以切入审美的或者人文的深层，也就无法上升到文学史和文学理论的层面，也就谈不上什么"文学研究"和"文学批评"。虽然我们并不能要求任何文本解读都必须合乎学理、具有理论深度和学术价值，但是对于专业的文学研究和文学批评工作者来说，必须有这样的要求。何况我国文学研究亟须建设具有"中国特色""中国气派"的学科体系和话语体系，某一学科的各个分支的研究者都必须通过理论与实践的结合，博采跨学科研究的成果与方法，使自己逐步走向成熟而不是依旧停留于理论"匮乏"状态，这样，我们的文学理论才能在国际学术领域发出"中国声音"，我们的文学批评才可能展现"中国气派"；也只有这样，我们才不会在未来可能的新"理论热"中重蹈理论"脱水"、研究"脱节"之覆辙。

由此而论，在"理论热"消退后的"后理论"阶段，我们的文学研究者和理论工作者应该冷静地对待"理论"问题——包括我们给予了诸多批评的有先天缺陷的现当代西方文论——不能忽略我们的文学理论建设与文学研究创新对理论本身的迫切需要；我们不能因为曾经的"理论热"的弊病而忽视理论引领对专业化文学研究和文学批评的必要性和重要性，不能忘记即便是业余的文学阅读也需要文学与美学理论素养，需要专业工作者对他们作适度的引领与指导。

总之，"理论热"可以降温或者消退，"泛理论""理论过度"现象应该纠正，进而"回归文学""回归文本"，但理论和理论引领不可或缺。

第四节 "回归文学"与"场外征用"

然而，我们倡导"回归文学""回归文本"，是不是我们的文学理论研究回归了文学实践（作家）、文学作品（文本）和文学史事实（史实），新的"理论"就万事大吉了呢？我们的文学批评是不是运用由此而生的"清纯理论"——暂且不论其存在的可能性——就一帆风顺、所向披靡了呢？我的回答是否定的。

　　归纳而言，西方文论的演进有四个重要阶段是为学界所公认的：作者中心阶段、文本中心阶段、读者中心阶段、理论中心阶段。这四个阶段，标志着西方文论发展的四个重要历史时期。毫无疑问，其中任何一个时期的代表性理论都有其长处、建树和缺点，但任何一种理论都不足以成为当今与未来的理论霸主。因为，历史是不可复制和重复的，只能携带着过去的自我印记去刷新和重塑自我，创造新的历史。我们倡导理论建构与文学研究"回归文学""回到文本"，并不意味着我们应该回到形式主义和阐释学的"文本中心"时代。事实上，我们愿景中的未来新理论、新方法的产生并不像西方"后理论"时期某些学者所说的那样，"理论热"过后，只要文学研究回归文学、回归文本细读，就大功告成了[1]；也不像我国学者孙绍振所说的那样，"把西方（文论）大师当作质疑的对手"，创立"文学文本解读学"[2]，就可以"战胜"西方文论大师了。倒是像欧美"后理论"时期的代表伊格尔顿在《理论之后》中所言，"假如有读者看到此书的名字，就以为'理论时代'已经过去了，我们可以就此放松自己，重新回到'理论时代'之前的单纯岁月了，那么这些读者就要失望了"[3]，因为实际上我们已经回不到过去了。正如张江所说，"我们倡导的文本细读，并不以狭隘的文本观为基础"，"文本在文学理论建构中只是依托，而不是全部；文本细读也只是所

---

[1] ［美］拉曼·塞尔登等：《当代文学理论导读》，刘象愚译，北京大学出版社2006年版，第328—334页。

[2] 孙绍振、孙彦君：《文学文本解读学》，北京大学出版社2015年版，第97页。（需要说明的是，笔者对孙绍振先生的"文学文本解读学"的重要性和原创性是高度认可的，本文此处仅仅是想表达：我们的文学研究和文学批评，仅靠"解读学"也是远远不够的。）

[3] Terry Eagleton, *After Theory*, Cambridge: Basic Books, 2003, p.1.

有理论建构行为的第一步,而不是终点"①。因此,回归文学与文本无疑是必要的,但是,文学理论的创新之"鹰"不可能也不应该仅仅盘旋在文学的这一小块土地上寻寻觅觅。对文学研究和文学批评来说,我们不仅要汲取"理论热"时期那种简单挪用模仿理论、生搬硬套方法等经验教训,还应该在重新梳理现当代西方文论的基础上,去其糟粕、取其精华、细嚼慢咽、消化吸收,融合本民族优秀的文论传统,形成新理论。"当你把历史上不同的领域融合在一起的时候,新的东西也就诞生了。"② 就此而论,现当代西方文论依然是我们当下和未来文学理论创新与建设的重要思想资源,非常重要的一点是:如何将现当代西方文论在深度理解、合理吸收的基础上形成自己的新理论并予以恰当运用。在这个意义上说,神话原型批评、接受美学、心理分析批评、形式主义、结构主义、叙事学、文化学批评、新历史主义等,都不能说已一无用处。在这方面,上述提及的孙绍振的理论与实践是一个很好证明。虽然他对西方文论进行批评时似乎有情感化的"过激",但实际上他并没有简单地排斥它们。他的《文学文本解读学》《文学解读基础:孙绍振课堂讲演录》等学术成果,就是在综合了形式主义、结构主义、接受美学等西方理论尤其是"文本细读"理论的基础上,不无原创性地形成了一种崭新的文学批评理论和方法。他的成果既是对西方文论的扬弃式运用,也是对它们的原创性超越。此外,20世纪80年代我国文学界"方法论热"的倡导者之一傅修延,且不说他的《文艺批评方法论基础》③ 一书对我国文学研究产生过多大的积极影响,仅就其本人的研究实践来说,他对西方叙事学理论进行了长期的探索与运用并取得了丰硕成果,这足以说明他已经由西方叙事学走向

---

① 张江:《作者能不能死——当代西方文论考辨》,中国社会科学出版社2017年版,第51—52页。
② *The Los Angels Times*, September 27, 2016, E2.
③ 傅修延、夏汉宁:《文学批评方法论基础》,江西人民出版社1986年版。

了中国叙事学。① 孙绍振和傅修延两位都是将理论和文本相融合、用理论指导文学研究与文学批评的成功学者。国内这样的例子应该是为数甚众的。这也说明对西方文论的借鉴是我们的文学研究与文学批评自我创新的"源头活水"之一。

至于文学与其他学科的关系，几十年来，跨学科研究一直是国内外学界倡导的学术研究的创新之路，这与西方文论缺陷之一的"场外征用"不可相提并论。"场外征用"指的是将非文学的各种理论或科学原理调入文学阐释话语，用作文学理论与文学批评的基本方式和方法，它改变了当代西方文论的基本走向。②"场外征用"这种理论与方法无疑会把文学理论与文学批评引入误区。但是，如果我们不重蹈"场外征用"的覆辙，不把其他学科的理论与方法生搬硬套于文学文本的解读和文学研究，不把本该生动活泼的文学批评弄成貌似精细化而实则机械化的"技术"操作，那么，对文学进行文化学、历史学、政治学、社会学、心理学、生态学、政治学、经济学等跨学科、多层次的研究，这对文学研究与文学批评不仅是允许的和必要的，研究的创新也许就寓于其中了。文学研究和文学批评"需要接通一些其他的学科，可以借鉴哲学、历史、心理学、人类学、社会学等方面的知识，完成理论的建构，但是，他们研究的中心却依然是文学"③。这种研究其实就是韦勒克和沃伦提出的"文学外部研究"。"文学是人学"，而人是马克思说的"一切社会关系的总和"；通过文学去研究"一切社会关系"中的人，在文学中研究人的"一切社会关系"，都是文学研究与批评的题中应有之义。重

---

① 傅修延：《从西方叙事学到中国叙事学》，《中国比较文学》2014年第4期。另可参见傅修延的《先秦叙事研究——关于中国叙事传统的形成》，东方出版社1999年版；《中国叙事学》，北京大学出版社2015年版；《中西叙事传统比较研究》（2016年国家社会科学基金重大招标项目，傅修延为首席专家）。

② 张江：《强制阐释论》，《文学评论》2014年第6期。

③ 高建平：《从当下实践出发建立文学研究的中国话语》，《中国社会科学》2015年第4期。

要的是，新理论、新方法何以才能呼之欲出？毫无疑问，在综合其他学科的知识、理论与方法的基础上革新我们的文学理论，展开比较文学方法指导下的跨学科文学研究与文学批评，显然也是我们理论与方法创新的路径之一。

其实，对现当代西方文论进行了全面梳理与评价，并对其"场外征用"之弊给出了深刻批评的张江，并没有否认文学跨学科研究的重要性，更没有将其简单地等同于"场外征用"。他认为："当代西方文论中的某些思潮流派，直接'征用'其他学科的现成理论，不但不能证明文学理论可以越过文学实践，反而暴露了其自身存在的致命缺陷。我们提出这样的论断，并不意味着文学理论要打造学科壁垒。在当下的学术研究中，无论是自然科学还是人文社会科学，学科间的碰撞和融合已成为重要趋势，在相当程度上推动了学术研究的进步。"[1]

因此，我们应该拒斥"场外征用"，但对于文学的跨学科研究无疑应该大力提倡。对此，我们同样不能因噎废食，由于"理论热"时期犯有"场外征用"之误，就忽视甚至否定跨学科研究，随意诟病跨学科知识、理论与方法在文学理论建构与文学批评中的运用。这种画地为牢式的自我封闭思维也是万万要不得的。

总之，本文所说的"理论的呼唤"，所"呼唤"的不可能是过往的任何一种"理论"，也不是囿圄于文学场内的纯粹之"文学理论"，更不是"场外征用"式的无边际、反文学本质的所谓"理论"，而是囊括古今中外文学和非文学之优良理论传统的开放性文学理论，它是民族的，也是世界的。我们"呼唤"的是我们致力于追求和期盼的"中国特色"的文学理论及其引领下的"中国气派"的文学批评与文学评论。我们不可能寄希望于它明天就整个地出现和成熟，但我们应该做这种探索、创新和建设的努力。也许这就是一种"文化自信"。

---

[1] 张江：《作者能不能死——当代西方文论考辨》，中国社会科学出版社2017年版，第48页。

第二十四章

"世界文学"不是文学的"世界主义"

20世纪90年代以来,"世界文学""世界主义"成了中外学界尤其是欧美学界较为热门的话题,这与全球化浪潮的演进有直接关系。"世界文学"并不是一个新鲜话题,对其基本内涵学界也有一定的共识,但在新语境下被不断重新阐释并赋予新的含义。① 在"网络化—全球化"背景下,文学一方面濒于"边缘化"的处境,另一方面,受一种过于狭隘的"世界主义"文化理论的影响,在一些研究者视野中,"世界文学"近乎成了西方少数经济大国和综合实力强国之文学,因而文学的民族性遭到了挤压。正如美国著名比较文学学者大卫·达莫若什在《世界文学有多少美国成分?》一文中指出,

---

① 20世纪与21世纪之交,国际学界围绕"世界文学"的概念展开了深入而持久的讨论,可谓是见仁见智,新见纷呈。其中比较有影响的理论家与著作有:David Damrosch, *What is World Literature*? Princeton: Princeton University Press, 2003; Christogher Prendergast ed., *Debating World Literature*, London: Verso, 2004; Pascale Casanova, *The World Republic of Letters*, trans. M. B. Debevoise, Cambridge, Mass., London: Harvard University Press, 2004; Emily Apter, *The Translation Zone: A New Comparative Literature*, Princeton: Princeton University Press, 2006; Mads Rosendahl Thomsen, *Mapping World Literature: International Canonization and Transnational Literatures*, New York: Contiuum, 2008; David Damrosch ed., *World Literature in Theory*, Chichester, West Sussex: Wiley - Blackwell, 2014; Alexander Becroft, *An Ecology of World Literature: From Antiquity to the Present Day*, London: Verso, 2015.

"世界文学正在快速地变化为美国集团资本主义的怪兽"①。国内学者对此也提出了警示:"世界文学"口号的背后隐藏了"前所未有的文化单一性"企图,"强势文化对其他文化及其传统明显具有强迫性、颠覆性与取代性"②。"世界文学"成了"'世界上占支配地位的国家的文学',或'世界主要国家的文学'"③。在这种语境下,"世界文学"近乎成了文学上的"世界主义"之代名词,这是值得我们关注的现象。

如果"世界文学"仅仅是这种"世界主义"所期许的整一化的少数资本主义强国之文学的话,那么,以文学的他者性、异质性为存在与研究前提的比较文学也就无立锥之地,"消亡"便是其必然归宿,若此,它也许就是全球化和"世界主义"酿就的文学领域的牺牲品。人类文学的发展果真会如此吗?这是亟待深究与澄清的重要问题。对此,我以为,回顾"世界文学"术语与观念产生及传播的历史,特别是重温马克思、恩格斯和歌德等关于"世界文学"的重要论断,对我们正确把握全球化势头日显强劲时代的文学与文化发展趋势,探究文学研究的新观念、新方法,无疑具有重要学术价值和现实意义。

第一节 何谓"世界文学的时代"?

在我国学界,一说到"世界文学",往往首先会想到歌德,因为,虽然歌德并不是第一个使用"世界文学"这一术语的人④,但

---

① [美]大卫·达莫若什:《世界文学有多少美国成分?》,见张建主编《全球化时代的世界文学与中国》,中国社会科学出版社2010年版,第139页。
② 陈众议:《当前外国文学的若干问题》,《外国文学动态研究》2015年第1期。
③ 高照成:《"世界文学":一个乌托邦式文学愿景》,《外国文学动态研究》2016年第6期。
④ 根据德国学者海因里希·迪德林等人的考证,早在1810年,克里斯托弗·马丁·魏兰就已经率先使用了"世界文学"这一术语,更早一些时候,哲学家赫尔德也使用了"世界文学"这样的说法。

他的关于世界文学论断的影响,大大超过了前人。因此,究竟谁先使用这个术语已显得无关紧要,我们在讨论这一问题时,有必要首先分析歌德对"世界文学"的理解。

1827年,歌德在与秘书艾克曼谈话时提到了"世界文学"(Weltliteratur)一词:

> 每个人都应该对自己说,诗的才能并不那样稀罕,任何人都不应该因为自己写过一首好诗就觉得自己了不起。不过说句实在话,我们德国人如果不跳开周围环境的小圈子朝外面看一看,我们就会陷入上面说的那种学究气的昏头昏脑。所以我喜欢环视四周的外国民族情况,我也劝每个人都这么办。民族文学在现代算不了很大的一回事,世界文学的时代已快来临了。①

当时,歌德是在阅读了中国的传奇小说《风月好逑传》等作品之后,说出上述这番长期以来被学者们广为引用的著名论断的。在歌德一生的文学评论中,他曾经20多次提到"世界文学"这一术语。

总体而言,歌德对"世界文学的时代"的展望,是基于国与国之间的封闭、隔阂日渐被破除,不同民族、国家和地区间的文化与文学交流不断成为可能而言的,其前提是诸多具有文化差异性的民族文学的存在。因此,歌德说的"世界文学的时代"的人类文学,并不是消解了民族特性与差异性的文学之大一统,而是带有不同文明与文化印记的、多元化的多民族文学同生共存的联合体,是一个破除了原有的封闭与隔阂后形成的异质文学的多元统一。正是在这种意义上,歌德又说:"我愈来愈深信,诗是人类的共同财产。"②

---

① [德]爱克曼辑录:《歌德谈话录》,朱光潜译,人民文学出版社1978年版,第113页。

② 同上书,第113—114页。

因为，优秀的文学作品可以超越民族文化价值和审美趣味的局限，为异民族的读者所接受，为异质文化背景下的文学创作提供借鉴，从而促进异质文化与文学的交流。歌德说："我们所说的世界文学是指充满朝气并努力奋进的文学家们彼此间十分了解，并且由于爱好和集体感而觉得自己的活动应具有社会性质。"①"我们想只重复这么一句：这并不是说，各个民族应该思想一致；而是说，各个民族应当相互了解，彼此理解，即使不能相互喜爱也至少能彼此容忍。"② 这里，歌德认为，不仅个体作家在"彼此间十分了解"的基础上保持了各自独特的创作个性，而且，异民族、异质文化背景下的文学也是在"彼此理解""彼此容忍"——实际上是包容——的基础上，保持了自己独特性的同时又以其超越民族与文化的优秀个性而开放于世界文学之大花园。就当时的歌德来说，他不仅展望和预言"世界文学正在形成"，而且尤其期待"德意志人在这方面能够也应该发挥出最大的作用，并且将在这一伟大的共同事业中扮演美好的角色"。他还相信，"在未来的世界文学中，将为我们德国人保留一个光荣的席位"③。此处，"共同事业""扮演美好的角色""保留一个光荣的席位"，意味着"世界文学的时代"的"世界文学"是一个由不同民族之文学经典组成的文学共同体，而在这个"文学共同体"里，以歌德自己已有的成就以及他对德国民族文学的信心与期待，德国人创造的文学经典将会独树一帜、光彩夺目，进而拥有"光荣的席位"。对此，我国学者丁国旗的分析是颇为精当的，"各民族的文学'经典'不过是'世界文学'属下的一个个'范本'，正是这些无数个'范本'向我们展现了'世界文

---

① ［德］歌德：《歌德文集》（第10卷），范大灿、安书祉、黄燎宇等译，人民文学出版社1999年版，第410页。
② 同上。
③ 高照成：《"世界文学"：一个乌托邦式的愿景》，《外国文学动态研究》2016年第6期。

学'所应该具有的存在方式"①。今天看来，不仅歌德已经成为世界文学领域的经典作家，而且德国文学也已然是世界文学大花园里的一朵鲜艳的奇葩，为世界文学的存在"范式"提供了经典的样本。歌德的"世界文学的时代"，展望的是生发于诸多异民族、异质文化的文学经典众声齐唱的世界文学大家庭，那显然不是同质化、一体化、整一性的文学存在形态；歌德"世界文学设想的中心意义，首先意味着文学的国际交流和互相接受"②。

第二节 何谓"世界的文学"？

在我国学界，比歌德"世界文学的时代"的概念更有影响力和指导意义的"世界文学"观念，来自马克思、恩格斯关于"世界的文学"的论断。对此，我国学界同人已颇为了然，但是，在"网络化—全球化"的当下重提"世界文学"的话题，我们有必要重温并细辨其精义。

马克思、恩格斯在《共产党宣言》中指出：

> 资产阶级，由于开拓了世界市场，使一切国家的生产和消费都成为世界性的了……古老的民族工业被消灭了，并且每天都还在被消灭。它们被新的工业排挤掉了，新的工业的建立已经成为一切文明民族的生命攸关的问题；这些工业所加工的，已经不是本地的原料，而是来自极其遥远的地区的原料；它们的产品不仅供本国消费，而且同时供世界各地消费。旧的、靠本国产品来满足的需要，被新的、要靠极其遥远的国家和地带

---

① 丁国旗：《祈向"本原"——对歌德"世界文学"的一种解读》，《文学评论》2010年第4期。

② 方维规：《何谓世界文学？》，《文艺研究》2017年第1期。

的产品来满足的需要所替代了。过去那种地方的和民族的自给自足和闭关自守状态,被各民族的各方面的互相往来和各方面的互相依赖所替代了。物质的生产是如此,精神的生产也是如此。各民族的精神产品成了公共的财产。民族的片面性和局限性日益成为不可能,于是由许多种民族的和地方的文学形成了一种世界的文学。①

马克思、恩格斯生活的19世纪,资本主义生产的世界性成为一种客观存在。他们上述的论断,一方面指出了19世纪欧洲资本主义物质、经济的世界性发展总特征,指出了带有国际性质的经济运行方式使各民族、各地区和各国家的生产和消费被纳入了世界性大格局之中,于是,那种封闭的、孤立的、自给自足的宗法制和田园牧歌式的经济体制、生存方式乃至生活方式,逐步走向了边缘乃至消亡的状态;另一方面也指出了特定时代人的社会生活和精神生活方式是受这个时代的物质生产方式制约的,不仅物质生产,而且包括政治、法律、哲学、宗教、文学和艺术等一切社会意识形态在内,都受资本主义世界性生产的影响,这些社会意识形态,乃至所隶属的一切思想、思潮和观念,都是从它们所赖以存在的社会历史中产生出来的。资本主义生产的世界性扩张与征服,不仅存在于商品交换涉及的领域,而且也涉及精神、文化领域。这意味着文学艺术作为一种社会意识形态,也会在物质、经济的世界性扩张与征服中趋于世界化。虽然人类精神的生产有自身的规律,物质生产和精神生产存在着不平衡性,但是精神生产不可抗拒地且不同程度地要受制于物质生产之大趋势的影响。正因为如此,马克思、恩格斯指出,在资本主义开拓了"世界市场"的背景下,不同民族、国家和地区的文学在经济和物质生产方式国际化强势的推动下,将形成"世界

---

① 《马克思恩格斯文集》(第2卷),人民出版社2009年版,第35页。

的文学",于是"各民族的精神产品成了公共的财产"①。

值得仔细辨析的是,马克思、恩格斯讲的"世界的文学",是在"许多种民族的和地方的文学"②的基础上形成的,换句话说,"许多种民族的和地方的文学"的独立存在与互补融合,是"世界的文学"产生与形成的前提。因此,在马克思、恩格斯的"世界的文学"观念中,民族文学与世界文学是一种相互依存的共生关系;"世界的文学"是基于文化相异的多民族文学各自保持相对独立性基础上的多元统一之文学共同体,是民族性与人类性(世界性)的辩证统一,而不是大一统、整一性的人类总体文学。这与别林斯基的观点不谋而合。别林斯基说:"只有那种既是民族的同时又是一般人类的文学,才是真正的民族性的;只有那种既是一般的人类的同时又是民族性的文学,才是真正人类的。"③也正如美国当代著名比较文学专家达莫若什所说,世界文学是"在本民族文化以外传播的文学作品"④,还如美国文学理论家弗雷泽(Matthias Freise)所说,世界文学的"核心问题是普适性与地方性的关系……世界文学的理解首先是从差异性开始的"⑤。这些学者和理论家的论断,都从不同时代的不同立场和角度说明:世界文学不是整一化的人类文学统一体,而是诸多国家和民族文学的多元融合体。虽然国内外关于"世界文学"的理解迄今仍然还是众说纷纭,但上述关于"世界文学"的基本内涵是不同时期、不同国家的文学研究者们已达成的一种基本共识,其中,马克思、恩格斯的论断无疑更具前瞻性和普遍性指导意义。

---

① 《马克思恩格斯文集》(第2卷),人民出版社2009年版,第35页。

② 同上。

③ [俄]别林斯基:《别林斯基选集》(第3卷),满涛译,上海译文出版社1980年版,第187页。

④ David Damrosch, *What is World literature*? Princeton: Princeton University Press, 2003, p. 4.

⑤ Matthias Freise, "Four Perspectives on World Literature: Reader Producer, Text, and System". (见"思想与方法"国际高端对话暨学术论坛"何谓世界文学?颠覆性与普世性之间的张力"会议文集,北京师范大学文学院,2015年10月16—17日。)

至于马克思、恩格斯所说的"民族的片面性和局限性日益成为不可能",从文化交流与影响的角度看,这种"片面性"和"局限性""成为不可能",不等于各民族文化差异性、独特性的消失,而主要是指不同质的文化与文学在彼此取长补短基础上的优化发展与演变,使既有民族性又有人类性的元素得以在交流中弘扬;也就是说,"成为不可能"或者在交流中"消失"的,是各民族文化中的"片面性"和"局限性"元素,而不是足以彰显其独特性、优质性的特色与优势元素。因此,从总体趋势上看,在人类文学朝着世界文学方向发展的同时,或者说在"世界的文学"形成的同时,民族文学的个性、特色与优势会不同程度地得以保留抑或彰显而不是销蚀。不仅如此,不同的文学与文化并不存在优劣之分,而只有特色之别,相互间有包容性与借鉴性,其生存与发展并不像自然界那样遵循自然选择的"丛林原则"。即使是面对物竞天择的自然界,人类也有责任保护和捍卫自然物种的多样性存在,"当前,有关环境恶化的全球化最可怕的问题或许是世界范围内的生物多样性的破坏",而"人们如何看待他们的自然环境,在很大程度上取决于其文化背景"①。因此,站在人道的高度看,人类必须维持自然生态的良性循环与发展,其间体现的是生态伦理观念。与之相仿,从人类文学与文化存在多样性的必然前提看,各民族文学的特色与优势也更须得到有效尊重与保护,使其有各自生存、延续与发展的空间,其间体现的是人类文化命运共同体意义上的文化伦理观念。由是,人类文明也就不一定必然表现为"文明的冲突",而是互补、融合、共存,世界文学也就有了多元共存的文化伦理前提。正如杜威·佛克马(Douwe Fokkema)所说,"世界文学的概念本身预设了一种人类拥有共同的禀赋与能力这一普适性观念"②。

---

① [美]曼弗雷德·B. 斯蒂格:《全球化面面观》,丁兆国译,译林出版社 2013 年版,第 77、73 页。

② Douwe Fokkema, "World Literature", *Encyclopedia of Globalization*, ed. Roland Robertson, Jan Aart Scholte, New York and London: Routledge, 2007, p. 1291.

第三节 "世界文学"是遥不可及的"乌托邦"?

在此,需要特别指出的是,以往学界对马克思、恩格斯"世界的文学"的理解,一般只认为那是他们对人类文学发展趋势的预测与展望,"世界的文学"仅仅是一种永远在路上的"预言"而已,实际上是无法实现和验证的,甚至是一种遥不可及的"乌托邦"。[①] 其实,我认为,从19世纪西方文学发展的历史事实上看,马克思、恩格斯的这种展望和预言,在很大程度上已经得以实现和验证,因而这种理论有其科学性和普遍真理性。在此,我们不妨以19世纪浪漫主义和现实主义两大文学思潮的演变为例略作阐述。

浪漫主义与现实主义是19世纪欧洲文学中最波澜壮阔的文学思潮,也是欧洲近代文学的两座高峰。就欧洲文学或西方文学而言,"文学思潮"通常都是蔓延于多个国家、民族和地区的,同时,它必然也是在特定历史时期某种社会文化思潮影响下形成的具有大致相同的美学倾向、创作方法、艺术追求和广泛影响的文学潮流。更具体地说,"文学思潮"有与之相对应的特定社会文化思潮(其核心是关于人的观念),此乃该文学思潮产生发展的深层文化逻辑(文学是人学);有完整、独特的诗学系统,此乃该文学思潮的理论表达;有流派、社团的大量涌现,并往往以运动的形式推进文学的发展,此乃该文学思潮在作家层面的现象显现;有新的文本实验和技巧创新,此乃该文学思潮推进文学创作发展的最终成果展示。笔者如此细致地解说"文学思潮",意在强调:19世纪西方的"文学思潮"通常是在跨国阈限下蔓延的——它们每每由欧洲扩展到美洲乃至东方国

[①] 高照成:《"世界文学":一个乌托邦式文学愿景》,《外国文学动态研究》2016年第6期。

家——其内涵既丰富又复杂，只有认识到这一点，我们才可能深度理解19世纪西方浪漫主义和现实主义两大思潮所拥有的跨文化、跨民族、跨语种的"世界性"效应及其"世界文学"之特征与意义。事实上，浪漫主义和现实主义两大文学思潮就是在世界性、国际化的欧洲资本主义社会历史背景下产生的；或者说，正是19世纪前后欧洲资本主义物质生产方式的世界性、国际化大趋势，催生了这两大文学思潮并促其流行、蔓延于欧美的大部分国家和地区。在那时的交通与传播媒介条件下，这样的流行已经足够"世界性"和"国际化"了。因此，这两大文学思潮实际上就是"世界性""国际化"思潮，其间生成和拥有的文学实际上就是相对的、某种程度的"世界的文学"或者"世界文学"范式。由此而论，著名丹麦文学史家勃兰兑斯的六卷本巨著《十九世纪文学主流》，足可以说是对上述两大"国际化""世界性"文学思潮的开拓性、总结性比较研究。这部巨著既是特定时期的断代"欧洲文学史"著作，也是一种类型的"世界文学史"著作，其主要研究理念与方法属于"比较文学"，因此它也是比较文学的经典之作。

不仅如此，事实上19世纪欧洲和西方文学思潮的流变，远远超出了欧洲和"西方"国家之地理范畴。随着19世纪欧洲资本主义物质生产方式的世界性展开，特别是各民族间文化交流、国际交往的普遍展开，其与东方国家和民族之间的文学交流也开始蓬勃发展起来了，并且主要是西方文学向东方国家和民族的传播。当时和稍晚一些时候，国门逐步打开后的中国也深受西方文学思潮的影响，近现代中国文坛上回荡着浪漫主义、现实主义等文学思潮的高亢之声。日本文学则受其影响更早更大。如此来说，浪漫主义和现实主义文学思潮之世界文学的属性与特征是显而易见的，它们的产生、发展与流变，起码称得上宽泛意义上的世界文学存在范式，而笔者则更愿意称其为名副其实的早期的世界文学。如果有人认为如此界定"世界文学"，其涵盖面还太狭窄，因而不能称之为"世界文学"的话，那么笔者要说，在一定意义上，世界文学之涵盖面是永远无法穷尽的，尤其是，世界文学之根本内涵不是数量意义上的民族文学的叠加与汇总，而是超民族、跨文化、国际性的影响力以及跨时空的经典性意义。19世纪欧洲浪漫主义与现实主义文学思潮不正是因为具有了这种影响力和经典性才至今拥有不衰的世界意义吗？

再换一个角度，我们从研究方法上看，马克思、恩格斯在后来的著作中论及19世纪浪漫主义和现实主义文学的时候，其眼光和视界显然也是国际化、世界性的，而非限于单个民族和国家。比如，马克思、恩格斯曾经研究和讨论过的19世纪欧洲作家就多达几十位，其中包括法国的夏多布里昂、雨果、乔治·桑、欧仁·苏、巴尔扎克、左拉、莫泊桑；英国的瓦尔特·司各特、骚塞、拜伦、雪莱、托马斯·卡莱尔、艾略特、狄更斯、萨克雷、哈克奈斯；德国的阿伦特、卡尔·倍克、海涅、弗莱里格拉特、敏娜·考茨基、卡尔·济贝尔、贝尔塔、卡·维尔特；俄国的普希金、赫尔岑、屠格涅夫、莱蒙托夫、车尔尼雪夫斯基、杜勃罗留波夫、谢德林，以及挪威剧作家易卜生等。此处，分国别详细列举这些作家，意在说明马克思、恩格斯是在世界文学、比较文学的视野和语境中研究19世纪文学的，他们的这种研究方法和学术理念，同其研究资本主义以及人类社会的发展规律一样是世界性的和全人类的。他们对19世纪欧洲文学思潮和作家作品的阐释，实质上就是对资本主义特定历史阶段的世界文学的研究和分析；他们由此总结归纳得出的文学理论，显然属于人类总体文学或者世界文学的范畴。尤其是，他们关于19世纪现实主义文学的精辟论断，无可否认地具有世界性、人类性意义。他们认为，优秀的文学作品必须有现实关怀和历史呈现，进而拥有真实性品格和社会认识价值；要塑造"典型环境中的典型性格"；要遵守"细节真实"原则等。这些理论生发于对19世纪欧洲各国现实主义文学的研究，不仅其研究对象具有国际性，而且研究成果的适用范围更具世界性、人类性和历史超越性，对世界文学产生了深远的、不可磨灭的影响。如果说文学也有"世界市场"的话，那么，马克思、恩格斯从19世纪欧洲文学，尤其是现实主义文学思潮中归纳提炼出来的文学原理，无疑是可以在人类的文学"世界市场"中流通的优秀精神文化产品。好在，与物质商品的流通不同，文学理论的世界性传播与"流通"几乎不需要有形的"世界市场"，马克思、恩格斯的上述关于现实主义文学的经典理论，亦早已不胫而走、广为传播，并产生了深远而广泛的世界性、国际性影响。

由此而论，在19世纪，"世界文学"实际上已不仅仅是一种永远在路上的"预言"，也不是遥不可及的"乌托邦"愿景，而是亦已产生和形成的"世界文学"实体存在，或者说是一种可供遵循和参照的世界文学经典范式。当然，即使是在19世纪，这种世界文学经典范式，并不仅仅限于欧洲现实主义与浪漫主义文学。如前所述，事实上歌德就是在阅读了中国文学经典之后提出"世界文学"论断的，这意味着中国和东方国家文学经典之国际性传播与影响早已存在。限于篇幅，本文暂不赘述。

另外，在上述所说的"世界文学"发展过程中，即便是同一种文学思潮范围内的各民族文学，除了具有某一种文学思潮所共有的文化与审美元素以及相似的创作方法和技巧之外，也依旧保留了各民族、国家和地区之文学的独特性和差异性。比如，就浪漫主义文学思潮来说，它首先出现在德国，继之蔓延于法国、英国、俄国、美国乃至东方国家，但是，浪漫主义文学在不同的国家和地区的流行，其特征是同中有异、精彩纷呈的。德国浪漫派留恋中世纪，表现出超验的、形而上的和宗教的特征；法国浪漫派既有宗教情结，又追求自由精神和异国情调；英国浪漫派迷恋大自然，寄情于湖光山色，对现代文明表现出超常的不满与反叛；俄国浪漫派受西欧浪漫派的影响，表现出对落后封闭的俄国农奴制社会的反抗；美国的浪漫派则与追寻"美国梦"紧密联系，热衷于歌颂人的力量与人性的自由，表达新兴美利坚的自豪感。现实主义的文学思潮在欧美和东方各国产生了世界性影响，也同样呈现出千姿百态的多元风格。这说明，在世界文学的发展过程中，民族的、国家的文学之独特性不会被销蚀，而是在交流互补中各显风采，并由此形成蔚为壮观、多姿多彩的世界文学新格局、新态势。

尤其需要强调的是，就19世纪文学思潮的发展演变来看，"世界的文学"的出现也好，"世界文学的时代"之到来也罢，都不仅没有导致民族的和异质的文学的消失，也没有出现一体化、同质化、整一性的大一统人类文学，而且还孕育了一种额外的产品：借着19世纪欧洲文学的"世界性"发展，一种研究文学的新方法——"比较文学"应运而生。因为，没有文化的差异性和他者性，就没有可比性，而有了民族的与文化的差异性的存在，就有了异质文学的存在，文学研究者也就可以在世界文学的大花园中采集不同的样本，通过跨文化、跨民族的比较研究，去追寻异质文学存在与发展的奥秘，并深化对人类文学规律的研究。因此，正是世界文学的出现与形成，激活了文学研究者对民族文学和文化差异性认识的自觉，文学研究者的比较意识也空前凸显，比较文学也就应运而生。由此我们似乎也从一个独特的角度证明了为什么"比较文学"兴起于19世纪的欧洲——因为"比较文学"天然地需要以跨民族、跨文化和异质性、他者性为存在的前提条件，比较文学是天然地依存于世界文学的。如此说来，勃兰兑斯可以说是19世纪比较文学领域最有成就的实践者之一。

那么，当人类社会进入了21世纪的"网络化—全球化"时代，物质的、经济的和技术的全球化愈演愈烈，文化交流也快速而深度地展开，世界文学又将呈何种形态？它会走向文学的"世界主义"吗？

第四节 "网络化—全球化"意味着文化"一体化"？

网络助推全球化，我们正处在"网络化—全球化"时代。不管从哪个角度看，全球化插上网络技术的翅膀，其发展越来越快，成为一种难以抗拒的世界潮流，人类的生存已然处在快速全球化的

"高速列车"中。然而,全球化在人的不同生存领域,其趋势和影响是不尽相同的,尤其在文化领域更有其复杂性,因此,简单地认定文化也将走向普遍意义上的"全球化",无疑过于武断和不正确。

当今时代的全球化,首先是在经济领域出现的,从这一层面上看,全球化的过程是全球"市场化"的过程;"市场化"的过程又往往是经济规则一体化的过程。人类"进入80年代(20世纪,笔者注)以来,世界资本主义经历了一番结构性的调整和发展。在以高科技和信息技术为龙头的当代科学技术上升到一个新的台阶之后,商业资本的跨国运作,大型金融财团、企业集团和经贸集团的不断兼并,尤其是信息高速公路的开通,不仅使得经济、金融、科技的'全球化'在物质技术层面成为可能,而且的确很大程度上变成了一种社会现实。越来越多的国家加入到一个联系越来越密切的世界经济体系之中,国际货币基金组织、世界贸易组织等世界性经贸联合体实行统一的政策目标,各国的税收政策、就业政策等逐步统一化,技术、金融、会计报表、国民统计、环境保护等,也都实行相对的标准"①。这说明,全球化时代的人类经济生活,追求的是经济活动规则的一体化与统一性。由于"全球化"的概念主要或者首先来自经济领域,而经济领域的"全球化"又以一体化或统一性为追求目标和基本特征,所以在这种意义上,"全球化"这一概念与生俱来就与"一体化"相关联,或者说它一开始就隐含着"一体化"的意义。

在网络信息技术快速发展的21世纪,伴随经济全球化而来的是金融全球化、科技全球化、传媒全球化,由此又必然引起人类价值观念的震荡与重构,这就是文化层面的全球化趋势。因此,经济的全球化必然会带来思想文化领域的变革,这是历史发展的规律。然而,文化的演变虽然受经济的制约,但它的变革方式与发展方向因其自身的独特性而不至于像经济、物质、技术形态那样呈一体化特

---

① 盛宁:《世纪末·"全球化"·文化操守》,《外国文学评论》2000年第1期。

征。因此笼统地讲，文化的全球化传播也必然像经济全球化那样趋于"一体化"是不恰当的，文化上的全球化"趋势"并不是各民族文化的整一化、同质化。在经济大浪潮的冲击下，西方经济强国（主要是美国的）的文化价值理念不同程度地渗透到经济弱国的社会文化机体中，使其本土文化在吸收外来文化因素后产生变革与重构。从单向渗透的角度看，这是经济强国向经济弱国的文化输入乃至文化扩张，是后者向前者的趋同。然而，文化发展规律不同于经济发展规律的独特性在于：不同种类、异质的文化形态的价值与性质并不完全取决于它所依存的经济形态；文化的价值标准不像物质的价值标准那样具有普适性，相反，它具有相对性。因此，在经济全球化的过程中，不同的文化形态在互渗互补的同时，依然呈多元共存的态势，文化的独立性、互补性与多元性是辩证统一的。在经济全球化的过程中，经济弱国的文化价值观念同样也可能反向渗透到经济强国的文化机体之中，这是文化互渗或文化全球化"趋势"的另一层含义。正如美国社会学家罗兰·罗伯逊所说，在文化上，"全球化的流动经常会给地方文化注入活力。因此，地方差异性和特色并非完全被西方同质性的消费主义力量所淹没，它们在创造璀璨的独特文化方面仍发挥着重要作用"，全球化不仅不会导致世界文化的同质化，反之会促进文化上的"全球地方化"。[①] 所以，在谈论经济全球化背景下的文化发展演变趋势时，我既不赞同任何一种文化形态以"超文化"的姿态，凌驾于其他异质文化的价值体系之上并力图取代一切，谋求"世界主义"的大一统，也不赞同狭隘的文化相对主义、民族主义和保守主义。我认为，文化上的全球化"趋势"——仅仅是"趋势"而已——既不是抹杀异质文化的个性，也不能制造异质文化之间的彼此隔绝，而应当在不同文化形态保持独特个性的同时，对其他文化形态持开放认同的态

---

① 转引自［美］曼弗雷德·B. 斯蒂格《全球化面面观》，丁兆国译，译林出版社2013年版，第62页。

度，使异质的文化形态在对话、交流、认同的过程中，在互渗互补的互动过程中，既关注人类文化的普适性价值理念，体现对人类自身的终极关怀，又尊重各种异质文化的个性，从而创造一种普适性与相对性辩证统一、富有生命力而又丰富多彩的世界文化，而不是"世界主义"论者所倡导的"强国文化"的独霸。所以，文化上的"全球化"，或者文化上的世界化、国际化，强调和追求的是一种包含了相对性的普适文化，是一种既包容了不同文化形态，同时又以人类普遍的、永恒的价值作为理想的新文化，是一种多元共存、和而不同的"文化共同体"。

因此我认为，在 21 世纪，经济和物质、技术领域的全球化，并不至于导致文化的同质化、一体化，而是多元文化的互渗互补。换句话说，"网络化—全球化"并不至于使世界走向文化上的"世界主义"，而是走向普适性与多元化的辩证统一。"世界上'一体化'的内容可以是经济的、科技的、物质的，但永远不可能是文学的或文化的。"[①] 这种历史发展趋势，同样符合马克思、恩格斯关于物质生产方式与精神生产方式发展的不平衡性规律。所以，在严格的意义上，或者从物质生产与精神生产不平衡性规律看，"全球化"可能导致的"一体化"主要表现在经济领域，而文化上的全球化、世界性"趋势"则终究是文化领域和而不同的多元共存。这种文化发展趋势恰恰为"网络化—全球化"时代的比较文学及其跨文化研究提供了存在与发展的有利前提，也为世界文学的发展、壮大奠定了文化基础。由是，比较文学"消亡"论便是无稽之谈。

[①] 丁国旗：《祈向"本原"——对歌德"世界文学"的一种解读》，《文学评论》2010 年第 4 期。

第五节 "比较文学"抗拒"世界主义"?

但是，不管怎么说，在网络化与经济全球化的过程中，人类文化无可避免地也将走向变革与重构，文学作为文化的一部分，也必将面临变革与重构的境遇，文学的研究也势必遭遇理论、观念与方法之变革与创新的考验。现实的情形是，20 世纪 90 年代以降，经济的全球化和文化的信息化、大众化，把文学逼入了"边缘化"状态，使之失去了先前的轰动与辉煌，美国著名文学理论家 J. 希利斯·米勒曾经提出文学时代的"终结"之说："新的电信时代正在通过改变文学存在的前提和共生因素（concomitant）而把它引向终结。"[①] 相应地，他认为："文学研究的时代已经过去。再也不会出现这样一个时代——为了文学自身的目的，撇开理论的或政治方面的思考而单纯地去研究文学。那样做不合时宜。"[②] 今天看来，米勒的预言显然言过其实，不过，他也让人们更加关注文学的衰退与沉落以及文学研究的危机与窘迫的事实，文学工作者显然有必要正视文学的这种现实或趋势，在"网络化—全球化"境遇中，谋求文学研究在理论与方法上的革新。其实，米勒的"文学研究研究的时代已经过去"也许仅仅指传统的文学研究方法"已经过去"，而不是所有的文学研究。那么，我们不妨从这种被"成为过去"的危机意识、忧患意识出发，努力寻求与拓展文学研究的新理念、新方法，使文学研究尽可能摆脱"传统"的束缚。

既然经济上的全球化不等于文化上的"一体化"，而是和而不同

[①] ［美］J. 希利斯·米勒，国荣：《全球化时代文学研究还会继续存在吗?》，《文学评论》2001 年第 1 期。

[②] 同上。

的多元共存，那么，全球化趋势下的世界文学也必然是多元共存状态下的共同体，而不是大一统的文学的"世界主义"；既然全球化时代的人类文学是非同质性、非同一性和他者性的多民族文学同生共存的世界文学共同体，那么，世界文学的研究不仅需要而且也必然地隐含着一种跨文化、跨文明的和比较的视界与眼光，以及异质的审美与价值评判，于是，比较文学天然地与世界文学有依存关系——没有文学的他者性、非同一性、不可通约性和多元性，就没有比较文学及其跨文化研究。显然，比较文学及其跨文化研究自然地拥有存在的必然性和生命的活力，这也是更新文学研究观念与方法的重要途径。

文学研究应该跳出本土文化的阈限，进而拥有世界的、全球的眼光，这样的呼声如果说以前一直就有，而且不少研究者早已付诸实践，那么，在"网络化—全球化"境遇中，文学研究者更应具备全球意识与世界眼光，比较文学与跨文化研究方法也就更值得文学研究者去重视、运用与拓展。比较文学本身就是站在世界文学的基点上对文学进行跨民族、跨文化、跨学科的研究，它与生俱来拥有一种世界的、全球的和人类的眼光与视野，因此，它天然地拒斥文学的"一体化"与"世界主义"，或者说，比较文学及其跨文化研究本能地抗拒"强势文化对其他文化及其传统"的"强迫性、颠覆性与取代性"，拒斥"经济大国"和"综合实力强国"之文学"一元化"企图及其对他民族文学的强势挤压与取代。正如美国耶鲁大学比较文学教授理查德·布劳德海德所说："比较文学中获得的任何有趣的东西都来自外域思想的交流基于一种真正的开放式的、多边的理解之上，我们将拥有即将到来的交流的最珍贵的变体：如果我们愿意像坚持我们自己的概念是优秀的一样承认外国概念的力量的话，如果我们像乐于教授别人一样地愿意去学习的话。"[①] 因此，在全球化境遇中，比较文学及其跨文化

---

① ［美］理查德·布劳德海德：《比较文学的全球化》，见王宁编《全球化与文化：西方与中国》，北京大学出版社 2002 年版，第 235 页。

研究在文学研究中无疑拥有显著的功用和活力，它成全的是多元共存的世界文学，却断然不可能去成全"一体化"的文学的"世界主义"，而是对文学"世界主义"的抗拒。

不仅如此，在全球化的境遇中，比较文学对文化的变革与重构，对促进异质文化间的交流、对话和认同，对推动民族文化间的互补均有特殊的、积极的作用。因为比较文学之本质属性是文学的跨文化研究，这种研究至少在两种以上异质文化的文学之间展开，所以它可以通过对异质文化背景下的民族文学的研究，促进异质文化之间的理解、对话与交流、认同。比较文学不仅以异质文化视野为研究的前提，而且以促进异质文化之间的互认、互补为终极目的，它有助于异质文化间的交流，使之在互认的基础上达到互渗互补、同生共存，使人类文化处于普适性与多元化的良性生长状态，而不是助长不同文化间的互相倾轧、恶性排斥。就此而论，比较文学必然抗拒文化上的"世界主义"。

也许，正是由于比较文学及其跨文化研究把文学研究置于人类文化的大背景、大视野，既促进了各民族文化间的交流与互补，又促进了世界文学的发展与壮大，所以它自然也有可能为文学摆脱"边缘化"助一臂之力。不仅如此，在"网络化—全球化"境遇中，虽然有人担心甚至预言"文学研究的时代已经成为过去"，但笔者上文的论说亦已说明："网络化—全球化"促进了文学的交流互补因而也促进了世界文学的繁荣，而在世界文学母体里孕育、成长并在其"生机"中凸显其作用与功能的比较文学及其跨文化研究，无疑为文学研究者拓宽视野，形成新观念、新方法、新思路与新途径提供了可能，从而使我们的文学研究获得了一种顺应文化变革与重构的机遇。正是在这种意义上，通过对比较文学及其跨文化研究的推广与卓有成效的实践，我们不仅可以避免并扼制文学的"世界主义"倾向，而且可以推进世界文学走向一种"人类审美共同体"之更高境界。"将各国对待世界文学的方式进行比较研究，我们也可以更好地构建世界文学传统。我们可以避免过分强调几个文学大国……也可以避免向外随意地输出美国式多元主义。"①

至于"人类审美共同体"的具体内涵和构建途径，那将是笔者另一有待展开的论题，此不赘述。但是，简而言之，它无疑是一种经历了"网络化—全球化"浪潮之洗礼，摆脱了"世界主义""西方中心主义"以及经济与文化强国的支配与控制，文学与文化的民族化得以保护与包容，各民族传统文化和信仰相对调和、相得益彰、多元共存、和而不同的新的世界文学境界。就此而论，世界文学以"各民族文学都很繁荣，都创造经典，彼此不断学习，平等、相互依赖而又共同进步的文学盛世为目标"②。在这样的"人类审美共同体"里，中国文学和中国的文学研究者定然有自己的声音和"光荣的席位"，正如歌德当年对德国人和德国文学的期许与展望一样。对此，今天中国的文学工作者无疑应该有这种文化自信和能力自信。

最后，我将继续引用达莫若什的话来结束本文：

> 如果我们更多地关注世界文学在不同的地方是如何以多样性的方式构建的，那么全球的世界文学研究就会受益匪浅，我们的学术和我们研究的文学也将具有全球视角。③

---

① [美]大卫·达莫若什：《世界文学有多少美国成分？》，见张建主编《全球化时代的世界文学与中国》，中国社会科学出版社2010年版，第143页。
② 丁国旗：《祈向"本原"——对歌德"世界文学"的一种解读》，《文学评论》2010年第4期。
③ [美]大卫·达莫若什：《世界文学有多少美国成分？》，见张建主编《全球化时代的世界文学与中国》，中国社会科学出版社2010年版，第143页。

第二十五章

感性与理性　娱乐与良知

——文学"能量"说

第一节　文学在传播负能量？

一个社会的进步与现代化，在根本上是精神文化上的进步与现代化；一个民族的强大与现代化，在根本上也是精神文化上的强大与现代化。当然，精神文化的现代化与强大必先仰仗于物质文明的强大与现代化。"中国梦"不仅是让国民享受物质的富裕，同时还要实现国民精神的富有、素质的提升；物质和精神必须同样丰富，相辅相成，才能使中华民族实现伟大复兴。但以目前我国发展的现状看，一个有目共睹的事实是，财富的急剧膨胀强烈冲击着国民的道德信仰体系，在咄咄逼人的物质欲望面前，道德、良知、正义、责任常常柔弱无力。价值取向的迷乱、精神文化的滑坡、公共精神空间的被挤压反映的是民族心灵的式微。在经济与物质发展水平快速提升的同时，文化作为软实力，却因其在综合国力的系统结构中所占空间过于狭小，从而变得软弱无力，国人的精神文化生活未能得以提升，民族的文化素质水平甚至有所下降。这让我充分感受到马克思所讲的物质生产与精神生产的不平衡性规律的当代显现。从实现"中国梦"的角度看，文化建设显然意义重大而又任重道远。文学作为文化的一部分，理应为国民的精神富裕、社会的文化建设提供更多的正能量，但实际表现令人失望。

20世纪90年代以来，随着创作手段的现代化以及全球化和市场化、商品化思潮的影响，我国的文学艺术创作数量可观、异彩纷呈，但也泥沙俱下、乱象丛生。第五届鲁迅文学奖评审结束后，行内人士评价说，"太多的喧嚣、太多的炒作、太多消费文化的影响，左右着文学传播，使很多人的文学品味都被泡沫和喧嚣搞坏了，也导致今天的文学境遇变得越来越复杂了"[1]。一些作家创作出弥漫着欲望和血腥的"作品"，让作者与读者彼此都置身于非理性的喧嚣和本能的狂欢之中，理性的大厦摇摇欲坠。"文艺创作和欣赏中感官欲望的无度扩张和享乐主义的大肆泛滥，相当数量的作品在'祛魅'的解构思潮冲击下越来越流于'三俗'，即低俗、庸俗、媚俗。其中媚俗最不应原谅，因为这是有意识地主动自觉地迎合、满足、取悦于部分受众不健康的乃至恶俗、庸俗、追求感官刺激的趣味，比如审丑（非美学意义上的'丑'范畴）、残缺、色情、血腥、暴力、窥秘、自恋、自虐等等。这些感官化的'娱乐至死'的趋向，完全颠覆了文学艺术的审美特性。"[2] 如果前面说的"文学境遇"主要是指传统形态的文学，那么，方兴未艾的网络新文学的现状更是堪忧。

近年来，网络文学产业化已成了不是神话的"神话"。2005年开始，起点中文网开始面向站内签约"白金作者"，为自己的"顶级"签约写手树立个人品牌，并大幅提高其稿酬收入。"白金写手"们得到了相对强势的支持和宣传后，已经有近半数转化成了全职网络写手。盛大文学总裁吴文辉在接受采访时说，"我们签约的1700位作家中，年薪过百万的有20多位。我们实行月薪制，作者可以得

---

[1] 李蕾：《热闹背后看"门道"》，《光明日报》2010年11月3日。
[2] 朱立元：《对西方后现代主义文论消极影响的反思性批判》，《文艺研究》2014年第1期。

到作品收益的70%"①。盛大文学包括起点中文网、晋江文学城和红袖读书三家网站,乃国内网络文学产业的龙头老大。在起点中文网成功走出商业化模式的第一步后,幻剑书盟、天鹰文学网、翠微居小说网等主流文学网站以及新浪、网易、腾讯等各大门户网站的读书频道也纷纷群起效仿。数以万计的网络写手与文学网站签约,坐在家里网上码字便可年资百万,成就了近年文坛为之侧目的网络文学神话。

　　网络文学神话的创造者——网络写手——同时是网络文学读者这庞大群体的创造者,换句话说,网络文学的众多读者也是网络文学神话的创造者。我不敢说网络文学全是"垃圾",但是,至少目前还没有让人们看到来自网络文学的"经典性"作品,而且,网络写手那种打字工匠式的创作态度和快速方式,也很难期待他们能创造出经典性作品。网络写手通常出于趋利的动机,迎合读者的消费性"悦读",不顾传统和经典意义上的文学理念和规范,"采用一种没有限制的狂欢写作方式,任意挥洒,恣意想象,营造一种嬉戏、幻想、怪诞、放纵、反权力、反历史、反文化、反时空等写作氛围。写手和读者共同陷入对知识、对历史不恭的游戏状态之中"②。面对网络文学阅读空间的急剧扩大,纯文学和文学经典的阅读空间之狭小就可想而知了,国民之阅读趣味和价值追求的下降,其深层原因恰恰是一个时代价值观念的迷失和民族文化精神的滑坡。

　　如上所述的"文学创作",其思想和人文的承载显得十分稀薄,忘却了文学高扬人文精神、提高人的精神境界、追寻人生意义和终极价值,不是催人奋发向上、向善,弘扬人性的美好,进而传播社会正能量,而是诱人向下、向窄、向内、向小、向虚甚至向丑、向恶。这样的文学确实传播了许多的负能量。

---

① 曾繁亭:《网络写手论》,中国社会科学出版社2011年版,第51页。
② 禹建湘:《网络文学产业论》,中国社会科学出版社2011年版,第214—215页。

第二节 "游戏""娱乐"是"负能量"？

"是在狂欢，还是在表达？是重建还是颠覆？当越来越多的人沉迷于粗鄙的笑话、离奇的故事、疯狂的娱乐，当传统文化被喧嚣的娱乐所湮没，我们不禁要问：'娱乐至死'的文化观中，消解的是什么？"[①] "娱乐至死"的文化观消解的恰恰是文化的正能量。但是，如果站在文学的角度看，娱乐何罪？娱乐难道不是文学的功能？

文学是人类文化中的一种特殊形态，它与人有一种特殊的关系，所以人们常常说"文学是人学"。人类的文化一般可分为三个层次：第一层次是物质文化，它是人为了满足肉体生存所需而创造的文化，包括从原始时代开始使用的工具，到现代社会的科技文明，凡是人类衣食住行所需所用的都是物质文化；第二层次是人类的社会文化，它是人类为满足群居需要而形成社会的过程中产生的文化，包括政治组织、民族结构、宗族体制、经济贸易组织和法律规范等；第三层次是人类的精神文化，它是为满足和调节人类精神需要和心理机制而创造的文化，包括宗教信仰、伦理道德、文学、艺术、音乐、歌舞等。在这三种不同层次的文化中，精神文化是为了满足人类精神心理和情感方面需要而产生的，本身具有缓解人与社会、人与生存环境之间矛盾冲突的功能，特别是心理调适的功能，它有调解人的生命本能与"超我"之间矛盾的作用。所以，站在文化合乎人的生命原则的人道立场看，它与人的自然人性有更亲近的关系。因而，文学作为精神文明中的一部分，也更有其与生命的特殊联系，它在精神本质上是合乎酒神精神的"自然之子"。

[①] 赵婀娜：《"娱乐至死"的文化观消解的是什么》，《人民日报》2014年2月20日。

在艺术发生学的研究中,"游戏说"是人类艺术发展史上一种重要的学说。"游戏说"认为,艺术的发生与游戏密切相关,它把艺术与游戏通过"自由"这一本质性范畴联系起来。马克思主义认为,人类与动物的根本区别在于动物被动地适应世界,且为自然所统治和支配;而人类则能积极地使用自己的力量去征服自然,所以动物是不自由的,人类是自由的,自由是人类的本质。这是关于人类本质的又一层面的解说。确实,艺术之发生,是人类文明的重要标志,也是人类追求和获得自由的重要标志与途径。

弗洛伊德在他的《诙谐与无意识》一书中论述了艺术与快乐原则的联系。他指出,"人的心灵永远追随快乐原则,现实原则却要限制它,而艺术(即弗洛伊德所说的'诙谐')的功能就是帮助人们找到返回快乐源泉的道路,这种源泉由于我们屈服于现实原则而变得可望而不可即。换句话说,艺术的功能就是要重新获得那失去了的童年时代的笑声"[1]。弗洛伊德还指出,艺术作为对快乐原则的复归和对童年时代的复归,在本质上必然是一种游戏活动,即一种寻求自由的活动。由于物质的和社会的生活必然使人产生精神和心理的压抑,人失掉了许多为规范制度所不许可的快乐,但是人又很难放弃这些快乐,所以,他们就运用艺术来重新获得失去了的那些快乐。艺术的目的一开始便是使人摆脱禁忌与压抑,并借这种方式使那被阻断了的快乐再次变得可以接近。正因为如此,艺术便奋力反抗那些行使压抑作用的理性和现实原则,以便重新获得失去的自由。艺术的特殊的快乐来自"节省禁忌和压抑的开支"[2]。人的那个正常可靠的自我,由于受现实原则的支配,是靠不断地"消耗"和"开支"那些用来压抑人的基本欲望的心理能量来维持的。而艺术则由于战胜了禁忌和压抑,由于激活了原始的游戏乐趣,从而既发挥了

---

[1] Sigmund Freud, *Wit and Unconscious*, New York: The Modern Library, 1938, p. 721.

[2] Ibid., p. 719.

"节省"心理开支的作用,又使人们从理性的压力中得到了舒缓。如果物质的和社会的生活在本质上具有压抑性的话,那么,艺术的目的在于解放压抑,使人的自然生命获得解放与自由。总之,艺术是快乐,艺术是游戏,艺术是对童年的恢复,艺术是对自由的追求,艺术使无意识成为意识,艺术是本能解放的一种方式。

弗洛伊德的观点并不能作为艺术之本质的科学解说,但是,它无疑支撑了艺术发生学中"游戏说"理论,也对作为"人学"的文学作了理论层面的某种支撑,那就是文学在心理成因与功能上有助于疏导人的情感与心理的压抑,使人求得精神与心灵的自由与解放。在这一意义上,文学是广义的浪漫主义或理想主义的——它生发于实现与满足欲望的种种幻想,并在愉悦中追寻人性解放的途径与理想。也是在这个意义上,我们认为,文学在愉悦中让人性获得一种自由,从而使人消解来自物质世界和现实生活的精神与情感的压抑,进而让人依恋人生和热爱生命,这是文学在自然人性的意义上对人的一种终极关怀和人文情怀。由欲望升华为激情,由激情升华为艺术,由艺术传达人性的美与善,生命的欢乐源远流长!这是文学"游戏说"的一种解说,也是对文学之功能的一种理解。正是在这种意义上,文学离不开娱乐,文学中的游戏、娱乐、愉悦不等于负能量。娱乐无罪!

然而,文学的"游戏说"不等于文学就是游戏;文学有娱乐功能不等于文学就是娱乐;更不是说文学可以一味追求如上所述的"娱乐至死"。"如果对于艺术的消费以'鉴赏性'为原则,那么,可以促进人内心的丰盈,精神的成长;以'刺激性'为原则进行艺术的消费,必将带来进一步的精神虚无和身心疲惫。"[①] 以"娱乐至上"为原则的文学,一味地为了感官满足、本能宣泄、力比多的释放,张扬的是人性的丑与恶,传播的往往是负能量。

---

① 赵婀娜:《"娱乐至死"的文化观消解的是什么》,《人民日报》2014 年 2 月 20 日。

第三节 "寓教于乐"是正能量？

　　文学除了娱乐功能，更有社会功能与文化功能。对于文学功能，除了"游戏说"，更有"寓教于乐"说。

　　文学作为文化之存在物，不管它在起源的意义上还是在精神本质的意义上与游戏、娱乐有多么密切的联系，终究无法脱离其作为文化之一部分的理性之秉性——文学的感性和娱乐，必须以理性为基础，并且以人文精神的追求与弘扬为最高的旨归。人作为"理性的动物"，理性是人之为人的一种本质特征，但是，不管人类文明发展到何种程度，人因其在本源上属于自然之子，所以就永远摆脱不了动物的自然属性。

　　文化与人的关系，就初始阶段而言，文化的诞生标志着"人"的诞生，文化是人脱离自然走向文明的标志，是人的理性本质的显现，也是人之理性本质的外化与对象化。从人类文明发展史看，创造文化是人类生命活动的必然结果。美国人类学家摩尔根认为："人类是从发展阶梯的底层开始迈进，通过经验知识的缓慢积累，才从蒙昧社会上升到文明社会的。"[①] 猿向人的进化、自然人向文化人的转变、人的本质的实现及发展，都是通过文化的创造和积累而达到的。人类历史告诉我们，人与动物的区别是文化；人和文化是同时出现的；人类创造了文化，同时也就开始逐渐形成人的本质及其特征。如果人类能创造文化标志着自身理性意识的觉醒，那么，人可定义为"理性的动物"；如果人创造的文化可看作一个有意义的符号系统，那么，人可定义为"符号的动物"。因此，人之为人是因为人有理性并能创造文化，文化之为文化而非自然是因为它投射了人的理性力量，蕴含了"人"的意味。

---

　　① ［美］摩尔根：《古代社会》，杨东莼等译，商务印书馆1977年版，第3页。

文学作为"人学",同时又作为文化的一部分,它不仅在感性与感官的层面上与人的自然属性密切相连,同时又在理性精神的层面上与人的理性属性相连。正是在后一层意义上,文学显示了传播人类文明、表达人之理性精神、捍卫人之为人的高贵理性、提升人之精神与灵魂品位的功能。

从游戏与娱乐功能的角度看,文学表达了如弗洛伊德所说的人对快乐原则和复归童年时代的愿望,是人寻求情感与欲望之自由、消解现实存在对人的精神与心灵之压抑的一种途径,这正是文学之"自然之子"精神的体现。但从文学的社会功能、文化功能的角度看,古今中外,人们总是要求文学作品惩恶扬善,有助教化。柏拉图对文艺之作用的看法,看似贬低文艺的功用,其实是在强调文艺的日神精神,并对文艺家和文艺的功能提出了极高的要求。他认为,人的灵魂有三个部分:理智、意志和情欲。理智使人聪慧,意志即为勇敢,情欲应加节制。在他看来,文艺属于情欲,而不属于理智;文艺不但不能给人真理,反而逢迎人的情欲,有害理性,伤风败俗,因此要对文艺施行严格的审查制度,把那些创作有伤风俗作品的诗人从"理想国"逐出。柏拉图的这些看法是从当时的古希腊文学作品中得出的,这既揭示了以表现自然原欲为核心内容的古希腊文学的本质特征,也对文学之张扬理性、有助教化的功能作了高度的强调。柏拉图的理论体现出他对文艺之感性(愉悦、疏导)与理性(精神提升)这两重性的深刻洞察,只不过他比较多地倾向于理性、教化、精神提升罢了。

亚里士多德在论述悲剧时提出了文艺的"净化"说。他认为,悲剧(即文艺)"应摹仿足以引起恐惧与怜悯之情的事件",并"借引起怜悯与恐惧使这种情感得到净化"[1]。亚里士多德的所谓"净化",主要是指悲剧经由审美愉悦给人以一种"无害的快感",从而

---

[1] [古希腊]亚里士多德、贺拉斯:《诗学 诗艺》,罗念生、杨周翰译,人民文学出版社1962年版,第37页。

达到道德教化的目的。他认为,悲剧不应给人任何一种偶然的快感,而应给予"特别能给的快感",这就是由悲剧唤起的怜悯与恐惧之情所带来的快感。这种复合的快感中包含痛感,但并不对人有害,是一种"无害的快感",它能使情感净化,给人以崇高感,有益于人的身心健康,使人在这种充满快感的审美欣赏中,在受感动的同时潜移默化地提高道德水平。这也正是悲剧之崇高的目的和作用。文学艺术给人的快感,往往与人的情感宣泄、欲望之审美式解放、自由意志之审美式实现相关,这依然是文艺之感性愉悦功能的体现。但亚里士多德要求在快感中必须使情感和心灵得到升华和净化,这又显然是文艺作品中的理性意志对自然情感与欲望的一种适度的规约与提升,这是亚里士多德对文艺之理性精神与人文特性的强调。应该说,亚里士多德对文艺之功能与特质的把握比他的老师更恰如其分。

从"以人为本"的人道原则看,文学总是以审美的方式表现不同历史阶段中人的生存状况;它的最高宗旨是维护和实现人的自由与解放;它通过审美活动使人走向自然、走向自我,使人保持自身的天然属性。文学是对伴随着人类物质文明发展而来的异化现象的一种反向调节机制。因此,文学的审美活动与人为争取自由和解放而进行的改造自然的实践活动有异曲同工、殊途同归的效果,有助于人的生存、发展、自由和解放。人类要不断地创造文明,也就需要文艺不断地对文明尤其是物质文明所造成的负面影响进行调节与消解;人类所遭到的异化越严重,就越需要文艺通过审美活动加以调节,使人性走向新的复归。因此,作为"人学"的文学,它不仅表现人的不自由与争取自由的外在行动,表现人因丧失自由所导致的内心痛苦和煎熬,更表现对异化现实的反抗,并为人们提供关于自由的精神与心理的补偿,从而疏导与消解因异化造成的心理张力。这是文学所应承担的历史使命。文学的社会功能和功利性,并不仅仅表现在对人所处的社会的政治制度、经济制度和道德风尚的正面肯定与反面评判上,而且还表现在对人的命运与前途的终极关怀、对自由理想的热切追求上。文学因其具有无法推卸的社会调节功能，对特定时代合乎人的生存与发展要求的社会政治制度和经济制度就无疑应给予正面的肯定，因为，任何时代的文学都有自己的英雄人物，都有自己的悲剧和崇高，同时，也总是对异化现象保持着警觉、批判和抵御。文学与生俱来的这些功能，既是"寓教于乐"说承载的内涵，却又绝不是"寓教于乐"所能简单地予以解说的。

总之，文学要引导人追求生命的意义与理想，应该表达健康向上的价值倾向，高扬人文精神，塑造人类美好心灵，承载社会责任与时代担当，在此基础上，文学体现了"人类的良知"。这才是根本意义上的"文学传播正能量"。

第二十六章

文艺复兴运动的潜文化意义

第一节 人性的二元对立

如果文艺复兴运动存在着本章所要阐述的潜文化意义的话，那么这场思想文化运动的历史作用就不只表现在人文主义对封建宗教的反抗上，同时又表现在人文主义与基督教文化在碰撞后的认同与融合上。如果这一观点是成立的，那么，我们对文艺复兴人文主义文学以至整个近代文学传统的认识将有所改变。

我国学术界向来认为，对宗教的批判与反抗是文艺复兴以来资产阶级近代文学进步性的集中表现，文艺复兴人文主义文学则在这方面开了先河。应该说，文艺复兴人文主义确实有反封建、反宗教的一面，这正是这场运动的显文化意义之所在。但是，由于对文艺复兴运动的理解仅仅停留在这一层面上，我们以往总是把人文主义文学中存在的宗教成分看作作家思想的局限性，看成人文主义者反封建、反教会的不彻底性的表现。也许正是出于对这种现状的不满，近年来国内有的研究者反其道而行之，在列举了人文主义者思想中存在着宗教意识之后，又提出了"文艺复兴人文主义不反宗教"的观点。① 这对纠正以往这一课题研究中的简单化、片面性不无积极意义，但是，执这种观点者对文艺复兴运动的认识并不能说是准确而全面的。事实上，持此论者的思维方式也如以往的研究者一样是单维的、直线式的，因而尽管后一种观点不无新意，但也仅仅是把以往的观点颠倒过来而已，并未深化这一课题的研究。笔者认为，如果我们深入潜文化意义这一层面去看，得出的结论就会真正有所超越，认识才会更全面。

我们承认，文艺复兴人文主义传统与基督教文化之间存在着割不断的联系，但不能因此否认它们之间存在着相互对立的一面。同样，因它们的对立而否认它们的互补关系，也是片面化的理解。

不管文艺复兴运动中的人文主义思想包含了多少基督教的文化因子，从发生学的角度看，人文主义的原生内质不源于基督教文化传统，而源于被称为"欧洲古典文化"的古希腊文化传统。所谓"文艺复兴"，便是古典文化在14—16世纪欧洲的"复兴"与"再生"；在文艺复兴运动中诞生的人文主义与欧洲古典文化传统在文化内核上具有继承性与同一性。而基督教发源于东方的希伯来民族，基督教文化传统的原生内质是希伯来文化，它和欧洲古典文化传统有质的差异。人们普遍认为古希腊文化与希伯来基督教文化是构成欧洲文化的两个源头，而对这两种文化在精神实质上的对立又互补的共生关系并未达成共识。

在20世纪著名哲学家恩斯特·卡西尔看来，与其说人是"理性的动物"，不如说人是"符号的动物"；与其说人是"政治的动物"，不如说人是"文化的动物"。他认为，人就是符号，就是文化；文化无非人的外化与对象化；人类全部文化都是人自身根据自己的符号化活动所创造出来的"产品"；人只有在创造文化的活动中才成为真正意义上的人。因此，"作为一个整体的人类文化，可以被称作人不

---

① 汪义群：《欧洲文艺复兴时期人文主义者"反宗教神学"说质疑》，《外国文学评论》1992年第1期。

断解放自身的历程"①。古希腊文化与希伯来基督教文化作为欧洲文化的两个源头,其中都投射、蕴藉了人类本性中不同侧面、不同层次的内容。因此,它们互相在此一层次上表现为对立与排斥关系,而在彼一层次上则可能表现为互补与统一的关系。这种对立与互补、矛盾又统一的文化现象产生的根本原因,恰恰在于作为文化之主体的人自身的矛盾性与统一性。

　　古希腊文化的本质特征是重视作为生命个体的人的现世价值,强调人的个性的自由发展,肯定人的原始欲望的合理性,这是一种个体本位、张扬个性的"原欲文化"。古希腊神话传说是原始初民借助想象与幻想编织出来的一个关于人的自由理想的王国。神和英雄的力量就是人类摆脱自然的束缚、从动物演变为人以后,即人类第一次战胜自然后对自身力量的一种幻想形式的投射。神的意志就是人的意志,神的情欲也即人的情欲。一句话:神就是人自己。神话中所体现的是自由的人性,神和英雄们为所欲为、为现世的荣誉与享乐而舍生忘死的行为模式,隐喻了人类对自身原始欲望之自由实现的潜在冲动。荷马史诗中英雄们对荣誉的崇尚,表现出他们对自我生命价值的执着追求。阿喀琉斯宁愿走向战场,为建立功勋而英年早亡,也不愿在享受安乐中寿比南山。荣誉对他来说高于生命,为此,当阿伽门农夺走他的女俘,使他的荣誉受到侵犯时,他一怒之下退出战场,置民族与集体之危亡于不顾。这一形象身上集中体现了以个人主义为本质特征的古希腊文化精神。在这种文化的深层,激荡着人的原始欲望自由外泄的强烈渴望,蕴藉着人的生命力要求充分实现的心理驱动力。正是生活在这种文化背景下的古希腊人,被马克思称为"正常的儿童",其重要原因,恐怕就在于希腊人的个性与追求欲望的狂放不羁与无拘无束。"神—原欲—人"的三位一体是古希腊文化的基本结构框架,其核心点是原欲。因此,古希腊文

---

① [德]恩斯特·卡西尔:《人论》,甘阳译,上海译文出版社1985年版,第288页。

化便可称为"原欲文化"。

希伯来基督教文化的本质特征是重视人在来世天国之价值目标的实现，强调理性对自由个性的制约与限定，肯定人对自身原始欲望扼制的绝对必要性与合理性，这是一种群体本位、限制个性的"理性文化"。基督教记录了历经磨难的希伯来民族的精神痛苦与心灵渴望。据《圣经·创世记》记载，希伯来人为反抗埃及人的压迫、返归失落的家园，在摩西的带领下，开始了艰苦卓绝的"远征"。他们依靠坚韧不拔的意志、不屈不挠的毅力和团结奋斗的精神，终于取得了"远征"的胜利。他们的领袖摩西是集中体现希伯来民族心理与民族精神的神话人物。作为远征的首领，他不像阿喀琉斯那样充满个人意识和荣誉观念，而是富有强烈的献身精神和民族忧患意识；他活着追求的目标不是建立个人的荣誉，而是拯救民族的危难。正是这样一个意志坚强、富有献身精神的英雄，才被上帝选为向人间传达意旨的代言人。实际上，摩西是上帝在人世的化身，摩西对希伯来人的爱也即上帝对他们的爱，这种爱以后演化为对整个人类的爱；摩西的献身精神和民族忧患意识也演化为生命个体为拯救整个人类而献身的精神。摩西的形象从一个侧面体现了群体本位的基督教理性文化精神。至于造物主上帝，正如古希腊神话中的神，他也是人自身意志的外化与象征，所不同的是，古希腊神话中的神是人自身本能欲望的集中外现，而上帝则是理性对人自身欲望的扼制力的外现，或者说，上帝就是人的理性的象征。上帝的存在本质上是为了对具有"原罪"的人进行看护、引导与惩治。人只能服从上帝的意志，到天国去寻找终极的人生价值。人的自由个性必须绝对服从上帝即理性的制约。在希伯来基督教文化中，"上帝—理性—人"的三位一体是其基本结构框架，其核心点是理性。因此，希伯来基督教文化可称为"理性文化"。

当我们把人看成"理性的动物"时，理性便是人区别于动物并使人引以为自豪的特有禀赋，"宇宙的精华，万物的灵长"不正是因为人的理性使然吗？而作为"理性的动物"的人，除了理性之外又有动物性，即人的自然属性，它的集中体现便是原始欲望。在崇尚理性之高贵的时代，它被认为是人的耻辱和人的异己力量，基督教正因此视其为人的"原罪"。作为"理性的动物"的人，其理性与原欲体现了本性的两个侧面。欧洲古典文化—原欲文化与希伯来基督教文化—理性文化各自以人性中的原欲与理性为基点，从而相互间存在着对立关系。欧洲古典文化中被张扬的人之原欲，恰恰是希伯来基督教文化中被竭力限制的人之"原罪"。由此放射开去，又出现了与之相关的多重对立关系：原欲与理性的对立、放纵原欲与扼制原欲的对立、个体本位与群体本位的对立、生物性与社会性的对立、入世与出世的对立等，其中最根本的是原欲与理性的对立。而这种文化上的对立，则源于人性本身的二元对立，因为文化是人自身的对象化与外化。

第二节　两种文化的对立与互补

　　文化是人自身的对象化与外化，两种对立的文化现象往往又可能同出于人类自我实现、自我解放的需要，因此对立双方既是对立关系，同时也是互补共生关系。基于此，我们对古希腊文化与希伯来基督教文化关系的认识还不能只停留在对立性关系的认识上。

　　人的根本需要有二：一是生存；二是发展。人类的历史无非人类不断地使自己成为自然、社会和自身命运之主人，不断地求得和创造更好的生存条件与发展条件的历史。人的原始欲望是人的自然欲求，它具体表现为生存本能和生殖本能。人要求得自身的生存和种族的延续，就得努力实现人的原始欲望。原始欲望是人类生命力和创造力的基础和内在源泉，它能促使人去创造使自己得以生存并发展的自然条件和社会条件。所以，个性的自由及人的原始欲望的充分实现，是个体的人的生命价值得以实现的需要，是人类群体之生命力得以充分展示的需要，也是人类生存与发展之根本性需要。

正是在这个意义上,人应该追求个性自由。人的原始欲望作为人性的一个侧面,它的合理实现形式应该是:既有生物性的一面,又有社会性的一面;既有利己性,又有利他性;是生物性和社会性的统一,利己性与利他性的统一。原始欲望本身无所谓善与恶,生物性、利己性作为人的生存本能的一种表现形式,本身也不等于伦理上的"恶"。但在人性的发展过程中,损群体以利个体,损他人以肥一己之私,这就是恶了。而且人的原始欲望作为生物本能,就自然律上看,存在着自我放任的趋向,因而带有破坏性。如果一味地放纵原始欲望,人类群体就可能导致自我毁灭;无限的自由将使人类走向自我的地狱。因此,个性的自由及人的原始欲望的实现,并不等于无限的自由和原欲的放纵。相反,就生命个体来说,原始欲望需要有理性的制约,就人类群体而言,原始欲望需要有社会律令的控制,否则人的生存与发展将成为一句空话,个性自由和原始欲望的实现也无从谈起。所以,理性是原始欲望得以实现,即人的生存与发展得以实现的"保护神"。但是,理性对人的个性及原始欲望的制约力过大,以致扼杀人性,就会变成人为的禁锢,这同样有害于人类的生存与发展。因此,人的原始欲望与理性之间存在着同生共存的互补关系。如果说,人类的生存与发展是一列永远向前的列车,那么人的原始欲望与理性就是引导列车正常运行的两股轨道,失去了任何一股轨道,都将带来人类生存的危机与发展的停滞。因此,人类历史的发展始终要求人在无穷的原欲与高贵的理性之间保持和谐与平衡,个性发展的欲求要受人类整体发展的普遍性制约,否则必然带来社会的混乱甚至人类的自我毁灭。这是为历史所证明了的客观规律。

　　古罗马人在征服了古希腊之后,成了古希腊文化的直接继承者,古罗马文化实质上是古希腊文化的翻版。但是,古希腊民族的原欲文化内核被以政治和武力显示其辉煌而在精神和文化世界上贫乏苍白的古罗马人接受之后,逐渐演化为对原欲的放纵,因此直接诱发了晚期古罗马贵族的生活奢侈、道德腐化,整个社会也随之陷入对

私欲的疯狂追求之中。古罗马诗人马蒂里斯曾这样描述道:

> 穿着绿色上衣的贵族,躺在卧台中央,倚着丝绸制的垫子。侍从们站在身边,当他示意要呕吐的时候,就赶紧为他递上红色的羽毛及乳香树制的牙签。爱妾卧在侧,当他觉得热的时候,就轻摇绿扇,扇起一阵凉爽的风。此外,少年奴隶用桃金镶的小板挥赶苍蝇,女按摩师施展敏捷的技术为他推拿全身。去势的奴隶,小心翼翼地注视他弹指的信号,适时地将他的小便吞下,并且专注地凝视着烂醉如泥的主人……①

这种腐化的生活反映出当时古罗马人颓靡的精神状态和堕落的道德风貌,也是古罗马社会危机四伏的表征。造成这种局面的深层文化原因,是古罗马人对古希腊原欲文化极端化、片面化的推崇与接受而导致的对原欲的放纵。不可一世的古罗马帝国的毁灭也与此有关。基督教神学家圣·奥古斯丁就认为,古罗马的灭亡应归罪于古罗马人的淫荡与不洁,归罪于来自古希腊的放纵情欲的众神,他说:"你们的那些不洁的展览,那些淫荡的异教神,并非由于人们败坏始而孕育于古罗马,它们之所以被育成正是由于受到了你们这些神的直接命令。"② 可见,原欲失去理性的制约而放纵所带来的是"自己成为自己的地狱"③。在古罗马帝国衰落时期那危机四伏的现实面前,哲人们思考着、寻求着人类自我拯救的途径,意识到人的理性对原欲制约的重要性。"新柏拉图主义"者普罗提诺在惨不忍睹的现实世界中抽象升华出了至善至美的永恒世界,他引导人们远离灾难的尘世而飞往那永恒的美与善的虚幻世界。圣·奥古斯丁也用

---

① 转引自徐葆耕《西方文学:心灵的历史》,清华大学出版社1990年版,第42页。

② [英]罗素:《西方哲学史》(上册),何兆武译,商务印书馆1982年版,第439页。

③ [英]拜伦:《曼弗雷德》,刘让言译,新文艺出版社1957年版,第47页。

《上帝城》中的天国诱劝人们放弃现世物欲的追求而皈依这希望的乐土。普罗提诺和圣·奥古斯丁的哲学所表达的是古罗马帝国走向衰落、基督教盛行之前的欧洲人普遍存在的心理状态。这种社会心理为来自东方希伯来民族的基督教文化的渗透与蔓延提供了良好的精神土壤，也是以后基督教在中世纪欧洲得以盛行的文化和心理原因。基督教关于人的原欲就是"原罪"的警告，在古罗马帝国灭亡的惨痛教训面前具有雄辩的说服力和警世意义。上帝被看作能制止由"原罪"造成的人欲再度泛滥的救世主，他很快被中世纪欧洲人接纳了。因为此时人们需要用作为理性之象征的上帝来加重人性天平上的理性砝码，以扼制原欲的泛滥，保证人类群体合规律、合目的地发展。人们创造上帝的原初动机也在这里。由此可见，古希腊文化与希伯来基督教文化都源于人类生存与发展的根本需要，这就决定了这两种文化在对立中又存在着互补共生的关系。

第三节　人本与神本的冲突

既然古希腊文化与基督教文化之间存在着对立性，那么当这两股文化河流在文艺复兴时期的特定"河谷"相交汇时，就必然形成冲撞之势。既然古希腊文化传统与人文主义在文化内核上具有继承性与同一性，那么文艺复兴时期古希腊文化与基督教文化之间的冲撞，实际上就是人文主义与基督教文化的冲撞，冲撞的外在表现形式则是倡导古典文化的人文主义者对基督教文化的反抗。

在中世纪，作为人自身理性之化身的上帝，对人的原欲有着调节与制约作用，因而基督教文化对中世纪欧洲社会人的生存与发展是有一定积极作用的。然而遗憾的是，随着上帝"权力"的恶性膨胀，它施加在人身上的作用也渐渐违背了人们接受它时的初衷。它扭曲了人性，从使人的原欲合理实现的"保护神"变为扼杀、泯灭原欲的"暴力神"，成了束缚个性自由、束缚人的创造力充分实现的反人性、反人道的异己力量。随着欧洲政治、经济、科学与道德文明的发展，到了13—14世纪，基督教愈来愈成为人性的反动，人们强烈地要求冲破基督教教义中扼杀人性、限制人性自由的束缚，于是，表达与实现这种要求的文艺复兴运动就应运而生了。人文主义者借用古希腊原欲文化与基督教相对抗，实际上表现了文艺复兴时期人们要求冲破异化了的理性力量对原始欲望的束缚，使人的个体生命价值得以充分实现的心理欲望。由人文主义者发动的文艺复兴运动也就是长期受压制的人的生命力向外奔突的一种具体表现，其中反宗教的倾向是十分明显的。作为文艺复兴运动指导思想的人文主义，其中以人为本、以人权反对神权、以人性反对神性、以个性自由反禁欲主义等内容，也显然与基督教的文化内核相对立，具有明显的反宗教成分。以"人"为本和以"神"为本，这是人文主义和基督教文化冲突的焦点，这一冲突实质上也就是原欲与理性的冲突。"神"否定了人的自然欲望，也就否定了人的物质属性与自然属性，人成了抽象的、异化的非人。文艺复兴运动对这种极端化的人神关系，即异化了的原欲与理性之关系进行了根本性调整，这是人类系统进行自我组织、自我调节以确保这个系统稳定发展的表现。文艺复兴也正因此才可以说是促进了"人"的苏醒、"人"的再生、"人"的解放，这一运动也就获得了进步意义。所以，否认以人为本的人文主义与以神为本的基督教传统在文化内核上的对立性，否认文艺复兴时期人文主义者的反宗教成分，无疑就像否认文艺复兴本身的存在一样是违背欧洲文化发展客观事实的。

第四节　冲撞中的互补

综上所述，人文主义与基督教文化传统的冲撞实际上就是古希腊文化与基督教文化的冲撞。这两种文化在冲撞的同时又具有互相融合的趋势，二者之间存在着对立互补的关系。

文艺复兴运动具有反宗教的成分和倾向,并不等于说它对基督教神学进行了彻底的否定。人文主义者是在基督教对欧洲社会的控制力无限膨胀,上帝所代表的人的理性力量畸形发展,并成为人的生存与发展的障碍,成为人类文明发展的一种反动时,打出以人为本的旗号反宗教的。因此,他们要反的是特定历史条件下具体的宗教,也即成为历史之反动的宗教,而不是普遍意义上的反宗教。而且,既然文艺复兴运动的根本目的是摆脱基督教对人的束缚,以保证和促进人的生存与发展,那么同样为了人类的生存与发展,人文主义者也就不可能在反宗教时将基督教理性文化中有益于人类的合理成分也彻底否定;文化史本身所具有的自律性也不会让文化的嬗变在经历了古希腊原欲文化、希伯来基督教文化分别单一运行的漫长历史后,又回到单一的甚至是极端化的旧文化模式循环运行的怪圈中去。既然人创造基督教的原初动机和心理是为了约束人的原始欲望以保证人类的生存与发展,那么在具有反宗教倾向的人文主义者本身的深层文化心理结构中,也不可避免地存在着以集体无意识形态出现的"原宗教心理"。[①]这种"原宗教心理"使反宗教者本身在意识的深层自觉不自觉地对有助于人类生存与发展的宗教与理性有一种认同与选择心理,他在潜意识中对"上帝"妈妈有一种"割不断,理还乱"的"恋母情结",因而他们无法做到"彻底地反宗教"。实际情形是,他们在"批判完了之后,灵魂依然存在,对圣母还是像过去那样迷信"[②]。有的人文主义者往往以原始形态的《圣经》去反对现实的基督教,如马丁·路德、让·加尔文等;许多人文主义者既有反宗教倾向,又是虔诚的天主教徒或新教徒,如但丁、

[①] 马克思认为,人创造了宗教,而不是宗教创造了人。笔者将在宗教产生之前亦已存在的促使人们创造宗教的原初心理称为"原宗教心理",它也存在于宗教形成后无宗教信仰者的深层意识中。现代社会中非信仰化宗教的普遍存在,均与人的这种"原宗教心理"有关。

[②] [英]丹尼斯·哈伊:《意大利文艺复兴的历史背景》,李玉成译,生活·读书·新知三联书店1988年版,第174页。

彼特拉克、埃拉斯克等；不少人文主义者的著作中具有人文主义和基督教双重文化成分，如《神曲》《巨人传》《哈姆莱特》等。诸如此类的复杂现象，都不足以证明人文主义者"不反宗教"的论点，而只能说明：文艺复兴时期人文主义者既反宗教神学，又不彻底否定宗教神学；人文主义与基督教文化在文艺复兴时期互相冲撞的同时又出现了互相融合的态势。文艺复兴的文化巨人莎士比亚的创作，是证明这种冲撞与融合的文化现象客观存在的最好例子。莎士比亚一生的创作都在探索人类原始欲望与理性和谐发展的道路。他一方面倡导人文主义，另一方面又思考着如何解决由个性自由带来的人欲横流、道德沦丧的现实问题。他前期创作的喜剧、历史剧侧重于人文主义理想的追求，而以后的悲剧则深入人文主义与基督教文化的双重选择之中，后期的传奇剧则更流露出对宗教的依恋之情。最能代表他创作成就的《哈姆莱特》，也是最能体现他在文化上的双重选择特征的作品。哈姆莱特不仅是人文主义思想的体现者，也是基督教传统文化思想的体现者，他性格的矛盾性，正体现了他的双重文化人格的矛盾性。人类的生存与发展需要理性与原欲的协调并进，而理性与原欲之间的对立与矛盾关系始终因社会的变迁而以不同的形态存在着，使人们陷于选择两难的困境。这是人性自身的悖论。哈姆莱特性格中的忧郁、犹豫与延宕，正是文艺复兴时期人们面临原欲与理性之选择困境时的困惑、迷惘与痛苦心态的艺术象征。莎士比亚在一生的探索中表现出来的双重文化价值意识，成了西方文学的基本价值指向，两种文化的融合也成了西方文化的基本流向。

由此看来，文艺复兴运动除了具有以人为本的人文主义思想、反对以神为本的基督教文化而带来的人的大解放这一显文化意义之外，还具有两种对立的文化传统在冲撞之后走向融合的潜文化意义。文艺复兴运动中人文主义与基督教文化互相冲撞之后，其结果不是谁战胜谁、谁取代谁，而是在冲刷掉基督教文化中的反人性成分后互生共存、走向融合。从古希腊至中世纪的欧洲社会史、文化史的演变说明，古希腊原欲文化和基督教理性文化都有发乎人性和违背人性的积极与消极因素，因而都有对人类生存与发展的进步性与破坏性作用，其中任何一种文化都不是人自身本质的全面反映，也不是促进人类发展的最合理的文化模式。两者的统一才是更理想的模式。人类作为一个具有自我组织、自我调节功能的大系统，它在自身发展的漫长历程中，总是不断地趋向于选择并创造更合乎自身存在与发展的文化模式的。文艺复兴运动便是历史为人提供的一次重新选择文化模式的契机，它促使了两种文化的交会，并在冲撞的阵痛中互相融合，形成了延续至今的"人文主义—基督教"欧洲文化模式。也正是在这个意义上，文艺复兴不能单一地理解为古典文化的"再生"与"复兴"，它的意义也不能只从人文主义反封建、反宗教中去找。同样在这个意义上，文艺复兴以后并不存在基督教文化断层，近代以来基督教与人文主义交融的文化事实，并不能用来证明文艺复兴不反宗教的观点。"人文主义—基督教"文化模式是文艺复兴的产物，是近代欧洲文化传统与民族意识的主体。充分认识文艺复兴运动使原欲文化与理性文化走向融合这一潜文化意义，对我们正确评价文艺复兴运动，正确认识近代以来的欧洲文化传统和文学传统，是颇有益处的。

第二十七章

18 世纪以降英国小说演变之跨学科考察

英国现代小说的成型与成熟始于 18 世纪，那是伴随着英国近现代史的步伐走过来的，或者说是伴随着英国社会的现代化步伐走过来的，是现代文化发展变革的历史产物。而在此之前，文艺复兴至 17 世纪是英国小说的发端阶段或雏形期，其内在文本模式在古老的叙事方式基础上逐步成熟起来①，经历了从韵文叙事文学向散文叙事文学的转型。"雏形期"英国小说的基本特点是：小说创作多取材于《圣经》、神话故事和民间传说，也有的取材于具有现实意义的历史题材，而直接取材于现实生活的则较少，因此，现代小说意义上的那种现实性或真实性还显得比较弱。作为叙事文学，此时的英国小说通常以一个人物为中心直线式展开情节，故事较单一，结构较简单；在人物形象的塑造上，此时作品中的形象都比较夸张，明显具有传奇文学的虚构性，现实感和性格完整性不强。这些都说明，17 世纪及其以前的英国小说尚未脱离英雄史诗与传奇的母本，艺术上不够成熟，处于雏形状态。本章从市民阶层的兴起与大众读者的壮大、印刷技术与传播媒介的革新、科学技术的突破与科学理念的渗

---

① Richard Kroll, *The English Novel, 1700 to Fielding*, London: Longman Press, 1998, pp. 4–5.

透等宽泛的文化因素出发,考察、辨析英国现代小说的成型、崛起与繁荣及其审美品格之嬗变的外部原因及互动关系。

第一节 市民阶层的兴起与"市民大众的史诗"

用英国著名小说理论家伊恩·瓦特的话讲:在18世纪,古老的叙事文学发展成了现代意义上的"小说"。[①] 所谓现代意义上的"小说",除了叙事艺术、表现技巧上的"现代化"之外,更重要的一点是小说文本所表现的内容贴近日常生活,更富真实感,能够为更多的普通民众所接受。

小说从16—17世纪被冷落于诗歌与戏剧一旁的边缘状态走出来,进而昂首崛起于诗歌与戏剧之前,首先需要拥有读者"大众"。欧洲的18世纪,既是"自由思想开始形成"[②] 的世纪,也是"现代世界"逐步形成的世纪,尤其在工业化、城市化处于领先地位的英国,文学所面对的新大众是市民阶层。市民阶层作为新兴的阶级,有自己独特的世俗化价值观念和大众化审美趣味,他们在文学接受的期待视野上趋于通俗化,而小说恰恰与这种大众价值观念和审美趣味相契合,"因为小说的文本内容总是带有世俗化倾向,小说的接受范围也带有大众化的特征,这两点都集中体现于市民生活之中"[③]。这个时期,小说是"影响英国国民生活的最重要的艺术"[④]。

---

① Ian Watt, *The Rise of the Novel: Studies in Defoe, Rechardson and Fielding*, London: Chatto and Windus, 1963, p. 70.

② Isaiah Berlin ed., *The Age of Enlightenment: The Eighteenth Century Philosophers*, New York: Siget Classics, 1956, p. 29.

③ 徐岱:《小说形态学》,杭州大学出版社1992年版,第91页。

④ Q. D. Leavis, "The Englishness of the English Novel", *Higher Education Quarterly*, 1982, 35 (2), p. 354.

所以，黑格尔称小说是"近代市民大众的史诗"①。"从 1774 年后，很多失去版权保护的书大量印刷、销售，书价下降，低收入的人也买得起书了，读者群就迅速扩大。"② 从 18 世纪中叶开始，小说在英国已经成为一种独立的文学形式在民众中普遍地流行，小说写作的队伍也日渐壮大，"到了 1750 年，小说的文化意义已十分重大，有力地影响了——在某些方面甚至可以说是决定了——任何一个对小说创作感兴趣的人（不论是男是女）的职业选择"③。就小说家来说，他们往往都认为自己创作的小说文本具有现实性和真实性，并希望通过"创作一部足以体现自己权威的历史著作，从而获得他在从事其他社会活动时所无法企及的声誉"④。可见，英国小说在 18 世纪之所以能够"成型"和"崛起"，在很大程度上得益于社会的发展和市民阶层的兴起，同时也因为小说这种文学样式应和了市民大众的精神文化需求。在这个意义上，社会的发展和市民大众的精神文化需求成就了小说的发展与成型，并影响着这一时期小说的艺术风格与审美品格——现实性或真实性。

18 世纪英国文坛上最令人注目的是现实主义小说。"现实主义"一词含义丰富，在不同时期拥有不同的艺术与人文内涵，而这里主要指当时英国小说普遍反映现实生活、描写普通市民、表达作家对生活的真实感受的那种真实感和现实感。这种小说"既反映已经发生了的事又力图促成事情的发生，它既包含了再现，又意味着修饰"⑤，从而

---

① ［德］黑格尔：《美学》（第二卷），朱光潜译，商务印书馆 1982 年版，第 167 页。
② 戴联斌：《从书籍史到阅读史：阅读史研究理论与方法》，新星出版社 2017 年版，第 133 页。
③ J. Paul Hunter, John Richetti ed., "The Novel and Social/Cultural history", *The Cambridge Companion to the Eighteenth Century Novel*, Cambridge: Cambridge University Press, 1996, p. 28.
④ Willian Ray, "Story and History: Narrative Authority and Social Identity", *The Eitghteenth-century French and English Novel*, Cambridge Mass.: Basil Blackwell, 1990, p. 233.
⑤ J. Paul Hunter, John Richetti ed., "The Novel and Social/Cultural history", *The Cambridge Companion to the Eighteenth Century Novel*, Cambridge: Cambridge University Press, 1996, p. 30.

有别于16—17世纪"雏形期"小说及传奇故事，它完全以一种新的面貌与姿态出现在读者面前。

丹尼尔·笛福被英国小说批评家伊恩·瓦特誉为"我们的第一位小说家"[1]，是英国最先出现的18世纪现实主义小说家。笛福的自传体小说《鲁滨孙漂流记》是他对小说真实性的一个实践范本，而他所说的"真实性"则集中在个人生活体验的真实性上，由此又强调了小说文本与生活现实的一致性。这部作品既标志着18世纪英国现实主义小说的诞生，也标志着现代意义上的英国小说的形成。笛福之后的理查逊则用书信体小说表达人的真实感受，把关注的焦点从笛福式小说的文本世界与外在生活的对位，转向了文本世界与人的情感心理的对位，成功地将心理分析与情感描写引入小说，从而引领了英国现实主义小说的主观心理描写走向真实之路。英国18世纪现实主义小说由亨利·菲尔丁推向了高峰，他的"喜剧性散文史诗"以幽默讽刺的手法广泛地描写了18世纪英国万花筒一般的社会生活，在人性开掘的真实性、深刻性和故事叙述的曲折性、复杂性方面做出了有益的探索与贡献，从而拓展了18世纪英国现实主义小说的内涵。

除了现实主义小说外，为18世纪英国小说的"崛起"与"成型"做出贡献的还有感伤主义小说和哥特式小说。劳伦斯·斯特恩是英国感伤主义小说的代表。他的《感伤的旅行》特别擅长于主观感情描写和心理分析，把小说的叙述对象从外部转向了人的内心世界和真实心理。因此，这种心理"感伤"不仅从另一种审美角度应和了现实主义小说的现实感和真实感，也从心理真实的层面投合了市民大众的阅读趣味。

"哥特式小说"兴起于18世纪中后期的英国，代表作家是霍勒斯·沃尔波尔。如果说从笛福到菲尔丁的现实主义小说注重对日常生活

---

[1] Ian Watt, *The Rise of the Novel: Studies in Defoe, Rechardson and Fielding*, London: Chatto and Windus, 1963, p. 80.

真实的描写，斯特恩的感伤主义小说注重对内心世界的描写，那么，哥特式小说则注重从超现实的角度叙述离奇变幻的故事，给人提供了一种新的观察事物的视角，让事物以一种全新的面目展示在读者眼前，从而满足了市民大众对小说趣味多元化的审美心理需求。

总之，在市民阶层形成、大众阅读兴起的社会历史与文化背景下，以现实主义小说、感伤主义小说和哥特式小说为主的多种小说，共同促成了18世纪英国小说的"崛起"与"成型"，使小说这一文学体裁更趋完善。概言之，"成型期"的英国小说有以下共同特征：第一，"真实"成为小说创作的重要理念，因而，小说成了文学家反映生活、表现生活真实感受的重要手段与方式，阅读小说也成了普通民众观察生活和宣泄情感的重要渠道，小说成了文化传播的重要媒介；第二，以虚构的方式描写当下生活中的普通人，而非以往的传说人物或神话人物，而且开始重视人物性格的刻画和复杂人性的揭示，对人的心理情感分析在小说中占有一定的位置；第三，作家们对故事叙述的技巧更为重视也更成熟，小说的情节显得曲折、生动，因此，小说的可读性、娱乐性增强，但叙述方式仍然与流浪汉小说接近，中心人物主要为推进情节服务，故事情节以单线发展为主。因此，从叙事技巧的角度看，18世纪英国小说处在"故事小说阶段"或"生活故事化的展示阶段"[①]。18世纪英国小说的这种形式和审美特征，都迎合了特定时期读者大众的阅读与审美趣味，这反过来也促进了具有特定审美特征之小说的成型。

第二节 传播媒介变革与"小说的世纪"

无论哪位作家，其文学创作要得到世人的熟知和认可，都离不

[①] 刘建军：《西方长篇小说结构模式论》，东北师范大学出版社1994年版，第78页。

开作品的传播。文学经典的生成与传播需要媒介的承载,而媒介是十分宽泛的,不同时期的传播方式不尽相同。从古代的口口相传到文字的抄写流传,再到印刷品的出现,乃至现在的电子网络媒介,媒介与传播方式的变化无疑关乎文学艺术发展的方式与速度。如果说莎士比亚的成名仰仗于当时上至女王下至广大市民喜爱的舞台戏剧这一表演性传播方式,那么19世纪作家的成功,则与当时印刷技术革新后出版业和报刊传媒的快速发展息息相关。

现代报纸是印刷技术革新的产物,它对小说的传播与繁荣起到了重要作用。"现代报纸"是指有固定名称、面向公众、定期、连续发行的,以刊载新闻和评论为主,通常散页印刷,不装订、没有封面的纸质出版物。报纸的诞生最早要追溯到中国战国时期(也有人说是西汉),当时的人们把官府用以抄发君王谕旨和臣僚奏议等文件及有关政治情况的刊物,称为"邸报"。11世纪左右(相当于北宋时期)中国毕昇发明了活字印刷,并流传到欧洲。活字印刷大大增加了印刷品的数量,也丰富了印刷品的种类。欧洲最早开始使用印刷术印报大约是在1450年,那时的报纸并非天天出版,只是在有新的消息时才临时刊印。1609年,德国人索恩出版了《艾维苏事务报》,每周出版一次,这是世界上最早定期出版的报纸。不久,报纸便在欧洲流行起来,消息报道的来源一般都依赖于联系广泛的商人。1650年德国人蒂莫特里茨出版了日报,虽然只坚持发行了三个月左右,但这是世界上第一份日报。

17—18世纪,欧洲各国的资产阶级革命如火如荼地开展,以报道新闻事件为宗旨的报纸也由此在欧洲各国相继发行,并被越来越多的人所喜爱和接受。工业革命促进了社会生产力飞速发展,从而将报业带入一个新时期——以普通民众为读者对象的时期。相对于封建社会时期的贵族化、小众化,资产阶级革命时期的报刊具有了大众化倾向。由于报纸售价低廉,内容也日渐迎合下层民众的口味,使得读者范围不断扩大。当然,这一时期报纸的"大众化"只是初具形态。19世纪下半叶到20世纪初叶,报纸真正实现了从"小众"到

"大众"的质的飞跃,报纸的发行量直线上升,由过去的几万份增加到十几万份、几十万份乃至上百万份;读者的范围也不断扩大,由过去的政界、工商界等上层人士拓展到中下层人士,它宣告了"大众传媒"时代的到来。从英国的情况来看,1476 年威廉·卡克斯顿在威斯敏斯特建立了第一家印刷厂,从此印刷术被正式引入英国。之后的 100 多年,英国各地陆续出现了一些不定期新闻印刷品,内容通常是对某些重大事件进行报道。18 世纪 50 年代,英国出版物大约有 100 种,到了 18 世纪 90 年代,每年的平均数量急剧增长到 370 种左右;19 世纪 20 年代,又增加到 500 种,到 19 世纪 50 年代则有 2600 种。① 其时,"连载的通俗小说几乎成为 19 世纪一些发达国家的普遍现象,在法国便有欧仁·苏、雨果和大仲马等迷住一代读者的小说作者"②。报业从"小众"到"大众"的民间化之路,恰恰是小说从贵族走向民众之路。文学阅读——尤其是小说阅读,在报纸连载这种新的小说发布方式的推动下,迅速成为普通大众的基本文化生活方式。报纸在新时代对小说的传播、繁荣与经典的"淘洗"起到了重要作用。

19 世纪初印刷技术的革新,有力地促进了英国图书市场的发展;与传统的精致高价的出版物相比,市场上出现了一种廉价的定期再版的丛书。这种丛书大量印刷,每册只卖 6 便士。小说以定期连载的方式出现在这些廉价的小册子上,不同层次的人都可以买到并阅读,这使小说的阅读人数显著扩大,促进了小说的发展。"英国的 19 世纪上半叶,是小说的黄金时期,小说数量之多达到空前。根据一种统计,1820 年出版新小说 26 种,1850 年增至 100 种,而到 1864 年竟增至 300 种了。另一种统计,数字更加惊人:1800 年以年前最高产量为 40 种,1822 年增至 600 种,而到世纪中期竟达 2600

---

① [英]雷蒙·威廉斯:《出版业和大众文化:历史的透视》,见陆扬、王毅选编《大众文化研究》,上海三联书店 2001 年版,第 109—110 页。

② 朱虹:《市场上的作家——另一个狄更斯》,《外国文学评论》1989 年第 4 期。

种之多。"① 图书出版方式的更新，促进了图书市场的发展。"18 世纪以来，小说传统的出版形式是三卷本，定价一个半吉尼，属奢侈品，普通市民可望而不可即。19 世纪初，租赁小说的图书馆在城市广泛设立，对普及小说起了重要作用。"② "19 世纪小说的兴盛与过去有所不同。这时形成了现代意义上的图书市场。作家（生产者）—出版者—读者（买主）都是这个市场上的不同环节。"

总之，印刷技术的更新，加速了新闻报刊、图书出版业和图书市场的发展，同时促进了小说产量的剧增，也促进了小说阅读的普及和读者群体结构的变化。这意味着小说作为一种文学形式进一步走向了大众。"小说对于维多利亚时代就如戏剧对于伊丽莎白时代和电视对于今日一样重要。"③ 毫无疑问，19 世纪的英国小说是借助大众传媒的新渠道得以传播与繁荣的；19 世纪现实主义小说是在新传播媒介里"淘洗"出来的。

在此，我们以查尔斯·狄更斯为例，考察传播媒介对小说繁荣所起的决定性作用。狄更斯是借助当时的新传播媒介成长起来的 19 世纪英国小说家代表，是他把英国小说推向了繁荣之巅。

早期的狄更斯借助报纸以创作合乎大众口味的连载小说的"写手"面目出现于文坛。他 15 岁踏入社会，第一份给他带来收入的工作是在一家律师事务所做小伙计。20 岁时狄更斯成为下议院的采访记者，正式进入了报界，从此与报纸结下不解之缘。他长期从事记者和编辑的工作，先后为《镜报》《真实太阳报》《时世晨报》《时世晚报》等报纸工作。1846 年 1 月 21 日他创办《每日新闻》，自任主编，出版 17 期后请辞；1850 年他创办杂志《家常话》；1859 年又创办《一年四季》。不仅如此，他的大量的文学作品都是以报纸杂志的分期连载方式与读者见面的。其成名作《匹克威克外传》就是首

---

① 朱虹：《市场上的作家——另一个狄更斯》，《外国文学评论》1989 年第 4 期。
② 同上
③ ［英］戴维·罗伯兹：《英国史：1688 年至今》，鲁光桓译，中山大学出版社会 1990 年版，第 293 页。

先在报纸上连载的，受欢迎的程度可以说开创了小说出版史上的奇迹。

连载小说要具有可读性，要用生动曲折的故事把读者日复一日地吸引住。"狄更斯的小说通常分章回，按月连载。所以，一想到正在等候的排字工人，他会有一种急迫感，也许从来没有过在此种条件下写作的小说家。"① 这种写作状态颇似我们今天的某些网络文学写手。狄更斯在创作《匹克威克外传》之初，"不知道如何写下去，更不知如何结尾。他没有拟订任何提纲，对于自己的人物成竹在胸，他把他们推入社会，并跟随着他们"②。随着狄更斯名声日盛，拥有的读者愈来愈多，他在创作中也就越为读者所左右，千方百计地想使自己的小说不让那些翘首以待的读者们失望。"由于广大读者日益增多，就需要将作品简单到人人能读的程度才能满足这样一大批读者。……读者很广泛的作者也许很想为最差的读者创作。尤其是狄更斯，他爱名誉，又需要物质上获得成功。"③ 狄更斯常常将读者当"上帝"，自己则竭尽"仆人"之责。为了让读者能继续看他的连载小说，"他随时可以变更小说的线索，以迎合读者的趣味"④。他"常常根据读者的意见、要求来改变创作计划，把人物写得合乎读者的胃口，使一度让读者兴趣下降的连载小说重新调起他们的胃口"⑤。为了吸引当时在狄更斯看来拥有远大前途的中产阶级读者，"他的作品虽然着力描写了下层社会，但常常为了迎合中产阶级的阅读趣味，描写一些不无天真的化敌为友的故事"⑥。狄更斯总是一边忙于写小说，一边关注读者对他的小说的趣味动向。所以，"人们很

---

① Boris Ford, *The Pelican Guide to English Literature*: *From Dickens to Hardy*, London: Penguin Books, 1958, p. 217.

② [法]安·莫洛亚：《狄更斯评传》，王人力译，上海译文出版社1986年版，第20、22页。

③ 同上书，第78页。

④ 同上。

⑤ 同上。

⑥ Lyn Pykett, *Charles Dickens*, London: Macmillian Press, 2002, p. 5.

难确定到底是他被读者牵着鼻子走，还是他牵着读者的鼻子走"①。狄更斯的创作与读者之间这种"息息相关""休戚与共"的关系，既很好地发挥并开掘了他想象的天赋和编故事的才能，也促成了其小说的故事性、趣味性和娱乐性。狄更斯小说创作对读者的高度依赖和自觉迎合，满足了读者的阅读趣味和娱乐需求；读者的阅读趣味和娱乐期待也反过来激励了狄更斯对故事性的刻意追求。所以，"故事"成就了"娱乐"，"娱乐"也成就了"故事"，成就了作家和出版商，其间的因果关系，实在是一种说不清的循环链。"19 世纪上半叶由连载小说开路，通俗小说打开市场，英国小说创作进入极盛时期，而狄更斯则是它的无冕之王。"② 在很大程度上可以说，是报纸杂志的连载以及出版业、出版商成就了狄更斯。其实，在当时，与此相仿的并不仅仅狄更斯一人。

正是随着报纸、杂志和图书出版等传播媒介的新发展，英国 19 世纪上半叶成了盛产小说的年代，长篇小说以空前多的数量问世，读小说成了民众的主要娱乐方式。虽然诗歌创作在 19 世纪的欧洲依然势头不减，但小说成了人们更青睐的读物。正如英国作家安东尼·特罗洛普（Anthony Trollope）所说，19 世纪的英国"变成了一个惯于读小说的民族。平时近乎人手一册，上至国家首相，下至厨房的女佣人都在看小说"③。读小说成了 19 世纪英国一道靓丽的文化风景线。经过 18 世纪小说家们的"助跑"，到了 19 世纪，英国的小说就"腾空而起"，成了叱咤文坛的雄鹰。因此，从文学与文化发展史的角度看，英国文坛的 19 世纪可谓"小说的世纪"，也是英国小说的繁荣期。

---

① W. Blair, *The History of the World Literature*, Whitefish: Kessinger Publishing, 2012, p. 221.
② 朱虹：《市场上的作家——另一个狄更斯》，《外国文学评论》1989 年第 4 期。
③ Robin Gilmour, *The Novel in the Victorian Age*, *A Modern Introduction*, London: Edward Arnold, 1986, p. 1.

第三节　科学理念渗透与"真实性"审美品格之嬗变

与整个欧洲小说相仿，英国小说是随着社会现代化的历史而发展的，也可以说是现代化的产物，而自然科学则是现代化的骄子。小说这种文学样式的发展演进，是以现代化进程中的人对周围世界和自身认识兴趣的增进为推动力的，这种"兴趣"包含着一种源于求知、求真的好奇心，其间不乏科学理念的渗透。也就是说，到了19世纪，小说读者在好奇心驱使下的娱乐性阅读中，求知、求真的欲望在有力地攀升。从审美品格的角度看，这个时期的小说比以往任何时候都更关注现实，"小说与社会之间的关系显得格外密切"[1]。其实，以人们对作为小说之前身的叙事文学——神话、史诗和传奇——的阅读心理为例，那"'好奇心'也从来不曾完全脱离过'好真心'的约束控制"[2]。因为，事实上神话、史诗和传奇"记载的故事，当然并非全是事实，但很难说是虚构，它是虚假的故事与以讹传讹的事迹相混淆在一起，装点成实有其事"[3]。人们即使是在阅读传奇这种被认为是十分虚假的文学作品时，也在一定程度上地怀着"信以为真"的心理去看待其中的人与事。而随着人类文化的不断演进，人们对叙事文学的阅读趣味从关心遥远时代的传说转到身边琐事和自我本身，传奇之类的叙事文学也就演变成了小说，"真实"的理念也就得到了强化。到了19世纪，自然科学的快速发展拓宽了人们的视野，增强了欧洲人认识自然、改造自然、征服自然的自信心

---

[1] Robin Gilmour, *The Novel in the Victorian Age, A Modern Introduction*, London: Edward Arnold, 1986, p. 4.

[2] 徐岱：《小说形态学》，杭州大学出版社1992年版，第93页。

[3] ［日］坪内逍遥：《小说神髓》，转引自徐岱《小说形态学》，杭州大学出版社1992年版，第93页。

与乐观精神,在19世纪这个"科学的世纪"(即"科学崇拜的世纪"),自然科学的求真、求知理念强有力地渗透到小说美学之中。在西方人的文化观念中,19世纪是一个自然科学取代了上帝的时代,是一个理性崇拜的时代,是西方理性主义文化发展到了高峰的时代。此时,人们更坚定了三个信念:人是理性的动物;人凭借科学与理性可以把握自然的规律与世界的秩序;人可以征服自然、改造社会。对自然科学的崇拜,使人们对科学的理解不仅仅限于科学本身,而是用科学的方法去研究一切问题,包括人类社会。英国科学史家W.C.丹皮尔曾指出:

> 在19世纪的上半期,科学就已经开始影响人类的其他活动与哲学了。排除情感的科学研究方法,把观察、逻辑推理与实验有效地结合起来的科学方法,在其他学科中,也极合用。到19世纪的中叶,人们就开始认识到这种趋势。①

科学的这种影响在19世纪的欧洲形成了与其他世纪明显不同的普遍风气:任何学科,唯有运用自然科学的方法才令人信服。正如赫尔姆霍茨所说:"绝对地无条件地尊重事实,抱着忠诚的态度来搜集事实,对表面现象表示相当的怀疑,在一切情况下都努力探讨因果关系并假定其存在,这一切都是本世纪与以前几个世纪不同的地方。"②不仅如此,19世纪的许多人还借助理性思维和科学方法,建立一门科学并相应地有一整套严密的概念、定理、范式予以支持,这被认为是一件非常荣耀的事,为此,人们称这是一个"思想体系

---

① [英] W.C.丹皮尔:《科学史及其与哲学和宗教的关系》,李珩译,广西师范大学出版社2001年版,第262页。

② Helmholtz, *Popular Lecture on Scientific Subjects*, Eng. trans. E. Atkinson, London: Hogarth Press, 1873, p. 33.

的时代"①。不管是在理论观念层面还是在具体的创作实践当中,西方文学中的所谓"写实",并非一成不变,而是处于不断生成的动态历史过程中的。② 正是上述这种区别于以前世纪的精神文化风气,影响了文学的发展。于是,无论是小说家还是读者,对小说文本都有了比18世纪更强的"真实性"要求,尤其是作家们,常常把小说创作看成对现实社会的研究、解剖与评判,把自己创作的小说文本之内容作为"历史"和"事实"去追求。因而,此时许多作家"虚构"故事的技巧和水平,取决于其内容的逼真性程度。这种小说理念影响到了这一时代读者的阅读心理,那就是:强烈的好奇心运载着强烈的求真心,从而迎来了一种不同于18世纪现实主义小说的"批判现实主义"小说。我以为,自然科学理念的渗透,通过读者和作家两种渠道,影响了19世纪英国小说文本的真实性审美品格。

如上所述的狄更斯,其小说创作一方面迎合读者对故事性、娱乐性的审美期待,另一方面更是顾及其"求真"的心理企求,因而他的小说就不至于一味地流于纯娱乐化而成为低层次的通俗小说;追求真实性、描写广阔的社会生活画面、富有道德责任感和社会责任感,使狄更斯小说具备了文学经典的品位。但是,与法国巴尔扎克、福楼拜等小说家相比,狄更斯的现实主义明显具有主观性和情感性的特征。他注重人物形象的塑造,他笔下的人物性格单纯而不单薄,个性鲜明,栩栩如生,对人性的发掘有深度。萨克雷没有描写狄更斯小说中那样广阔的生活场景,而是描写如他自己所说的"家常的琐碎",但他的小说在自然、平静中塑造了真实的人物,描写了富有真实感的故事。为了使作品富有真实感与感染力,他运用独具特色的叙述策略,有意模糊小说叙述者、作品人物与读者三者

---

① [美] H. D. 阿金:《思想体系的时代:十九世纪哲学家》,王国良、李飞跃译,光明日报出版社1989年版,第2页。

② Auerbach, Erich, *Mimesis*: *The Representation of Reality in Western Literature*, Princeton, Oxford: Princeton University Press, 2003, pp. 3-23.

之间的界线，形成了自己的叙述风格。勃朗特姐妹在英国19世纪小说画卷中闪烁着奇特的光彩，在当时就拥有广泛的读者。特别是夏洛蒂·勃朗特的《简·爱》和艾米莉·勃朗特的《呼啸山庄》，在形象塑造和故事叙述的技巧上，都称得上英国小说乃至欧洲小说史上具有真实性品格的现实主义小说杰作。托马斯·哈代是19世纪英国继狄更斯之后最伟大的小说家，他为19世纪中后期的英国小说撑起了半壁江山。他的创作继承了维多利亚时期小说的现实主义精神，又昭示着现代小说新的思想和艺术特征，他把严肃而深邃的哲思渗透到传统的现实主义小说形式中。

综观19世纪的英国现实主义小说可见，在"真实性"理念指导下，作家对现实生活的反映广阔而全面，小说除了具有娱乐与审美作用外，社会认识与道德评判功能也达到了空前的高度。

20世纪是英国小说的创新、变革时期，"变革"的根本原因是对真实性的追求，而这与科学理念的进一步渗透直接相关。如前所述，从"传奇"到"小说"的演变，真实观就是对"小说"这一文体具有质的规定性的核心概念；从最初雏形期的小说到19世纪成熟期的小说，真实观内涵的变化也是小说演进发展的重要标志。19世纪现实主义小说家在自然科学的实证性理念的影响下，对小说之真实性的追求达到了空前的高度，而当"真实地反映生活"成为小说创作的一种固定规则时，对之怀疑与超越的企图就悄然在作家中萌生了。而且，如同19世纪小说的真实观受当时科学与文化之影响而成为一种审美品格一样，20世纪科学的新发展则促使作家们对19世纪之真实观产生了不满与反叛，并追求一种新的"真实"的审美品格。

在西方文化史上，从亚里士多德以来，科学的目的都是在寻找客观的规律和秩序，以逻辑的、实证的方式求证一个稳定的、可以认识与把握的世界。因此，人们相信，"世界中的一切现象都被先验地认为是某种原因的结果，而这些原因都有其自身的法则。秩序建立在原因结果的基础之上。不能找到原因的结果超出了科学的范围，就是违反逻辑的。不能被原因和结果这一法则解释的现象都是偶然，偶然无疑也与科学的目的形成对立"①。正是基于这种机械宇宙观，19 世纪欧洲人面对世界时才有了那种自信与乐观。他们认为，"人运用科学手段——如望远镜和数学计算——和理性思辨，就能够认识这个世界中的任何一条固定的法则，找到任何一种现象内部的根本原因"②。这种宇宙观也支撑起了 19 世纪现实主义小说家对小说真实性追求的坚定信念。然而，20 世纪科学的新发展轰毁了机械宇宙观的"幻想"。爱因斯坦的相对论告诉人们：在貌似稳定的世界和宇宙里，一切都是不牢靠的；许多现象的产生并没有固定的原因和必然的规律；传统逻辑的、实证的认识方法并不一定能把握人们所面对的世界。与此同时，现代心理学和哲学打破了传统的思维模式，开阔了人的视野，把人们的目光从客观物理世界转向主观心理世界。人们发现，理性所认识和把握的外在世界并不是真实的世界，而无序的直觉才是唯一的真实。人们所面对的外部世界并不是稳定不变的，一切都没有绝对性标准，只有人的内在感觉才是最真实的。克罗奇认为，只有心灵世界才是唯一真实的存在。柏格森认为，人的生命的冲动是一种不能截止的"绵延"，它不断变化、活动、创造，而自我的生命冲动是时间绵延的根本动力，人的内在感觉则是时间的衡量标准，自我的感觉顺序就是时间的绵延。弗洛伊德则进一步把目光投向人的心灵深处，认为无意识是一个无限广阔的世界。萨特则赋予人的心灵意识以最高最真之意义，认为外部世界是"自在的存在"，人的意识是"自为的存在"，自在的存在是一片混沌，是一个巨大的"虚无"，没有原因、没有目的、没有必然性，永远是"不透明的"、"昏暗的"、"非逻辑的"、没有意义的东西；而自为的存在才是真实的，自在的存在只能依附于自为的存在，为自为的存

---

① 易丹：《断裂的世纪——论西方现代文学精神》，四川大学出版社 1992 年版，第 55 页。

② 同上。

在设立对象才能有意义。20世纪科学的发展及其所带来的宇宙观的变化,深深影响了文学。

现代主义作为20世纪的"先锋文学",其首要特征就是反传统、图变革、求创新。在英国文坛上,现代主义倾向的小说家就是新宇宙观的接受者和拥护者,因此,他们不再重视"如眼所见"的外部生活世界,而是关注心灵世界对外部世界的主观感受,注重表现一种形而上的存在,一种感觉的、心理的真实;而心理的、主观的存在和行为是一种无序的、破碎的印象的集合过程,要客观、准确地反映这种心理行为和心理真实,传统的狄更斯式的故事叙述已难以奏效,于是,在表现手法与技巧上也必须标新立异、另辟蹊径。英国的现代主义小说就以一种崭新的面目雄踞文坛,开创了20世纪英国小说的新局面。这里,不同的真实观是英国现代主义小说与19世纪现实主义小说的最根本的差异。

英国现代主义小说的产生是以表现主观真实的心理小说的出现为主要标志的。这种现代特征的心理小说最先从19世纪末的亨利·詹姆斯的创作开始。詹姆斯坚持19世纪现实主义小说的真实性原则,但他认为,真正真实的不是外部的、表象的生活,而是人的内心生活。他在《小说艺术》中指出,"一部小说成功与否,决定于它在何种程度上揭示了此心灵与他心灵的差异"[①]。他的小说关注的是人对生活的真实体验与感悟。所以,詹姆斯被批评家称为"细微意识的史学家"(the historian of consciousness),也有的称他为"心理现实主义"作家。可见,詹姆斯是沿着"心理真实"的方向开辟现代主义小说之先河的。到了20世纪初,这种"心理真实"小说在弗洛伊德精神分析理论的影响下得到了进一步的发展,代表的是两种流向:一种是以劳伦斯为代表的以揭示性心理为主的心理探索小说;另一种是以乔伊斯和伍尔夫为代表的意识流小说。

劳伦斯的小说在结构形态及对社会的批判意义上,仍具有传统

[①] Henry James, *the Art of Fiction*, London: Edward Arndd, p.430.

现实主义小说的特征，但是，更为重要的是，他的"独特的审美意识及其深入探索人类心灵的黑暗王国的心理小说使其成为一名出类拔萃而又与众不同的现代主义者"①。就劳伦斯来说，这里的"黑暗王国的心理"主要是指人的性心理，性心理几乎是他小说的中心题材。他企图通过性心理的描写揭示工业文明时代人的自然本性；他把性的和谐作为对现代工业文明时代的人的拯救，把性与爱的和谐看成人性的回归。正是在这种追求中，劳伦斯拓展了小说表现的领域，体现了小说揭示人性的深度，引领了英国小说的一种新取向。

真正把英国心理小说推向高峰的是乔伊斯和伍尔夫。乔伊斯是英国现代主义小说的杰出代表，他毕生致力于小说艺术的变革与创新。他的创作具有鲜明的实验性，这种实验性的最集中、最突出的表现是：他把小说描写的焦点集聚在人的意识上，把笔触深入人的精神活动的底层——潜意识，表现那飘忽混乱的思绪与感觉，生动逼真地展示自然的和非逻辑状态的心理流动的过程。在乔伊斯看来，小说家如果能够把描写的焦点集聚于人物的精神世界，以理性的手法表现非理性状态的精神世界，就能真实地反映生活，揭示生活的本质。这显然是意识流作家所拥有的现代意义上的真实观。乔伊斯的意识流小说有力地推动了英国小说的艺术变革，也推动着整个西方现代小说的巨大变革。伍尔夫也是一位实验小说家、意识流小说的倡导者和杰出的现代主义代表。她与乔伊斯几乎同时倡导与实践意识流小说，但又有自己独特的追求与贡献。她像乔伊斯一样关注人物的精神世界，揭示人的真实的精神心理感受，但她又格外重视表现人的精神世界的技巧与形式，因此，她的小说在心理时间、叙述方法、结构布局等方面为意识流小说和现代小说做出了新的探索，她的小说在形式上与传统小说拉开了更大的距离，从而表现出她对小说形式的创新与变革。

第二次世界大战以后，英国小说出现了一次新的转折，即现代

---

① 李维屏：《英国小说艺术史》，上海外语教育出版社2003年版，第224页。

主义小说发展成了后现代主义小说。后现代主义小说既是现代主义小说的延续，又是对现代主义小说的超越与反叛。后现代主义小说家否定了小说文本能通过语言来反映生活真实（包括心理真实），而认为小说文本只能用语言构筑一个虚构的无意义的世界，无真实性可言。后现代主义小说家对"真实"的这种颠覆性理解，无疑同后结构主义哲学影响有关。后结构主义试图用解构主义的理论推翻结构主义，有明显的怀疑主义和虚无主义倾向。它要瓦解几千年来的西方传统哲学观念，否定一切终极永恒的东西，否定整体性、确定性、目的论之类的概念，拒绝一切试图重设深度模式的哲学和重设中心的企图，主张无限制的开放性、多元性和相对性。关于文学，它否定作品在它们使用的语言范围内可能确定自己的结构、整体性和含义。后结构主义的这种哲学思想对英国后现代主义小说有直接的影响，因而，在后现代主义小说家看来，小说是作家凭想象力虚构出来的语言文本，既然是"虚构"，就无法反映真实，"真实"与"虚构"是互相对立的。在此，"真实"被"虚构"取代，后现代主义小说在"解构"了小说自它产生以来一直追求与恪守的"真实"这一根本性原则之后，回归了"虚构"。于是，文学史上从传奇到小说的发展历程就成了"虚构—真实—虚构"的历史循环。显然这不是历史的重复，而在很大程度上是一种否定之否定。因为，后现代小说的"虚构"与传奇文学的虚构有明显不同的内涵。后现代主义小说的"虚构"实质是要模糊小说文本内容之真实与虚构的界限，是"事实与虚构的交混"（the fusion of fact and fiction），达到一种以假乱真、真假难辨的效果。当然，正是这种真假难辨之效果，消解了小说接受过程中的真实感。正是真实性被颠覆，后现代主义小说的叙事方法、结构特点、语言风格、表现技巧等，都出现了实验性的变革，在艺术形式上不无"极端形式主义"倾向，这在一定程度上消解了既有的小说概念，所以这种小说又具有"反小说"特征。但不管怎么说，后现代小说的这种实验与探索，丰富了小说的内涵，推进了小说的变革与创新。

英国后现代主义小说的主要代表有塞缪尔·贝克特、劳伦斯·达雷尔、约翰·福尔斯和 B. S. 约翰逊等，他们超越既往的小说创作规范，自由地进行着小说艺术的实验，使英国小说在情节、结构、人物、语言等方面都发生了革命性变化。概括地说："贝克特创造性地发展了一种'能容纳混乱'和'荒诞小说'，达雷尔热衷于构筑他按照平等关系发展的'重奏'小说，福尔斯别出心裁地推出事与虚构混为一体的'超小说'，而 B. S. 约翰逊则毫无顾忌地将小说形式的革新推向了极端。"[①]

总之，20 世纪英国小说在真实性问题上，既存在着认识论哲学基础上的客观真实性（即传统现实主义倾向的外部真实）和主观真实性（即现代主义倾向的心理真实）理念，又存在着本体论哲学基础上的非真实性（即后现代主义倾向的"虚构"）理念，因此，小说文本既有力求真实反映日常现实生活、具有深刻认识价值与社会批判意义的现实主义形态，又有展示主观心理世界、追求形而上的深度意义的现代主义形态，还有试图用新的语言体系构建一个虚构世界，追求文本结构的无序性、非逻辑性和意义的不确定性的后现代主义形态，不同形态的小说普遍具有内倾性特征，关注对人的精神心理世界的展示。较之 19 世纪现实主义小说，20 世纪现实主义倾向的小说加强了对人的心理的描述；现代主义倾向的小说则力图在理性原则规约下展示人的自然状态的精神心理世界；后现代主义倾向的小说则力图在小说文本中展示一种荒诞的精神心理体验。

[①] 李维屏：《英国小说艺术史》，上海外语教育出版社 2003 年版，第 328 页。

第二十八章

批评家与作家的"恩怨"及其启示

萌芽时期的 19 世纪俄国现实主义文学被反对派贬称为"自然派"。而正是这个"自然派",后来成了俄国文坛上现实主义文学潮流的别称。其间,年轻的文学批评家别林斯基的评论、批评起到了独特而重要的作用,并留下了世界文学史上批评家与作家互动促进的一段佳话。

第一节 别林斯基与果戈理

1834 年,别林斯基发表第一篇文学批评文章时年仅 23 岁,该文题为《文学的幻想》,洋洋洒洒达十余万言。正是这篇以诗的语言写成的不无稚嫩和瑕疵、却激情澎湃又不乏理性和睿智的论文,让年轻的别林斯基展露了出众的才华。它在俄国文学史上首次阐发了从罗蒙诺索夫、杰尔查文、茹可夫斯基、普希金等人开创的俄国文学优秀传统,并与当时俄国文学创作中的非现实主义文学倾向的作家、理论家展开了激烈论战,引起了整个俄国文坛的高度关注。从今天的学科专业角度看,《文学的幻想》以西欧文学特别是英法德文学为参照来评说俄国文学，其研究与论证方法属于优秀的比较文学论文。该文高屋建瓴、荡气回肠的宏阔与磅礴，不免让人联想到丹麦批评家、文学史家勃兰兑斯《十九世纪文学主流》的文风。

在小说家果戈理的早期作品发表后，别林斯基就以《论俄国中篇小说和果戈理先生的中篇小说》(1835)等评论文章，对其创作中直面现实的批判精神予以阐发和维护。而后，当他读到果戈理《死魂灵》第一部的手稿时，敏锐地发现这是难得的揭露俄国农奴制社会之丑恶的讽刺史诗，随即帮助果戈理将其出版。《死魂灵》的公开问世，犹如在当时沙皇统治下的俄国社会投下了威力惊人的炸弹，引来了整个文坛对作品的异见纷呈，也激起了反对派对果戈理的猛烈攻击。此时，别林斯基几乎是单枪匹马，冒着枪林弹雨，挺身为处于孤立无援和茫然恐惧中的果戈理辩护。他以《一八四六年俄国文学一瞥》(1847)、《一八四七年俄国文学一瞥》(1848)等一系列论文，在理论上阐发和捍卫了果戈理的现实主义传统。别林斯基认为，果戈理的"自然派"小说真实地描写和批判了俄国农奴制社会的黑暗与腐朽，表达了苦难的民众要求变革社会的强烈愿望，具有真实性、人民性和独创性，继承并发展了普希金和莱蒙托夫开创的俄国现实主义传统。别林斯基的系列评论，不仅把论战方用来攻击、贬低果戈理的"自然派"概念正面阐发为新型的俄国"现实主义"文学流派，而且明确指出了果戈理"自然派"就是未来俄国文学发展的正确方向，进而把赫尔岑、涅克拉索夫、屠格涅夫、陀思妥耶夫斯基等大批作家团结在"自然派"旗帜下。经过别林斯基的论证，由普希金开创的俄国现实主义文学传统得以确立，从此，俄国许多写实倾向的作家都沿着这个传统进行创作，从而促成了19世纪俄国现实主义文学的繁荣。这是世界文学史上文学创作引发文学批评、文学批评促进文学创作的范例。

别林斯基对果戈理的文学批评有什么历史价值和当下启示呢？

"文学是人学"，对此，首先可以理解为：文学表达人的情感，文学是情感的产物。由此而论，阅读文学作品是思想的碰撞与启迪，更是情感的交流与共鸣。文学批评需要理性与思辨，但它的前提是感性体悟，其语言表达需要情感与诗意。别林斯基说，"俄国文学是我的命，我的血"。他把文学批评作为表达思想、抨击邪恶、追求正义与真理的崇高事业，并不惜用生命与鲜血去捍卫。他的评论文字既充满理性和睿智，更流淌着发自青春生命的火一样的激情。他说，批评家从事文学批评的创作活动，"有一股强大的力量，一种不可克服的热情推动他、驱策他去这样写作。这力量、这热情，就是激情"；"激情，把理智对意念的简单的理解转变为精气充沛的、强烈追求的对意念的爱"[①]。他的文学批评，让警策的思想在情感的河流里翻腾跳跃，激情四射，气势磅礴。可以说，别林斯基创造了一种激情的、诗意的文学评论文体。

别林斯基的文学批评实践告诉我们，文学评论和文学批评需要情感的投入，文学批评与文学评论的行为不应该尽是冷冰冰的概念演绎和无病呻吟的理论说教，它可以和文学创作一样充满情感，或者说，它本身就是一种激情的文学创作。对今天的我们来说，似乎需要强调，文学研究与文学教学也同样需要激情，而不能是一种冷冰冰的电子化、数字化的技术操作。

无论是作家还是批评家，激情既可以表现为对正义与真理的勇敢捍卫与讴歌，对人性善与美的弘扬和赞颂，也可以表现为对邪恶势力的揭露和批判，对人性恶与丑的抨击和嘲讽，而后者更显示创作者的勇气和使命担当，因而也更难能可贵。别林斯基恰恰属于后者。当他敏锐地发现果戈理《死魂灵》是对俄国封建沙皇统治时期社会"恶"和庸俗的深刻揭露与抨击时，就冒着危险通过自己的各种关系，让这部小说在沙皇统治时代严厉的出版审查制度下得以迅速出版。尤其体现其勇气与担当的是，在果戈理因《死魂灵》对俄国社会的讽刺与揭露而遭遇各种攻击，一时陷入苦恼、茫然甚至绝望之时，别林斯基挡住来自反对者阵营的万箭齐发，把对果戈理的

[①] [俄]别林斯基：《别林斯基选集》（第3卷），满涛译，上海译文出版社1979年版，第423页。

攻击与谩骂引向自身，用自己包含激情和犀利思想的评论文章有力回击对方，捍卫了果戈理的"自然派"传统。这些文章总字数超过了《死魂灵》本身。别林斯基的疾恶如仇、直面苦难与厄运的激情和勇气，让他拥有了无数的拥戴者，也使他拥有了许多不共戴天的仇敌。当别林斯基37岁英年早逝时，沙皇的警察头子说，他们"本来要让他在牢里腐烂"。

别林斯基的勇气与责任担当，不仅仅表现在与论敌论战时的一往无前的忘我与无畏上，也表现在对同盟者的真诚而无私的批评上。果戈理在经历了《死魂灵》（第一部）出版所引发的激烈论争后陷入了矛盾与迷惘之中，试图走一条中间道路，于1847年发表了《与友人书简选》，为沙皇和农奴制以及在《死魂灵》中他讽刺过的地主们辩解。用别林斯基的话来说，果戈理在这些书信中"借基督教和教会的名义教导地主向农民榨取更多的钱财，教导他们把农民骂得更凶"①。这是别林斯基绝对无法同意、无法容忍的。因为在他看来："在这个国家里，不但人格、名誉、财产都没有保障，甚至连治安秩序都没有，而只有各种各样的官贼和官盗的庞大的帮口！今天的俄国最紧要的和最迫切的民族问题，就是消灭农奴制，取消肉刑，尽可能严格地实行至少已经有了的法律。"② 所以，果戈理信中的宗教式的忏悔，怎么可能不让别林斯基顿生难以控制的愤慨呢？果戈理书信的基本精神违背了他自己创作《死魂灵》的原意，也背离了别林斯基此前对其所肯定的现实主义创作方向。别林斯基在深感痛心疾首之际，通过《给果戈理的一封信》，以一种爱恨交集的痛苦与真诚，对果戈理的错误思想予以毫不留情的严厉批评。这封信可以说是一篇表达民主主义思想和重申现实主义原则的宣言书。别林斯基对盟友的无私而尖锐的批评，又一次有力地捍卫了俄国现实主义

---

① ［俄］别林斯基：《别林斯基选集》（第3卷），满涛译，上海译文出版社1980年版，第583页。

② 同上书，第582—583页。

文学方向，其间的真诚、无私与坦荡，是批评家勇气与责任担当的又一种表现，是文学史上少有的难能可贵。

别林斯基生活的19世纪俄国正处在沙皇统治下的落后而腐朽的农奴制社会，此时，欧洲的启蒙主义思想也正影响着一大批俄国知识分子，他们以不同的方式推进着俄国社会的思想启蒙与民主改革。别林斯基对启蒙思想有着宗教般的虔诚与迷恋，他把弘扬启蒙思想与为解放农奴、拯救苦难者、拯救俄国命运的实际行动结合在一起。启蒙理性和民主主义思想让他直面现实的苦难与罪恶，并力图以文学和文学批评为解剖刀，撕开隐藏在浮华背后的丑恶与黑暗，其间寄寓着他启蒙主义式的"文学的幻想"，而且，他以满腔的热情为这种"幻想"而呕心沥血。别林斯基是在俄国文学史上光彩夺目的流星，他的人生虽然短暂，但他的影响力巨大而深远的文学批评却改变了俄国文学创作和文学批评的走向，而且还改变了一个民族思想发展的走向，具有强烈的时代精神和社会思想引领的作用。英国牛津大学学者伯林在《俄国思想史》中说：

> 他（别林斯基）改变了批评家对本身志向的观念。他的作品长久的效果，则是改变、决断而无可挽回地改变了当时重要青年作家与思想家的道德与社会眼光。他改变了众多俄国人思想与感觉、经验与表达的品质与格调。[①]

俄国批评家阿克萨克夫也说：

> 每一位能思考的青年人、每一位在乡下生活的龌龊沼泽里渴求一丝丝新鲜空气的人，都熟知别林斯基之名……你要是想寻找诚实的人、关怀贫穷与受压迫者的人、诚实的医生、不惧

---

① ［英］以赛亚·伯林：《俄国思想史》，彭淮栋译，译林出版社2001年版，第222—223页。

奋战的律师，在别林斯基的信徒里就能找到。①

直面苦难，正视现实的丑恶，为贫苦民众呼唤公平与正义，这不仅仅是别林斯基文学批评表现出来的勇气与使命担当，也是他的拥戴者和追随者们的共同精神气质和道德取向——俄国现实主义文学的本质特征。别林斯基说：

> 一般来说，新作品的显著特点在于毫无假借的直率，把生活表现得赤裸裸到令人害怕的程度，把全部可怕的丑恶和全部庄严的美一起揭发出来，好像用解剖刀切开一样……我们要求的不是生活的理想，而是生活本身，像它原来那样。②

别林斯基和车尔尼雪夫斯基、杜勃罗留波夫一起（史称"别车杜"），捍卫了具有社会批判精神的俄国现实主义文学流派，形成了革命民主主义倾向的社会历史批判的文学批评传统，在19世纪和20世纪俄国文学史、苏联文学史乃至现当代中国文学史上都影响久远。

不过，当我们回溯这些令人赞叹不已的文学事件和文学史现象时，似乎不应该忽视19世纪俄国文学史发展中的另一些事件和现象，尤其是它们背后可能隐含的当代意义与价值。在此，笔者还得从别林斯基与陀思妥耶夫斯基的文学恩怨再说开去。

第二节　别林斯基与陀思妥耶夫斯基

陀思妥耶夫斯基是俄国文学史中继果戈理之后的又一位杰出的

---

① ［英］以赛亚·伯林：《俄国思想史》，彭淮栋译，译林出版社2001年版，第181页。

② ［俄］别林斯基：《别林斯基选集》（第3卷），满涛译，上海译文出版社1980年版，第576页。

现实主义作家,别林斯基则是他早期文学创作的导师。他的第一部小说《穷人》于1844年底1845年初完成了写作,最先阅读这部作品的是正在筹划出版一个小说集的涅克拉索夫。看了后十分欣喜,涅克拉索夫惊叹地说:"又一个果戈理诞生了!"他随即兴奋地带陀思妥耶夫斯基去见当时的著名批评家别林斯基。别林斯基看了后也称其为"果戈理的后继者",认为《穷人》是写出了"可怕的真实"的"自然派"作品。对当时的情景,陀思妥耶夫斯基在30年后仍然记忆犹新,认为那是他一生中最幸福的时刻。1861年1月,《穷人》被收入涅克拉索夫主编的《彼得堡作品集》中出版了。随即,别林斯基文学圈内的作家与评论家也都对陀思妥耶夫斯基刮目相看,把他看作新流派的同人,读者对《穷人》也十分欢迎。一时名声大震的陀思妥耶夫斯基也有些飘飘然,当时的自负与傲慢也让他闹出了不少笑话。但是,就在陀思妥耶夫斯基初登文坛并声名鹊起之时,他对别林斯基等人有关《穷人》的某些赞扬已开始感到不满。因为,别林斯基是把《穷人》作为一部描绘当时俄国社会的卑劣与黑暗的现实主义杰作看待的,而他自己则认为更能体现该小说之艺术特色和成就的是对人的心灵的真实描绘以及它的哲学主旨。同年,他的第二部小说《双重人》出版,它进一步发展了描绘"心灵的现实"这一现实主义风格,而不是注重于对外在社会现实的揭露与批判。对此,别林斯基表示了不满与否定,他的友人们也对此反应冷淡甚至感到失望,屠格涅夫则投之以讽刺和挖苦,两人也从此断交。随后,陀思妥耶夫斯基与别林斯基的关系也日渐疏远,直至最后分道扬镳。

别林斯基和陀思妥耶夫斯基之间的文学恩怨,对我们又有什么样的启示呢?

陀思妥耶夫斯基与别林斯基的分歧,除了各自个性方面的原因,关键的是在现实主义美学原则上有明显的分野。陀思妥耶夫斯基注重人的灵魂的发掘,他写小说是为了"详尽地讲讲所有俄国人在近十年来精神发展中所感受的"①；而别林斯基则注重人所处的外在世界，描写现实的丑恶，揭露与批判社会的黑暗，坚持"自然派"的道路。陀思妥耶夫斯基认为，人在现实生活中的苦苦争斗本身是"实实在在的现实"，"我们心灵的生活，我们意识里的生活难道就不是现实？难道就不是最实在的东西"②？而别林斯基则认为，陀思妥耶夫斯基所强调和注重的"心灵的生活"是"幻想和神幻的白日梦"，那并不是"实实在在的现实"。对此，陀思妥耶夫斯基感到十分苦恼，他想，"为什么别林斯基认为我们这个时代神幻内容只有在疯人院而不是严肃文学中才有地位呢？难道幻想和神幻的白日梦不也是实实在在的现实吗？它们不也跟具有社会性的思想一样，都是新时期各种条件的产物吗？难道人的内心世界，尽管是一个不正常的世界——要知道这种不正常就具有社会性——不正是充满了神幻的世界吗"③？他认为，"神幻内容只是现实的另一种形式，它可以使人们通过日常生活来看清某些共同的东西。神幻，神幻又怎么样呢？神幻是假的，然而其中包孕着暗示"④！所以，陀思妥耶夫斯基不肯接受别林斯基给他制定的艺术框框，执着地要按自己所理解的那种现实主义美学原则去做艰难而孤独的艺术跋涉。这也就必然导致了他与自己从前的导师别林斯基的分裂。

如果再深入一步从创作理论与文学史发展规律的高度去分析，我们可以发现，陀思妥耶夫斯基的现实主义美学原则也确有其超越别林斯基美学思想的地方，这也可以从他日后独辟蹊径、执着探索所带来的另一番现实主义文学的成功天地而得到证明。陀思妥耶夫斯基把文学作为研究人的灵魂和表现这种研究的园地，认为文学不

---

① ［俄］陀思妥耶夫斯基：《陀思妥耶夫斯基选集·书信选》，冯增义、徐振亚译，人民文学出版社1986年版，第214页。

② ［苏］尤·谢列兹涅夫：《陀思妥耶夫斯基传》，徐昌翰译，黑龙江人民出版社1992年版，第45页。

③ 同上书，第78页。

④ 同上书，第79页。

仅仅是"表现人和人类的内心世界,而是改造这一世界"①。他艺术地透视和把握生活的焦点是人,是人的心灵与精神的存在状况。所以,虽然他和果戈理等一样都是现实主义的新潮作家,但他与果戈理不同:没有写农奴制的黑暗,没有写对生活之庸俗的憎恶,而是写这个制度下饱受蹂躏的低微如兽类却又不失尊严者的心灵痛苦,表达对他们的怜悯与同情,有一种宗教式悲天悯人的人道情怀。相比于同时期的屠格涅夫和托尔斯泰,他没有这两位作家那样叙写社会之宏大主题,也没有再现广阔之现实生活。虽然他在创作初期也十分想写屠格涅夫和托尔斯泰小说那样的宏大主题,成为他们那样在当时更容易被认可的"严肃文学"作家,但是,他的实际创作尽管也密切联系着当时的俄国现实社会,却始终没有呈现托尔斯泰和屠格涅夫小说那样的广阔而宏大的社会生活背景。这其中的根本原因在于,在他看来:"历史往往不是绵延的,而是紧紧纠结成一团的当代的结:这里的一切既都是过去的,又包含着未来,就像籽粒里的庄稼、橡实里的橡树——每一个瞬间都集中了永恒,需要的是能够猜出它,发现它……人类的全部历史就是一个人的历史,就是他的精神搏斗、探索、堕落、坠入无底深渊、丧失信仰到人的心灵的否定和获得重生的历史。"② 在此,陀思妥耶夫斯基要说明的意思是:在历史的一个横切面——当代生活中,就可以看到历史的过去与未来;人类的历史可以从一个人的内心矛盾冲突的事实中得到发现。正是基于这样一种认识,他在小说中立足于通过对人物的某一共时性心理横断面的解剖,去破译人物的心灵之奥秘。由于"每一个瞬间都集中了永恒",所以在共时性心理横断面的解剖中,既可以发现这个人物内心世界的历史,也可以窥见人类心灵之一斑,乃至"人类的全部历史"。也就是说,陀思妥耶夫斯基致力于通过小说创

---

① [美] R. 韦勒克:《批评的诸种概念》,丁泓、徐徵等译,四川文艺出版社1988年版,第222页。

② [苏] 尤·谢列兹涅夫:《陀思妥耶夫斯基传》,徐昌翰译,黑龙江人民出版社1992年版,第69页。

作透析人类心灵之历史,并由此去洞察外在社会之广阔的历史。陀思妥耶夫斯基有着与果戈理、屠格涅夫以及托尔斯泰等现实主义作家不同的审视人类社会与表现现实生活的角度与方法。他的创作不注重外在客观现实的真实描绘,而是注重个人自身心灵的展示。

  说到对人的心理描写,托尔斯泰无疑也是备受赞誉的,他的小说的"心灵辩证法"使他成了心理描写的大师。但是,托尔斯泰擅长的是捕捉人物心理的瞬间变化与颤动,借以展示人物性格,而陀思妥耶夫斯擅长的是挖掘人物灵魂深处的矛盾与冲突,尤其是透视畸形心灵之痛苦的自我争斗与撕咬。"陀思妥耶夫斯基的小说不仅通过高略特金、拉斯柯尔尼科夫、'地下人'、伊凡等自我意识双向悖逆的人物来说明人类自身的矛盾性,而且还进一步扩展开去,在这些核心人物之外塑造与之对应的人,形成各种自我意识互相对照、互相映衬的网络,从人物群体的角度来观照人的内心世界的复杂多样性。这不仅拓宽了人性自身矛盾描写的面,也使这种探索得以深化,从而也就更有力地说明了人类自身矛盾的复杂性与客观性。"[①]从文学流派的归属看,陀思妥耶夫斯基和托尔斯泰等作家一样,从来都被认为是19世纪俄国现实主义文学的杰出代表,只不过他的创作风格不完全是别林斯基等革命民主主义理论家们倡导的那种现实主义原则,他信奉的是"完满的"或"最高意义的"现实主义,他要通过小说窥视人的灵魂之恶的奥秘。因此,陀思妥耶夫斯基的现实主义创作原则与审美取向不同于"别车杜"倡导的侧重外部社会形态描写的现实主义传统——这也正是以往我国学界特别推崇的高尔基说的"批评现实主义"传统。然而,正是陀思妥耶夫斯基的这种对人的心理真实的探索,使得现实主义文学向灵魂写实的方向发展。事实证明,他的这种创作风格不仅不是别林斯基等人当初所评判的那样是对现实主义原则的"背离",而是对现实主义的拓展,更

---

  ① 蒋承勇:《十九世纪现实主义文学的现代阐释》,中国社会科学出版社2010年版,第147页。

是现实主义对未来文学的一种开放与衔接。正因为如此，陀思妥耶夫斯基成了19世纪现实主义文学向20世纪现代主义文学过渡的桥梁，是19世纪俄国现实主义作家中最具现代性的作家之一。

当然，作如是说，并不意味着对"别车杜"文学批评传统之历史作用与当代意义的否认，更不是对他们推崇的果戈理、屠格涅夫、托尔斯泰的现实主义传统的贬低。别林斯基在启蒙理性鼓舞下所倡导的俄国现实主义文学，不仅铸成了俄国文学史上的一座丰碑，而且这种具有强烈的人民性、民主性、社会批判性倾向的现实主义文学在俄国思想启蒙和现代化道路上纵横捭阖，促进了俄国社会朝着革命民主主义方向阔步前行，甚至对苏联时期的文学与文化也起到了重要的影响作用——社会主义现实主义文学。也正是这一条启蒙理性和革命民主主义的思想逻辑道路，接通了苏联文学与我国五四新文化运动发展的道路，推动了我国现代文学、文化和社会的变革；我国文坛从接受俄国批判现实主义直到接纳社会主义现实主义，都有"别车杜"思想的光影与精神的基因。然而，也是因为如此，俄国19世纪后期以及较长时期内的苏联文坛，较少关注和研究陀思妥耶夫斯基创作倾向的现实主义文学乃至现实主义之外的别种文学流派。

今天看来，俄国19世纪现实主义文学以及"别车杜"的文学社会历史批评，在高扬启蒙理性的同时，事实上忽略了现代性的另外一极——审美现代性，或者说，当时的革命民主主义者和思想家、文学家压根儿就未曾形成审美现代性的概念；这也许是因为这种审美现代性与农奴制时代的俄国现实需要确实相距甚远。但是，随着19世纪后期至20世纪初俄国以及西方文学的历史演进，"别车杜"美学观和文学史观在张扬了其鲜明的革命民主主义特色和社会历史批判功绩的同时，其历史局限性和文学观念的狭隘性似乎也是不言而喻的——就像在19世纪俄国社会急剧变革时期，陀思妥耶夫斯基式的心理现实主义和追求唯美倾向之文学的历史局限性和狭隘性的存在一样。但是，站在文学史发展和文学本体性立场看，文学不仅因其社会批评和历史认知功能而显示其存在之价值与意义，也因其形式与审美本身而宣示其存在并由此显示存在的价值和历史贡献。就此而论，别林斯基的文学批评在俄国文学发展史上的审美现代性方面发挥的作用是相对微弱的，甚至在某种程度上是一种阻碍。客观地说，在启蒙现代性与审美现代性的双重进路中，"别车杜"文学批评理论及其开启的俄国现实主义文学传统，更大程度上趋于前者，这就导致了俄国文学中现代性呈现出相当程度的双向分裂。

就是在别林斯基批评陀思妥耶夫斯基，并认为他的第二部小说《双重人》背离了果戈理"自然派"方向的当时，他和俄国文坛上"纯艺术派"理论家和作家们展开了旷日持久的激烈论战。"纯艺术派"形成于19世纪四五十年代，他们原先和别林斯基、涅克拉索夫等一起属于《现代人》杂志同人，后来在关于"自然派"的论战中，他们不同意别林斯基等革命民主主义者的新美学思想，随后脱离了《现代人》杂志。他们不甚关注俄国的现实问题，却倾心于个人的主观世界和心灵体验，认为文学应该超越日常生活，追求非功利目的和艺术之美。他们中的理论家代表有亚历山大·德鲁日宁、鲍特金和巴维尔·安年科夫等，作家以阿法纳西·费特、雅科夫·波隆斯基和阿·康·托尔斯泰等为代表。在特定的历史条件下，别林斯基等革命民主主义者的声音自然是特别嘹亮的，响应者众，对社会的积极作用也是有目共睹的，完全压倒了"纯艺术派"。但是，就是从那时起，"纯艺术派"的声音一直存在并且经久不息，特别是19世纪中后期，俄国文坛上唯美主义、象征主义等崇尚艺术形式与唯美倾向的文学艺术也成绩斐然，它们成了19世纪末乃至20世纪俄国文学史上不可或缺的思潮与流派。从这种意义上看，"别车杜"之文学批评观和美学观，也只是特定历史时期的一部分——当然是极为重要的一部分。然而必须指出：我们不能因为这极为重要的一部分的存在及其不可磨灭的历史功绩，而忘记、忽略抑或无视乃至贬低其他的一些"部分"或者许多的"部分"的存在及其文学史价值和意义。

与之相关的是，在我国的俄国文学接受史中，明显存在接受与研究的非均衡性：启蒙现代性的强势抑制了对审美现代性倾向的文学的接受与传播；并且，这种非均衡性也在一定程度上影响了我们对俄国文学乃至整个西方文学的接受与研究。对此，我国学界至今并不是毫无觉察和纠正，但我以为其重视程度显然还是不够的。这不单单关涉文学批评、文学评论之方法问题，而且是关涉文学本质论、文学价值观等本性问题。本章所说的批评家与作家的"恩怨"，不正是缘于他们在文学本质论、文学价值观等方面所持观点之异同吗？

参考文献

中文文献：

［德］阿多诺：《美学理论》，王柯平译，四川人民出版社1998年版。

［英］阿伦·布洛克：《西方人文主义传统》，董乐山译，生活·读书·新知三联书店1997年版。

［德］埃德蒙德·胡塞尔：《欧洲科学危机和超验现象学》，张庆熊译，上海译文出版社1988年版。

［德］埃德蒙德·胡塞尔：《现象学的观念》，倪梁康译，上海译文出版社1986年版。

［德］埃德蒙德·胡塞尔：《现象学的方法》，倪梁康译，上海译文出版社1994年版。

［德］埃里希·奥尔巴赫：《摹仿论——西方文学中所描绘的现实》，吴麟绶等译，百花文艺出版社2002年版。

［法］昂惹热·克勒默—马里埃蒂：《实证主义》，管震湖译，商务印书馆2001年版。

［古希腊］柏拉图：《文艺对话集》，朱光潜译，人民文学出版社1959年版。

［古希腊］柏拉图：《理想国》，郭斌和、张竹明译，商务印书馆1986年版。

［意］贝尼季托·克罗齐：《美学的历史》，王天清译，中国社会科学出版社1984年版。

［德］彼得·比格尔：《先锋派理论》，高建平译，商务印书馆2002

年版。

[英]彼得·福克纳《现代主义》,付礼军译,昆仑出版社1989年版。

[法]波德莱尔:《波德莱尔美学论文选》,郭宏安译,人民文学出版社1987年版。

[法]波德莱尔:《1846年的沙龙——波德莱尔美学论文选》,郭宏安译,广西师范大学出版社2002年版。

[丹]勃兰兑斯:《十九世纪文学主流》,张道真等译,人民文学出版社1997年版。

曹顺庆:《中外比较文论史》,山东教育出版社1998年版。

曹顺庆等:《比较文学学科理论研究》,巴蜀书社2001年版。

崔道怡等编:《"冰山"理论:对话与潜对话》,工人出版社1987年版。

[英]大卫·贝斯特:《艺术·情感·理性》,李惠斌等译,工人出版社1988年版。

[英]戴维·洛奇编:《二十世纪文学评论》,葛林等译,上海译文出版社1993年版。

[法]丹纳:《艺术哲学》,傅雷译,人民文学出版社1963年版。

[美]丹尼尔·贝尔:《资本主义文化矛盾》,赵一凡等译,生活·读书·新知三联书店1989年版。

[美]杜威:《艺术即经验》,高建平译,商务印书馆2005年版。

[德]恩斯特·卡西尔:《人论》,甘阳译,上海译文出版社1985年版。

[奥]弗洛伊德:《梦的解析》,赖其万、符传孝译,作家出版社1986年版。

[奥]弗洛伊德:《精神分析引论》,高觉敷译,商务印书馆1984年版。

[德]弗里德里希·席勒:《审美教育书简》,冯至、范大灿译,北京大学出版社1985年版。

［英］冈特：《美的历险》，肖聿、凌君译，中国文联出版公司1987年版。

［德］格奥尔格·西美尔：《生命直观》，刁承俊译，生活·读书·新知三联书店2003年版。

［意］圭多德拉吉罗：《欧洲自由主义史》，杨军译，吉林人民出版社2001年版。

郭宏安、章国锋、王逢振：《二十世纪西方文论研究》，中国社会科学出版社1997年版。

［德］哈贝马斯：《认识与兴趣》，郭官义、李黎译，学林出版社1999年版。

［美］赫伯特·马尔库塞：《审美之维》，李小兵译，广西师范大学出版社2001年版。

黄晋凯、张秉真、杨恒达主编：《象征主义·意象派》，中国人民大学出版社1989年版。

［美］H.G.布洛克：《美学新解》，滕守尧译，辽宁人民出版社1987年版。

［德］H.R.姚斯、［美］R.C.霍拉勃：《接受美学与接受理论》，金元浦、周宁译，辽宁人民出版社1987年版。

［美］霍夫曼：《弗洛伊德主义与文学思想》，王宁等译，生活·读书·新知三联书店1987年版。

［德］伽达默尔：《真理与方法》，洪汉鼎译，上海译文出版社2004年版。

蒋承勇等：《欧美自然主义文学的现代阐释》，复旦大学出版社2002年版。

蒋承勇：《西方文学"人"的母题研究》，华东师范大学出版社2018年版。

蒋承勇：《十九世界现实主义文学的现代阐释》，中国社会科学出版社2010年版。

［法］吉尔·德勒兹""《尼采与哲学》，周颖、刘玉宇译，社会科

学文献出版社 2001 年版。

［美］吉列斯比：《欧洲小说的演化》，胡家峦、冯国忠译，三联书店 1987 年版。

［美］杰克·斯佩科特：《艺术与精神分析》，高建平译，文化艺术出版社 1990 年版。

［日］今道友信等：《存在主义美学》崔相录、王生平译，辽宁人民出版社 1987 年版。

靳希平、吴增定：《十九世纪德国非主流哲学》，北京大学出版社 2004 年版。

［比］J. M. 布洛克曼：《结构主义》，李幼蒸译，中国人民大学出版社 2003 年版。

［美］卡尔迪纳·普里勃：《他们研究了人》，孙恺祥译，三联书店 1991 年版。

［德］卡尔·洛维特：《从黑格尔到尼采》，李秋零译，三联书店 2006 年版。

［德］康德：《判断力批判》，宗白华译，商务印书馆 1964 年版。

［意］克罗齐：《美学纲要》，韩邦凯等译，外国文学出版社 1983 年版。

［法］孔德：《实证哲学教程》，黄建华译，商务印书馆 1985 年版。

［德］赖欣巴哈：《科学哲学的兴起》，伯尼译，商务印书馆 1991 年版。

［美］韦勒克、沃伦：《文学理论》，刘象愚等译，江苏教育出版社 2005 年版。

［英］拉曼·塞尔登编：《文学批评理论——从柏拉图到现在》，刘象愚等译，北京大学出版社 2000 年版。

［英］利里安·R. 弗斯特等：《自然主义》，任庆平译，昆仑出版社 1989 年版。

［英］李斯托威尔：《近代美学史评述》，蒋孔阳译，上海译文出版社 1980 年版。

李维屏：《英国小说艺术史》，上海外语教育出版社 2003 年版。

柳鸣九选编：《法国自然主义作品选》，天津人民出版社 1987 年版。

刘小枫：《现代性社会理论绪论》，上海三联书店 1998 年版。

龙文佩、庄海骅编：《德莱塞评论集》，上海译文出版社 1989 年版。

鲁迅：《鲁迅全集》，人民文学出版社 1998 年版。

［英］罗宾·柯林伍德：《自然的观念》，吴国盛、柯映红译，华夏出版社 1999 年版。

［美］罗伯特·莱顿：《艺术人类学》，靳大成等译，文化艺术出版社 1992 年版。

［美］罗德·W. 霍尔顿、文森特·F. 霍普尔：《欧洲文学的背景》，王光林译，重庆出版社 1991 年版。

罗钢：《叙事学导论》，云南人民出版社 1994 年版。

［法］罗杰·加洛蒂：《论无边的现实主义》，吴岳添译，百花文艺出版社 1998 年版。

［法］罗兰·巴特《符号学美学》，董学文、王葵译，辽宁人民出版社 1987 年版。

［美］罗兰·斯特龙伯格：《西方现代思想史》，刘北成、赵国新译，中央编译出版社 2005 年版。

［英］罗素：《西方哲学史》，何兆武、李约瑟译，马元德译（上下卷），商务印书馆 1997 年版。

［德］吕迪格尔·萨弗朗斯基：《恶或者自由的戏剧》，卫茂平译，云南人民出版社 2001 年版。

吕同六编：《20 世纪世界小说理论经典》，华夏出版社 1994 年版。

［美］M. H. 艾布拉姆斯：《镜与灯：浪漫主义文论及批评传统》，郦稚牛、张照进、童庆生译，北京大学出版社 2015 年版。

［英］马·布雷德伯里、詹·麦克法兰编：《现代主义》，胡家峦等译，上海外语教育出版社 1992 年版。

［奥］马赫：《感觉的分析》，洪谦、唐钺、梁志学译，商务印书馆 1997 年版。

［意］马里奥·维尔多内：《理性的疯狂：未来主义》，黄文捷译，四川人民出版社2000年版。

［美］马泰·卡林内斯库：《现代性的五副面孔》，顾爱彬、李瑞华译，商务印书馆2002年版。

《马克思恩格斯选集》，人民出版社2012年版。

《马克思恩格斯文集》，人民出版社2009年版。

［德］马克斯·韦伯：《新教伦理与资本主义精神》，黄晓京、彭强译，四川人民出版社1986年版。

［美］马文·哈里斯：《文化·人·自然——普通人类学导引》，顾建光、高云霞译，浙江人民出版社1992年版。

［美］梅·弗里德曼：《意识流，文学手法研究》，申丽平等译，华东师范大学出版社1992年版。

［法］莫泊桑：《漂亮朋友》，王振孙译，上海译文出版社1993年版。

［法］米·杜夫海纳：《审美经验现象学》，韩树站译，文化艺术出版社1996年版。

［法］莫里斯·梅洛-庞蒂：《知觉现象学》，姜志辉译，商务印书馆2005年版。

［德］尼采：《悲剧的诞生》，周国平译，生活·读书·新知三联书店1986年版。

倪梁康：《现象学及其效应——胡塞尔与当代德国哲学》，三联书店1994年版。

［美］P. 蒂利希：《存在的勇气》，成穷、王作虹译，贵州人民出版社1998年版。

［法］皮埃尔·布鲁奈尔等：《19世纪法国文学史》，郑克鲁等译，上海人民出版社1997年版。

［美］乔纳森·卡勒：《结构主义诗学》，盛宁译，中国社会科学出版社1991年版。

［美］乔治·桑塔耶纳：《美感》，缪灵珠译，中国社会科学出版社1982年版。

［法］让・贝西埃等主编：《诗学史》，史忠义译，百花文艺出版社2002年版。

［法］让－保罗・萨特：《萨特文学论文集》，施康强等译，安徽文艺出版社1998年版。

［法］让－伊夫・塔迪埃：《普鲁斯特和小说》，桂裕芳、王森译，上海译文出版社1992年版。

［美］R. 马格欧纳：《文艺现象学》，王岳川、兰菲译，文化艺术出版社1992年版。

［英］《莎士比亚全集》，朱生豪译，人民文学出版社1984年版。

盛宁：《二十世纪美国文论》，北京大学出版社1994年版。

［德］叔本华：《作为意志和表象的世界》，石冲白译，商务印书馆1994年版。

［美］苏珊・朗格：《情感与形式》，刘大基等译，中国社会科学出版社1986年版。

谭立德编选：《法国作家・批评家论左拉》，安徽文艺出版社1994年版。

［英］特里・伊格尔顿：《文学理论导读》，吴新发译，台湾书林出版有限公司1999年版。

［英］特里・伊格尔顿：《现象学，阐释学，接受理论——当代西方文艺理论》，王逢振译，江苏教育出版社2006年版。

朱雯等编选：《文学中的自然主义》，上海文艺出版社1992年版。

［美］托马斯・库恩：《科学革命的结构》，金吾伦、胡新和译，北京大学出版社2003年版。

［美］托马斯・L. 汉金斯：《科学与启蒙运动》，任定成、张爱珍译，复旦大学出版社2000年版。

［美］W. C. 布思：《小说修辞学》，华明等译，北京大学出版社1987年版。

［波兰］瓦迪斯瓦夫・塔塔尔凯维奇：《西方六大美学观念史》，刘文谭译，上海译文出版社2006年版。

［德］瓦尔特·本雅明：《本雅明文选》，陈永国等编选，中国社会科学出版社1999年版。

［德］瓦尔特·比梅尔：《当代艺术的哲学分析》，孙周兴、李媛译，商务印书馆1999年版。

［俄］维克托·什克洛夫斯基等：《俄国形式主义文论选》，方珊等译，三联书店1989年版。

［美］威廉·科尔曼：《19世纪的生物学和人学》，严晴燕译，复旦大学出版社2000年版。

伍蠡甫：《西方文论选》，上海译文出版社1979年版。

［法］雅克·马利坦：《艺术与诗中的创造性直觉》，刘有元等译，三联书店1991年版。

［古希腊］亚里士多德：《诗学 诗艺》，罗念生译，人民文学出版社1962年版。

叶廷芳编：《论卡夫卡》，中国社会科学出版社1988年版。

［美］伊安·巴伯：《当科学遇到宗教》，苏贤贵译，生活·读书·新知三联书店2004年版。

［美］伊恩·P.瓦特：《小说的兴起》，高原、董红钧译，生活·读书·新知三联书店1992年版。

［英］以赛亚·伯林：《现实感》，潘荣荣、林茂译，译林出版社2004年版。

［美］约翰·卡洛尔：《西方文化的衰落：人文主义复探》，叶安宁译，新星出版社2007年版。

张黎编选：《布莱希特研究》，中国社会科学出版社1984年版。

赵澧、徐京安主编：《唯美主义》，中国人民大学出版社1988年版。

中国社会科学院外国文学研究所外国文学研究资料丛刊编辑委员会编：《欧美古典作家论现实主义和浪漫主义》，中国社会科学出版社1980—1981年版。

周小仪：《唯美主义与消费文化》，北京大学出版社2002年版。

朱雯等编：《文学中的自然主义》，上海文艺出版社1992年版。

朱光潜：《西方美学史》，人民文学出版社 1979 年版。

朱立元：《当代西方文艺理论》，华东师范大学出版社 1997 年版。

朱立元、张德兴等：《西方美学通史》，上海文艺出版社 1999 年版。

［法］左拉：《左拉文学书简》，吴岳添译，安徽文艺出版社 1995 年版。

外文文献

Adorno, Theodre, *Negative Dialectics*, Tran. E. Ashton, London：Routledge and Kegan Paul, 1973.

Ahnebrink, Lars, *The Beginnings of Naturalism in American Fiction：1891 – 1903*, Cambridge, Mass. : Harvard University Press, 1964.

Baguley, David, *Naturalist Fiction：The Entropic Vision*, Cambridge：Cambridge University Press, 1990.

Barthes, Roland, *Writing Degree Zero*. Tran. Annette Lavers and Colin Smith, New York：Hill and Wang, 1968.

Becker, George J, ed. , *Documents of Modern Literary Realism*, Princeton, New Jersey：Princeton University Press, 1963.

Bell, David F, *Models of Power：Politics and Economics in Zola's Rougon-Macquart*, Lincoln and London：University of Nebraska Press, 1988.

Berthoff, Warner, *The Ferment of Realism：American Literature, 1884 – 1919*, Cambridge：Cambridge University Press, 1965.

Block, Haskell M, *Naturalistic Triptych：The Fictive and Real in Zola, Mann, and Dreiser*, New York：Random House Inc. , 1970.

Boot, Winthrop H, *German Criticism of Zola：1875 – 1893*, New York：Columbia University Press, 1931.

Bürger, Peter, *The Theory of the Avant-garde*, Manchester：Manchester University Press, 1984.

Carter, A. E. , *The Idea of Decadence in French Literature：1830 – 1900*,

Toronto: University of Toronto Press, 1958.

Cave, Richard Allen, *A Study of the Novels of George Moore*, Gerrards Cross, Bucks: Colin Smythe Ltd. , 1978.

Chai, Leon, *Aestheticism: the Religion of Art in Post-romantic Literature*, Columbia: Columbia University Press, 1990.

Chapple, J. A. V. , *Science and Literature in the Nineteenth Century*, London: Macmillan Press, 1986.

Charvet, P. E. , *A Literary History of France: 1870 – 1940*, London: Ernest Benn Limited, 1967.

Chiari, Joseph, *The Aesthetics of Modernism*, London: Vision Press, 1970.

Colum, Mary M. , *From These Roots: The Ideas That Have Made Modern Literature*, New York: Columbia University Press, 1937.

Conder, John J. , *Naturalism in American Fiction: The Classic Phase*, Lexington, Kentucky: The University Press of Kentucky, 1984.

Conlon, John J. , *Walter Pater and the French Tradition*, London and Toronto: Associated University Press, 1982.

Fletcher, Ian, *Decadence and the 1890s*, London: Edward Arnold Ltd. , 1979.

Gegol, Miriam, *Theodore Dreiser: Beyond Naturalism*, New York and London: New York University Press, 1995.

Gordon, John, *Physiology and the Literary Imagination: Romantic to Modern*, Gainesville: University Press of Florida, 2003.

Greenslade, William P. , *Degeneration, Culture and the Novel: 1880 – 1940*, Cambridge: Cambridge University Press, 1994.

Graham, Kenneth, *English Criticism of the Novel: 1865 – 1900*, Oxford: Clarendon Press, 1965.

Harvey, W. J. , *Character and the Novel*, London: Chatto & Windus, 1965.

Henderson, John A. , *The First Avant-garde: 1887 – 1894*, London: George G. Harrap & Co. Ltd. , 1971.

Hough, Graham, *Image and Experience: Studies in a Literary Revolution*, Westport: Greenwood Press Inc. , 1960.

Johnson, R. V. , *Aestheticism*, London: Methuen & Co Ltd. , 1969.

Kaplan, Harold, *Power and Order: Henry Adams and the Naturalist Tradition in American Fiction*, Chicago and London: The University of Chicago Press, 1981.

Lehan, Richard, *A Dangerous Crossing: French Literary Existentialism and the Modern American Novel*, Carbondale and Edwardsville: Southern Illinois University Press, 1973.

Levenson, Michael, *Modernism and the Fate of Individuality: Character and Novelistic Form from Conrad to Woolf*, Cambridge: Cambridge University Press, 1991.

Levine, George, *Darwin and the Novelists*, Cambridge, Massachusetts: Harvard University Press, 1988.

Martin Ronald E. , *American Literature and the Universe of Force*, Durham, North Carolina: Duke University Press, 1981.

Mitchell, Lee Clark, *Determined Fictions: American Literary Naturalism*, New York: Columbia University Press, 1989.

Morton, Peter, *The Vital Science: Biology and the Literary Imagination 1860 – 1900*, London: George Allen & Unwin Ltd. , 1984.

Mosse, George L. , *The Culture of Western Europe: The Nineteenth and Twentieth Centuries*, London: John Murray Ltd. , 1961.

Nelson, Brian. , *Naturalism in the European Novel*, Oxford: Berg Publishers, Inc. , 1992.

Norris Margot, *Beasts of the Modern Imagination: Darwin, Nietzsche, Kafka, Ernst, & Lawrence*, Baltimore, Maryland: The Johns Hopkins University Press, 1985.

Papke, Mary E. , *Twisted from Ordinary: Essays on American Literary Naturalism*, Knoxville: The University of Tennessee Press, 2003.

Pater, Walter, *Plato and Platonism*, London: Macmillan Press, 1928.

Persons, Stow, *Evolutionary Thought in America*, New Haven: Yale University Press, 1950.

Pizer Donald, *Twentieth-century American Literary Naturalism: An Interpretation*, Carbondale and Edwardsville: Southern Illinois University Press, 1982.

Ridge, George Ross, *The Hero in French Decadent Literature*, Atlanta: Foote & Davies, 1961.

Simon, W. M. , *European Positivism in the Nineteenth Century: An Essay in Intellectual History*, London: Kennikat Press, 1963.

Sinfield, Alan, *The Wilde Century: Effeminacy, Oscar Wilde, and the Queer Moment*, New York: Columbia University Press, 1994.

Stromberg, Roland N. , *Realism, Naturalism, and Symbolism: Modes of Thought and Expression in Europe, 1848 – 1914*, London: Macmillan Press, 1968.

Thorlby, Anthony, *The Romantic Movement*, London: Longman Green and & Co Ltd. , 1966.

Tratner, Michael, *Modernism and Mass Politics: Joyce, Woolf, Eliot, Yeats*, Stanford, California: Stanford University Press, 1995.

Travers Martin, *An Introduction to Modern European Literature: From Romanticism to Postmodernism*, London: Macmillan Press, 1998.

Turnell, Martin, *The Art of French Fiction*, London: Hamish Hamilton Ltd. , 1959.

Weir, David, *Decadence and the Making of Modernism*, Amherst: University of Massachusetts Press, 1995.

Whitehead, Alfred N. , *Symbolism: It's Meaning and Effect*, Cambridge: Cambridge University Press, 1928.

Wilde, Oscar, *The Works of Oscar Wilde*, New York: Walter J. Black Co. , 1927.

Wilde, Oscar, *The Artist as Critic: Critical Writings of Oscar Wilde*, Richard Ellmann, London: W. H. Allen, 1970.

Williams Raymond, *Culture and Society: 1780 – 1950*, London: Chatto & Windus, 1958.

后　　记

　　20世纪90年代，我国文学研究领域围绕"重写文学史"展开了热烈的讨论，随后也相继出现了一些经过"重写"的文学史著作，有效推进了文学的学科建设与学术发展。进入21世纪后，在"全球化—网络化"浪潮中，"经典重估"的呼声不绝于耳，这种"重估"在文学研究的实践中也取得了斐然成绩。应该说，"重写文学史"和"经典重估"是在不同的历史条件和话语背景下出现的，但我以为两者之间却不无联系。"重写文学史"本身离不开对经典文本的重新解读和对文学经典体系的重构，因此其中包含了"经典重估"。不过，20世纪90年代的"重写文学史"毕竟更侧重于文学史观念的讨论和更新，而经典文本的重估未被放到突出的位置。从这个角度看，21世纪以来的"经典重估"有其独特的学术指向，也在一定程度上呼应了"重写文学史"的讨论与实践，并延展和强化了对经典文本的重新解读和文学经典体系的重构。所以，在我看来，"经典重估"除了有其特定的时代内涵与学术指向之外，也在更高的层面上延续了"重写文学史"的某些学术理想与追求，进而也是在为更高意义上的文学史"重写"准备富有创新性的学术成果。如果说，一代人有一代人的文学史，那么，也意味着一代人有一代人的经典体系，文学史的重写和文学经典的重估是没有止境的。当然，这并不意味着要否认经典体系与文学史有其相对的稳定性。

　　我对"重写文学史"和"经典重估"一直都十分关注并做了不少探索。在近10余年里，我还带着"重写"与"重估"的理念对西方文学持续展开力求创新的思考与研究，这大致上从作家作品、重要文学史现象（比如文学思潮）和西方文学理论三大层面展开。这种思考与探索既有作家与作品的个案研究，也有文学史与文学理论的综合性研究，《经典重估与西方文学研究方法创新》一书的基本构架便因此而成。全书除了"绪论"和"后记"之外分为上、中、下三编。上编"作家作品研究与方法创新"，主要对部分西方经典作家与作品个案作重新阐释，体现了在文学研究方法与理念方面的创新性探索。中编"文学思潮研究与方法创新"，着重通过对代表性的西方文学思潮的再阐释，力图揭示其本质特征与生成和发展之规律，为更高意义上的西方文学史"重写"展开先期的探索。下编"研究理论与方法创新"，对西方文论和文学研究实践中的有关理论与方法问题展开深度研究，提出了一些新的认识与见解，以反哺作家作品与文学思潮的研究。所以，全书上中下三编虽然侧重面各有不同，但都贯穿了"经典重估"与"方法创新"的核心理念。尤其是，在我看来，就西方文学而言，"经典重估"与"研究方法创新"都不能仅仅停留于作家作品的重新阐释上，还应该拓展到作为文学史重要现象的文学思潮的深度研究上；或者说，对西方文学思潮的重新阐释，也是"经典重读"的题中应有之义。因为，文学思潮的此起彼伏、不断更迭，构成了西方文学史发展的基本线索和基本特征，只有深度阐释西方文学思潮，发掘其生成与发展之本源性特征，才能理清西方文学史发展的渊源关系，也才能为"重写文学史"提供新材料，并为作家作品的重新阐释提供可靠的依据和开阔而崭新的视野。而由于作家作品与文学思潮及重大文学史现象的重新阐释都离不开文学理论的掌控与指引，所以，对西方文学理论和比较文学方法论等问题的关注与研究，也自然成了本书结构框架中不可缺少的一部分。正是在这种意义上，全书的上中下三大部分实际上是一个有核心理念统领的有机的"三位一体"。

总体上看，《经典重估与西方文学研究方法创新》一书以"经典重估"的理念，对西方文学中的经典作家作品、重要文学思潮与文学现象及文学理论问题展开新的阐释，力图在观点、方法与理念上有所创新。为此，本书稿的写作主要坚持以下几个基本原则：第一，拓宽视野，增强理论深度。力求理论站位更高，对西方文学史中的重要文学现象和重大理论问题力求有较为透彻的洞察，并做出深度的阐释，为重写文学史提供成果借鉴。第二，更新观念，体现前沿性。全书力求以新的理念"重估"经典，"重估"文学史重要现象，对西方文学的经典作家作品和重要文学思潮及文学史现象进行再阐释，提出富有创见的新观点、新思路，为外国文学研究乃至整个文学研究提供借鉴。第三，点面结合，研究角度与方法多样化。基于笔者较长时期对西方文学研究的积累，在书稿撰写过程中力图通过多种研究方法的使用，对重大的理论问题和文学史现象做出宏观的论述，对具体的文学文本展开微观或中观的阐释；重大理论问题的探讨和文学研究的具体个案印证相结合，尽量避免理论探讨的凌空与虚泛，使文本的解读有理论依托和文学史依据。似乎可以说，本书的写作本身就是一种理念与方法创新的探索与尝试。

由于本书的写作有较强的问题意识，力求在某些"点"或者某个"面"上有所创新和突破，所以，书中的不少章节曾经在诸多学术刊物上先期发表。这些刊物分别是《中国社会科学》《外国文学评论》《文学评论》《文艺研究》《外语教学与研究》《外国文学研究》《外国文学》《中国比较文学》《文学跨学科研究》《浙江大学学报》《社会科学战线》《浙江社会科学》《浙江学刊》等。其中的一些论文发表后还被《新华文摘》《中国社会科学文摘》《高等学校文科学术文摘》《社会科学文摘》、中国人民大学报刊复印资料《外国文学研究》等转载。在此，我要对所有刊物表示深深的谢意。最后要感谢责任编辑杨康博士对本书稿的出版所付出的辛勤劳动。

蒋承勇

2020 年 5 月 11 日于钱塘江畔